U0440691

海派文学论

许道明 著

復旦大學出版社

小说历史的延续不是因为作品的增加，而是“发现”的连续不断。

——米兰·昆德拉《小说的艺术》

总　　序

陈思和

海派文学向来有狭义与广义之分。但无论是“狭”还是“广”，都有一些彼此相通的特点：其一，是开埠以来发生于上海地区的各种文学现象；其二，是中外文化交流、融汇和冲撞的产物，产生了偏离中国传统的新元素；其三，美学上与新兴市民阶级的文化趣味联系在一起，呈现出现代都市文学的特殊形态；其四，海派文学不是孤立发生的，它与整体的海派文化、海派艺术（戏曲、绘画）等一起在变化发展中逐渐形成特色鲜明的地方文化。

从审美风格而言，开放、杂糅、新异、叛逆构成海派的四大元素。开放就是不保守，具有开阔的全球视域；杂糅就是不纯粹，不承认老祖宗传下来的“传统”是正宗，敢于吸纳异质文化；新异就是不守旧，喜欢标新立异，夸张自身优势，以吸引受众眼球；叛逆就是不安分，求新求变，敢于反对一切压制它发展的力量。——这样综合起来看，海派是一种含有先锋意识的文化现象。一旦这种文化意识与新兴的现代的市场经济结合起来，它会产生一股势不可挡的力量。

但具体到海派文学而言，情况就有些复杂了。海派文学一开始就不像新文学那样充满先锋性和理想性，它是一种大都市的通俗文学，趣味上迎合市民阶级的口味。海派文学杂质丛生，包罗万象，枝枝杈杈旁逸横生。在海派文学形成过程中起到重要作用的、市民大众趣味主导的文化市场，是一把双刃剑，既能推波助澜，又会导致文学艺术发生异化，背离初衷。民国初期的海派文学起源于新兴的都市通俗文学，一方面在古代话本小说基础上增添了新的元素，另一方面也受到后起的五四启蒙运动的强烈排斥与批判。于是，海派文学很快就改变了自身的生存状态，与其他海派文艺一起转向现代都市新媒体，成为现代都市电影、广播（无线电）、戏曲、小报副刊、休闲读物、连环画等文化领域的新宠。“新媒体”这个要素正是海派文学求新求变、不墨守成规的特点所决定的，它以牺牲纯文学的传统为代价，成了非驴非马的新变种和新形态。紧接着，新文学的重心南移，在上海的现代消费市场环境下生存以后，很快也出现了海派文学的特征：一种是继续走市场、走情色男女道路的文学，我们称它为繁华与糜烂同体生存的文学，这种文学将新老海派合二为一，别树一帜地成为上海的特色文学；还有一种海派文学，则是现代性的另一面，即在现代大工业基础上产生的社会底层与工人生活的书写，也是具有社会主义因素的左翼书写。这就是海派文学在20世纪30年代全盛时期的所谓“两个传统”。这两个传统互相渗透影响，新与旧、雅与俗、中与西、繁华与糜烂、反抗与颓废……现代性的多重面向都得到了张扬。

所以，文学的海派其实是一个复杂、暧昧的定义，不能以某一个面向来代替它的全部意义。我举一个例子：几乎没有人认为鲁迅是海派。鲁迅早期的创作确实与海派无缘。他成名于北京，属于

《新青年》的启蒙文人圈子，他的著述除了正宗的学术著作外，就是纯粹的白话小说、散文诗和散文，都属于高大上的新文化主流。但是鲁迅晚年携许广平到上海定居以后，一切都变了：首先他成为上海左翼文坛的领军人物，爆发出强烈的叛逆性，其次他成为体制外的自由职业者，依靠卖文为生，他的大量作品都是发表在报纸副刊上的杂文，就像现在流行的新媒体推文，写作形式变得不那么正宗纯粹了。他的杂文内容大量取材于上海市民生活现象，最典型的就是《阿金》，那篇作品既可以当作小说来读，也可以作为杂文，鲁迅描写的是后弄堂娘姨的私生活，正是典型的海派文学。鲁迅晚年家居山阴路大陆新村，属于半租界，与鲁迅日常生活相伴的，是电影院、咖啡馆以及日本人办的小书店，他接触的是带有一点危险性的地下反叛者以及流浪青年，这与他的二弟周作人在北平苦雨斋里喝苦茶、写小品、读古书的旧式士大夫生活，成为一个鲜明的对照。我们前面所举的开放、杂糅、新异、叛逆——“海派”四大元素，鲁迅先生一概具备。因此，以海派文学的两个传统为标准来品定鲁迅，他当然就是一个海派作家。

我之所以取鲁迅为例，就是想说明，即使在看上去可能与一般人理解的“海派”距离最远的作家，即使他也始终不懈地对沪上市侩风气进行批判和嘲讽，但他——哪怕是鲁迅，只要长期浸淫在海派文化的大环境下，也可能会朝着海派转向，不自觉地成为其中的一员。以此类推，像创造社时期的郭沫若、郁达夫，左翼时期的茅盾、蒋光慈、丁玲、田汉、夏衍等人的创作及其文学活动，都应该被纳入海派文学的范畴来考察。只有坚持了海派文学两个传统的观点，才能赋予海派文学以历史概念。把海派文学的历史发展与今天的上海文学创作联系起来，成为上海文学在美学风格上的一个品牌。

这套“海派文学研究丛书”是陈麦青先生建议编辑的。他邀请我参与其间，并且要为之写一篇总序。但我在《海派与当代上海文学》的编后记里已经阐明自己对海派文学的认识和探讨，似乎在这里不宜多加重复。

不过，出版社推出这套丛书是有长远计划的。当下的上海在日新月异地发展变化，“海派”越来越成为城市的文化名片。研究海派的前世今生，探讨海派的优势短板，认清海派文化的何去何从，对于当前上海的文化建设有着重大关系。而文学艺术是文化金字塔的顶尖部分，也是海派文化中最精致、最高标的部分。20世纪三四十年代，海派文化一向受人轻蔑和非议，但上海文学的活跃和领先，保持了全国弄潮儿的地位。弄潮儿向涛头立，手把红旗旗不湿——这就是海派文学的历史写照。1949年以后，就物质文明的创造而言，上海依然走在全国的前头，这也是文化的根基；但就精神文化的创造而言，说上海领先全国就有点勉强了。这是上海人心中一个解不开的心结。20世纪90年代初，上海拉开了浦东开发的序幕，随着经济实力的迅速增长和国际化的日益普及，海派怀旧之风越吹越盛，海派文学的呼声也随之水涨船高。一部《繁花》不胫而走，洛阳纸贵，就是这个趋势的征象。

趁着这个时机，复旦大学出版社推出三部对近代、现代、当代海派文学的研究论著，希望能够在上海文学的发展轨道上，起到一个助力器的作用。虽然这三部著作研究的都不是当下的海派文学——段怀清研究开埠时期的上海文学如何在传教士与第一代睁眼看世界的知识分子的实践下开创海派新局面；许道明生前着力研究民国时期海派文学，也是海派文学在全盛时期的一部分镜像；而我的这部论文集，则是几十年来参与其间的当代海派文学建设中所获的点滴心得。三本书搭建一座小小的黄金台，谈不上研究的规模和系统，但可以抛砖引玉，以吸引更多的青年才俊加入研究海派文学的行列。

我期待着有更多更好的研究海派文学的力作涌现而来。

2020年4月16日

自　　序

这部书稿的部分内容在80年代末沪上讨论海派文化的热潮中已经写出，大抵为着便于比较，也为着让自己的思考稍微深入些，我同时又零星关心起通常所谓的京派来。京派代表人物身上体现的某种世俗关怀及其微妙的方式，终于让我发现并记住了一个令人难以忘怀的年头。90年代最初的那几年，与朱光潜先生后人式蓉先生合作撰写了《朱光潜——从迷途到通径》，并单独陆续为京派文学记下了一本流水账，这就是以后的《京派文学的世界》。写完这本书是1992年，不知是什么原因，那年的年底，某种暮气竟提前向我袭来，决心把80年代前半期的学习研究工作趁早来一个了断。或许最终并没有像样的勘破，一边感受着出版社的热情关照，一边却非常痛苦地整理着《中国现代文学批评史》。做学问的人，都熟悉梁任公关于“传世”与“觉世”的分说，在我，“速朽”当是唯一的选择。我算是上海人，得为上海说些话，于是又回过头重新董理海派旧账。在其前后左右，为着堂皇的或卑微的动机，忽忽悠悠做过不少其他事情，甚至还负笈东临的那个半岛国家吃了一年的泡菜。

如许的散漫，散漫得如许。谁也说不清子丑寅卯，包括我自己，似乎只留下感叹韶光易逝的份儿了。不过，可堪自慰的是：当我服膺清理为基本的运作手段，想象与激情自然离我远去，无意间却获得了一份超然的不轻易认同的清明，对当今风行的“束书不观，游谈无根”也保持了警惕。“失之东隅，收之桑榆”，是老经验，它在喜好为自己制造神话的人认定为不健康，而在我却是生活勇气的滋生地。

海派文学，是一个历史的现象。好像克罗齐最早说出“一切历史都是当代史”的意见，这里部分指示了历史研究的客观现实，更多的是显示了历史研究对研究者主体的科学性要求。前些年关于“重写文学史”的主张所以可以理解和值得同情，首先在于它强调了科学对于历史研究者开放性的、建设性的、创造性研究心态的尊重乃至呼唤。当然，历史研究也需要排拒实用主义的纠缠，为满足于研究格局的开放性、建设性、创造性而“以意为之”“随心所欲”，大概也疏忽了“一切历史都是当代史”的题中已有之义。克罗齐用这句话肯定了历史研究的主动精神，同时也多少说出了他对历史研究局限性的体认。理由很简单，因为任何主动精神都无法彻底摆脱它赖以生成的条件。有一句流行歌词“外面的世界太精彩，外面的世界太无奈”，用于观察历史研究，在我看，是相当贴切的，而对现代海派文学的研究，好像也有提醒的意思。

《京派文学的世界》出版后是得到过不少同好的关心的，说得最叫人心动的是李振声君。他在《读书》杂志上发表的述评，以“尊重历史，敬畏历史”为题。我感谢他的美意，我更愿意将他的意见看成是在“揭短”，是一种极富诚意的针砭。说实在的，凭我的能力，是做不了“超越”的文章的，但我又深知中国新文学的研口号。”[1]上海是一个海，已是上海滩头的一则著名感叹，如果说目下真的存在什么“新海派”的话，或者说目下真的弥漫着什么“海派热”的话，这段话已经将背景以至于根本性的原由明白地托出了“海面”。然而，差不多和市场经济的突现一样，“海派”种种的再度崛起，虽迎来了非凡的热闹，却始终无法熨平人们多少有些慌乱的心律。时至今日，人们关于“海派”的认识在方法和态度上，多数还服膺潇洒的自由主义或者是想当然的个性主义，对于“海派文学”这一相当专门的现象，尤其如此。“海派文学”的混乱和混乱的“海派文学”，作为一种概括，似乎不为过！《城市季风》部分完成了它的“文化批评”任务，它描述了和京派对立的“海派”，以及和海派对立的“京派”，当然，因目标的规定，所有议论还只囿于“文化一般”，对于“海派文学”，有所涉及而尚无缜密的勾稽和翔实的论证。

一 “南北文化”论

所谓的“京派与海派”，自然首先并主要是一个艺术的流派问题。探讨某一问题或现象，有关的术语和定义虽并不是无关紧要的，然而，所有的术语和定义都不是目的本身，任何对于术语和定义本身的盲目崇拜，认为它是识破一切艺术秘密的不二法门，显然不值得提倡。坊间实际存在的大量的关于文学流派的定义，一般说来，大都概括其高于“风格”的质地，因而不可能跟方法，跟世界观，跟作家的个性，跟他对时代的理解，跟他的创作的民族乃至地域的独特性毫无干系。不过，对于具体的“京派与海派”，目前的研究倾向似乎首先看重文学的地域因素。

第一章　走近“海派”

近年学界多有陈言京派与海派孰短孰长的，甚至还有人判定这已是新一轮的京海之争。这类说法恐怕有些夸张。平实地说，当今确有不少人正在用力关注和议论京派与海派，企图探寻两派的特质、范围，以及它们在历史上的实际消长和未来发展前景，但争论似乎还缺乏热度，甚至它是否真的已经形成和展开，好像还短少事实支持。像样的交锋始终没有出现，大抵还属各唱各的调。问题起因于上海。大概在80年代中期，随全国范围内政策上的推行市场经济、理论上的讨论市场经济和行为上的实行市场经济，昔日的“光荣与梦想”，终于使曾为近现代中国市场经济主战场的上海得意起来，激动起来。一位曾住过上海的北京学者就回瞻过那段令人感奋的日子——“当时，上海文化界正在大张旗鼓地进行‘文化发展战略’和‘海派文化’的讨论，学者们认真地探讨关于‘海派’的定义、特征、正负面的影响，写出许多美文。商人们则不失时机地将每一种商品都贴上‘海派’的标签。于是，在海派文化、海派小说、海派影视之外，不仅有海派家庭、海派丈夫之类，也有海派住宅、海派家具、海派袜子等等。‘重振大上海雄风’成为一时流行的新

目　录

头。个中原因恐怕我还比较的懂得人的限定，何必装模作样，何必说一些自己也未必清楚的玩意呢？当然我也不那么反对当下俊彦硕学的云罩雾盖。人是追求自由的动物，自由即是对限定的认识，人各爱其所喜，也各有其限定。我说我的，你说你的，各随其便，能不能允许这样呢？不同意见的论争应该欢迎，意气确实不必要，学术研究上的个性值得鼓励，但它绝不等同于我们见惯了的旧门户、新门户。“学术之不同，正以见道体之无尽也。奈何今之君子，必欲出于一途，剿其成说，以衡量古今，稍有异同，即诋之为离经畔道，时风众势，不免为黄茅白苇之归耳。”可叹黄梨洲的这句话，已说过几百年了。

临末，感谢上海哲学社会科学规划办公室，它将本书稿拟定的研究课题忝列在“九五”规划之中。更感谢复旦大学出版社对我的劳作所给予的一贯关心，继《京派文学的世界》之后，还愿意向读书界介绍这部书稿。责任编辑杜荣根君自去岁至今春再三的催稿，给我以难能言说的感动，振声和他，是我在十多年前先后的研究生同学，他俩或以结实的著述卓然成家，或以斐然的业绩已赢取人们的尊敬。唯道明婆婆妈妈说了这些话。

是为序。

许道明

1998年初夏

究从滥觞至于今，包括整个现代中国的文化学术研究，躬逢了一段相当特殊的日子，说它长期缺乏客观公正的实证功夫，庶几不是危言耸听。我不太相信真正的学术进步可以罔然于传统，我也不愿意看到“重写文学史”庸俗地滑向简单的“补苴”和“翻案”。从实际看，已经有不少的年头，面对学界“建设中国新文学文献学”的创意，我是一个积极拥护者。历史研究中的“以论带史”曾经威风过相当时日，至今似乎还有可观的市场。历史研究者持有超越型的立场，是值得肯定的，因为真正的超越差不多都以“历史本相的洞察”为基础，至于无源之水的超越，是拙劣的超越，是伪超越，是一种近似卡通式的运作，吠影吠声，却免不了有些滑稽。

这部书稿旨在清理现代海派文学，大半在描述，当然像《京派文学的世界》一样，也多少含茹我对这一历史文学现象的价值判断。逼近历史仍然是我的主务，我没有爽朗地将“海派”的帽子戴到左翼作家的头上，也最终没有勇气将茹志鹃看成是“海派女作家”，像许多研究者那样将“海派文学”看成唯以地域为标准的大火锅，乐于把所有上海作家的劳动潇洒地丢进去。我的全部努力趋赴于从“现代”这一板块来厘定海派文学的概念，多少带着些许怀旧的情绪来建构我的逼视历史原生态的话语系统，进而为考察海派文学在当代的命运提供一些切实的说法。四章总论性的文字表达了我对海派文学的基本认识，余二十个作家的议论，差不多是为了支持或验证总论的。所选择的作家，既非海派的全部，也并不都是一流人物，他们或是阶段的代表，或是风格的代表，或是学艺身份的代表。走近学术结论本合我意，然而在描述上我喜好守持清浅，只有感觉没有事实的文章不易做，于是唯有一法：想通了的便说，尚未想通的不便说也不敢说，与其瞎说一气，宁肯向述而不作低传统的“南北文学不同论”显然是人们最喜欢挥舞的旗帜。详引班固《汉书·地理志》颇不乏其人，甚至还有从孔子那儿找寻援手的，比如孔子所谓的“宽柔以教，不报无道，南方之强也，君子居之。衽金革，死而不厌，北方之强也，而强者居之”(《中庸》)。至于李延寿所称：“江左宫商发越，贵于清绮；河朔词义贞刚，重乎气质。气质则理胜其词，清绮则文过其意。理深者便于时用，文华者宜于咏歌。”——自然更为人们所征引。比较而言，近人言论尤其被人珍重。刘师培的《南北文学不同论》可视为一部中国文学发展简史，他主要用地理条件所引起的民俗、语言的差异来解释文学现象，把自《诗经》以至清代的作家作品划分为南北两派；至于南北文学之消长及其相互影响，则归之于战争、交通等种种原因。当下的有关文字一再借以标举，实在并不偶然。王国维和梁启超算是近代学界的双子星座，长期得到高度重视，论者惊喜地发现他们也是“南北文学不同论”的辩护者，前者有《屈子文学之精神》在，文章称：

> 南方人性冷而遁世，北方人性热而入世；南方人善玄想，北方人重实行。
>
> 故前者创作了富于幻想色彩的庄子散文，后者则导致了“诗三百”的抒情短制。

梁启超是化约方法大师，宏观方面的标能擅美，给世人留下的印象相当特殊。他在《中国学术思想变迁之大势》中，创造性地将春秋战国时代的百家争鸣和众多学派简化为“南老北孔”的斗争，认为：

北学务实际，南学探玄理；北学切人事，南学出世界；北学贵力行，南学齐物我；北学重家族、系亲爱，南学轻私爱、平阶级；北学重礼文，南学厌繁文；北学守法律，南学明自然；北学畏天命，南学顺本性；北学敬老年、重经验、尊先祖、守古之念重、保守之情厚、排外之力强，南学不崇先王、不拘于经验、不屑于实际、达观于世界之外，乃至轻世、玩世既而厌世。

林语堂深谙南北风气，壮年已有所揭橥，而晚年还热衷于对“北人与南人”进行详尽分说：

吾们有北方人民，他们服习于简单之思想与艰苦之生活，个子结实高大，筋强力壮，性格诚恳而忭急，喜啖大葱，不辞其臭，爱滑稽，常有天真烂漫之态，他们在各方面是近于蒙古族的，而且比较聚居于上海附近之人民，脑筋来得保守，因之他们对于种族意识之衰颓，如不甚关心者。他们便是河南拳匪，山东大盗，以及篡争皇位之武人的生产者。此辈供给中国历代皇朝以不少材料，使中国许多旧小说之描写战争与侠义者均得应用其人物。

循扬子江而至东南海岸，情景便迥然不同，其人民生活之典型大异。他们习于安逸，文质彬彬，巧作诈伪，智力发达而体格衰退，爱好幽雅韵事，静而少动。男子则润泽而矮小，妇女则苗条而纤弱。燕窝莲子，玉碗金杯，烹调极滋味之美，饮食享丰沃之乐，懋迁有无，则精明伶俐，执戟荷戈，则退缩不前，诗文优美，具天赋之长才，临敌不斗，呼妈妈而踣仆。

当清廷末季，中国方屏息于鞑靼民族盘踞之下，挟其诗文美艺渡江而入仕者，固多江南望族之子孙。[2]

凡此种种，不一而足。实际上，这些说法不啻古老而长青，在具体的功能上还显示出普遍的适应性。它们几乎被人广泛用于说明南北两个方域的所有现象，议论南北方之风气习俗者用之，标榜南北人之品性人格者也用之。直到文化艺术的各个领域的分列，比如戏曲、诗词、小说、园林、棋艺、书法、绘画、盆景、烹调等的特质，也在显示出人们对于南北文化差异的兴趣。它们能够流行并支持理论界关于京海两派的申说，不能忽视其某种合理性。京海文学的某些特异之处，确实和南北文化历史性的对峙冲突有相当程度的联系。坊间流行的“南柔北刚”，差不多已被视为中国艺术最高的风格范畴，故而类似清人魏际瑞《伯子论文》有南曲北曲分殊——“南曲如抽丝，北曲如轮枪；南曲如南风，北曲如北风；南曲如酒，北曲如水；南曲如六朝，北曲汉魏；南曲自然者，如美人淡妆素服，文士羽扇纶巾；北曲自然者，如老僧世情物价，老农晴雨桑麻；南曲情连，北曲情断；南曲圆滑，北曲劲涩；南曲柳颤花摇，北曲水落石出；南曲如珠落玉盘，北曲如金戈铁马；北曲步步桥高，南曲层层转落；北曲枯折见媚，南曲宛转归正；北曲似粗而深厚，南曲似柔而筋节；北白似生似呆，南白贵温贵雅。”——这在今人有关文章中出现的频率之高，令人惊诧不已。不过，简直地用“南柔北刚”来说明京派和海派在文学上的分别，实在有些勉强。在我们看来，现代中国活跃于北方的京派作家，他们的多数作品大都倒显示出南方文化的遗风。这里只要举出他们的小说重镇沈从文便足够了。他的关于湘西风俗的篇什，《丈夫》也罢,《边城》也罢,《萧萧》也罢，十有八九不似北曲，而直然像南曲一般的“似柔而筋节”。

其实，所谓的“南北文化不同”，是一个相对的概念，也是一个历史的概念。在我国的古代，南北的文明大抵是以黄河流域与长江流域为区分标志的，从文学领域看,《诗经》几乎不收长江流域吴、楚、越地的歌谣，一派中原地带的厚重、严谨、豪放；稍后的《楚辞》，有某种“脱颖而出”的意味，它对立于北方，显示了长江流域的浪漫、活泼、细腻。如果北方的《诗经》崇尚礼乐教化、仁和中庸，代表了黄河文明以儒家为主流的文化品格，那么,《楚辞》则和长江文明相联系，更多地反映了道家的精神气质，追求逍遥、自由、超拔飘逸。这种南北两宗文化在南宋以后开始出现不小的变化，较长江更南的珠江流域，脱去了“南蛮”“化外”的帽子，一种迥异的风格姿态和人文理想从母体中挣出，形成为珠江三角洲的岭南文化。它以其特有的优势同长江三角洲的江南文化相抗衡。梁启超在作于1902年的《中国地理大势论》中，便将中国文化划分为黄河、长江、珠江三个主要的文明地区，并较早提出中国不是一个只具单一文明的国度，而拥有着“多元的文明”。连林语堂在论列南方文明时，也多少注意避免大而化之，讲完“东南海岸”之后，并不忘却珠江，甚至还兼论到长江中游地区。他说：

> 复南下而到广东，则人民又别具一种风格，那里种族意识之浓郁，显而易见，其人民饮食不愧为一男子，工作亦不愧为一男子；富事业精神，少挂虑，豪爽好斗，不顾情面，挥金如土，冒险而进取。又有一种奇俗，盖广东人犹承受着

古代食蛇士民之遗传性，故嗜食蛇，由此可见广东人含有古代华南居民“百越”民族之强度混合血胤。至汉口南北，所谓华中部分，居住有狂噪咒骂而好诈之湖北居民，中国向有“天上九头鸟，地下湖北佬”之俗谚，盖湖北人精明强悍，颇有胡椒之辣，犹不够刺激，尚须爆之以油，然后煞瘾之概，故譬之于神秘之九头鸟。至湖南人则勇武耐劳苦，湘军固已闻名全国，盖为古时楚国战士之后裔，具有较为可喜之特性。[3]

故而，所谓的“南北文化不同论”是仅就大体而言的，若细加区分，则南北两宗之中，另有殊异，而随时代之发展，在范围和内容上更有相当的变迁，不断有新的文化精神养成并日渐引人注目。我国南北文化作为矛盾体的两个方面，自以对方的存在为条件，这是它们两者的依存性，同时它们也会因外界时空条件的变化而带来内在关系的转化。这里，同样应该排斥观察上的绝对性。刘师培在议论南北文学之殊异时，除了特别注意战争的原因外，还相当重视山川、地理、交通等因素。这在方法上是可取的，然而在具体运作上并不精严。今人程千帆氏为刘文《南北文学不同论》所作的笺注剀切地指出：“吾国学术文艺，虽以山川形势、民情风俗，自古有南北之分，然文明日启，交通日繁，则其区别亦渐泯。东晋以来，南服已非荒徼；五代以后，中华更无割据。故学术文艺虽或有南北之分，然其细已甚，与先唐大殊。刘君此论，重在阐明南北之始即有异，而未暇陈说其终则渐同，古则异多同少，异中见同；今则同多异少，同中见异。”[4]林语堂也表达过仿佛的意见，他在《吾国与吾民》中说：不啻南方和北方，“因往来贸易而迁徙，与科学时代应试及第之士子被遣出省服仕之结果，自然而然稍稍促进异种人民之混合，省与省之差异性乃大见缓和”。这类结论是符合事实的，显示了一种辩证发展的优长方法论。比如东晋的建都建康（南京）、唐代的“安史之乱”和宋代的“靖康之难”，它们所带来的历史动乱和人口迁移有力地促使南北文化各自的某些部分彼此向对立面转移。当前北京的文艺创作中的前卫风气与上海理论批评中顽强的建构运作，生动体现了南北文化互动、互渗甚至融合的性状，历史上的京派文学与海派文学同样具体而微地证实了南北文化中间并不存在着一道万里长城。京派作家多为南方人，而海派中也不乏北方大汉。

总之，以传统的“南北文化不同论”来全面概括京海两派的不同性状，基本上是一种“自然环境决定论”，很有些偏致。20世纪30年代前后，文学界对于丹纳“种族、气候、时代”学说的检讨，开始认识到丹纳的“三元素”理论热衷于说明自然环境是决定文化生态的根本，常常只满足于描述直接观察到的“简单现象”之间的先后联系和相似关系，而忽视探寻这些“简单现象”背后更为复杂、更为本质的东西。即便在具体论证时也看到一般文化环境之于文化生态的意义，却基本上无视物质生产和经济运动对于造成文化生态的决定性作用。在我们看来，讨论京海两派的性质，笼统地归属于地域是不相宜的，应该注意它们的既为一般地域因素所制约，更为不同地域中的特殊因素所决定。唯其如此，才可能寻觅出京海两派真实的价值标志和尺度。实际上，所谓的京派文学和海派文学，不只是地域的概念，甚至不主要是地域的概念，也即是说，京派文学不等同于北京文学、北京人的文学或北方文学，而海派文学则不等同于上海文学、上海人的文学或南方文学，它们同地域的深刻联系大多表现和主要表现在它们和地域基本文化精神的对应方面。王国维和梁启超优胜于刘师培的地方恰恰在于，他们不是简单地铺排了南北文化的种种差异，诚如王国维特别说出了北方文化几近“贵族派”“近古派”“国家派”；而南方文化则可视为“平民派”“远古派”“个人派”。而梁启超还大有深意地揭发了南方学派“对于北方学派，有吐弃之意，有破坏之心”。关于这些，以后的有关章节还会专门讨论。所以，一般性地将“南北文化不同论”用于分疏京海两派文学的差异，实在有限之极，并且还大不利于深入把捉这两派文学的精神底蕴。

二　近代海派艺术

我们已经说过当前议论京派海派多有“自说自话”者，京沪两地有不少标榜者勤于经营，东奔西突，频频亮相，颇有些陶陶然的神色。说来有趣，最早的京派与海派恰恰相反，各自头上的帽子却都是对手“强加”的。

那还是清末民初，哪年哪人最先使用“京派”和“海派”这类词，尚待深考，史家一般倾向于如下说法：北京的皮簧戏是被外省人（当然包括上海人）称之“京调”“京二簧”的，于是也有了“国粹派”或“京派”的名称；而沪上的艺术发育于繁华绮丽之地，很有些离经叛道的味道，于是视正统为性命的（主要包括北京人），将新兴的上海艺术蔑称为“野狐禅”或“海派”。双方同为讥讽，而神情殊异，国粹派挖苦“海派”，虽然已多日薄西山之气，却俨然得紧；而“野狐禅”的揶揄“京派”，即便不乏义勇慷慨，多少还未能扫尽忐忑之状。这是历史上京海之争的第一幕，它借着外在的时代转型巨力和内在的艺术更新渴求，在一片微明的曙色中生发、开展。

海派艺术的第一个领地应该是绘画，描述海派文化史者，少有人不顾及这个节目的。生成于晚清的上海画派是一个杰出的存在。坊间有些人喜好从明代董其昌谈起，大概因为董氏作为江南松江画派巨擘，曾与莫士龙等人创言“南北两宗说”，并且抑北扬南，便于套入既成的“南北文化不同论”。当然，董其昌对南宗的大吹大擂含茹某些有些意思的东西，也不排斥其中某些对于南宗绘画精义的发微，诸如讲究水晕墨章，风雅神韵，推崇江南清疏情致等，是有益于人们思考上海画派的。然而就总体而言，董其昌的标榜南宗，旨意全在树正脉，立门户，差不多相类于现代的党同伐异。而他所固有的以某某几家山水画去套现实的景物，即“自然如画”的兴趣又相当保守，他那种一味拘泥古代大师们的艺术、章法、笔墨的倾向，倘和南方文化牵扯，是很难说得通的，正是在这一点上，新起的上海画派却大异其趣，别有一片风景。

许多论者就风格角度论证了上海画派与松江画派无有多少相承的历史渊源，并且认为上海画派主要上承唐宋以来的优良绘画传统，更多地吸取了明代画家徐渭（青藤）、陈淳（白阳）之长，多处直接蒙领了扬州八怪的遗泽。因此画风趋赴笔墨的清新，挥洒豪放的气质。随清代金石考据学的兴起，画风又受金石影响，作品中出现古朴雄浑气息。至于西欧绘画的输入，程度不等地激动了沪上画家，更给上海画派带来新生命。这是有根据的。习惯所说的“四任一赵”，大抵是最初的代表。“四任”也者，即任熊、任薰、任预和任颐，他们都不是上海人，前三者为浙江萧山人，后者系浙江会稽人，相互间有师从关系，一概既具传统血脉，更是看重创新，无法以一般的南宗派范围，其中当以任颐成就最高。任颐（1840—

1896），字伯年，山水、人物、花鸟、走兽无不精妙。早年寄寓萧山，从任熊、任薰兄弟学画，进而学得北宋神韵，以焦墨勾骨，赋色浓厚，酷似陈老莲。相传后又悟得八大山人用笔三昧，作细笔人物、花鸟，工整严谨，刻画精致，设色富丽堂皇。善写民间题材和生活小景，以及熔铸古今中西画法，都为他的特色。“一赵”即赵之谦（1829—1884），也为会稽人。他于诗文、绘画、书法、碑刻考证、篆刻无所不精。《海上墨林》一书中评述这位书画家是：“以篆隶法入画，其风古茂沉雄、戛戛独造；篆刻则规抚秦汉印章，古劲遒丽。”此外，赵之谦和任颐的不少杰构还蕴借有一股激奋昂扬或坚韧怫郁的情绪，不乏和时代潮流互相应和的气息。稍晚于任颐的吴昌硕和虚谷，后与任氏并称为“海上三杰”，当是上海画派最重要的人物了。吴昌硕（1844—1927），原名俊卿，以字行，浙江安吉人。吴氏史称是上海画派主将，取法青藤白阳，出入石涛八大山人之间，却不以为足。中年后用钟鼎篆籀之笔入画，凝练遒劲，苍茫恢宏；画家又性喜诙谐，赤子童心常时流露于他的笔墨之间；凡此保证了他的写意花鸟画一反传统，雄浑豪放，气韵生动，开启了一代新风。至于虚谷（1823—1896），是位和尚画家，俗名朱怀仁，安徽歙县人，客居扬州。史载曾任清军参将，他的出家源于同情太平军，是个名为僧，却“不茹素，不礼佛”，胸襟坦荡而颇富正义感的画家。他的画与南宗画的清淡、柔媚、狂疏无缘，而带着徽派艺术的生冷而隽永的气质，归真返璞，画品极高，新人耳目。

此外，还值得重视的有两人，他们虽多有与上述诸家相通处，却也有很不相同的特点。一为钱慧安（1832—1911），又名贵昌，字吉生，上海宝山人。画学陈老莲，以人物仕女为专长，并热心于年画，同治、光绪年间求艺至天津杨柳青，更能别出机杼，因而对年画尤有贡献，曾任上海豫园书画善会会长。另一为吴嘉猷（1850—1910），字友如，江苏苏州人，以字行。早年寓居上海，工人物、肖像，曾应征至北京，为宫廷作画。1884年起在上海主绘《点石斋画报》，后又自办《飞影阁画报》，所绘多为时事新闻插图和市民生活风情，部分作品一定程度反映了清朝政府的腐朽统治，外国资本主义的侵略，以及人民的疾苦和反抗，影响颇大。鲁迅著述中多次提到吴氏，《而已集·略论中国人的脸》中称：吴友如的《点石斋画报》，“所画的大抵不是流氓拆梢，便是妓女吃醋，所以脸相都狡猾”，并认为与时装人物的脸的神态非常相像。1939年4月9日在给魏猛克的信中重提吴氏画风流于油滑，但没有抹杀，相反称道他对上海洋场上事情观察的精细。

当然，这些画家的作风并不完全一致，具体成就也有参差，甚至从某种特定的范围言之，在对于时代社会生活的反映上也存在着不尽相同的取向，然而，他们毕竟有着诸多共通的方面。他们是一批在国运不振的年代，在中西杂处、土洋并争的土地上，集聚于上海的书画家。这一时空背景，对于他们中间的所有人是特别重要的。他们都曾得到过传统的滋养，可是谁都不甘心也不愿意就范于传统，显示了一种非常现代的精神倾向，从而也影响并陶铸了他们别一样的艺术怀抱。他们的艺术关心有了极大的拓展，甚至于自甘卸却文人雅士的传统装束，走向民间，同情、接纳市井俗习；同时，他们普遍地不再执着于绘事本体的追求，几乎更醉心于绘画主体精神的表达，从而也实际地开辟了某种艺术新境界；此外，诸如传统的怡情养性、应和酬答之类创作方式，相距他们也日渐增远，他们发现并敢于逼视艺术作品固有的商品属性，已经习惯以卖画为生。当然，这一切都得益于他们对于时代新质的体认和呼应，并且还是透过十里洋场的喧嚣和适应十里洋场的需要才实现的。凡此，才可以说上海画派的艺术家们为真正意义上的海派文化播下了第一批种子。

同任何新兴艺术的命运一样，上海画派在它的孩提时期便遭遇来自正统派的攻讦和挞伐。左宗棠曾称“海上”为“江浙无赖文人之末路”（姚公鹤《上海闲话》）。流风所及，直至30年代还有人坚持：“同治光绪年间，时局益坏，画风日漓，画家多蛰居上海，卖画自给，以生计所迫，不得不稍投时好，以博润资，画品遂不免日流于俗浊，或柔媚华丽，或剑拔弩张，渐有海派之目。”[5]因此，最早的“海派”是正统派对于上海新兴艺术的一种恶谥，襁褓中的海派顽强地生长着，只是它尚未具备还手的资格。需要补充的是，艺坛一般对于海派的贬斥，在对象的把捉上还相当混乱。北方统称上海画派为海派，而在上海，则称钱慧安等为海派。张祖翼在题吴宗泰画中称：“江南自海上互市以来，有所谓上海派者，皆恶劣不可暂注目。”而张祖翼氏本人恰好是较有声名的寓沪书法家。《城市季风》的著者在援引了这条证据后认为：张氏所指，当非任颐等，而为某门画派，“可知晚清时海派的指称多贬意，较混乱，但系专指，非对上海所有画派的泛指或总称”[6]。这是有相当根据的意见。它至少可以启发我们：所谓“海派”也者，本不是单一的，有着比较复杂、甚至良莠不齐的内容。今人所说的“良性海派”和“恶性海派”，并不是多余的指称，而是非常必要的，因为它符合历史事实。我们回顾历史上的多次京海之争，或隔靴搔痒，或夹缠不清，或指鹿为马，或目标迷失，其源盖出于此。

较之绘画更有影响，也更为人们所熟悉的是清末民初的戏剧界。

诞生于宋元时代的北曲南曲，自然是先声，不过具体情状几乎和绘画中的南北两宗一样，发生在晚清戏剧界的南北对峙，有其特殊的内容。用“从徽剧到京剧”这一题目，大致是可以说清楚的。徽剧原本安徽的地方戏曲，以博采包括二簧、昆曲、吹腔、高拨子等各类声腔精华而闻名。1790年为庆贺乾隆八十寿辰，徽戏班进京，并得到京师观众的欢迎，随后在京都经由半个世纪的陶铸，从正宗的徽戏二簧日臻完美到融合秦腔的西皮而成皮簧腔，再渗入汉戏的皮簧新声，最后又和北京观众的趣味反复磨合，形成了最早的京剧。戏曲画家沈蓉圃所绘的《同光朝名伶十三绝》留下了一批声震梨园的名伶身影，如郝兰田、程长庚、谭鑫培、杨月楼等（包括梅兰芳的曾祖父梅巧玲），他们是第一代的著名京剧表演艺术家。咸丰末年京剧的进宫是一个大事件，从而也改变了新兴京剧的历史命运。上层社会和贵族文化的趣味，乃至统治阶级的政治需要，渐次将清新刚健的民间京剧转化为雅驯柔美的宫廷京剧。相传慈禧便是其中推波助澜的第一等角色。于是京剧在官方的乔装打扮下走上了至尊的宝座，直到今天，还没有失去它的“国剧”的荣誉。民间艺术的雅化，是艺术史上的一个大节目，它有正面的意义，也有负面的影响，任何用绝对化的标准来估衡，都不相宜。说梅兰芳氏时至今日还是最有成就的京剧表演艺术家，恐怕是不争的事实，然而早在30年代中期，鲁迅却用新近获得的阶级论，从艺术史发展的特殊角度出发，淋漓尽致地奚落过梅博士。1934年11月的第一天，鲁迅用“张沛”的笔名写下两篇《略论梅兰芳及其他》，其中“上篇”有一著名的段落——

梅兰芳不是生，是旦，不是皇家的供奉，是俗人的宠儿，

> 这就使士大夫敢于下手了。士大夫是常要夺取民间的东西的，将竹枝词改成文言，将“小家碧玉”作为姨太太，但一沾着他们的手，这东西也就跟着他们灭亡。他们将他从俗众提出，罩上玻璃罩，做起紫檀架子来。教他用多数人听不懂的话，缓缓的《天女散花》，扭扭的《黛玉葬花》，先前是他做戏的，这时却成了戏为他而做，凡新编的剧本，都只为了梅兰芳，而且是士大夫心目中的梅兰芳。雅是雅了，但多数人看不懂，不要看，还觉得自己不配看了。

说鲁迅过于尖刻，当然有理由，然而他从梅兰芳身上所揭示出的“艺术从民间走向宫廷的历史命运”，非常平实而且深刻。鲁迅一生酷爱民间艺术而鄙薄雅化艺术，京剧大师梅兰芳被他干脆拉上祭台，本合逻辑，尽管终究是不幸的。

话得回头说，徽剧在进京的同时，也“流落”到沪上，天高皇帝远，却有着很不一般的遭遇。史载直到同治初年，沪上的徽剧依然是徽剧，哀梨老人在《同光梨园纪略》中称：当时“沪北十里洋场，中外巨商，荟萃于此，女闾三百，悉在租界，间有女班，唱皆徽调”。大约1867年前后，宝善路京式戏馆“满庭芳”开张并邀约天津京剧班南下演出，沪上民众才第一次领略何为“京剧”。不久，丹桂茶园继请夏奎章、熊金柱等一批京剧名角长期在沪献艺，至此，来自北京的京剧才算深入了上海普通民众之间，并在19世纪末最终取代徽剧，成为上海重要的剧种之一。有趣的是，如同北京市民、尤其宫廷改造徽剧而生成京剧一样，京剧南下沪上，难以一成不变，经由地域文化的熏染，也被改造为面目殊异的南派京剧。“桔逾淮而北为枳”，于是，京剧表面有了南北或京海的分殊而底里却深藏着某种“正宗”和“大兴（非正宗）”的对立。上海称北京的京剧为“京朝派”；北京称上海的京剧为“外江派”。

“外江派”京剧，即是京剧的海派。“外江派”和“京朝派”或海派和京派，习惯的说法，如“戏剧者有两大派，一北派，一南派。北派之誉优也必曰唱工佳，咬字真，而于貌之美恶初未介意；南派誉优则曰身段好，容颜美也。而艺之优劣乃未齿及。一言以蔽之，北人重艺，南人重色而已”（徐珂《清稗类钞·戏剧类》）。多少是可以区分两派的相异特质的，然而，远远不够，遑论“一言以蔽之”。

上海滩头兼容中西各色人等，他们带着各自不同的理想来寻求生存发展，特别吸引了那些冒险家实现他们“抢世界”的疯狂野心，即使是一般市民的生活节奏也远没有京师民众的那份萧散。生存的竞争性也制约了那块土地上的艺术追求的尖新性。京剧原本在审美趣味上的高贵雅致，那种相对中规中矩的品格已难以满足沪上观众的口味，于是京剧在上海就日渐走上“上海化”的改革路径。最早的海派京剧也有人称之为改良京剧，它集中反映了京剧从内容到形式与时代生活的接近。主要特点有三：

其一，剧目的变化。京朝派京剧浸淫在正统的封建文化的大泽中，剧目的内容相当保守，不脱表彰帝王将相和宣扬忠孝节义，而海派京剧则推崇翻新，喜好从现实生活中撷取题材。尤其在辛亥革命前后，人们对于那些《打金枝》《五雷阵》《文昭关》等传统戏已经厌倦了，“丹桂茶园夏氏兄弟，加上潘月樵，他们有头脑，很想改革京戏，便排演了《潘烈士投海》一类慷慨激昂的戏。汪笑侬在春仙茶园，他的胆子更大，索性演起洋装戏来。陈冷血译的侦探小说《火里罪人》，他也搬上舞台”（徐半梅《话剧创始期回忆录·唱戏与唱戏的》)。当时，沪上的京剧剧目多得眼花缭乱，取材时事的甚多，并还和文明戏乃至新兴的电影互为移植，这在北京是不可想象的。这里，摆脱既成传统束缚，吹拂时代新风，大体是它们一般的指归。

其二，表演形式的变化。排演时事新戏的实践启发人们不再看重短短的唱工戏和做工戏，传统的折子戏被长篇连台本戏所代替。旧式京剧重写意，重象征，而新式的即海派京剧积极引进了写实的技巧，注重真实性。代表近现代西方文化的话剧和电影开始全面启引海派京剧，它们的舞台要求和艺术处理也渐次影响到京剧，融声光化电的机关布景的发明采用，大放异彩。当然几乎和某些剧目内容的庸俗低级一样，在演出形式上也存有不少负面的东西。求火爆，摆噱头，一切唯时髦是沪上的恶习，比如真刀真枪的开打，活牛活马乃至汽车的登台出场，高台捧“硬僵尸”，以及女角胴体的暴露和色情表演，也不一而足。

其三，演出制度的变化。旧式京剧以名角领衔组班并选择剧场，利益则和剧场老板协议分成，大抵取类似主动的“卖方”方式；而海派京剧取“包银制”，由剧场老板发挥经纪人的功能，由他们选择剧团，差不多采用相对被动的“买方”的方式。旧式京剧一经被上层社会所垄断，所谓的“贡演”和堂会成为演出者主要的经济来源，而沪上的京剧表演较多地体现平等性，演出者的经济收入基本依赖公开演出。因而，当北京的艺术家笃悠悠地很有情调地打发着日子时，上海的同行则栖栖遑遑，忙得脚不着地。

尽管如此，当时的京海两派虽有诸多根本性的差别，自然也有对立的意味，不过近代社会内部封建性文化的江河日下，以及看取世界的开放性文化因素的不断滋长并成为风气，一切确乎都具有重新分化、重新组合的过渡性质，因而暂时并没有使对立发展成为特别尖锐的冲撞态势。尤其在辛亥革命以后，新的时代任务和新的社会斗争，以至于清廷最终的敲响丧钟，旧有的京剧渐次失去优势，也开始出现改革的向往，名垂海内的京派四大名旦“梅兰芳、程砚秋、荀慧生、尚小云”等正躬逢其时，他们的主要学艺阶段和艺术的青春时期，正是以此为背景的，这是他们比前辈幸运的地方。1913年，梅兰芳在王凤卿的推荐下，第一次到上海丹桂第一台演出。他是京派顶尖的名角，得到喜好“轧闹猛”的沪上观众的欢迎自然不成问题，属于梅兰芳个人的特殊收获则是，他对上海新式的弧形舞台和斑驳迷离的灯光发生了浓厚兴趣。他在上海观摩了许多表现现实生活的改良京剧，结识了像欧阳予倩这样的进步同行，返京后，陆续排演了《孽海波澜》《宦海潮》《一缕麻》《邓霞姑》等提倡妇女解放，揭露官场黑暗，反对包办婚姻，破除神权迷信的时装戏。梅兰芳的传记材料表明，梅氏是一位对于新兴事物具有特殊敏感的艺术家，一生躬行京剧的改革，成绩良多，而他的心智的发育和热情的养成，最初的关目显然是和上海有关的。这类的转益多师也发生在海派京剧艺术家身上。即如海派旗帜的周信芳，亦心仪京派，海派名家李桂春、小杨月楼等重金聘请京派名师，甚至教子弃海从京。这类佳话可说不胜枚举。当然值得注意的是，正是在这一批艺术家的殚精竭虑之下，海派京剧逐步稳定自己的特色。比如，它的行当界限不严，不像京派那样注重规范，唱得激烈，演得火爆，时常“文戏武唱”，侧重念、做、通俗、写实、大众化，武戏强调“冲”“猛”“狠”，火炽、奇巧、惊险等，一直以它特有的魅力吸引着观众。

三　现代海派文学

“五四”以降，中国社会的转型加剧，体现这种社会需要的文化，在广度与深度上都出现了全新的内容和形式。整个20年代，尤其在它的前中期，文艺流派的发育和生长呈现出相当令人惊喜的景观。近代社会有利于京海两派发展的条件得到相对良性的加重和加浓，即便政治和军事上的军阀混战，搅得大小统治者“无暇它顾”，当然也包括他们在文化上的愚昧，倒使“五四”落潮以后的文学艺术还是借着“五四”奠基的“科学与民主”精神继续长足进展。继《新青年》和《新潮》之后，新起的流派破土而出，旧有的流派或消失了或依然保持着它们郁勃的生命力，凡坚持着的多半和新生的流派相冲撞，或扭结，或融合。近代艺术界的京派和海派继续历演着它们的生命史，情况自然有些改变。从戏剧与绘画的领域看，多数人认为是京派压倒海派，那是不确的。以周信芳为代表的“麒派艺术”正是在这一时期走上成熟的道路的，绘画领域张大千、刘海粟、林风眠的出现并不偶然，都具体反映了海派艺术的壮健发展和巨大收获。从某种意义上看，20年代是我国文学艺术史上值得留恋的时期，不仅产生了不少影响深远的流派，甚至还正是一个产生大师的年代。人们至今之所以还存在着“京派压倒海派”的观感，大抵和人们长期维护的“正宗”心理定势有关，或许可以说既成传统中北人对于南人的习惯偏见，还发挥着严重的影响。这些毫无例外地都带有不小的情绪因素，但它远不是短暂的情绪，而拥有着悠长深厚的历史背景。后来鲁迅在《北人与南人》中对此就议论过：

> 北人的卑视南人，已经是一种传统。这也并非因为风俗习惯的不同，我想，那大原因，是在历来的入侵者多从北方来，先征服中国之北部，又携北人南征，所以南人在北人的眼中，也是被征服者。

他在详述历史实状之后，还不得不补充言之："当然，南人是有缺点的。权贵南迁，就带了腐败颓废的风气来，北方倒反而干净。"这是非常平实的揭发，表现了鲁迅对于中国民族性的某些方面独到的认识。正如鲁迅的北人南人云云，是针对京海之争而发的，社会上对于京派的优于海派，海派的动辄遭人讥讽，也不是不可理解的了。此外，20年代的中国，较之近代社会，沪上的艺术更自觉地接受商业利益的驱动，更自觉地迁就市民趣味，草率粗浅的风气也随之愈演愈烈，从而也诱发人们将海上的艺术产品同"五四"前后批判过的"黑幕""鸳鸯蝴蝶"搅成一锅，进一步强化了海派的恶名，不惜粗暴地将那些旨在求新、求变、求用的，走在历史前列的艺术家及其作品，一股脑儿地视而不见，听而不闻。不过值得注意的是，就文学这一狭义的领域看，严格意义上的京派和海派，在近代还未曾登台，甚至在"五四"前后也无像样的身影，而正是在20年代的中后期才先后露面。大致是先有了沪上文学与商业竞争的结合，尤其沪上某些作家开始具备和传统别一样的眼目（既不同于近代的谴责和狭邪，也不同于"五四"初期的启蒙和平民）后才萌芽了海派文学，随后也便迎来了种种看不起海派的议论和攻讦，其间径直还刺激生成了某些新的反对派，而这些反对派中的多数，差不多都亮起"五四"的招牌，这是颇有意思的。

作为历史概念的京派文学也是出现在20年代末的一个新的文

学流派，周作人的文学趣味和胡适的自由主义的政治观点是它最初的支点，宣扬文学的本体性，鄙薄文学逼仄的功利目的是它最初的旗帜。它信仰“五四”的科学民主精神，激动于西方先进的文化学术，但属于它的多数作家在珍视和承传民族文化遗产上，也显示着异乎寻常的兴趣。这些作家在日后有相当可观的发展，然而，他们旨在维护以农耕文化为中心的传统中国文化的全部运作，还存有不少可议之处，许多地方表现出程度不等的保守性状。[7]凡此，也严重影响他们在批评海派文学上的准确性，以至于有时会模糊乃至混乱了后人对于京派文学和海派文学的准确理解。

挑起文学界京海之争是在1933年，始作俑者是当时已为京派文学主要代表人物的沈从文。1933年10月，沈从文在《大公报·文艺》第八期上发表《文学者的态度》，触发了京派和海派的论争。沈从文原本对学理探究并无特别的兴趣，他是有感而发的。他批评一些文人对文学创作缺乏认真的态度，染上了“玩票”“白相”的脾气，“这类人在上海寄生于书店、报馆、官办的杂志，在北京则寄生于大学、中学以及种种教育机关中。或在北京教书，或在上海赋闲”，“这类人虽附庸风雅，实际却只与平庸为缘”。这批所谓的作家对自己的作品或自我吹嘘，或相互捧场，“力图出名”，“登龙有术”。可怕的还在，这批人“实占作家的大多数”，毒化着文坛的风气。由此，他还告诫真正有志于文学事业的年轻人，应从这种态度中摆脱出来，在“厚重，诚实，带点儿顽固而且带点儿呆气的性格上，作出纪念碑似的惊人的成绩”。此文一发表，杜衡在《现代》第四卷第二期上撰文《文人在上海》与之驳难。身居上海的杜衡大概惊悚于一个“海”字，一厢情愿地在沈从文所指的“海派”与“上海作家”之间划上等号，并且以他自己归绎的论点作靶子，争取舆论同情，俨然在为上海作家打抱不平。为着取得比较有力量的支持，他不顾正同鲁迅闹着“文学自由论”的官司，以鲁迅为知己，援引鲁迅的话：“仿佛记得鲁迅先生说过，连个人的极偶然的而且往往不由自主的姓名和籍贯，也似乎可以构成罪状而被人讥笑、嘲讽。”《文学者的态度》会开罪部分上海作家，沈从文是想到的，至于像杜衡这样的答辩则为他始料所不及。为避免夹缠，他重撰《论“海派”》，着重正面界定“何谓‘海派’”。他指出：

> 过去的“海派”与“礼拜六派”不能分开。那是一样东西的两种称呼。“名士才情”与“商业竞卖”相结合，便成立了我们今天对于海派这个名词的概念。但这个概念在一般人却模模糊糊。且试为引申之：“投机取巧”，“见风转舵”，如旧礼拜六派一位某先生，到近来也谈哲学史，也说要左倾，这就是所谓海派。如邀集若干新派文人，冒充风雅，名士相聚一堂，吟诗论文，或远谈希腊罗马，或近谈文士女人，行为与扶乩猜诗谜者相差一间。从官方拿到点钱，则吃吃喝喝，办什么文艺会，招纳子弟，哄骗读者，思想浅薄可笑，伎俩下流难言，也就是所谓海派。感情主义的左倾，勇如狮子，一看情形不对时，即刻自首投降，且指认栽害友人，邀功牟利，也就是所谓海派。因渴慕出名，在作品之外去利用种种方法招摇；或与小刊物互通声气，自作有利于己的消息；或每书一出，各处请人批评；或偷掠他人作品，作为自己文章；或借用小报，去制造旁人谣言，传述撮取不实不信的消息，凡此种种，也就是所谓海派。

语调相当激烈，但人们是不难读出言者内心的那份沉重的。作为反击杜衡的文字，沈从文诚恳补充道：

> 杜衡君虽住在上海，并不缺少成为海派作家的机会，但事实明明白白，他就不会成为海派的。不只杜衡君如此。茅盾、叶圣陶、鲁迅以及大多数正在从事文学创作杂志编纂的人（除吃官饭的作家在外），他们即或在上海生长，且毫无一个机会能够有一天日子同上海离开，他们也仍然不会被人误认为海派的。这不失为非常公允的说法。

显然，在他看来，“海派作家与海派作风，并不独独在于上海一隅”。最后他还坦陈了他写《文学者的态度》并抨击海派的真实用心：海派有害于中国新文学的健康，“从‘道德上与文化上的卫生’观点看来，这恶风气都不能容许它的蔓延与存在”。

沈从文同杜衡一开战局，引起南北文坛的关注，京派文学虽已存在却尚未有正式的名目，至此因上海论者的一再借用一般文化界的说法，才落得了“吐丝自缚”的结局。如果历史上的京海纷争，基本上还表现在人们的观念方面，还表现为某种社会习惯势力，甚至还主要表现在舆论的一般气氛中，那么至此的京海纷争全面走向了舆论的前台，尤其集中体现了人们长期以来对于“京派与海派”在观念上的偏向和解释上的随意，以及表达时情绪上的狭隘。这场公案在当时乃至现在都没有比较妥善的解决，或者说还没有作出尊重历史的总结。对于大部分上海的作家来说，并未把捉沈从文的明确用心，或许为了便于团结上海作家，坚定他们明白清楚的反京派的立场，论者大多简捷地在海派和上海作家、海派和左翼作家、海派和秉承低级趣味的作家之间划上了等号。阿英以“青农”署名的《谁是“海派”？》更是有趣，他虽无意也不敢自称为“海派”，却因身居海上，仿佛有独占清除“海派”的权利，说什么“在上海的非‘海派’文人应该自己来澄清，不必麻烦‘京派’文人劳师远征”。在所有你来我往中，将海派直接指陈或甘于对号入座为左翼作家，算得是最为陈陈相因的怪论，它们严重混淆了视听。连晚年朱光潜为了保证某种安全感，为了表示某种思想上的转变，在他的自传中也不惜延用这种说法。由于他原先特别的京派身份，影响就很不好。而在沈从文，他所有关于海派的意见，到底是在揭发某些作家（在地域上包括南北，包括京沪）的创作态度和作风，他实际上多少是模糊了海派作为一种文艺派别的标准，同样随意地在文艺派别与创作态度之间划了一个等号。诚然，沈从文对主要发生在上海的左翼文学是有一定看法的，但他对左翼文学也有所同情，对它的批评在用语上并不完全相同于对海派的批评，也是不争的事实。整个三十年代，他的看法一直相当稳定。他是这样说的：

> 谈及文学运动分析它的得失时，有两件事值得我们特别注意：第一是民国十五年后，这个运动同上海商业结了缘，作品成为大老板商品之一种。第二是民国十八年后，这个运动又与国内政治不可分，成为在朝在野政策工具之一部。因此一来，若从表面观察，必以为活泼热闹，实在值得乐观。可是细加分析，也就看出一点堕落倾向，远不如“五四”初期勇敢天真，令人敬重。原因是作者的创造力一面既得迎合商人，一面又得傅会政策，目的既集中在商业作用与政治效果两种事情上，它的堕落是必然的、不可避免的。[8]

沈从文仿佛也在进行两条战线的作战，他所说的“海派”更多地联系着商业化，而他所说的“与国内政治不可分”，别处还说“文学与政治结缘”“文学的清客化”等，部分指国民党的党治文学，主要倒是指左翼文学。因此，“海派”在沈从文的言论中是一个专门性的概念，相对有着狭义的性质。它不同于上海的“左联”，也不完全等同于清末民初生成于绘画界和戏剧界中的“海派”，而同今天上海文化界的前卫们吹红了半边天的“海派”更是浑身不搭界。

其实，沈从文的根本用心在于追求文学自身的独立价值。他挥舞的正是京派文学本体论的旗帜，文学对一切外在力量的依附或屈从，一切脱离文学本身价值的功利趋势，在他的眼目中都是不健康不公正的，也是为他所无法忍受的：

> 我们实在需要些作家！一个具有独立思想的作家，能够追究这个民族一切征结的所在，并弄明白了这个民族人生观上的虚浮，懦弱，迷信，懒惰，由于历史所发生的坏影响，我们已经经受了什么报应，若此后再糊涂愚昧下去，又必然还有什么悲剧场面；他能理解在文学方面，为这个民族自存努力上，能够尽些什么力，且应当如何去尽力。[9]

这里不乏迂阔，但有不少真诚！把握了这一点，才比较有可能测度到沈从文的瞩望和期许，才可能多少冷静地评估他在1934年前后同海派文学作斗争的目的。

小辈们的你来我往，生出的闲气实在太多，鲁迅似乎看不过去，终于出来讲话了。1934年1月30日，他在一天之内写下了

《“京派”与“海派”》和《北人与南人》两篇文章。前者有一段被人们反复引用过的话：

> 所谓“京派”与“海派”，本不指作者的本籍而言，所指的乃是一群人所聚的地域，故“京派”非皆北平人，“海派”亦非皆上海人。但是，籍贯之都鄙，固不能定本人之功罪，居处的文陋，却也影响于作家的神情，孟子曰：“居移气，养移体”，此之谓也。北京是明、清的帝都，上海乃各国之租界，帝都多官，租界多商，所以文人之在京者近官，没海者近商，近官者的使官得名，近商者在使商获利，而自己也赖以糊口。要而言之，不过“京派”是官的帮闲，“海派”则是商的帮忙而已，但从官得食者其情状隐，对外尚能傲然，从商得食者其情状显，到处难以掩饰，于是乎忘其所以者，遂据以有清浊之分。

这里所谓的“本不指作者的本籍而言，所指的乃是一群人所聚的地域”，倘不为贤者讳，鲁迅同样曲解了沈从文的原意，因为沈从文朗然地把“海派”的种种说成是南北皆有的“文坛风气”。而后边援引孟子“居移气，养移体”之说，倒对京海两派从现象到本质作了个性的定位。《北人与南人》说法似乎传统些，却不满足仅止于京海之分列，而多了些积极的因子：

> 北人的优点是厚重，南人的优点是机灵。但厚重之弊也愚，机灵之弊也狡，所以某先生（顾亭林）曾经指出缺点道：北方人是“饱食终日，无所用心”；南方人是“群居终日，言

不及义”。就有闲阶级而言，我以为大体是的确的。缺点可以改正，优点可以相师。相书上有一条说，北人南相，南人北相者贵。我看这并不是妄语。北人南相者，是厚重而机灵。南人北相者，不消说是机灵而又能厚重。昔人之所谓“贵”，不过是当时的成功，在现在，那就是做成有益的事业了。这是中国人的一种小小的自新之路。

鲁迅毕竟是鲁迅，他的说法终有大群的拥护者。目前论者征引得不少的关于徐懋庸、姚雪垠乃至胡风的意见，都没有超出鲁迅指陈的范围。说得比较有趣的是曹聚仁，也深得人们的注意。曹聚仁氏超然得很，他用衣服下面如何拖出尾巴作喻：“知道不能掩饰了，索性把尾巴拖出来，这是‘海派’；扭扭捏捏，还想把外衣加长，把尾巴盖住，这是‘京派’。”并且进而还说：“京派不妨说是古典的，海派也不妨说是浪漫的；京派如大家闺秀，海派如摩登女郎。”似乎值得看重的是他所持有的那番超然的态度，他竭尽揶揄之能事：“若大家闺秀可以嘲笑摩登女郎卖弄风骚，则摩登女郎也可反唇讥笑大家闺秀为时代落伍。梅博士若嘲笑刘大师卖野人头，刘大师也必斥梅博士不懂文艺复兴。”[10]虽没有鲁迅深切，在精神的气味上却全然同鲁迅应和着。

从底里看，鲁迅貌似超然的态度除却来自他对民族历史文化的深刻认识之外，还同他的特殊的生活经历有相当的关联。他本人当然是近代社会养育出来的杰出人物，近代传递给中国先进知识者“求新、求变、求用”的激情，在鲁迅那里转化为石破天惊的追求。他在辛亥革命后的几年中所表现出来的对于中国传统文化的失落感是巨大的，从而也推动他以毕生的精力从事对于中国传统文化的批判，在广度和深度上径直使他作成了现代中国伟大的孤独者。他在30年代的上海，面对京派作家对于海派作家的攻击，故意选择了维卫的立场，还不主要在他已经在上海生活了六个年头，而恰恰同他精神深处多少也有偏重反叛的“海派”气有关。这仅是问题的一个方面。对于鲁迅来说，从他的经历、教养、情感、趣味、作风中的相当部分倒是同京派连在一起的，说他曾是一个京派文人，也不是没有根据的。从“五四”直到他的晚年，我们是很容易从他的言论中剔出大量关于厌恶海上文人的片断的。为人最为熟悉的是《上海文艺之一瞥》。这是一篇“左联”已经成立后的讲演，多有指向未来的前瞻性质，但作者毕竟用了相当的篇幅记述了他对上海文艺最初的“一瞥”——

> 才子原是多愁多病，要闻鸡生气，见月伤心的。一到上海，又遇见了婊子。去嫖的时候，可以叫十个二十个的年青姑娘聚集在一处，样子很有些像《红楼梦》，于是他就觉得自己好像贾宝玉；自己是才子，那么婊子当然是佳人，于是才子佳人的书就产生了。内容多半是，惟才子能怜这些风尘沦落的佳人，惟佳人能识坎轲不遇的才子，受尽千辛万苦之后，终于成了佳偶，或者是都成了神仙。
>
> 佳人才子的书盛行了好几年，后一辈的才子的心思就渐渐改变了。他们发见了佳人并非是因为“爱才若渴”而做婊子的，佳人只为的是钱。然而佳人要才子的钱，是不应该的，才子于是想了种种制伏婊子的妙法，不但不上当，还占了她们的便宜，叙述这各种手段的小说就出现了，社会上也很风行，因为可以做嫖学教科书去读。这些书里面的主人公，不再是才子+呆子，

而是在婊子那里得了胜利的英雄豪杰，是才子+流氓。

这类尖酸的鞭扑并非处心积虑，不过取其事迹罢了，大抵勾勒了上海文艺的某种性状，提供了某种典型空气。随后他从艺术的绘画、电影谈到林琴南的翻译小说，又松爽地带出叶灵凤，于是由叶灵凤氏自然地拖来创造社，并认定初期创造社的作品是新式“才子加流氓”，集中反映了上海文艺的一般。因此，海派于鲁迅，在他无论如何是难以接受的，他的灵魂深处情有独钟的还是京派。他难以忘怀“五四”前后的北京，那个时代北京文化所表现出的全部光荣，已是他的一种情结。20年代末，他去北京省亲，独多的感慨大都是属于对当时北京文坛的失望的，时至30年代，他在上海的十年，几乎从未消弭过对于北京的深沉眷恋。鲁迅是复杂的，说他兼济京海也不为过，京海两派或它们各自的同情者任何一厢情愿地将他认为知己的企图，都将难以称心。

其实，稍稍再兼顾鲁迅对于国民党御用文化的憎恶，以及他作为上海左翼文学的旗手的事实，他坚执深广的革命人道主义立场，从而认定，在当时的中国唯无产阶级文艺运动才是“实有”的文艺运动，才代表着中国新文艺的伟大前途。以“楚狂老人”自许的陈子展“不京不海不江湖”，在他多为个性使然，而于鲁迅，则表现为更多的挟持。就在京海之争第二年，新的事实的出现，驱使鲁迅写了关于京海问题的第三篇文章——《“京派”和“海派”》。他说，他本来认为京海之争，“有一条官商之界”，新的事实，说明了这之中其实是“因为爱他，所以恨他”，送送秋波的，结果今儿和前儿已不一样，做成了一碗“京海杂烩”。比如，“以前上海固然也有选印明人小品的人，但也可以说是冒牌的”，这回施蛰存编印的《晚明二十家小品》，却有了“真正老京派”周作人的题签，“所以的确是正统的衣钵”。至于《论语》《人间世》等刊物的出笼，大抵是“真正老京派打头，真正小海派煞尾”。鲁迅在独多跳来跳去、翻手为云覆手为雨的中国现代文学界，堪称特别敬畏事实教训之神明的人物。他有了新近的这番教训，于是悟出了个中原委：“我想，也许是因为帮闲帮忙，近来都有些‘不景气’，所以只好两界合办，把断砖、旧袜、皮袍、洋服、巧克力、梅什儿……之类，凑在一处重行开张，算是新公司，想借此来新一下主顾们的耳目罢。”倘若鲁迅也是可以批评的话，平实地看，鲁迅在这里似乎多了些率性由情。虽说没有理由怀疑他改变了初衷，他没有反对京海携手的本身，不过反感于京海合作的某些形态，是不用怀疑的。其中也不能排斥一定的个人原因，尽管鲁迅本人坦陈过他的全部斗争和个人恩怨向无丝毫关系，但发生在他身上的个人恩怨往往会借着他的性格和智慧，很容易转化为一般，很容易进入他的出神入化的“典型化”运作之中。他所谓的“新的事实”，即发生在1934年前后的所谓京海合流，倒不是一件纯粹的坏事。对施蛰存的晚明小品选，论语派的休闲文字，笼统抹杀，总有失公允，一定程度上，恐怕也有违鲁迅本身的修养。他是战士，他是无产阶级的友军，他同情并关注正在抗争着的被压迫者的命运，当然，他更是“左联”的导师，为着某些崇高的想头，他不得不牺牲了他本应该有并且实在也不短缺的理性。

清末民初的京海艺术的生成，以及对立，大致关联着中国文艺历史的常态发展，形态虽说尚属雏形，但各自的被生活的基本观点所规定的独特性已经相当清晰。而它们在“五四”前夕的发展，更不能用一般的“决一雌雄”或“争艳斗妍”来范围，实际情况也表明，当时京海两派的作品，无论是绘画还是戏剧，都可以从比较严格意义上的艺术流派的角度去观察。30年代，京海艺术的发展已全面漶漫至文学领域，人们本来是可以从“一种对现实的认识”的观点去梳理的，然而人们的全部努力无法避免干扰而向着某种非常态的方向进击，沈从文的指陈，表现为对“流派”规定性的偏离，鲁迅有过杰出的意见，却又终究被巨大的文艺运动所倾斜。凡此种种，毕竟是很可惜的。

30年代的这场论争实际上是以所谓的“无谓”而不了了之的，之后，京派的自由主义作风，海派的钟情于洋场市井，继续各不相让地保守着自己既有的阵地。不过，新的时代条件，那种民族矛盾日益上升的社会情势，使京海双方都难以布阵，以至于舆论界也少有人再提起以往的冲撞。随全民抗战兴起，京派海派也者，除戏剧界还有人偶尔说说外，文学上的京海派，它们的论争，给人的感觉几近“恍若隔世”。而在文学——政治一体化的时代潮流冲击下，即在40年代末期这个“人民的世纪”中，郭沫若《斥反动文艺》、邵荃麟《对于当前文艺运动的意见——检讨、批判和今后的方向》这类文章喷发着时代的激情，体现了政治对现代中国文学的重塑。它们之于当时还继续支撑着的京海派文学，俨然是大气磅礴的檄文。1947年春上，杨晦和夏康农在上海《文汇报》的《新文艺》周刊发表文章，重提“京派和海派”，前者用“农民派”来平衡，后者则以“人民派”作调和，表面看来似乎都有些朝花夕拾的况味。其实并非如此，两位作者的根本意图不在清理京派与海派曾经发生过的一切，而是借用史实来论证、宣传文学的“农民派”和“人民派”的观点。他们的工作当然是有意义的，从一定的范围看，也很容易理解他们的合理性。稍嫌不足的是他们的言论离文学本身远了些，对一体化理论规范的崇拜，使多数文学的说明（包括对流派的说明）趋于粗放；对一体化理论的简单把握，同时也含隐着压制文学流派发展的生机。比较而言，杨晦的部分借“海派”发挥的意见相当精辟，这对于一位曾同京派有过颇深渊源的人来说，特别值得注意。在他看来，基植在士大夫文化基础上的京派不会再有可资艳羡的命运，“至于所谓海派的作家呢，虽然是跟工商业都市的兴起一样，是挟带着污浊和罪恶的，却要从这种污浊和罪恶里逐渐成长，壮大起来，有着他们的进步性，有着他们光明的前途”；他们“已经从滩上的泥沙里拔出脚来，通过所谓文化商场，肩起文化的使命，奔上社会变革运动的道路”。吴福辉特别激赏杨晦的这篇文字，有意味地指出，杨晦在该文中推究“京海论争”产生的原委，“更是大胆放言”——杨文称“五四运动正是海派势力伸张到北京去，突破了京派的士大夫传统的结果”。可是后来这个海派势力一部分南下，另一部分留在北京接受了士大夫传统，变了质。“于是，所谓京派的声势才张大起来，这才造成了后来京派与海派的论争”[11]。这类看法差不多已捅破了现代中国文化发展的底蕴，由此看待海派的历史地位是颇有启发的。吴福辉氏看重的正在这一方面，所显示出“激赏”也是合理的，稍稍令人遗憾的是没有提示出杨晦几乎与朱光潜一样，他心眼中的“海派”仍然是左翼，他用以揭示“京海论争”的指导观念明显晃动着毛泽东“新民主主义文化论”的影子。

倘若对于京海两派的绘画戏剧门类的理解上，或者说在把握京海文艺的生成期时，人们的眼光还无大错，那么，在理解文学上的京派和海派时，人们的误解并不少。作为体现流派性质的海派文学，和与之对应的京派文学一样，并不和绘画戏剧同步，大致是20世纪20年代中后期才出现的，它较之清末民初时绘画戏剧的作为，更明确地表现为是一种对现实的认识，同时也是这种认识的一种形式，是一种有时决定着认识本身的性质并干预这种认识的形式。因此，尽管用地域的观点来阐释文学中的流派现象，常常具有一定的价值，然而仅仅停留在地域的视点上看取流派的种种，使人无法说明流派的美学本质，也无法说明流派同构成艺术创作的内容和意义的东西之间的联系，更使人没有可能揭示流派现象在文学一般运动中所处的现实地位及其作用。20世纪40年代末期的文学现实给我们的启示也主要属于这一方面的。

随着中华人民共和国的成立，中华全国第一次文学艺术工作者代表大会精神以政策的形态推到了所有文学艺术家的面前，真实意义上的海派文学同京派文学一样，实际地降下了终结的帷幕。在强烈的政治需要的制约下，京派以有过“第三条道路”的案底而为人唾弃。沈从文在文坛上的近于消失，朱光潜、萧乾等人喋喋不休的检讨，并不是偶然的。海派随社会主义新上海的崛起，特别借《文汇报》等报刊对小资产阶级文艺的批判，也最终被清算得落花流水。当代文艺中的“题材比例”模式的雏形也诞生在这一时期，陈白尘是以表现城市小资产阶级生活闻世的，却在《“误解以外”》一文中严重地呼吁，“专门描写小资产阶级的作品，在总数里不应该超过百分之十”。作为在《文汇报》组织这场讨论的唐弢被迫走得更远，在《从编辑工作中检讨我的错误》的自我批评中不惜“上纲上线”：申称这场论争的一方径直论争的发起实质是“为保卫小资产阶级利益——特别在文艺上的地位而战”，是“对毛泽东文艺路线的一种含有阶级性的抗拒”。倘若深一步说，中国无产阶级领导的革命自1949年后虽已明确基本路线的重心由农村转移至城市，而它在具体部门的指导思想和运作方式并没有适应这种转移，文艺领域尤其如此。出现在社会主义上海文学中的工人作家群，他们对于城市生活的理解和表现，他们在整体创作心态上还是“非城市”的，因而他们笔下的人物多半还是一些穿着工人服装、说着工人行话的农民，出现在作品中的某些城市生活细节和空气，也是相当浮浅的，有的只是满足于在“陌生的城市风景线”上徜徉。大多身居上海的作家还是热衷于农村题材，最多是民主主义革命历史题材，对于发生在自己身边的生活缺乏必要的热情，这是很叫人可惜的。长期以来对发展繁荣城市文学在政策上的轻视，应该算是一笔沉重的历史教训，从一定的意义上看，这种轻视是和对海派文学的粗暴估计，对那份遗产缺乏认真清理不无关系。

注　释

1 杨东平:《城市季风：北京和上海的文化精神》，东方出版社，1994年，第1页。
2 林语堂:《吾国与吾民》，中国戏剧出版社，1990年，第17—18页。
3《吾国与吾民》第18页。
4 程千帆:《文论十笺》，黑龙江人民出版社，1983年，第125页。
5 俞剑华:《中国绘画史》下卷，商务印书馆，1937年，第196页。
6《城市季风：北京和上海的文化精神》第73—74页。
7 本书凡涉及京派文学具体问题处，可参阅拙著《京派文学的世界》，复旦大学出版社，1994年。
8《烛虚·新的文学运动与新的文学观》。
9《元旦致〈文艺〉读者》，《大公报·文艺》1934年1月1日。
10 曹聚仁:《笔端》，上海天马书店，1935年，第188、185页。
11 吴福辉:《都市漩流中的海派小说》，湖南教育出版社，1995年，第301—302页。

第二章　上海文化与海派文学

英文中的“城市”（city），人们一般都认为渊源于拉丁文“西威塔斯”（civitas）。“西威塔斯”是罗马人在西欧所创立的地方自治的小单元，有城邦的意思。“西威塔斯”中凡承担一定义务并享有参政权的居民，拉丁文称为“西威斯”（civis）。因此，英文中的“文明”（civilization）一词就和“西威斯”有着密不可分的纠缠。单从字源学的立场看，“城市”“市民”与“文明”三者之间，关系的确相当密切。

一　“城”与“市”

在我国，少有人不知道“城市”的，尽管少有人敢于解释“城市”的确切含义。不过，对“城”和“市”的厘定，历来毫不含混。城，高墙也。《管子·度地》：“内之为城，外之为郭。”所谓的“市”，即是集中做买卖的场所。《易·系辞下》称：“日中为市，致天下之民，聚天下之货，交易而退，各得其所。”这里关于“城”和“市”的不同分说，是颇有意味的。早在新石器时代末期，人们已有筑城的行为，在功能上大抵属于政治和军事方面的。它当然与

“市”是相对应的，因为“市”的功能多属于商业方面。所以，从“城”的角度出发，我们比较容易发现中国历史上城市功能的演变。城市的功能逐渐从政治性过渡到商业性，是一般的趋势。虽然城市常兼为政治、文化、商业和休闲娱乐的中心，但在中国历史上，通常时间愈早，城市的政治性功能愈重要，而时间愈晚，则城市的商业性功能愈浓厚。许多研究者的成果表明，宋代以迄明清商业市镇的发展，开启了城市发展的新形态，也就是出现了没有“城墙”的城市。近代以降，从沿海的通商口岸开始，若干原来有城墙的城市，也陆续拆除城墙了，原因好像城墙固有的功能会阻碍商业的发展。这一过程在我国大多数的古城已经完成，多数城市早就没有城墙，仅余的几座城门、半截城垣，零零落落地散布在一些市区的中心，作为遗存供人凭吊，好满足我们“发思古之幽情”，城市的“城”字的实质意义，早已荡然无存。城市空间结构的转换，是一个非常诱人而又非常可行的视角，由有“城”无“市”起步，中间经历了“城”“市”消长的曲折过程，最终走上了有“市”无“城”的方向——大抵是中国历史上的城市发展的基本线索。

“城”与“市”的对立，以及它们的兼容，既是历史，又具备巨量的属于现在，乃至属于将来的意味。它们指示了现代都市赖以生成发展的条件，也含蕴着相当的文化内容，足以启发我们理解并分殊文化上的传统与现代。从“城墙”这一特殊角度看，从1846年英国人率先占据外滩以西的大片土地并建立租界起，倾二十余年，上海旧城厢美人迟暮，青春不再，外国租界和非老城的华界演出了上海全部的现代史，因而老城墙几近形同虚设。1903年法租界当局意欲清政府将上海县治移设闵行，拆毁原有城墙，将地并入法租界。上海士绅李平书即提出将城垣“及早自拆，以保地方”，三年后，姚文楠等上书上海道袁树勋，建议“拆城筑路”，由此而引发的“拆墙与保墙”的吁呼，虽然此起彼伏，但始终没有引起特别尖锐的冲突。“拆也罢，不拆也罢”，是多数人的选择。所以，1912年上海光复后，在沪军都督陈其美、上海民政总长李平书主持下，不足两年便将上海城墙全部拆除。[1]作为上海的对应城市的北京，情况就很不相同了。那里有着“外城”“内城”和“皇城”的辉煌，也养育了大批真诚的“城墙”保卫者。新中国成立初期关于重建北京的论争，中心便集中在如何处置北京城旧有的近百里的城墙。梁思成是新北京城市建设的主要规划者和设计者，他扮演了最激烈的护墙者的角色。早在新中国成立前，梁思成的一位好友在一篇题为《苏格拉底谈北平所需》的通讯中梦想梁思成能出任北京市副市长，专管市政建设，甚至以此为“中国一大光荣事”。写这篇文章的不是别人，恰是沈从文！沈从文——梁思成，他俩拥有着差不多的文化背景，它的名目就是同“现代海派”相对的“现代京派”。

其实，北京城墙的拆与不拆，不再表现为一般的建筑思考，而联结着深重的文化立场，反映了中国某些知识者对城市空间结构转换特征的感慨。[2]他们和据有不同处境的上海多数知识者不一样，显示出复杂得多的思绪。这些会使人不禁想起日本近代文学大家永井荷风。他是道地的江户（东京的前身）人，虽然他还是个学贯中西的人物。他对江户时代遗留下来的流风余韵有着特别的憧憬向往之情，而对文明东京表示了他的痛恨。1909年他根据旅游欧美的经验写成的小说《归朝者日记》极有意思。小说写道：

我非常喜欢沟渠的景色，东京也因此才拥有市街之美。

> 不仅沟渠，东京市街中目前还保有一国首府般美丽与威严的地方，以宫城为首，全都是江户人所建。我常常觉得，所谓真正的野蛮乃是指明治这个时代。……近代的社会状况和都市的美，无论如何很难一致。不过，依我看来，西洋的社会并非到处都是近代，仍然保留有近代所不能侵犯的部分。总之，西洋这些地方是非常有古风的国家，很有历史味道的国度。巴黎不仅新建地下铁道和空中飞船，也有意兴建Sacre Coer这类大寺院。一边建制造厂，一边企划能流传千载、非实利的永恒事业。纽约市区内，完工遥遥无期的寺院鹰架耸立在哥伦比亚大学旁。

临对汩汩的隅田川，他甚至还用带着忧郁诗意的语调表示："我一想到欧美市街之美，流水就发出对非文明化江户时代的思慕之声。"

因此，我们是不难从"城墙"这一物化物身上感悟到某种文化内涵的，上海对拆去城墙的"无可无不可"，而北京的视城墙为"通灵宝玉"，反映了两种不同的文化对立，是新起的"市"文化和古老的"城"文化的对立，是都市和都城的对立。

在近代发达的交通工具，比如火车、汽车、飞机等，尚未问世之前，水陆运输兼备则成为城市出现和生存的主要条件之一。这于中外，概莫能外。在外域，历史上的大城市，除少数例外——如华盛顿、莫斯科、柏林、巴黎——莫不是位于水陆要冲之处。因为这些地方四通八达，容易使商旅云集，在中古或中古以前，一般而言，以水运为主的城市又比靠陆运为主的城市发达。这就是在古典时代，地中海沿岸一带，特多著名城市的秘密。即使到现代，阿姆斯特丹、伦敦、纽约、旧金山、大阪等也正是依凭其优良的海港，才使它们成为国际性的大都会。我国的情况也复如此。明清时期，长江下游太湖流域地带市镇的空前繁荣大半原因在于水陆交通的便利。如果将这种情形和城墙联系起来考察，会非常有趣。江苏滨海的太仓，在宋末原本是个小市集，属昆山县辖。元初由海道将南方的粮食运往北方，以这里为出发地，由于粮船聚集，海外贸易随之发达，渐成繁荣的商市，于是，连县府也随后由昆山治所移置于此。移置之初，太仓已丛集万家，到了元末，人口更是增至十万户以上，所以从发展商务贸易考虑，从未想到有任何筑城拱卫的必要。太仓因兼商业与行政两大中心于一身，遂成我国古代最典型的没有城墙的城市。相传大概直到元明之际，张士诚盘踞这里，为防备方国珍才不得已筑起了城墙。上海旧城本无有什么城墙，后来的兴筑几乎和太仓相像，只不过太仓为了内战，而上海则为了防御海上倭寇的侵扰。[3]上海在江南的崛起，从青龙镇到沪渎，多半得益于“水运”，它在鸦片战争后开埠不久，商贸上的实绩迅速超过广州，并独领风骚臻至一个多世纪，也和它地处长江三角洲的水陆要冲地位不无关系。

从世界的范围看，20世纪的西方城市已经集历史上城市功能的大成了。有些城市保留初期宗教中心的功能，有些城市保留初期的政治功能，大多数的城市还是具有初期的经济功能。一般说来，现代西方大多数的城市特富经济的功能，少数具有政治功能（从全国政治着眼），专擅宗教功能的则极少。但是我们不能作截然的划分，因为三种功能往往纠缠在一起，只是各种功能的配置或强或弱罢了。除却这些功能之外，城市又常是文化与思想交流的中心。在大城市中，因为人们的接触面广，思想容易得到激荡，从而，也潜在着成为新文化中心的可能。在科学、工业、艺术、文学、政治等各方面崭露头角的人，纵然有的出生在乡村，养成在乡村，但无论他们出生何处，养成何处，他们才能的发挥，无一不是受到城市所提供的灵感的激发，而且只有城市，才可以让他们才能的发挥有可能。现代城市的多姿多彩的生活，吸引了无数的人们。我国的北京和上海，都是这样的大城市。五四运动所以能够在北京发生，五四新文化运动所以能够在北京发难，不是偶然的，都和大城市的某些基本功能有关。从一定的意义说，没有北京，也就没有沈从文、梁思成，也不会有现代京派文学的产生。说到上海，需要特别注意的是，从根本素质上，它是一个亘古未有的完全新型的城市。它虽没有集历史上城市功能的大成，却主要以其朝气勃勃的经济功能冠盖神州，以至于其他可能有的功能，几乎都可以忽略不计。

商贸之于上海实在有着“灵魂”的意义，正因商贸的发达，现实为上海带来了国际性的声誉。经过历代水系变迁的黄浦江流经这里，直泻吴淞入海。水深江宽，常年不冻。从这里往南可到浙闽、两广和东南亚各国，并直达澳洲；往北至山东、关东，直达海参崴；往东直达日本；出黄浦江口入长江往西，可抵湖南、湖北、四川等地。这里云集着来自我国沿海各地的帆船，以及新加坡、婆罗洲、槟榔屿、马六甲、爪哇和其他各地的商船。《申江竹枝词》难得地为上海绘记了商贸兴盛的生动情景。比如“东西洋货客争揖，脚底生涯走露天；东手接来西手去，个中扣佣五分钱”。“闽商粤商税江关，海物盈盈积如山；上得糖霜评价买，邑人也学乌绵蛮。”早在清代嘉庆年间，现在外滩以南的十六铺一带，已是交通贸易的咽喉，码头毗连，街道纵横，热闹非凡。曾吸引过远近文人墨客情不自禁的吟唱，时人施润有诗曰：“一城烟火半东南，粉壁红楼树色参；美酒羹肴常夜五，华灯歌舞最春三。”上海的近代史自它开埠始，它所吸引的大量新“移民”，包括西方各列强租界的圈分，物阜人盛，超越中国所有著名的城市，从而也渐次创造了区别于故都北京的“人文荟萃”。当时流传极广的一首竹枝词便云：“穷奢极丽筑洋楼，亘古繁华第一州；行过沪江三十里，令人一步几回头。地号夷场别有天，马龙车水夕阳边；电灯地火照深更，海市居然不夜城。”它以相当的广度和深度，形象地托出了上海在近代所发生的社会和文化的变迁，在一些老上海人的嘴边，至今还能听到些许回声。上海的标志外滩，在鸦片战争前还只是一片江边滩地，其北端为李家庄和清军营垒，其南端多船行、木行，并有纤道。1843年起，西方殖民列强在此筑路，西文称之为Bund，并以其地理位置的优越，大兴土木，法英分别在其南北端设立领事馆，外商洋行、银行、报馆亦云集于中段地区，建筑物一派西洋风，哥特式、希腊式、文艺复兴式、古典式、巴洛克式等高楼大厦，林林总总，成为名副其实的“万国建筑博览馆”。目下“马路”这个词，也脱胎于上海。所谓的“十里洋场”，是以最早的英法两租界的长度约十华里而得名，它的发展和繁荣，使上海成为外国资本家在华活动的中心。海派作家张若谷写有一小册小品文字，题名便为“异国情调”，他在序言中声称：“我们凡是住在位居世界第六大都会的上海，就可以自由享受到一切异国情调的生活。我不敢把龙华塔来比巴黎铁塔，也不敢就苏州河是中国的威尼斯水道，但是，马赛港埠式的黄浦滩，纽约第五街式的南京路，日本银座式的虹口区，美国唐人街式的北四川路，还有那夏天黄昏时候的霞飞路，处处含有南欧的风味，静安寺路与愚园路旁的住宅，形形式式的建筑，好像瑞士的别墅野宫，宗教氛气浓郁的徐家汇镇，使人幻想到西班牙的村落，吴淞口的海水如果变了颜色，那不就活像衣袖（爱琴）海吗？”

殖民主义者不仅借十里洋场垄断中国金融财政，还以宣扬“西方文明”为能事，推出西方化的新闻、出版、电影、文化的许多机构，还有舞厅、酒吧、夜总会、妓院、赌场等，给上海这座城市蒙上了一层新异无比的色彩。于是乎，江海关、工部局、巡捕房、赛马场、申报馆、电灯、电话、煤气、洒水车、八音盒、吕宋烟、显微镜、荷兰水、法式大菜等“新事物”或全线登陆，或脱颖而出，然而，诸如城隍庙、静安寺、花烟间、接财神、掉龙灯、庙会、盂兰盆会、分冬酒、腊八粥、岁朝清供之类“旧景观”依旧势头不减。它们时而杂然并陈，时而又搅成一气。沪上人士一张口，多为吴侬软语，洋腔洋调此时却已满街飞扬，犹如雨后春笋，内中最有特色的当推一种不中不西的“洋泾浜英语”，在黄浦滩头生成并为普遍接受，以至于通行无阻。曹聚仁晚年在其回忆录《我与我的世界》中还难以忘怀某一类上海人物——“其日常生活享受，可说是最现代化的；可是长袍马甲，坐了新式的汽车，到红庙或城隍庙叩头烧香拜神求签。”这是相当生动的一例，倘若了解了这些，也便了解了上海文化的大半。

二　上海的“市”文化性征

申称上海的近现代文化以西方为范本，当然是正确的，当认识到上海的近现代文化既以西方为范本，而同时又保留了诸多本土性征，兼并了现代与传统、前卫与保守，无疑更为深刻。当然，这类的概括还不是上海独有的，中国整个近现代史大抵就在如许的空气中演变的，从某种意义上说，包括文学部门在内的现代京派文化，也是被浸润在中西文化的冲撞之中。独独属于上海的，大概还得回到老话上，上海文化本质上是中国城市空间结构向现代化转型的表征，北京是“城”的方式，上海是“市”的方式。相对而言，以大一统为基本特征的传统城市，大都制度化，通常是清晰可视的中心，北京是最突出的例，而上海地处东南沿海，之于北京，有某种“周边”的性状，和中心相较，呈现出唯周边才会有的模糊性。国外的城市理论研究者普遍认为“中心”属于制度化、有秩序、日常性的，而周边则是隐微暧昧、无秩序、非日常性的。非日常性的世界同日常性的中心的隔离或过渡，本质上也即是“市”同“城”的隔离或过渡，在全中国的范围内，从现代意义的“市”的形态看，上海无疑是发展得最为充分的，它对于“城”传统束缚的挣脱也是最具现实性力量的。自近代以来，上海的城市规模，它的租界共管和华洋杂处，是距离中华城市传统最远的了，因此，在这一片土地上，老大中国的固有传统与奇异的欧风美雨之间的关系也有其特别的形态，当然这种形态有逐渐发育生长的过程。上海的这份“周边”的空气，不断收拢、凝结，不断扩散、弥漫，也向人们显示了特别的文化意义，是以往任何城市无法具备的。于此，有研究者说：

> 日人山口昌勇在《文化与两义性》中根据日本民俗研究的成果指出：“边界……是内与外、生与死、此岸与彼岸、文化与自然、定居与移动、农耕与荒废、丰饶与灭亡等多义性意象重叠的地方。”因此边界不是非此即彼，而是同时含有两者的一部分，“人可以在特定的时间内将自己安置在边界上或边界中，以便从日常生活有效性所支配的时空之轭中解放自

己，面对自己行为和语言潜在的意义作用，而拥有‘生命转换’的体验。”其意是说，日常世界的人在某特定时间内进入边界，不仅可以获得解放，也可以转换并充实疲惫的生命。[4]

基于这样的体认，虽同处于中西文化的冲撞中，“周边”的上海不只领风气之先，而且在这场亘古未有的冲撞中，生发出了许多和“中心”北京的不尽相同。当然我们不欣赏非此即彼的思考和界定，为了便于说明，在百年左右的时间跨度内，就彼此大体的侧重面、主要功能和核心价值而论，能不能说，如果北京以传统取现代，那么上海则以现代存传统；如果北京较重“中学为体，西学为用”，那么上海宁肯倾向“西学为本，中学为末”；如果北京坚执系统，注重整合，那么上海轻慢系统，喜好拼凑；如果北京标榜的是一种极富精严个性的文化，那么上海标榜的是某种“没有个性”的个性文化。这里虽没有高下、好坏、美丑之分，却有视界的不同，也有方法上的差异，用当下的时髦话说，北京是文化上的建构派，上海则是文化上的解构派。北京的文化几近民族传统的象征，展现着永不衰竭的魅力，而上海的文化却多有反逆传统的气息，展现了朝气勃勃的生命力。因此，学界多数论者认为京派代表了雅驯的传统农耕文化，而海派代表的是活跃的现代商品文化。从实际性状看，现在的香港文化是一种以海派文化为前身，并高度发展了海派文化疏离传统的文化，从周边城市文化这一特定的角度说，上海是始作俑者，在上海开的花，最后则在香港迎来它的另一度花季。

海禁的洞开，工商业的发展，租界的划分，以及大批中外“移民”的聚居，推助了上海这一号称“东方巴黎”的崛起。这一事实，在传统的中国人，最初是本着“从观念到情绪上”的不得已才被接受的，至今人们谈到这些，心头总带有一层难以抹去的阴影。这恰恰证实了黑格尔关于历史以“恶势力”为自己开辟道路的论断。长期以来，近代中国史研究中对于民族自尊的执着是合理的，然而一味乞灵于道德标榜则仍然是弱者的逻辑。殖民主义者强加的不平等条约终于让上海人较中国其他所有地方的民众更强烈地发现了外面的世界，味索出随经济发展而出现的对于既成的“反叛性”，并逐渐信仰效率逻辑和经济理性。20世纪开始后，上海日益以其强大的商业功能同北京对峙，虽然还从未像广州、武汉、南京那样成为新的政治军事力量的首都，然而，当时最有现实力量同北京抗衡的，还只有上海一地，显示着中国另一中心城市的特征。上海闻人姚公鹤在其《上海闲话》中有一则精警的判断：

> 上海与北京，一为社会中心点，一为政治中心点，各有其挟持之具，恒处对峙地位。惟北京为吾国首都者五六百年，故根蒂深固，历史上已取得政治资格，及前清规划全国路线，以北京偏在行省之东北隅，殊与宅中图治之义不符，乃强以干线总汇处所属之，则地理上亦复取政治资格矣。……，有政治而不认有社会，盖视社会为政治卵翼品，不使政治中心点之外，复发现第二有势力之地点，防其不利于政治也。惟上海之所以得成为社会中心点，其始也，因天然之地理，为外人涎羡。……其继也，又因外人经营之有效，中经吾国太平战事……而工商及流寓，乃相率而集此。而其最大原因，足以确立社会中心点之基础，与政治中心点之北京有并峙之资格者，则实以租界为内国政令不及之故。

这是中国城市发展史上的一次大革命，上海的近代版及其同北京等传统城市的对峙，本质上是以新生的经济原则日渐凌驾渗透到非经济领域并获得自身独立性为前提的，市场机构的形成，极度扭曲了中国传统的政治逻辑和文化逻辑，进而还向世人拉开了诸如“政治市场”“文化市场”“学术市场”等新风景。上海濒临东海，它扮演着开顶风船的角色，其实它自身就是一个海，是“人海”和“商海”，同时也是“文海”！

在一个相当长的时期，一般国人对于上海的议论是非常耐人寻味的。讥讽乃至批判它是中国资本主义的策源地和洋奴西崽的滋生地，同时又往往按捺不住地艳羡上海的领风气之先。一如内地人对于上海人的看法，既羡慕上海人相对优越的生活条件和质量，又时不时会发出满贮鄙夷的“哼，上海佬！”原因当然有出诸上海混沌的本身，但也不乏汪洋于全国上下的成见或偏见。上海人是上海文化的创造者，同时他们也是上海文化的产物，原则地说，上海的浩荡西风，上海的发达经济，上海殖民租界的规模，以及上海集海内外的居民群，凡此是铸塑上海文化的基础，同时也是涵养上海城市人格的基础。

洋场、洋气、洋泾浜、洋腔洋调、洋行、洋油、洋火、洋装、洋盘、假洋鬼子这些都毫无例外地和上海联系在一起，或来自内地人，或径直出诸上海滩。尽管上海不是历史上最早的开埠之地，然而它凭借地理条件的优长和富有潜质的工商业传统，继香港、广州等南方码头之后，迅速跃为全国第一等的港口。这里是可以用“早熟与成熟”来比喻的。这一事实还曾引起远在西欧研究资本主义剩余价值和无产阶级革命策略的马克思的注意，他在1858年已经观察到中国开放口岸的增多并没有与贸易的增长成正比，并且还注意到明星城市上海的光芒："让出五个新口岸来开放，并没有造成五个新的商业中心，而是使贸易逐步由广州移到上海。"[5]和这类物质成就相对应的是文化的发展，西方的传教士和文化商，借殖民枪炮的淫威长驱直入。先进的中国知识者从洋务派到维新派，再到革命派，他们对于西方的文化大体采取积极的姿态，最初的从器物，然后从制度，最后从思想，仰慕西方。在这一过程中，上海充当的角色极为重要，实际上在近代史开张以后不久，中国西学传播的最主要的基地就在上海。西方典籍的译介，西方新式学校的建树，以及在中外通讯、新闻传递、印刷出版等方面的技术手段、设备的先进，均居全国前列，从而具有优越的文化传播条件和文化生成环境。京师同文馆、江南制造局翻译馆、广学会是近代最早的也是最有影响的介绍西方学术文化的官方机构，后两者尤以规模宏大而彪炳史册，而它们正诞生在上海。据有人统计，1899年前的半个世纪，译成中文的西书共556种，其中由上海翻译出版的就有473种，占85%以上，而北京、广州、天津、长沙、杭州等地加在一起，仅占15%。当时上海先后已有13种西文报纸、14种中文报纸和35种中文杂志。[6]其中包括著名的《字林西报》《上海新报》《申报》《瀛寰画报》《瀛寰琐记》《小孩月报》《字林沪报》《万国公报》《飞影阁画报》《点石斋画报》《中西教会报》《新闻报》《苏报》《时务报》《集成报》《强学报》《女学报》等。近代最早最正规的、对后世影响最大的出版机关商务印书馆和中华书局也分别于1897年和1912年在上海创办。如果当时内地坊间还充斥着对于西学神秘的流言，那么，在上海，崇慕和学习西学则早已深入人心，蔚然成风。从而一个为其他城市无法想象的、完全新型知识分子群体也在上海形成，它们代表了崭新的文化生产力并且叩响了中国的现代化的大门。

由此，使人们很容易想起王韬这位“长毛状元”，和《盛世危言》的作者郑观应。他俩作为当时上海新型知识分子的代表，其历史地位首先是由他们对西学所持的宽容接纳的态度所决定的。我们更有兴趣的是，类似王韬、郑观应这样的人物或许可以在其他城市存在，但他们那样的人物只有在上海这样的新型城市才可能得到最大的合理发展。王韬、郑观应等之于保守的地区，无疑是异类，而在上海，他们当然地成了风云人物。经济上的繁荣与文化上的发展，本是一种互动的关系。上海经济生活的日新月异引发了上海文化生活新质的产生，而这种具有新质的文化生活，同时又促进了经济生活走上新的台阶。这是王韬、郑观应等在上海如鱼得水的客观条件。他们不再像在中国内地或大多传统城市那样，在上海却拥有着大量的同情者或响应者，他们似乎可以较少味索到寂寞和悲凉。上海社会上层的洋化，下层对洋化的倾慕，上下层之间的广大中间地带对接受洋化的明智心态，有力地支撑了先进知识者对于西方文化学术思想的弘扬。王韬、郑观应等在他们的时代，站在宣扬违离民族传统文化的西方文化的前列，大抵是上海精英文化的体现者，经由他们的鼓动，精英文化在开放的上海几近四面八方地向民间发散，民间社会既承影响，又经过筛选和转述，反过来也丰富了精英文化。当然，今天一般所说的精英文化或高层文化与生活文化、低层文化，雅文化与俗文化，高雅文化与大众文化，上海文化也存在这一类系统分层，不过，上海所有不同层次的文化，都程度不等地沾带“洋气”和“洋味”，内在地具备着对于外来文化的亲和力。不拘泥，不保守，不排外，甚至连带不甘于固步自封，这些都是基植于经济开放的上海文化的重要品格。在上海市民的普遍的生活观

的时候，往往会不由自主地发现许多富有独特性的东西，这不仅缘于每个人都是自然的一部分，是独一无二的，还根源于自然以及人们所属的文化处于不断的变化之中。著者在《京派文学的世界》中也标举现代京派文学的独创性成就，正像文学批评者大都以作家作品是否具有独创性来作出判断一样，这是属于评价的运作。而如今当我们标举上海文化所具有的独创精神时，固然仍坚持评价性的运作，但同时也包含明显的描述性运作。换句话说，独创性之于现代京派文学，是一种成就的规定，而之于上海文化，基本上是一种文化自身的说明。独创性在现代京派文学那里几乎主要包含有“好”的、“优秀”的意味，而在上海文化那里，则主要体现为对于传统的抵制和对于习俗的反抗。

中国传统向以“经夫妇，成孝敬，厚人伦，美教化，移风俗”为最高原则而对文化提出它的政治需要、伦理需要、道德需要、审美需要，身处近代，上海的文学艺术自然毫无例外地也长着一双“政治眼”，甚至因为直面外侮，眼睛开得更大。那种对于故国风雨飘摇的悲凉和忧患，因对昏庸统治者的失望而发出的刻骨讥刺等，弥满在多数的作品中。然而，上海的某些出版物，也同时显示出偏离政治的倾向，代表了中国资产阶级对于政治的复杂反应。“吃花酒，谈国事”，不是属于策略的状绘，而是空气本身的描叙；沉痛的讽刺变成油滑的调侃，尖锐、苦涩往往为轻松、幽默所替代。传统也教给老中国人可以“苟全性命于乱世”，历史上也不乏表现消极心怀的文字，但是，这种消极在古人是不得已，在近代以还的上海人则成了生活的一种趣味，他们乐于玩味再三。最显明的例子是文化的休闲品性，在上海获得了空前的发扬，诸如“吃、喝、玩、乐”，时常以特别的魅力吸引着作家们，成为他们描写的主要对象，寄情感怀的天地。30年代，鲁迅对于“论语派”的批评，实在不完全是无的放矢的；海派长期得不到正确的评价，因为它面对的是政治化的巨大传统。不满足于既成法则的束缚在早期上海画派的“逆时俗”风格中可以见出，虽说创新是历代艺术史的节目，但在上海画派，它的一反“四王”，是取清代正统绘画对立的立场，意义要严重得多。它的传人刘海粟、林风眠比他们的前辈走得更远，刘海粟氏在20年代的提倡人体写生居然引发有关风化的争论；林风眠氏“不中不西”的画风向被正统派讥笑为“野狐禅”，他所经受的旷日持久的艺术寂寞，都不是偶然的。大概更有意思的是男女合演在上海的出台。关于男女合演，当然首先是一个艺术的问题，是一则艺术规范上的革命，它发难于上海，除了得益于上海人对女性拥有相对清明的看法外[8]，还得益于租界。据徐半梅氏在《话剧创始期回忆录》记载，当时公共租界不许男女合演，却在英法美外国租界大行男女同台，民兴社张梯云瞄准时机，在法租界首创男女合演，不久便赢得广泛呼应。

和“逆时俗”和“反叛性”相联系的是上海文化的竞争性，径直可以说，正是那种文化上的竞争机制的发扬，才加剧了文化的反叛性精神。商品市场的发育，导致上海人比较清晰地把握文化的商品属性，同时也将竞争最终理解为文化繁荣发展的重要条件之一，这是非常一般的说明。我们打算强调上海空间结构上的特殊内容——人多地窄和租界两个侧面，用以揭示上海文化竞争性生展的个性原委。随商业繁荣而迎来的人口膨胀，是上海自近代以来的新景观。除大部分的上层上海人外，广大的中下层上海人居住在鳞次栉比的石库门和简陋的棚户内，就总体来看，上海人所拥有的空间实在是相当可怜的。几代男女共居一室，汽车乘客犹如进入沙丁鱼罐头，南京路上的摩肩接踵……这些是上海人为繁华所付出的代价。即便如此，上海还流传着“宁要市区一张床，不要郊区一间房”的誓言。这些对于上海广大市民来说，与其说出于耐心，还不如说是无可奈何的事，“外面的世界太精彩，外面的世界太无奈”。从大小市场上商贩此起彼伏的叫卖声和股票市场上的人头攒动，老天给了他们很多很多，然而又给他们最少最少，富有进取心的上海人是非常明白他们是天下最没有安全感的人了。直至现在，我们是很容易从上下班时公交车的吊车现象中体悟出某些消息的，上海人乘车的这种狼狈，这份“不文明”，大半来自他们的空间意识，因为他们受掣于这样的事实：这趟挤不上，下趟不知在何时！因此，如果内地农村的人们，关心的是天气的阴晴风雨，那么上海市民关心的则是他们生活空间从内容到质量的变化，他们的不安分，他们对于变动的执着心愿，是养就他们惯于竞争的生活基础。上海有幢“日升楼”，它凝聚了世代上海人的希望，从本质上看，上海是最渴望日新月异的地方了。此外，租界的存在，又为上海人的竞争性的生展提供了相对宽松的条件。租界向称“化外之地”，无论从秩序、道德，还是从统制看，它是束缚最薄弱的地方，它的这一性征，固然造成了租界的藏污纳垢，不过它到底是对各类“一统天下”的挑战，它在促进上海经济繁荣的同时，也为上海人的竞争性格猛虎添翼。上海名目繁多的文化品种的出现，稀奇古怪的文化现象的招摇，诚如男女合演制度的出现等，多半得益于“令人痛恨”的租界。20世纪30年代左翼革命文艺所以在上海生成发展，部分原因甚至也可归属于“两不管”的上海租界所带来的便利和灵活。目前研究现代中国文学流派的人特别钟情于20年代，并非偶然，恰恰因为当时的军阀混战造成了某种“真空”，从而消解了部分来自政治上的统制、干扰和压力，有利于各派文学主张的竞争。

比如，海派京剧生命史的第一页上就书写着“竞争”两个字。它对改革的全部期许大抵为着竞争。1894年后，汪笑侬在上海编演的《哭祖庙》《党人碑》等时事京剧，是以内容的从俗为竞争机制的；新舞台潘月樵和夏月润兄弟的《亡国惨史》《黑籍冤魂》等，以表演形式的新奇，进一步导入了竞争机制。京剧在上海生根，大半不在于上海也拥有一批京剧的知音，而取决于它对生存危机的自觉，对于开放性的强调，以及对于出新的狂热崇拜。上海是中国电影事业的发祥地，从放映到拍摄，从寄生到自主，从短片到长片，从舞台片到故事片，从无声片到有声片，从黑白片到彩色片，所有的这些过程都在上海发生并完成，竞争便是它的重要主题。外国影片输入我国放映之初，为经济利益，经营的竞争几像一场闹剧。广告宣传即为著例。影院雇苦力掮着广告，由两三个吹鼓手相随，洋鼓洋号，吹吹打打，大摆噱头，招徕生意。凡此与充斥上海街头的商店招牌行为几为同一，都生动地表达了上海精神文化生产中的竞争激情和创意，大多来自商品市场的启发，强烈的自我推销意识，“山外青山楼外楼”的营销手段，有时不惜表现得可以不择手段，可以沦丧道德。鲁迅曾概括过一批活跃在上海滩上的“商定文豪”和“捐班文人”，他们的全部身手，固出于竞争，但均属鬼蜮伎俩。实际上，上海文化中的生命力和上海文化中的非理性，上海文化中的新锐和上海文化中的庸俗，不少恰恰都关联着正负不一的竞争导向。

上海文化的这种竞争性，说到底也是上海社区人际交往的一种特点。由这种交往所带给上海的城市压力表达了上海文化郁勃的进取精神；同时我们也不能不看到上海社区人际交往中某种兼容性，这种交往的现实，使上海文化一般又表现出特有的杂陈性。在基本价值取向上，两者是贯通的，集中反映了上海文化的智慧，以及它的视界和襟怀。不同质的东西在上海往往并非全是“针尖对麦芒”的，有时倒出奇地“和平共处”着。大工业生产的集体性品格，应该是我们观察的一个有利角度，它需要甚至渴求各类不同性状的人事作合理的配置。马克思主义经典作家已经详尽地研究过上海工人阶级的集体主义精神，尽管是为着说明阶级斗争的。有人描述过上海工人的具体层次——技术工人和熟练工人同贫困工人及其文化取向上的差别，然而在我们看来，这种差别是以共同置于市民文化的辐射为前提的，也即是共同以市民理想作为自己的生存目标的，差别仅仅在于是“暂时实现”和“尚未实现”。上海有激烈的竞争，上海也有太多的相安无事。西式洋房中陈列着明清时代的红木家具，上海男性装束习见的长袍罩着西裤，西装革履的洋场少爷到处叩头作揖，日报上每天总会有些古今中外消息杂碎……这里又涉及上海空间的密集性，由此而形成了上海对任何界限大多会作出模糊性的处理，实在讲不了那么多规矩了。最生动的大概可算是前几年上海外滩的“情侣墙”了，那一条条狭窄的水泥凳，这是被其他中国同胞传为笑谈的，它们是上海青年恋爱的圣地，一条不足一公尺的水泥凳上往往挤拥着两对男女，彼此不干扰，各自出演和体验着爱情的甜蜜和烦恼。目下市场上流行的概念产品，那些用不同产品的名称予以重新组合并赋予一定的理念或包装，搞成了非驴非马的“四不像”的“混血儿”。比如“牛奶内衣”、“喀秋莎”真皮沙发、“龙井巧克力”、“核桃蜂蜜”之类，那些不依常规排列组合匪夷所思的新玩意，几乎都源于“边缘结合型”的思考，多数采用语言修辞中的“通感”等手法，从而将原本风马牛不相及的两件以上的东西揉为一体，融汇出一种全新的产品，别出心裁地招徕顾客。其实这类匠心独运不只早已出现在旧上海的市场上，其神韵还洋溢在上海特别的俚语中。上海多半颇有精神的方言俗语都出诸差不多的运思方式，“奶油小生”“花瓶女郎”“垃圾瘪三”“花头花脑”“老三老四”等，把人们比较熟悉的现象和人的品质、行为等另作“配伍”，加以变通注入带有主观色彩的理念性内涵，设计一个富有概括性的短语，以此新人耳目，流行坊间。

东方的神秘感，或者说是中国的，曾经巨大地诱惑了大批西方人不远万里来到中国。著名新闻记者埃德加·斯诺对上海的认识未必有多少是属于神秘主义的，他因供职于燕京大学而久住北京，上海的畸形，连他这样的美国人也产生了深刻的印象。他来到宁静的英法租界区，在感觉上犹如到了美国的东海岸，犹如重睹西欧幽美典雅的城镇。喜好猎奇大抵是新闻记者共通的趋赴，不过斯诺笔下的上海，对身居上海的人们来说实在稀松平常，他的好奇多半产生于他已是用北京的经验来看取上海的。他也给我们留下过关于北京的印象，几乎全是新鲜的，充满了神往之情，然而为他心仪万般的恰恰是上海不具备的，即北京的整体感。人们可以非常容易地列数上海的“乱七八糟”，它的毫无秩序，它却又同时拥有着某种出奇的平衡。张爱玲有着相当不错的城市感觉，她对上海的感情也大半来自上海人面对不同规定性的事物所表现出来的聪明而宽松的眼光。她自诉特别喜欢倾听上海杂乱的车声和市声，以至于它们已成了她在生活中不可或缺的部分，当她经过细腻的打量，竟蓦然发现：现代的和传统的在她的周遭竟会相安无事地拼凑着，于是，难以按捺住她的那份激动，终于说出了“到底是上海人”！

相类的话头实在太多了。比如，对于个人形象和利益的充分计较，是一般中国人对上海人的看法。上海人的遍于全国南北东西，已是很久以前的事实了，“老乡望老乡，两眼泪汪汪”，这类摇晃心旌的情绪体验，在身居异地的上海人中间也时有发生。他们可以彼此借得一些安慰，也可以叽哩呱啦地说上一通上海话以示出身的优越，甚至偶尔也会为同伴的不幸说上几句公道话，但是他们中的多数却无意长期抱成团，蓬勃的哥们儿义气在他们看来是不现实和不明智的选择。“阿拉上海人”，这句有滋有味的话，在外地从没有表现出结实的意义，有时反而仅仅剩下飘浮的意味，大难临头，人们容易看到其他地域的人所作出的程度不等的“团队”反应，而在上海人早已有各各不同的打算。上海人恐怕是最富个人品性的中国人了，他们出身的城市教会他们的东西实在太多，最紧要的还是那份适应时空的生存技巧和智慧。“众多、居住密集、异质性”，城市居民的这类特征，在上海有着高峰性的极端显示，庞大的工商社会所引发的致密而无情的竞争，日日出演着的大起大落的城市悲喜剧，无论进取还是守成，以血亲群体为基础的社会传统已是明日黄花。于是，普遍的“缺乏感情”，精明算计，人情淡薄，大抵也成了上海最有色彩、最富共识的人格空气，“各管各”，在上海是妇孺皆知的处世名言，这类标榜，只有在上海通行无阻，因为它在上海可望获得最彻底的正面价值。所谓的理性化、专业化、分殊化，几乎都是以个人化为背景的，这直接规定了上海文化是个人主义色彩最浓厚的文化，对于封建道统文化来说，它代表了历史的进步。这个共通的前提，除可以进一步帮助我们理解上海文化的“反叛性”和“竞争性”外，也还可以催人体认上海文化杂陈以至于带有某种松散性的特征。其实，所谓的“海派”文化，还远非是严格意义上的流派，著者在讨论“京派”时，也作如是观。别的不说，海派文艺的各个门类，似乎都没有向公众亮出自己的“宣言”或主张，都没有公认的领袖人物，就此而言，在流派的自觉性状上，海派还及不得京派。“各管各”的城市人格养就了“各管各”的文化，虽然集团结社、党同伐异之类也不见少。上海文化的善于花样翻新，对于接受者心理的宽容而敏捷的体察，以及长期对于建构地方艺术理论的冷漠，部分原因就在“各管各”，也即缺乏必要的团队精神。

上海文化中的杂陈性或松散性，以至于它的反叛性和竞争性，很大程度上也因为上海人是中国最讲究实惠的一群，从而使他们所拥有的文化也有了实利性的性征。那种实利性同上海文化中的反叛性、竞争性、杂陈性，共同受掣于商品经济规律，共同关联密集的生存空间，相互依存，互为表里，互为发明。然而正是上海文化所显示的实利性才长期为人诟病。上海人的“自私和俗气”，大概已成共识，也是上海人最难公开辩解的问题。上海人不是没有理想，而是为着宝爱自身，他选择了对于崇高的放逐。上海不缺乏浪漫主义，但它对浪漫主义作出了低调处理，正如上海人也有他们的道德感，但他们固然不欣赏“损人利己”，同时也不愿意面对“损己不利人”的虚妄。海派女作家苏青公开承认自己是一个“彻头彻尾的俗人，素不爱听深奥玄妙的理论，也没有什么神圣高尚的感觉”，更为自己的《道德论》和《牺牲论》正名为“俗人哲学”。传统的“文死谏，武死战”，原本是辉煌世代的牺牲，但在苏青眼中，似乎不算“真”牺牲，是不值得发扬的牺牲：

> 忠臣不一定要文死谏，武死战才算忠到了家；要文谏得得体，皇帝欣然采纳，赏赐有加；武战得得法，杀退敌人，衣锦还乡才算顶合理想。换言之，即牺牲小而代价大，或不

牺牲而获好处，才是顶顶值得赞美的行动。不得已而求其次，则牺牲也要牺牲得上算。[9]

这是典型的上海市民意识，是上海城市空间提示上海人作为现代人的一种生存选择和生存智慧，无疑它是一种个人主义的选择，也是一种个人主义的方式，然而它作为一种精神资源，是现实的，它既有反对封建宗法制度的意义，并且还包容有不少指向秩序和稳定的因素。上海文化中的实惠性，上海人身上的“自私和俗气”，其中所具有的实用理性和稳健品格，是有相当多的正面价值的，对于正确评价现代和当代生活中所出现的某些政治行为和经济行为，启示可谓多矣。当然，上海人的“自私和俗气”，也有其不少恶性的发展，苏青就曾经讥讽过那些不愿“拔一毛而利天下”的人。上海的某些恶名声，大抵是由这些人的作为而生成的，不予重视是不妥的，以偏概全，并盲目地乞灵道德标榜，似乎更会模糊视听。

中国人喜好体面是一个老课题，如果传统中国人论体面在讲究身份、财富、地位等，那么，在上海人稍有些变形，突出地表现在追求某种生活的形式主义和信奉“他我主义”（即要他人尊重自己，要他人承认自己所估量的自我）。风俗的温和，上海人的比较讲礼貌，大概已成全体中国人的共识，这些有地域风气的因素，更有着商业社会的制约性。当然北方人到上海来，会调侃上海人的由精明而生发的虚伪作风，但多数还是会首肯上海人的懂礼数，在公共汽车上，在大型商场中，外地人少有人会拒绝上海人的“温和”，少有人会朝着上海人的“微笑”作狮吼的，尽管他们中的大半也猜透到那是上海人推销自己的一种策略。“来的都是客，全凭嘴一张”，“相逢开口笑，过后不思量”，《沙家浜》的女主角敢于自诉自个儿的营销策略，她所说的其实也正是一般上海人的处世形象。上海人似乎不必为此感到不舒服，或许内中还有着些微可供自豪的成分，也未可知。上海人的重视穿着和仪表，也是名扬海内的，并非珠光宝气，并非奇装异服，没有北京的堂皇，也没有广州的火爆，始终是那样的得体，始终与城市的整体形象和谐地融成一片。然而，那些无可非议甚至还有些讨人喜欢的作风，在上海这个十里洋场有时也会转化为特别的虚荣势利。上海人的"以貌取人"在中国是享有最高级的"声誉"的，鲁迅曾诉说过他去华懋饭店看望美国友人史沫特莱，由于简陋的着装而被电梯工拒之门外。他幽默而又不无沉痛地描绘过上海的某一类风景线：

> 在上海生活，穿时髦衣服的比土气的便宜。如果一身旧衣服，公共电车的车掌会不照你的话停车，公园看守会格外认真的检查入门券，大宅子或大客寓的门丁会不许你走正门。所以，有些人宁可居斗室，喂臭虫，一条洋服裤子却每晚必须压在枕头下，使两面裤腿上的折痕天天有棱角。[10]

这也是一种价值，是一种上海价值，至今还日日演出着新节目。它普遍地控制着市民的衣食住行，活跃在男人的脑袋中，飞扬在女人的嘴角边。人们的衣着本为自我的肯定，或为礼貌他人，在上海已被用作标榜和推销自我的一种手段。这里多少已经显示了不完全是西方的观念，但相去民族传统终嫌远了些，是上海式的西方观念。比如上海人不因住房的窘迫而不将结婚用房装扮得一应俱全的，从"几十只脚"到"几大件"，从"不问产地"到"全进口"，这类习惯反映了上海人由对于个人的坚执而发展为对于"装饰"的

上海文化无疑是一个综合体，是多种规定的综合，详尽研究上海文化受掣于商品经济，它的反叛性、竞争性、杂陈性、实惠性、装饰性等，它从怎样的意义上体现了中国传统文化向现代的转型，以及它的正面与负面的影响，是一个足以让人耗费巨大心力的课题。有些文化批评家和社会学家对此作出的成绩是值得尊重的，我们就基本意图规定所做的当然仅只是粗线条的勾勒。著者在编选《海派小品集丛》时曾多次向读书界和新闻界说起，海派文化在今天的读者面前，犹如一枚枚泛黄的黑白相片，是挥之不去的“海上旧梦”。作家周而复的长篇小说《上海的早晨》虽不是旧上海的题材，它搬上荧屏后，大受欢迎，直追1985年香港电视连续剧《上海滩》播放时“万人空巷”的盛况。油画家陈逸飞是一位深谙商品规律，善于捕捉机会推销自己的画家，他之所以独资拍摄描绘旧上海生活的电影《人约黄昏》，并不是出诸“票友”心态，而恰恰看清了海派文化是一份丰富的、值得开掘的怀旧资源。影片细腻推出的大量上海石库门景观给人的印象特别深刻，这有它独到的人文根据。三十年代夏衍在话剧《上海屋檐下》镂刻过的也是石库门生活，八九十年代，随上海改革开放热潮的兴起，不少反映上海生活的作品都闪动着石库门的身影，题材则不论过去还是现在。王安忆的小说、《上海一家人》这样的电视剧都是如此，上海电视台甚至还播映过关于当今上海石库门生活的专题片。这些都不能视为偶然。高楼林立的外滩、西区典雅的花园洋房、苏州河沿岸的大批棚户，它们固然能够表现上海，但它们都远不如石库门，匮乏石库门所拥有的表现上海生活的蓄力和张力。据《大上海石库门：寻常人家》(上海人民出版社，1991年)作者统计，1950年上海市区居住房屋建筑面积共2 360.5万平方米，其中，花园住宅223.7万平方米，占9.5%，旧式里弄，即石库门1 242.5万平方米，占52.6%，棚户322.6万平方米，占13.7%。更为重要的还在于，上海石库门是最富有上海味的处所，“张家好婆长，王家阿姨短”，上海文化的生活化、市民化、通俗化，几乎一应俱全地凝聚在那里，它才有资格被人称作上海文化的象征。

上海的石库门通常是和北京的四合院对列的，它在风格上取中西合璧，既保留砖木结构，又采用欧洲联排格局，并为节约土地，废除传统低层院落式，取两层或三层建构。分层是对土地的疏离，有近代反传统宗法制度的意味，从石库门内居民的关系看，它更是对传统家族主义的挑战。我们从老舍《四世同堂》中已经领略过北京四合院的气氛，那里守持着以家庭为单位的传统生活，开阔而自然，充满着亲情味，顽强地实现着家、国同构的理想。上海的石库门则大异其趣，那里簇拥着相当的男女老少，通常分属于不同的家庭，就像《上海屋檐下》所描写的：即便本是一家，也多已完成了解体过程，一般自立门户。石库门的单间，较之四合院有更多的不平均，往往体现了住户的家庭结构、经济条件和自身身份。石库门既然介于洋房公寓与棚户之间，决定了它没有洋房公寓的“洋”，也没有棚户的“土”，因此，多数石库门都依然保留有传统文化的某类余绪。杨东平有过不错的概括：

> 作为上海民居样式的代表建筑，石库门里弄住宅恰当地传达出了上海文化的特征：融合中西，在追求经济合理性、功能合理性的同时，为传统生活方式和感情留有余地：例如，由院落蜕变而成的狭小天井，建立了与自然的微弱联系；高墙厚门，守护着中小市民勤恳拮据、谨小慎微的生活，构筑

着他们的群体人格。[12]

把捉上海文化的大概，石库门实在是当之无愧的最佳视角，我们可以从那里的生活流中方便地寻得期望的东西。上海城市的特征、风格，上海人的观念、交往方式，上海精神文化的历史、走向，等等，几乎都可以石库门为标本。至于流淌在石库门的特有情调，它的细腻，它的流畅，它的朴实，它的矫情，它的动静配置，它的“文武”兼备，它的对于高楼大厦的向往，它的对于简陋棚户区的鄙视，它的奔向自由的冲动，它的退回内心的恐惧，它对和衷共济的期待，它对惺惺作态的娴熟，它的款款深情，它的飞长流短，如此等等，恐怕最能诱惑艺术家，撩起他们的情思，飚发他们的想象。总之，石库门是上海广大市民生养将息的地方，实在也是上海文化中的市民文学、社会文学和通俗文学的摇篮。

三　海派文学辨正

当然，在上海还有过左翼文学的光荣，当下，研究上海文学历史的学者都将“左翼十年”作为重头戏。这是可以理解的。然而，在我们看来包括左翼文学在内的整个左翼文化运动，不典型地具备上海文化的性质，换言之，虽然左翼文化运动的主要阵地在上海，但它的存在和发展，得益于上海空间内容的相对宽松，却又是对上海文化精神的重大超越。严格地说，左翼文化运动是现代中国的最重要的文化思潮之一，它为现代中国文学历史提供过光荣的篇章，当然它的某些不成熟的形态甚至还严重偏离文学本体而成为政治斗争的附庸。如果我们深入一些地考察左翼文化运动所依持的背景，以及它所具有的文化性质，就不难发现它与上海的关联实在有限，虽然左翼作品有不少是以表现上海生活为题材的。我们认为，一种文化的产生及其发展的条件同这种文化的实际性质还是有区别的，轻易地将左翼文化运动纳入上海文化的总体来予以考察，是不恰当的。我们不完全反对将左翼文学看作研究上海文学史的对象，原因在，作为地域性的上海文学实际上包含的成分是多元的，大概主要含有小资产阶级民主主义文学、左翼文学、国民党御用文学、通俗文学，此外，即是海派文学。我们只是不太赞同甚至怀疑能够用上海文化来统摄对于左翼文学的观照，能够全方位接受上海文化统摄的，恐怕唯有海派文学。

海派文学从基本性状上可以从上海文化精神中寻得大部的一致性，它因力图摆脱传统文化的束缚而显示出现代性的品格，它是一种中国文学发展历史上从未有过的都市文学。尽管考察文学现象一味借助经济条件的制衡将会潜在危机，甚至会蹈入平庸的死地，但是上海繁荣生长着的商品经济确实以其空前的威力影响着上海的文学，而其中尤以海派文学最为深刻。我们曾经说过上海这个城市的周边性质，海派文学则具体而生动地演绎着上海在空间结构上传统的“城”与现代的“市”的边缘性，以及与之相联系的“内陆文化”与“海洋文化”的边缘性、传统“农耕文化”与现代“商品文化”的边缘性。我们可以对京派文学作出清晰的描述，却难以用同样的信心对待海派文学。上海整体文化的边缘性征支配海派文学一般地带有某种模糊性、过程性和实验性。对它的研究，最可贵的意义不在作家作品本身的评价，而在它业已透露的、对于文学的未来极有启发的特殊讯息。

文学的经世传统向来是中国文学发展历史的第一等主题，这一主题自近代以来越发享有绝对的威权，有人对此有过“启蒙”与

“救亡”的分疏，其实都从属于“政治”这一最高规定，当然它所包含的实际内容已与传统的经世文学有极大的区别，虽不反对文学经世功能本身，却以反封建为其指归。现代京派作家是一批近代的卓越传人，显然始终表示着对于封建道统文学的轻蔑，但他们中的多数同时又不赞成“载道”与“言志”的区分。他们反对用任何方式将文学变成劝世文或修身科的高台讲章，西方“艺术即直觉”，曾经给朱光潜带去巨大的激动，然而他们绝不轻慢近代先贤的遗泽，同时又坚持文学与人生的关系。也是这位朱光潜，他从有机观出发修正了克罗齐，倡言“直觉并不能概括艺术活动全体，它具有前因后果，不能分离独立”，“不能不承认文艺与道德（政治）有密切的关系”。[13]这种修正，反映了京派作家作为“中国”文学家的立场，他们终究无法忘情人生，终究无法潇洒地面对人生，与其说他们在调和，还不如直接说他们的理性迫使他们不得不为传统文学中的经世观念留下一席之地。艺术是人生的兴奋剂，对于那些感觉到世界的干枯或人生的苦闷的人来说，犹如镶嵌在茫茫沙漠中的绿洲和湖泽，人们可以在那里颐养自己的情感，使它伸展解放。这类话是他们时常挂在嘴边的，当我们发现他们中的多数人一有机会就喜好抨击时政时，便能感觉到他们的那份沉重，便能体悟出他们的无奈。对此，现代海派作家多取同情的态度，不过他们中的多数人不打算“犹抱琵琶半遮面”，如果京派表现为对现代政治的躲避，那么他们宁肯放逐政治；如果京派曲折地表达了文学与政治的天然关系，那么他们的作为旨在间离这种关系。同为“苟全性命于乱世”，海派作家迎合上海滩提供的全部“间隙”和“宽松”，争取并实现着自己的理想。京派的沉重与他们并不相宜，他们是一批彻底的唯物主义者，同时他们中的大部又习惯于个人利益的打量和盘算，上海文化中的反叛性和竞争性则教会了他们拒斥并消解传统，他们赞美京派的“崇高”，同时又嘲笑京派的“崇高”。

政治是现代中国社会的轴心，海派作家当然也无法对它作出彻底的放逐，相反有时他们竟还会主动靠近政治。大部京派作家所拥有的清明，对他们来说也不是天方夜谭。理由很简单，在现代社会，谁都无法摆脱政治的纠缠，陈独秀就说过：“你们谈政治也罢，不谈政治也罢，除非逃在深山人迹绝对不到的地方，政治总会寻着你们。”[14]新感觉派的几位作家在30年代最初几年内对于左翼文学的积极呼应，就不是偶然的，生动反映了海派作家对于政治的基本态度。大革命失败后的国内时势推动了他们的选择。“他们被夹在越来越剧烈的阶级斗争的夹板里，感到自己没有前途，他们像火烧房子里的老鼠，昏头昏脑，盲目乱窜；他们是吓坏了，可又仍然顽强地要把‘我’的尊严始终保持着。”对于广大中小资产阶级来说，茅盾在新中国成立后《夜读偶记》的这则提示具有普泛的意义。京派作家由对政治的失望转向对政治的回避，表现出某种类似“弃妇”的心态，用同政治保持距离来适应政治，用非政治的面目来关注政治。后来成为新感觉派的一群，施蛰存、穆时英、刘呐鸥、杜衡等表面看来则由对政治的失望转向对新进政治的趋赴。不过他们的趋赴并非出于对于新进政治的信仰，即使对以往的政治他们也未必有多大的信仰，在他们更多的是出于“趋时”的需要，径直是上海这片商场使他们养成的本能。这里我们也很容易体味到某种“浪子”的作派。当政治给他们带来不舒服时，政治确是严重的实有，他们绝不像吉诃德先生那样敢于同风车搏命，而当政治风暴刚一过，政治在他们心目中一如女人的新衣服。他们一度的热衷左翼文学，大抵是冲着这件新衣服来的，因此，在左翼文学开始蒙受政治的高压后，他们迅速退避，寄生于“新感觉主义”或其他名目的现代主义，做他们的“第三种人”，既求取了安全，也满足了那份永不疲惫、永不休止的“趋时”兴趣。海派作家差不多是从相当实用的角度来看待政治的，他们身在现代中国，和政治的任何纠缠都是不得已的，打算用某种热情来投入政治，在他们往往会表现出足够的勉强。上海市民实用精神让他们信奉“在商言商，在学言学”，趋好“生产救国”“实业救国”，经验又明确告诉他们商也罢，学也罢，政治可以帮助它们，而以往的政治很少有有利于商，有利于学的，对政治排拒和疏离从来就是这块土地上的主导倾向。文学既是某一批人赖以生存或猎取荣誉的，自然得首先悉心为“生存”和“荣誉”计，政治对文学的干涉，不禁会使海派作家想起一个清白女子的被“强奸”，然而有时他们还得借政治改善自身的生存质量，就像上海股票市场的借政治来营造冒险一样。

鲁迅在上海的十年，对上海文坛风云由静观默察而至烂熟于心，对海派作家的种种作为在情感上相当复杂，鄙视与同情兼而有之。然而他那几近与生俱来的政论家品格，他那种对于民族历史命运的高度责任感驱使他对海派作家的实用政治态度抱有天生的反感，作为示范，他的杂文已是战斗的“阜利通”，是刺向黑暗的匕首和投枪。在他看来，一个现代作家对于政治的冷淡无异于精神的麻木，他对“第三种人”的批评，他对论语派幽默小品文的讥讽，都出于相同的原因。这里多少也含有相似于他对他的小说人物阿Q“哀其不幸，怒其不争”的情绪。遗憾的是，上海文坛上非政治的生活化的作品不因鲁迅不遗余力的斗争而销声匿迹，坊间还继续有着它们的市场。我们无意说鲁迅陈义过高，更不必指责鲁迅的偏激，但海派作家用他们的劳动确实为历史留下了恒河沙数的非政治化的作品，现代中国文学历史上的消闲文学也因海派而得名。那些作品虽没有最终拒斥理性，但多数诉诸感性；不是热衷于对生活的提炼，而喜好生活的描述；不用意识形态的语言，而是执着于体验感知生活；不是记载生活，而是发现生活。

五四以还，因着对人的存在与价值的发现，文学留意于人生世俗的体察和描写。以身边琐事为对象，观照人生真义，领略人生情味，追求生活风趣，几成一时之好。当新进作家在三十年代普遍开始对身边琐事不以为然时，海派作家却继续发展了这一传统。他们的小说硬是在题材取向上由社会退回个人，并且还褪去了往昔这类题材的理想，加重加浓了对于人生风味的吟诵。他们的散文自然不是匕首和投枪，大体确为远离现实风涛的小摆设，供人休整解颐，避风息凉。这类审美倾斜当然不伟大，但并不一概是麻木和沉醉，寄沉痛于悠闲的况味也并不短少，由于它们多数宣叙了普遍性的人生感受，也频生出不少特别的魅力，不仅可看作那个时代一部分人的心灵写真，后世的人们也或多或少可以从中得到些启悟。不是英雄，未必都应鄙薄，普通人的情怀多有可议之处，却自有其特别的体贴和亲切。过去相当长的时期对它们的看法固然不乏崇高感，但终有过苛之嫌，执着于唯一的文学尺度，赢得了可能有的锐利和深刻，却牺牲了应该有的富丽和绚烂。尤其应该强调的是，这一类作品恰好适应着置身于商品经济漩涡中的上海市民心态。日日紧张的生存条件和善于精打细算，养成了沪上民众普遍关注努力与积累，对实惠的追求和对自身精力的宝爱往往使他们不太计较品位格调，唯痛快新奇是上。这是一种可以归属于十字街头的审美趣味，当然有别于京派的象牙塔情结，也不同于上海的刀光剑影，壮怀激烈，更不同于武侠言情。失去了典雅，失去了激烈，也失去了严肃，却获得了通俗；虽有了通俗，却又无意流连传奇。

海派作品是以人类与生俱来的感性能力作参照系的，透露了它们的创造者对人类生存处境恒久的兴趣，表现出某种对喜爱与厌恶的超越，一种介于非理性与理性间的关怀。他们和一般久居城市的作家不完全一样，比如左翼作家也写上海，却旨在攻击城市异化，底里依然晃动着传统的道德标榜，有的则走上农村批判城市的怪路，这正是新中国成立后左翼文学迅速销声匿迹的秘密所在。而海派作家大半都能接受、认同都市，唯其如此才能真正关心、介入都市，才能有能力认识、批评都市。当他们面对都市的正面意义时，也有过令人击节的亢奋，善于提升自己、壮大自己。当然，经验也让不少海派作家识得城市永远存在的物质文明与精神文明之间的冲突，他们感喟都市紧张而机械的生活造就了人类疲惫而木然的心灵，为都市日新月异却把人类锻铸得冷漠自私太息不已。海派作品有相当的篇幅是表现着作家们困顿的心绪的，对琐碎的个人欲望确实也有不寻常的关注和描写，有时还会传递出主观感情上的危机和迷乱。即使如此，也有别于左翼作家，就是最富城市感觉的茅盾，据他夫子自道是用文学来参与中国社会性质论争的，《子夜》便是著例。海派作家由城市“断层”所生就的哀感，全然是个人化的，于是性爱和“双重人格”便一般成为他们最有潜质的描写对象，反映了他们对身居的都市的理解与把握，反映了他们对自己周遭都市人的思考、判断和针砭。当然他们也时会显露出自身的病态，会把思考变成沉醉，判断变成麻木，针砭变成欣赏。不过，他们毕竟最有能力体察都市脉息，是一群最有资格表现都市的作家！

以整体论，所有给历史留下痕迹的文学流派都服膺“反叛”，放眼看世界，关门铲封建，两者相生相成，凝聚着现代诸多文学流派的理想。京派作家的学贯中西，给人们留有深刻的印象，海派，借着上海这个码头的便利，对外来文化更有一番亲和的感情。施蛰存近年对他的文学生涯之初有过不少回顾，难以忘怀。比如：他说，他和他的朋友们在年轻时，“每当看到新奇的东西时，总是始而惊讶，继而模仿，在文学创作领域中，这种一下子蜂拥而上的情况屡见不鲜，但经过一段时间的沉淀，在冲动后的冷静思考，也许会作出与原来自己所喜爱甚至崇拜的对象截然相反的抉择”[15]。这句话说明了半个多世纪前他们是生活在怎样的文学空气中，实际上用它概括别的流派也是合适的。属于他们这一派的，主要是他们的撷取西方文化之花大抵也是以唯新奇为是的，它不仅是他们的手段，还是他们的一种方式，一种原则。上海文化市场练就了他们一套特殊的就行论市的本领。施蛰存所谓的看到新奇的东西会“一下子蜂拥而上”，这是都市世界的特有景观，他们深谙以下的事实：匆匆忙忙的快节奏都市生活，令人难以对一种潮流长久驻足；现代社会资讯丰富，读者选择太多，也易变心，今天视之如宝的，明天可能弃之如无物。而施蛰存所谓的“在冲动后的冷静思考”云云，部分出自作家自身的变迁，多半还是出诸对于读书界的缜密考量。对于西方文化的态度，京派和海派同为主动，也有些许的不同。京派走的是自外至内的路线，差不多自现代至传统，重调和，重消化，重以外来的说明本土的，有某种内敛性的特征，梁宗岱对于西方象征主义诗学的诠解，就有如许况味。而海派大抵走着自内向外的路线，差不多是自传统至现代，重张扬，重样式，重本土的应向外来的学些什么，有某种散发性的特征。从《现代》杂志的翻译文字便可见出大概，当人们用大力气译介苏俄文学，对经典作品继续保持巨大兴趣的时候，海派作家已表示了极大的不满足，于是他们中间的许多人便成为我国译介西方当代作家作品乃至理论的第一批翻译家。因此，在关于对待外来文化问题上同为逆反传统，同为输入新声，京派与海派并不完全一样，如果京派作家表现得深入一些，落脚多为传统的重造，那么海派作家则表现得新一些，广阔一些，落脚多在现代的标榜。

上海人在中国是最会花样翻新的一群，说得漂亮些，上海人有独到的创造精神，喜好时髦，敢领风气之先。海派作家的实践似乎最见如许精神。文学上的创新，本是一个老话题，在现代中国，没有哪一家流派不以“创新”为其理想的，然而仿佛也没有哪一家像海派那样显得异常的焦灼。创新之于京派是以文学的内在要求为基础的，它对于海派来说，有同京派相仿的一面，但更多的出自市场观念对于文学的影响。著者为编选《海派小品集丛》所写下的《海派二十家小品序》有过一段描述：“海派散文小品在表现技巧上对常轨大都取漫然的态度，对流行色和轰动效应却乐此不疲。刻意捕捉那些新奇的感觉、印象，竭力把现代人的呼吸，现代生活的全景和节奏，缩入短小的篇章中去，大抵是它们的共通的特色。以往相当发达的絮语体，依然保持着它们的幅员，那种本出诸和静的抒情似乎更谐和着个人性格的基调，本土的神韵和外来的幽默相渗透，雅驯和俗谑相融合，显现出活跃的体貌。当然更多的还是来自都市生活的刺激，敏感和细腻地表现瞬间的感触，发挥哲学大义，点透现代社会的世态炎凉和各色人等的众生相，并且大多最没有架子，往往信手拈来而尽得风流。倘若以往的上乘小品多在比才情，那么海派小品则在比感觉；倘若以往的上乘小品多在追求醇朗和圆熟，那么海派小品则趋赴尖新和效应。它们机敏灵活，变化多端，有某种‘魔术’味，它们以没有执着的个性而养就了自己特殊的个性。一阵风一阵雨，一如街头的女孩子，今儿流行红裙子，明儿黑头发又飘起来，只要是最新最摩登的，她们大多难以按捺住激动，日新月异为她们心向往之，而海派散文小品在表现技术上也以日新月异为理想的。”

海派的小说技巧突出地表现为对“不确定性”的自觉追求。它们的作者们不是从外部重建故事，而是和角色一起经历内心的风暴，他的烦恼、忧虑、困顿、自私、虚伪等。在多数海派作家看来，现实永远不全是外部的，也不全是内心的，而是感觉与体觉双重类型的混合。艺术是一个“说服的过程”，是不稳定的，是浮动的，令人捉摸不定的，它有许多含义都难以捉摸，因此，要从各个角度去写，把现实的飘浮性、不可捉摸性表现出来。穆时英的小说构思有巨量的反传统倾向，“不确定性”便是一个出色的观察角度。他的小说所具有的几个基本因素往往会被置于一个不稳定的模糊状态之中：作品的时间切换时会难以分辨，一会儿在今年的饭店，一会儿又似乎在去年的夜总会，没有一个确切的标准可以分清；地点的转换也不时使人如坠五里雾中。甚至作品的人物的身份也不能确定，只能由读者在“积极参与”中去凭借主观演绎。有的作品的内容也始终显示出不确定的状态，似乎有贯穿的线索在，然而往往到结束还没有出现结果，也得依赖读者用主观感受和判断来将情节连接补缀，无形中读者也成为作品的一员。深入一些说，海派小说的多数为一般读者提供的不是经验意义上的，而是想象性的满足。在海派的小说作家中，出奇制胜者大有人在，从张资平、叶灵凤到30年代的新感觉派，到40年代前后的徐讦、无名氏，再到更晚些的张爱玲和苏青都倾向于将作品的焦点对准人物的精神活动，以回忆、联想、闪念、梦幻、潜意识等手段取代人物的行动和对话，极力关心现实生活在人们心灵中的回声。同时他们中的多数还不太习惯用粗犷、随意的手法去创作，而代之以精雕细琢、一丝不苟的作风，这就构成了作品细腻深邃的风格。

海派创作对于外来文学营养变幻不居的索求，同时也表现为作者们是一批新派的中国人，外来文学对他们还只是“移植”和“取法”的对象，在具体的实践中也表现出他们多角度去尝试的实验精神，实在很难用西方的某一“主义”、某一技法去范围，去对应。浪漫和感性手段的运用，海派作家相当娴熟，语言大多丰腴沃美，鲜有冷峭奇倔，尽管他们中也不乏“理趣”的膜拜者。鲜丽的意象构图，深切的情感意念，喜好主观，容纳偏颇，确是他们的胜场。这些对他们的小说创作也带去了非常有意思的影响。穆时英的《上海的狐步舞》一如散文那般鲜活，充满了毛茸茸的原生态的质感，小说的结构的实验性似乎更为突出，呈现了反结构的技巧。时间交叉、空间跳跃、扑朔迷离、朦胧恍惚，令人眼花缭乱，已为评论界共识。上海都市生活的图像随作者意识的流动被任意地切割和拼凑，变成了一系列蒙太奇镜头的组接，传统小说惯常的情节性、连续性和顺序性几被彻底消解。都市生活玉成了作者，因为这类反结构处理并非无结构，有电影语言的意味，在作者的构思中自有其逻辑的联系，而它又最适宜表现都市风景线，物质文明冲击着大自然的循环法则，使都市呈现片断、琐碎而杂乱，人类的生命也随之被割裂。因此，穆时英的这类技术部分或许得益于都市生活的暗示也未可知。

海派小说的探索当然也有不少失跌之处，上海文化中的杂陈性将其消极面也内在地作用于海派小说的创作，消化融通，对于多数作者还没有普遍成为他们的自觉需求，为创新而创新，乃至为实验而陷入“探险”的弊病也不少。无论怎样，海派文学在艺术方法上的追求，需要清理，但不能视为“魔道”，它所显示的全部不成熟，从海派的个体条件去寻找原因是必需的，而从现代中国文学发展的整体中去寻找，从上海文化的现实中去寻找，可望得到更深刻的原因。

文学的生产与文学的消费，是我们观察海派文学的另一个重要角度。经济领域内的生产与消费的关系同样适用于文学，它们之间的联系，以及实际存在的互动作用，已被广泛用于说明文学价值的实现和文学起伏消长的演变，近年来关于接受美学的讨论，进一步深化了这种说明。海派文学以上海文化为依托，并依赖于广大市民读者的消费，这是问题的一个方面，为我们关注的是海派文学培养了市民读者的趣味，参与建构了颇具现代色彩的文学市场。这个市场自形成后经久不衰，即使在它的淡季，还由民间的口头文学作支撑，而于今，更是以巨大的辐射力影响着全中国。刘勰在其《文心雕龙》“辨骚”篇中有所谓“才高者菀其鸿裁，中巧者猎其艳辞，吟讽者衔其山川，童蒙者拾其香草”。海派文学从一开始就躬行对广大市民读者的尊重，市民不排斥文学的教化，但他们由上海空间长期涵养的实惠性追求也需要借文学助消闲。海派文学对教化功能的稀释而对消闲功能的发扬，以最大的可能满足了市民读者由经验、需要、情绪、价值取向等锻铸的知觉定势。海派文学的世界，它对都市生活“边缘性”的描绘，对日常小百姓生活起居的铺展，对他们所有喜怒哀乐的同情，足以撩拨起普通市民读者亲切的兴味。《欢喜陀与马桶》《花厅夫人》《春曦中的男女》《醉吻及其他》《异国情调》《枕上随笔》《风凉话》《别上海》《上海的鸟瞰》《生活的味精》……光看看这类书名，就不难明白海派文学在怎样的程度上实现托尔斯泰所神往的——“感受者和艺术家那样融洽地结合在一起，以致感受者觉得那个艺术作品不是其他什么人所创造的，而是他自己创造的，而且觉得这个作品所表达的一切正是他很早就已经想表达的。”[16]

海派文学的直面市民读者的审美需求，在具体运作上“迎合”读者与“提升”读者兼而有之。接受美学中的“期待视野”被尧斯称之为他的全部理论的“方法论支柱”，借重这一概念有助于我们观察海派文学是如何在“迎合”与“提升”之间适应读者的需求的。海派作家并不是理性的反对者，相反他们的散文小品中多有满贮理趣的篇什，像徐讦这样的小说家，始终没有放弃对于哲理的探索，但他们对市民读者的口味有着切实的把握，所以我们说他们更多地注重作品的通俗素质，为适应读者消遣、娱乐的感性需要，通常不是诉诸思理、概念和认识，而诉诸快感、直观和情趣，现代中国文学特别强调的思想性、现实性和社会性大都被市民社会所青睐的消遣性、娱乐性和刺激性冲击、淡化、删削，乃至掩盖。这是与市民读者感性化的审美心理结构相凑拍的运作手段，也正是评论界一般认为海派文学品味不高的基本原因。这自然是一种迎合，代表了市民社会对文学的理想，它同时也为那些暂未具备审美能力而无法传达或无法准确传达自己思想的读者提供了恰到好处的完美形式，这种艺术形式凝聚着艺术家的心血，自不待言，它同时争取并引导着读者，进而也转化为他们的思想形式，成为作家与读者共同拥有的精神财富。我们可以批评海派的种种浅薄，但谁也不愿拒绝消遣娱乐，正如谁也不能排斥感性，海派作品之所以还拥有不小的消费市场，大概和人生的这层秘密多少有些关联。说类乎海派那样的作品会弱化读者的思想，任何的强化都得依赖弱化的适当配置，这也已是常识范围的事了。海派作品的实际魅力还在于对读者内心生活有某种重建的可能，况且海派文学是一个古今中外知识密集的领域，它所呈示的法则、程式、技巧、手法以及艺术形式美规律也不是一无是处的，对读者的艺术审美能力的提升也有足够的意义。它们是上海文化机制导入后的产物，也是对新旧“一统天下”的封建性文化的反拨，它们丰富了文学的历史，启示了文学的发展，对于长期习惯于怒目金刚式作品的中国读书界，无疑是一笔不错的精神资源。

注　释

1 上海城墙的拆除，使上海市政建设迈入了现代化的大门。现南市区小北门附近尚保留旧城墙一截，权充古迹。

2 当然发生在新中国成立初期的这场关于重建北京的争论，还有着不能忽视的政治层面上的严重内容。当时包括毛泽东、周恩来在内的“拆墙派”，最重要的理由几乎都出诸“北京的城墙即是中国封建主义的象征，对北京城墙的拆除，意味着新中国反封建的伟大胜利”。从周恩来赠给梁思成唐代李义山诗“夕阳无限好，只是近黄昏”，也可知底里的真实了。

3 明中叶，倭寇侵犯东南沿海，并多次在上海登陆。嘉靖三十二年（1553 年），官绅顾从礼奏请筑城，被采纳。同年，松江知府方廉乘倭寇退走之际，征捐赋，令通判李国纪督工兴筑城墙。近三月竣事。城周 9 里，高 24 尺，开城门 6 处，东为朝宗门（即东大门），南为跨龙门（即南大门），西为仪凤门（即老西门），北为晏海门（即老北门），东北为宝带门（即小东门），东南为朝阳门（即小东门）。后又多次修葺，凡有塌毁，均以及时修复。

4 李永炽：《从江户到东京》，台湾《联合文学》第 21 期。

5《马克思恩格斯全集》第 12 卷，第 624 页。

6 参见唐振常主编：《上海史》，上海人民出版社，1989 年，第 11 页。

7 许多研究成果表明，以市场经济的规律硬套当时江南地区农民的经济行为是徒劳的，至少当时那里的农民在以下两方面还表现出对传统经营方式的执着依赖：一是他们多依靠家庭内的劳力而非雇佣劳动；二是其生产主要为维持家庭生计而非追求利润。

8 上海和全国其他地方一样，仍是以男子为中心的社区，但在这块土地上自近代特多“惧内”，当下称“妻管严”。“作男人的不宠太太叫什么男人”，在上海颇有市场，这里部分表现为生活智慧，相对于传统，也表现为“逆时俗”的文化性征。

9 苏青：《牺牲论》，《浣锦集》，天地出版社，1944年。

10《南腔北调集·上海的少女》。

11 戏剧理论界多有人批评上海某些剧目的“异化”现象，如：样板戏《智取威虎山》是20世纪70年代的“现代京剧”，其主要特征就是以欧洲古典歌剧改造中国京剧；而近年推出的“新海派”《盘丝洞》则是80年代“戏曲现代化”成果，主要特征是引进现代大众娱乐文化的各种手段革新京剧；至于《麒王梦》更是一个古今中外“文化滥交”的怪胎，无论对莎士比亚，还是对中国京剧都是一场噩梦。

12《城市季风：北京和上海的文化精神》第162页。

13《文艺心理学》第八章，《朱光潜美学文集》第一卷，上海文艺出版社，1982年，第120—121页。

14《谈政治》。

15 施蛰存：《关于“现代派”一席谈》，《文汇报》1983年10月18日。

16 列夫·托尔斯泰：《艺术论》，丰陈宝译，人民文学出版社，1958年，第149页。

第三章　海派文学的风雨行脚

当我们严格把握了海派文学的具体规定性之后，我们会吃惊地发现，真正意义上的海派文学历史并没有像样的幅员。就长期满足于将文学的思想性、现实性和社会性作出化约处理的中国现代文学研究界来说，它或许是现代中国文学版图上的几页碎片，充其量只是上海文学的一小部分，因而对它的忽略，或对它的存而不议，仿佛是当然的事情。

海派文学不是近代社会的直接产物，只是孕育于近代社会，当时已经滋生并日渐生长的海派戏剧和海派绘画，它们所显示的对于上海社区文化相谐和的一切，是作为先导因素对日后的海派文学发生影响的。“五四”的伟大精神，它的那种空前的摆脱封建道统的离心倾向，它的放眼世界的丰沛热情，它敢于面向民间的心愿，那种启导并形成中国现代文学的基本背景同样适用于海派文学。发生在20世纪20年代前期的文学流派的大繁荣，它的不拘一格，它的民主性的艺术精神，更是海派文学最终诞生的催生婆。没有这样的观察，我们就容易离开海派文学本身的规定，容易把它的历史作出随意性的描述，甚至还有可能模糊中国文学的近代性向现代性飞跃的事实，陷入无法清理、无法界定、无法描述的现象泥淖之中。

因此，从原则的角度看去，海派不是一个游离于历史发展中轴的怪物，它的发生，它的发展，以至它的终结，都是合历史的、合逻辑的。任何历史当然都是当代精神的结晶，但是只有当代精神有利于历史本色的推演，它才是历史的幸运，才是一曲《欢乐颂》！如果确认海派文学给现代中国文学历史留下过波澜，首先因为它反映了历史的要求不是以研究者的主观意愿而化约的，它的全部丰富性和复杂性，也不会因权威话语的过度膨胀而改变复述的方向，更不会为了迁就某种“当代需要”而闷塞真正有利于当代的需要。现代海派文学从1925年前后的问世到1949年的告终，二十余年的生命历程是短暂的，然而风雨兼程，虽单纯的“主义”和“信条”对它不相宜，却俨然是作为现代中国文学历史的一个重要侧面存在着。它是现代文学机体上不可或缺的一部分，对它的率性割舍，结果将是“从残疾到死亡”。它的二十余年，大体可以分作三个时期来描述。

一　黎明期（1925—1932）

倘若能够寻出海派文学始于哪年哪月，是很有些了不起的，不过，这类“了不起”对著者无有丝毫的吸引力。在我们看来，在讨论现代文学流派时，人们完全可以并且也应该弄清同流派对应的文学社团的初始情况，然而，殚精竭虑地去考索文学流派生成于何年何月，像我们日常对待“户籍登记”一样，实在很有些滑稽。文学流派是一群或几个风格相近的作家同声相求的产物，它是某一文学空气的象征，也是某一文学倾向的现实。

海派文学的登台亮相是文坛苦闷的象征，它用自己的作风接受了1925年前后开始的新文学阵线的大动荡、大分化和大改组。当时的文坛，鲁迅正经历着“为走向大乐观正颤栗于大悲观”之中，忙着写他的《野草》。《影的告别》倾吐着这位伟大作家不知“是黄昏还是黎明”的迷惘，还给他所喜欢的青年诉说“我喜欢寂寞，又憎恶寂寞”，“我自己总觉得我的灵魂里有毒气和鬼气，我极憎恶他，想除去他，而不能”。[1]这里当然包含有鲁迅个人特别的条件，但那个时期实在已将“五四”的亢奋删削到了最低限度，即使沉潜的进击力量也被深巨的苦闷所笼罩。茅盾后来说：正是那个年头，“‘新文学’渐渐从青年学生的书房走到十字街头了，然而是在十字街头徘徊”。他进而作出了他的分析，自然也带着他曾为早期共产党人的风格：

> 这一时期，两种不同的对于“人生”问题的态度，是颇显著的。这时期以前——“五四”初期的追求“人生观”的热烈气氛，一方面从感情的到理智的，从抽象的到具体的，于是向一定的“药方”在潜行深入，另一方面则从感情的到感觉的，从抽象的到物质的，于是苦闷彷徨与要求刺激成了循环。然而前者在文学并没有积极的表现，只成了冷观的虚弱的写实主义的倾向；后者却热狂地风魔了大多数的青年。到“五卅”的前夜为止，苦闷彷徨的空气支配了整个文坛，即使外形上有冷观苦笑与要求享乐和麻醉的分别，但内心是同一苦闷彷徨。走向十字街头的当时文坛只在十字街头徘徊。[2]

《洪水》《语丝》和《现代评论》三种周刊在1924年下半年的先后出台[3]，正是为着反拨“苦闷”和终止“徘徊”的。它们发扬着“五四”以后新进文学流派的传统，并且还为下一期的流派发展开路筑桥。拙著《京派文学的世界》描述过曾在《现代评论》和《语丝》上显过身手的部分作家，至20世纪30年代前夜却先后蹈入了自由主义的京派。《洪水》续继《创造季刊》，史称是创造社第二期的标志，是盟主郭沫若、成仿吾参与实际革命活动而郁达夫又脱离创造社后的出版物，先是倪贻德后是叶灵凤，由创造社的后期新秀主掌。创刊号《撒但的工程》一文申言：“不先破坏，创造工程是无效的，彻底的破坏，一切固有势力的破坏，一切丑恶势力的创造的破坏，恰是美善的创造的第一步工程！”适应着时代的反抗，同时也不无清楚地表达着他们青春期的骚动和暴躁。冲决一切既成的束缚，仍是创造社的作派，从倪贻德发表在创刊号上的《迷离的幻影》看，早期创造社浪漫主义中的现代主义的气息，在这里得到了进一步的加强，某种唯美主义的倾向开始执着地昂起了头。顺便提一下，他们的文字有时也能够在《语丝》和《现代评论》上见到。他们是一批创造社的文学青年，而老牌创造社成员张资平当时在武昌，写的是男女情事，既可读又包裹着“反传统”。资深的和新起的都显示着浓厚的个人色彩，这倒是共通的。凡此，却多半已被早期共产党人批评家痛斥过。“国内的文艺的青年，再不要闭了眼睛冥想他们梦中的七宝楼台，而忘记了自身实在是住在猪圈里”——不必重拣邓中夏、萧楚女、恽代英的文章，翻读茅盾作于1923年最后一天的《“大转变时期”何时来呢?》就足够了。在我们看来，此时新文学的海派虽尚未形成，但这一批为着破坏却耽幻于唯美的青年作家，自然也得算上张资平，正是日后海派文学的最初班底。

1926年春，郭沫若的《文艺家的觉悟》和《革命与文学》大抵像是早期共产党员的文字，却毕竟表明了他的文艺思想的巨大转变。诸如革命文学是“表同情于无产阶级的社会主义的写实主义的文学”，“我们现在所需要的文艺是站在第四阶级说话的文艺，这种文艺在形式上是写实主义的，在内容上是社会主义的”等，都是相当有名气的，也是日后无产阶级革命文艺运动的先声，史家议论郭沫若乃至创造社的进步，一般都以此为根据。有意思的是，他的那些青年同好，并不买账，不只走着老路，并越走越远。正在这一年的10月，叶灵凤、潘汉年、金满成在上海推出《幻洲》文艺半月刊。编排颇有特色，每期由“象牙之塔”和“十字街头”两部组成。上部叶灵凤编辑，下部潘汉年编辑。上部多有唯美作品，下部多为嘲讽之笔，作者多署“下流人”“无聊人”“泼皮”“小流氓”“店小二”等，文风直率泼辣，同时也难掩粗糙油滑。其中的“灵肉号”及其“续号”，更是不同凡响地倡言“新流氓主义”，讨论上海“野鸡”和女子贞操，鼓吹夫妇制度的废除，表面看去，活脱是“才子加流氓”。叶灵凤本人不仅发展了他早期《女娲氏之遗孽》的风格，同时又在《浪淘沙》《浴》之类的小说中露骨地描写女性的胴体和手淫的感觉，实在狂放脱略，时髦得紧，后果在我们的国度不将是谜：招来了不绝于耳的指摘。他们所标榜的“新流氓主义”，其实底里还是“反抗”和“唯美”，矛头直指既成的社会秩序，和《洪水》一样，破坏性是它的中心，而叶灵凤氏的写女性胴体，大抵是和神往善美相关联的，对于身兼美术家的他来说尤其如此。他的描叙女性手淫感觉，不过是对个性不容自由表现和人生难求至美境界的哀感，它们几乎都逼向某种生命忧患感的表现。

如果郭沫若的转变标志了创造社的向左转，那么叶灵凤他们的“不”转变不能简单地归之于向右，而是反映了创造社的部分作家开始正式选择了由批判政治到嫌弃政治的道路。批判和嫌弃，很不相同，代表了现代中国知识者两种命运的原始风貌。必须充分估计的是，他们的这类命运走向在现代中国决不仅止于个人的意义，相反有一定代表性，他们所显示出来的精神趣味，对上海滩的相当数量的文学作家无疑是一种吸引。滕固长期以文学研究会作家的身份写着创造社式的小说，他主持的“狮吼社”在1927年夏天之后《狮吼》月刊上的作为大抵可用“唯美主义”来概括。民初改良主义小说家曾朴，也紧跟浪头，与其子曾虚白组织《真美善》班子，既办刊物，又组出版社，改良主义演进至唯美主义，大抵是他们的身手。时序进入1928年，经过整顿的创造社和由蒋光慈、钱杏邨等组成的太阳社，在《创造月刊》《文化批判》《太阳月刊》等刊物上，正式开始了无产阶级革命文学运动的倡导。叶灵凤和潘汉年主编《现代小说》杂志也有适度的响应。这家刊物现在已少有人提起了，然而它提示了一种文学“新路”。虽然初期小资产阶级知识青年的生活，尤其是他们的性爱生活，以及他们在大时代中的苦闷，仍然是这份刊物最显著的内容，在艺术形式上，依然特别注意技巧的新颖，以适应上海市民的审美趋向，但是它已明确表明了对于新兴革命的呼应，尽管在立场和态度上远不像比他们更年轻的李初梨、冯乃超那批“创造社小伙计”。就连脱离创造社出版部的张资平，另建乐群书店，创办《乐群》杂志，也以响应革命文学相标榜。他的思路是清明的，为将书店的事业推向兴隆，上海的“生意经”启发他必须尊重时风，于是他公开宣布“转换方向前进”，并且还组织翻译出版了不少普罗列塔利亚文艺理论著作。

这种价值定位，已隐有商业性运作的气息了，早于张资平的还有一支生力军。1928年9月10日，由刘呐鸥主编的《无轨列车》

在上海问世。主要撰稿人除主编外，还有施蛰存、戴望舒、杜衡、徐霞村等，他们热衷尝试运用快节奏、意识流、心理分析和象征手法，但为了号召读者，也刊载若干有关苏俄的篇章，同时也尽量发表迎合时尚而锋芒隐约的进步作家的作品。他们的出版机关水沫书店，出版过很有影响的俄国普列汉诺夫、卢那察尔斯基的文学理论译著。其实，早在两年前施蛰存、戴望舒和杜衡三人已有小刊物《璎珞》，又办过《文学工场》，在这片处女地上开启了他们第一道耕犁。翻译与创作并重，对西方现代主义的迷恋是他们最初的光彩。象征主义之于戴望舒，弗洛伊德对于施蛰存的塑造，都预示着他们日后的发展。作为海派文学的生力军，在一年后，即1929年9月，在《无轨列车》被迫停刊半年后，他们又推出了《新文艺》月刊，依然从“新”字上作文章，一如编者在一卷五期的《编辑的话》中声明：“1930年的文坛将普罗文学抬起头来，同人等不愿自己和读者都萎靡着永远做一个苟安偷乐的读书人。”比较值得注意的是施蛰存、戴望舒等，在满足了“新”的前提下，他们采取的是思想与艺术二元的办刊方针，致使马克思主义的理论与现代主义的作品驳杂地出现在他们的刊物中。对他们来说，有思想观念上的支持，而全然否认当事人还有从文学营销策略的考虑，大概也是不真实的。

在无产阶级革命文学运动的影响下，或者可以说作为这场运动的侧翼，新文学的海派终于获得了自己的生命。在叶灵凤、倪贻德这些后期创造社作家的基础上加入了刘呐鸥、施蛰存、戴望舒、杜衡等一批上海新文人。起初他们彼此之间未见得有可资记载的呼应，然而，他们确实有着大致仿佛的思想倾向和艺术趣味，在策略上又大致都有趋新的特征，用商业的营销精神直面文学市场。以他们这批作家为基本，吸引并团结了其他上海的作家，为他们提供了露露头角的阵地。后来成为海派重要小说家的穆时英，最初的文学活动就和《新文艺》有关。当然施蛰存他们的取向，也有特殊的原因，他们中的某些人都有过向往光明、追随革命的经历，内心深处对现实的黑暗也有相当的苦闷，他们中有人也能够接纳左派朋友的意见，比如冯雪峰对《无轨列车》和之后的《新文艺》有所关心和支持。此外，在上海还有一些作家，他们对革命文学并没有采取认同的态度，但他们几乎本能地猜透文艺事业的兴衰与时风有关，任何的墨守成规都将是不足取的。滕固一边在创造社的刊物上发表《壁虎》那样的奇异作品，一边又同友人创办起唯美的《狮吼》，给人留下的印象相当深刻，而1929年年初的《金屋月刊》，它是《狮吼》的继续，由邵洵美、章克标主其事的。他们的唯美色彩更为浓烈，甚至确是以唯美是上，正因着"趋新"这一特别追求，使他们成为海派的同志。创刊号上的《色彩与旗帜》是篇奇文，它申称："我们决不承认艺术是有时代性的，我们更不承认艺术可以被别的东西来利用"，"我们要打倒浅薄，我们要打倒顽固，我们要打倒时代观念的工具的文艺，我们要示人以真正的艺术，我们要用人的力的极点来表现艺术"。

"左翼作家联盟"成立后，叶灵凤、潘汉年、杜衡、戴望舒等先后成为盟员，除潘汉年不久转入中国共产党的实际革命活动外，其余都坚持在文学阵地上。革命对于海派的大部分作家是不相宜的，早期左联在斗争策略上的不成熟，从而所遭受的残酷迫害对他们不是一般的考验。1931年8月叶灵凤被左联开除，杜衡、戴望舒等迅速失却了锐气，大抵显示了原本被潮流裹挟的性质。于是他们中的大部都开始程度不等地怀疑或径直攻击左翼文学，但由他们和同好所开辟的“非政治”的、唯新、唯美的海派文学事业倒很快迎来了它的黄金时期，他们的队伍甚至还有了拓展。陈穆如主编的《当代文艺》在指导思想上明显适应了这种大踏步的倒退；曾今可主编的《新时代》公开声称“没有什么政治背景，不谈什么主义”，也显得很有号召力。某些远在北方的作家踏上上海的土地之后，也很快地对海派文学表示了他们的同情，有的还改变初衷，俨然像海派一样。典型的例子是章衣萍，他原先在北京，借《语丝》内部的不和，不满足于语丝体的批评时政，不待《语丝》终刊，1927年便与其妻吴曙天联袂南下，边在暨南大学当教授，边把《情书一束》的传统发扬到极致，矜持与油滑相兼，写起他的“随笔”来了，也算开了日后“京海联手”的先河。

海派作家是一个松散的存在，固定的阵地和统一的宣言，和他们不相干，具体地清理何人为海派何人不属海派，或许是有意义的。不过，海派作为一个文学派别，能够列数的仅是同一的志趣和相近的精神，在大致厘定所属作家的范围，从他们各自具体的情况中着重梳理出他们共通的特征，也许更现实些，何况同样有意义。

在海派作家最初涉足文坛的当儿，他们共同所拥有的社会立场是“非政治”或“淡化政治”。从这一层看，他们都是时代的产儿，是非常态的时代驱使他们作出了非常态的选择。不能完全漠视他们中的某些人对政治问题也曾经有过时代的观点，有过激进的经历，更不能怀疑他们无视文学应该表现社会生活，文学可以感化民众等等，然而，他们毕竟更多地信仰着为艺术而艺术，并且还正是用“为艺术而艺术”的观点、方式和实践来追随时代的反抗主题。作为中国的文学作家，传统的名士作风对他们的浸淫是必须估计的；

作为现代的中国文学作家，他们似乎对来自西方的现代艺术更有神往之情。这种倾向有出诸他们的喜好的成分，一般又是同他们根本性的反叛精神相联系的，这同那些西方现代艺术在其本土出现时的情况有些相仿佛。我们固然看不到他们对现代中国社会运动的积极响应，即使穆时英早期小说中也用力关心着下层小民的命运，他把自己的文学人物往往做着类乎“流浪汉”处理，绝不像大批左翼作品那样诉诸阶级意识，煽动社会斗争。同时，我们也没有看到他们对社会的陈腐作出坦然的和解，他们所钟情的艺术，精神心理分析也罢，新感觉主义也罢，唯美主义也罢，未来主义也罢，实在都含隐着指向怀疑社会的稳定，实在启发着指向对于未来的瞩望。在他们的认识中，所谓的新兴文艺，不仅仅是一种社会意识的指认，还包括对于新颖艺术的追求。刘呐鸥是向国内输入日本新感觉主义的第一人，他当着新兴的无产阶级革命文学运动的高涨，至少把新感觉主义也是看成新兴的艺术的。同样是“新兴”，同样是“尖端”，条条道路通罗马，“共同的是创作方法或批评标准的推陈出新，各别的是思想倾向和社会意义的差异”[4]。施蛰存的意见是可以接受的，还不够彻底的地方在于，他没有把问题提到他那些作家受制于惯常所采取的思想和艺术二元论，或者说，还坚持某种纯文学艺术观的表达。他们对中国社会问题的具体看法决定了他们的艺术追求及其作品所显示的“思想倾向和社会意义”同左翼文学有显明的差别。但是，两者对“创作方法或批评标准”所共同拥有的“推陈出新”，也有着特殊的思想意味。

海派作家踏上新文学舞台的第一步又表明他们是上海的产儿。关于重建民族传统，是大多京派作家视为生命意义之所在的，因而他们对向西方伸出援手，其意义在自身文学生命的重构。黎明期的海派，已表明它的作家们似乎更习惯向西方或日本借镜，他们同样将之视为生命意义之所在，但这多半为着适应对上海这个现代都市的观察、思考、理解和表现，某种意义上也可以说是他们练就的生命经验的体现。外来的文学现代主义之于京派作家是某种精神的吸引，而在海派作家，则是方法自身。他们对于“新奇”的膜拜，是都市生活对他们的刺激，也是都市生活对他们的限制。当京派的大多作家用浪漫的田园牧歌来对峙于都市的人欲横流，或径直梦幻于田园牧歌时，海派作家与田园牧歌已经完全无缘！他们用惊恐慌乱的双眼打量着自己生活的空间，为着表现，好像唯有采用最新奇的文学形式才能保证表现的真实性。在刘呐鸥看来，从日本运来的新感觉主义恰好适应着他们对于上海的观察乃至理解：

> ……总之全体看来最好的就是内容的近代主义，我不说Romance无用，可是在我们现代人，Romance 究未免缘稍远了。我要faire des Romance，我要做梦，可是不能了。电车太噪闹了，本来是苍青色的天空，被工厂作炭烟布得黑蒙蒙了，云雀的声音也听不见了。缪赛们，拿着断弦的琴，不知飞到哪儿去了。那么现代的生活里没有美的吗？那里，有的，不过形式换了罢，我们没有Romance，没有古城里吹着号角的声音，可是我们却有 thrill 和carnal intoxication，这就是我说的近代主义，至于thrill和carnal intoxication，就是战栗和肉的沉醉。[5]

刘呐鸥的感喟，标志了海派作家对现代都市的一种态度，那种不彻底的态度：一方面是认同，一方面是批评；一方面是留神注视，一方面是微微的嘲讽。由此，我们固然能感受到这些作家是如何发现了现代城市的“断层”的，是如何从精神向度上关注现代城市的人的心灵的虚空与人生的虚幻这两极的，也能感悟到他和他的同好们是在多大程度上自觉将外来的艺术手段运用于处理自身对现代都市生活的表达，进而也可以启发人们理解他们对于中国现代文学的贡献。自“五四”以来，现代主义的东渐有着广泛的范围，这已是不争的事实，不过，在海派作家出现以前似乎还没有严格意义上的都市文学，更没有在现代主义与都市文学之间作出互为“配置”的热情尝试，遑论成功的实践。难怪鲁迅直至1926年还激赏俄国诗人勃洛克为“现代都会诗人的第一人”，并说“我们有馆阁诗人，山林诗人，花月诗人……；没有都会诗人”[6]。海派作家是都市生活的专业表达者，同时还是实际沟通“都市文学”与“现代主义”的作家，用包括新感觉主义在内的现代主义观照都市的日常生活，换言之，他们在自己的文学的起步之初便已表现出了自己的独特趣味：透过庸俗的生活和尘嚣的市街去发现戏剧与诗情。

二　发展期（1932—1937）

海派文学生命的第二期是带着上海战争的硝烟开始的。战争严重地消耗着文学的生命力，正在蓬勃发展的左翼文艺运动，在日本军国主义者的铁蹄下经受了空前的考验，与之对立的“民族主义文学运动”，不待彻底露形，幸而也被侵略军的一炮轰垮了。国民党当局对于进步文化的压迫并没有因此而松动，左翼文艺继续在荆棘中潜行着，然而上海滩头的文学毕竟比年前冷落得多了。上海现代书局老板本着商业利益的算计，延请施蛰存主编《现代》文艺月刊。主编人选“不确定”的身份，富赡的文学修养，精明的办刊经验，以及他在上海文学界广泛的人事背景，颇为书局老板所倚重。《创刊宣言》着重申明，《现代》不是“同人杂志”，“不预备造成任何一种文学上的思潮、主义或党派”;“希望得到中国全体作家的协助，给全体的文学嗜好者一个适合的贡献”，总之，正经地标榜着宽泛的兼容性。关于作品的标准，主编人也有所说明，“只依照编者个人的标准，至于这个标准，当然是属于文学作品的本身价值方面的”。这在那个时代倒是颇为倔强的主张，因而无论从正面还是从负面，都是相当值得注意的。自1932年5月1日《现代》创刊号问世至六卷一期，凡三十一期，施蛰存和后来参与编务的杜衡一起，是信守着《现代》的初衷的，但在我们看来，它诚然不是一份“同人”杂志，却是一份实现海派文学理想，并遵循海派文学的作风和方针的文学杂志。它的宽泛的兼容性，本是海派的特征，同时这种“兼容性”因以“文学作品的本身价值”为标准，为前提，实际上也表达了一种同政治文学和阶级文学保持一定距离的文学选择，这又正是海派文学题中应有之义。施蛰存晚年在其回忆录中所声明的，比如包括鲁迅在内的左翼作家甚至远在北方的京派作家的作品也时在《现代》刊载，这恐怕不能成为理由，起码不够充分。他和新感觉派作家在30年代前后的文学活动，已经表明了他们从上海这个现代都市获得的智慧，以及作为海派作家的方式。杂志的“同人”与否，也是相对的，在现代中国似乎还没有一家绝对“同人”而又能够产生较大影响的杂志。

《现代》月刊上出现的“现代诗”的议论虽没有像样的展开，

但它所表明的艺术态度已是中国文学理论批评史上的一笔不易轻视的财产，而以戴望舒及稍后的路易士（纪弦）[7]和徐迟，大概还得算上侯汝华、南星、金克木、李白凤等，他们的诗行彻底告别了20年代，一切以现代人的现代情绪为基础，由此支配的节奏和建行技术，一新世人面目。大概更为重要的是穆时英，他在这一时期的小说算是实现了能够从现代物质文明的层面上，也开始能够从现代文化与传统文化交替接续的意义上表现都市生活，而他本人也因此获得了“新感觉派圣手”的殊荣。较之上一时期，有相当一批作家在他们的都市篇什中表现出对于都市现代美的敏感，旧有的评价标准迅速褪去了它的色泽，新的都市文化价值第一次认真地改变了中国新文学的面貌。这里所谓的“新”，大半存在于现代都市感觉的生成上，也多少体现在都市文化纱幕下人的多重处境的把捉上。它们既表现在这一批作家自身的转变，也表现在他们同包括左翼在内的某些擅长描写都市的作家的对比之中。

在本时期内，施蛰存还主持过《文艺风景》和《文饭小品》两种期刊的编务，当然影响远不及《现代》，只不过后两种在面目上单纯和坦然得多，没有《现代》那样，琢磨它还挺费心力。其中《文饭小品》，它是施蛰存氏辞去《现代》主编之后筹款创办的一种文艺月刊，施氏身兼编辑发行，另一编辑为施氏的朋友、赵景深的学生康嗣群。这份刊物借“小品热”而问世，其意除了读书界需求和刊物销量的考虑之外，编者似乎还急于就创作热门作出“表白”和“亮相”。康嗣群本对周作人的散文有特别的心仪，而施蛰存是时和鲁迅已存笔墨官司，更重要的还在当时盛行的闲适小品正是他们这批海派文人最能标美擅能的。《创刊释名》是一则直白异常的“自供”。它认为鲁迅和其他左翼作家批评林语堂提倡的幽默小品为

“清淡”“小摆设”，是一种“诽谤”，因而特意将刊物命名为《文饭小品》，并且声明：《文饭小品》“也许是清淡，但不负亡国之责，也许是摆设，但你如果因此丧志，与我无涉”。这里已扫尽了以往创刊《现代》时的闪烁其辞，比较坦然些，也多少带些勇气。

上一时期南下的章衣萍此时相当活跃，完全像道地的海派作家了，随笔是他的当行，同时他总有志于在文坛上制造些轻松和摩登的空气。借其资深，他很容易招募其他同好。继《现代》创刊不足半年，他和徐仲年、孙福熙仿照法国“文艺沙龙”的方式举行“文艺茶话会”，并办起了《文艺茶话》月刊。此刊形式非常活泼，能印制于纸上的所有艺术样式应有尽有，“艺术至上”和文艺消遣倾向，大抵为其灵魂。次年，章衣萍氏又和徐则骧联手推出《文艺春秋》，刊载《英文笑话》《丽娃丽妲打桨词》《鳏夫怨》《美人心》之类，那个时代的风雨很难看到，一派趣味是上。章衣萍差不多只是个“打前站”的角色，真正的大将是林语堂。就日后大规模的“京海联姻”来说，龙套章衣萍在恋爱期，大将军林语堂登场，才算真正进入蜜月，开始琴瑟相谐，繁衍子嗣。

1932年9月16日，林语堂、陶亢德主编《论语》创刊；1934年4月5日林语堂、陶亢德、徐讦合编《人间世》问世；1935年9月16日林语堂和陶亢德、林憾庐等主编《宇宙风》发行。三种杂志，一个用心。林语堂当然曾是货真价实的京派，他半是寻求避祸，半是寻求发展，才来到上海的，说“失节”投靠海派是颇难自圆其说的，说他为了在现代中国文学界将文学的消闲功能发挥到极致，融合了京海两派，并又把经由融合的新品种借上海的文学空气和读书传统发展到了极致，大概不会太离谱。“论语体”，海派的衣裳京派的骨，是海派文学得到京派援手后的新收获。它倡言“不谈政治”，反对“涉及党派政治”，大力提倡“幽默”，认为只有“幽默”，文章才能“较近情，较诚实”[8]，这在京海两派都是能够欣然接受的。稍稍不同的仅仅在，对海派来说，这是一种策略论，而对京派来说，则是与生俱来的本能。那种将英国小品的“幽默”和古代公安派的“性灵”嫁接后的“论语体”，几乎与“左联”义愤填膺的文学一样，同属乱世的文字，都是性情人物奉献给人间世的礼物。它们有质地的差异，是它们的那个时代，时代坚执的正义感和稚嫩的方式，弥天的黑暗和急迫的抗争，使它们短少了对话和沟通的从容。左翼作家，特别是鲁迅，作为时代的弄潮儿对它的批评自有其合理性，林语堂他们的“冥顽”，作为生活的弱者实在也情有可原。不应忽略《太白》同《论语》的对立，这里提供给人们的消息可以多样的角度评价，“崇高”和“卑微”曾是它的普及版，著者便是在这样的版本下接受最初的新文学教育的。然而就当下的认识看，我更愿意用“平民”和“市民”这两大概念来概括。平民意识对于理性多有粗暴的一面，市民也有对理性成功运作的态度，《太白》和《论语》同为时代合理的生成物，是它们的交映才出色地装扮了30年代中期的散文小品世界，对任何一方的过度倾斜，都会令人感到“枯燥”“寂寞”“单调”等。何况《论语》实际贡献给文坛的大部，在当时有读者，在其身后，生命的余光继续抚慰着大地。京海两派在《论语》《人间世》和《宇宙风》上的合流，在发展了彼此艺术上的优长的同时，在革命的30年代，确实又发展了彼此思想上的薄弱面。看不到这一点，远不是历史家的态度，充其量只是空洞的艺术赏鉴家。

《现代》和《论语》作为海派文学在本时期最重要的阵地，为海派作家队伍的扩大发生过巨大的作用。至此，海派拥有了自己的小说家、散文小品作家、诗人、戏剧家和文艺评论家，资格层次上也有了梯级的区分。林语堂和施蛰存，自不待言。张资平以《洁茜》杂志的发刊，走进了本时期，迎来了他的创作丰收，以至有人怀疑他开设着“小说工厂”；叶灵凤、倪贻德不同于张资平，发展着他们原本已有的西洋气，尤其叶氏的小说颇得广大小资产阶级知识分子的青睐；小说、小品作家章克标有些颓废，以“恶之花”的作风实践着他的艺术理想；穆时英的小说删削了“江湖气”，耽幻于上海的灯红酒绿，最终表现出同以往任何作家大异其趣的都市感觉；徐訏正式踏上了他的浪漫主义的文学之路，诗、散文和戏剧是他最初的收获；章衣萍的随笔，他的老到和油滑，有些复杂，争论难免，却毕竟给过人们某一种解颐作息；刘大杰和赵景深，和多数北方京派同行一样算得是教授作家的代表，刘氏的小说早在上一时期获取好评，赵氏借着“北新”书局和《青年界》杂志大显身手。最值得注意的是还有一批作家身居沪上难与左翼同调却朝着海派转向和重新定位，当然先后跟着而来的是更大范围的新起作家，或有准备，或有慧根，或有至坚的毅力，谢六逸、徐霞村、林微音、黑婴、禾金、金满成、钱歌川、沈启无、马国亮、梁得所、潘序祖、陈醉云、徐仲年、张若谷、汤增敭、曾今可、段可情、崔万秋、韩侍桁、陶亢德、周黎庵、周楞伽、黄嘉德、黄嘉音……这将是一串相当可观的名单。他们自然不是铁板一块的，无论思想抑或艺术，也有程度不等的差别，然而作为文学作家，他们对整体上海文化的依赖则是共同的。在政治方面，他们差不多人人都有割舍不去的中间情结，艺术追求上对市民文化、生活文化、通俗文化有着挥之不去的兴味。从他们花样翻新的作品中，人们不难辨别出他们以读者需求为前提的“趋新”倾向。大概还需提及，他们中间确有一定数量的职业作家，多半是业余的、双栖的，甚至是多栖的，作品质量远没有京派那样的整齐，有些作家的创作生命犹如走马灯，差不多也有些相像于商业市场。

本时期在整个现代文学历史的版块上是黄金季节，长期以来学术界中人对左翼文学和革命民主主义文学的辉煌业绩，竭尽列数。比较而言，对那些于沪上市民读者更有制约力的海派作品并不是烂熟于心的，甚至缺乏必要的清理。当然，戴望舒是个难得的例外，因着他的那首《雨巷》，更是作于日军监狱中的那些“心诗”，人们对他才不算陌生。即使他发表在《现代》上的“像梦一般地朦胧的”自由诗和他的象征主义诗论，也还只是近几年才被关注。施蛰存的小说显示了弗洛伊德对他的深重影响，人们似乎也有所闻问，而他在《现代》上的“意象抒情诗”以及他对海派诗歌所发表的议论，比如说这些诗“是现代人在现代生活中感受到的现代的情绪用现代的词藻排成现代的诗形”，这类相当周严的规定，未必为大家所熟悉。杜衡即苏汶，他的“第三种人”的言论，因作为鲁迅和左翼文艺运动的对立面才被人们牢记的，他那并不错的小说家身份，他在这一段时期出版的长篇《漩涡里外》和短篇集《红与黑》，能知其详的恐怕不多。

从总体看，本时期的海派文学对于文学历史的贡献主要表现在两个方面，参照《现代》和《论语》两家杂志是容易把问题说清的。在《现代》之前，甚至可以追溯到近代，西方文学现代主义思潮对我国已有相当的影响，对现代主义的宣传和阐释，也曾出现在五四文学革命的行列里。新文学创作借着鲁迅的示范对现代主义的摭拾借镜并不少，但所有摭拾借镜，大半意义表现在艺术手段上，虽然茅盾、傅东华诸氏对现代主义的社会思想意蕴也有过发扬。真正以自觉的方式借鉴西方文学现代主义，是团结在《现代》杂志周围的海派作家，换言之,《现代》才标志了中国现代文学史上“现代派”的真正形成。现代主义的技巧艺术，当然还为多数海派作家所看重，但从戴望舒象征主义的诗，施蛰存心理分析的小说，穆时英新感觉主义的小说，叶灵凤唯美主义的小品，徐讦未来主义的戏剧等，我们是可以多少不等地感受到这些作品也是“时代的作品”，而它们对于城市文化与市民情绪的普遍关注，又同时显示了它们还是“都市的作品”。关于这一问题容后面专章讨论。《论语》的存在，以及它所产生的实际影响，无论就其正面抑或它的反面，确乎是流派融会的典范。这种融会的直接结果是产生或完善了中国现代文学史上的生活散文、文化散文，自然也是一种城市散文。这种散文在价值取向上向着自我倾斜，身边琐事一般成为关注的中心，个人物质生活与精神生活的需求，那种吃得好，穿得好，玩得好，还得加上说得好，那种实利化、平庸化、世俗化、市井化，着实重构了作家们的审美感。不向往崇高而倾心于休闲，不要求深刻而致力于清浅，不倾向繁复而刻意单纯，如此等等，散文小品差不多成为作家逃避城市，表现城市，寻找自我精神家园的手段。其间的意蕴也透露着现代主义的气息，这正是《论语》散文虽受“袁子才广收女弟子”和“李笠翁私家戏班”之灵感颇多，却最终不全然是晚明性灵散文的拷贝。它们当然也不完全等同于英国派的小品，对民族语言的理解和信心，使它们的大部既典雅又不乏活趣。这里的语言表现为民族文化心理深层结构的物化，是一种“有意味的形式”。不过，周作人论及现代中国文学的源流时，特别标举晚明，皇纲废弛也罢，人间个人本位也罢，部分受到晚明市风滋长的启发，是可以相信的。

现代京海两派第一度的严重论争即发生在这一时期，已经无须赘言。

海派虽无堂皇的开张宣言，但它也有自己的理论家，杜衡和韩侍桁大概是比较重要的两位，他们在30年代中期的上海文坛，自称是非左非右的“第三种人”。从北京方向来的议论，如我们已经指出的那样，并没有构成严格意义上的文学派别论辩，沈从文全部关于海派的言论，与其说是针对“海派文学”的，还不如说是针对“文学海派”的。海派的理论主张的提出和实际存在，它们所获取的社会反响，几乎全部集中在关于文学上的“第三种人”。海派文学在这一时期尽管有着值得注目的成就，而必须承受来自左右两个方面的夹击，则是它的实际处境。至此，在人们的习惯中，如果浅薄低级之类曾用于对海派的传统鄙夷，那么，反动虚伪之类则成为鄙夷海派的现代版。

这也是一场公案。由于它涉及鲁迅和“左联”，历来谨慎有加的说法，多少还带有某种程度的“左联”气。半是对于国民党当局高压政策的反应，半是反感于“左联”的政治代替文艺的倾向，杜衡借胡秋原鼓吹“自由人”谈开了他的文艺理论。他在《关于“文新”与胡秋原的文艺辩论》一文中明确表示：

> 在“知识阶级的自由人”和“不自由的、有党派的”阶级争着文坛霸权的时候，最吃苦的却是这两种人之外的第三种人。

这类引火烧身，激起了大批左翼文艺家的义愤。施蛰存在《〈现代〉杂忆》中重新规定了“第三种人”的概念，指出“‘第三种人’应该解释为不受理论家瞎指挥的创作家”。较之杜衡的笼统优胜得多，不过他非得不满“非左非右”的看法，实在没有多少道理。在杜衡的这段话中，所谓“知识阶级的自由人”，当然可以指称为右，至于“不自由的、有党派的”阶级，小部为右，而将其大部指称为左，毫无问题。对政治和阶级的问题，海派作家素来是保持一定距离的，他们当然不是无产阶级的文学代表，以鲁迅为旗手的左翼文艺家对他们“超政治、超阶级”的估计，作为一种提升的判断，并不是没有根据的。有意思的是，左翼文艺家最初的、最有分量的文字都是借“第三种人的大本营”《现代》杂志发表的。论争持续一年之久，最后以冯雪峰这位《无轨电车》老朋友所写的《关于“第三种文学”的倾向与理论》一文作了大致的总结。在文艺与政治、文艺的阶级性、作为武器的文艺、艺术的价值等问题上，冯雪峰坚持了左翼批评家的正面立场，但他毕竟比一般左翼批评家深刻得多，他肯定了小资产阶级文学在当时的作用，并引用了鲁迅的要团结“同路人”乃至“路旁的看客”的那段话，表明了严格区分敌我的立场。文章甚至还涵容了策略乃至方法论的意义：一，容忍、团结并领导所有非反动作家，正确利用他们作品中的一切可以利用的积极因素；二，将一般的理论的、思想的、文学的斗争同政治斗争严格区分开来；三，全面估衡广大小资产阶级作家，既要关注他们的负面，更要张扬他们的正面；四，要用非常的态度估计观念上的偏颇与批评方式上的粗糙会对批评对象的错误产生强化和推动的反作用，所以既要批评对方的错误，又必须及时修正自己的错误。

前有余音，后有激响。这场论争远没有结束，后又有鲁迅同施蛰存的《庄子》《文选》的论争，再有杨邨人的叛变事件，更有穆时英的坐上图书检查官的交椅，如此之多的“麻烦”，最终鲁迅说出了“标榜超然，实为群丑”，将“第三种人”判定为“文坛鬼魅”。原本属于思想问题的论辩因此也发展成为严重的政治斗争。

大批左翼文艺家对“第三种人”的批评，是在当时复杂激烈的政治斗争和文艺斗争的背景下进行的，前中期“左联”对于流行的非文艺教义，虽有过警惕，但从理论上作出内部整顿的工作实际上没有进行。冯雪峰后来在1946年所写的《论民主革命的文艺运动》中，曾对30年代的文艺运动进行了全面总结，在充分肯定成绩的同时，也指出了当时文艺理论上出现的某些问题。他说：“左倾机械论和教条主义，却是对文艺采取一种过激的主观主义的态度，忽视了文艺的这个客观的原则，结果是使文艺的方法成为文艺即是政治原理或口号的复述或演绎，而文艺的内容则是这类的政治教条和公式，所以说实际上取消了文艺。完全没有生活和思想内容的图解主义的，公式主义的，标语口号主义的东西，就是这样产生的。”该文就文艺界统一战线问题也有中肯的意见，认为左翼文坛曾存在宗派主义和关门主义，虽有所克服但很不够。冯雪峰说：“统一战线是必须包括任何战斗力量在内，尤其必须发动任何的战斗力量的。后来在‘第三种人’问题的论战中，像‘左联’就曾经自己纠正了一些，但仍不曾彻底地纠正过来。”

三　成熟期（1937—1949）

抗日战争的爆发把现代中国文学推上了神圣的烽火台，过去的论者为张扬进步作家强烈的民族义愤而为大量战时作品的粗陋辩护，近时的论者反其道行之，似乎是活在不食人间烟火的仙境，竭力批评战时作品为“非文学”。人是容易健忘的，殊不知这类跳来跳去，已经让我们付出过相当的代价。判断这一时期的海派文学，也应该充分考虑到这场战争，并且还应当充分注意到这场战争结束后的另一场更深刻的人民战争。早在抗战开始前夕，中国文艺协会主办的《中国文艺》月刊尽管只出了三期，却明确以“大家消释前嫌，破除门户，一致起来将新文学扶上建设阶段”（《发刊词》）为号召，对当时文学界各方面作家的作品和文章多有刊载。施蛰存、穆时英、叶灵凤、倪贻德、赵景深等都在这家刊物上露过脸。这是一个不分阶层、不分职业、不分教育程度同仇敌忾、万众一心的时代，作家的创作环境有了很大的改变，救亡的民族任务压倒一切。在大时代的洪流里，刚性、强力、火热、深沉已成为文学的主调，海派作家习惯的柔情、清冷、闲逸、冲淡则较少为人注意。大多海派作家在抗战最初的几年内，也无法潜心创作，有的则流散到内地，南下至港澳南洋，或拖儿带女，或结伴同行。当然也有软弱以至于变节或有所失跌的，张资平是最为突出的代表，经受不了威胁利诱，他终于倒进了汪伪汉奸政府的怀抱，终于在成为民族罪人的同时，也结束了他的作家生命。如纪弦、潘序祖，30年代或以别致的诗行耀眼于贫瘠的海派诗坛，或写得一手情理兼胜的小品文字，结果为名为利也为性命，摇晃得可以，竟然迎合“大东亚文学”风潮，行迹难掩事伪，颇令人惋惜。

上一时期的《宇宙风》因战事而迁至广州出版，上海本土于1939年3月创刊《宇宙风乙刊》。办刊宗旨一本《宇宙风》，倒给海派作家留下了自抗战以来最具篇幅的阵地。前一年的几十期中，同样被时代的大身影笼罩着，创刊号上憾庐《从广州到桂林》、周黎庵《明末士子的气节》等即是著例。即使在后面的几十期，虽多了些谈诗品茶、闲居杂唱，未必是海派作家而在那个时期很有些海派气氛的阿英、柯灵等人的文字倒也不少。象征诗人戴望舒、唯美小说家叶灵凤、《生活之味精》作者马国亮先后去了香港，戴望舒氏不只在港主编《星岛日报》副刊“星座”，日军占领香港后被捕入狱，备受折磨，写成《狱中题壁》《我用残损的手掌》，表达了热爱祖国、憎恨侵略的强烈感情。上海刊行的《紫罗兰》《西风》《万象》《杂志》《风雨谈》《天地》《文艺春秋》等是本时期海派作家发表作品最主要的期刊。研究期刊史的学者专文谈过这几家刊物编务主持的变迁，启示某些方向的转变之类，或许有些意味，但今天指出它们都带有相当的商业性，大概并不大谬，也不至于会太多引起某些还健在的当事人的不快。

当时在前线，群涛怒吼，万木齐鸣，作家用神圣的热情使希望、理念、信仰和战斗的口号获得某种艺术的生命，历来描述这一段文学历史的人大都拥有猛烈的正义情绪。对于滞留在后方的作家，有些是沉毅地坚持着斗争，孤岛上海不乏如许角色，他们怀着深挚而诚实的心愿，从现实生活中提升认识，熔铸感受，有搏斗，有希望，有追求，对此我们长期以来也都诉诸崇高的敬意。似乎唯独对那些几乎无有特别的时代反应，常在那些带着商业气息的报刊上发表作品的作家，少有人作出正面的评价，哪怕是低调的。这里有可以理解的原因，相当正常，但那种现代文化历史上特有的简单化的、机械的逻辑法则也时不时会模糊人们的视线。著者在讨论京派文学时重点提到过邵荃麟1948年春上为香港《大众文艺丛刊》创刊号执笔的《对于当前文艺运动的意见——检讨·批判·和今后的方向》，这里还得提到它。文章强调文艺不能离开“集体主义的真实思想运动方向”，个人主义意识在强大的历史压力下使文学“不免于表现出知识分子在‘残酷’与尖锐的历史斗争下的苦闷、彷徨、伤感、忧郁，以及有意无意的避开现实、自我陶醉等等倾向”。进而，他说：

> 由于这种衰弱状态的长期继续，于是就致使市民阶级与殖民地性的堕落文化气氛，侵蚀到新文艺领域里来了。投机、取巧、媚合、低级趣味，几乎成为流行的风气；而更恶劣的，则是那种色情的倾向，这甚至堕落到比鸳鸯蝴蝶派还不如。这种堕落的倾向，使文艺不仅脱离人民大众，而且作为服务绅士阶级和加强殖民地意识的工具了。

这些多半指的是当时上海的海派文学，我们欣赏它的深刻，然而我们拒绝它的笼统和偏激；我们理解它所拥有的“人民意识”，然而，我们同时为它在“人民意识”把捉上的狭隘性和简单化，感到遗憾。指出海派文学在当时的小资产阶级个人主义的属性，鼓励它向普通的工农民众靠拢，从而选择“集体主义的真实思想运动方向”，都是应该的甚至是必要的。上海有大量商业性的文化阵地，海派作家的多数带着市民的趣味写作，但他们中的多数并不“投机”，并不随意可用“低级趣味”来概括，离“堕落”则更远。在上海，梅兰芳可以“蓄须明志”，郑振铎可以抢购典籍，挽救“史流他邦”的劫难，不少新文学前辈则隐姓埋名，而一些年轻的作家，坦率说还没有如此条件，出于个人的原因，以自己的作品为生计，自然也有获取文学荣誉的考虑，难言愧怍。郑振铎规劝张爱玲将作品先存开明书店，并由开明预支稿酬，俟河清海晏后再印行，这里当然包含有前辈对后学的爱护，令人钦敬。当年《万象》的一位编辑近期撰文盛赞这件故实，然而他除确认张爱玲的文才之外，在同文的细处昭告当年不乏“拉稿”的愿望。我们真激赏他的这种愿望，尤其激赏他的艺术眼光。如今盛赞郑振铎大可不必，郑氏是有名的大侠心肠，他的热心如果诉诸实现，张爱玲将遗恨终生！往事如烟，“飞扬的尘土，掩映的云月”，宽厚些，再宽厚些，在我们，只是希望今日考察历史现象须诚恳些，多少得有些“历史感”，多少得关注现象的前后左右。

张爱玲是本时期的新人，却是海派文学的重要存在，甚至也可以称为海派成熟期的标志。自20世纪80年代前期，美籍华人学者夏志清《中国现代小说史》传入改革开放不久的大陆中国，后经柯灵、唐弢等老前辈将这朵“墙外之花”作出的亲切演绎，张爱玲，这位海派新秀几乎和她的京派同行、资深的沈从文，一并成为震动学界的两大“热点”。套用台湾小说家白先勇一篇小说的名字，张爱玲氏在中国，真可谓是“永远的张爱玲”！张爱玲是新人，却带着相当的准备向我们优雅而矜持地走来的，《红楼梦》、五四新文学、通俗小说，以至英国S.毛姆，浸润过她，给她带去了文学的“天才梦”；既成对张爱玲是有所制约的，然而她同时对“华洋杂处”生活的方方面面却保持着永不疲惫的心，她的那份城市感觉大体是非道德的，却又是新文学史上最有光彩的。还有一位女作家苏青，与张爱玲齐名。尽管苏青在1935年的《论语》上已露过脸。她们是名副其实的自由撰稿者，比较起来，张爱玲更多在于自我表达，思想的，艺术的，而苏青，由她的自诉，是丈夫的“一记耳光”最终逼她作出了写家的选择，她似乎主要以生计为动机。不过，表现在她俩作品中对上海市民的命运，对上海女人喜怒哀乐的关怀，倒是非常一致的。苏青虽没有张氏的幅员，思想也远不像张氏那般深邃，但她的亲切和直率，远较张氏闻名。她的狷介，并没有影响她对一般的妇女问题和与妇女命运密切相关的性、恋爱、婚姻和生儿育女等作出了融理于情的描叙和界说。她的直白，并不意味着她的清浅，小说《结婚十年》是部自叙传，倒不像是在粉饰现实，向读者呈示的是从梦与叹息，到清明事理，再到一片藐视的风情。张爱玲和苏青告诉我们海派文学径直是一种女性化的文学，它们的细致和尖酸，把上海和现代人的心灵搜索铺陈到了无隐不显的田地，如果用诗或词来比喻，它们无宁更属于词，“最是寂寞女儿心”，激情与闲情的出色互济，从而引发了女性作家才会有的想象和联想丰富无比的审美品性。

在本时期，和张爱玲相近的作者还可列数，令狐彗以其《幻想的地土》、曾嘉庆的《女人们的故事》、东方蝃蝀的《绅士淑女图》等都算得是不平凡的存在。比较而言浮动在市民生活的表层为市民的悲欢写真的作家要多得多。和苏青风格上接近而资格更老收获更丰的是潘序祖，他用笔名“予且”发表的小说不只有相当的数量，而在质地上更具通俗性，面向的读者有着更大的范围。《寻夫记》《怀春记》《寻燕记》《争爱记》《一吻记》《试婚记》《拒婚记》《离魂记》《埋情记》《别居记》《重圆记》《守法记》等一系列的《某某记》用极其平和的风格叙述着上海一般市民的悲欢，思想意识清浅，却多半不取以往通俗读物的道德教训，从乱世中求安逸，特别讲究趣味，甚至不惜散漫着某种“乐今”的情调。他是真正意义上的市民通俗文学写家，虽远没有张爱玲深刻，技术上也不似张爱玲有一种在市民基点上融合古今中西的自觉，将30年代比较高调的海派小说推向了一个相对低调的新时期，在当时却有着相当的影响，人们对他的遗忘是很不应该的。周楞伽、丁谛（吴调公），还包括创作家的谭正璧，差不多与予且同期，谭惟翰、施济美、潘柳黛、汪丽玲等和予且颇多一致的气息，他们作为后来者差不多也是在这一时期露的头。

徐訏在本时期的小说创作有长足的发展，他对文学市场的冲决也是发生在这一时期，小说《鬼恋》和《风萧萧》都是抗战开始以后的作品，他的多数都市作品开始用奇异的色彩和同样奇异的动感出现。卜乃夫即无名氏是40年代初在重庆《扫荡报》记者的岗位上开始文学创作的。他的小说散发着类似后期创造社作家的气息，风格最相像于徐訏，借这个角度我们在讨论流派时，也将他归于海派。无名氏1945年前的早期小说，他自诉是习作期的作品，多半是他先前所写的关于朝鲜革命志士通讯的扩充和虚构。那些作品从艺术处理上是极度唯美的，是海派浪漫主义文学的新发展，而从作家写作的动机看，也一如海派，商业的轰动效应是他最为关注的。因此，他和徐訏、张爱玲、苏青等是40年代中后期最享盛名的畅销书作家。后期无名氏坚持反对共产主义的立场，但传统中国作家那份对祖国的挚爱之情在他还是驱之不去的。在本时期，他还出版过散文集《火烧都门》，凝聚着作者对于日本军国主义者侵略行径的神圣憎恶，也代表了这个特殊年代海派散文小品在观念意识上从十里洋场、市井百态向烽火千里、同仇敌忾的发展。类乎《火烧都门》篇是严正的控诉，直到今天还饱满着认识的意义，而《薤露》篇则是哀悼为抗战牺牲官兵的亡灵的，作家呼天抢地，倾吐着他作为中国人的良心和敬佩。

徐訏、予且、张爱玲、无名氏在中国40年代文坛，是一些真正意义上的乱世文学作家，却闪烁着明星的光芒，实际上也享有着明星的地位。虽说当时能读懂张爱玲的，能够从苏青论辩的语气中悟出她独到的亲切的人，恐怕不会多，但她们所传递给市民读者的是如下的讯息：现代人的全部丰富性自然而然地有权利向文学提出丰富性的要求。这是一个非常黑暗非常闷气的时代，我们已经估计到普通民众力图改变自身的冲动，像以往做过的那样，但我们并没有关注他们“求稳怕乱”的生活要求，以及由这类生活要求驱牵的文学向往。正在这一点上，张爱玲和苏青给他们带去了安慰。徐訏、无名氏在内地，人们需要前线的消息，也需要浴血奋战的将士们带给他们胜利的鼓舞，然而离乱中的民众同样需要休整，广大小布尔乔亚青年即使在硝烟弥漫的战场也不会轻易停止他们精神上的渴求。正是这当儿，徐訏和无名氏向他们招着手，他俩作为小说作家将30年代的“革命加恋爱”蜕变为“战争浪漫曲”，在艺术品性上向通俗化的自觉趋赴，形成了他们作品的传奇性，从而在给战时文学平添另一种色彩的同时，也满足了读者的不同需要。因此，这一时期某些海派作家的明星地位是当时的文学现实和当时的读书界提供的，“石在，火种不会灭绝的”，文学是无须悲观的。现代文学作家从来不是自由人，不是受掣于意识形态，便是受掣于文学市场。海派作家的明星效应，似乎生动地体现了意识形态与市场需求的某种结合。自由是对必然的认识，不自由的作家认识了“不自由”的原委，那么就有可能赢得自由的眷顾。

本时期的海派文学继续保持并深化着以往的传统，散文小品创作依然是它最有规模最为娴熟的领地，小说成绩尤为斐然。它们是从两个向度上发展了上一时期的流派特色的。一方面将现实生活的表现以市民读者普遍性的接受水准、习惯和丰富需求为前提；另一方面则对上一时期成功的精神分析小说和唯美派小说在艺术上作出了进一步的深刻发扬。我们已经说过海派中多是些畅销书作者，“畅销”对他们是一种安慰，同时也是对他们的一种质地规定。从市民文化市场的需求看，“畅销”是他们的光荣，同时也是他们的局限。他们因尊重读者的审美趣味，以及表现了他们的生活和理想而赢得了“畅销”的光荣，他们也为主要着眼于市民社会，倾心于某种相对单纯的阶级生活和理想而蒙领“畅销”的限制。张爱玲的传记材料告诉我们，她对“五四”以来的新文学的微词多在那股不讲亲切味的耳提面命式的腔调，另外则是令人骤起鸡皮疙瘩的滥情浪漫主义。她耽读过穆时英的《南北极》，30年代的文艺在她的脑膜上留下的印痕还是颇深的，她说过：“一九三几年间是一个智力活跃的时代，虽然它有更多的偏见与小心眼儿；虽然它的单调的洋八股有点讨人厌。那种紧张，毛躁的心情已经过去，可是它所采取的文艺与电影材料，值得留的还是留下来。”[9]人们都以此为根据论证张爱玲氏精神世界和创作特征中的民族本土的文化素质，并不错。具体地说，她的小说，对上海金粉世界的描绘，与30年代的文艺有直接的联系，而她对中上层城市女性隐秘的心理波涛的状绘，更是她受之于30年代而又超越30年代的地方。严家炎教授的《中国现代小说流派史》以专节评述张爱玲，此节隶属于30年代海派的重头戏：“新感觉派和心理分析小说”。他指出：“从张爱玲小说表现的生活内容与思想基础来说，它们确实和刘呐鸥、穆时英、施蛰存的作品有着一脉相承之处。”论者激赏作家卓尔的技巧，并以为这些大凡都来自张爱玲从亲知、亲历直到深刻体验的功夫。他有一段相当中肯的话：

> 如果说，穆时英、施蛰存还是从外部来写舞女、少爷和各种市民的话，那么，张爱玲本身就是从这个圈子里来的，她

对于自己要写的人物——尤其都市中上层女性，真正做到了“烂熟于心”。[10]

我们需要补充的并不多，在特定的范围内看去，穆时英、施蛰存等，尤其是穆时英的小说既是感觉的小说，作家们对于视觉、听觉、嗅觉、味觉、触觉的客体化和对象化的处理，当然是一种技巧，然而，仅仅从技巧层面上予以认识是远远不够的，这里同时还表现了他们的城市文学理想，关联着他们对于城市本体的理解和把捉。就张爱玲来说，她只是适度地看取这些，她进入了自己所规定的内在得多的层面，她是从“现代与传统”“世界与民族”对比的意义上认识和表现城市的，她对上海的叙述，是借着她对传统中国“城”的经验来肯定现代中国“市”的自身的。这又是需要专门展开的，这里，大抵只是描述技术上的先期勾勒。

黑马无名氏对世界的认识是悲观的，他由“虚幻”开辟了自己的人生思索和文学道路。严家炎称他和徐讦为“后期浪漫派”，大抵是既联系并区别于创造社为代表的“前期浪漫派”的意思。这稍稍有些笼统，但仍属正常。西方各色名目的现代主义对现代中国文学的影响，是有些“乱石崩云，惊涛裂岸”大浑沌的味道的，任何严格的对应分疏，都很勉强。早期创造社作家的浪漫主义显然是以进取的反抗为基本的，歌德和席勒被他们中的多数心仪之至；到了后期，创造社中的一些青年作家，也即现代海派的第一期作家，他们所崇尚的浪漫主义则以唯美的反抗为基本，西欧北美崛起的新浪漫主义，即现代主义成为他们兴趣的中心，他们看重的作家是波德莱尔、王尔德、爱伦·坡等。虚无和颓废，不再是他们的精神花边，而已是他们的一种倾心不已的精神需求或精神表达，甚至是他们生活的原则和方式。海派作家的这类艺术倾向，在20世纪40年代，受时代生活的特殊刺激，有了进一步的发展。无名氏说得非常坦白：

> 我们明知一切是虚幻的，但仍以一切虚幻的假象为理想，为目标。其原因，不是因为我们相信这些假象本身能叫我们快乐，而是因为只有安定了一些假象以后，我们的感情才能集中起来，且能辟开一条固定的正轨的路线。[11]

这当然首先是一种生活立场，海派作家从来是非常注意形式的，有些则将艺术的形式视为高于一切的，就从这样的立场上，他们接受浪漫主义，他们的小说表现了对于现代西方唯美主义的亲昵。他们对艺术形式的敏感，无名氏的让虚幻安居的说法，他在多数作品中宣叙着的“色即空”的思想，都是生活对他的启发。人们是很容易从像无名氏那样的小说家身上感悟到当时弥漫于知识者心灵深处的隐痛，以及他们对于时代和自身前途的悲观情绪。艺术使人的虚幻意识有了着落地，虚幻对作家是一种精神实有，而对他的艺术创造来说，就是发现，就是人对自身命运的伤悼。这曾是西方唯美主义存在的理由，也是中国作家对它情有独钟的理由。这类艺术立场，在徐讦也是坚执不疑的。不过，他们毕竟是中国的作家，他们对广大市民读者的趣味实在太熟悉了，所以他们的小说往往又披着写实的外衣，尤其着力诉诸情节，像通俗小说家那样诉诸那种曲折有致的故事。人们不难列数他们大部故事的荒诞性，以至当下某些极负盛名的学者还孜孜不倦地唠叨着什么不真实什么不合理。“我把艺术看作最高实在，把生活看作仅仅是虚构。”王尔德的感叹，正是无名氏的实践。我们姑且不谈海派作家这份苦心对于“艺术自足”的意义，好像不应当不相信马克思关于人类前史时代全部荒谬性的概括，不应当不看重20世纪40年代中国现实的全部荒谬性，唯其如此，才有可能体悟到徐订、无名氏等海派作家“不伦不类”的小说世界，是从怎样的程度上表示了他们对现实的认识。

话当然得说回来，海派作家的服务对象主要不是属于下层工农民众的，其实在他们的时代，文学这类语言艺术的适用范围主要就在广大小资产阶级。关于文学大众化的多次论争，有思想史的意义，但只能局限在知识分子的范围之内，所有的争论失去一个基本的前提：如何诉诸下层工农民众，这正是毛泽东《在延安文艺座谈会上的讲话》的理想。40年代，成仿吾已是党员理论家，他认真批评了自己早期对于鲁迅认识上的错误，他热情赞扬鲁迅“在他的方式上完成了前进作家的任务”，同时还平实地指出，所谓鲁迅的“方式”，其中包括“他的文学与写作都不通俗”。[12]因为在鲁迅，他是现实主义者，他服务的直接对象也是小资产阶级及其知识分子，他是以他们为桥梁，来进行他的伟大思想启蒙家和文学家的斗争的。海派文学当然有其阶级属性，尽管还属人民的范围，它所代表的是“城市小资产阶级劳动群众和知识分子”，即毛泽东所指出的“工农兵”之后的第四种服务对象。但文学之于海派作家，从来不是阶级斗争的工具，唯有“文学阶级斗争工具论者”才判定海派文学是为小资产阶级利益张目的阶级斗争工具。

海派文学的成熟期生成于政治重塑文学的严峻时期，因而也特多历史的意味。然而，时代的法则已预示了海派文学在迎来了它的成熟后不久，气运骤变，迅速走向衰落。随中国共产党“农村包围城市”的伟大民主主义革命胜利，随中国共产党“农村向城市转移”工作重心没有顺利实现，作为中国现代文学派别的海派，结束了自己的生命。包括海派文学在内的海派文化在20世纪80年代的重新被人提起，不是偶然的，但人们对这份资源，大抵只是并且只能采取“怀旧”的方式。社会主义新海派是一个新的历史时期的概念，它联系过去，终究是属于未来的。

注　释

1 致李秉中（1924.24.）。
2《中国新文学大系·小说一集·导言》。
3《洪水》周刊1924年8月20日创刊于上海，只出一期即停刊。1925年9月1日复刊，改为半月刊。
4 参见施蛰存:《最后一个朋友——冯雪峰》,《新文学史料》1983年第2期。
5 致戴望舒（1926年11月10日）,《现代作家书简》。
6《集外集拾遗·〈十二个〉后记》。
7 路易士在《现代》上有诗作发表，对他显得更有意义的是因此结交了戴望舒和杜衡。1935年继独资创办《火山》诗刊后，与杜衡合作出《今代文艺》，并共同组织“星火文艺社”；1936年又与戴望舒、徐迟合作创办《新诗》月刊。他的现代派诗风与海派多半诗人合拍，作为一种执着的趣味，他去台后，继续认为现代诗即是新自由诗，并一直致力于现代诗活动，是台湾1953年《现代诗》季刊、1956年“现代派”的创办人和代表者。
8 林语堂:《我们的态度》,《论语》创刊号。
9《银宫就学记》,《流言》，中国科学公司、五洲书极社，1944年。
10《中国现代小说流派史》，人民文学出版社，1989年，第170页。
11《沉思试验之三》,《沉思试验》，上海真善美图书公司，1948年。
12《纪念鲁迅》,《鲁迅风》第3期。

第四章　海派文学的历史地位

一　五四新文化和海派文学

五四新文化运动在20世纪20年代中期的落潮，不应该就“落潮”这一词的消极含义去理解，实际的情况恰好相反，“落潮”则意味着这场亘古未有的文化运动开始进入了普及和成熟的阶段，或者说已经进入了反思和守成的阶段。因此“落潮”这一概念在这里有着与“深入”相近的意味。历史事实也同样昭告，它不因落潮而删削了它对于现代中国的巨大感召力，军阀的穷兵黩武、民生的极度凋敝，并没有影响西方世界的物质文明，以及相对先进的文化观念和方式继续作用于正躬逢新世纪的神州大地。当时民族工业的发展指数已不是第一次世界大战以前所能较比的了，市场经济的规定性以空前的规模和深刻的程度改变了广大城乡的面貌。文化中心的南倾，当然不能排斥无需指明的政治原因，但大半也因为上海这个大都市的经济繁荣，尽管多少是有些畸形的。海派文学最终生成于这个时期，没有丝毫的偶然，它正是五四新文化运动落潮的直接产物，它的产生以及它所表现出来的特殊品性也正好从一个方面说明了五四新文化运动的必然性，以至于它的历史局限。

其实，我们在前文也稍稍提及了海派文学的产生是同这样的文化条件联系着："五四"落潮后思想界的苦闷和亢奋。鲁迅所表现出来的"野草"心绪，郭沫若对早期共产党人文学主张的应和，分别代表了苦闷和亢奋两极，也分别代表了两种对于五四新文化运动的时代呼应，即坚持思想启蒙的偏执呼应和从事社会救亡的偏激呼应。事实表明，郭沫若式的选择及其形态最富影响，一如势不可挡的狂飚；而历史对鲁迅的准确认识还是以后的事，并且如同对任何杰出历史人物的认识一样，是付出了相当代价的。从当时文化运动的版图上看，在鲁迅与郭沫若之间，在对"五四"遗产取偏执和偏激两种态度之间，还有一个广阔的中间地带。在这块地带上游弋的知识者，他们多数没有直接经历过"五四"，大抵是一批"五四"精神的受惠者，在文化辈分上显然晚"五四"健将们整一代。如果说鲁迅、郭沫若他们的作为带着明显的反思性质，那么，这批游弋者更是为着反思而游弋。鲁迅和郭沫若当然地成为他们向往的代表人物，他们游弋的轨迹基本上是朝着或鲁迅或郭沫若的方向。后来被文学史家称为革命民主主义作家的就是这样一批反思的游弋者。此外，在这片中间地带还存在着另一批文化人，他们踏上文坛的最初形象也是标榜反思"五四"的，然而他们是借着反思却中止了自己的游弋，当然这是就相对意义而言的。调整或调和是他们的基本抉择，也是他们的基本原则乃至基本方式。他们中间的许多人，正是那些分属于现代京派和海派的文学作家。

以往相当长的时期内，关于鲁迅和郭沫若，关于革命民主主义作家的描述是充分的，多半并不缺乏事实的支持，人们详尽地胪列着他们对"五四"的反思和批判，反复揭示了他们推动"五四"精神深入而对现代文学历史作出的巨大贡献。政治社会文化学和社会进化论的方法普遍提供了研究者高屋建瓴的视角，并以时代最迅猛的动向作为勾稽梳理史料的中心，也以簇拥在这类动向背后的精神建构起自己的史识和描述标准。迄今为止的中国现代文学史著作所以还不尽如人意，所以还有不少的研究者正致力于“重写文学史”，都和这一客观事实相关，值得同情，可以理解，因为这类呼吁并不缺乏合理性。一般而言，人们并没有轻薄从时代精神的基点上来概括鲁迅和郭沫若，甚至也欣赏从革命民主主义作家身上读出时代价值和社会价值的光芒。历史的本来面貌大抵如此，至于在对象把捉上所存在的简单化的倾向，那是另一类问题，是一个需要改善和追求完美的问题。如果承认鲁迅、郭沫若及其后继者是“五四”精神的积极发扬者，那么也有理由甚至非常有必要指出现代京派、现代海派和“五四”精神的实际关系，这同样是文学历史科学的重要对象，也同样具有重要的价值和意义。

京派和海派，作为文学派别，它们在20世纪20年代中后期虽常以五四新文化运动作反思、批判的对象，但它们显然仍以这场运动发展的成果及其环境作为自己安身立命和施展才能的文化基础。著者曾在《京派文学的世界》中具体讨论过京派作家作为“五四”传人的性征，更宽泛地说，从作为这一派别的精神领袖胡适和文学领袖周作人那里，我们是极容易找得他们的政治自由主义和文学自由主义的，而他们共同拥有的自由主义观念，正是由“五四”科学民主精神养育的。沈从文和朱光潜直至40年代还深情地表达着自己对于“五四”的神往。海派作家似乎很少有人直接议论“五四”的，林语堂和章衣萍当然不是典型的，像叶灵凤和徐讦的某些札记，施蛰存在40年代写下的《新文学与旧形式》《文学之贫困》等含隐着对“五四”的看法，实在也是难得的例外。但是，属于这一派别的作家的努力，他们的价值规范都是可以联系“五四”精神加以解释。光举出他们对于封建的道统和文统的反叛，光举出他们主动接受外来影响，是远远不够的，虽说这也是有利于我们阐释的突破。他们对西方文化学术的特殊态度，他们对建设现代都市文学卓有成效的实践，他们对政治中间路线的选择和执着，大抵是我们最为关注的，而这一些又几乎无一不是表明了他们既奉迎了“五四”的栉风沐雨，又对“五四”精神在中国的深入作出了特殊的调整，即作出不同于一般革命民主主义作家的呼应。

对于“五四”激进的和革命的发展来说，海派是消极的，最终无法跻身于主流地位，但它的存在恰好反映了急风暴雨过后的社会的和时代的需要。“五四”风暴促生了激进和革命，是它合逻辑的发展；“五四”风暴同时也形成了保守和平和，也是历史的必然发展。前者深刻地撕毁了传统而呼唤着全新文化的崛起，而后者则适度地倾向守成而着眼于既成新文化的调整。在现代中国，前者是作为主流被人们认识的，而后者是作为潜流被人们实用地作为服从自己的论证而若隐若显地描述着，或正面或反面。无论怎样说，这是相当遗憾的事。“一分为二”深刻地揭示了事物内部的对立，当人们在应用这一方法时，又往往忽略了事物内部对立面的共存和联系，简捷地选择不甚了了的一分了之。在我们看来，主流和潜流主要表现为感性上的差别，从理性层面看，两者享有同样重要的地位，虽说大多表现为互补互渗。它们的对立，是丰富复杂的现实的生动反映，而它们的依存，则是它们实际价值定位的依据。毛泽东在延安整风运动期间对“五四”向左向右发展的概括，成功地揭示了主流与潜流之间客观存在着的转化可能，这是对事物矛盾同一性的杰出体认，尽管作为政治领袖，他的具体说明明显带着很有限度的政治规定性。我们的研究界长期以来满足主流文学的辉煌，而对京派海派之类非主流文学的探索，除了来自研究环境的制约外，显得更重要的是研究者本身对“五四”以后整个思想文化发展的把握是肤浅的，缺乏有机观念和方法的建树。实际上，京派和海派在这一时期的出现是势所必然，它们深刻地反映了时代的一种特别的空气，离开了对于这种空气的必要认识，既偏离了历史的真实，甚至也牺牲了对于主流派的深刻而清醒的估计。

五四新文化运动是旨在“复兴”或“重建”民族文化的一场伟大革命，它所提出的时代命题深刻改变了中国的文化，以及其他意识形态部门的面貌。这种宏大的历史壮举，急需形成一种健全的深入运行的机制，它不仅天然地接纳激进和革命，它同时也为守成和改良留下了范围不小的余地。这里不是为了追求反差的整饬和优美，而是五四新文化运动作为文化基础对于未来的制约和需求。当我们无情地放逐了“守成和改良”，由“一统天下”的激进和革命所造成的文化新质必然是单纯的、脆弱的，甚至还隐匿着危机。“水清则无鱼”，这不是一个理论问题而是一个现实问题，一种文化理论模式的实现，它的第一参照就是社会的需求，这里实现的尺度就是需求的尺度。快一个世纪过去了，我们在改革开放的过程中，有许多课题的必需“回炉”和“进修”，都是以往只讲反差不讲兼容的必然后果，最严重的部分都是属于“五四”落潮后应该解决的。正是在这种意义上，海派文学，不只是仰承了“五四”的雨露，并且它还作为发育“五四”深入发展健全机制的有机部分存在的，它短少主流文化的崇高，却同样负载着推助“五四”精神深入的使命。

“五四”新文学是“人的文学”。从这一根本性的角度看，在京派和海派的文学世界中，都实在地飏发着“人”的气息，也可以说它们是“五四”关于“人的发现”的时代潮流在文学上的投影。虽然它们侧身于主流地位，但从根源上看许多重要方面实际与主流新文学有相当的一致性。胡风曾在《文学上的五四》中分别过“为人生的艺术”与“为艺术的艺术”，他说：“前者是，觉悟了的‘人’把他的眼睛投向了社会，想从现实底认识里面寻求改革底道路；后者是，觉醒了的‘人’用他的热情膨胀了自己，想从自我底扩展里面叫出改革的愿望。”如果将这种分别用诸主流新文学与京海两派文学，大抵也是适宜的。尤其是海派文学，它更是一种个人主义的文学，作为“人的文学”的一种类型，它尊重“人”的个体价值，为“人”的自由意志的实现提供了巨大的可能性，同时也进一步伸发了早在“五四”已经出现的对于“人”的局限性的认识。从文学观念上看，它也继续鼓动着“五四”的节律，属于这一派别的作家在他们获得现代个性意识的同时或稍后，大多在努力寻求与个性发展密切相关的社会意识。它显然对立于“文以载道”和“代圣贤立言”的，它虽张扬过文学的游戏功能，但多半也是从“人”的自然需要出发的。当然它并没有最终扫荡封建性的文化残余，不过这一类要求，对于整个中国新文学来说，就它三十年的历程而言，多少是不怎么冷静的。我们唯有从基本性征着眼，庶几能够把捉到真实的消息。整个海派文学并不缺乏个性解放的意识，甚至也不缺乏民族独立意识和社会改造的意识，这些正是五四文学“人的自觉”底题中应有之义，也是五四文学关于中国社会现代化历史要求的生动体现。

海派和京派在20世纪20年代中后期，也即在它们呱呱落地、崭露头角的时期，对于激进和革命的时代文化反应，先后扮演着差不多的角色，它们同属于守成和改良的文化范围，但是两者还是有不少差别的。对于差别的确认，最终能够把握海派文学在中国现代文学历史上的地位。在我们看来，城市文化理论中的“市”和“城”的概念，恐怕是最适用的，集中体现在“传统与现代”关系的认识和实践上。不能说海派作家是昧于传统的文学群体，尽管他们中的刘呐鸥、穆时英之辈于传统确实相当隔膜，然而他们中的大半，民族文化传统之于他们，主要还因为他们是“中国作家”，传统观念和传统方式，是作为“集体无意识”根植于他们的心智中的。京派就很不一样了，它们这个派别，严重地说，是为传统诞生，也是为传统而发展，重建民族文化传统是他们最根本的期许。他们不只是“中国作家”，他们同时还是熟谙传统文化的中国作家。林语堂、施蛰存、章衣萍等在对于传统文化的理解上算是海派中突出而突出的人物了，像他们那样的人物，在京派中则摩肩接踵，太多太多了，对他们在这一方面的梳理排比，实在犹如囊中取物一样容易。海派作家的作品中也不乏传统生活的气息，然而从根本上看是不自觉的，大抵多属于传统中的某些趣味，也是“市”文化兼容性的表现，如果说有些微的自觉，也主要是着眼对于读者阅读习惯的尊重。京派作品中的传统生活不再能够用“气息”来概括，它径直是灵魂，它弥漫在全部的字里行间，从题材、人物到主题，甚至于大部的技术，都自觉地由“城”文化所统摄。再者，京海两派作家都自觉地注意从异域摄入营养，他们的不同处主要表现在两个方面：其一，摄入的不同，京派有原则的选择，以古典为主；海派不重选择，唯新唯异是上；其二，处理不同，京派重消化，西方的文化在他们的思想和文字中呈现出“契合”的意味；海派好杂陈，西方文化在他们的思想和文字中趋于“拼凑”的性状，当然也不排斥时有精妙的成功。

生活画面的丰富性是一般海派作品给人的印象，不同质的色彩版块在它们那里都显得可以和平共处，它们也追求和谐，却一切为着悦目，为着快乐，而朗然严正的观念，在它们是无可无不可的。京派作家当然也有着为着悦目和快乐的趋赴，他们的作品也注意生活的容量，但是当生活容量，和追求悦目和快乐的动机一旦妨碍某种观念的陈述时，通常会选择后者。叶公超在《新月小说序》中曾坦诚宣告，他那派作家的作品多为“以西洋文学技巧，来表现传统社会中人物的真实生活”，有些许保守的意味，颇能供人味索的。其实，这两大派别在对于既成文化的传承和借鉴上，大致也可作如是观。说得再原则些，能不能说如果五四文学曾经同时得益于工具理性和价值理性，那么，海派文学一般倾心于工具理性而京派文学更自觉地服膺价值理性呢？当然海派的那份工具理性来自市场的启发，和主流的激进和革命的文学是不尽相同的。因此，同是为了生命的摇曳和呼吸，文学本体的规定，在京派作家是给予特别尊重的，他们宁肯“戴着镣铐跳舞”；而在海派作家的眼目中，那类矜持大可放逐，他们是迪斯科的专家，一任解放。

五四以后的激进和革命的文学多有精英文化的质地，而京海两派文学满贮着贵族的或绅士的意味，它们都讲究情趣，讲究生活，讲究现象的铺陈。这并不是说它们两派文学没有丝毫连贯精英文化的因子，京派对于人的心灵问题的关怀，海派对于人的生存空间新质的呼唤，那种由社会直逼人性的热情，都是有可能逼近精英文化的底蕴的。尤其这两派文学都以中国文学“现代化”为自己的旗帜，对现代精英文化都具备补充和启发的资源意义。这一点非常重要，因为它作为一个重要方面支撑着原本丰富繁复的现代文学世界，它是作为一种有机组成部分被纳入人们的观察视野的。尽管京派大都标榜着抽象的观念，而海派大都滞留在现象世界的表层；尽管京派素以清洗“五四”的平庸自居，而海派长期被人视为是对“五四”神圣的解构。

二　现代主义和海派文学

西方现代主义文学思潮是一种反叛性极强的文学个人主义，20世纪初中国学界对于以德国古典哲学为中心的西方近代学理的译介和阐发，绝不是偶然的趋向，它服从于时代急迫的任务，多半与开发民智有关，部分才与更新中国固有文化相关。叔本华、尼采和柏格森，大概是被人们谈得最多的三位西方近代哲人。梁启超和王国维谈过他，研究者在讨论这两位近代大师时，往往直接将他们与上述几位著名西方智者联成一气。那个时期，凡对历史留下印痕的中国知识者，没有一人不在议论德国哲学。尼采就给近代的鲁迅带去了相当激动的思想。《破恶声论》《摩罗诗力说》和《文化偏至论》等眼下被学者们视为鲁迅改造国民性战略的思想基础的文字，其中关于“发展各各的个性”“先觉之士”“超人”三个层次的分说，大体缘由尼采。作为近代文化精华的发扬，“五四”新文化运动的发难确乎是尼采“上帝已经死了”的中国回声，“反叛”和“个人主义”是它最初选择的两个最实际也最有号召力的切入口。鲁迅自《狂人日记》一问世，便一发而不可收，他的那些“表现的深切和格式的特别”的篇什，以实绩表明现代主义向现代中国文学的成功进军。比如，《狂人日记》的表现主义，《补天》中的弗洛伊德主义，《野草》弥漫的象征主义，是被人们一再征引的著例。

现代主义之于鲁迅，在他的创作中基本还是作为具体因素发生作用的，这类看法似乎比较妥帖，对于强调艺术“忠实于内心要求”，强调“神会”，强调作家是“美的事物的创造者”的创造社来说，情况就很不一样了。这个团体的郑伯奇公开声称：“创造社的浪漫主义从开始就接触到‘世纪末’的种种流派。”[1]不少研究者指认郭沫若的艺术生命是从唯美主义开始的，起步于王尔德，发挥于佩特。捷克汉学家马俐安·伽立克将郭沫若美学观的演变划分成三个阶段：一是唯美印象阶段；二是表现主义阶段；三是无产阶级艺术观阶段，颇有见地。此外，郭沫若早期对于《西厢记》的演绎和小说《残春》的创作，分明得益于弗洛伊德的灵感。其实，前期创造社作家，几乎是集团军阵的现代主义信奉者，郁达夫、成仿吾，以及张资平和叶灵凤，都是相当突出的代表。作为一种时尚，现代主义在那个时期的风靡，任何怎样估计，都不会过分。老牌的叶圣陶，他在“新潮”期间，一度也迷恋柏格森的“直觉”和“生命冲动”。至于茅盾，他在《小说月报》和《文学周报》上对现代主义思潮的介绍，更为人们所熟悉，尽管在新中国成立后的《夜读偶记》中，他很有些“悔其少作”的意思。许杰某些小说中的心理分析痕迹也相当深，而王统照的《微笑》更是明证了他是一个典型的唯美主义者。唯美主义对于闻一多，对于“南国社”的田汉，几可成为研究这两位作家早期文艺思想的根本。表现主义强劲地改变了现代戏剧的体貌，洪深对奥尼尔的心仪令人感动，他的《赵阎王》实在就是奥氏《琼斯皇》的改译。当时的白薇、杨晦和向培良，他们的极富表现主义色彩的戏剧，至今还给人以难忘的印象。诗坛“怪杰”李金发一副法国腔，他的《微雨》《弃妇》终于把演进着的新诗引向了深邃，引向了象征主义的堂奥。如此等等，进一步的罗列，似无必要了，鲁迅在20世纪30年代有一段著名的话：

> 那时觉醒起来的知识青年的心情，是大抵热烈，然而悲凉的，即使寻到一点光明，“径一周三”，却分明的看见了周围的无涯际的黑暗。摄取来的异域的营养又是“世纪末”的果汁：王尔德，尼采，波特莱尔，安特莱夫们所安排的。[2]

鲁迅自然有所专指，大抵是针对“浅草·沉钟”等一批青年作家的，但他的概括兼感叹，用于观察20世纪20年代前中期的文学创作界的一个重要方面，也是非常合适的。总之，西方现代主义在中国现代文学的黎明时期，是相当幸运的。虽说这种幸运多半还是颇有局限的，近期有人用“快、新、准”三字诀来概括，“快”“新”不成问题，至于“准”，似乎比较勉强。我们说过现代主义的进入中国，是有多方面的准备的，社会的、思想的乃至哲学的和文学的，但整个20年代的文学理论和创作，从实际情况看，对现代主义的借重，还是相当芜杂的，集中表现在缺乏消化，“以意为之”的成分还相当浓重。这是一个功利色彩特别浓厚的时代，因此，随着1928年前后无产阶级革命文学运动的兴起，创造社和太阳社的革命罗曼蒂克文学家在对五四新文化运动的资产阶级个性主义发起猛烈批判的同时，现代主义似乎是被“捎带”地推入了死途。其实，曾经坚执艺术进化论鼓吹过现代主义的茅盾，他早在1925年的《论无产阶级艺术》中已开始鞭挞现代主义了。他在谈到无产阶级艺术如何吸收借鉴“艺术遗产”时指出，不能认为“最近代的新派艺术的形式便是最适合于被采用的遗产”，“譬如未来派意象派表现派等等，都是旧社会——传统的社会产生的最新派；

他们都有极新的形式，也有鲜明的破坏旧制度的思想，当然是容易被认作无产阶级作家所应留用的遗产了。但是，我们要说明这些新派根本上只是传统社会衰落时所发生的一种病象，而不配视作健全的结晶，因而亦不能作为无产阶级艺术总的遗产。如果无产阶级作家误以为此等新派为最可宝贵的遗产，那便是误入歧途了”。然而，茅盾即便有了如许的转变，革命文学论者照例还是批了他一通，这是颇耐人寻味的。“左联”的成立，革命作家表面看似乎是联手了，在最初的几年内，从日本“纳普”和苏联“拉普”那边引进的“辩证唯物主义的创作方法”也风靡一时；1932年瞿秋白根据苏联公谟学院《文学遗产》发表恩格斯致英国女作家哈克纳斯的信，全面阐释现实主义；一年后，周扬又迅速介绍由斯大林授意并经苏联作家同盟组织委员会第一次大会提出的“社会主义现实主义”。被打入冷宫的现代主义，终于得不到舆论的有力支持，这种情况大概继续了近半个世纪，只要翻翻茅盾50年代末写成的《夜读偶记》就清楚了。自80年代以来，是国家“现代化”大政的提出，在中国长期沉寂的现代主义才重又“死灰复燃”。

上述实指大势，不少作家在20世纪20年代末面对现代主义的式微，还倔强地支撑着，甚至在某种程度上还发展了20年代的成绩，尽管在现实主义的巨大身影下，显得影影绰绰。这批作家的大部都分属于京派和海派，尤其是海派。有人认为现代主义在30年代是“绕过左翼文学主潮继续生存发展”的，除了可以把时间推至新中国成立前夕外，我们欣赏这一看法，因为它相当聪明并捎带着俏皮。海派中多数作家的坚持“现代主义”，自然心折于这些方法体貌的新颖，然而他们更清楚现代主义的题中应有之义。“五四”个性主义和反因袭借着中国敏感的知识者对自身状况的越发不满或对无法实现的梦想的失望，为现代主义艺术思潮留下了市场。它既满足了对于封建道统和文统的威慑，同时也满足了他们对于文学现代化品性的追求。九叶诗人唐祈相当看重卞之琳在30年代对现代主义诗艺的探索，并不是偶然的倾向。实际上，围绕在《现代》杂志四周的大部海派作家，和卞之琳等京派作家交相辉映。与其说他们是现代作家，还不如说他们是一群为现代而写作，由现代意识和文化而产生的作家。他们倾心以现代人特有的敏锐感觉和审美思维方式，把创作的焦点凝聚于个人内心世界的自审与开掘，借用内在情感建构的意象，表现出对人的主体和个性的追求，以及自我失落感。这种现代人的精神矛盾，使他们体验着前人罕见的困惑与孤独，从而折射出那个时代的“危机意识”，和人的无意义感所带来的空虚与惶惑。

整个20世纪20年代，人们称现代主义为新浪漫主义，对其各种形态的把握还是相当肤浅的，径直是一片浑沌，所以目下学界有“泛化”的说法。前期创造社作家恐怕是最突出的例子。而海派作家的拥戴现代主义有着特殊得多的性质，像戴望舒对于象征主义，在理解和实践上都自觉趋赴具体的规定性，力求摈弃概念含混。他的《诗论》是他的象征主义诗艺“宣言”，比如他指出“诗的韵律不在字的抑扬顿挫上，而在诗的情绪的抑扬顿挫上，即在诗情的程度上”。《望舒草》的多数篇什，都是自由的吟唱，已摆脱了《雨巷》那样“徬徨”“惆怅”“迷茫”地凑韵脚。他们对于新感觉主义，既有刘呐鸥明确的阐介，在具体创作中一般又都严守新感觉主义的“立体性、象征性、意象性”，充分发挥它在表现都市生活方面的活力和色彩，较少大而化之。近期已有人注意到滕固1927年编著的《唯美派的文学》和刘大杰在1928年编著的《表现主义文学》，它们都是评述性质的著作，都有细腻的介绍和系统的论评。两位编者从背景、界义、方法到影响，且由理论与文学史实的结合来提出自己的看法，包括批判性的意见。有根有据，力拒个人张扬和随意演绎，是它们共通的特色，严格把握了唯美主义和表现主义的方方面面，从而，能够将它们从笼统驳杂的现代主义中剔括出来，以其核心特征将它们同其他“主义”分离开来。

京派作家在20世纪30年代的创作，也广泛涉及现代主义，成绩也是显著的。现代主义对于他们来说，与其说是方法，还不如说是某种特异的精神，传统“道”之于“用”的支配意义依然是他们意识到了的方式。从他们的多数作品中，比如李健吾、林徽因的作品都明显包含着独特的思考、发现和激情，我们似乎也能够指陈内中的技术细节，但先前的兴味往往会陡减，便很快陷入被京派作家讥讽过的类型混同。他们并不缺乏形式感，甚至也完全清楚技巧对于创新的严重价值，只不过他们在这一方面的全部努力大体是整个30年代文学风气熏染的结果。包括某些还不太拘谨的左翼作品在内，比如电影蒙太奇和文学新闻手段的流行，都突破了以往的格局，都反映了对技法逼视使文学关于自身功能有了意想不到的发现。我们可以说的大概在如下方面：京派的对于现代主义，始终无法摆脱“近代”眼光的拘束，也即现代主义是作为西方浪漫主义文学的一部分出现在他们的视野之中的，与其说摭拾现代主义，还不如说是全面摭拾着18世纪以来的全部西方浪漫主义。而海派作家的作品大半更是一种很狭窄意义上的实验文学，现代主义对他们具有宗教般的吸引力，除了被宗教精神笼罩外，宗教的方法始终是最先引起激动并被他们牢牢捉握着的。他们是一批现代中国真正意义上的现代主义文学的自觉者、倡导者和实践者，现代主义在他们的知识范围内已不再是一般浪漫主义的余绪，而是一种远较浪漫主义新异得多的艺术方法，是最能传达现代人的感觉、情感和思想的利器，从原则的角度看，它既是“用”，甚至也是“道”本身。对当时相对发达的物质生产与物质文化环境的依赖，生成了海派文学最为优胜和特殊的条件，它可能偏离对于“自然人”的执着而指向对于“现代人”的开掘。现代人殊异的内面世界的分裂，从精神到方法上都有利于现代主义的发挥。新感觉主义的现代都市精神奔腾在穆时英的血液中，新感觉主义的方法同时也闪亮在他的双瞳中。在他的作品里，饱含着抒情诗的浓郁味和现代风的明快感，其精致而鲜活的笔触不单可以将要写的情景泄出纸面，而且也有着诉诸视觉以外的新感觉。这些都是借了感觉和悟性活动的结合，以主观出发，又由悟性触及物自体而生的内在直觉，并加以象征化才实现的。精神分析方法在张爱玲那里，繁复的意象，戏剧性场面的结构，暗喻的运用，优美与丑恶的比照，对悲情的压抑所生成的苍凉意味……她的这些技巧特征都表明作家虽不伟大，但是真正的艺术家。她和穆时英，作为著例大体也可以说明海派文学是在怎样的程度上应和着现代主义的召唤，并且又在怎样的程度上给历史提供新内容的。

当然，现代主义在中国的命运并不辉煌，原因只能由现代中国的具体情况来说明。施蛰存大概是最突出的例子了。他在种种复杂综合的原因下，对自己创作道路的描述常常是闪烁其词的，当下坊间流行的“现实主义——现代主义——现实主义”，半是出于施氏自诉，半是出自太相信施氏的研究者。其实，现代中国绝大多数的现代主义信奉者，在看重现代主义的强调表现心灵、重“神会”、直觉、体悟等，也即它穿越并掀开现代人的内心重幕的表现力的同时，少有人完全拒斥实际生活所提示的理性精神，像西方作家那样彻底从事纯粹心灵探索和哲理演绎的并不多。诸如《魔道》《夜叉》这样的作品在施蛰存的整个创作世界中毕竟是极小的例外，相反，他的多数为人称道的精神分析小说，无论是现实题材抑或历史题材，都程度不等地带有现实的气息。我们不必非得贴着《小珍集》才能嗅出一些现实主义味道的。不过话还得说回来，如果施蛰存终其一生忠诚地沿着现实主义的路线走去，恐怕施蛰存不再是施蛰存了，他对文学历史的贡献将会小得多。所谓他在抗战前夕重新回归到现实主义道路上，一不符合事实，二是时代将他更多的注意力作出了朝着客观现实的方向牵引，活跃在时代前沿的因素，转化为作家的清明和责任，他选择了淡化对于人生命运哲理终极思考的冲动。20世纪40年代徐讦的《风萧萧》，张爱玲的上海和香港故事，和30年代的风尚已相去甚远，许多段落已出现了极冷静的谛视，即使为着解剖，即使为着宣泄，生活实感的增浓，人物内面生活与外面生活的融通已成为基本的技巧。所以，海派作家对于现代主义的兴趣，并非是那种纯粹的兴趣，他们的实践进一步说明了中国现代文学到底是一种怎样的文学，也证明海派文学从根本的层面上并没有游离于历史所规定的轨道，从而也从一个侧面确证了现代主义在中国的命运。

三　都市文学和海派文学

20世纪30年代的鲁迅借着俄国诗人勃洛克，感叹中国没有都市文学，表面看来多少有些夸张，多半可以看作是他对新文学的期许和瞩望吧。从比较宽泛的界面上看，光就近代，关于都市生活的文学作品已不算少。李伯元、吴研人、曾朴是烂熟的例子，大批“黑幕”“言情”的小说，只要你还承认它们是文学，那么，它们多半也是一种都市文学。鲁迅自有其高出一头处，他认定这类作品对于城市，对于城市人的表现或“过甚其辞”，或“伤于溢恶”。鲁迅显然不是主要着眼于这些作品的内容，而严重关注着描写这些生活的作家，他们所拥有的眼光和气度。或许他正是从这一个特定角度才认为中国缺乏径直没有都市文学。

五四新文学的第一批收获倒确实近乎没有都市文学，某些描写市民生活的作品实在无可足称，那批身居城市的作家，大多正忙着他们的乡土文学或鲁迅所说的“侨寓文学”。至于创造社诸家，他们也没有提供像样的“创造”，除市民生活外，他们推出了现代第一期的留学生文学。从留学生文学中也许可以找出令人安慰的事实来，那就是郁达夫。出于这位新文学巨匠之手的第一批人物是生活的零余者，作家以超人的个性胆识正视着他们那种热泪盈眶的敏感和怯懦，并将他们的苦闷和绝叫，看成是他们承担着两种价值体系相互渗透和厮杀的结果。这些倒沾带些都市文学的意思与特征。然而，从总体看毕竟还叫人有些失望，小资产阶级知识者和乡镇风情，依然是根本性的选择，都市生活面影，即便有过晃动，大抵不超过插图的意义。仅有的例外却包括在数量颇丰的类似鸳鸯蝴蝶派之中，但它们还不足称是现代的，大部反而滞后于现代。轻率地骂倒似乎不必，文学研究会的全线出击，其实收效甚微。不要忘了中国，不要忘了新文学的起点，这是我们唯一的意见。这类情况的改变还得依赖都市本身的发展，时序至20世纪30年代，城市因历史才成为文学的对象，城市因新的文化意识和态势的出现而真正成为文学的对象。

京派作家也正借着如许条件开始了他们关于城市生活的观察和描写，沈从文小说重镇的地位不只在他提供了民情淳厚的湘西画卷，还在于他也注意了城市，即城市的人欲横流，它的非自然状态。我们不能否认作家对于城市观察的精细，但他终究是站在“自然”的立场上批判了城市的“非”自然。他的关于城市的文字，带着典型的“侨寓”气息，他尊重情欲，却揶揄情欲在城市的丧失；他鼓吹人的情欲的本色，却拼命讽刺城市所表现的情欲的全部虚伪性。他笔下的世界大抵是山野批判文明的世界，少女翠翠有她的忧伤，但这是一种洗尽铅华的忧伤，《丈夫》中的妻子有她的苍白，但她没有因苍白而涂饰，更不像城市因贫血而涂饰。沈从文关于城市的态度是反思的，是经典的人文姿态，对正在崛起的城市文化新质，有一种明显的抵抗和嘲讽，甚至是畏惧。唯其如此，他到底还是没有给新文学提供对于城市的某种新颖的理解方式。所以，著者在拙著《京派文学的世界》中，用相当大的篇幅议论过沈从文面对城市时所表现出来的深沉忧患感，以及他第一次返回乡里写下的《湘行散记》背后的浩大感叹。即使我们在讨论林徽因的《九十九度中》时，都免不了时不时会出现窘相。女作家感受到了城市生活的脉律，驱逼她加快了叙述的速率，启发她放弃了经典的小说结构，不立足于情节，而从节奏感上标新擅美。《九十九度中》算是新的了，大概在京派的小说中是最“城市”的了，然而这位优雅的作家她打算说出的城市感想还是很一般的：一边是庄严的生活，一边是荒淫无耻。

这一类的城市概括更频繁地出现在左翼文学中，当然更富有生活的实感，从而也证明上海这个现代城市给过左翼作家的暗示是并不少的。当他们集中力量和才情铺演着上海的贫富悬殊的面相时，他们接触到了上海的真实，新质的社会科学和政治运动的吸引力同时使他们失去了可能有的从容，阶级斗争的学说以及由这种现代社会最尖端的生存形式，也使他们对生活的看法显得日益激烈，从而也失去了必要的宽容。殷夫是著名的城市诗人，而他的诗行被文学史家称为“红色的鼓动诗”。蒋光慈、阳翰笙、胡也频都有过关于城市的作品，大概蒋光慈最有代表性，他的《短裤党》是最像出于城市作家之手的作品，比如对新颖题材的热衷，新闻纪实式的炒作等等。不过在我们看来，他的《丽莎的哀怨》更值得重视，这不是因为小说写了女主人公的忏悔，为没有嫁给无产阶级的伊凡而懊恼，而在于小说稍稍偏离了那个时代既成的轨道，不同寻常地写出了这位异国贵族女性在上海这个冒险家的乐园，必然会堕落！作家笔下的上海远较《短裤党》丰富，在价值取向上也许出现了偏离左翼的倾向，尽管作家对被融入这类“丰富”怀有深深的恐惧。丁玲也写上海，有些甚至直接题名为“某某上海”如《一九三零年春上海》，但空间的典型性终不太鲜明，《梦珂》《莎菲女士的日记》的定势依然保持着它们特有的支配作用，小布尔乔亚青年知识女性的内心冲突在革命波澜的激动下，荡漾出令人心醉神迷的涟漪。丁玲作品人物普遍的“烦闷”，先前是关于女性命运的，之后是关于阶级问题的，都有着现代性，都包容着严肃的文化对抗，表现着作者的文化理想，这些又几乎都是可以从上海的城市空气中呼吸出相类的东西来。当然，《水》在作风上的转变，并不属于上海，《奔》的题材是领先的，上海的一切是在乡下的难民眼中出现的，一如刘姥姥眼中的大观园，上海只是异己的上海。

真正有腕力表现现代城市的是茅盾。《子夜》对十里洋场的色彩和声浪的捕捉，以及它对上海实业资本和金融资本在交易所角逐的出色描绘，是同代作家难以企及的。这位号称大师的左翼作家对城市生活的认识是有相当积累的，早在第一部三部曲《蚀》中，已预示了他在处理城市题材上会将有斐然的未来。那部处女作中已出现了《子夜》前几章把握上海这座现代都市的气魄，而它所拥有的人物，类似章秋柳这样的女性，特见上海精神，她们大概只有在上海才能养育出来。赵园赞许茅盾笔下的舞厅都是被诉诸人性的文化力量，作家也由人性深度而达到了都市文化的深度。我们同时也接受她的下述意见："茅盾的城市感觉固然受制于上海这一特定城市的氛围，也受制于欧洲文学提供的文学模型，比如左拉、巴尔扎克的作品。这影响到他对于印象的整合方式，他以什么为中轴组织感性材料，完成他笔下世界的统一。这个世界是以西欧某种'文学城市'为参照构筑的。"[3]

估计到输入的文化和文学对茅盾表现都市的意义，是妥当的。当时的时代主题是乡村破产与民族工商业的危机，20世纪30年代的茅盾正是因对这两大关联主题的深刻揭示而对文学历史作出自己的贡献的。这类主题所涵括的城市内容多少是有些萎靡的，它并没有可能给作家（哪怕是茅盾）提供更宏阔的眼光，使城市这一对象蒙受全新的文化审视和估量。更何况从新文学的整体看，乡村社会长期形成的道德价值取向，以及对于异质文化的警惕和排拒，那些当广大作家面对乡村时会油然而生的热情，以巨大的惰力抑制着现代都市文学的发展。这便是海派文学向都市文学进击的背景！

海派作家的大部原本也是"乡下人"，但他们久处上海这样充满异质的空间，生活意识发生了巨大的转换，他们已不习惯沈从文那样的自称"乡下人"，他们不仅学会了当上海人，并且直然就是上海人。又由于他们是知识者，他们对自己身居的城市会有更多的发现，更多的感叹，也有更多的期待。《子夜》中的场景，对他们是熟悉的，即使他们的描写还远较茅盾肤浅，但他们由上海实际生活练就的心魄，他们因政治的淡漠感而对某类崇高的陌生，驱使他们能够更深地浸淫于上海的五光十色之中。他们谁都没有像《子夜》那样展开上海的五脏六腑，都只是完成了上海局部或一角的描绘，如徐讦《风萧萧》的视野主要还在上海社会的上层。然而，海派作家拥有的城市感觉在普遍性的程度上，是新文学任何一个派别无法比肩的。穆时英笔下的上海写得声色共渗、龙拿虎跳；张爱玲由婚姻家庭角度的切入，那种对于中产阶级市民气入木三分的观察，尖锐而结实的讽喻，目下还作为一种目迷五色的资源引发大批作家和评论家的称许；施蛰存更有他的题材面，他将在上海养成的文化眼光和审视位置带进了他对于上海周遭城镇的描绘中，纵使处理悠远的历史故事，他还保持着写上海生活那样的风色追求。

比较有意思的还在，沈从文心目中的上海近似于罪恶的渊薮，多数左翼作家笔下的上海是文明的异化物，是压迫下层民众的机器，是阶级冲突的根源。唯有海派作家空前地淡化着上海的负面，他们尽管没有能力把握这类负面的哲学意蕴，不过多少已经猜测到了它们对于现代生活尤其是都市生活的意义。张爱玲说上海人拥有那份"也许是不甚健康"的"奇异的智慧"，恐怕也属这类性质。当然他们对于上海的感情是复杂的，但他们因着对它的纳容而使自己描写的对象平添了特殊化的色彩，尤其他们所保有的参与的冲动，同时使他们的笔触流露出对上海的亲昵感，并由亲昵而趋向同情与欣赏的糅和。偏执的性爱经验和消费空间的重叠，是一般海派作家热衷的故事，其中满贮的感官兴奋以至肉的气息，既满足了作者本人的体验，作为典型的消费文化，也足以满足了现代市民阅读想象的飞扬，这些恰恰得益于冷静精明的商业上海的教诲。新感觉派对于以视觉为中心的感官经验的兴趣和好奇，也根源于他们对上海这类现代都市的体认。因为，在上海，社会交流或认知通常首先是视觉意义上的交流和认知，社会关系也差不多是通过视觉交流而建立和维持的。凡此，当然也不排斥我们的理解，当时的海派作家，他们未必在有了这些理性准备后才进入创作的，他们大半还只是靠着习惯和经验。此外，中国现代史现代化程度的不充分，或者说不成熟，连上海这样的城市也难免受到影响，这对企图表现这座城市的作家来说，也难以摆脱制约。即使他们引进了西方最长于表达城市痛苦的现代主义技巧，但从总体看，现代主义在他们是倾倒了“脏水”后的一个宁馨儿，这里的“脏水”，即是哲学，是产生现代主义的背景。海派作家没有茅盾那样的才力，像他那样以引进的理论，包括政治热情，向作为对象的上海索取对应，一如《子夜》所呈示的。他们则用城市煽动起来的情绪向城市本身突进，没有整合的才具，就摄下一个场景，一个片断，于是《街景》《梅雨之夕》《都市风景线》之类便拥入了新感觉派作家的视野中。不过，上海在空间上的逼仄和文化上杂陈，并没有限制他们对上海的感觉和想象，也并没有使他们为上海夸张地留下的文字，因太过的渲染而缺乏认识的价值。凡此可以使我们发现，上海不只是海派作家宣泄情绪的对象，更重要的是他们由上海这块土地才真实地获得了观察理解现代都市的新颖方式。

“跑马厅屋顶上，风针上的金马向着红月亮撒开了四蹄。在那片大草地的四周泛滥着光的海，罪恶的海浪，慕尔堂浸在黑暗里，跪着，在替这些下地狱的男女祈祷，大世界的塔尖拒绝了忏悔，骄傲地瞧着这位迂牧师，放射着一圈圈的灯光。”——这是穆时英《上海的狐步舞》中的一段描写。作者的情绪多少是有些无奈的，这大致也是典型的城市情绪，负载着这种情绪的上海市民面对的不是一个神话化的生存空间，尽管上海日日在推出神话和奇迹。历史和现实自身所存在的悖论，固然是现代都市人面临的根本困境，海派作家的大部对这类现象实际的部分内容是意识到了的，但他们中的不少人，往往采取差不多是自我解构式的态度，他们的作品依然丰沛着城市炫耀，或许有些勉强，然而已经昭彰显露了对自我意识的控制、调节，甚至剥削。比较深刻的是40年代的那些作家，徐讦、无名氏、苏青等面对城市生活所表现出的情绪上的自我错综和自我缠绕，到了张爱玲那里，开始向她的人物开掘。张爱玲放逐了都市景观的描绘和叙述上的平面化，通过她的人物力图追求“观念”和情感经验上的深度，从而获得了批判性的价值。金钱对于人性的剥蚀，是《金锁记》中曹七巧的全部故事。黄金枷锁锁住了曹七巧的一生，曹七巧又用她一手制造的黄金枷锁锁住了她的儿女。“30年来她戴着黄金的枷。她用那沉重的枷角劈杀了几个人，没死的也送了半条命。”据作者说，这个人物是她小说世界中唯一的“英雄”，就非常耐人寻味了。这位英雄给我们的全部炽烈和荒凉让我们认识到商业氛围竞争生态中生命搏动的力度。作者为赢得自己的从容，她为这一份在她是烂熟于心的生活营建了一道心灵的藩篱，一种批判性的距离感，她用人物最终被社会的抛弃，为读者拉出了上海的“冷静与精明”，上海的“功利权衡”，有些宿命的意味，却是货真价实的上海悲情。

张爱玲是聪明的，她曾经看好过新感觉派，特别是这一批作家的感觉，她并不缺乏对于城市的感性的体验，对于都市景观的一般性描绘，对于都市故事的平面化叙述方式，在她是不足取的，因为她对都市文学自有独到的理解和挟持。于是，她找到了表现城市最相宜的角度，那些最相宜于表现城市文化深度的城市人，并且她半由传统的支持半由自身的感悟，在搜寻城市人的过程中，尤其倾心于城市中的女性，从而大有利于她对上海这类现代都市文化心理深度的表达。她的经验凝集着海派作家对于都市文学最成功的思考：只有写出了“上海人”，“上海”才能获得真实的意义。

四 中间路线和海派文学

30年代的左翼革命文艺运动同“民族主义文艺运动”的斗争，实际上是国共两党政治路线在文艺上的反映，海派作家却选择异路，他们借杜衡的嘴说出了自己的心声：做第三种文艺，当第三种人。左翼作家对他们的严正批评，似乎并没有收到预期的效果，过去的文学史著述在有关问题上乐观得叫人发酸，多半表现了一种很值得重视的误会。坦率地说，无论过去、现在，还是将来，凡有人的地方，必有“第三种人”，必有“第三种人”永不消亡的记录。关于“第三种文艺”，关于“第三种人”，决非是海派作家为对应论争的立场而选择的权宜之计，这类不左不右，非红非黑的抉择，是他们的价值抉择，甚至是生命的抉择，其中包含了他们对于现代中国整个发展前途的基本认识。

这些很容易让人又想起京派来，现代京派作家的社会思想大抵也取“第三种人”的思想，正如他们在20世纪40年代后期在政治上鼓吹“第三条路线”一样。用“中间路线”这个特殊概念来描述京海两派的政治的和社会的立场，恐怕没有哪一角度比它更为确切的了。说“中间路线”几成为这两大文艺派别的政治情结，也不为过。海派最初的一批成员是从创造社分化出来的。当时的张资平就动荡在实际社会活动与文艺创作之间，这种选择在他那个时代是极富政治意味的。他从大学教授到少校编译，不能说完全是一种非政治的角色转换，新派人物的身份大概并无可能让他彻底地为家计着想，我们不同意有些张资平研究者对张资平的“苟全性命于乱世”和“家计的拖累”等作出过分的估计。当时势趋于高涨期，京派作家中的不少人也会出来嚷嚷，不过仅仅嚷嚷而已，他们到头来还不失“清议”的作派，而海派中人，不会满足于“嚷嚷”，他们多为行者。在现代中国他们是一批情绪色彩相当浓厚的人物，只需多掂量掂量创造社，就可明白原委的大半。创造社中也有性格相当倔强的人，但他们在审时度势方面灵活有余，坚执不够。因此，鲁迅在名文《上海文艺之一瞥》中称他们是一批“激烈得快的，也平和得快，甚至于也颓废得快”的革命文学者，是“翻着筋斗的小资产阶级”文学家。

被称作新感觉派的那几位，差不多也是这样的。人的表现欲，在他们身上找到了最好的确证。他们年轻生命经验直然可以用“表现自己”来归纳，穆时英到死还只有28岁。他们对新形式的热中和试验，也是为着表现，他们在某种外在条件的推促下，曾经响应过左翼的文学，有人还参加了“左联”，这里的原因还是在表现自己。当然，我们是从中性的意义上使用“表现”这个词的。一经有了实际的压力，一经有了难以调适的误解，一经有了稍稍锋利的批评，他们最终露出了“第三种人”的真实向往。穆时英作家生命的初始是很有些左翼色彩的，到头来他还是摇身一变为新感觉派作家，面对周遭的非议，他有些委屈，也有些愤怒：“说我落伍，说我骑墙，说我红萝卜剥了皮，说我什么都可以，至少我可以站在世界的顶上大声地喊：我是忠实于自己，也忠实于人家的人。忠实是随便什么社会都需要的。”[4]他的所谓“忠实于自己”，是真实可信的，因为表现自己之类最直接的缘由都可联系到个人第一主义的结论上去。这种气息也出现在张爱玲的身上，她的小说是冷静的，虽说包裹着的是她特别炽烈的冲动。郑振铎的建议多少显得迂了，我们的这位女作家却对她的妹妹说：“一个人假使没有什么特长，最好是做得特别，可以引人注意。我认为与其做一个平庸的人过一辈子清闲生活，终其身，默默无闻，不如做一个特别的人，做点特别的事，大家都晓得有这么一个人，不管他人是好是坏，但名气总归有了。”[5]她的坦直让她抛弃了矜持，“出名要早呀！来得太晚的话，快乐也不那么痛快”。这类话太现代了，它的根由还在个人第一主义。

海派作家的这类作派，他们所信奉的生存原则和方式，具有一定的普遍性，在新文学作家中，他们代表了大多数。他们在生活的潮流里有时是激昂的，当然，他们有时也是卑微的，但也毕竟是一种真实的人生，所有这些在我们看惯了亢奋浮泛的理想主义之后，会很容易生出别一番滋味的。“五四”是人的发现的时代，那时流行的个人主义多少还和某种崇高的意念联系在一起，然而，海派作家在他们开始书写自己历史的当儿，负载更多的是时代给予他们的痛苦，理想主义的褪色，戴望舒作为著例就曾经用他的诗行作出了令人心灵震颤的歌哭。他们多数身居都市，上海日益紧张的生存空间，以及工商社会近乎残酷的竞争和挣扎，在严峻地向他们压来的同时，也启发并教会他们如何地保护自己，如何地发展自己。从这个意义看，海派作家的利己性的个人炫耀，对于个人本位的执着，还是有其历史的“分量”的。“革命文学家，至少是必须和革命共同着生命，或深切地感受着革命的脉搏的。”这是鲁迅的选择，也是鲁迅所以为鲁迅的地方。京派作家也是一批个人本位主义者，但他们同海派作家还是有差别的，这里的差别，不仅仅在于，京派作家多数矜持地反对用“一滩血一把泪”来表达他们的感受，而海派作家却敢于直白地亮出自己的所思所想。从深层看，京派作家的大半还没有最终放逐理想，尽管也有足够的迷惘，他们是一批痛苦的理想主义者；但他们的海派同行就不同了，他们更多地扮演着“现在主义”的角色。因此，他们的传记材料和他们的作品，有相当的篇幅告诉了我们“及时行乐”的讯息，竟至于有时还会滥用他们的智能。

说到底，同京派一样，海派在现代中国也是一个民主自由主义的知识分子群落，他们的中间路线情结本源于他们对自由主义的选择。作为政治思潮、哲学思潮和社会人文思潮的自由主义就其文化层面具有超越型的质地，它的为京派与海派所共享，一点也不奇怪。如果京派的自由主义拥有古典的性质，重在讲究秩序和维护规范，那么海派的自由主义更多发散着现代的气息，重在倾心创造和追求新颖。两派同为向着中间路线靠拢，然而在方式和意态上有相当的区别。复兴传统，重建传统，是京派最好议论的题目，非党派、非集团的学有专长，有“理性”的知识分子正是他们顾影自怜并极端自信的对象。政治是中国封建士大夫阶级安身立命的处所，政治和伦理是传统中国知识分子最为敬畏的东西，京派作家的回避和鄙薄政治是一种不得已的选择，甚至是热衷和向往政治的变态反应。他们所谓的“中间路线”，是一种政治主张，克尽厥职，立言清议，他们的全部标榜充满着沸腾的政治激情。文艺理论家的梁实秋，他的自由主义的精义在“无执节制”和“中规合度”，他讲的是文学的纪律，神往的则是纪律的文学。自由主义在他心目中更多地体现为某种价值理性。海派作家就没有这些讲究了，他们是藩篱的天生敌人，自由主义在他们身上体现出的是逼仄的工具理性，破坏、创造，曾是创造社的旗帜，直接作为最重要的遗产留给了海派。虽说他们中间的某些人不乏传统的浸渍，然而传统的大部对他们来说只是一张彩票而已。他们的政治观，最基本的着眼点多在利益的考量，他们并不是非政治者，仅是热衷于同政治的和解，当政治的高压袭来时，在失却全部和解可能的情况下，他们往往会走上妥协的道路。张资平、刘呐鸥、穆时英、潘序祖的落水或失节行为，是为保全自身的投机而放弃德行的极端表现。他们的选择“中间”路线，已经不具备京派的忧患感了，同样不能排斥某种投机性。当然，他们并没有完全消弭良知，他们用他们低调的反抗或放浪形骸、醇酒妇人来表达自己的不妥协的政治立场。在文艺观点方面，梁实秋的文学的纪律和纪律的文学是无法被他们接受的，但类似朱光潜的“距离说”倒很为他们所心折，对那些略有传统学养的人来说尤其是如此。刘大杰相信亚里士多德的一句话：“真理是在中间的”，因而主张艺术不要离自然（现实）过近，也不要离自然太远。[6]徐讦的《风萧萧》前二十章是一则长长的伏笔，它们在结构上有意义，从回避政治的纷扰看更有作用，差不多是用爱情故事掩护了对于不同背景的政治斗争的叙述。

纯粹的非政治倾向，在现代中国几无存在，视政治与文艺为二元的观点，这种与既成传统颇有距离感的观点，似乎是比较现代的观点，也不乏市场，甚至还可以看作中国社会转型的标志之一。然而，政治，或为正义感的延长，或为调整生存方式的工具，对广大中国知识分子终究是挥之不去的思虑。因此，文艺政治二元论在他们的心智结构中并非是坚实的、恒定的，各种实际的政治问题时不时会驱逼或引发他们对文艺政治二元论作出适时的调整，乃至重新设计，于是事情往往是这样的：文艺政治二元论的意义并不在它的本身，而在于它是观察文艺家政治反应的风标。这类估计作为一种角度，对于京派或海派，大体都是适用的，而自近代以来，政治问题的异常突出，它对具体意识形态部门的苛酷支配，是造成这种现象的根本原因。从京派和海派那里，梳理出关于重视艺术品性的意见，实在毫无困难，相对地说，出现在某些政治文艺家不经意而流露出的对于艺术品性的关怀，最是意味深长的。它似乎隐匿着政治与文艺的距离感，同时也从一个相当重要的方面，指示了如何估价海派文学历史地位的方向。

海派文学是上海文学的有机部分之一，也是中国现代文学史上的一个不宜忽略的部分，它对于中间路线的选择，反映了这一时期文学历史本身的性质，部分也反映了海派文学对于丰富历史的贡献。任何中间路线的出现，都有着前后左右的复杂背景，它的客观存在与发展既是逻辑的，也是历史的，是逻辑与历史的统一。人们在某一时期某一场合某一具体问题上对它的倾心迎合，也同样是逻辑的、历史的，分析其可能有的抽象性或封闭性的思维，批评其可能有的兼容性或机会性的运作，是必要的，也是有根据的。长期以来对于历史依持一般的社会进化论所作出的线性描述，采用形式逻辑排中律来规定某些处于中间状态的现象，甚至于全面扫荡这些现象，如今看来是非常荒谬的，然而它在一个相当长的时期内实际地左右过我们的思维，左右过我们的历史科学研究。

我们有过一个政治上的统一战线，我们也应该有一个文艺上的统一战线。如果政治上的统一战线是保证经济发展和社会进步的根本性策略，那么，文艺上的统一战线是繁荣发展文艺的根本性策略；如果政治上的统一战线表达了“适应性”的获得，那么，文艺上的统一战线径直是真理的显现。

注　释

1《中国新文学大系·小说三集·导言》。
2《中国新文学大系·小说二集·导言》。
3《北京：城与人》，上海人民出版社，1991年，第236页。
4《公墓·自序》。
5 张子静：《我的姊姊——张爱玲》。
6 参见刘大杰：《表现主义文学》，北新书局，1928年，第29页。

第五章　海派文学风景线（一）

一　张资平—叶灵凤

创造社成员自1925年以后出现的分化，从一个很重要方面说明了创造社还不是实实在在的“为艺术而艺术”的。过高地估计郭沫若的转变，是不相宜的，但以他为代表的创造社成员打算继续保持自己由“五四”铸就的青春的形象，倒是毋庸怀疑的。大革命对他们的考验再清楚不过了，它之于雄强者，走上了郭沫若的路，之于羸弱者，阵阵刻骨铭心的疲倦袭来，于是开始了同样是“新”的选择。形态不一定完全相类，有一点是共通的，即他们已经不太愿意将自己装扮成意气风发的少年人，他们自以为是成熟了，甚至还为“衰弱的落寞”低回着。戎装是潇洒的，但他们与此无缘，他们只有笔，只有避开冲突而选取了抵抗力最小的道路。他们群居在上海，适度的呼应，作成了现代海派文学的第一批耕植者。

在“五四”这个富于个性，并且积极鼓励个性表现的时代，张资平有过他的光彩，那些光彩倒不是创造社带给他的，而是他用自己的“创造”，创造了自己的“五四”形象。从《约檀河之水》到《梅岭之春》，多少还是晃动着时代的影子的。人们将他和郁达夫做过数量甚多的比较，沈从文在对张资平的文字看得更多之后，在1930年写下了《郁达夫张资平及其影响》，旨在抑张扬郁的比较，并有一段不错的话：

> 那因为是两种方向。一个表白自己，抓得着自己的心情上因时间空间而生的变化，那么读者也将因时间空间的距离，读郁达夫小说发生兴味以及感兴。张资平，写的是恋爱，三角或四角，永远维持到一个通常局面下，其中纵不缺少引起挑逗抽象的情欲感应，在那里抓着人的心，但在技术的精神、思想、力、美，各方面，是很少人承认那作品是好作品的。我们是因为在上海的缘故，许多人皆养成一种读小报的习惯的。不怕是《晶报》，是别的，总而言之把那东西放在身边时，是明知道除了说闲话的材料以外将毫无所得的。但我们从不排斥这样小报。张资平小说，其所以使一些人发生喜欢，放到枕下，赠给爱人，也多数是那样原因。因为它帮助了年青人在很不熟习的男女事情方面得到一个荒唐犯罪的方便。

沈从文似乎说清了郁张两人的差别，其实他的眼睛始终是盯在张资平对于上海的意义上面的，次年他给《文艺月刊》送去了那篇长长的名文《论中国的创作小说》，继续发挥着他的观感。他对上海作家的看法是有一个层积过程的，张资平是其中重要的一环。倒不是张资平作品全没有关顾过“性苦闷以外的苦闷”，他也有过对于时代生活的感慨，也有些许正义的情绪，《植树节》《寒流》《百事哀》《兵荒》《冰河时代》《末日的受审判者》等“身边小说”，特别是对现实黑暗极有针砭的《公债委员》，就空气上说好像是没有什么“肉”的气味的。即使也有一定数量关联“肉”的作品，大体还是运行在进步文学界的水平线上的。钱杏邨在《张资平的恋爱小说》中以“时代的产儿”的命义作出过适宜的辩护，应该说，张资平早期小说中的人物，十有八九是在新旧车轮的碾压下，负载着时代苦闷的。作者并没有从时代生活中发现前锋的观念，于是他笔下的人物的观念也多半是半新半旧的，他们的命运也当然地“无可奈何”了。而他写下了这些作品后，也即在1925年以后，他的多产，则是他的不幸，集中体现了他对大革命失败后的以上海市民为主的读者群口胃的迁就，以至于同是写男女性苦闷的，用沈从文的话说，“郁达夫作品告给我们生理的烦闷，我们却从张资平作品中取得了解决”。

问题似乎应该这样的提出，“告别”创造社后，作为海派作家的张资平，淡漠了时代作家在时代转换期理应恪守的义理，而从商业的眼光发展了自己所熟悉的，所能驾驭的，并且把它们推向了魔道。

张资平（1893—1959）原名星仪，又名张声，常用笔名“秉声”“维祖”“古梅”等。广东梅县人。日渐破落的家庭，使他自小便出奇的敏感，自然也无法泯灭他“书包翻身”的雄心。传统的“子曰诗云”似乎未曾引起他的兴趣，教会文学倒向他亮开了宗教的面影，也给他一生带去了相当复杂的感情。他浸淫在驳杂的阅读之中，真正能够激发他的兴会的大概唯有小说了，只有小说还装扮过他的未必幸福的童年。他喜欢过古典白话小说，后更是迷恋林纾翻译的域外小说。这些不中不西的浪漫故事，对张资平的小说家的生命有着深巨的影响。他从小说中得到了慰藉，也从小说中学得了说故事和编造故事的本领。他的东渡日本，也得益于小说对他的启发。1912年，广东革命政府选派留学生，报考资格明文规定必须是“有功于民国”者，张资平化名张伟民，编造了一段“在潮汕光复时，跟着张篆村尽过义务，投过炸弹”的光荣经历。这恐怕是张资平最早的“小说创作”了。在当时社会的大波大澜中，他自称“浑浑噩噩”，实际上他时而亢奋，时而消沉，而亢奋和消沉的转换，多半出于自身利益的计较。在日本，他学的是地质学，却难以抵御文学的诱惑，结识了郭沫若，成为创造社的主要发起人之一。地质学之类的自然科学与文学的互渗，加以日本文坛流行的自然主义风气，使文学学徒期的张资平对岛崎藤村、田山花袋、谷崎润一郎等心仪不已。在东洋他迷恋于“日本的女性，日本的风景，日本的都市社会现象”，他想发奋读书，又同时经受着性的苦闷和经济压迫，既做英文教员，进教堂，又逛咖啡店乃至妓院。并且正是在这种自暴自弃、诉苦无门的精神状态下，逐步形成了自己的文学观念:“在青春期的声誉欲、知识欲，和情欲的混合点上面，即是我们的文学创作。”[1]

他虽说是资深创造社作家，但素来自许是“最多只是一个创造社的准第一期的人物”[2]。这里有他不很经意社务的原因，此外大抵在他一开手，在风格上就迥异于一般信奉浪漫主义的创造社作家。郭沫若《创造十年》记载1918年在福冈初次见到张资平的情景，张氏的称道《留东外史》“写实手腕很不坏啦”，就颇令他感到诧异。张资平承认“浪漫主义才是文艺的本流，自然主义不过是一时的支流”，然而最终无法忘情自然主义的异趣。在他看来:“自然派之人物描写决不是依据随便的想象，粗略的描写人情就算了事，要更进而探究其心理，即取心理学者般的态度。描写要达到可以据心理学证明其确实的境地。更进一步，单描写心理仍不能满足，要加描写生理。心和体有相互的有机的关系，既描写心理势不能不并及生理。人类是一种生物，其思想行为多受生理状态支配。所以一观察人类先要由生理的方面描写。”[3]不能随意排斥这里所包含的学理根据，也得充分顾及张资平创作准备中隐含着的对于虚伪造作的封建主义道统精神和文统因袭的抗衡。然而夸张性地看待人的生物性，将由生理冲动到达心理变态，诉诸小说定则，毕竟为张资平日后的创作带去了无可讳言的消极影响。这种倾向在他早期的实践中只是萌芽状态的，一俟由武昌转到上海，从创造社出版部到自办乐群书店这一行程中，随着他的丰收季节的到来，他开始在上海当起流行恋爱小说作家来了。

顺着1924年《梅岭之春》和《性的屈服者》的方向，张资平开始其性爱小说的创作，这是作家的一次重大转换，早期所有描写青年男女情爱的兴趣大踏步地被聚焦于“性”的方面。《文艺史概要》就出版于这一时期，张本为日本新潮社《近代文艺十二讲》，反映了张资平删削了以往关于写实的信心，向自然主义的皈依。《飞絮》和《苔莉》是他实行“转换”后的第一批收获，它们的成功，借着大革命失败以后的时代条件，进一步坚定了他的这一创作方向。这是一个风沙扑面的时代，对于广大知识青年来说，揩干身上的血迹，掩埋好同伴的尸体，奔向时代前沿是一种选择，但迷惘、矛盾，消沉大抵更是普遍得多的选择。张资平的小说在投合一般市民读者口味的同时也适宜处于落荒中的进步青年。茅盾的《蚀》三部曲、丁玲的《莎菲女士的日记》、庐隐的《象牙戒指》等差不多在同期问世，人们或许在这些作品中可以得到更多的东西，但这些作品中关于男女性爱的篇叶，留给人们的印象同样是深刻的。这一时期也是革命文学、普罗文学风行的时期，张资平并没有迎合革命文学的本身，他从上海文坛的走向中探出了革命文学的影响乃至规定，于是他在《乐群》这块阵地上又作出了一次方向的“转换”。他随当时创作的大流，用“进步”“革命”“反日”等装点他的性爱小说，他的这番受动并没有使他的思想和创作有可资胪列的转变，相反学会了用小说来泄私愤，包括攻讦左翼文艺运动。在我们看来，他自我标榜的这次“转换”远远没有他从创造社作家向海派作家的转换深刻，因为那次转换，是根本性的、是现实的，是他的恋爱小说从情爱到性爱的转换，是他从基本以写实为手段到服膺自然主义的转换。日本自然主义文学差不多又是他的参照。20世纪30年代初期，他重点译介片冈良一阐释日本自然主义思潮的《日本个人主义文学及其渊源》和平林初之辅的《文艺本质新论》《小说研究法》，也自此时起，二十余篇日本小说，由他推向中国读书界，比如藏原伸二的《草丛中》、加藤武雄的《最后列车》、山田清玉郎的《另一种压迫者》《难堪的苦闷》，以及1933年改译的佐藤红绿长篇小说《人兽之间》，都是已在日本本土极有影响的自然主义作品。它们和张资平这一时期写下的十六部长篇小说互为表里、互为发明。

《飞絮》作于1925年，据作者坦白供认是受日本小说启发而作。京城大学经济学教授刘次权反对青年自由恋爱，以“父母之命”将女儿绣霞许配给徒有洋博士虚名的吕广。但绣霞却钟情于文学青年吴梅，无法忘怀他俩那份刻骨铭心的爱和H湖畔的山盟海誓。小说作家姨母云爱慕吴梅才学，数度勾引未遂，却转而又与吕广通情。吴梅得知绣霞正式与吕广订婚消息后，强行夺取绣霞贞操。绣霞婚后即染肺疾，医生发现她已有三个月身孕，吕广在知道原由后却安之若素。云姨母临终时将全部实情告诉绣霞，并希望绣霞回到吴梅那边去，走正常的恋爱之道。小说对青年男女恋爱心理的变化描写极为细腻委婉，“人人在行使恋爱权利”，四角的恋爱故事曲折起伏，显示了作者相当娴熟的技巧。主人公绣霞的那句话——“恋爱是一种权利！无论谁人都有这种必然的权利！剥夺他人的此种权利的人是残酷的狱吏。”大有石破天惊的气魄，甚至依然回响着五四的声音，它支配了小说中的青年男女的行动，并因以悲剧作结，越发透出一股阴冷之气来。至于《苔莉》，作者自称是可以超过《飞絮》的，小说刊行后，极为轰动，一时洛阳纸贵。苔莉与白国淳自由恋爱结合，但是白国淳却在乡下早有旧妇，苔莉不过是其第三个姨太太。她深感委屈，一心追寻着诚挚专一的爱情。新文学作家谢克欧对同样热爱文艺的苔莉是巨大的吸引，两人过往甚密，终由同情而堕入爱河。克欧虽因苔莉对他是表嫂的身份而有些慑服舆论，但苔莉精力弥满的肉体之于他的诱惑却挥之不去，他俩终于同居。后来因为克欧为逃避家中订下的婚事，也为纵欲过度而身患痼疾，这对有情人带着倦怠不已的身心，出走南洋，双双投海殉情。作者的笔触依然是委婉的，故事的缠绵大大胜过《飞絮》，悲剧性的人物命运确乎能赚取大量读者的共鸣，因为小说所有情节走向还是循着《飞絮》中绣霞的那句话:“恋爱是一种权利!”

“恋爱是一种权利!”在小说产生的那个时代，是一种接受近代文明启蒙、向着传统文化超稳定结构冲击的意志，张资平又让他的女主人公承担这份义勇，实现了社会角色的重大转换，甚至包括作者笔下人物之间所出现的性的反伦常，也含有对社会在性关系上的名分和禁忌的反抗。所有这一切，都将矛头直指爱情婚姻“义务论”，它们并不是偶然的倾向，有许多因素是从时代思想和文化发展的潮流中汲取的。从文学史的角度看，出现在大革命后的新女性形象，有不少都首先以其性道德方面强烈的反传统倾向，与“五四”作品中的知识女性区别开来。属于张资平个人的地方则是，在同时代的作家中，他对社会既成法则黑暗和陈腐性质的批判，特别严重地对准了人性的焦点——男女青年的“性爱”，原本是生动而且内在的选择，通过他便变成了唯一的选择。自《飞絮》和《苔莉》之后，我们的这颗文学星球似乎受掣于某种超常的惯性，在他脱离封建性的轨道以后，便捷地进入了另一条专有的封闭轨道，与其说他缺乏想象力，毋宁说是兴趣的僵滞。在两性道德方面采取虚无主义的立场，激烈地持有极端的破坏愿望，在其他作者是偶一为之的尝试，而在张资平，便是他整个的世界。如果说在其他作者是不成熟的社会让他们偏离了中国的现实条件，那么，在张资平，在反对陈腐偏见的前提下，他向往的是一种“自然状态”的人的出现，哪怕他们抹煞了人类既往建立的全部文明，抹煞了人类社会脱离原始状态以来的全部历史发展。问题不在于文学能不能涉及性爱，能不能描写那些三角、四角的爱情狩猎，甚至也不在于作品中能不能出现女性“鲜红的有曲线的唇”“雪白膨大的乳房”，能不能有男女当事人在事后“可诅咒的疲倦”之类的叹息，而在于：任何重返原始状态的企图和行为，任何站在庸俗自然主义立场上看取人对性爱的需求，都是一种关于“人”的思考上的偏见，也是对“人”的尊严和富丽的侮辱！

作为恋爱小说家的张资平，他的教会教育背景对他的创作也带去了某些影响。文学史家们注意到了张资平1922年出版的颇有自传性质的《冲积期化石》是新文学有史以来第一部长篇，但似乎少有人关注宗教（基督教）在这位作家的创作上留下的深重痕迹。著者在讨论京派文学时，特意分析并指出萧乾《参商》《皈依》《昙》等关联宗教问题的小说在文学史上的意义，其实，就这一特定视角，张资平是所有新文学作家中最重要的，虽说他那里的情况相当复杂。指出张资平好用《圣经》上的名词或故事作为小说题名，这是极表面的把捉，是远远不够的。宗教的教义和精神是在怎样的程度上作用张资平的小说创作的？这大概才是重要得多的问题。张资平氏并不是一般论者所言的是一个游离于时代的三角恋爱小说家，他是一个极端的个人主义者，这类思想作为基础的原则，不妨碍他在“五四”时期为文学历史作出自己的贡献。和他对时代变迁所持的一般态度一样，他在宗教问题上的态度和原则也带有浓厚的个人主义色彩。我们的结论是：他是一个没有任何坚定信仰的人物，任何信仰在他身上都体现着某种机会主义的气息。我们从萧乾的有关作品中感受到作家对救世军的强烈义愤，而在张资平的作品中，能够读到的将会更多。《上帝的儿女们》是突出的例子。

这部小说曾耗费过作者特别多的精力和时间，1922年已有若干片断，全书则是在1931年才最后完竣由光明书局出版单行本。教会学校学生余约瑟是虚伪的上帝的信徒，连祷告时还欣赏着女同学杜恩金的曲线美。杜恩金鄙夷余的庸俗，爱恋表兄文仲卿，在文自美国学成回国当上教会学校主任后，两人便私通以致恩金怀孕。是时杜母也在做着追求文仲卿的梦，于是，强迫女儿嫁给余约瑟，而恩金也为报复仲卿的始乱终弃，很快嫁给了没有爱情的余约瑟。其实，余早已与另一女人勾搭并已生下女儿瑞英。他在明知妻子底细后却用《圣经》玛丽亚未婚先孕告慰自己。“在现代，最重要的还是赚钱。赚了钱，便可以做上帝。”这是余的生活信条。他在婚后，排挤恩师，取得主任牧师职位。后因屠牛公司出师不利，流落到南洋当了矿工，还加入同盟会的华侨暗杀队，不久被炸弹炸瞎了一只眼睛。他的一双儿女长大成人后，因纵欲以至姐弟乱伦。儿子以“食与性的世界”相标榜，后居然考上了陆军学校。黄花岗起义后，他身心崩溃，最终对《圣经》表示嫌弃，而瑞英在成为烈士遗孀后还坚执地说：“我们还是丢不开圣经的。社会上的一切疑难问题，还是要靠圣经去解决。”张资平借这部上帝儿女们的兴衰荣辱史，对宗教神职人员满口仁慈、内心肮脏的虚伪面目，不啻是有所揭露，充满在整部小说中的牡牝相逐，争风吃醋，大抵是辛辣的。这并不意味着张资平是宗教的反叛者，《上帝的儿女们》中余氏家族那些曾经乱七八糟的人物，大多先后都走上了悔改的道路，作为动力，不是来自现实社会（包括作品中写到的孙中山先生领导的革命），而主要来自人物内心的一种要求，来自对基督教教义的皈依，来自人物的向善的忏悔。作品末尾瑞英姐弟俩沉浸在一片庄严肃穆的宗教气氛中，“听着礼拜堂里的合唱的歌声慢慢地走”去。原罪和赎罪观念是基督教基本教义，正如恩格斯指出的那样：“基督教最初的一个革命的（从斐洛学派抄袭来的）根本观念就是，在信徒们看来，一切时代的、一切人的罪恶，都可以通过一个中间人的一次伟大的自愿牺牲而永远赎掉。”[4]因此作为小说家的张资平从他童年和青年的教会学校的经验中发现了教会的荒谬和丑恶，但他毕竟是一个基督教教徒，不允许他走得太远，于是他选择了只反教会不反教义的路线，并以此获得自身的平衡，也为他的小说人物寻得了一条救赎的通向光明的道路。他的另一部小说《寇拉梭》，主要人物静媛和她的老师刘文如，他们之间所发生的纠葛，是作者习惯的老路，两人最后也是用各自的自赎来宽慰受伤的对方，从而彻底地拯救了自己。小说人物的一句话泄露了作者的动机：“宗教是必要的，不过给一班蠢笨牧师加了错误解释的宗教就不好了。”宗教，在张资平那里，表现出了灵活的适应性，是人对自我的一种发现，也是人对自我的一种保护，再疯狂的性错乱都有可能在宗教中得到宽宥，得到解放。

张资平的专事恋爱小说，有他的趣味所在，也意味着他对现实的某种妥协。实际生活提供给他的一切，并不全部是烟雾迷茫的，他在早期之所以能够写出还可称道的“身边小说”，大革命前夜能够写出《公债委员》那样鞭挞现实的作品，反映了生活对一个作家近于苛酷的制约，也是一个作家应该感谢生活的地方。写于1928年的《长途》和《最后的幸福》是两部相当特别的作品。《长途》大概是张资平最严肃的中篇小说之一，虽依然是一则柔弱女子哀而动人的故事，但作者已经就其可能将这位弱女子的最后命运和急骤的反对帝国主义和新军阀的壮烈斗争结合一起，尽管写得还相当浮泛。倘若我们真正能够不因人而废言，那么《长途》可以跻身于当时革命文学行列的，它像革命文学作品一样的关注题材的直接现实性，充满着阶级的正义和阶级的煽动，当然也包括像革命文学作品那样写得极为肤浅。《最后的幸福》并没有卸下恋爱小说的外衣，却给人以特殊的感受。受过一些新式教育的魏美瑛虽也有一些相好，为追求理想的爱情终于耽误了婚期，不得已嫁给表兄兼抽鸦片的南洋商人凌士雄作填房。重逢妹夫黄广勋后萌发旧情，然而黄只是逢场作戏而已。美瑛在去南洋的途中邂逅另一旧情人松卿，明知他正从事不正当的营生，在凌士雄去世后毅然转嫁松卿，不久因松卿而染上暗疾。眼看幸福已和她无缘，她的初恋对象、同村的农民阿根却来她家当汽车夫。两人坠入爱河，松卿发觉后就辞退阿根。美瑛流产病危，发信请黄广勋、阿根前来见最后一面。阿根赶到，不顾性命，一枪打死松卿，即使在被捕前最后一刻还守护着美瑛垂危的病体。在美瑛的心目中，阿根"虽然穿着粗朴的洋服，他还是世界上第一等的英伟的美男子"，是她梦寐的"最后的幸福"。大家闺秀视农夫为白马王子和最后幸福所系，这大概是作家的奇思极想，或许还是一种转换思想的表示，也未可知。不过有一点是明白无误的，这类作品会让我们从其他新文学作品中找到同伴，田汉的《获虎之夜》和郁达夫的《春风沉醉的晚上》，便有相类的意思。田汉将自己的作品确认为反封建，郁达夫说自己的作品有社会主义的思想，那么，又如何看待张资平的这部作品呢？

张资平毕竟不能和田汉、郁达夫相提并论，《长途》和《最后的幸福》犹如昙花一现，时序进入20世纪30年代，张资平仿佛有一所文章工厂一般地推出他那清一色的恋爱小说，并以攻击左翼文学和革命青年作为另一种装饰。《跳跃着的人们》（又名《恋爱错综》）、《明珠与黑炭》、《欢喜陀与马桶》、《天孙之女》概莫能外，直至《时代与爱的歧路》被《申报·自由谈》腰斩，还无法摆脱既成的轨道。《糜烂》更是丧心病狂，妄谬之极，显示了这位新文学作家最终的没落气运。这部小说写一群在大革命失败之后流落在上海教育界的革命青年，于"公"党同伐异，于私玩舞女，占人妻，开裸体舞会，是一些"虽说获得普罗的意德沃罗基而其实是给私欲糜烂了的人"。抗日战争时期，张资平慑服于日寇凶焰，叛国附逆，成了民族罪人。他除了撰文赞美日本的民族精神，鼓吹"大东亚共荣"，还抛售奥地利史邦（O. Spann）反动法西斯理论"全体主义"，提倡"忠孝节义"、报效"国家"的"全体主义"文学。是时，还出版了他一生最后一部长篇小说《新红A字》。

据张资平的传记材料称，张资平在南京伪职任上，结识年轻女职员刘某，连哄带骗终于与刘姘居，颇为时人非议。于是，他仿照美国作家霍桑反对清教徒虚伪道德的小说《红A字》(今通译《红字》)，将自己与刘姘居前后经过写成《新红A字》。作者明确在《自序》中说这部小说是“求知音于后世而已”，并以为在艺术上超越了以往的任何恋爱小说，是“纯艺术”的范本。小说的人物身处风沙扑面的大时代，却毫无责任和良知，女主人公甘心事敌，勾搭有妇之夫，整日沉湎于声色之娱中。与当时虎狼成群、烽火连天的现实相对照的，却是小说中的低吟浅唱：“步也徘徊，爱也徘徊，你这样对我媚眼乱飞，害我今晚不得安睡。他们跳乱摆我也会，跳得比他们更有味。”面对大风暴，人们的反应自然各有不同，奋进也罢，颓废也罢，同为挣扎，在判断上大可宽容些，唯在“国破家亡”的当儿，人的民族感情是断乎不能丢失的。张资平在文学生涯中的最后一笔，终究是可耻的。

作为一个新文学浪潮中涌出的作家，张资平的恋爱小说循着每况愈下的路径走去。同时，他的恋爱故事多以悲剧告终，这是它们区别于同期多数通俗言情小说的地方，也表达了作者对历史的根本看法。通过那些大量重复的形而下的现象，他提示了一种对于人类前史时期形而上的悲情态度，说他悲观、消极、虚无、宿命，都可以，但他排拒了虚妄，排拒了虚假的乐观主义，虽说他的描绘是肤浅的，甚至还显得相当平庸。他对女性性欲的肯定和张扬，需要估计他的庸俗趣味，但毕竟包含有一定的进步倾向。性欲是作为人性的焦点出现在张资平的小说中的，像某些研究者那样笼统地指责他持有“泛性”倾向，是不妥当的，是一种陶醉于抽象当代精神的非历史主义的观点。张资平将性欲着重诉诸女性，公开为她们弥满的生理需求辩护，无疑撕破了那些习惯于男子中心社会规范的人的假面。“爱是一种权利”，这一正当的命题在张资平那里得到过极端的发挥，有些研究者批评作者在鼓吹“性解放”，同样忘却了“五四”时代“矫枉过正”的历史特征。那个时代的先进知识者普遍极而言之，下重药治顽疾！对于张资平来说，主要的问题是“重复”，平庸而低劣的重复，在他是出于为名为利的基本动机。韩侍桁说得很聪明 :“其实作者只写一部来，其余的书便没有非再写的必要了。”[5] 鲁迅的《张资平氏的小说学》干脆用一个“△”，概括了他的全部创作。

大致也在20世纪20年代中期，茅盾发表《中国文学内的性欲描写》，以西方为本，标榜文学对于性欲描写的合理性。他对中国古代小说的性欲描写有详尽的考察，观感之差，令人咋舌。究其原委，一为禁欲主义的反动，二为性教育的不发达。坦率说，茅盾本人在现代小说的性欲描写方面正有特殊贡献呢，他笔下的章秋柳(《蚀》三部曲)、梅行素(《虹》)等时代女性形象的成功，部分就得归诸作家关于女性性心理描写手段的老到。张资平小说创作中的性心理描写对于拓展现代小说心理描写的领域，功不可没，标志了他文学成就的一个方面。《飞絮》和《苔莉》是著例。自然科学的学养强化了他观察和体验的精细，描叙和镂刻上的至周，充分发挥了他的写实才能。关于性的苦闷和吸引，关于性的猜疑和臆想，关于性的狂热和失态，关于性的常态和变态，包括男女青年对于世俗的“处女宝”的心理反应，张资平实在纤毫毕现，实在表现出永不疲倦的兴味，当然颇显杂芜，良莠丛生。钱杏邨对张资平的批评在新中国成立前是最有分量的，他就公正地指出：

他注意到性觉醒期的烦恼时期前后的心理与生理的状态

以及环境影响，两性青年青春期生理心理发展过程与顺序，女性在与男性发生关系后生理变化，变态性生活，性臆想等。如科学者一样，很精细的从各方面去考察，描写异常深刻。[6]

虽说传统并没有在张资平身上发生过像样的影响，但传统说部文学结构上的完整和语言上的平实，通过阅读经验对张资平还是起过不错的启示作用的。他是借传统白话小说和林译域外小说来认识小说的特征的，自然也得估计到当时风行于坊间的通俗小说，也曾给予这位恋爱小说作家带去的灵感。即使采用西方的叙述手段，比如倒叙、插叙、补叙和穿插书信等手法，都以自然为上，少有牵强，少有故作艰深的。尤其他的短篇小说更能采用截取生活的一个横断面的写法，颇得现代短篇小说的神韵。张资平的文笔明白如话，清浅而流畅，远不像多数新文学作家一味欧化，未必不落窠臼，却无诘屈聱牙。苏雪林在20世纪30年代算是尖刻的批评家了，她直言张资平只是一个“通俗小说家”，同流于《留东外史》的平江不肖生、《玉梨魂》的徐枕亚和《广陵潮》的李涵秋，稍稍客气的是她同时指出：“不过平心而论，张氏作品文笔清畅，命意显豁，各书合观结构虽多单调，分观则尚费匠心。”[7]比苏雪林更为年轻的李长之，正领受着京派的泽溉，却就张氏的《最后的幸福》在《清华周刊》上发表长达三万言的评论，称张资平不啻是用中国现代青年婚姻问题“抓住了艺术的时代”，还是“开始用流利的国语写新小说的人”，“他的小说里有活泼的对话，无旧文法，也无太欧化的长句”。[8]应该说，这一些也同时为张资平在艺术的内容和形式诸方面赢得中国市民读者埋下了基石，从某种意义上看，也为海派作家作出了示范。

对张资平的认真清理是必要的，原因或许就在张资平到底是给文学历史留下过东西的人物，批评的原则是“公正”，对历史人物像烧烤那样翻来覆去，过去、现在一直被许多人赚得文学研究家的荣誉，殊不知它所带来的麻烦，与某种愚昧联系在一起，许多场合恰恰说明我们的批评还缺乏必要的公正。在我们看来，个人自发性和媚世逐利，是掌握张资平的根本关键。时代曾哺育过他，他也曾顺应过时代，于是也为时代作出了贡献；他曾经讥讽过时代，也背叛过时代，于是时代以它的法则将他钉在耻辱柱上。他是一个有才能的作家，最终却为才能所累。

说张资平的恋爱小说有色情的倾向，丝毫不过分。文学与道德有联系，然而它并不就是道德教科书，从文学关联人生的全部看，尤其从文学与科学的联系看，文学适当的表现色情，没有什么可大惊小怪的，多少是可以宽宥的。这里的“适当”，大抵关联着对于人的尊严的尊重，自然也包括对民族习惯和审美的尊重。文学的色情倾向，通常是过于严肃或假作正经的社会气氛的产儿，当社会成为旨在剥夺个人独立思考和表达自由的桎梏的时候，历史告诉我们，文学的色情或色情的文学往往会表现出某种破坏的甚至革命的意义。

现在，我们需要讨论的叶灵凤，大抵也是一个写过色情文字的作家。一般文学史家都称他为继张资平之后最重要的恋爱小说家，也许可以这样认为。在文学与道德的关系上，他宁肯牺牲道德而倾心于文学。他是一个注重破坏性的作家，一度也向往过革命文学，当然是从他的意识角度出发的。“书籍绝对没有所谓道德的或不道德的。书籍只有写得好或写得不好。”[9]——这句话被他反复阐释过，并支配着他的创作实践。形成作家这种看法的原因是多方面的，概括地说，有来自西方学理的成分，也有来自现实的刺激。他和潘汉年在《幻洲》上提倡“新流氓主义”，认为“生在这种世界，尤其不幸生在大好江山的中国，只有实行新流氓ism，方能挽狂澜于既倒”;“新流氓主义，没有口号，没有信条，最重要的就是自己认为不满意的就奋力反抗”。[10]当下有些学者花费许多精力考证提出“新流氓主义”的是潘汉年，而不是叶灵凤，弄清史实有意义，用以否认叶灵凤氏“新流氓主义”立场，是不妥的。潘汉年旨在煽动对于既成秩序的破坏，是和叶灵凤相当合拍的。以后的实际情况表明，潘汉年更多将“新流氓主义”引申至革命，乃至阶级的斗争，而叶灵凤，则多偏于文学一脔。

叶灵凤（1904—1975）原名韫璞，常用笔名“叶林风”“霜霞”“佐木华”“LF”等。江苏南京人。我们至今尚未发现叶灵凤有过特别的童年节目，像鲁迅那样拥有坚实的童年，是非常幸运的事。读书，读传统的书，尤爱读传递新知识新风气的新书，差不多是一般新文学作家童年普遍拥有的内容。叶灵凤氏的零星的传记材料告诉我们，家人从上海寄来的《新青年》和父亲耽读的由周瘦鹃等人编的《香艳丛话》，曾经打发过他最初的时光。鲁迅的《狂人日记》给他留下了深刻的印象，大抵是可信的，鲁迅小说“与众不同”和特多反叛的色彩，对日后这位浪漫作家精神倾向的形成不无联系。后来他在《我的读书》中正儿八经地说:“就是这两本书，给我打开了读书的门径，而且后来一直就采取‘双管齐下’的办法，这样同时读着两种不同的书，仿佛像霭理斯所说的那样，有一位圣者和一个叛徒同时活在自己的心中，一面读着‘正经’书，一面也在读着‘不正经’的书。”这是非常有意思的自白。此外，他也像一般知识青年那样迷恋过林纾翻译的域外小说，读得如痴如醉。“可怜一卷茶花女，断尽支那荡子肠。”这是老资格翻译家严复对法国作家小仲马的《巴黎茶花女遗事》在中国流布的感叹，而这部小说给叶灵凤带去的激动是深巨的，在他一生的文学事业中保持了相当长的时间。时至20世纪30年代，他在长篇小说《未完的忏悔录》中还缅怀这部法国小说对他的影响，甚至透露了自己青春的宿愿："我想做小仲马。”他在《读少作》一文中，还坦白他喜欢过冰心的《繁星》，我们很容易发现冰心“那种婉约的文体和轻淡的哀愁气氛”，和林纾“清腴圆润，有如宋人小词”的译笔，有不少相通之处。这一些风格和调式在叶灵凤日后的创作中是找得到影子的，对于他的散文小品文字，尤其如此。

创造社的转变，是叶灵凤文学生涯的开端。多数先行者一边忙于实际的革命活动，一边有限度地弘扬着革命文学，叶灵凤作为这个著名社团的青年伙计，开始是属于帮忙性质的。当时他还只是上海美术专科学校的学生，因创造社筹办出版部而短缺人手，才吸收叶氏在1925年正式加入创造社。年前的《洪水》周刊出了一期便告终，叶灵凤借着《洪水》的复活，和周全平、洪为法一起，参与了《洪水》半月刊的编务。他日后有过《记〈洪水〉和出版部的诞生》的回忆文章，但误记的地方真不少，以至于许多研究者以讹传讹。[11]真正造成较大社会影响的是第二年他和潘汉年主编的《幻洲》。“与众不同”是这份杂志的基本特色，四十八开横排特型本，在当时已是别出心裁了，“象牙之塔”和“十字街头”的分部体例，上部多为“唯美”的创作，下部则以“骇俗”的言论为主，更是标新立异，不同凡响的“新流氓主义”，亚赛炸弹一样地轰响在上海滩头。研究现代文学期刊的学者可能会发现1929年上海有一种叫

《小物件》的杂志，只有一寸多阔两寸多长，四五十页，用道林纸印，有封面，有插图，大概是新文学有史以来开本最小的刊物了，它的主编之一便是叶灵凤。唯新，唯异，是叶灵凤这位青年作家给人们最为特异的印象。革命文学是"新兴"的文学，借创造社的背景，自然成为叶灵凤一方面的选择，和潘汉年的特殊交谊，竟使他一度还是"左联"成员呢。但是，他毕竟长期浸淫于"象牙之塔"，在"十字街头"占一些风头固然不错，而耐得寂寞，长期在那里日晒雨淋，于他还有相当的距离，他的最终被"左联"开除，也是很可以理解的。

因此，对于"象牙之塔"的神往和深挚的情感，恐怕是观察叶灵凤最重要的角度了。这里多少还体现着创造社的余绪。唯美，"为艺术而艺术"，本是理解创造社的钥匙，但就这个社团的第一代的言论来说，我们所能看到的多半是羞羞答答的。从1925年前后加入的那批更年轻的作家身上，我们却找到了平实得多的印象。叶灵凤公开声称自己的小说全是"象牙塔里的文字"，较之张资平，他是本色得多的创造社作家，在前期创造社作家如郭沫若、田汉等人不够彻底的地方，他开始作出了进一步的发挥。他也是王尔德的信奉者，他翻译过王尔德氏鼓吹"艺术家是美的创造者"的《格雷画像序》，还多次谈到王尔德全面告白自己艺术观点的《谎言的衰朽》(*The Decay of Lying*)。王尔德在其《心意集》中谈到"伦敦的雾"对他的美学启示，叶灵凤则在一篇题名为《雾》的小品中说：

> 雾的趣味与月光一样，是在使清晰的化成模糊，使人有玩味的余地，不觉一览无余。……最快乐时，不论外面街上布满了惨黄或灰黑的浓雾，不论正是白昼正午，他总是闭上

百叶窗，点起洋烛，自己欺骗自己，忘去外面世界，作为正在一个温和的晚上。

这是王尔德给叶灵凤的灵感，在王尔德，他正是由伦敦的迷雾演绎出艺术活动如雾如梦一般的特征，以及如同谎言一样“自己欺骗自己”的过程。形式美是至上至尊的，它的意义在于“艺术把生活当作她的一部分素材，重新创造它，在新的形式中改造它，艺术绝对不关心事实；她发明，她想象，她做梦，她在自己与现实之间保持着不可侵入的栅栏，那就是优美的风格、装饰性的或理想的手法”(《谎言的衰朽》)。对此，海派作家中的绝大部分，都有相当的自觉。似乎更有些意思的是，叶灵凤在同一篇文章中将“雾”和“月光”作了杰出的比较:“月光与雾比起来，月是清幽，雾是沉滞，月光使人潇洒，雾却使人烦恼；不过至终，月光只宜于高人雅士，雾却带有世纪末的趣味。”这类比较足可以让人理解同为唯美主义者，叶灵凤不同于闻一多，甚至也有别于多数时候的郭沫若和田汉。叶灵凤是“雾”，也是“月光”，对于诙奇诡异和稀松平常，他都能投以宽容，都有相当的兴趣，唯独不能容忍艺术对形式的轻忽。

《女娲氏之遗孽》是最早为叶灵凤赢得声名的作品，也是郑伯奇编选的《中国新文学大系小说三集》的入选作品。历来文学史家将它视为叶氏的代表作，是相当有道理的，其中最重要的原由恐怕在于，作者对这类非常态的男女情事，始终保持着不懈怠的兴味，它也即是构成这位作家创作个性的一个显著的标志。这类题材趣味，是叶灵凤相像于张资平的地方，不过，唯美主义的导入自然主义毕竟是叶灵凤区别张资平的地方，从而也给他的恋爱小说带去了新景象。《女娲氏之遗孽》讲的是一个已婚女子诱惑青年在校学生的爱情故事；最早的《姊嫁之夜》写的是青年在性欲上痛苦和挣扎，以及无法排解的幻灭感，而其成因却来自姐姐的出嫁；《昙花庵的春天》描绘了小尼姑不甘寂寞的思春波澜；《菊子夫人》极为作者所看重，也是一则女子婚外恋，不过在形态上是青年勾引少妇；《内疚》也是变态的，师生之间拆除栅栏的通情求欢。对于千百年来恒稳的社会规范和家庭秩序来说，叶灵凤选择了离经叛道，为着创造而首先以怪诞的强力诉诸破坏。作家无情地嘲讽着中国的家庭，戳破了它们表面仁义道德的面纱，他的同情显然是在那些正在封建家族樊笼中挣扎着的年轻女子。她们似乎都有着“荡妇”的非理性的徽记，作者用“遗孽”“内疚”之类，不乏明显的反讽意味，少妇和小尼姑的“春心荡漾”才是他的属望。然而，恰恰是作者笔下的这些“荡妇”所表现的“非理性”，在揭示了人的一个方面的精神真实的同时，最终导向粉碎封建家族制度的吃人本质。人们不忍嘲笑她们，甚至还会宽宥她们追求爱情幸福的畸形方式，多半的原因便在于斯。这正是叶灵凤在精神上与“五四”有着深刻联系的地方。“五四”文学曾普遍地从伦理的角度呼吁过男女性爱的自由，鲁迅在人们中止的地方，杰出地把全部问题提升到经济的高度，一如《伤逝》做过的那样。创造社前辈作家郁达夫、郭沫若，包括张资平，对于叶灵凤的启示好像更多一些，因为郁达夫的《沉沦》和郭沫若的《残春》不只精神上都是强调忠实于作家“内心的要求”的作品，而且它们在技法上也着重于“内心分析”。这种不是从人的外部而是从人的内心寻求激情经验的趋向，从而重新估定人的价值，也是“五四”发现人的一个具体节目。

唯美主义对于人的内心激情经验的尊重，它在众多层面上可以直接导向对人道精神的肯定。以自己的作品来表达对于社会软弱的“女子与小儿”群类的关注和同情，同样是20世纪20年代现代小说的一般倾向。叶灵凤在《叔本华的〈妇人论〉》中赞许过这位哲学家的表达技术，但对他在妇女问题上的观点是深不以为然的。短篇小说《妻的恩惠》中白寒冰的全部难堪，就在于他终于逼视了“女性同样有文学才情，甚至有时会高于男性”的现实。在我们看来，仅止于此是不够的，当我们注意到叶灵凤最初学画的艺术背景时，是很容易揣测得另一类信息的。从他对达·芬奇《蒙娜丽莎》的誉美（《记〈莫娜丽沙〉》）已经能够感受到作为一个画家对于女人的看法，叶氏从这幅著名的西洋油画中读出了母亲的微笑，同一般学画者一样，健全娇美的女性寄托着他们美的理想。叶灵凤办过的几种杂志，多刊有女人体的插图，有自绘的，也有世界经典作品，这在其他人或许是一种趣味和修养，在叶灵凤则是一种艺术精神的宣泄。肉体自有肉体的庄严，他喜欢的是身段丰满、线条曲折、发育正常的形体，大半传递着爱享乐，有风趣，偶然也带有些许忧郁和严酷，似乎压制的情欲老是在沸腾，内心的烈焰正在翻滚。

谈到叶灵凤，几乎没有人不为他的《浪淘沙》和《浴》而愤怒的，它们竟然迫使作者在左翼文艺运动高潮时期不得不为此忏悔（《〈灵凤小说集〉前记》)。《浪淘沙》是一则平庸的两个表亲姐弟的感伤恋爱故事，《浴》几乎没有情节，集中写了女主人公手淫的过程和感觉。为人诟病的就在小说出现了女人体的描绘和女子手淫的展览。从审美的要求看去，人们的指责不无理由，但从批评的公平原则出发，叶灵凤的作派，在现代中国文学中并非独立的存在。笼统地指责叶灵凤某些描写的“不堪入目”，并不符合实际。叶灵凤也有他的并不猥亵的思考，尽管多半是和平庸的趣味相胶着的。我们已经说过，“才子加流氓”，从文学的意义上看是相当适合叶灵凤氏的，因为它亮出了这位作家的风格。他所标榜的“新流氓主义”直接指向当时的社会秩序，破坏性是其中心，“而他写女性胴体，大抵是同神往于美相关联的，他的描叙女性手淫感觉，不过是对个性不容自由表现和人生难求至美境界的哀感，它们几乎都逼向某种生命忧患感的表现”[12]。理解海派作家这类唯美艺术作风的底蕴是非常必要的。叶灵凤氏多数自白性的小品文字可以毫不牵强地作证，它们构筑起一片梦幻的世界——“回想中的一切都令人留恋，一切都令人低徊，尤其是甜蜜的红色的梦境”，然而常识又使作者明白：“昙云易散，好梦不常，噙在口中的醇酒的杯儿，被人夺去了之后，所遗下的是怎样地幻灭的悲哀啊！”（《梦的纪实》）

我们说过多数海派作家的标榜革命文学，并不完全出于他们的艺术信仰，甚至无法排斥表现在他们身上的某种囿于洋场作风的投机气息。叶灵凤也可作如是观。他开始长篇小说的写作，大体就是处在如许的背景下。《红的天使》（1930）热血青年丁建鹤一边从事革命工作，一边周旋在淑清婉清姐妹俩的争风吃醋之中，半是革命的豪言壮语，半是缠绵悱恻的谈情说爱。应该估计到当时文坛“革命加恋爱”风气对叶氏的吸引，但对于叶灵凤来说，罗曼蒂克的牝牡相逐的出色描绘是远胜于苍白的革命活动的铺叙的。小说最后建鹤对淑清说：“不要感伤了，我们今后要加倍的相爱，加倍为人类的幸福而努力。”从腔调看，是相当典型的1930年代的上海产品。自1932年起，叶灵凤先后在《时事新报》“青光”副刊连载了两部长篇：《时代姑娘》和《未完的忏悔录》。富媛秦丽丽抗拒父亲安排的婚事，和洋派青年、报馆小职员、有妇之夫等三个男人的情感纠葛，即是《时代姑娘》的故事，作者所以称丽丽为时代姑娘，因为她经历了从同喜富嫌贫传统的决裂到个人主义的放荡。其实，她是一个兼有传统千金小姐深闺情思和现代都市女性浪漫的女性，半新半旧的作派，挺滑稽的。不过作者借着香港和上海的空间，在人物身上涂抹了足够的都市色彩，给人们留下的印象特别深切。《未完的忏悔录》有点像中国上海的《茶花女》。歌舞明星陈艳珠活脱是玛格利特，韩斐君差不多是亚蒙，来自社会的偏见在这部小说中得到了较之《茶花女》更有力的表现，已褪去的是全部贵族的色彩，流溢着清一色的上海市民情调。作家本来是准备用浓重的忧郁和欢乐的气氛笼罩全书，要写出人物的内心挣扎的，但这个愿望并没有实现，这便多少反映了作者的生活已经走上枯竭的道路，甚至想象力也有所萎缩，完全套用他人作品的故事，凭借蹩脚的虚构在勉强支撑。不过必须指出，尽管如此，他对现实的看法并没有多少改变，那份企图反抗而迷惘不已的情感也没有改变。正如他自诉的那样："作者能够虚构事实，但是激引他的创作欲的原动力的情感却怎样也不能虚构。"[13]

写《时代姑娘》和《未完的忏悔录》时，叶灵凤是打算有意识地尝试写写"大众小说"的，他在《〈时代姑娘〉自题》中夫子自道，"是想将一般的读者由通俗小说中引诱到新文艺园地里来"。实际上这是一般海派作家惯常的作法，他们对读者趣味的揣测有独到的本领。从文学是引领读者向善向上以期改善自身状况和提高生活质量来说，叶灵凤多少是消极的，但从当时多数所谓"大众化"的作品看，我们对叶灵凤的做法应作出有保留的理解。其实，叶灵凤自开手创作，一直是比较倾向浅直的一路的，比如他对于小说故事的注重是完全相像于张资平的。郑伯奇说：叶灵凤"所注意的是故事的经过，那些特殊事实的叙述颇有诱惑的效果"，比白采有趣，

“女娲氏把妇人诱惑男子的步骤和周围对于他们的侧目都一步一步地精细地描写出来”[14]。我们是可以接受这种看法的，事实上这位作家不只对通俗文学的经验并不陌生，而且还从未间断过对于通俗小说的观察，凡此，在海派作家中也是极普遍的事情。

对于叶灵凤来说，写过《金银岛》的英国作家斯蒂芬逊（今通译史蒂文生）是他心仪久矣的作家。他在《可爱的斯蒂芬逊》中说道：

> 对于斯蒂芬逊的作品，我可说全部爱好。固然，他的小说的浓重浪漫气息使人神往，但重要的还是他灌输在一切作品之中的那种亲切感。他用一种亲切的态度发表他的意见。他从不谩骂或者讥刺，他至多是恳切的向你劝导而已。

浪漫气息和亲切味，这两点在叶灵凤的作品中也有相当突出的体现。浓重的浪漫气息对于叶灵凤，是最先关顾的问题，平常、普通似乎与他无缘，他的大量恋爱小说便是男女畸形情爱的大集成。当他说起《鸠绿媚》《摩伽的试探》《落雁》等三个短篇，自豪之情溢于言表。他说：“这三篇，都是以怪异反常，不科学的事作题材——颇类似近日流行的以历史或旧小说中人物来重行描写的小说——但是却加以现代背景的交织，使它发生精神错综的效果，这是我觉得很可以自满的一点。这几篇小说，除了它的修辞的精炼，场面的美丽之外，仅是这一类的故事和这一种手法的运用，我觉得已经是值得向读者推荐。”[15]《鸠绿媚》是突出的例子。它写的是一个中外相杂、古今交错，而又真幻莫辨的香艳故事。自法国回来的友人赠给青年小说家春野一尊磁制骷髅鸠绿媚。鸠绿媚本是波斯王国的公主，娇媚绝伦，人称“波斯的月亮”。她相恋于青年教士白灵斯，却遭父王反对，逼其嫁与亲王儿子。成亲前夜鸠绿媚悒郁不已而坠楼自尽，白灵斯盗得鸠绿媚尸骨，与鸠绿媚的骷髅日夜相守，在凄艳和沉郁之中打发余生。春野喜获磁制骷髅，迷迷糊糊，居然也演出了大致仿佛的戏剧：白日与磁骷髅相对无语，哀感弥漫，夜晚与磁骷髅共枕同眠，梦幻飞升。春野一变为白灵斯，神人相恋，欢愉异常，却又悲情无限，竟至于弃自己的现实情人而不顾。直到梦到鸠绿媚坠楼自尽情景时，磁制骷髅也落地破碎了。一场春梦，缠绵不再。叶灵凤打算传递的情感并不复杂，几乎日日出现在人们的周遭，问题在他所采用的寄托方式。这类怪诞不经的故事，是很值得注意的。非现实性的题材所造成的距离感，保证了他的情感发抒以最宽阔的自由，这里所体现出来的艺术精神是显然的。他的这种方式，有一定的尝试性质，其中包含有斯蒂芬逊这类新浪漫主义作家对他的吸引，同时也明显保留着前期创造社创作的某种余绪。它们既满足了他在追求新奇上的虚荣心，对当时相对严肃而单调的创作风气也有调剂的作用。差不多同一时期，另一位海派作家施蛰存，也写着《鸠摩罗什》之类的小说，在性质上是有许多相通之处的。除了施蛰存更为自觉地表达着自己对于精神分析的理解之外，杜衡（江兼霞）在其《一九三五年度中国文学的倾向·流派与人物》中有过一则精警的说明——他们同“用极骚杂的现代主义的形式来歌咏中世纪风的轻微的感伤”。

对小说情节的倾心，是叶灵凤赢得读者的一个重要原因，也是他追求小说通俗性的具体表现。面对奇异的材料，他用平常心来处理，大概更是他追求文学通俗性的佐证。放逐艺术的教训功能，多一些自娱娱人的空气，是多数唯美作家恪守的原则。他在《纪德的〈赝币犯〉》中毫不掩饰地说过：“对于小说，我向来是一个忽略其中所包涵的教训和哲学的读者。”这里的将“读者”换成“作者”，也是相宜的。这也是叶灵凤氏很不相同于一般左翼作家的地方。当洪深从奥尼尔身上读出了剧作家在向时代说着“一句话”，叶灵凤清楚地明白自己是喜欢奥尼尔的“神秘”和“沉郁”。作为作家，叶灵凤的小说创作明显带有随意的，甚至多少有些嬉戏的作风。《国仇》是著例。它打算宣扬一些抗日的意识，却用日本女人作弄中国青年的故事来演绎。从平平常常的生活中撕下一个小片断，尽量写得有趣，尽量能够叫人有耐心读下去，这就是叶灵凤！到头来他和张资平享有差不多的平庸，但也有朗然的区别，他们同为情节的膜拜者，张资平是在说故事，叶灵凤则在写故事。叶灵凤总希望也努力于将故事装扮得艺术些，《女娲氏之遗孽》和《时代姑娘》的“人称”的迷离为小说的结构带去了新的色彩，这已是研究者们的共识了。

相对而言，叶灵凤不相宜于长篇的叙写，他的短篇文字，包括小说和散文，都远胜他的长篇故事。张资平的短篇在结构上有现代的气息，叶灵凤从观念上明确了什么是现代的短篇小说。他在《谈现代的短篇小说》上专论了短篇小说的产生和沿革，以及在风格方面的最近趋势。他欣赏契诃夫和莫泊桑，在他看来：

> 在这两位大师的努力之下，短篇小说便取得了最完整的形式和内容，而达到了“立体”的地步，不再是平面的叙述了。莫泊桑的法国中产阶级的恋爱纠纷，契诃夫的俄国小城市人物的阴郁，都是用最敏锐的观察力，从整个的人生中爽

快的切下了一片，借着这一段片暗示出整个的人生。[16]

这类看法尽管胡适早在“五四”前夜已经大白于天下，但20世纪30年代前后相对商业化气息稍淡的短篇小说的创作，不仅不为作家普遍看重，在质量上也落后于20年代中期。叶灵凤区分长篇和短篇的异同，是他小说观念上的优越，从实践上看，他特别注意短篇创作的艺术氛围，在具体手段上较他的长篇出色得多。他服膺法国作家纪德，欣赏纪德创作小说时采用的“立体的综合的手法”。在《纪德的〈赝币犯〉》中，他以《赝币犯》为例解释了这一手法：“它没有一个完整的故事，也可说没有一个中心人物，但它的故事却复杂得惊人，人物也层出不穷，一切小说的形式：第一人称，第三人称，客观的描写，主观的叙述，日记，书信，对话，都先后在这书中被应用着。”立体化的手法在纪德大抵是各类现代技巧（包括传统的有限摭拾）经由综合的运作才形成并发挥作用的，而在叶灵凤的创作中，似乎还没有“综合”的气息，一般还停留在“拼凑”的水平上，未经消化而炫耀，差不多是叶灵凤惯常的作风。他运用新颖的手段包装自身的同时，也为作品产生与现实之间的距离感，从而由距离而生成如同“雾”和“月光”一样的朦胧美感。在30年代的作品中，叶灵凤的这一倾向表现得格外突出。从描绘城市生活的需要出发，他也有过比较成功的实验。《第七号女性》对于意识流技法的运用温而不火，流畅得一如汩汩的流水，忽而在“我”与“第七号”之间交汇，忽而又在“我”与“第七号”之间分疏；《流行性感冒》直然是电影剧本，远景近景的错综，特写的切入，人物全部的内心波澜统统转换为极富感性的图画，一派蒙太奇的夸张；《忧郁解剖学》是一则长长的戏剧性的独白，顾君逸和吴静娴这对生死冤家四年后的重逢，时空的频繁切换始终以人物无奈的感情拷问为焦点，沉郁的聚积和不甚了了的发散。这些小说的语言节奏使人们很容易联想到新感觉主义，说它们带有新感觉主义的气息，也不是毫无根据的。

除了小说创作外，叶灵凤的另一重身份是散文小品作家。这一文体，对他来说，似乎更重要些，贯通于他的近半个世纪的写作生涯。几乎在写小说的同时，他一直兼顾散文，自抗日战争爆发，他完全搁下了小说的创作，从上海写到广州，又从广州一直写到香港；从青年写到中年，从中年写到弥留人世间的时刻。新中国成立前他结集出版过《白叶杂记》（1927年）、《天竹》（1928年）、《灵凤小品集》（1933年）、《读书随笔》（1936年）等。周氏兄弟是他喜爱的中国现代小品作家，他也欣赏冰心小品的那份可爱和亲切，对《西滢闲话》观感也不太差；外国小品作家，他推崇过日本的厨川白村，好像最使他难忘的是写过《四季随笔》的英国作家乔治·吉辛。小品写作，在他实在是最为当行的，本色而随意。他喜好散文小品的轻逸和隽永，不太看重艰涩和火气太浓的篇什。他相信："小品文是应该无中生有的，以一点点小引为中心，由这上面忽远忽近的放射出去，最后仍然能收到自己的笔上。"[17]从底里看去，作于1927年的《梦的纪实》是理解叶灵凤氏散文小品的锁匙。

《梦的纪实》标示了叶灵凤小品文的一种心境基调，他用追求自然美和艺术美以忘却人世的纷争，又对情爱美作沉迷的向往与抒唱，这些，我们已经说过大半是为着超越忧患。这是典型的现代忧郁，然而，梦醒之后的惶恐，更使作者的忧郁雪上加霜。当然属于叶灵凤的还有不少是很清新的人生扫描，它们有某种特殊的亲切味，那是一种不脱浪漫的亲切。斯蒂芬逊教会了他亲切地诉说浪漫的情事，而他用他的小品文字作出了一以贯之的努力。哪怕是《读书随笔》中的多数篇什，也散发着亲切的韵味。小说家和画家的天分让叶灵凤对形象和直觉有相当的敏感，甚至还能出色地染化扩张已获得的敏感。无论写人、叙事、状物，还是设色，他通常显得特别的从容和娴熟。他是一个天生的浪漫作家，强调与对象的距离已成为他的宗教，因为他清楚“距离能产生美”的法则，一如他深情地说过的“雾”和“月光”。从形象中溢出或被形象所包裹，形成了他的小品的高点，但相对而言，他不擅长议论，因为议论往往会放逐距离，使他在失去了从容的同时，奔腾的情感会直冲中天，从而也谈不上亲切，讥刺的锋芒会直露得惊人。他的清新而活跃的语言，留给人们的印象是深刻的，美丽则通常又与邪恶错综，反映了叶灵凤创作的复杂性，也正是他所以令人难忘而又令人迷惘的地方。

二　滕固—章克标—林微音

充分考究西欧近代唯美主义思潮对于发育现代中国海派文学将是一个非常有利的角度，叶灵凤的文学行脚，大概已是出色的说明。当然唯美主义的实际影响有着广泛得多的幅员，五四以降，它赢得过新文学作家普遍的同情和向往。周作人在《自私的巨人》已经注意到这一舶来品在中国激发的热情，赞美王尔德的“机锋与词藻，的确有使人喜悦的魔力”。创造社的作家自然更多了一份自觉，有过接近创造社经验的闻一多，不仅对塞尚的迷恋，他终其一生似乎从未忘情过唯美主义。唯美主义的“为艺术而艺术”经由五四第一代作家们的演绎，艺术的“纯粹”性并没有得以添加，相反多了些工具的意味。借重艺术美来改造社会，差不多已是他们最高的理想；他们所谓的注重“内心的要求”，大半是在方法意义上对唯美主义的肯定。当然，叶灵凤诸氏所追求的稍有不同，他们对艺术“个人性”的服膺，驱遣他们将艺术美当作某种自我救赎的法门，同时他们又多半从绘画实践中体认到艺术的现代性和形式美。这正是叶灵凤等第二期创造社作家区别于他们前辈的地方之一。

上海美术专门学校曾是叶灵凤的学业背景，这块艺术阵地在五四以后的地位几乎可以用“唯美主义养习所”来概括。现在我们打算讨论的是滕固，他也出身于这所学校。从他的整个学艺生涯看，文学毕竟还是他的余事。美术是他的发脚地，也是造成他在现代文化史上最大声名的领域，颇相像于他的朋友倪贻德。20世纪30年代初，他自德国留学归国后交由神州国光社出版的《唐宋绘画史》是他研究民族古代美术史的杰出收获。其中关于古代绘画南北宗的分殊，征引翔实，见解独到，启发着数代研究者。他的画论所拥持的尺度相当平实，至于“唯美主义”的名目倒得益于文学。从《壁画》到《一条狗》，也即《迷宫》小说集中的大半作品一派唯美的流风余韵。《一条狗》由1925年9月17日《晨报副刊》刊揭。小说的主人公被纠缠在超自然的梦幻中，树林里流出的一缕月光竟然被幻化为一条狗，它从山坳中张狂奔来，骚扰着主人公的生活，刺激着主人公的感觉，甚至也充当着主人公诞幻生活的见证人。当时的编者曾留下一则中肯的按语：“滕君自来的作品，尝带一种decadent modernism（颓废的现代主义），他居尝最喜欢读的是西蒙士（Authr Symons），及戈提（Gautier）等人的作品，……却没有Wilde（王尔德）的那样的装疯，戈提的那样的立异，实不过想借decadent（颓废），来表现他的反抗时代的精神。”洵为通人之语。

从作家的传记材料中，人们会发现滕固还正是我国最早系统介绍西欧唯美主义学理的人物之一，1927年上海光华书局出版的《唯美派的文学》一书即出于他的名下。当今为索寻现代主义在现代中国的泽披，研究西欧唯美主义对现代中国影响的学者对滕固的轻忽是很不应该的。这一书稿除小引外共含三大部分：其一为“近代唯美运动的先锋”，评述了勃莱克的艺术和济慈的诗歌；其二为“先拉斐尔派”，在描述了先拉斐尔派的生成后论列了罗塞帝的画与诗及牛津的先拉斐尔派；最后一部分是“世纪末的享乐主义者”，阐释了佩德的思想和王尔德、比亚词侣和西蒙斯。滕固氏在书中称唯美主义为自己“夙昔的爱好”，他深谙这一艺术流派注重抒写内在心灵，以及将艺术的生活和生活的艺术等同起来的倾向。对粗俗、平庸，以至于正统的世界和僵化的原则的反感激扬起他对唯美主义“惊异”境界的追求，甚而至于倾心并仿效唯美主义惯常有的世纪末情调。总之，向往美的纯粹性，并直然将之视为人的最好的消遣方式，甚至值得艺术家耗费终生心力的事业。

滕固（1901—1941），字若渠，上海宝山人。他出身于书香门第，自幼聪颖，跟随父亲学习古文和古诗，《秋祭》是他少年时代最早的诗作：“牖下曝书千万卷，门前种菜两三畦，剧怜诗酒风流尽！空剩先人旧榜题。”从那样的诗句中，我们不难感受到这位作家的童年所沾带的传统文化气氛。“五四”后不久，他从上海美术专门学校毕业后便东渡日本，进东京帝国大学学习美术考古，兼习哲学。留日期间，与早期创造社作家如郁达夫等过往甚密，也算得是一个心仪浪漫主义文学的青年，而骀荡于当时日本文坛上的唯美主义风气或许正是在那个时候已生下了根。比较有意思的是，当他

1922年回国后，却很快加入了正同创造社唱对台戏的文学研究会，成为该会的第50号会员。不过，他一边和沈雁冰、陈大悲等联手组织民众戏剧社，编辑《戏剧》月刊，一边又热衷于参与创造社的活动并将自己的作品交由创造社的刊物发表。《壁画》最初便刊载于1922年11月的《创造季刊》第一卷第三期。颇有些王以仁的作派，自然较王以仁氏活跃多矣。1926年初识邵洵美，并团结章克标、方光焘、张水淇、黄中、滕刚等一拨文学同好，同声相乞，推出了高扬唯美主义艺术的“狮吼社”，出版《狮吼》半月刊。北伐革命军兴，他居然也和当时的文学青年一样投笔从戎。因涉及国民党改组派，在大革命失败后，一度成为政府的缉捕对象，东躲西藏，最后选择南下一途，出任湖南艺术专科学校校长。《狮吼》断断续续维持至1928年底，滕固的文学活动差不多也坚持到《狮吼》后邵洵美金屋书店的开张。20世纪30年代初最终与文学实行告别式，赴德国研习哲学，获柏林大学哲学博士学位。回国后历任南京金陵大学、广州中山大学教授、中山文化教育馆美术部主任、昆明国立艺术学院院长、国民政府行政院佥事等职。

滕固氏的成名小说是《壁画》，它用奇峭的笔调倾泻着足够的哀感，色彩却唯美得紧。唯美主义对个人的极端关切使滕固的人物为挣脱封建性的家庭包办婚姻苦斗着，然而冰冷的现实却又让他三番五次地被单相思作弄着，从一般的日本女子到绘画模特儿，再到业师的大女儿，毫无例外地给他带去万般的无奈。其实，这类题材也曾被供奉写实的作家所喜爱，所以，郑伯奇的《中国新文学大系·小说三集·导言》在评述滕固时有过“也有比较写实的作风”的说法。我们大体是能够同意这种看法的，问题是“写实”在滕固那里是一种经由先验的淘洗之后的写实，就像我们并不漠视创造社元老成仿吾对于“客观”的强调一样。“客观”，在成仿吾是辉映着先验之光的，所以他坦白地承认：“意识之求心的方向为主观，远心的方向为客观，这中心便是自我。”[18]

表现青年青春期的苦闷，在五四“表现自我”的文学中不啻突出，并且还颇有市场，最著名的大概是郁达夫的《沉沦》了。这部作品的主人公在性爱上的“一厢情愿”，为作家成就了“心理小说”的高名，历来严肃的评论者迁就着其中的“大胆暴露”，更乐意张扬人物的性压抑直逼爱国情怀的意蕴。对于滕固来说，性爱上的“自说自话”或许正是他自身的生命经验，他学不像郁达夫的“放荡”和“狭邪”，但较之郁氏有着某种驱之不散的苦涩。他似乎特别喜好关注反常的单恋心理，早期小说多半有着如许的性状。个性的不容自由表现和人生境界的难求至美，是五四时代文学的突出角度，他看重人物的单恋倾向，当然主要还是来自时代生活的启发，大半是为了表达某种以人的生命存在为中心的忧患感。属于滕固的，也即他与一般作家大异其趣的是：他的早期作品放逐平庸的进程，轻视故事的构筑，甚至无意粘滞在一般性的激情迸发，而始终执着于心造幻影的热情，所以时常赋予人物以浓烈的“幻想”特质。《壁画》主人公即便在几经打击之后，还确信自己的这份经验富于诗意，是值得抒写的材料，这些几乎也是和人物对自身完美的执着相关联的。像多数唯美主义者所倚重的那样，滕固似乎更喜好将人物的那种情绪向着病态、颓废的路径推去，所以当然地将人物导泄情绪的方式也写得惊诧异常——在亲戚的宴会上放浪形骸，豪饮以至于呕血，寓所“沙发上的白绒上有许多血迹，靠沙发的壁上画了些粗乱的画，约略可以认出一个人，僵卧在地上，一个女子站在他的腹上跳舞，上面有几个‘崔太始卒业制作’的字样写着”。

其实，人物的这份制作，我们愿意承认根由于作家的“想象”和“追求完美”，颇能令人想起《莎乐美》。尽管悲伤、同情，甚至于殉难，王尔德依然毫不改变极端个人主义的立场，依然以其特有的享乐主义的包装表现那种近乎幻觉的理想主义，依然在发泄那种无法见容社会的绝望感，自然远不仅至于感官的被禁锢。西方王尔德研究专家多半确信我国古代的道家思想尤其庄子对王尔德有过深重的影响。其实类乎庄子，这位古代先哲对于异化的认识和张扬个体自由的思想已经作为“集体无意识”沉积在世代中国知识分子的心理结构中，何况滕固和郁达夫一样，在五四时期算得是有些旧学根柢的新作家了。至于庄子为肯定个体自由的价值，既不希求死后升天的宗教禁欲主义，也不是黑格尔式的为了实现绝对理念，对于生活采取一种超越利害得失之上的情感和态度，而更以其深长的审美意味启发着世代中国知识分子的选择。

郁达夫曾用“世纪末”诠释过唯美主义，对某些西方病理学家的意见，他用相当的篇幅表示了特殊的尊敬：这是一种“带有传统道德破坏性的疯狂病疾，这些世纪末的人的肉体上就有着显著的不具者的特征。因而神经衰弱，意志力毫无，易动喜怒，惯作悲哀，好矫奇而立异，耽淫乐而无休。追求强烈的刺激的结果，弄得精神成了异状，先以自我狂为起点，结果变成色情狂，拜物狂，神秘狂；到头来若非入修道院去趋向于极端的禁欲，便因身心疲颓到了极点而自杀”。并且他还至周地指出：“这一种现象，尤其在文明烂熟的都会里最为普遍，因而由都会里产生出来的近代文学，便一例地染上了这一种色彩。”[19]这种对于文学创作彻底精神化的膜拜，巨大发展了经典浪漫主义的“主情”特征。它所呈示的世纪末特征大抵是唯美主义者对现实的一种个人化的反应，是为了满足个人的激情体验而自觉沉溺于形形色色的变态之中，甚至不惜挥洒享乐主义的病态色彩。他们与实际社会日渐疏远，是可以从作家的观念和存在方式中寻找原因，其实也是那个时代极为普遍的倾向，应该看到这类倾向的前提恰在怀疑旧有信仰，作为文学判断似乎更应该从艺术的层面去考察和体认作家的风格选择。

王尔德在严厉指责阿尔弗雷德·道格拉斯勋爵的那则著名的《肺腑之言》中自我声称是“与自己时代的艺术和文化处于象征性关系中的人”。这是很可以帮助我们理解滕固这一类作家的。王尔德还在这封信中说道：“我把艺术化为一种哲学，把哲学化为一门艺术……我把艺术作为至上的现实，把人生作为一个单纯的虚构模式来对待；我唤醒了这个世纪的想象力，因此它在我的周围创造出神话和传说。”将艺术置于生活之上，本是能够推导出合乎情理的意见的，包括持写实观点的作家也难以否定。问题在滕固，则是将生活与艺术比判为两个全然不同的领域，那种二元的态度规范着他的一生行事，在实际生活中他热衷过政治，他对国民党的清党也抱有强烈的反感，在方式上倒是谨慎的，不能一味以“正义感”来概括；他的美术理论研究，他的教授生涯踏实有加，求真已是全部的趋赴。我们还要说，他的那种生活与艺术的二元见解和方式，甚至也影响到他的创作，这似乎有别于为他心仪的西方美学家，他倾心于唯美主义，但他并没有决心像王尔德那样当一个唯美主义的殉道者，因此他并不信奉某种坚执性，相反一任自然，甘愿在生活与艺术之间摇摇摆摆。

《壁画》作为先兆，几乎预示了作家的命运，他以其特异的方式接受时代潮流的牵驱。尽管他依然有滋有味地宣泄着那些“单相思”的哀感，营造着那些看似是纯粹个人化的畸形篇什，但他终究难以忘怀蹇滞的人世。反逆封建性的包办婚姻或许仅是他的起点，他带着迷惘的眼光打量着周遭，发现了生活重压的全方位性，于是他借着“单相思”的娴熟题材，生发其更为宽阔的攻击，虽然仍旧走在唯美主义的轨道上。《石像的复活》中的基督教研究者所出演的那出“单相思”活剧，从礼教的迫压延展为宗教的苦闷，他的终于被投入疯人院也有了另一番意味，先前在《壁画》中的单纯个人发泄朗然地已由冷酷的社会规范所代替。《葬礼》中的大学教授差不多也是一个“单相思主义”者，他最终以焚毁情书作自祭，在烟火缭绕中的呻吟饮泣，虽说没有凤凰高蹈的涅槃般追求，却也是一种可以理解的个人苦闷感与对这苦闷氛围的冲决。人物确乎在表现某种旨在摆脱寂寞的努力，然而当他的思考突进普遍的社会问题如贫穷、庸俗、势利等时，他的全部病态便拥有了非个人化的质感。

与创作《壁画》同期，滕固在日本还写有自传体的中篇小说《银杏之果》，题材多半还是抒叙男女性爱苦闷的，男主人公秦舟由故土银杏树开花的梦境到异国客地银杏树的刺激而至纵身跳入深渊，哀感缠绵，依然唯美，颇有些郁达夫的作风。这里，银杏所固有的象征色彩是明确无疑的，在技术上仍是唯美主义的套数。但是内容相对的具体和丰富，材料代替了传述，使这部小说显现了作者潜在的写实身手。近期有些研究者试图依凭时代文学思潮的发展流程来概括滕固，指出他从《壁画》到后期作品，是唯美主义向现实主义的发展。这是不确的。在我们看来，唯美主义与现实主义，对于滕固始终两手兼备。1925年前后中国文坛上所出现的现实主义渐次提升为主流方法的思潮，对滕固当然有影响，但更为重要的来自于作家本身，从内质看，大抵是对象的性质，即或具体或化约，或是属于普遍性的社会相或属于一己刻骨铭心的体验，也正像成仿吾所说的“求心方向”或“远心方向”决定了作家对于基本方法的取择。甚至还可以说，以自我为中心，将传统的现实主义与尖新的唯美主义作出自觉或不自觉的结合，才根本地规定了滕固。作为拥有创造社风格的滕固，是一位生活相对单薄的作家，而作为海派作家，1925年前后的滕固结束了留学生的生活，生活的经验日渐拓展，渐趋丰富。然而两个时期的分殊，不主要以方法为标志，而依赖作家随生活范围的拓展而引发概括和审视特点的复杂。

超越现实之上，超越道德之上，以表现自我为上，本是唯美主义的号召，滕固第二部小说集《平凡的死》收六则短篇，类乎《旧笔尖与新笔尖》《平凡的死》《眼泪》和《为小小者》，描画的全是小资产阶级知识分子的灰色生活和同样灰色的灵魂，作者执着的心态全朝着“求心方向”，作品所要表现的观念非常清浅，却同时又是那样的被夸张地成为无可逆遁的宿命，严格说来小说只是在营造某种人等的某种生存方式的气氛。从神气上看，它们大抵与《壁画》相去无多，然而作者一概地为它们提供了特别的生活实感。我们如果有意感受20世纪20年代中后期都市市民每况愈下的生活境遇，他们那些无谓的挣扎，以及他们惊慌而迷茫的神情，《平凡的死》所聚集的各色图景都含茹有历史教科书的意义。《旧笔尖与新笔尖》中旧笔尖与新笔尖的分别，是主人公从精神痛苦走向物质困顿的象征，是知识分子的个体化情绪落向平民普遍得多的时代感觉的象征。《平凡的死》中江北学究的命运之歌，顺沿着自学校到社会的脚步，一声紧似一声的叩打着所有在实生活中打滚的人们。《眼泪》和《为小小者》，人物的忏悔，虽然肤浅之极，但是足以让人心动，让人把眼光伸向造成人物晦暗心态的社会，进而思索自身的处境。这部小说的性质，从很大的程度上说明当作家从一己的生活中走出，当他的观察的幅员有所扩大，是有可能对他的创作产生实际的影响的。尽管整个《平凡的死》同《迷宫》差不多一样地被一种空漠而萧瑟的气韵包围着，但作者已经选取了直面人生的角度，更注重按人生的本相具体地勾画它，精细地镂刻它。

《睡莲》是继《银杏之果》后，滕固留给历史的唯一中篇小说，删定时间在1929年夏，算是作家后期的作品。小说打算表现大革命失败后的某一社会相，概括人生世态的浇薄，是时作者也已有相当的经验，题材明显含有写实内驱力，然而作者不同寻常地为自己的作品披上了一袭冶艳的"唯美"外衣。女主人公亚犀是一个"健康并且具有都会女性魔力的女郎"，她在浴中的娇媚形象曾经被情人赞美为"睡莲"："娇盈盈地裸露在这清水里，真像那六月里的莲花睡眠在湖水里"；就在平时，"那样娇憨妩媚的样儿，棉软无力的姿态已够像个睡眠着的莲花"。她算得是"时代女性"一分子，她的人性扭曲，她的自我分裂，她的多重的性格，包括她面对男性社会所表现出来的虚荣和狡诈、软弱和贪婪，都百川灌河地丰富了都市生活的总量。因为她原本就是都市的产物，关于她的生活史，小说提供给读者的可谓多矣，但作者却将其出演的全部爱情狩猎，没有给予写实的再现，而大半徜徉于人物的心理波澜之间。出现在我们面前的是一场热烈而集中的心理戏剧，短暂的几十个小时，表现了她全身心置于哀痛与欣喜、悔恨与追索、憧憬与幻灭等多种的矛盾中，耽想几乎吞噬着所有行为，叠床架屋的梦境闪现着她的欲望。这类超越型的技巧，成就过作者最早的名声，是《迷宫》集里反复采用的。因此，《睡莲》恰恰与《平凡的死》相反，它多少可以说明滕固在方法取择上的特点。

滕固在最后的小说集《外遇》的自记中说："近两年来，我的头脑组织，像是由木片瓦砾一类的东西拼凑成功的。有些残破了的幻影，有些错误的现实，偶然穿过这个头脑中之无组织的罅隙；反映出来，便成这几篇不像样子的东西。"这则供状是可以用来解释《迷宫》以后作者的真实景况的。《外遇》集共收作者自1928年至1930年的短篇小说十则，也是"残破的幻影"和"错误的现实"的集合。《post obit》是凄美的恋情，男女当事人彼此用生命的全部诠释着"爱"；《逐客》是无奈的告白，表现了不敢面对"世纪末的热病"的惶恐；《奇南香》是精美的情感伤悼，寻得了永久纪念的礼品却失却了送礼的机遇；《期待》是现代的传奇，诉说着期待的伟力以及期待本身所具有的反讽意义；《外遇》是无聊的游戏，而正是这则游戏带给人以终生的哀思；《诀别》是悲凉的诀别，却为着难以摆脱的日以出演的"喜也不常，怒也不常"的掣肘……这些篇什记载的事件是琐碎的，活跃或挣扎在这些生活中的人物差不多都散发着零余人的气息，滕固处理的方式也差不多仍然凭恃心理与象征两大法门。当然已经没有以往那样的别致，表面看去也短少了以往借个性的张扬来表达某种异端和叛逆的情绪，但多了些亲切，多了些温柔。因而，从方法一隅看，已经带有某种边缘性征，也是作者作为海派作家对时尚的一种体量和尊重。《鹅蛋脸》大概是最突出的例。主人公法桢是中国留日学生，一次在日本的西餐店中，女侍那张"下颔紧俏的丰润无匹的鹅蛋脸"，忽地让他的心儿"垂荡了几寸"；在上野公园观赏樱花，又发现了一个"鹅蛋脸"，并且还注意到"下颔包得光整整地印着一朵红的嘴唇，一颗端正的鼻子，一双流转得巧妙的眼，两撇修长的眉"；于是他择期再度光顾西餐店，耽耽地看着"鹅蛋脸"的侧影，"一蓬疏疏的头发垂在她的耳际，越显出脸蛋的匀整，她的眼像流水般的动着，她的笑多么娇媚而庄严，她的谈吐又多么婉曼而有弹力性”。他带着如许的经验回到故土，居然在女佣中又瞥见了一个“鹅蛋脸”，后来甚至还感受到“鹅蛋脸”更多的好处：“她那一双露出的嫩嫩的臂膀，被印着小花的白布衫绷住的两颗微微隆起的乳房，是活活的一种乡土美。当她一双水样的眼睛无邪地向他拂扫的时候，突有一股乳蜜的香气，荡漾在他的鼻际。”而正是“鹅蛋脸”幻影活奕奕地在他心中打滚，最终将他逼进走火入魔的绝境，歪斜地睡在“鹅蛋脸”的床上，“在不省人事地喘息着，发着热病”。故事走向不让《壁画》《一条狗》和《葬礼》，人物景况也与《迷宫》集里的大半相差无几，但滕固将激情控制得平浅多了，唯美的光影间多了平实的描写，无心刻意地绘制惨酷的场面。

《独轮车的遭遇》和《丽琳》，前者写了上海郊区独轮车夫悲惨的生活，后者由女主人公丽琳的生活遭际再现了大革命前后中国社会的某一种面相，笔触质朴平实，逼近生活的原生状态。研究者大都认定离一般现实主义作品已无多距离了。《外遇》的压卷之作《做寿》，在我们看来也可以归属于写实的文字，但是在意味上有些特别。

这是一个上海新市民的故事。守德和守中兄弟俩为收回长期送出的人情应酬，设计了一出为父亲做六十大寿的假戏。将父亲从乡下引来，老人毕竟不够体面，在酒宴上掩饰了老人的身份，老父亲却被客人作弄再三。来客散去，兄弟俩省视父亲，“他蜷坐在壁落里，靠住茶几，头儿横在右臂上，昏睡的了，一身簇新的马褂袍子上，狼借着酒菜的吐渍”。守中咋着舌头呆望守德，“在这个怪诞的瞬间，兄弟俩像被魔棒所触，只是急急在舒畅他们的喘息。尤其守德的铜青色的脸上，还留着几点冷汗的汗珠，似乎不久以前曾害过一场重病”。作者借这对被物化了的兄弟，拉开了现代都会文明的风景线，兄弟俩并非苦恼于基本生活条件的低下，而是恐慌于业已存在的基本生活条件的改变，精于计较，也最终被计较嘲弄。《做寿》表明滕固已经将他的关注点从一般知识分子转移到普通的都会市民，从知识分子的精神困顿转向市民日常的生活和行为方式，以及他们不完全相同于知识分子的人际关系。对生活的理解，也包括作家已经具备的表现生活的特点，决定了他不是从平面的方向还原生活，而重视探视人的内部心灵冲突和人性冲突，这类文化表达恰恰为一般海派作家倾心而为，也正是它们展示了滕固文学创作最后最重要的篇叶。

在日本东京与滕固结识，并同为“狮吼社”中人，而在经历上却远较滕固漫长，至今健在笔耕未已的是章克标。他虽历尽变幻沧桑，却最终遭遇了一个相对清明的时代，于是他能够也可以说说过往的烟云。关于踏上文坛最初的形迹，他是这样说的：

> 我们这个以滕固为中心的小集团，也许不成什么集团而只是乌合之众，各人思想倾向恐怕也不完全相同，精诚团结更谈不上。当时比较流行的世纪末趋势，叫做唯美主义，也叫做颓废派，引进了许多西洋唯美主义作家，如王尔德、魏尔伦、波特莱尔等等，我们也被迷惑了。那是西方在上个世纪末的一股潮流，否定传统思想，主张改革旧风俗、旧习惯，是有些反抗精神，但是勇气不够，毅力不足，因而堕入颓废消沉，所以是不健康的。欧洲的这股世纪末文艺风气传播到东方来，

日本也有这一流派的人，中国则开花在我们这些人身上了。对现实社会不满，缺乏正面对抗的勇气而采取逃避现实的办法，用自我麻醉来达到目的。这种倾向，同中国固有的风流才子放荡不羁相结合起来，就是此种表现、此种流派了，也有人为好奇而来，糊里糊涂跟着兴风作浪。总之是反对现实社会，同一般人的观念力求相反，以善为恶、以恶为善，以美为丑、以丑为美，说要从恶中发掘出善来，从丑中找出美来，化腐朽为神奇，出污泥而不染。相信“恶之华姣艳，盗贼中有圣人”，就是这一种思想倾向、作风作法，正同烂脚铁拐李是真仙一样。[20]

浙人在我国是很值得骄傲的，各界豪杰济济，兼及世代文酒风流。章克标与徐志摩同籍，都是浙江海宁人，常用笔名岂凡，生于1900年，算来少志摩三年。18岁时毕业于浙江省立第二中学，翌年负笈东瀛，就读于东京高等师范学校，专攻数学。回国后供职上海立达学园、暨南大学，教职算是正业，兼任《一般》《时代》杂志主编。参与以滕固为基干的《狮吼》杂志，是1927年的事，先后又在开明书店、金屋书店、时代图书公司任编辑。新月唯美诗人邵洵美是其莫逆，共同编过《十日谈》《人言》等刊物。也因邵洵美参与过创办《论语》的活动，并过问过这家刊物的最初编务。在海派作家中，章克标写家兼编辑，是很有些身手的，小说、散文都来得。相对而言，我们愿意承认小品才是他的当行。他写得虽杂，《风凉话》（开明书店，1929年）和《文坛登龙术》（开明书店，1933年）两部集子却已活龙活现地画出了他的肖像。

对于人情世态，章克标不乏常识，20多岁的年纪却已经拥有太多的感慨。他的小品凝集的正是这份忧伤和紧张，在他的那些关于上海文坛的议论中，人们是不难捉摸到他的并不轻松的心态和脉律的。《风凉话》的“自序”谈了不少关于夏天的话，描叙了闷热的难耐。那里有多少来自季候的反应，是很值得怀疑的。“热，这一种现象，据说是由于大气之故……在我们人身中，也有这些东西要郁积起来的”——倒是透露了真实的消息。它注释了章克标散文小品的基本性质，它们并不是作者冥思奇想的产物，而有着巨量的现实刺激。同时，它们也不是直面现实的投枪和匕首，它们用嘻嘻哈哈调适着作者与现实、作者与自我的冲突，因而它们大抵是夏日中的一阵凉风，是情绪的清泻剂。

章克标的小品素来被人认为缺乏真诚严肃，直到新近出版的一本现代文学辞典的有关条目还有“轻浮的态度”云云。学界的因袭是很可怕的，其实在章克标的时代是很难做“四平八稳”的文章的，倘若他还没有失去血性的话。庄子说过：“以天下为沉浊，不可与庄语。”当“沉浊”之外，还加“专制”，那么只能把人们变成冷嘲了。鲁迅即是一个杰出的存在。当然，章克标不能与鲁迅同日而语，他缺乏鲁迅的义愤，更缺乏鲁迅的深刻。有人说章克标在真茹暨南大学教书时，学生觉得他“有点像当年上海滩上跑街型的人物”（温梓川《文人的另一面·章克标登龙术》），也有熟悉他的人说他“望之俨然”。其实如此反差的印象用于观察初期海派作家是非常适宜的，海派独少精英，说到底即使精英，只要他是现实活物，通常也具多种面目。海派中人多有趋时务实，俗气比较外露者，自然他们也自有其尊严，自有其计较。章克标氏放恣的插科打诨的小品，原委复杂，有属于文本风格的，多半还为海派文人的观念与生活方式所掣肘。说到章克标的小品风格，自然也包裹着他的软弱，他也打算攻击，但不能冷得刺骨，不时装出有点微笑的样子。邵洵美吟唱过“女人半松的裤带”，而章克标的题材兴趣也多有些“不三不四”。

章克标为今人所知，多半是因为他那本1933年自费出版的《文坛登龙术》“有幸”蒙领过鲁迅的讽刺。鲁迅在《登龙术拾遗》和《准风月谈·后记》随手拉出邵洵美“有富岳家，有阔太太，用赔嫁钱，作文学资本”云云，挖苦他能以乘龙快婿而“十分完满”地直登文坛龙门。而《文坛登龙术》的作者却又是邵洵美的朋友，于是便有了章克标为“富家儿的鹰犬”“邵家帮闲专家”的结论。鲁迅的鞭扑和事实并不完全相符，晚年章克标为自己也为自己的朋友多有委屈，多少也是可以理解的。其实，我们更不愿意相信《文坛登龙术》本身有什么大错，如果我们有勇气将章克标列数的各色“登龙术”同20世纪30年代的文坛作些扎实对照的话（不幸的是将它们用于揭发半个世纪以后的当今文坛，也有发聋振聩的意义）。至于邵洵美竟至章克标自身间或也有过“登龙术”作为，那是另一回事，海派作家无有一人轻侮名利，多有商业炒作和制造声名的热情，不过由海派而其他派别，“殃及池鱼”的现象在当时也极普遍。

新中国成立后在一篇回忆邵洵美的文章中，章克标夫子自道：“我们这些人，都有点‘半神经病’，沉溺于唯美派——当时最风行的文学流派之一，讲点奇异怪诞的、自相矛盾的、超越世俗人情的、叫社会上惊诧的风格，是西欧波特莱尔、魏尔仑、王尔德乃至梅特林克这些人所鼓动激扬的东西。”他又说：“我们出于好奇和趋时，装模作样地讲一些化腐朽为神奇、丑恶的花朵，花一般的罪恶，死的美好和幸福等，玲珑两极，融和矛盾的语言。”[21]这则供状是坦诚的。他的《风凉话》有如许况味，而《文坛登龙术》更是一本奇书，崇尚新奇，爱好怪诞，推崇表扬丑陋、恶毒、腐朽、阴暗；贬低光明、荣华，反对世俗的富丽堂皇，申斥高官厚禄大人老爷。说得直白些，它们是正面文章反面写，青年读者是需要有所警惕的。他旨在攻击假恶丑，不短少新锐，却谈不上沉厚，在借鉴西方现代艺术的过程中，少剥离而多鲸吞，因而他的小品中也散发着某种颓废的气息。不过，猜透了他的小品常有的反讽结构，便会明白他终究不“轻浮”，人家做道场，他是一炷香，同为功德，后人大可不必苛求前人。

翻开《风凉话》，是一摊大杂烩，《革新的中国》《认识了时代》之类顶尖的题目并不少，《拜金主义》《排斥国货》《娼妓赞颂》《奉劝穷人毋须读书》等自然都是些愤激之辞。不过像《茶馆》《老酒》《香烟》《人生四乐：嫖、赌、吃、著》倒更见海派小品的神色。“吃喝玩乐”“衣食住行”这些市井的凡庸问题，在过往的散文创作界并没有得到足够的展开，算来周作人有过一些相近的文章，但一派名士的散淡，终敌不过章克标的闹猛。所谓的“闹猛”，主要体现在章克标已离他的同好滕固远得多，滕固诚然以其小说的新锐特征在初期海派作家中占有一席，从相对稳定的基础上看，他基本还代表了新文学第一个十年的风格，也即他的海派身份多少有些暧昧。章克标在方法上与滕固氏有一定的相通，但从他的根本性征看差不多是紧追叶灵凤，并同刘呐鸥、穆时英应和，显示了他服膺由上海这块土地上所获得的灵感所催生了某一类新异的海派范式：目迷五色的光彩，速度和力，都市跳动的脉搏，以及学校、家庭生活和一般的青年生活普遍地被广泛而多彩的社交生活所代替，这是20世纪30年代早中期的海派文学的风景线。他们普遍能够审视社会与文化的变动，以及由此带来的价值观念的冲突，强调个人的成就感，容忍并鼓励人格的参差不齐。《文坛登龙术》中标举的上海文坛林林总总的恶行与伪善，许多内容都带有如许性质。自章克标之辈的鸣锣开道，整个30年代的小品作为后起者更有借着这些题目标能擅美的，林语堂、马国亮、徐讦、予且等人就留有出色的篇章，至40年代这类题材兴趣毫无倦怠的迹象，苏青有过专门化的发挥，张爱玲的文本至今还令人难以忘怀。属于章克标的不只在他是第一批的钟情者，更在于他的处理，那种一味牢骚太盛借题发挥的腔调，这也正是他能与《论语》走过一段路的原因。张爱玲的《更衣记》有一种馥郁的文化气息，显示了作者优雅的味索能力。章克标的《着》趣味迥异，他将自己的观察作出了文明批评的表达，优雅和他绝对无缘：

> 你穿了中山装，佩了党章，便是一个忠实的同志。你穿了西洋装，至少是半个留学生。所以上海的马路上除了拉车子的，叫化的，卖小报的，当巡捕的以外，都是思想家，社会改造家，大学教授，银行行长，公司老板，家里有几千万财产的财主，名满江湖的才子，美貌的美人，丑貌的美人，莫名其妙的美人，女流作家，闺秀诗人等等，一切国家社会占有顶高地位的人才。啊！可敬的人才集中的马路啊！同样上海也就成了中国一切的中心，伟大的上海呀！

他借上海滩头的衣着讽刺了上海洋场的毫无个性，然而上海毕竟给章克标提供了相当的教育，结果非常特殊，可以说是怪异的，他既诅咒上海，又免不了欣羡上海。这些又都是和他注重改善自己的生存处境相联系的，他算忝列于留学生群，但时有说不清道不明的“不自在”，他的好说怪话，是风格，也是他的某种无奈的文学表现。

从一般看去，深重的市民气之于章克标，既是压抑他的力量，同时也是让他赢得了某种适应性的力量，上海紧张的节奏和狭小的空间使他始终为自己的生存条件计算着。和穆时英等人开着世纪的流线型跑车阅尽人间春色不同，章克标原则上是一个低调的海派文人，从对现实感的执着和对自身利益的珍视这一角度，大抵可以把捉他的主要方面。在他揶揄那些活得有滋有味的上海人的文字背后，我们不难发现他一直保持着对于那些人物观察体味的兴趣。《当今顶出风头的人》算是透泄了他的心肠。时至1943年，他在《风雨谈》第5期上发表了《时代骄子》，这则短文出色分殊了自20世纪20年代至40年代上海的摩登青年，第一期为“借父祖之遗荫”的大学生，第二期为抗战爆发前后的“空军将士”（飞将军），至40年代渐进入第三期，即是一批“做生意的”。这里，他不自觉地凭借了现代文化的视角梳理着人性在现代都市的发展线索。进而他发挥道：“在这一个变换中，我们可以看出公子哥儿的脆弱性。他们的基础，建筑在父祖的财产上，他们很少有自己的力量，而现在的得时人物，都是自己去奋斗出来的。不管他们的行为是好是坏，他们用自力来造成维持和拓展自己的地位。真的，现在是一个实力的时代，没有实力，不久便得倒溃。”这是一条由寄生到依托，再由依托到自立的路线，吴福辉认为它是生成上海新型人格的线索，并借此精细地归纳了海派心眼中的人物风仪：

> 第一，现时感强，善于领悟现实变化并产生对应的能力，善于吸收新事物，不断地调整自己，不使自身退化；第二，

富有自我独立性、怀疑精神，有生气，有创意；具有爱的能力；第四，有理性，养成自我的反省、思考力。[22]

尽管章克标尚未作出如许提升，却又正是他的基本思路，当然这一切在他的心眼中始终浮泛着难以言说的滋味，迷惘和躁动兼而有之，暴露了他在方式上的异乎寻常。他对于现实感知的整个过程，以往的经验依然保持着相当的支配作用，因此我们不难体味出他的情绪中的攻击性和敌对性。然而，那些上海风流人物的境遇，对于一般市民包括章克标所具有的相当感性的招引力，几乎也无法挥去。

男女性爱在最初的新文学领域有相当的表现，反对封建家族制度和张扬个性自由为它赢得了丰收的季节。它们在海派作家的笔底下有了别样的色彩，几乎是一种对应甚至标志了急速发展着的都市生活，是最时髦的东西。按章克标的话来说，是“当今顶出风头的”，是“一种新兴的东西”。他早期的文字许多内容都是属于这一方面，而他的第一部小说集便是《恋爱四像》。用作集名的那则短篇，以三通书信和一通演说词组成，分别宣叙了四种不尽相同的恋爱观念，传统的，艺术化的，新旧兼而有之的，还有多爱主义的。我们差不多可以将这篇小说看成章克标小说创作的“纲领”，《恋爱四像》集和《蜃楼》集中的大半是这样，中长篇《银蛇》《一个人的结婚》也复如此。不过，作家的心智内容毕竟早于新感觉派作家，离新文学前驱们稍近些，他更熟悉并最愿意表现那类亦新亦旧的性爱风貌，《一个人的结婚》是著例。小说有些自叙传性质，它叙述了一个30岁的男人，曾经勇毅地毁弃过强加于他的旧婚约，如今却不得不躬奉自己反对过的，去屈服于父母之命再行旧婚礼。

但是，作为一种补偿，他愿意持婚恋分离立场，信奉婚外的多爱主义。小说主人公的叛逆情绪被某种怯懦而又务实的现实计较支撑着，显示了颇有时代特征的一代知识者的矛盾心理。作者在小说的序言中称他念及的是“赤裸裸的自己”，表现的是“事实以上的真实”，因而乐此不疲地标榜着这种新兴的都市曲线婚恋观点，和表现着这种流行于上海滩的既维持旧的又逼入新的情爱策略。章克标虽没有取新感觉派作家狂放的姿态，呈示了某种过渡意义，但他的观察和描画获得了较一般新感觉派作家更有普遍性的基础。如果新感觉派的先锋作家用他们无所顾忌的笔触涂抹过上海疯狂的性爱场景，那么，章克标深入于上海的底里，捅破了上海男女性爱生活深刻得多的无奈。

理想主义者信奉恋爱的忘我性质，现实主义者服膺恋爱的自我性质，章克标的恋爱人物一般都取理想与现实得兼。他们拥有进取型的人格精神，同时也不断表现出人格深处的内省倾向。上海市民面对高度复杂和变动的社会，普遍需要内心世界中保有一整套强烈的价值观，以期经常地提醒自己选择社会可以接受和认同的行为。同时其中的一部分人往往又为自己行为的超“道德”而被罪恶感长期折磨着。于是，他们计较的是在不断变化的需要面前如何调整自己的行为，既竭力迎合外界的诱惑，又无法忘怀习常的道德准则，这些正是上海市民包括章克标小说人物人格精神中存有“内省”倾向的根据。从重功利、重物质的入世精神出发，上海的享乐主义虽肤浅但最有感召魅力，它的精神是入世的，饮食男女之类自然是最基本的主题。个人主义的立场和私人化的话语兴趣让章克标明白无误地表示他的执笔为文，“不过是为自己销愁，自己娱乐的心思”[23]。作为对新浪漫主义的一种向往，也作为对以郁达夫为代表的颓废传统的回报，章克标的《一夜》《做不成的小说》《蜃楼》等有滋有味地描绘着勾栏中的声色，他笔下的人物旨在猎艳找乐，却又踌躇于肉欲的发泄，乐意表现他们身居都市享乐主义洪流中的负罪的变态心理。旧有的观念始终拖拉着新的观念，他们乐此不疲地探险着各式“肉欲”市场，却始终又以“灵肉一致”相标榜，然而他的这种“灵肉一致”的向往，竟都只是“蜃楼”。无力摆脱的“传统”催生着他们的精神突围，“内省”这类最有历史背景的文化运作，将他们最终逼入尴尬丛生的境地。

作为小说作家，章克标的《银蛇》给人们留下的印象颇深。这是一个奇异的故事——北京南来的文学家邵逸人，虽为有妻室之人却在上海出演了一场疯狂追逐女人的闹剧，从伍昭雪到陈素秋。小说中的北京大学生张岂杰似乎夹缠于邵、伍之间，非常无趣。文坛上向以为这部小说是郁达夫与王映霞情事的实事作品，邵逸人即郁达夫，伍昭雪即王映霞，至于张岂杰，实乃章克标自己。近期章克标本人在《孙百刚·王映霞·郁达夫》[24]一文中有过周详的叙说。用于与《银蛇》对读，会明白数十年来文坛上的传闻绝非空穴来风。当然就郁达夫在文学历史上的地位论，章克标难以与之比肩，因此也有研究者直指《银蛇》为作者泄私愤之作。适当地估计章克标难以甘居人后的“无可奈何”或许不为过，但我们无有兴趣特别严重地考索内中究竟。这部小说作为某种代表，反映了海派小说在最初阶段的某种特征，虽习惯从身边琐事中取材，还很难清晰地区别于以往出现的新文学作品。

我们虽然不一般地认同《银蛇》是一部泄愤之作，但从它的路数看，作者是短少气度的，小说主人公的所作所为也颇为不堪，多少带有通俗黑幕小说以揭发隐私为满足的痕迹，反映了海派小说与一般新文学的分殊趋向，自觉从坊间通俗文学汲取营养的特征。这里或许也有张资平对章克标的影响，从一个重要方面标示了初期海派小说家对新文学第一个十年既成文学风格的摭拾，多半是从属于创造社一流的。《银蛇》叙述体态的清畅，从结构到语言的平实，俨然有着张资平的作风。更令人注目的还在创造社作家对性变态描写的兴趣及其模仿日本大正年间浪漫派作家的方法，对《银蛇》的启发也不少。章克标对日本近代新旧浪漫主义的文学情有独钟，曾经翻译过日本武者小路实笃、菊池宽、谷崎润一郎、夏目漱石、横光利一等人的作品，似乎特别宝爱以“恶魔色彩和唯美情调”称世的谷崎润一郎。章克标的传记材料昭示，他一度也曾热衷于弗洛伊德，耽溺于性张力，对梦幻特有感想。《银蛇》中邵逸人为追索伍昭雪而搭上由上海开往杭州的列车，车上昏昏沉沉，做起梦来：一条银蛇落到山谷的溪流中，变成一个艳冶的女人，很像伍昭雪，忽而又变成肿胀的浮尸，对他露齿狞笑。这正是小说题名的缘由。郁达夫自《沉沦》始对于变态性欲的表现显示出贯注的热情。《银蛇》男主人公也竭力表现了性病癔和性臆想狂特征，比如用舌尖舔女人使用过的浴盆，闻女人刚刚穿下的浴衣，以至于“一路上想象这是高峰那是深谷，他想象平原也想象丘壑，到后久久停住在衣的中段……”这类作派，几乎是发扬了郁达夫乃至郭沫若早期作品的同类趣味。章克标在这一点上与滕固相仿佛，也显示了早期海派小说作家的一般特色，他们尚无经验也无力量表现性放纵，却习惯酣畅地表现性压抑，滕固的《壁画》和《鹅蛋脸》是这样，章克标的《银蛇》也复如此。

滕固的小说对现代都市已有一定的关注，半淞园数度被他用作人物的活动的抒情的空间，章克标大概走得比他的朋友更远些，他已经不再满足于半淞园，而将他的眼光盯向当时最时髦的法国公园。《银蛇》《变曲点》等便将其男女主人公约会安置于法国公园，或用特殊的态度感觉议论法国公园。法国公园即现在的复兴公园，当时虽已撤去了“狗与华人不准入内”的规矩，但一般游客都得穿洋装西服才允入内，既引发一般市民的艳羡又伤害着他们的自尊。因此，法国公园本身已经表达了沪上市民知识分子对于现代文明的双重态度和复杂的审美感情，欣赏与诅咒参半，含茹有他们某种生活方式的象征。较章克标稍后一些的另一位海派作家曾今可直然将他的一部小说集冠名为《法国公园之夜》，似乎也有着庶几相近的考虑。

在章克标的小说中，我们不难寻出都市是“罪恶的渊薮”的结论，但我们同样容易读到他对都市声色的欣羡，他离开了传统说出了“满天的星光”没有上海“街上路灯光那样亮而可爱”(《一夜》)，在《做不成的小说》中，他竟然告诉人们上海的电灯比太阳还好看。上海街头的灯光“不但有种种不同的色彩，而且光线调子的强弱也是多种多样，在马路上面的空中，交织出一种异样的明亮，像柳叶底下的月影里，纷飞着非常纤细的雪花。还有路上的人啊，像潮一般推动，像马一般奔驰，像浣纱姑娘的手指一般忙碌，车子也像发了狂的狗一般奔跑。但是这样的纷乱之中，却也有秩序，人总走在路上，电车总行在轨道上，汽车总驶在中央，没有会跳到墙壁上飞在半空中的，虽则我刻刻疑心会这样”。当然，对于章克标来说，在这熙熙攘攘的人群中，为他最注目还是女人，这是些上海的女人！请看他蓬勃的语言:“衣角一闪一闪地像新绿的树叶在日光里振动，皮鞋咯吒咯吒地像马在演习兵操，手臂一往一来地像游船的桨在打水，头发飘飘拂拂地像吹在春风里的千万道旗帐，身体一袅一摆地像花蛇儿过水，眼睛流动得像向四方飞散的一群流星，面颊含了笑像满开的桃花，突出的前胸和突出的后臀在都雅地或轻快地走动之间表出了成熟的女性美的极致。”如许观感，如许动心的描画，在新感觉派崛起之前，并不多见，从而也就更能使人味索出都市市民知识分子对都市的非常复杂直逼无奈的心态，一如他对于男女爱情的看法，是一捆矛盾，是一团资料浆糊，然而亲切、真实。

随着20世纪20—30年代小说叙述技巧的长足进步，海派作家普遍体会到叙述者与作者的显著分离是现代叙事之优长。西欧现实主义小说自觉加重叙事的限制性，在全知叙述中加入人物视角的方法，特别被他们看好。张资平小说在叙事技术上的成功部分即体现在这一方面，如他的《末日的审判者》《性的屈服者》等。章克标的《银蛇》运用邵逸人的视角写他的性窥探癖与恋物癖，《一夜》中用并列或层递的人物语言表现了妓女在客人搜求目光下作出的繁复反应，那些猎艳者并列层递得兼的询答，含混如一无逻辑，却生动得如活动的图画，都显示了作者多方位变换视点的叙述技巧，虽说复杂，但作者表现得相当矫健。章克标小说的场景语言特别注重色彩感和声律感，彰显着值得称道的丰富性和原始性，而它们又大抵来源于作者“粘贴”语言的技巧。《结婚的当夜》开首便是好例：

> 闹热，风光，高兴，乐趣，喜悦，得意，喧哗，烦杂，混乱，忙迫，急慌，活动，变化，动摇，骚扰，眩惑，昏迷错乱，……现在到了绝顶了。声音像大海中高浪的飞舞。那种谈话声，说笑声，猜拳行令声，高辩阔论声，挨酒喝的声，

让菜吃的声，小孩的哭叫声，野狗的食物获得竞争声，一切乐器的声音，管弦声，皮革声，金铁声，高歌声，低唱声，加之传令声，呼应声，桌上丁丁当当的磁器相击声，地上跑来走去的脚步声，在煌煌灯光底下，这些声浪，把空气的混乱，激动到了极点。他胸中也正和这空气有同样的混乱。

绘声绘色，热闹非凡，作者创造了一种拼搭粘连的叙事方式，当然内中多少含有作者矜才的成分，也不乏勉强的地方。然而算得是作者的一种风格，都市生活速率和色彩是大可以帮助我们理解这种风格，那种直捷的叙事，夸张的渲染，也颇带现代的性质，况且作者的笔力也不错，潇洒，甚至遒劲。

对现代都市生活抱有深浓的观察与体验热情，在表现风格上又和章克标大致相同的是林微音。林微音其人其事，当今读书界是生疏的，往往容易和北平的那位旷世才女林徽音相混。他们两人是很不相同的，不仅有男女之别，更有京海之分。据识得林微音的人说，他奇瘦，常摆着"圆规"式的姿势，而尖削的脸面中间却生就一个硕大的红鼻头；又传闻他和其友朱维基一样，都有一位收入相当的太太，恐有些吃软饭的嫌疑。粗粗看去，林微音氏算得是俗相毕显的人物。大概是因着他和林徽音有太多的不相像，北平的女性林徽音终于担心上海的男性林微音辱没了她的优雅和清名，下了狠心，甘冒"不孝"的罪名，把自己的名字在公开出版物上易为"徽因"。林微音（1899—1982），江苏苏州人，笔名陈代。严格地说，他只是一个业余写家，主要供职于金融界。因与邵洵美相知，1932年一度代邵担任新月书店经理，好像并不善经营。1933年，与朱维基、芳信、庞薰琹等组织“绿社”，创办《诗篇》月刊，步郁达夫后尘提倡唯美主义。自20世纪20年代末起，他写得多而杂，他的写作范围相当广，兼及各色文体，一身著译两任焉。有人向他约稿，据他自己说，“从来不知道说‘不’字的”，有人还戏言，“只要有钱，无论乌龟贼强盗的杂志，要他写文章，他都会写”。[25]

比较而言，散文也是林微音最为当行的文体。曾经发表作品的阵地能够称得上“乌龟贼强盗”的，可惜还并不多。《洪水》《语丝》《真美善》《新月》《无轨列车》《现代文学》《文艺月刊》《矛盾》《现代》《论语》《中国文学》《文艺风景》，享有光荣声誉的《大众文艺》也有他的文字，报纸文学副刊主要有《时事新报》的“青光”、《大晚报》的“火炬”，还有大名鼎鼎《申报》“自由谈”。我们所以不惮烦地开清单，录以备考，只不过期待寻得些“抛砖引玉”的快乐。不过，林微音氏散文结集出版的好像只有那本1936年由上海时代图书公司印行的《散文七辑》。

和章克标稍微不同，鲁迅与林微音倒确有过像模像样的笔墨官司，林微音氏1933年11月下旬以陈代笔名在上海《时事新报》副刊“青光”上连续两天写下《略论告密》《略论放暗箭》，读者可以参阅鲁迅《准风月谈》的“后记”。林微音的文字实在算是无聊的，鲁迅几乎把他的所为和章克标所说的“登龙术”一起煮，带有颇不以为然的口气，大抵为着发微上海文坛的混乱。当然也应关顾林氏在《散文七辑》序言的答辩，然而，终给人留下了非常局促而技穷的印象。不过身为上海文人，他是很懂得上海文坛林立的派别的，《文人的派》便道出了他的心思，有一点像章克标，总掩饰不了心头的情绪，他也感性地议论着派别的种种伎俩。当他最后说出，“最要紧的，你决不要照你所说了的，或者所答应了的去做；

你该说过就算。不要去管人家的上当不上当，既然你是一个上海的文人”，我们多少可以品味一下当时林微音的神情。

林微音散文最富艺术味的是收在《夜步抄》和《阑珊吟》中的篇什，可以说是“诗化的散文”，倾注着作者的诗情和诗艺，空灵、渺茫、精微，是它们的一般特色，和同期何其芳《画梦录》、缪崇群《寄健康人》为代表的美文一样，将散文真正当成艺术来对付，善于全方位地运用一切艺术手段，诸如联想、想象、象征、幻觉、暗示、节奏等，丰富扩张了散文表现生活实感和作者内心世界的能力，赋予散文以独立自足的品格。《独自地对着炉中的火》《深夜的漫步》《海滨小坐》《观音桥》等确实显示了他那聪颖的心眼。诸如《致荔枝湾的荔枝》《那柔软的一笑》《坐茶室的气氛》《新夏威夷》《黑眼睛》等，算是泄露了作者“唯美”的趣味，所散发出的颓废的气息，不难辨索。它们在色彩上已大不同新文学第一代作家所有的，有着某种犹如发生在异域海港的性征。当时有人指责林微音在他那个时代不去写鲁迅那样“匕首投枪”式的文章，现在的读者大概也会指责他写得过于感伤，有些萎靡，这些意见当然都是合理的。对于《论语》小品，鲁迅曾极言标榜时代的文字已无须再缜密，再精微，老人家好像自己从未真正放逐过“缜密”和“精微”。林微音同现实确实保持着一定的距离，但也有激愤，也有压抑，他的感伤，甚至包括他的颓废，既是他的软弱的表征，同时也是他的一种方式。他在《散文七辑》的序文中说：“有人说我在逃避现实，其实我看我只是在选取现实。”我们愿意相信它是作者坦白的供状。

思想力的缺乏，使林微音的杂感性的小品写得相当紧张，短少了从容，蔓长着意气的枝叶，甚至还包含有不够严肃乃至错误的成分。他还写过不少关于上海百景的文字，琐碎而忘记了必要的提炼，部分也囿于刊载阵地和编辑的要求，大都是急就章。不过，它们自有其特殊的价值，主要是属于认识方面的。作者的工作实际上记载了30年代我国最大的都市自然的，尤其是人文的景观，对今天的读者有着某种风俗史的意味。我们曾经说过海派相当多的作品犹如一帧帧泛黄的黑白相片，倘若人们打算了解一些旧上海的情韵，那么，林微音的散文大概不会使他们失望。他用他的相当随意的速写为人们留下了当年旧上海独一无二的人生百态、市井风光和镜花水月，凭借这些画面，我们可回味往日欢声朗朗的笑语喧哗，或可抚摸旧日伤痕累累的疤痕血泪，或者兼而有之。他的文字直然是漫画和速写，那里稍稍也有些对于上海世风浇薄、地狱现形、人间何世的扫描，而更多的向人们展示了上海笙歌处处、纸醉金迷、繁华隆盛、畸形发展的历史。他的线条虽难称圆熟，但一概俏丽、洒脱，有一定的表现力和感染力；往往在跳脱活泼的节奏间散发出某种凄然的不和谐。他勾画的人也有相当的范围，但那些活跃在上海滩头的新派人物倒是他笔下摇之即来的主角。凡是上海当时的街头巷尾之景、倚门卖笑之态、横行霸道之凶、崇洋迷外或亦土亦洋之风，尤为其调色板上取之不尽的题材。当然，属于林微音氏自身的，是他的那些上海写真，还有着一股扑面而来的颓放的气息，稍稍用意识形态话语标准指出这一些，是很容易的。他有一组即名“上海的点与线”的散文，包括《维纳斯烟舞》《化装跳舞第一声》《世纪末的维纳斯》《土耳其浴室与按摩》《回力球的回力性》《大沪的烟与茶》《沿吴淞路北行》《城隍庙的灯市与香市》《广东茶》《老新雅东厅素描》《戴鸭舌帽者的耐心》《霞飞路》《虹口小菜场》等，它们是多少能够让人们认识那个时代的上海文化人的某种心态和生态的，甚至也可以启发我们更精确地理解今天上海所出现的一切，它的现象，它的根源，以及它的前途。

当然，就林微音的趣味而言，他对充斥于上海的声色景观，从来都保有特别的热情——

> 现在冬至又在临头了。在这大都会的上海你尤其看得到它的来临的迹象：在大商店的陈列窗中，在人行道上的人的面色中，在舞场中的在逐渐浓厚起来的兴奋中。而且你非特能看到它，你简直还能摸到它，因为它在来临的空气是那样的稠密。
>
> （《冬至梦》）
>
> 从种种方面比较起来，在夏天，还是到游泳池去最好。在那里，在你享受游泳之外，还可约一两个密友谈谈心；在游倦了的时候，可到冷饮亭去吃一些冰，喝一些果汁之类；而且就坐在池边，在旺极的太阳之下，抽一支烟，也并不会感到热，同时还可领略游泳池中的形形色色的表演。
>
> （《女性在游泳池》）
>
> 最后的一个节目是“大供献”，也为格罗佩歌舞团所演奏。开场，由四个穿着礼服的男子从门外像抬轿子般把一只一人高的茶叶盒移到音乐台前。一忽儿从那盒中走出了四个女子。四个女子几乎是全裸着的，只在似乎不能不遮盖一些地方遮盖着三张茶叶，两张比较小一些的和一张大一些的。这是比较有意思的，无论就表演一方面说，或者就广告一方面说。
>
> （《大沪的烟与茶》）

然而，上海之于林微音的意义远不止于此。可以毫不夸张地说，正是这座光耀东亚的现代都市，以及发生在那里的日渐偏离传统的新异和混乱，提供了他的全部灵感和思考，甚至于他的趣味。而这些在滕固那里还没有得到展开，在章克标那里有展开但尚不充分。都市的物欲横流和道德沦丧，那种对现代人的全方位的迫压，已经成为滕固、章克标作品中的重要内容，而它们对于林微音来说，几乎是他所有文字的基本情境，并且借这种情境推演着他的执着的寻索，或向着真实的价值，或向着虚妄的价值。散文如此，小说更复如此。城市，在林微音，已带有宿命的性征，像恶魔一样地诱惑、撕裂并最终塑造了人的灵魂，他笔下的人物个个难以守持清纯和深挚，都如泡沫、浮沤，变幻着，飘泛着，然而又迅捷地提示了他们所处的空间的特征。

林微音的小说创作始于1925年，20世纪30年代前后有过相当的产量，多半是短篇。坊间容易寻得他结集出版的三个小说集：《白蔷薇》（上海北新书局，1930年）、《舞》（上海新月书店，1931年）和《西泠的黄昏》（上海良友图书印刷公司，1933年），另有一部长篇《花厅夫人》（上海四部出版部，1934年）。

家庭和学校所潜在的反封建和个性主义热能，决定了它们一般地成为五四以降新文学描述的经典空间，海派文学在它出现的初期，依然以家庭与学校为人物活动的基本空间，但已经开始着力丰富和盘整这一基本空间的内容，不久还显示出对于空间的突破。我们将滕固、章克标、林微音放在一个板块内论列，除了他们都是自觉的唯美主义信奉者，还有他们相近或彼此错综的交游背景外，他们对于表现空间的逐渐扩大，尤其在方向上的一致，更是重要原因。滕固小说中“半淞园”的出现，章克标对于“法国公园”的兴趣，不是偶然的倾向，不是作家一己的特殊喜好，而反映了他们对于上海这座城市变移着的风气属性的敏感，同时也反映了他们对其笔下人物生存空间的一种认识。从一般家庭与学校向“半淞园”“法国公园”的转移，大有深意存焉，差不多昭告了人物和其生存空间的某种主动应对，突出表现为社交的日趋公共性、开放性、边缘性，它刺激、发展并铸塑了一种亘古未有的新型的都市生活观念和市民生活方式，显示了都市文化的规定。林微音散文中的“上海的点与线”并不仅仅着意于猎奇，而他的小说对于人物活动空间的重新设计，跨越了传统新文学的家庭化，乃至学校化，进入了融社交、求知、娱乐、恋爱、商业等活动于一体的都市化和市民化的文学。

林微音小说已不再满足“半淞园”和“法国公园”，几乎涉足当时上海滩头所有最摩登的处所。《花厅夫人》是一个挚爱虚荣的姑娘的成长故事。女大学生孙雪非有幸成了梦寐以求的学校“皇后”，赢得了同学的爱，却心仪自己的教授。有妇之夫的教授，从未有过同夫人离异的打算，对自己的这位女学生先是诱惑，继则又扎实有加地实施将之培养为“花厅夫人”（madame de salon）的计划。孙雪非随着教授算是打开了眼界，迅捷地领略体验了各色上海消费场所，难以摆脱老师的爱也受惑于老师的朋友爱，最后以老师的朋友的未婚妻的身份接受了老师为自己设计的角色。临去广州前还拜访了深爱自己的同学，终于迈开了“花厅夫人”最初的步武。这里教授和教授的朋友，也包括雪非的同学，显然是主人公被诱惑、被改造的力量，径直也是主人公生存空间的组成部分。他们的人格精神是感性的、具体的，多半又与小说的各色场景互为依存、互为发明。小说出现的场景多矣，足以使滕固与章克标的小说无法望其项背，粗粗看去，已有“小朱古力店”“国泰戏院”“福禄寿饭店”“永安公司”“福芝饭店”“圣爱娜”“沧州饭店”“惠而康饭店”，水上游乐场就有“open air”“rio rita”和“高桥海水浴场”。它们连作一气形成一个压倒人物并呼唤人物的特殊空间，引诱和驱逼一个虽爱慕虚荣而本质还属单纯的女大学生从家庭和学校走出，走进了由传统向现代过渡的新空间。雪非的命运是或然的更是必然的，她发现并投身的空间巨大无朋，目迷五色，既是主人公向往的世界又是她被制约的力量，差不多已是她的实际生存处境的象征。她怎样摆脱古板沉闷家庭的羁绊，怎样初试新式学校的浪漫刺激，一步一步地，最后被比家庭和学校宽阔得多的社会消费场网，结实套牢，难以分离，继之在物质与人的新型关系中养习成一位人尽可夫的“花厅夫人”。

林微音的某些小说还把这类设置施延至上海的周边城市，比如《西泠的黄昏》的H城、《白蔷薇》的S城、《一样的孤独》的南京等，那里所展现的生活，受掣于上海的辐射，同样表现着类似上海的性征。“似乎衣食住什么都不欠缺，实际上什么都过得不痛不痒”的生活，几乎人人都得“挨着才能过去”，要么脚踩西瓜皮地学着“变油滑”，要么一味诅咒这种“比上不足，比下有余”的生活是“中华民国的特产”。凡此种种，显示了上海市民生活哲学对周边地区的深重影响，出现于那些地区中的纷纷纭纭，物质也罢，精神也罢，有相当的内容同样已经都凝集为一种挥之不去的重压，给予日渐走向现代的人们以新的生活价值和方式，从而体现了林微音小说的某种真实价值，尽管他的观念深处未见得满贮着批判的激情，尽管他的表述一般都发散出形而下的俗气。

和一般海派小说家一样，林微音对都市男女的情爱生活热情弥满，这些体现了他们这批作家与新文学传统的天然联系，但是当新文学在20世纪30年代前夕普遍以意识形态话语刷新、新文学中的新人形象渐次终结抒情时代的时季，海派作家的情爱小说也成为了他们狭窄和软弱的社会立场的一种表征。他们没有能力也没有勇气改变社会，在他们看来，能够相对切实掌握的似乎唯有自身的私人化最浓厚的性爱（实际上在他们生活的时代连做到这一点也非常不易，实际上这是一个最能切入的角度，也是一个最难完美把握的角度）。我们曾经说过章克标属意于现代都市的多爱主义，虽然不时惊慑于现实的压力，显出无涯的无奈，在林微音似乎并没有这一方面的计较，个体利益的绝对性，使他在性爱与道德之间坚守分裂的立场，所谓多爱主义，“喜新不厌旧”，“吃了碗里望着锅里”之类，于他不啻稀松平常，甚至是一种万劫不竭的客观必然性，是人的与生俱来的本质力量。《舞》中的李皓明算是智者。联系她的货腰生涯，她的想头非常别致：

现在在她这样久只被抱在毓麒一个人的怀抱中跳舞后，她才逐渐觉到了那已被忽略了的那时的醇厚味来。因为现在跳的时候，对手既只有一个人，而且他什么时候旋左，什么地方要转右，她几乎可以完全预知到，可说一丝儿的新鲜味都没有。在那时呢，这一次这个下一次那个地对手时常在转换着，而且各有各的丰采，各有各的舞姿，真是尽够她的消受。

这位小说人物对男女性爱的这类诠释，反映了林微音对人性的同情，也反映了他对人性认识上的肤浅。由一个不乏积极意义的前提出发，是很有可能达到非常荒唐的结论的。林微音小说人物对传统因袭的消解欲原本是可以和理性连着一气的，然而当他将自己的人物推进一个轻视人类既往建立起来的全部文明，低估人类社会与原始状态分离以来的全部历史发展的时候，他和他的人物携手蹈入新的蒙昧，误入了道德虚无的黑潭。当然，我们应该关注林微音在多处情景下都没有将他的人物逼入绝对放纵的路子，这差不多可以看作是现实的必然性力量对作家的告诫。都市为男女之间在现代社会结构中的“兼爱”提供了某种可能性，但最终没有提供现实性，他的小说人物的无节制的纠缠，像藤蔓一样缠绕永远，他们的颓废倾向，感伤和晦涩的情调多半也来自于此，虽然他从未放弃对愚昧的虚无的个人本位的向往。

林微音的小说表明他是一个对都市男女性爱一切经验兼容并蓄的作家。他在向读者拉开兼有各别性质的性爱画卷时，有时闪现着像街头“拉洋片”民间艺人那样的炫耀，发出咯咯的笑声，有时蹙着眉头，发出由心底浮起的太息。这里暗示着作家的气质，更重要的说明了作家对这类多少病态的生活所持有的矛盾心理。不过，林微音在描写性爱上毕竟是一个颇能花样翻新的写家。婚外恋被他写得熟烂无比，除《白蔷薇》外，尚有《龙华在望》《西泠的黄昏》《爱的徘徊》，来自法国公园的故事《春似的秋》和《秋似的春》也带这类气氛。《怅惘》是他最早的作品之一，关心的是同性恋问题；《所思所遇》也属早期作品，却乐于描写性怪癖。对各式性游戏的贪恋，也包括并不出色的性描写，它的前戏，它的进展，它的形而下官能细节，它的由亢奋至疲乏的过程，是林微音小说的特殊景观，其中自然含茹相当多的迎合市民无聊趣味的成分。总体而言，我们没有理由怀疑作家具有一定的人道精神，这里有理想的人生境界难以实现的苦闷，也揭发了现代都市的冷漠和荒诞，以及日渐给予人的孤独感，然而终究不能忽视他很早已经表现出来的特异趣味。林微音试图通过他的小说来展开当时都市男女社交五花八门的场景，甚至是全部场景，因此，我们能够说，他的小说世界主旨在揭发现代人的实际生存条件，而男女性爱是其基本的内容，都市人那种乐此不疲而又毫无希望的情感狩猎，构成了他的小说的底色，是一种情节核心。除最可以看重的《花厅夫人》之外，《白蔷薇》也显得相当注目。

《白蔷薇》这则一个男人与两个女人的浪漫故事惹人注意的似乎不在基调的哀怨，给一般读者印象更深的，大概是出现在一民与稚茜之间，一民与妻子兰若之间，以及稚茜与兰若之间三角关系的畸异特性。展开在他们三人之间的这场风波，来也匆匆，去也匆匆，然而人们并没有多少理由用随意性来概括。很难说一民的对于稚茜，是一种移情别恋，一民曾明确无误地向稚茜告白，“我是真实地爱你的，正如我真实地爱若兰”，他的作为确系也表现为一种全新的都市性爱哲学，但它不是在宣扬维持无爱的婚姻来曲线支持有爱的两性关系，不同于作家在《西泠的黄昏》中表现的那样，自然也不相像于章克标的《一个人的结婚》。这是一种完全抹杀了人作为历史发展结果的本能行为，是个性主义的虚无表现，实际上是一种披着文明假相的性游戏。林微音细微生动地描述了荡漾在这场来去匆匆的风波的曲折波纹，缜密地演示了含茹这一三角关系之中的所有情感交流的占有性和狩猎性。因此，小说关于人物细腻的心理反应的镂刻，关于彼此攻击意志的人物语言的营建，可看之处不少，在当时同类作品中算是出色的。然而林微音诉说的到底是一场来去匆匆的风波，作家能够捕捉的、能够诉诸笔墨的，能够给读者带来思考的，充其量只是这片倦怠者的院落。小说基调的哀怨，会普遍感动市民读者的，一民呼天抢地的“我有罪”，多少也具有某种真实性，因为它们同创作主体的条件相联系，现代都市知识分子对孤独感的普遍恐惧，以及他们在观念上的迷惘，判断上的混乱，审美把握上的虚无，并非没有客观的认知价值。反映在作品中的这场风波，也是现代都市的一种特异风景，伴随经济的发展和社会的进步，沿着社会由传统向现代的转型，喧嚣复杂的都市提供给人们的不全是流光溢彩，不全是华严优雅，其中也含有污秽和垃圾，林微音的判断大可怀疑，但他的“展览”，《白蔷薇》三角中人的命运，对别一样的人们，对那些拥有适度理性的市民读者来说，会生出些重新打量的念头，会低回，会忧郁，甚至也会沉痛，也会反省。

近代精神分析学对林微音的影响并不能低估，我们虽没有找出林微音与弗洛伊德学说的直接联系，但作家对男女性爱题材的执着，多半会让人寻索出些许关目。他的那些描叙现代都市人非常态性倾向和性方式的小说，更有利于我们作出合理的思考。《ENNUI》是典型的例，它是《圣经》亚当夏娃故事的改作，在我们看来，是一则关于生命的寓言。作者用兼容经典的庄严与现代的滑稽的方式表达了人类的生活经验，那种存在于世间男女普遍和永恒的经验。由伊甸园的情境来解释了生命的起源，是弗洛伊德给予历史的重彩篇章，林微音所操持的腔调显然是弗洛伊德式的，属于他的是，他不只演绎了莎乐美式“爱比死还神秘”的主题，似乎还始终没有疏忽现代生活的启示。我们说过，林微音的小说是倦怠者的院落，但并不为他所独有，无聊疲乏在张资平的小说中反复出现过，是用以坦白性冲动的归宿的，而林微音更是将“无聊疲乏”诠释为生命的一种本质，并且由此还宣叙某种“一为人身，万劫不复”的哲学，有些震撼力量，终究是悲观的。但联系海派作家对现实生活的理解，是可以品味出某些真实的意思来的，它们和林微音大半小说中的虚无色彩，颓废情调有互为对应、互为发明的意义。小说集《舞》的压卷之作《江流》，意味别样，恰恰也是观察精神分析学对林微音创作影响的突出例子。父女之爱与夫妻之爱在这里被错综一片，也可以说两种有些联系却本质殊异的感情在主人公雪村的意识和无意识世界中出现了错位。妻子的默然出走，留给他的是被丢弃的苦楚，他唯以爱女作为补偿。女儿长成，感情有所寄托，由于“爱小蕙太深，太切”吧，雪村“时常觉得有一种模糊的恐怖，模糊的痛苦袭来”，尤其当他白日里看到女儿和心上人身影不离时。他竟然常会记起自己和妻子昔日的缱绻，害怕行将又一次经验“被丢弃的苦楚”。于是，他会从女儿身上的香水味中联想到妻子的肉息，深夜，他会用男人的眼光陶醉于女儿的睡态，会用男人的心思反复咀嚼与妻子曾经的销魂。江流呵，像少女的心思一般曲折，但毕竟雄壮地流着，雪村膝头一曲，终于有意识或无意识地将坐在船头的女儿送入了江流之中。“哈哈，你去了吗！”他的面上惨笑着；接着他迟沉地喃喃道:“哦，也好；至少，现在我可没有欲爱不能的人了！”我们可以从小说中读出现代都市人对“孤独感”的焦虑和恐怖，但就小说本身而言，我们实在感受到的倒是如云烟般蒸腾着的弗洛伊德气息。

用书信改变传统的全知叙述，是五四小说张扬个性主义和浪漫精神的进步，叶灵凤作为最早时期的海派作家，他的意义主要体现在他的过渡性，也即他和五四传统的天然联系，而他的善于用书信体来叙述故事和人物命运。正是一种不错的说明。林微音也相当看重书信体的主观性征，看重它的亲切味，甚至更看重它的挽歌情调，《末一次请求》《春似的秋》《秋似的春》等就是书信体，他对这类叙事方式的热衷，为着倾诉，为着寻找理解的可能，也为着那些难耐的发泄，差不多是顺着叶灵凤的路子发展的。书信体使作者异常便捷地进入主人公的内心深处，并可以借助意识流或其他方式将其最隐秘的灵魂公诸于世。然而在我们看来，书信体之于林微音还是一种特有意味的形式，如我们已经说过的，他的小说多半是描写着都市的现代型的冷漠和荒诞，宣叙的是都市人的孤独感，书信体的主观视点，恰好满足了这种情境的表达。理由是简单的，因为这种单知的视点无法提供猜透他人世界的可能性，维护着他人内心生活的不透明性，有利于获取某种反讽的效果。类似《白蔷薇》算不得书信体，但其中的书信作为人物行动和情感的材料，既包含有林微音书信体小说的一般意味，也显示了书信对于小说结构的意义。小说首尾分别是一民致稚茜的书信，它们分别是作为故事的“开端”和“结局”出现的；羼杂于小说叙述过程中间的书信，或兰若致一民，或稚茜致一民，大都也具有结构的功能，成为小说所演示的这场风波的有机部分。

书信材料作为一种叙事的结构手段，它所提供的浓厚的心理内容，同时还启发林微音将人物的日记发挥了类似书信的作用，《梦儿死后》有如许的意思；人物的独白式的材料，被林微音用得相当多，《残留的胭脂印》和《出走》是这样，《人工的吻》尤其是著例。或许很难一般地将它们看成是“书信”的变体，但它所具备的叙事功能，与书信确乎还有些相仿佛的地方。人物的独白，一般被人们视为戏剧手段，用于交代和展示人物的内心生活。其实，林微音的不少小说是很容易叫人想到戏剧文体的，《序幕》和《两杯咖啡》便是两则短剧，而《两朵蔷薇》《逍遥游》差不多是以人物的对话建构的，人物对话是构成戏剧冲突的基本材料，也是戏剧的灵魂，林微音小说中的对话，戏剧样的可谓多矣。用于表现男女人物情感揣摩和情感狩猎的对话，大都具有戏剧的性质，在林微音的小说中多得几近俯首即拾。

《爱的徘徊》的惠克在文艺会与曼南见面后，打算带曼南另去他处，可曼南说她两点三刻还有别的约会。走进车中——

> 惠克说："今天我特地抽出了半天想同你谈谈，可是——"
>
> "真对不起，这个约是你昨天打电话来的以前就约好了的，否则我倒也很愿意不回去。——今天的这餐饭吃得很有趣，我要谢谢你。"
>
> "有了你在一起无论什么都是有趣的，只是两点三刻——对咧，那幸运的两点三刻的约会者不知是谁，我可不可以问？"
>
> "有什么不可以问的？是济先，刘济先。"
>
> "哦，是刘济先！"
>
> "你认识他，不用说？"
>
> "是的，认识。"
>
> "他要请我看电影，你想不想一起去？"她探问道。
>
> "一起去，他请，刘济先？"
>
> "谁请倒没有关系，你要请你也可以请的，只是，我看今天就这样分别了吧，有话我们有机会再谈。"
>
> "两点三刻的约有没有终结的时间？比如说电影散后，我可不可以再看到你？"
>
> "我想今天不要再约了，明天或什么时候都好，只要不要

今天，免得太局促。”

“那末，回头叫我到什么地方去呢？”

“你，你的夫人——”

如果章克标小说对话的特色一般在于营建某种场面气氛，那么，林微音的这类对话更多的是人物的一种“动作”。当事人嘴中吐出的话，都或隐或显地企图轰毁对方的意志，表现为塑造人物性格的动作，推动人物故事进展的动作，总之，是属于“戏剧”的动作。这些正体现了这位小说作家叙事方式的特征。

注　释

1《我的创作经过》。

2《谈“创造社”》。

3《文艺史概要》，时中书社，1925年，第73页。

4《马克思恩格斯全集》第22卷，第535页。

5 韩侍桁：《张资平先生的恋爱小说》，《文学评论集》，现代书局，1934年。

6 钱杏邨：《张资平的恋爱小说》，《现代中国文学作家》第二卷，上海泰东书局，1930年。

7《多角恋爱小说家张资平》，《青年界》第6卷第2号。

8《张资平恋爱小说的考察——〈最后的幸福〉之新评价》，《清华周刊》第41卷第3号。

9《艺术家》，《天竹》，现代书局，1928年。

10 亚灵（潘汉年）：《新流氓主义》，《幻洲》创刊号。潘汉年氏总共在《幻洲》上发表总题为“新流氓主义”的单篇有《第一章》《好管闲事章》《骂人章》《我们的性爱观念章》《女读者与下部“十字街头”》等五篇。

11《洪水》一卷二期（1925.10）上的《姊嫁之夜》，是他公开发表的第一篇小说，并不是《昙花庵的春风》，而《昙花庵的春风》又不是发表在1926年的秋天，而是揭载于该年元月号的一卷八期。

12 参见拙作《海派二十家小品序·叶灵凤小品序》，《中西学术》第一辑，学林出版社，1995年。

13《〈时代姑娘〉自题》，《时代姑娘》，四社书店，1933年。

14《中国新文学大系·小说三集·导言》。
15《〈灵凤小说集〉前记》，现代书局，1931年。
16《关于短篇小说》，《读书随笔》，上海杂志公司，1936年。
17《我的小品作家》，《灵凤小品集》，现代书局，1933年。
18《艺术与社会》，《创造周报》第23期。
19《怎样叫做世纪末文学思潮》，《文学百题》，生活书店，1935年，第103页。
20《滕固与狮吼社》，《文苑草木》，上海书店出版社，1996年，第12—13页。
21 参见南京师范大学《文教资料》125期。
22《都市漩流中的海派小说》，第221—222页。
23《恋爱四象·序》，上海金屋书店，1929年。
24 参见《文苑草木》。
25《散文七辑·序言》，上海时代图书公司，1936年。

第六章　海派文学风景线（二）

三　施蛰存—刘呐鸥—穆时英

奥地利医生西格蒙德·弗洛伊德那套以研究性欲理论为中心的精神分析学说，早在20世纪初已进入我国。随“五四”前后以思想启蒙为基本任务的新文化运动的展开，它更是得到广泛的流布，并支持和深化了“五四”文学人的主题。周作人、鲁迅和文学研究会作家多有同情者，最突出的，在理论和创作上都有触目实践的还是创造社。这个文学社团标榜浪漫主义，自起头便接触“世纪末”的种种流派，而精神分析方法在西欧恰恰支持过“世纪末”，于是顺理成章地对他们产生影响。郁达夫的小说写过青年的性欲苦闷，《沉沦》似乎还没有运用精神分析方法，郭沫若倒是可以记一笔的，他写于1921年的《〈西厢记〉艺术上的批判与其作者的性格》和之后的《批判与梦》确乎是运用精神分析方法的典范。他的小说《残春》《叶罗提之墓》《喀尔美萝姑娘》则是创作上的实绩。他的这类作派，对文学界前后左右的启发良多，我们在讨论张资平和叶灵凤时，在评述林微音的小说时，都已有所涉及。我们现在打算讨论的施蛰存，他并不是创造社作家，似乎也没有公开标榜唯美主义，他是一位各体兼备的海派作家，尽管人们从他的有关言论和私下的文学交谈中会发现，他并不喜欢人们称他是海派作家，差不多一样，他也不太承认自己是一个新感觉派的小说家。

我们无从清理和排比出郭沫若和他的具体联系，如果有的话，年少时看过《女神》，这对于一个新文学作家来说，实在过于稀松平常了。就我们的观察看，倒看到过郭沫若影影绰绰地骂过他，说他是“苍白色的风流不凡，孤芳自赏的文士，自抗战发生后差不多连一个字都没有写出”[1]。不过，郭沫若用精神分析方法写小说，径直还用这一方法处理历史题材，就这一点来说，施蛰存似乎应该将郭沫若氏视为前辈。

施蛰存，名德普，字蛰存，以字行，常用笔名有青萍、安华、薛蕙、李万鹤等。1905年生于浙江杭州，8岁那年全家迁居江苏松江（今上海市松江县）。孩提时代，读课文“暮春三月，江南草长，杂花生树，群莺乱飞”，已知造句之美。爱读唐诗，尤其喜欢李贺的诗，曾模仿其险句怪句作《安乐宫舞场诗》；迷恋英文和接受新思潮；喜欢阅读革新后《小说月报》刊载的俄国小说；给《民国日报·觉悟》投稿，第一篇小说《恢复名誉之梦》却发表在《礼拜六》上。这些属于施蛰存的青少年故事，在我们看来，对这位作家日后的发展都有决定的意义。他善交游，结社和办刊物，曾给他晚年的回忆带去了彩虹般的色彩。戴望舒、杜衡是他最早的文学朋友，之后是刘呐鸥和穆时英；1923年的“兰社”，1926年的参与创办《璎珞旬刊》，而1932年5月《现代》杂志的问世，他是出力最勤的。爱伦·坡和日本的田山花袋，是青年施蛰存着迷过的作家，由于钟情奥地利心理分析小说家显尼志勒而翻译了他的《倍尔达·迦兰夫人》；于是才发现弗洛伊德学说中的兴味，蔼理斯的性心理著作和英国劳伦斯的性心理小说，给他留下过深刻的印象。施蛰存始终不是弗洛伊德理论家，由文学而理论，再回复到文学，这是他同精神分析学说的联系。

他是一个充分尊重主流文坛的海派作家，现实主义向来是"进步文学"的同义词，他在晚年反复申述自己和现实主义的关联。许多研究者殚精竭虑地为他勾勒"现实主义——现代主义——现实主义"的路线，这实在是学术生产力的浪费。在我们看来，不去理会现实主义，才会比较真实地揭示出施蛰存的文学贡献，严格说来，没有了精神分析小说，就没有了文学史上的施蛰存。实际上他从俄国小说中学得的还不主要是文学现实主义，而是俄国现实主义文学中的民主和人道的精神。不能否认他的创作生活的变化和发展，适当地描述这一过程，可以启发我们理解一部中国现代文学史是怎样牺牲了本身的丰富而走向"大一统"的。作为文学作家，施蛰存的黄金时代开始于20世纪20年代末至抗战前夕，也就是革命文学和左翼文学存在的时期，他的文学史地位也正是在同上述主流派文学的比较中凸现出来。

施蛰存氏正式的文学生涯开始于1926年，在他的大同大学和震旦大学的学生时代。《上元灯》和《周夫人》的发表是其重要标志。他的正义感和良知，不允许他无视大革命失败后的现实，像所有进步的知识者一样，他苦恼过，徘徊过，他的1927年是用如许方式度过的。冯雪峰的进入他的文学生命，之后刘呐鸥的出现，在《文学工场》流产后，第一线书店到水沫书店，《无轨列车》《新文艺》的创刊，当时施蛰存是处于两种力量的牵引之下。政治的和艺术的，同为"新兴"，一是导向普罗革命，一是导向现代主义的艺术。没有"新兴"的气氛，不足以使施蛰存兴奋，然而就政治方面的和文学方面的准备而言，施蛰存只具备后一方面的资格，并且对于来自政治方面的高压，他也许更是无所适从。没有任何理由责备他最终走上了“纯文艺”的道路，也无须过分地估计他同革命文学的亲昵。

晚年施蛰存对自己广泛的学艺活动有“东西南北”的说法，从实际情况看，最为人关注的是新文学的创作和创办文学刊物等出版事业，翻译西方文学和研究中国古典文学，是可以作为观察他的创作的一种背景，当然也分别可以视为他前后两段文学生命对现实的一种适应。他的小说创作无疑是最重要的，在他以前有过描写都市生活的小说，但还没有出现以反映都市生活自命的作家，在他以前的创作界有过郁勃的摭拾现代主义手法的态势，但还没有出现过将现代中国文学自觉推进到现代主义的企图。用现代主义的眼光审视都市生活和都市文明，是施蛰存和他的同伴戴望舒、杜衡，尤其是属于新感觉派的刘呐鸥和穆时英。

将施蛰存和穆时英、刘呐鸥作出比较，杨义说过一句非常得体的话：

> 大体说来，施蛰存的中国古典文学修养较深，他从江南带书香味的城镇走出来，站在现代大都会的边缘，窥探着分裂的人格，怪诞中不失安详，在中外文化的结合点上找到了相对的平衡。刘呐鸥在台湾海峡彼岸，沐浴着东洋早期的现代派文化，沉陷在大都会的灯红酒绿的漩涡，躁动中充满疯狂，以一种超前的运动，牵引这个流派向外倾斜。穆时英徘徊和跳跃在刘呐鸥、施蛰存之间，以一双捕捉过城镇下流社会原始的强悍之风的手，去捕捉大都会光怪陆离的奇艳之风，

放纵之处时见苦恼。[2]

施蛰存自认《上元灯及其他》（封面书名题作《上元灯》）是他的第一部小说集，其实，同年稍早些作者还有过《追》和《娟子姑娘》两个集子，共收《追》《新教育》《幻月》《娟子姑娘》和《花梦》等五个短篇小说。其中《追》大致和蒋光慈的《短裤党》相类，写的是上海第三次武装起义，也记录了作者青春年少对于革命的罗曼蒂克的向往。《娟子姑娘》是日本田山花袋《棉被》的仿作，反映了对作者在日后有相当发展的艺术趣味。不过，晚年施蛰存谈到这些，多有悔其少作之感。在我们看来，《上元灯》中的十个短篇，《周夫人》《宏智法师的出家》和《梅雨之夕》开始显示出弗洛伊德对作者的影响，预示了他一生创作最重要的发展。其余篇什都是作者用城市人的眼光，怀着对早岁经验割舍不去的温情写出的，唯独不用第一人称的《渔人何长庆》是最富城乡边缘性的文字，菊贞的“堕落”凝聚着城市对农村的吸引，而主人公何长庆对菊贞的迁就，也意味着农村对城市的迁就，满贮着万般的无奈。

作者多次说过自己有“妄想癖”，他的这些早期小说可以为他作证。有些学者过分地信赖作者本人的夫子自道，想方设法地找寻所谓“现实主义”的根据，居然还创造了一个“心理现实主义”的假想。施蛰存的这些小说，当然有浓重的心理小说气息，问题在它们首先是想象的产物，尽管他并不短少关于苏州、松江之类城镇的经验。他是站在都会人与乡村人结合的边缘立场上，用伤逝的情调讲着早岁的故事。中国古典诗词方面的修养进一步玉成了作者的抒情，那种带着淡淡忧伤的抒情，稍稍放开地说，施蛰存的这些小说是一种心理的诗意的小说，主观情绪的意象化是他最基本的技巧，有一种和郁达夫小说差不多的味道:“夕阳细雨中的红花绿叶。”《扇》和《上元灯》中的扇子和上元灯都是作为男女爱情信物出现在小说中的，显然是伤悼爱情的象征，但作者由此而营建的意象世界，不知谁说过，犹如江上的薄暮，夜半的笛音，这是非常不错的见解。直白地说，作者是用写诗的方法写着小说，或者说是用古代既成的诗歌意象来点化他的小说。宽泛的现实主义是任何主义的作家都无法排拒的，否则他的作品无法被现实中的“人”看懂，施蛰存虽形似写实地向人们诉说着小城故事，底里是在诉说他对于现代都市与传统城镇两种文明冲突的思考，而在方法上基本与文学现实主义无甚关联。他凭借敏锐的审美感觉，结构扑朔迷离的情节，使用精致的语言来表达丰富的情感和细腻的内心体验。似水流年，昔日的梦境正在散去，他写得如此的“乐而淫”，或衰飒暗淡，或朦胧迷幻，或清空幽美，飘荡着某种晚唐的情韵。

《上元灯》集的成就主要是属于风格方面的，诚然有故事，而牵引故事的人物，在作者似乎并没有过多用心，我们不能接受《上元灯》是人物素描的说法，就以绘事作比，与其说是人物素描，不如说是人物速写更妥帖些。关于《上元灯》中的小说，沈从文有相当不错的观感。沈从文是施蛰存的友人，据传在1929年还出席过施氏的婚礼呢，沈从文更是施氏小说的通人，他在《论施蛰存与罗黑芷》中就精警地说过“《上元灯》是一首清丽明畅的诗，是为读者诵读而制作的故事”，并且还敏锐地说出了下面的一段话:

> 作者秀色动人的文字，适宜于发展到对于已经消失的，过去时代虹光与星光作低徊的回忆，故《渔人何长庆》与《牧歌》都写得很好，另外则是写一点以本身位置在作品上，而又

能客观的明晰的纪录一种纤细神经所接触的世界各种反应的文章，如像《扇》,《妻的生辰》,《栗与芋》，即无创作组织，也仍具散文的各条件，在现代作者作品中可成一新型。

《上元灯》集明显呈示了作者对于人物内面生活持有浓厚的兴趣。这是一种相当现代的兴趣，其中比较别致的是《周夫人》，它是仿作《娟子姑娘》的继续。一个年轻寡妇被压抑的性欲在一个少不更事的男孩身上的病态宣泄，它表明弗洛伊德精神分析学说的血液算第一次正式活跃在作者作品的肌体中。充分注意奥地利作家显尼志勒对施蛰存的影响是必要的，施氏在回顾他20世纪20年代的文学活动时特别提到这一节目："我心向往之，加紧了对这类小说的涉猎和勘察，不但翻译这些小说，还努力将心理分析移植到自己的作品中去。"[3]显尼志勒本是弗洛伊德的朋友，他的作品史称可与弗洛伊德的理论互为对读，弗氏阐释自己的学说时甚至还多次借助显尼志勒小说的支持。因此，这位奥地利作家显然是施蛰存通向精神分析方法的桥梁，当然也得益当时创作界的积累和文坛风气的熏染。施蛰存并没有轻视革命文学本身，但就其自身的条件选择了精神分析方法，反映了某种可以归属于小资产阶级文学作家的自由主义立场。他依然是从重点表现人的内面生活出发的，这在原则上是一种与浪漫主义文学有血肉联系的倾向，表示了文学的现代主义发展。我们不同意简单地将施蛰存早期小说归属于现实主义，当他自觉由弗洛伊德学说来支配自己创作的基本形态时，更不是什么他的"小说中的精神分析是脱胎于现实主义的精神分析，或者说是二者的有机结合"了。

现代社会愈演愈烈的"灵"与"肉"的冲突，形成过创造社某些小说的旨意，它同样也困惑着施蛰存。精神分析学说恰好在这一层面上极大满足了作家对生活的开掘。如果他的前辈们还更多地从人性的角度来涉及人的性心理，那么，施蛰存则径直把人的性心理看成是人的全部困惑和矛盾的根源。它不仅适用于现代社会，也适用于整个人类生存的历史。从都市生活中，作家还观察到普遍存在着的人格分裂和心理压抑，几乎都可以从人的性心理层面上找得答案，从而都市文学的表现也天然地可以凭借精神分析方法的推动进入一个新的天地。这种对现实的观点和倾向，在施蛰存是根本性的，"随类赋形"，他的小说创作中的"人物描写、情节安排、结构布局、语言运用"等无不受它的影响、支配乃至决定。这种根本性的创作精神与其说来自现实的启发，不如说是对某种观念的先验信仰。施蛰存在这一阶段的小说创作基本上是循着这种轨道展开的，成功也罢，失败也罢，都同精神分析学说本身相关，内在地被这一方法的短长所制约。

《将军底头》《梅雨之夕》《善女人行品》等三部小说集，甚至还得算上作者最后的一部《小珍集》，集中体现了施蛰存的追求，也从一个重要方面建树了他对于文学历史的贡献。

运用弗洛伊德精神分析学说来解释历史上的事件和人物，通过心理分析方法加以表现是以《鸠摩罗什》为开端的，作者是将其看成开辟了一条"创作的新蹊径"的。他还具体地说过："《鸠摩罗什》是写道和爱的冲突，《将军底头》却写种族和爱的冲突了。至于《石秀》一篇，我是只用力在描写一种性欲心理，而最后的《阿襤公主》，则目的只简单地在乎把一个美丽的故事复活在我们眼前。"[4]弗洛伊德在某处说过，最高贵的爱情存在于苦行僧的生活中，他们毕生与原欲的诱惑挣扎不已。七易其稿的《鸠摩罗什》就讲了一个僧人在灵肉冲突中“挣扎不已”的故事。所谓金刚不坏之身本是僧人至高至贵的人格理想，它是在历经自然欲望和精神欲望两种追求，即爱和道两种力的搏斗后才得以产生，罗什圆寂后最终“全身皆烂，只剩下一条舌头”。只因为他没有能力摆脱对于妻子的爱恋和思念，只因为他没有办法抵御美娇女子的诱惑，无意识战胜了意识，世俗世界对佛陀世界的胜利，也就是自然欲望对精神欲望的克服，爱对道的克服。逝去的妻子龟兹公主生前万般柔情蜜意在记忆中挥之不去，又面对孟娇娘千娇百媚的诱惑，罗什虽竭尽全力用“灵肉分离”法则来平衡，在长安还是扮演着“日间讲译经典，夜间与宫女使女睡觉”的二重人格。

《将军底头》是一则“爱情和死亡”的华美传说，而不主要是关于“种族和爱”的冲突。吐蕃来唐武士后裔花金定将军奉命征伐祖父之邦，途中他严厉惩处部下掳掠少女的劣行，面对姑娘的风情，由最初的心旌摇荡发展到深挚爱恋。直至两军对阵，他被吐蕃军砍下首级，依然人不下鞍，奔向系念着的姑娘。“这时候，将军手里的吐蕃人底头露出了笑容。”小说的这一结尾，浪漫得惊心动魄，真实得感天地泣鬼神，倾泻的是对于“非理性”超越“理性”的赞颂。种族和军纪，在“力比多”面前全线崩溃，爱战胜了死亡，获得了永生。《石秀》出处是《水浒传》，虽然并没有变动原著的审美定势，却又一改原著的方巾气。小说将石秀投掷于原始本能和江湖道义的冲突之中，从而也为读者创造了一个富有人的真气的“新”石秀。小说是出色地完成了作者“描写一种性欲心理”的企图的。尽管潘巧云是石秀的义嫂，石秀临对她的秀色和挑逗，潘多拉魔盒终于打开了，一种属于男性的自我审视觉醒了，作者痛快地挥洒着他那动情而又同情的笔，然而最终还是写尽了石秀在礼教和义气的压抑下放逐了本能的冲动。随后石秀得知潘巧云勾搭上和尚裴如海时，阵阵悲哀向他袭来，为义兄径直也为自己，当由至爱而生成的嫉妒一经冲出悲哀，石秀借正义，借惩恶，向他曾经爱过的女人举起了屠刀，演出了一场残酷无比的开膛剖肚的血腥场面。《石秀》中的石秀，两个场面，一副心腔，从常态的淫欲涌动走向变态的淫虐狂。从精神分析学说的角度看，施蛰存氏的这篇小说最成功，最能显出这一学说的精义，近年来许多议论弗洛伊德的学者几乎都看重石秀的行径，不是偶然的。

《石秀》作为一种信号，报告了作者深入的笔触已掘进了人类由人格分裂和心理压抑所形成的病态的和怪异的心理层面，难怪当时就有人指出《将军底头》集中的小说，有“一个极大的共同点——二重人格的描写。每一篇的题材都是由生命中的两种背驰的力的冲突来构成的，而这两种力中的一种又始终不变地是色欲”[5]。当施蛰存将眼光从历史的荒漠移向喧嚣的现代都市生活时，艺术女神向作者露出的笑容是明丽的。1933年他将《梅雨之夕》从《上元灯》集中剔出，另行编选出版以《梅雨之夕》题名的小说集。“描写一种心理过程”是这部小说集中所有作品共通的特色，但已脱去了《将军底头》集中传奇的风采，摄取着都会生活中的众生相是如何俗累终牵的。《梅雨之夕》借着朦胧的暮雨中主人公和陌生少女共伞同行的一场白日梦。作者设色的才能直然是小说人物心理活动萌生的诱发剂，那个最后从头等车跳下到街边屋檐下躲雨的少女终于失去了平衡，失去了矜持。在这暮雨中，当前的那位少女，初恋的苏州姑娘，以至于现实中的妻子，三个色彩各异的女性交替出现在男主人公的梦幻中，由她们联想到日本画家“夜雨宫诣美人图”，联想到古人“担簦亲送绮罗人”的诗句，于是身上潜抑多时的欲望也得到了补偿和满足。《巴黎大戏院》中的男人，面对都市声色的浪潮所陷入的性神经错乱；《薄暮的舞女》中的女主人公一夜之间的五造电话，传递了包围都市人的性诱惑和性压迫；《旅舍》中丁先生的疑神疑鬼，对夜半闯入女鬼的惊悸幻觉……作者写尽了他的人物在都市车轮碾压下心灵世界的病态和怪异，这里一切几乎都导发于性的压抑，人人处在难以自拔的矛盾漩涡之中，苦苦地浮沉，给读者展示了一段心灵痛苦扭曲的轨迹。

施蛰存氏在写这些小说时，新奇和刺激对于他的吸引是显然的，到写作《魔道》和《夜叉》时又有了新的发展。《魔道》主人公是一个偏执的幻想狂，周末跳上火车，跳跃的幻觉联翩而至：奇丑的黑衣老妇，王妃的陵墓，木乃伊，玻璃窗上的小黑点，友人妻送来的蕃茄，她的朱唇，碧眼的大黑猫，咖啡店中年轻的侍女……一切的一切都处于迫压和诱惑的消长之中，一切的一切都处于丑和美的搏斗之中。《夜叉》的主人公之所以始终无法摆脱飘飘欲仙的白衣女子的纠缠，之所以在幻觉中最后将夜半与情人幽会的无辜白衣哑女扼死，其源全在于主人公对那白衣女子"确然曾有过一点狎亵的思想"，直至终了，他的心还难以平复，"骤然燃烧着一种荒诞不经的欲望"。《梅雨之夕》的压卷是《凶宅》。它写了一名外国记者杀死六个妻子的离奇故事，据说作者的灵感来自报上的一则旧闻。人物全然被变态的心理撕扯着，他已失去了所有的理性，作为这座凶宅的主人，他今天带进了第六位妻子，然而一股阴森的杀气向他扑来，在他扼死第六位妻子以后，他还沉浸在以往的情景中，他说："每当我抱着她吻她的时候，我心中就会升起一阵血腥味，我觉得这就是一个最爽利的姿势。"

弗洛伊德有一种说法："常态的性的满足的缺乏可以引起神经

病，实际上由于这种缺乏的结果，性的需要乃不得不使性的激动寻求变态的发泄。”[6]《梅雨之夕》集中的十篇小说，从习惯性性幻觉者到淫虐杀人狂，大抵全是弗氏这一理论的形象佐证。施蛰存在小说集的“自跋”中说：“从《魔道》写到《凶宅》，实在已经写到魔道里去了”，进而还说：“我已得到了一个很大的教训：‘硬写是不会有好效果的’”。施蛰存氏是一个不太会苟且的人，因悔其少作，曾将《上元灯》之前的作品都毫无例外地剔出，时至1933年，明知《魔道》《凶宅》之类的弊端，那末，作者为什么还收入集子出版呢？作者的自诉究竟有多少是针对自己的，多少是为了应付当时的舆论的，个中的意味，是十分微妙的。

《善女人行品》含十二个短篇大抵还是倾向心理分析的作品，不过作者早期写小说时所持的平常心重新抬头了，对私人生活琐事的兴趣和关注，给人们留下的印象还是相当深的。对于女子心理的描写依然显示着作者惯常的风格，施蛰存氏在小说集的序言中称，“本书各篇中所描绘的女性，几乎可以说都是我近年来所看见的典型”，因此认为这些小说是自己的“一组女体习作绘”。其间所有形象都是不很起眼的普通人，再也没有《梅雨之夕》的气息了，她们毕竟是作者最熟悉的，因而在短少了想象的同时，也为他的人物带去了一份难得的亲切，不过为作者有兴味的还是她们隐秘的内心世界。比较有深度的是《春阳》。婵阿姨是抱着牌位成亲的，她是经过“两日两夜的考虑之后”才作出这一选择的。于是在此后漫长的岁月里，情欲和金钱两种力量在她身上并存，不断交战，她一方面“感觉到寂寞”，另一方面又没有“更大的勇气冲突这寂寞的氛围”。从昆山来到上海，融和的春阳，欢乐的人流，青春的影像，似乎一下子俘虏了这个女人的灵魂，但当她雇车重返昆山时，她“专心地核算着”的却是自己在上海花去的钱了。小说用回忆和现实的交错实现了人物性心理在时间中的流驶，而且还以现实和幻想的交错显示了人物性心理在空间内的变移。这部小说集的作风较之《梅雨之夕》，我们认为并不主要在作者向现实主义归依的问题，而是在《梅雨之夕》中，作者描绘了人的复杂的性心理的本身，有时不惜将其荒诞性也充分地暴露出来，而在《善女人行品》集表现了作者通过性心理的描绘开始重点拷问人性问题，从而为作品提供了某种批判性思考。到抗战前一年出版的《小珍集》，问题有了进一步的发展，时代对作者的影响显然地表现在他的作品开始寻求新的作风。依然执着于人物心理的揣测描摹，为研究者们反复强调过的写实风确实在吹拂，作品对畸形社会的批判出现热辣辣的气息。《汽车路》在都市文明危及农村经济的主流题材中点染着作者对于文化心理的开掘，这是不同于主流派作家的地方。施蛰存毕竟是施蛰存，他对现实的凝视，都在最后难以忘却他熟悉的精神分析，毋庸说一般的心理问题描绘了。《小珍集》中的《鸥》，修女小陆由白帽子引发的绮想，又使读者重睹这位作家最有魅力的笑容。只要人们再翻开朱光潜主编的《文学杂志》一卷一期，施蛰存的《黄心大师》便扑入眼帘，作者重新回头向历史深处寻索灵感，虽没有《将军底头》等华美夸张，然而一个女人，从商人妇到官伎，再到尼姑，长期的压抑的心理内容仍支配着全篇文字。她铸钟八次都归失败，后来却知晓施主原系自己最初的丈夫。一切都是缘，在第九次浇铸时，她奋身蹈入熔炉，用血肉之躯铸成了一口传世的大钟。事像的始末还被笼罩在弗洛伊德的云雾之中。倘若联系施蛰存直至20世纪40年代还念念不忘显尼志勒，以及他为青少年学生阐释鲁迅小说《明天》所取的角度和所用的方法，大抵还是精神分析的套数[7]，答案似乎并不模糊。

在我们看来，精神分析的方法对于施蛰存来说是具有根本意义的方法，从他整个小说创作的过程看，时起时伏，但从未被作者轻忽过。作者广泛的交游背景，他编辑文学期刊的杰出才能和特殊经历，都磨锐着他对文学时风的观察力和适应力。他个人对小说表现人物的心理内容，是怀抱坚执信仰的，他以为这是现代小说，尤其是现代短篇小说的精髓。他在《鲁迅的〈明天〉》中有过陈述：

> 19世纪后半期以至于欧战以前，短篇小说中所描写的总是人的行为或说事实，近二十年来的短篇小说家注意的都是心理，或说思想。因为人的行为，无论如何简单，总是被决定于一连串复杂的心理。不把这些产生行为的心理描写出来，则此行为的动机及目的就显得暧昧。

因此，施蛰存的选择弗洛伊德是自觉的，当然在写作《将军底头》和《梅雨之夕》两部小说集时有过突出的表现，而在它们的前后，作者对弗洛伊德的兴趣，或滋长，或淡化，而重视开掘和表现人物的心理内容则是他小说创作的一般特色。能不能这样说，施蛰存是由重视现代小说对人物心理世界的追踪而走上创作精神分析小说的道路的，而又因对于精神分析方法的娴熟而从未怀疑这一方法在描写人物复杂心理内容时的实际意义。

从《上元灯》到《黄心大师》，传统文化中关于“诗”的那部分内容对施蛰存有着深重的影响。前期的典雅，中期的雄浑，后期的洗练，作者的风格有所变化，然而，他始终用其郁勃的诗心在结构他的小说。他的小说虽并没有完全放逐故事，但是当我们注意甂氲于其间那种特异的空气时，我们将会有更多的收获，将会更深切地体会到作者是用怎样的方式表明自己是一个真正的艺术家的。总体而言，他是一个比较倾向于主观的小说家，表现在他的作品中有浓郁的甚至是神秘的心理感受，以及一贯的抒情气氛，都显露了作者浪漫的审美情趣。他的传记材料告诉人们，李贺和李商隐对于作者的意义大抵在“奇异”与“隐秘”之间，这些恰好又和他对于现代都市生活的思索相契合。尽管他不太喜欢人们说他是一个新感觉派的小说家，实际情况却表明，新感觉派的所有手段，他不啻熟悉，在具体的创作中也有相当的运用。像《春阳》中的意识流的技法之于他，已不是一种偶然的存在；他对于场面描写，无论是《将军底头》还是《梅雨之夕》，专重于气氛的渲染，有人说有点儿魔幻情调和薄暮情调；他的语言一般说来是安详的，但由安详的外壳所包裹的是人物心灵深处的厮杀，因而有时他并没有耐心将他的安详贯彻于始终，在叙述历史故事时多半显得华美浓烈，在描叙现实生活时也习惯于飘忽跌宕。

施蛰存的小说在20世纪30年代前后的出现，最严重的意义在于他对现代都市生活中的某一部分人的内心世界所表现出的兴趣。那些属于城镇天地中的人物，他们处于城乡结合部新旧交混的生存空间，作者的审视多半也取都市的立场，尽管他对乡野小镇中的种种，还是充满着理解和同情的。《梅雨之夕》中的人物显然是最出色的，上海普通市民琐碎的生活面相在作者的笔下被表现得处处显露着实际生活的质感；而活跃在远古时代的人物，作者并不计较他们原先的年轮，举凡高僧、英雄、义士，通通被作者推入了世俗的潮流之中，现代生活，尤其现代都市生活的光环在他们头顶闪烁着灼人的光芒。这些文学人物对于30年代的文坛来说，多少是特别的存在，因此他们的意义也有些特别，他们的可议之处并不少，但毕竟以他们的方式丰富了文学的历史画面。

30年代的施蛰存，本质上是一个自由主义文学家。在左翼文学家和“第三种人”的论辩中也出现过他的身影；关于“庄子”与“文选”，他和鲁迅开过战；他又和头面左翼作家阿英应上海杂志公司之邀合编《中国文学珍本丛书》；他是海派代表性作家，最后一篇小说《黄心大师》却发表在京派最重要的刊物《文学杂志》上，几乎与他第一篇作品在《礼拜六》上出现一样的耐人寻味。这些背景对于理解施蛰存都是不可或缺的，半是来自他的性格和气质，半是来自他作为海派作家的兼容潜质。

抗战开始后，施蛰存也进入了颠沛的生活之流，大学讲坛成了他的主要阵地，先后在云南大学、厦门大学、江苏学院、上海暨南大学执教。仅有的文学活动主要是翻译和散文创作。散文作品中包含的某些文艺杂论文字，曾引起过程度不等的争论：用弗洛伊德方法解释鲁迅小说的《鲁迅的〈明天〉》引起陈源的批评，在香港写成《新文学与旧形式》《再谈新文学与旧形式》，与林焕平展开过论争。为后来文学史家注意的是他1942年发表在《文艺先锋》一卷三期上的《文学之贫困》。文学自由主义和“纯文艺”立场支配作者对抗战初期的文学创作在观感上取消极的态度。在他看来，抗战以来一些作家“仅仅是空架的文学家，生活浪漫，意气飞扬，语言乏味，面目可憎，全不像一个有优越修养的样子”。然后他又说：“抗战以来，我们到底有了多少纯文学作品？你也许会说：我们至少有了不少的诗歌和剧本。……但是如果我们把田间先生式的诗歌和文明戏式的话剧算作是抗战文学的收获，纵然数量不少，也还是贫困得可怜的。”此文受到文坛的相当关注，其中陈白尘的

《读书随笔——文学的衰亡》(《文艺先锋》一卷六期)集中认为施蛰存是身居山林的“不与世俗同流，不大爱吃人间烟火食的”的“隐士式”的文学家。前文我们引述的郭沫若的《新文艺的使命》也正发表于当时。抗战爆发以来进步文艺界自批判梁实秋文艺“与抗无关论”始，有过关于“抗战八股”的论争，有过围绕张天翼小说《华威先生》的论争，有过批评京派沈从文的“反对作家从政”论，终于也轮到批评海派施蛰存的“文学贫困”论。全部问题集中在文学本体论与文学从属于政治的分歧上，它们几乎贯穿整个现代中国的文学历史，此时只不过借着神圣的抗战烽火，显得格外触目罢了。它们尽管尚欠至周，人们的某些异议，包括某些大人物的呵责也不难理解，但我们不能怀疑作者正当的用心和同样可以理解的立场，内中包含有作者对于文学的诚意，以及对于民族文化前途的关切。

至于散文创作，施蛰存早在20世纪20年代就已开始，1937年由开明书店出版的《灯下集》凡二十六篇，记载了他在抗战爆发前的实绩。抗战后的主要篇什于1947年结集《待旦录》由上海怀正文化社印行。对于散文，施蛰存氏在《灯下集》的序言中有一则相当体贴的说明:“从一个人的散文中间，我们可以透明地看到一个人的各方面的修养。”他的散文小品集中为抒情短章与随笔杂感两大类，他虽仰慕弗朗思《文学生活》那样精劲的批评散文，也心仪兰姆和史蒂文生那样从容的絮语散文，但到头来，他可以什么也不顾，唯重中国文化的魂魄，一如他的小说创作，从少年时代的对于李贺的神往到《黄心大师》的“近乎宋人词话的文体”。《雨的滋味》《画师洪野》《驮马》《栗和柿》向为读者所宝爱，个中原委唯“自然”两字。心境、人物、事象，临对种种，经由情感的过滤，执着于“寄至味于淡泊”，恰如风行水上，“无意乎相求，不期而相遭，而文生焉”。《绕室旅行记》和多数艺文谈片，境界敞豁，特显作者宽博而方正的风采。犀利险峭和施蛰存根本无缘，他似乎也无意于高古犷野，谈天说地，古今中外，联想郁勃，因情而生趣，由趣而得兼幽默味。萧散洒脱，却多为圆浑和润。总而言之，施蛰存的散文小品文字，文化意味特浓，有西风的抚拂，更有鲜明无疑的民族性征，它们只能出诸学人的手笔，掩映着他的淹博学养和平正的文心。

1928年夏起，施蛰存与戴望舒和住在上海虹口的一位文学青年过往甚密，此人不足30岁，刚从日本回来，一口闽南话，国语讲得还不如日本话，英法两种语言也很见功力。他叫刘呐鸥，曾是戴望舒震旦大学法文班的同学。晚年施蛰存氏有过一则回忆：

> 刘呐鸥带来了许多日本出版的文艺新书，有当时日本文坛新倾向的作品，如横光利一、川端康成、谷崎润一郎等的小说，文学史、文艺理论方面，则有关于未来派、表现派、超现实派，和运用历史唯物主义观点的文艺论著和报道。在日本文艺界，似乎这一切五光十色的文艺新流派，只要是反传统的，都是新兴文学。刘呐鸥极推崇弗里采的《艺术社会学》，但他最喜爱的却是描写大都会中色情生活的作品。在他，并不觉得这里有什么矛盾，因为，用日本文艺界的话说，都是“新兴”，都是“尖端”。共同的是创作方法或批评标准的推陈出新，各别的是思想倾向和社会意义的差异。刘呐鸥的这些观点，对我们也不无影响，使我们对文艺的认识，非常混杂。[8]

刘呐鸥（1900—1939），原名刘灿波，笔名洛生，生于台湾台南，其家长期侨居日本。他自小生长在日本，先后就读于东京青山学院、庆应大学，专攻文学。《新文艺》创刊号“编辑的话”介绍说：刘呐鸥氏“对于文学的修养都是由彼邦著名教授那里得到的”。1924年入上海震旦大学法文特别班学习，次年结业。1928年秋，与戴望舒、施蛰存组成“水沫社”，并出资开设第一线书店，创办《无轨列车》文学半月刊。是年底刊物因“有宣传赤化的嫌疑”被官方封闭，第一线书店也被勒令停业。1929年年初，他与戴、施两人又合办水沫书店，陆续推出“水沫丛书”“现代作家小集”“新兴文学丛书”，尤其出版过介绍马克思主义文艺理论的“科学的艺术论丛书”五种，刘氏本人翻译了苏联弗里采的《艺术社会学》。是年秋，又参与在宗旨上和《无轨列车》一致的《新文艺》月刊。“一·二八”事变后转入电影界，1936年，又与施蛰存、叶灵凤、高明、姚苏凤等合作编辑《六艺》月刊。抗战爆发初期，曾参与筹办汪伪政府控制的报刊，1939年秋，与黄金荣、杜月笙的青红帮因争夺赌场，被暗杀于上海福州路。

有所挟持而雄心勃勃，是刘呐鸥给人们最初的印象。《无轨列车》是他的文学试验地，寄托着他热情的梦幻，创刊号上打头的《游戏》像宣言一样，宣告了他的文学追求。同月，刘呐鸥又以第一线书店的名义出版了由他翻译的现代日本小说集《色情文化》，收日本新感觉派作家的小说七则，《译者题记》说：“在这时期里能够把现在日本的时代色彩描给我们看的也只有新感觉派一派的作品。这儿所选的片冈、横光、池谷等三人都是这一派的健将。他们都是描写着现代日本资本主义社会的腐烂期的不健全的生活，而在作品中表露着这些对于明日的社会，将来的新途径的暗示。”差不多一个月后，曾给日本新感觉派以相当影响的法国作家保尔·穆杭的来华，给刘呐鸥和他的伙伴们更带来了鲜活的激动，《无轨列车》第四期成了“保尔·穆杭”号。刘呐鸥译载了法国B. Cremieux的《保尔·穆杭论》，由戴望舒翻译了穆杭的《懒惰病》和《新朋友》，“编后记”还盛赞穆杭“探求的是大都会里的欧洲的破体”，“他喜欢拿他所有的探照灯的多色的光线放射在他的作品中人物上”，“使我们马上了解了这酒馆和跳舞场和飞机的现代是什么一个时代”；因此，穆杭“不但是法国文坛的宠儿，而且是万人注目的一个世界新兴艺术的先驱者”。穆杭对于刘呐鸥的意义集中在文学的新感觉主义一隅，而像穆杭之于日本一样，刘呐鸥是打算作成“中国新感觉主义先驱者”的，从当时以及后来的实际发展看，刘呐鸥的初衷是实现了的。真是苍天不负苦心人！

日本新感觉派是日本近代文艺思潮演变的结果，第一次世界大战以后，特别是关东大地震以后，支配日本文坛的自然主义渐次被“世纪末”的思潮所替代。1924年，横光利一、池谷信三郎、片冈铁兵、中河与一、川端康成，包括林房雄等借《文艺时代》以新感觉主义相标榜。比如，自然主义浅薄和机械地被现实支配着，只满足于一般的概念及共通的认识，不能创造文学的新生命，而时代需要创造出一种足以与它配合的新的创作原则，这些已是他们普遍的共识。新感觉主义在日本是一种对因袭既成有相当破坏性的文学方法，它的“新”就新在对传统的轻蔑，其次是强调表现上的“感觉性”，把绘画上的“色”、音乐上的“音”和一般人们理知上的“美”三者同时融合在作品的文字中。法国穆杭《夜开着》(《不夜天》)、《夜闭着》等小说，它们所表现出来的强烈摆脱一切羁绊的作风对这批日本作家特有感召力，而作家在技法上诉诸感官的通联，讲究表现上的暗示，又为他们提示了一条现实的道路。强调直觉，强调主观感受，强调快速的节奏，强调特殊的表现，那种和自然主义大异其趣的作风，被他们热烈地拥戴着。川端康成说得更明白："表现主义的认识论，达达主义的思想表达方法，就是新感觉派表现的理论基础。"[9]因此，所谓的新感觉主义，直白地说是一种旨在追求新奇感觉的文学方法。随1927年《文艺时代》的停刊，日本的新感觉派开始下沉，其间虽然横光利一继续推出过《平帖》杂志，但于同年十一月也宣告终结。

中国新文学的20世纪20年代对外来思潮的摭拾有一个奇怪的现象，即"时间差"时时会捉弄着引进者的良善愿望，为引进者吹得神乎其神的新东西，在它的本土往往已出现了日薄西山的气运。日本的新感觉派已关门打烊，刘呐鸥却喜滋滋地把它带进了国门。现代中国新文学者还有一个本能性的习惯，对于外来的文化思潮喜好以意为之，缺乏对于原汁原味的膜拜。刘呐鸥算是东洋气十足的人物了，但他在中国文坛上的新感觉主义实践，也明显地和日本本土有所不同。日本新感觉派作为关东大地震以后的文学新流派，深重地包含着日本知识者对于生活形而上的思索，他们对题材的要求也相对宽泛得多，对于生命无常、爱与死等传统的内容也抱浓厚兴趣，与此相关，他们所谓的"感觉"技法多趋象征一路。从刘呐鸥来说，日本地震大浩劫所带来的恐惧和震撼、衰颓和幻灭，对他这个异邦人并无特别的刺激，他所挟持的新武器，是一心一意地为表现上海这座现代大都市的。于是，他把所写的作品命名为《都市风景线》，报告的正是这类消息。

在刘呐鸥以前，新文学作家还没有一人像他那样以表现都市为自己的根本使命的，规模之类还是极表面的现象，重要的在于刘呐鸥真正用独特的方式表达了对于他身居的这座城市的理解和情感。

显然，他主要是从现代都市的断裂层作为自己的切入口的，他的全部思考几乎都集中在这一层面上。和同好施蛰存、穆时英和杜衡相比较，甚至同那几年也热中用新感觉主义的方法写着都市生活的黑婴和靳以相比较，刘呐鸥氏的取材是相当狭窄的，他是以上海中产阶级为载体来表现不脱离物质文明的大都会的各种不合理和不健全的生活的，竭力表现现代文明临终前的苦闷。赤裸裸的金钱关系对男女爱情的嘲弄，一切原本令人肃然起敬的或流连忘返的，全被异化为逢场作戏，这是他最初的《游戏》所要表现的。这一思路在他具有根本性的意义，也带有某种风格的意味。《两个时间的不感症者》中的那位sportive的近代型女子，在赛马场上扭动着她奢华的身子，像猎手一样捕到了男子H，谁能料到H是一个将女人当作手杖的人，崇尚男女交往“暂时与方便”原则，于是他反成了猎手。在随后的这场爱情狩猎中，他俩由赛马场到吃茶店，再由吃茶店到舞厅，俨然是一对稔熟的情侣。进入舞厅，女子却与另一预约的T翩翩起舞。舞罢又匆匆更衣急着要去应付另一个也是预约好的男子的饭局，于是把H、T两个男人撇在舞厅里，最后还扔了一句：“你们都在这儿玩玩吧，那面几个女人都是很可爱的。”从这位赶场子的都会女人身上，我们能够读出的全都是“利害”，非道德的浊流销蚀人们的尊严，同时我们从H或T这两个已经丧失了时间感觉的都市男子身上也读出了都市硬推给他们的无奈，即使他们并不短少猎艳的哲学和技巧。

当作者把眼光从赛马场移到都市的家庭客厅时，一场闹剧开场了，那便是《礼仪和卫生》。那里一切都颠倒了，都市年轻绅士和年轻太太们，他们贪婪情欲，疯狂的牡牝相逐，便是他们尊奉的礼仪。律师姚启明下班回家，免不了还得转个圈儿去饱尝一番声色，身上带着女人的香水气味，领襟时有胭脂痕。他和可琼的婚姻是由“近似恋爱”的方式建立的，两年内夫妇俩倒已习惯了“离居两次又结合两次”。先前可琼为着音乐家恋人而学钢琴，近日却又在所谓的画家妹夫的画室里当起了模特儿。她的妹妹白然也有她的不凡的浪漫史，一度与父亲的秘书私奔，二度交结了富商的儿子，三度倒进现在的画家怀中。古董店的法国老板看上可琼，可琼自然求之不得。于是两个男人之间的交易出现了：法国人将古董店交给姚，姚允其妻供法国人享享艳福。姚启明稍稍颓然地回到家中，太太却留下了她的一纸“恳求”，早已出了家门。“恳求”的内容极简单：“至于我不在时你的寂寞我早已料到了，这小小的事体在你当然是很容易解决的，可是当心，容易的往往是非卫生的。所以已经说好了然来陪你了。”就这样作者告诉读者这些男女如何的看待和讲究卫生的。合同、契约这类商业性行为的发明并开始进入男女情感世界，消解了这一对夫妇原本可能出现的风暴，既不为曾经拥有，更不谈天长地久，一切都显得如许的松松爽爽，互利互补，皆大欢喜。

现代都市文明的病态，尤其关于都市人情欲化的病态，刘呐鸥是将其作为都市最突出的景观予以关注并挥洒的。在情欲熏炙之下，人的普遍失去自我使《残留》中的那个新寡霞玲在料理完丧事的当天晚上就欲火中烧，以至于在身受外国游鬼强行非礼后，竟然还感叹“天天床头发现一个新丈夫，多有趣！”当然作者更多地看取那些迷醉之后的众生相，正合西谚所云“酒醉多么写意，酒醒后却面目全非”。《热情之骨》是多少可以叫人想起施蛰存笔下的那位高僧罗什的。在情欲得以发泄后，人的精神越发荒芜，彻骨的痛苦，无垠的怠倦，将驱逼你无法辨认自己，遑论确证自己。刘呐鸥对于都市文明的如许逼视，是和他的批判热情交着一起的，多少显示了一个作家可能有的良知。明显同《礼仪和卫生》《两个时间不感症者》不太相像的，是作家集外的小说《杀人未遂》。它带有《热情之骨》的余绪，似乎有着深刻得多的意味。属于罗君的一场“白日之梦”和一次的“杀人未遂”，尽管作者用精神分析的方法在讲解着，从那位穿着橙黄衣衫的，“没有温的血，没有神经中枢，没有触角，只有机械般无情热躯壳”的女子身上，我们感受到的是生活的寒意，从妻子对他日复一日的粗暴冷酷中，不难读出更多来自生活的恐怖。都市的高楼林立，都市的车水马龙，都市的声嚣尘上，都市遍布的诱惑，都市疯狂的厮杀，作者是用尽心力在涂抹着，然而还是无法抹去都市人灵魂深处的惶恐，无法消释充斥于都市生活中的人与人之间的疏离和隔膜。不过需要指出，临对生命肌体在都市畸形文明压迫下所出现的疾笃危殆，当作者的笔触广泛接近都市众生相的全部滑稽和猥琐时，某种程度的沉醉和晕眩也出奇地为他所拥有，它们不时会透出纸面，或潜流于字里行间，从而有意无意地消解他讽刺和暴露的冲动。迷惘而杂乱的都市生态，对他是一层不小的考验，都市文明对他的制约，以及所有来自“硬壁外的现实世界”的威胁，对他恐怕是更大的考验。

《热情之骨》有如许的气氛，《赤道下》的那对夫妇的全部奋斗大概也有相同的意思，而《风景》传递的更是这样的讯息。小说的女主人公恰好和《杀人未遂》中的“机器人”相反。大概只有她“那男孩式的短发和那欧化的痕迹显明的短裾衣衫”，才证明她来自都市并且还留着都市的印迹，“她那个理智的直线的鼻子和那对敏活而不容易受惊的眼睛”倒是都会里不易找到的。她的搭上早车，为的是“学着野蛮人赤裸裸地把真实的感情流露出来”。面对懦弱、卑怯的男同伴燃青，她将她的大胆和自由，“像是把几世纪来被压迫在男性底下的女性的年深月久的积愤装在她的口里和动作上”。原野、小河、茅舍、石桥、柳树、古色苍然的颓墙、扬着白帆的小艇、秋初阳光下的向日葵、粉头的鸟儿，还有跨在驴上的乡下姑娘和青色的凉风……所有这一切，是和下面的事像连在一起的：我们这位都市来的少妇诅咒着“一切都会的东西是不健全的”；对于纠缠于公务的丈夫就地“找个可爱的女人”共度周末，也表示着宽容的同情；在小镇旅馆里，她忽然抱着燃青，在他唇上留下蛮猛的吻；退去高跟鞋让“高价的丝袜”踏着草地爬土丘；讨厌“机械般”的衣服，而“把身上的衣服脱得精光，只留着一件极薄的纱内衣”；还有“她的眼里点起火来，软绵绵的手臂早已缠上颈部去”——最后是“地上的疏草是一片青色的床巾”。

当然，她是有限度的自然之子，为着摆脱厌倦和烦乱而逃出都市，不过终究寄寓着作者巨量的赞美和希望。她的“有限度”，在于她的全部回归自然的努力，多少是带有刻意的痕迹，一如她仅止于演出了一场片刻的山野戏剧罢了。作品羼杂着一幅不和谐的表现派的德国画：“全车站里奏的是jazz的快调。站在煤的黑山的半腹，手里急忙动着铁铲的两个巨大的装煤夫”；作品中的小镇旅馆是被女主人公厌弃的所在，浓厚的空气触鼻：“NO.4711的香味，白粉的，袜子的，汗汁的，潮湿了的皮包的，脂油的，酸化铁的，药品的，这些许多的味混合起来造出一种气体的cocktail。”我们可以感受到作者注视这些景象时的无奈和哀感，犹如他所钟情的主角还得重新回到都市。都市本身的庞大已经让人气喘吁吁了，而它的触须更是向着四方八面生展。在这场自然和都市的较量中，都市将永远是赢家，任何人都没有丝毫办法抵御来自都市的压迫，这里的无奈和哀感明显带着现代的烙印，似乎还都有着宿命的色彩。

刘呐鸥也是一位特别注重心理现实的作家，感觉本身的全部性状原本也归属于人的心理活动。作为革新派的小说家，他用日本带入的新感觉主义轻慢乃至嘲弄着当时文坛日益高涨的现实主义。他尊重客观事物，但强调主观情绪对客观事物的渗透，并以一种非常态的方式表现出来。莎士比亚借哈姆雷特说过一段著名的关于戏剧的话，刘呐鸥在《礼仪和卫生》中借那位法国古董老板也说出了一段颇有意思的话：

> 他们都说东方的艺术大都游离着现实，所以没有生命的感动，我说不然。譬如说中国画不用透视法，所以无论风景人物，在一幅画里的距离，位置的关系都不准确。这是事实，但我想这对于画本身所生的效力毫无关系。事实我们观西洋画时那准确的曲直线和角度实在会有生动的现实感，然而东方的画何尝不是一样。线，形虽然不准，但由这不准的线和形中我们不是可以追想吗？这追想的想象之力是会唤起现实性来的，好像影子讲明着身子的实在性一般地。这现实感或许不是西画中的现实感，可是至少是美丽的，自由的，诗的，不含半点真的现实的污秽的欲情。所以我对于那唐朝画里的由西画家看起来好像太离奇了的人物的描写总是感到十分的欢悦的。我说那京戏的花脸很有点意思。若是没有了那花脸，只看那优人的污秽的实脸，那里联想得出英雄豪杰呢。那奇怪的假装尤其在结合着幽扬的乐声的时候真会使死了的历史再在现实里生动。我玩古董也有个道理。古董的好处当然要算

在古董本身的艺术性。然而如果没有那几千年的时间的距离，人家或者不会爱抚它的。因为时间空间的距离是最会引人到想象和美的境里去的。

虽说这里谈的是东方的艺术，但为我们理解刘呐鸥的新感觉主义也提供了不少的便宜。关于新感觉主义，川端康成说过“物人合一”的状态，片冈铁兵说过“作者生命活在物质之中，活在状态之中”。主观的介入，作者的主观情绪通过“感觉”和客观的事象连成一片，它之于新感觉派具有灵魂的意义。“感觉”作为中枢，带有强烈的表现主义的性征，排斥整饬和有序，倾向原生性、突发性和随意性，然而并不影响它对某些生活中非常态的表达，相反它的鲜活，毛茸茸的原始质感会诱发人们的期待心理，对人们的心灵产生匪夷所思的冲击力。《礼仪和卫生》中古董老板所言的“追想”，以及“追想的想象之力”这类主观的机制可以激发幻觉，也可制约和调整欣赏者感官的倾向性选择，从而推助实现貌似“不准”的线、形，唤起某种现实性；这位老板最后所谓的“时间空间距离”，说出了一个具有普遍意义的美学观点，从刘呐鸥的新感觉主义的角度看，包含着“时间空间距离”一旦作用于欣赏者，对他的视点的改变和感觉的变化，都有现实的意义。因此，感觉在刘呐鸥，不是简单的客观事象的反射，而是显示或内涵着作者的生命的，它依赖着作者个人的经历、情绪和有意识或无意识的动机。

刘呐鸥多数作品重视零散的带有原始状态的感觉，并且予以貌似“杂乱无章”的组合和镶接，形成一个独立的感觉群块。作者出自主观的筛选、过滤，一般可看成是这类组合的出发点和结果，这类处理感觉群块的技巧，它的非线性的特征，几乎体现在刘呐鸥的所有作品中。《两个时间的不感症者》中赛马场的一段文字，是被论者们反复征引过的，随手翻开《礼仪和卫生》，劈面就有如下段落：

玻璃窗外，一片受着反照的光亮的白云，挂在对面建筑物的钟楼头。从邻近栉比的高楼的隙缝伸进来的一道斜直的阳光的触手，正抚摩着堆积在书架上的法律书类。客人走后的办事室里是寂静支配着的。暖气管虽早就关了，但是室里的温度仍是要蒸杀人一般地温暖。就是那从街上遥遥地传上来的轨道的响声也好像催促着人们的睡气一般地无力气。是的，春了，启明一瞬间好像理解了今天一天从早晨就胡乱地跳动着的神经的理由，同时觉得一阵粘液质的忧郁从身体的下腰部一直伸将上来。不好，又是春的Melancholia在作祟哩！阳气的闷恼，欲望在皮肤的层下爬行了。

这一段落中的白云、高楼、阳光、电车声响、人的神经反应等等都不是作者机械的拼凑和简单的罗列，而是他主观选择的结果，他将其铺排一气，组合一幅黄昏时节倦怠和激情的风景，在这片激情和倦怠的画面中，浸淫着的是作者对于都市生活无奈和迷惘的心绪。

《流》是刘呐鸥唯一表现城市革命工作者的作品，有点“革命加恋爱”的味道，也很容易让人想起茅盾《子夜》中的兼色情狂的革命工作者。作者对电影院的一段描写因强调了主观的情绪而使事象原本的状态发生了变形：

忽一会，不晓得从什么地方出来的桃色的光线把场内的景色浮照出来了。左边的几个丽服的妇人急忙扭起有花纹的薄肩巾角来遮住了脸。人们好像走进了新婚的帐围里似的，桃色的感情一层层律动的起来。这样过了片刻，机械的声音一响，场内变成黑暗，对面的白幕上就有了银光的闪动。尖锐的视线一齐射上去。

这类若明若暗、亦真亦幻的场面描写，和写实的方法相去甚远，作者对事象变形的感觉是来自他对都会人欲横流的理解的反应上的迷乱。这是一组颇具精神分析学意味的象征画面。作者笔下的电影院是实在电影院的陌生化刻绘，“桃色的光线”的撩拨，弥漫了“新婚的帐围”的空气，“机械的声响”的冲动，“银光的闪动”的勃发，以至于满贮着快感的“尖锐视线的一齐射上去”，如此等等，在主人公的感觉里，都幻化为本能欲望的倾泻，他所面对的意象世界在感觉中具备特殊的意义，也即成为精神分析学者指称的“经典”的性意象。

刘呐鸥营建意象的特征，那种随意的铺陈，那种时空的大幅度跨越，那种弗洛伊德式的梦幻，都是严峻地被都市纷繁的生活及其快速节奏决定了的，同时也和他对新感觉主义的某些技巧的调用也不无关系。特异的修辞技术几乎是他行文的翅膀，与其奇特的想象互为发明。如果一般的比喻和比拟还不足以代表他的特色，那么，他娴熟使用的通感手法，就显得稍微特别了。《风景》中的“青色的凉风”，便是著例，至于“新婚的甜味还残留在嘴唇上的年轻夫妇”等，别致而且深永。尤其他从注重心理现实的目标出发，摆脱理性对感觉的制约和调适，对于意识流技巧的运用，也给人们留下颇深的印象。类似《杀人未遂》这样的作品是有示范意义的，人的绵延不绝的心理流程在这篇小说中已经不是某一段落或某种服从人物刻画和主题表现的手段，而径直是题材和故事本身。令人更有兴味的是，它不同于一般性的表现流程轨迹的意识流小说，它同时也呈示了色彩殊异的流态结构。

作为都市文学作家，刘呐鸥的视界毕竟是有限的，被潮流裹挟的创作尝试少有成功的，都市青年男女的情感狩猎，是他熟悉的领域，因而多少显示出某种程度的真实性。他不乏想象的才能，但他的想象在更多的场合表现为是一种剪刈了翅膀的想象，从而也限制了他的飞翔天地；他是敏感的，有时也显得特别生动，然而他的经验和生活的幅员，无法帮助他的精神触觉朝着更为宽阔的范围伸展；在都市的浊流中，他自有其清醒的地方，意识和兴趣上的偏执毫无例外地使他缺乏必要的深度；他曾向文坛提供了新锐的表现方法，繁芜纷杂的事实，和某种意义上的浅尝辄止，也使他视线迷乱，不能将他的方法引向对于社会人生真实质地的表现。

“你读过《茶花女》吗?”

“这应该是我们祖母读的。”

“那么你喜欢写实主义的东西吗?譬如说，左拉的《娜娜》，朵斯退益夫斯基的《罪与罚》……”

“想睡的时候拿来读的，对于我是一服良好的催眠剂。我喜欢保尔穆杭，横光利一，崛口大学，刘易士——是的，我顶爱刘易士。”

“在本国呢?”

“我喜欢刘呐鸥的新的话术，郭建英的漫画，和你那种粗暴的文字，犷野的气息……”

这是1931年上海滩头一篇风行小说中的一段对话。从中除了可以感受到刘呐鸥在当时的实际影响外，还包括一位“粗暴文字，犷野气息”的文学作家。他不是别人，正是小说的作者穆时英，当年他还不到19岁，你看他多有自信，得意非凡！这篇小说题为《被当作消遣品的男子》，是作者经受了一次失恋后的作品，小说多带自叙传色彩。

穆时英（1912—1940），笔名伐扬、匿名子等，浙江慈溪人。银行家的父亲给儿子带去了无忧无虑的童年，10岁的穆时英随父到上海求学。文学招惹着他，连同十里洋场的喧哗，为他提供了最初的人生观察口；而不久父亲投机生意的失败，家道的急遽中落，则让他尝到了人生最初的苦涩。17岁那年进了上海光华大学中文系，着迷的却是外国现代派文学。1930年在《新文艺》上发表《咱们的世界》《黑旋风》和《狱啸》，又有《南北极》为施蛰存推荐到《小说月报》刊载，自此声噪沪上。次年，开始酝酿构思长篇小说《中国一九三一》，试图学着美国作家约翰·多斯·帕索斯的样子，描绘从农村到都市，由经济破产、军阀混战、灯红酒绿、饮鸩止渴等多断面构成的1931年中国社会全幅式画卷。《现代》杂志创刊号的首篇是他的《公墓》，显示了这位青年作家艺术生命的光芒。大学毕业后不久，父亲去世，老人凄凉的晚年给作家以相当的刺激，思想日渐消沉。1934年任《晨报》副刊《晨曦》编辑，同年经人介绍出任过国民党上海图书杂志审查委员，颇为进步文学界诟病。随后与叶灵凤等先后办过《文艺画报》《六艺》等文艺刊物。至抗战爆发前，出版小说集《南北极》

《空闲少佐》《公墓》《白金的女体塑像》《圣处女的感情》等。“八·一三”事变以后去香港任《星岛日报》编辑，1939年年底返沪后，任汪伪政府新闻宣传处处长，后任《国民新闻》主编，宣传“和平文学”，甚至还受丁默邨的委任，为《文汇报》社长。1940年6月28日为国民党特工暗杀，死因说法不一[10]，地点倒和刘呐鸥一样，也在上海福州路。

得到左翼文学家的普遍好评，是穆时英氏文学生涯的第一乐章，《南北极》的命运多带着“普罗”时尚的色彩，虽没有写出阶级的冲突，但较之其他左翼作品更“简洁，明快，有力”地表现了社会的不平，涌动着的是猛烈难阻的破坏性，对动摇既成社会的稳定有着巨大的煽动性。穆时英是幸运的，钱杏邨、阳翰笙、杜衡、施蛰存、傅东华、韩侍桁等的评论显示了舆论的特殊垂爱。革命文学的狂潮对他无疑有过实在的吸引，然而他有着自己的性格，举凡传奇性的故事，不同凡响的表现手段，对独特语话的深挚向往，大抵是穆时英第一期作品的主要标饰，预示了这一位作家绝不满足于创作成规的特征。《南北极》就故事而言传统得不能再传统了，但是，上流社会和下层社会的对立，血腥味的野蛮气充斥在小说的字里行间，主人公在地狱和天堂两个世界中的沉浮似乎是一种天生的命运;《咱们的世界》和《生活在海上的人们》中多是粗糙剽悍的灵魂，或个人或群体，他们的反抗的自发性征既散发着浓烈的叛逆色彩，又直接把他们推向堕落和毁灭。《黑旋风》恐怕是最突出的例子了，这位取名于《水浒传》的人物，传统的乡土，现代的都市，都和他无缘，浑身飚发着江湖气，是近似于传统“响马”“水寇”一类的绿林好汉。一般的“替天行道”，还不是他所守持的原则，而倾向于反对压迫，任意而为，超规范地追求绝对的平等。小说充满着疯狂而粗野的复仇情绪——“我们一块到山东梁山泊去乐我们的，谁要坐汽车来我们那儿，他妈的，给他个透明窟窿！”一部《南北极》洋溢着的是对于上层社会和腐朽势力的仇视，包含有相当的理想因素，尽管在那个时代距离现实的进步的理想和希望还颇远。作者并没有给读者推出可能承担撞响旧时代丧钟和为新时代唱催生曲的英雄，但他以世俗化和市井化的方式带给苦难的生灵以某种程度的慰安和愉悦。正是在这一点上，小说集中地反映了产生它的年代那些处于不觉悟状态下承受沉重压迫的苦难生灵的社会文化心理，以致作为同盟力量获得左翼文学运动的同情和支持。

对于都市文学作家穆时英来说，《南北极》是过渡性的作品，它的主要意义在于它昭告了一个风格作家的诞生。一般文艺学的风格概念对穆时英氏毫无约束力，风格是一个作家成熟的标志，穆时英对着这类说教放声大笑。他的作家生命被牢牢地扣系在风格上面，风格对于他是一切，纵然没有，也得制造一个出来。面对风格，他一如斗牛士，不是征服，就是死亡。许多研究者指出他为新文学创造了罕见的形象，在我们看来，显得更重要的是作家在他的处女作品中已透泄了决不迷信因袭的艺术眼光，极端的趋新，以及那种既追随时风又蔑视时风的创造精神。他给新文学发现了一种新话语，那种专属城市下层流氓无产阶级的特殊话语，粗犷、泼辣和明快，很少有左翼作品中的叛逆者惯常的小布尔乔亚知识分子腔调。由个人自信发展为极端的自由主义，带给他在运思陈情上的无关栏的放纵，在当时是别致的，正是因为这种别致恰好适应着对都市普遍情感的表现，这也是穆时英日后成为最重要的都市生活的杰出画家的基本原因。

1932年《公墓》的问世，标志了穆时英对现代主义小说的倾心，为作家日后精心切实服膺的新感觉主义也开始冒出头。《公墓》改变了以往传奇一样的写法，作者主观的感受和判断偏离情节的铺叙和人物的刻画，多用抒情意味极浓的文字加以表现。为研究者普遍重视的《偷面包的面包师》和《断了条胳膊的人》分别发表于最初的两期《现代》杂志中，显示了作者对自我的适度调整，据说是接受了阳翰笙等人对以往作品中的“流氓意识”的批评。这两篇作品似乎是删削了人物骁勇强悍的反抗，平添了某种类似契诃夫式的“无事的悲哀”，然而作者在技法的选择上较以往走得更远，独白的大幅度采用，以及它们和情节叙述的混成一片，都有相当现代的气息。凡此，对于穆时英的创作来说，生命是相当重要的一环，作者主体性对于创作的深重导入，直接驱使他与刘呐鸥接上头，于是前文引述的那段小说对话的情景得到了另一番的发展，预示了作者更新的风格即将形成。

穆时英氏的“转变”，那种从一味满足传奇故事的刺激到强调作者主体感受的倾泻，出版于1933年的《公墓》集中的篇什微妙地显示了作者的这种转变。他曾在《自序》中说：“同时会有两种完全不同的情绪，写完全不同的文章，是被别人视为不可解的事，就是我自己也是不明白的，也成了许多人非难我的原因。这矛盾的来源，正如杜衡所说：是由于我的二重人格。”作者还算是坦白的。此外，他的这种变化，还有来自文坛的影响。但那无关紧要，几乎可以忽略不计，最根本的原因还得归属于作家于风格更新的自觉要求。适当地考虑穆时英个人生活的变化也是一个不可忽略的角度，他出生于殷实人家，也算是个孝子，而父亲生意的失败和长期辗转病榻，家道的急遽下跌和世态人情的变迁，这些对一个仍是在校的20岁的年轻大学生来说，无疑是残酷的。而他桀骜不驯的精神倾向和放纵无忌的生活方式，以相当大的力度奋激他从原本对世道不平的憎恶滑向适应上海都市淫逸生活，并沉酣于其中。1932年11月，穆时英氏在《现代》二卷一期上发表《上海狐步舞》，同期刘呐鸥也发表了他的《赤道下》。《上海狐步舞》原本是长篇小说《中国的一九三一》的一个片断，施蛰存在该期《社中日记》中称："据我个人的私见看来，就是论技巧、论章法，也已经是一篇很可看的东西了。"是年底，又有《夜总会的五个人》见世，算是铸定了作者向着新感觉主义的方向迅跑了，继刘呐鸥之后，又比刘呐鸥跑得更见风采。他以艺术的新尺度去测量都市现象和都市人的普遍心理，摆脱以往一切因袭的劳什子，确实给20世纪30年代相对单调的文坛吹去了一阵奇异的风。

忽视穆时英身上所表现出来的都市人品性是不恰当的，而忽视他面对都市的风尘眉宇深处所显现出来的挫败者的哀感，那更是大大的不恰当。他的大部作品写了上海的各色人等，罗曼蒂克的布尔乔亚小姐、克莱拉宝似的都会女郎、寄生于都会欢场中供人玩弄的舞女、奔突和钻营于上层社会的交际花以及投机的企业家、狡黠的商贾、追逐于游戏恋爱场中的大学生……他们表面看去似乎都精力弥满地活跃在都市的各种角落，比如舞场、酒吧、旅馆、咖啡店、夜花园、海滨浴场、公园、百货店、医院、郊外别墅等，然而在穆时英看来，他们普遍地被都市的虚无空气包裹着，他们统统都是被都市目迷五色的魅力玩弄得筋疲力尽的失败者。他在《公墓》"自序"中的感叹实在惊心动魄：

当时的目的只是想表现一些从生活上跌下来的，一些没落的pierrot（小丑），在我们的社会里，有被生活压扁了的人，也有被生活挤出来的人，可是那些人并不一定，或是说，并不必然要显出反抗悲愤、仇恨之类的脸来；他们可以在悲哀的脸上戴上了快乐的面具的。每一个人，除非他是毫无感觉的人，在心的深底里都蕴藏着一种寂寞感，一种没法排除的寂寞感。每一个人，都是部分地或是全部地不能被人家了解的，而且是精神隔绝了的。每一个人都能感觉到这些。生活的苦味越是尝得多，感觉越是灵敏的人，那种寂寞就越加深深地钻到骨髓里。

对都市生活和都市人的这类理解和处理，其实早已在《被当作消遣品的男子》露了脸。小说中的男角是作者日后pierrot系列的排头兵，他自称是"女性嫌恶症"患者，尽管他似乎清明地意识到"女人的心，梅雨的天气，不可测"，甚至在接吻的时候还无法驱散"上当吃亏"的阴云。然而命运却将他又一次扮演了一颗"朱古力糖"，"被吞下又排泄出来"，再一次蒙领了被当作消遣品的悲哀。即便在他"上穷碧落"的当儿，即便在他下定决心将女人看成"手杖一根"的当儿，某些个诱惑还向他张大了嘴，他还得凝望着：她"像秋天的落叶似的，在斜风细雨中，回过脑袋来，抛了一个像要告诉我什么似的眼光，于是低低地，低低地，唱着小夜曲的调子，走进柳条中去了"。这里，交战着的是自尊和诱惑，最后则以自尊的被诱惑和消遣而告终。虽说小说的成因有作者失恋的经验，但作者该诉说的还不全在爱情之类，近乎是诉说着某种对于都市生活的体验和对于都市人生存状况的自悼。

破了产的"金子大王"胡均益、失恋大学生郑萍、失业青年缪宗旦、日渐老去的交际花黄黛茜，还有学无所成的莎士比亚研究者季洁，他们五人同是都市的失意者，虽然素不相识，却在一个周末的晚上相遇在夜总会。这是穆时英的《夜总会里的五个人》。他们狂饮乱舞，沉醉在片刻的欢愉之中，似乎可以忘却白日的苦痛了，然而在他们放纵的笑声中，传递出来的是对于生活的惊悸，挥之不去的焦虑“悉悉地响着，每一秒钟像一只蚂蚁似的打他心脏上面爬过去，一只一只地，那么快的，却又那么多，没完结的——”。他们是一群没有明天但又不得不面对明天的都市人，胡均益的枪声，余下四人满贮倦怠的送葬足音，绝不能简单地用消极反抗来解读，而实在地注释着某种现代的情绪，那种属于都市的悲怆感。

《上海的狐步舞》凝聚了穆时英对于20世纪30年代上海的基本印象和感情:“上海，造在地狱上面的天堂!”一边是旅馆、洋房、舞厅和赌场，一边是陋室和萧索的街头；一边是淫声回荡，一边是哀怨不迭。在这支上海交响曲中，当以刘有德为中心的上层人士在灯红酒绿之中恣意沉浮的时候，属于下层的巷口的老太婆和汗流浃背的黄包车夫在呻吟，在哭泣！在这个地狱与天堂并存的世界中，空虚、糜烂、放纵、崩塌成了它的底色，孤独寂寞的灵魂在四周游荡，那里有不少人虽然已经认清了这个世界充斥着“一切粗浮的和精细的，拙劣的和深奥的欺骗，每个人欺骗着自己，欺骗着别人”，最终还不得不就范于这些欺骗的小丑(《pierrot》)。那里有烟蒂一样的舞女，“憔悴的脸色，给许多人吻过的嘴唇，黑色的眼珠子，疲倦的神情”(《夜》)，那里有“奢侈里生活着的，脱离了爵士乐、狐步舞、混合酒、秋季的流行色、八汽缸的跑车”便“没有灵魂的女人”(《黑牡丹》)，更多地有着“每个男子都爱她，可是每个男子都不爱她”的交际花（《craven“A”》）。《夜》中间那个在舞场上寻找着“鼻子”的角色——“我的家在我的鼻子里边，今儿我把鼻子留在家里，忘了带出来了”，他的全部呓语活脱是这座都市所有pierrot的心灵写真。

面对都市重压，穆时英是有着足够多的反省的，1934年出版的《白金的女体塑像》集就有不少篇什表明了这一点的。他虽然还相当年轻，然而对过往的生活已有不堪回首的意味了：

> 我是在去年突然地被扔在铁轨上，一面回顾着从后面赶上来的，一小时五十哩的急行列车，一面用不熟练的脚步奔逃着的，在生命的底线上游移着的旅人。二十三年来的精神上的储蓄猛烈地崩坠了下来，失去了一切概念，一切信仰，一切标准，规律，价值全模糊了起来；于是，像在弥留的人的眼前似地，一想到“再过一秒钟，我就会跌倒在铁轨上，让列车的钢轮把自己辗成三段的吧”时，人间的欢乐，悲哀，烦恼、幻想，希望……钱万花筒似地聚散起来，播摇起来。[11]

这仍然是“pierrot”情结的表述，是一种无法拒绝味索生活苦涩者的哀叹，然而，全部问题几乎可以简单地归纳于都市本身。作为穆时英来说，他所走的路是从对都市的怨恨出发又重新回到原先的地方，他没有把握甚至还没有能力对都市的种种有更深入一些的开掘。《白金的女体塑像》依然保留着如许的况味。虽然它和《某夫人》《红色的女猎神》《骆驼·尼采主义者与女人》《pierrot》《craven“A”》等一样，都带有弗洛伊德精神分析的徽记，但作者并不像施蛰存那样地热中于“力比多”的本身，而继续发挥着他对都会人的无奈心境的思考。小说中的那位女病人，像一个“谜”，而又有着象征的性征。性欲亢奋却又带着金属线条般的阴冷，激情和冷漠两者兼于一身，她是都市的存在方式，径直是都市自身，这便是穆时英对都市的思考。而面对她的谢医生，他在“医生”与“三十八独身男子”之间、“节欲的宗教徒”与“性觉醒者”之间掀起的内心风暴被作者抒写得细腻而深刻，这个形象的意义大抵是出诸作者对挣扎着的都市人的同情。他没有把握为人物提示些积极的亮色，于是只能淡化情节，将人物的基本性状和城市的普遍情感交融一气，飘散着气流一般的生命信息。

不管怎么说，穆时英还是打算对他的人物命运作出些人道的关爱的,《白金的女体塑像》的尾声，人物向真实和自然的归趋，多少是值得注意的。因此，与此相联系，我们就没有理由忽视作者《莲花落》《街景》《贫士日记》《本埠新闻栏编辑室一札废稿的故事》和《田舍风景》那样的文字。它们继续保持着风格小说的特征，然而它们同时显示了作者的视线还颤抖着人道的脉律，它们多是《上海的狐步舞》底层生活景观的延伸和扩展。以往许多论者认为穆时英全然是焦虑颓放的作家，供奉的是完全游离于传统的新感觉主义等等，是有偏颇的，应该看到他的矛盾，看到他严酷的生活带给他的是一团乱麻一样的印象，他企图进行分理，但是仅仅作出了“印象”的分理。所以他的那些关于赓续前期江湖硬汉色彩的社会小说的作品，与更为流行的都市掠影式的新感觉派小说相较，就显得不那么起眼了。

《公墓》《玲子》《圣处女的感情》等，包括作者最后的那篇《第二恋》，是最能显出五四新文学传统和穆时英的联系的。这些小说大多属于情爱小说，温馨、浪漫、纯真和忧郁是它们一般的作风，它们所显示的观念和表达技术都十分相像于“五四”时代的抒情小说。《旧宅》和《父亲》是自叙传性质相当浓重的作品，具有不少研究作者生平的珍贵素材。它们相类于“五四”的身边小说，凄清而冷峻，隐含着作者对炎凉世态、人性浇薄的感叹，它们大抵和作者家境的变迁有关。都市人的这一类生活体验，偏离了都市生活的速律，而发散着些许“都市里的村庄”的气息，所有这一些，往往显出了更多来自传统的光泽，在作者的整个小说世界中是比较特别的部分。因此，对穆时英的估计不能满足于“新感觉主义”的描述，还必须充分把捉他的多面才具和小说风格上的变异状貌。

当然，穆时英毕竟是作为“新感觉派圣手”饮誉20世纪30年代文坛的。在他踏进文坛不久，他的朋友杜衡就说过这样的话：“中国是有都市而没有描写都市的文学，或是描写了都市而没有采取了适合这种描写的手法。在这一方面，刘呐鸥算是开了一个端，但是他没有好好地继续下去，而且他的作品还有着‘非中国’即‘非现实’的缺点，能够避免这缺点而继续努力的，这是时英。”[12]穆时英关于都市文学的技巧，从本质上看是他的都市生活经验和情感的一种形式。都市生活的快速节奏锻铸了穆时英对于营建意象的一般方式：林林总总和目迷五色，甚至不惜用支离破散来表达都市人惊异和烦乱的心绪。比如：

> 街有着无数都市的风魔的眼：舞场的色情的眼，百货公司的饕餮的蝇眼，“啤酒园”的乐天的醉眼，美容室的欺诈的俗眼，旅邸的亲昵的荡眼，教堂的伪善的法眼，电影院的奸滑的三角眼，饭店的朦胧的睡眼……桃色的眼、湖色的眼、青

色的眼、眼的光轮里也展开了都市的风土画：植立在暗角里的卖淫女，在街心用鼠眼注视着每一个着窄袍的青年的，性欲错乱狂的，棕榈树似的印度巡捕，逼紧了嗓子模仿着少女的声音唱十八摸的，披散着一头白发的老丐……

《pierrot》

作者视点的随意移动，“眼”的意象臻达如许纷披，与常规相去甚远，零乱是其一般特色，而它们正是和作者迷乱散漫的主观情绪相联系的。原始性的都市意象在作者的感觉中混乱无序，似乎无法予以整合，然而，恰恰正好相当刺激和鲜活地表现了瞬间变幻的都市生活相。这种自觉的技巧追求，正如郁达夫指出的那样：“似乎在竭力地把现代人的呼吸，现代生活的全景和拍子，缩入文学里去。”[13]

穆时英的这种营建意象的特色，生动地体现了新感觉派创作的根本性的性征，我们从刘呐鸥、施蛰存等人的作品中是很容易寻得相同的例证的，而属于穆时英个人最特异的地方，也即他对中国新感觉派创作的基本贡献的是，他的非凡的想象，修辞上的魔术味，以及色彩纷呈的结构技术。正是在这些方面，苏雪林说得相当得体，说穆时英氏“是都市文学的先驱作家，可以和保尔·穆杭、辛克莱·路易士，以及日本作家横光利一、崛口大学相比”[14]。

柯勒律治曾把艺术家的想象力比喻为一架被风偶然吹动会自奏自鸣的竖琴。他的这则观念将个人心灵的内在统一与心灵所感觉到的外在事物的多样性和复杂性联系了起来。这是理解穆时英艺术想象特性的一个便利的角度，人们习惯征引如下两个例子：其一，法国姑娘的“笑劲里边中有地中海旁葡萄园的香味”（《公墓》）；其二，“站长手里的红旗，烂熟的苹果似地落到地上”（《街景》）。

一般说来，想象对于穆时英的根本性的意义在于是为着说明或表达他的都市生活的经验和感情的，尤其是那种只有都市才能产生的普遍性的经验和感情。下面是一则更杰出的例证：

> 仔仔细细地瞧着她——这是我的一种嗜好。人的脸是地图；研究了地图上的地形山脉，河流，气候，雨量，对于那地方的民俗习惯思想特征是马上可以了解的。放在前面的是一张优秀的国家的地图：
>
> 北方的边界上是一片黑松林地带，那界石是一条绢带，像煤烟遮满着的天空中的一缕白云。那黑松林地带是香料的出产地。往南是一片平原，白大理石的平原，——灵敏和机智的民族发源地。下来便是一条葱秀的高岭，岭的东西是两条狭长的纤细的草原地带。据传说，这儿是古时巫女的巢穴。草原的边上是两个湖泊。这儿的居民有着双重的民族性：典型的北方人的悲观性和南方人的明朗味；气候不定，有时在冰点以下，有时超越沸点；有猛烈的季节风，雨量极少。那条高岭的这一头是一座火山，火山口微微地张着，喷着craven“A”的郁味。从火山口里望进去，看得见整齐的乳色的熔岩，在熔岩中间动着的一条火焰。这火山是地层里蕴藏着的热情的标志。这一带的民族还是很原始的，每年把男子当牺牲举行着火山祭。对于旅行者，这国家也不是怎么安全的地方。过了那火山便是海岬了。
>
> 《craven“A”》

将一个女人脸庞和五官的种种，想象成为丰饶的“地形植被”，而且描绘得又如此的细微而曲折，令人叹为观止。从这一例证中，人们是不难明白想象在穆时英那里的地位，它是一种通过客观对应物来表达自己情感的手段，激烈也罢，倦怠也罢，情绪推动想象，情绪又活跃在想象的丝丝脉络里。而它们表现出来的特殊质地，所具有的新奇、刺激和抒情诗的浓郁味，则是作家对文学历史的重要贡献。

特富个人色彩的比拟和通感手法，有独立的修辞上的意义，同时也是穆时英想象整体的一种补充，这几乎已被研究者们所广泛重视。严家炎《中国现代小说流派史》、杨义《中国现代小说史》，以及其他相关的著述都表达了差不多的意见。“怕她病瘦了黑玉似的眼睛”（《被当作消遣品的男子》）；“华尔兹的旋律绕着他们的腿”（《上海的狐步舞》）；“绢样的声音溜了出去，溜到园子里，凝冻在银绿色的夜色里边”（《墨绿衫的小姐》）；“这中古味的舞曲的寂寞地掉到水面上去的落花似的旋律弥漫着这小巷”（《pierrot》）；“紫色的调子”“浅灰色的烟味”“青色的寂寞”“疲倦的调子”（《craven“A”》）等，都被人们反复咀嚼着。它们一如在魔术师的手杖下滑出的一串串珍珠，礼帽中飞出的鸽儿和五彩丝带，传统的语法规范被空前地消解着，却又充满了眼花缭乱的暗示和联想，为语言提供了莫可名状的弹性和张力。至于《夜总会里的五个人》中的那一段，它所表现出来的奇特的话语功能，仿佛已有了经典性的意味：

> “大晚夜报！”卖报的孩子张着蓝嘴，嘴里有蓝的牙齿和蓝的舌尖儿。他对面的那只蓝年红灯的高跟儿鞋尖正冲着他的嘴。

> “大晚夜报！”忽然他又有了红嘴，从嘴里伸出红舌尖儿来，对面的那只大酒瓶里倒出葡萄酒来了。红的街，绿的街，蓝的街，紫的街，……强烈的色调化装着的都市啊！年红灯跳跃着——五色的光潮，变化着的光潮，没有色的光潮——泛滥着光潮的天空，天空中有了酒，有了烟，有了高跟儿鞋，也有了钟……

这里是直觉和印象的世界，作者对于都市生活和情绪的体验被表现得如此新鲜活泼！穆时英用其敏锐的感受力和奇崛的语言重构了一个陌生的感觉天地，立体的多维度描写，大体是由光影和色彩及其变化来实现的。开放的视点切换和放纵的感觉在其中又扮演着特别的角色，作家嘲弄着约定俗成的观察秩序，保持着个体生命和外部世界畅通融泄的真切交接，注重了感觉的意趣，善于将感觉从理性的控制下释放出来，不嫌生糙，却获得了出奇的自然。

穆时英小说创作对结构的苛求，也是他的艺术作风标新立异的重要佐证。艺术结构是服务于作品秩序的形式因素，它对于新感觉派作家来说，也服从于表现其内部心理现实。《上海的狐步舞》是著例。它虽然没有故事，却显示了作者出色的结构才能。小说开首和结尾同是那句“上海，造在地狱上面的天堂”，它是作品秩序的逻辑起点，也是其终点，甚至它还是整篇作品统一的枢纽和纲领。夜色深沉的沪西原野，铁路边的火并，列车疾驰，汽车队，由车窗外的街景过渡到闹市区，到刘有德家的客厅；——刘家母子俩的外出，进入街景，酒吧，后由酒吧扶梯过渡到外边的街头百景；——工地上的惨剧，弥留者的幻觉，切换到刘有德在华东饭店中的逍遥作乐，再到包括“野鸡交易”在内的底层社会景象，后又进入刘有德太太从舞厅、汽车到华懋饭店的纵情，街头洋车夫的艰辛和刘有德儿子的怔忡；最后又回到旭日东升的黄浦江。对比显然是作者最基本的结构手段，但是作者的主观心绪，他对于上海这座冒险家乐园的理解大抵是通过对于场景的迷恋和快速的转换表达出来的。场景频繁交换和共时态叙述，或生活流和意识流的交切，或空间蒙太奇和多画面构图，都证明电影技巧对穆时英的巨大启发，由此而言，他的一度和刘呐鸥一样涉足电影界，绝非偶然，确切地表明了他们这批新感觉派小说家与电影语言是有着天生的亲昵感的。

技巧在穆时英的心目中显然是作家之所以为作家的根本风标，他在20世纪30年代第一个年头正是凭借技巧像一匹黑马脱颖而出的。他在1933年为《南北极》修订本所写的题记中说，“当时写的时候抱着一种试验及锻炼自己的技巧的目的写的——对于自己所写的是什么东西，我并不知道，我所关心的只是‘应该怎么写’的问题”;《公墓·自序》也有差不多的表示:“《上海的狐步舞》是作长篇《中国一九三一》时的一个断片，只是一种技巧上的试验和锻炼”。“应该怎样写”对于“写什么”的压挤，造成了作家日后畸形的发展。他在“应该怎样写”方面的“试验和锻炼”是得到左翼文艺家的重视的，表现在小说集《南北极》中的语言方面的特色，正是相当多“书卷气”十足的主流派作家很难望其项背的。这是一个不太注重技巧，也即忽视“应该怎样写”的时代，作为站在前沿阵地的左翼批评家如阿英、阳翰笙等所以对穆时英有不错的观感，颇值得深思再三。之后，穆时英氏服膺新感觉派，观念上的衰颓，以及行为上的和国民政府的合流，大概是遭逢左翼作家反感的主要原因。不管怎样看，穆时英是应该在现代中国文学史上占有重要一席的作家，他对建设现代都市文学之功不可没，关于对于技巧的深挚情感和近乎疯狂追求，就普遍轻忽技巧的30年代来说，原本是可以提供多种性质的启发的。左翼文学家的先扬后抑，有其合理性，也有粗糙的一面，其中便凝聚了不少值得总结的经验。香港司马长风在其《中国新文学史》中称穆时英氏“是堕落的天才，夭折的天才，垃圾粪土里孤生的一株妖艳的花”，似乎过于模糊了，穆时英毕竟离波特莱尔远甚。在我们看来，穆时英氏是一个天才作家，也是一个受累于他的天才的作家，他本质上是一个文学技巧的实验家，作为一个明快的都市风歌者，他太年轻了，也太奢侈了。

四　戴望舒—路易士

穆时英在他的《公墓》中，记载了一则非常罗曼蒂克的故事，主人公玲姑娘带着南方的温情和淡淡的哀愁——“带着墓场的冷感的风吹起了她的袍角，在她头发上吹动了暗暗的海，很有点儿潇洒的风姿。她有一双谜似的眼珠子，苍白的脸，腮帮儿上有点儿焦红，一瞧就知道是不十分健康的。她叫我想起山中透明的小溪，黄昏的薄雾，戴望舒先生的《雨巷》，……老瞧见她独自个儿坐在那儿，含着沉默的笑，望着天边一大块一大块的白云，半闭着黑水晶藏着东方古国的秘密。”作者先前的紧张的节拍和粗糙的语调被戴望舒的《雨巷》迷离的情调所代替，紫丁香的气氛给这位女主人公平添了令人难以忘怀的诗意。

撑着油纸伞，独自
彷徨在悠长，悠长，
又寂寥的雨巷

我希望逢着

一个丁香一样地

结着愁怨的姑娘。

……

这是戴望舒发表在1928年8月号《小说月报》上题名为《雨巷》的诗作，作者同期还刊载了他的另外五首短诗：《残花的泪》《静夜》《自家的伤感》《夕阳下》和《Fragments》。一概的《雨巷》气，光从这些诗的标题看，诗人的心境是寂寞的、纤细的、迷惘的，他的那些情感的碎片，散发着一种青年人蒙领失落后才会有的哀感。从《雨巷》看，作者已将解放了的中国诗歌进一步推向解放的大道，同时，稍稍体味一下，便不难发现，这位诗人还相当中国化，他和传统词曲并不隔膜，晚唐诗歌的情韵对他有相当的熏染。

戴望舒（1905—1950），原名戴朝宷，又名戴梦鸥，浙江杭县人。常用笔名有方仁、亚巴加、江思、戴月、苗秀、屠思、常娥等。抗战爆发前，他与施蛰存、杜衡交游甚密。1923年春创办文学社团"兰社"和《兰友》半月刊；是年秋的入上海大学中国文学系；1924年震旦大学法文特别班学习经历，1926年的《璎珞旬刊》，同年的加入中国共青团；随后的《文学工场》，第一线书店，水沫书店，《无轨列车》和《新文艺》，都有着他们三人的身影。与施、杜一样，戴望舒也有一个接受鸳鸯蝴蝶派文学影响的时期，喜欢新文学而又有相当的旧学根基；几乎又与施、杜一样，都有优秀的外文知识并因而又都迷恋西欧新潮文艺。据晚年施蛰存说，当时东南大学历史学教授李思纯自法国回来后翻译出版了法文诗集《仙河集》，在经过20岁刚冒头的戴望舒氏的批评后，竟然再也不敢译诗。1922年开始诗歌创作不久，法国近代浪漫派诗歌对戴望舒发生了极大的影响，最初的夏多勃利昂、拉马丁到雨果，之后象征主义更像蚁菌一样钻入了他的心土，而魏尔伦的诗歌理论尤其为他心折不已。

和大批富有正义感的小资产阶级知识分子一样，1927年大革命的失败对他们所产生的影响，特别在精神上的冲击是深巨无比的。这个时期所写下的作品毫无例外地带有时代留给他们的印痕。《雨巷》《我的记忆》等，以至戴望舒氏1929年出版第一个诗集《我的记忆》，都是这一类的篇什。1932年夏秋之交，戴望舒在初步编定了第二个诗集《望舒草》之后，终于圆了负笈法国留学的梦，在法国他用彼邦的诗歌实绩验证了自己的诗歌主张，中法大学的进修，在南欧大地上的徜徉，又使他对那边诗歌创作中郁勃的现代风产生了浓厚的兴趣。他自法国寄回并在《现代》杂志上发表的《法国通信》向国内同好传递了昂德利·纪德的风采，并且认为“纪德是‘第三种人’”，“他始终是一个忠实于他的艺术的人，然而忠实于自己的艺术的作者，不一定就是资产阶级的‘帮闲者’”。在戴望舒氏只是为了呼应国内正陷于论争中的友朋，由此却引发了鲁迅1933年7月发表在《文学》创刊号上的名文《又论“第三种人”》，他严厉表达了对于“迂阔”的戴望舒的不满。

1935年春戴望舒回国，次年与杜衡、路易士创办《新诗》月刊，宽阔的世界诗歌知识的视界驱使他拥有了较之前一时期现实得多的心襟，反省了海派诗歌的寂寞，并借重这一新办的诗刊，并接纳了大批京派诗人对编务的参与，继续重视新诗艺术形式的探索。此期创作有《秋夜思》《小曲》《寂寞》等；抗战爆发后的第三个年头举家落脚香港，并在那里主编《星岛日报》副刊《星座》，又与金仲华等编辑《星岛周报》；1939年7月与艾青合作创办《顶点》诗刊，发扬“爱国和抗日”的宏伟主题，同时还与徐迟等创办英文版《中国作家》，向海外宣传中国作家在抗战中的情况；1942年曾因“从事抗日活动”而被日本宪兵逮捕，在狱中表现出高尚的民族气节，写下了《狱中题壁》《我用残损的手掌》《等待》和《偶成》等洋溢着爱国热情的感人诗章，这些作品后收入诗集《灾难的岁月》。后经叶灵凤设保出狱，继续从事抗日文学活动。抗战胜利后回上海，在暨南大学等校任教，并积极参加反对国民党反动派的斗争，再次被国民党通缉。1948年夏赴香港，1949年8月由香港回国内，次年2月因患气管炎，医治无效在北京逝世。

海派的诗歌并无像样的幅员，除戴望舒、施蛰存、路易士外，写得稍勤的差不多只有侯汝华、南星、陈江帆、玲君、李白凤等几人。和他的那些海派作家朋友一样，戴望舒是一位主要在艺术的现代风格上为文学历史提供经验的诗人。作为他的非海派挚友，艾青在新中国成立后尚未遭遇厄运的时候曾经平实地指出过：

> 望舒是一个具有丰富才能的诗人。他从纯粹属于个人的低声的哀叹开始，几经变革，终于发出战斗的呼号。每个诗人走向真理和走向革命的道路是不同的。望舒所走的道路，是中国的一个正直的、有很高的文化教养的知识分子的道路。这种知识分子，和广大劳动人民失去了联系，只是读书很多，见过世面，有自己的对待世界的人生哲学，他们常常要通过自己真切的感受，有时甚至通过现实的非常惨痛的教训，才能比较牢固地接受或是拒绝公众所早已肯定或否定的某些观念。

而在这之前，则常常是动摇不安的。

构成望舒的诗的艺术的，是中国古典文学和欧洲文学的影响。他的诗，具有很高的艺术魅力。他的诗里的比喻，常常是既新鲜又适切。他所采用的题材多是自己亲身所感受的事物，抒发个人的遭遇与情怀。可惜的是他始终没有越出个人的小天地一步，因之，他的诗的社会意义就有了一定的局限性。[15]

艾青的这则看法因其主流派色彩的特别明确而获得权威性，嗣后数十年来一直被研究者广泛采用。这里，关于时代对于戴望舒的影响是相当积极的提示，诗人应合并跟上时代的潮流，从个人主义的立场的“小我”悲欢向民众和民族的集体主义立场的“大我”忧患转换，是一种自身生命意义的典型选择。他以一个著名个例说明了现代中国文学是沿着怎样的方向发展的，中国进步文学家是怎样寻得了历史契机而获得了人民的意识，从而被历史确认的。所有这一些，显示了历史法则的严峻性，但这类解释又显得过于一般化，恰好从一个特殊方面体现了中国现代作家作品论研究中的多种局限性寓于合理性的描述之中。至于戴望舒艺术个性，艾青并没有属于自己的看法，继续延用着20世纪30年代初杜衡为《望舒草》所写序言中的观点。

从《雨巷》到《我用残损的手掌》，不足二十个年头，百来首作品，然而，作为一个中国新诗人，戴望舒确确实实经历了思想和艺术上的重大变化，这些变化一般确确实实又都是时代通过诗人个体的条件发生作用的。

《雨巷》是一个向往光明和正义的青年的一声无奈的叹息，无论是“寂寥的雨巷”，还是“丁香一样的姑娘”，当然有着显豁的象征性质；至于抒情主人公的徘徊，理想中的姑娘的飘忽，两者的渗透和叠合所渲染出的“像梦一般地凄婉迷茫”的意境，它们的全部意义全在让诗人处于“表现自己”与“隐藏自己”之间。上文我们差不多已明确地指出大革命失败对于戴望舒的刺激，他是单纯的，浅直如处子一般清澈见底，并且他的那份单纯又是特别个人化的，从而和狭窄相联系。时代给予诗人的痛感，在诗人身上所得到的反应纵然是肤浅的，然而真切地反映了那个时代一般小资产阶级知识分子的本质方面。更有意思的是在另一方面，《雨巷》之前，戴望舒的诗作大体显示了一个青年习作者的姿态，某种专属于世家子的诗歌腔调非常深重，“人间伴我唯孤苦”，“朝朝只有呜咽”，“我将含怨沉沉睡，睡在那碧草青苔……”，如许的歌行，很难感受到新时代的气息的。随后，自由诗的活泼和新格律诗对音乐美的追求，都带给他激动，西方象征主义的作派也开始在他的运思中抬起了头。不过，严谨的写诗态度即使在最初的日子里，并不允许我们的诗人跟在他人后面亦步亦趋，他有自己的理想。他从新月诗人对“五四”自由体新诗的改造中发现了新的路子，拘谨不属于他，这是他在接触了新月格律诗之后很快摇摇头的原委，但新月能够从民族传统中汲取养料的方法，极为他所看重。大概他的最初接受法国的象征主义，还只是执着于诗歌在“情”与“景”的联系和配置方面的，这类普泛化的理解和把捉，是极易沟通诗歌的传统与现代的，一如周作人在批评刘半农《扬鞭集》时做过的那样，以为象征即是民族诗学中的“兴”，虽是“外国的新潮流，同时也是中国的旧手法”[16]。

如果闻一多关于新诗音乐美的灵感多数来自对于英诗格律与

中国近体诗格律的参证，那么，戴望舒倾向于从民族词曲的音节规律中找得了自己的方向。陆志韦在当时就曾经指出："我以为中国的长短句是古今中外最能表情的做诗的利器。有词曲之长，而没有词曲之短。有自由诗的宽雅，而没有他的放荡。再能破了四声，不管清浊平仄，在自由人手里必定有神妙的施展。"[17]我们虽然没有可能论证陆志韦对戴望舒的影响，但有一点是清楚的，戴望舒在走过了一段刻意追求音节的阶段后，发现中国古代词曲在音节上的整齐中的参差，变化中的和谐，同西方象征派诗歌以情绪节奏组织语言的音乐节奏的技巧，有相当的共通处。这些天才的体悟，也预示了诗人日后的发展。《雨巷》的成功，它的被叶圣陶称之"替新诗的音节开了一个新纪元"，秘密就在于斯。作为已经与西方象征派诗歌接手的戴望舒，他从类似李金发诸人的实践中读出了"晦涩"和"神秘"，于是他又从自己的老祖宗那儿呼唤出了援手。无论是悠长的"小巷"，还是微茫的"雨景"，处处触发着诗人的情绪，而诗人的情绪又处处寄寓在"小巷"与"雨景"中，"取譬引类，起发己心"。同时有关意象的营建大抵又沿着生活逻辑的惯常路径，强调对应和融通。传统的诗境又以巨大的统摄力量提供诗人以启迪。晚唐李商隐"芭蕉不展丁香结，同向春风各自愁"显然是《雨巷》的重要借镜，一派凄迷，说不尽的抑郁，弥散在整个诗章中。

因此，《雨巷》时期的戴望舒，他的诗作的心境基调是相当个人化的，即使有部分关联时代的内容，也是相当单纯而稀薄的。他的诗艺大抵是"民族古典与西方象征"的结合，所谓的象征诗带有明显普泛的性征，是一种始终离不开故土气脉的准象征诗。不久诗人便进入了他的新的探索时期，他并没有自骄于音节优美的《雨巷》，甚至"雨巷诗人"之类的桂冕，在他也是无可无不可的，其重要标志是《我的记忆》的发表。这是一首诗人第一本诗集的题名诗，似乎也有些京派诗人朱湘第一本诗集《夏天》一样，是一种对过往的告别式。诗人唱道：

> 我的记忆是忠实于我的，
> 忠实甚于我最好的友人。
> ……
> 它的拜访是没有一定的，
> 在任何时间，在任何地点，
> 时常当我已上床，朦胧想睡了；
> 或是选一个大清早，
> 人们会说它没有礼貌，
> 但是我们是老朋友。

这首诗的写作时间稍稍晚于《雨巷》，发表于1929年。就心境基调看还和《雨巷》差不离，只不过少了些缠绵，却多了些清高，现代的日常口语替代了《雨巷》的回环往复，一唱三叹，恐怕只是相当表面的观察，请看诗歌的第五节——

> 它是胆小的，它怕着人们的喧嚣，
> 但在寂寥时，它便对我来作密切的拜访。
> 它的声音是低微的，
> 但它的话却很长，很长，
> 很长，很琐碎，而且永远不肯休：
> 它的话是古旧的，老讲着同样的故事，

它的音调是和谐的，老唱着同样的曲子，

有时它还模仿着爱娇的少女的声音，

它的声音是没有气力的，而且还挟着眼泪，夹着太息。

诗人向《雨巷》中理性观念的、逻辑的、线性的陈述方式，投去了轻慢的一瞥，他真正接近了象征主义的表达形式。“思想知觉化”的方法让诗人看重的是某种潜在的现实，他所营建的意象世界并非朝着对应的方向展开，而宁肯维持“间离”，在实现一切修辞意义更加隐晦含蓄的前提下，扩展心灵的视野，最大限度地唤起形象和感情的能力。“我的记忆”对“我”的永不疲惫的纠缠，通过拟人的模式，披戴着具有神秘色彩的意象外衣，生气灌注地嘲弄着“我”的迷惘和无力。对此，杜衡有平实的观感，他说：“一个人在梦里泄漏自己底潜意识，在诗作里泄漏隐秘的灵魂，然而也只是像梦一般地朦胧的。从这种情境，我们体味到诗是一种吞吞吐吐的东西，术语的地来说，它底动机是在于表现自己与隐藏自己之间。”[18]《我的记忆》是作者又一次“表现自己与隐藏自己”的成功实践，并且还开启了他日后在其十七条《诗论零札》中的思考：“诗是由真实经过想象而出来的，不单是真实，亦不单是想象。”最明显的变化还在诗歌的音节上，戴望舒开始放逐《雨巷》对于旧词曲旋律的借用，强调情绪的自然节奏。

《我的记忆》是戴望舒第一本诗集的最后一首诗，也是他的第二本诗集《望舒草》的第一首诗，它的意义在于诗人由此开始了诗艺的新探索，现代都市生活的质感和狭义象征主义的手法，认真地激荡着他的风格的变化，尽管他还不能说是一个典型的象征主义诗人。《现代》杂志的问世，不只是为他提供了阵地，也为他招来了相当一批同好，许多研究者直称戴望舒为“现代”派诗人，是有根据的。所谓现代派新诗，用戴望舒的话来说，它的基本性状是：“新的诗应该有新的情绪和表现这情绪的形式”。(《诗论零札》第九则）这里所谓的“新的情绪”是一种“现代的情绪”，是一种在根本性的层面上客观看待现代文明的情绪；所谓的“表现这情绪的形式”，也即是一种“现代的形式”，是一种与都市生活速律相适应的形式；因此，它们都显示着和新格律诗大异其趣的作派，是寄植于现代都市文化中的一种体式。整部《望舒草》是被诗人《诗论零札》的理论空气笼罩下的产物，是建筑在批判现代中国新人文主义诗学基础上的创作。

《诗论零札》凡十七条，劈面三条具有纲领性质。它们是：

(1)诗不能借重音乐，它应该去了音乐的成分。

(2)诗不能借重绘画的长处。

(3)单是美的字眼的组合，不是诗的特点。

问题的提法，具有明确的尖锐性，上述三条显然是直接针对闻一多的新格律诗的“音乐美”“绘画美”“建筑美”的“三美”理论。它的意义在于昭告了一种前所未有的中国诗歌的创作理论：并不排斥诗和艺术其他部门的疏离，但确切地揭示了诗之所以为诗的现代特征。“不借重音乐”，是其中最紧要的一环，一如闻一多氏“三美”理论的重心则在“音乐美”。它不意味着诗歌创作对于语言艺术音乐性征的放逐，而是放逐了传统诗歌对音乐性的表面和机械的执着，大抵取佩特的说法：“所有艺术都期望达到音乐的境界。”这里所指的音乐性，不包括音色美感，不是脱离意义单纯追求空洞的音响组合，主要指语言内在的韵律和节奏，可以有词语声调的要求，但更重要的是意义的重复、对比、变化等关系及其规律。这对写过《雨巷》的戴望舒来说，无疑是一种自我否定。《我的记忆》集子中的绝大部分篇什都严格实践着这一主张。传统诗歌对于韵脚音节的要求，无关宏旨，大都被诗人置于一旁，拿它们来和《雨巷》比较，它们全是散文。然而，隐含在它们中间的现代生活与现代人的自然节奏还是可以寻得影子的，重复和对比，一般成为戴望舒习惯的手法，《我的记忆》便是著例。这种特征，影响至深，后来被艾青概括为诗反对韵文的“虚伪”和“人工气”的散文美。

对于“绘画美”和“建筑美”的看法，就基本精神来说还是强调了诗的自然性质，这同样是一种轻慢传统的现代观点。戴望舒这一阶段的诗歌，是对《雨巷》的背叛，进一步强化了既“表现自我”又“隐藏自我”的目标。对传统时空顺序的突破，借助意识的自然流动给诗歌带来了新的结构，尤其是意识的非理性和无逻辑的渗杂，进一步发展了诗人以往营建意象的迷离的和跳跃的色彩，甚至还会导致类似神秘的气息的生成。所有这一切，其根本性的启发来自现代都会的生活和现代都会人的情绪，从而使写实的方法渐次被超乎经验的抽象的方法所替代。尽管如此，现代口语的广泛采用，对戴望舒现代诗的形式有着某种超越的意味，杜衡说他的那位朋友的诗“很少架空的感情，铺张而不虚伪，华美而有法度”[19]，确是的评。在现代中国，像他那样的象征派诗人并不多见。

从实际情况看，闻一多的“三美”理论，是出诸他对“五四”自由体诗的深刻思考，也是他那两篇著名的郭沫若《女神》的评论深化的结果。思考和深化在他那儿被整合为对新人文主义的选择，即那种在精神上对于民族文化传统的皈依。“三美”理论有来自英诗的启发，恰恰同时又是对以欧美为中心的现代文明的反动，最根本的方面是重新提出了新诗与东方精神的联系。新近有人在讨论象征主义对中国现代文学影响时，将波特莱尔因批判现代文明而倾心于表现荒谬、混乱、猥琐、邪恶、丑陋的观念混同于卢梭的“返回自然”，将叶芝某些表面留连自然的诗作认定是象征主义的特质。这是不妥当的。卢梭的“返回自然”是一种浪漫主义文学的特质，全然不同于象征主义的“厌恶都市”，厌恶都市，从丑和恶的表现中寻找精神满足是象征主义作家特有的审美意识，有时他们也会恼怒丑和恶，也能唤起对于被毁灭的美和善的向往，这只是反映了他们审美意识的复杂性，即使某些描写自然的诗章，同浪漫主义作家对自然的仰颂很不一样，要末显示出明显的颓废或玩世不恭的态度，要末迷恋于某种久远的抽象的精神图像，比如，对于东方精神神秘性的崇拜。这位研究者在中国现代象征主义的寻踪过程中还特别拈出泰戈尔诗作中的象征主义特质，理由是叶芝、庞德这些经典西方象征派诗人由对西方现代文明的反叛而推崇过泰戈尔。其实在我们看来，同为反叛现代文明，叶芝等人和泰戈尔并不一样，与其说泰戈尔氏轻慢现代文明，还不如说他对东方文明的深挚情怀。他的象征主义特质属于广义的性质，犹如黑格尔所说的“主要起源于东方”的象征主义，泰戈尔同叶芝他们所形成的“契合”，主要是受制于当时西方对东方文化迷恋的浩荡思潮。1924年泰氏的访华，遭到以反封建为根本使命的文化人的反对，而京华欢迎的人士的身份及其趣味，是很可以见出泰氏所具有的文化精神的。闻一多氏虽有《泰戈尔批评》问世，所谓的“Disinterested”，态度相当暧昧，反映了他在思想上的转型特征。因此，闻一多氏的新格律诗理论是一种基植于传统的农本文化的诗学，有相当保守的性征。后来出现在京派文学作家身上的那股倾向于自然的、乡土的作风，比如沈从文小说中的湘西世界，废名《桥》中的人间仙境，芦焚笔下朴拙的中原农村等，都有着相仿佛的意味。戴望舒的诗学趋赴有着很不相同的特征，它们大都联系着现代都市的文化背景，从这个意义上看，这一时期的戴望舒才算在精神上迎合了西方的象征主义，包括《现代》杂志所提倡的“现代”派新诗的主张和实践，多半具有如许性质。也正是在这一点上，海派和京派形成了鲜明的比照。

《我的记忆》中的“记忆”在意识上是有不少联结现代都市喧嚣空气的成分的，抒情主人公既胆怯地躲避它，又将它视为友人一样地接纳它。尽管充满着矛盾和迷惘，但诗人对现实的态度是客观的；尽管有着说不尽道不完的无奈，诗人却显得相当宽容，相当清明。一面是势不两立的憎恶，一面是无可奈何的接受，反映了一种存在着的矛盾而无力解决矛盾的痛苦。这些正是戴望舒和西方经典象征派诗人很有些相像的地方。他的《游子谣》大抵也是如许情调——

海上微风起来的时候，
暗水上开遍青色的蔷薇。
——游子的家园呢？
……

游子却连乡愁也没有，
他沉浮在鲸鱼海蟒间：
让家园寂寞的花自开自落吧。

对家园的无尽系念，那种非常传统的人间情愫，同海上“沉浮在鲸鱼海蟒间”的激动形成了反差强烈的对比，然而前者的缱绻悱恻还不足以抵挡后者充满速度和力的吸引。这里所表现出来的对于现代都市文化的认同心理，正是海派作家最突出、最亮丽的风标，也是他们深刻不已的心灵搏斗及其苦痛的渊源。从风气看，当时不少左翼作家也有差不多的文字，对于某些特别富有城市感觉的作家尤其如此。不过从深层看去，他们和戴望舒还是存在不小的差别的，戴望舒更多地从城市本体角度着眼，而多数左翼作家的城市篇什是旨在对20世纪30年代阶级对立和社会革命的说明。戴望舒依持的是文化背景可以由城市本身显出，而那些激烈地营造着都市阶级斗争氛围的作家很难说已对城市有了认同感，意识深处还是被乡村文化缠绕着，因此时序到40年代，他们普遍而迅速地向农村归趋就显得不那么偶然了。

面对上海这样“鲸鱼海蟒”的城市，戴望舒的心境是迷惘的，他的纤微的风度不允许他唱出亢奋的歌行，朱光潜在《望舒诗稿》的书评中对诗人的平淡的狭小的世界的指陈满贮着意趣，我们甚至也能够接受他说诗人“像一般少年，他最留恋的是春与爱”，然而作为一个京派批评家，他对诗人某些由对城市的矛盾心理而引发的诗章作出了想当然的京派式的描述，比如，“他是一个怀乡病者”，时常“渴望着回返到那个如此青的天”之类，缺乏的不是批评家的审美感觉，而是现代的城市的感觉，起码是仅仅停留在诗人表面的叹息上。而这里，

鲜红并寂静得，
与你嘴唇一样的枫林间，
虽然残秋的风还未到来，
但我已从你的缄默里，

觉出了她的寒意。

这是戴望舒《款步》中的段落，形象清丽而新颖，有一种淡悒无奈的惆怅，极具摇曳之致，在朱光潜是可以读出“小病的人嘴里感到莴苣的脆嫩，于是遂有了家乡小园的神往”，而从诗人的和《款步》同期的作品中，也即从《望舒诗稿》的后半部的大半诗篇中，我们看到了诗人对城市的某种感受，有着相类于偷食禁果的紧张，“外面的世界太精彩，外面的世界太无奈”，这是当今流行的一首歌，用它来概括诗人20世纪30年代现代诗的意蕴，是难得的发现。

单纯狭窄的生活和对缪斯女神的一往情深，在整个30年代始终没有给戴望舒提供进击的新机缘。他不是一个多产的诗人，谨严的作风驱逼他把写诗看成是一件相当严重的事业；他同时又是一位颇为自负的诗人，坚执着诗的品位和韵味，由此而发表了一些不合时宜的言论。在抗战前夕国防诗歌的讨论中，他有《谈国防诗歌》的文章。当时他正借《新诗》月刊热衷于提倡“纯诗”，尤其看重诗的独立自主性格，反感于将诗作为宣传的工具，于是也就对某些偏狭的国防诗歌论者的意见大不以为然。他说：

平心静气地说来，诗中是可能有阶级，反帝，国防或民族的意识情绪的存在的，但我们不能说只有包含这种意识情绪的诗是诗，是被需要的，我们不能说诗一定要包含这种意识情绪，除非我们否定人的思想情感的存在，否定人的存在。但是那些所谓“国防诗歌”的提倡者们是怎样的呢？他们以为只有包含国防意识情绪的才是诗，是被需要的，他们主张诗必需包含国防意识情绪。有了这种偏狭的见解，这种非人情的头脑，无怪其不能和诗去接近了。[20]

当时的国防诗歌论者，特别是“中国诗歌会”的诗人如任钧等对戴望舒氏的意见是作出了情绪化的批评的，然而并没有影响戴氏依然写着他的诗，也不影响他成为一名真正的爱国者。他直到和艾青合办只有一期命运的抗战诗刊《顶点》时还坚持着原先的看法——“我们不拟发表和我们所生活着的向前迈进的时代违离的作品，但同时我们也得声明，我们所说不离开抗战的作品并不是狭义的战争诗”；“不管我们现在所表现的是怎样，我们所希望的是把水准尽可能地提高，使中国新诗有更深邃一点的内容，更完美一点的表现方式”。[21]这些都保证了戴望舒在他的后期即使写于无法从容的环境中的诗歌也富有相当的艺术气息。1939年的《元旦祝福》实现了他与《望舒诗稿》（系《我的记忆》和《望舒草》的合集）的告别，诗人以勇毅的精神投身于抗日的烽火之中，是现实生活的刺激，也是中国知识分子追求正义和深挚的民族情感，扩展了他的心灵幅度，锻铸了他的意志。然而他的歌唱，绝不粗糙，依然是精妙的，同时现实的尖锐性征使他具备了逼视生活的能力，从民族高扬的反抗精神中获取了生活的信仰，于是往昔象征主义的迷茫雾气渐渐被驱散。诗人在那些灾难的岁月，还属望着“在什么别的地方，云雀在青空中高飞”（《致萤火》）。在日寇的监狱中所写下的《狱中题壁》和《我用残损的手掌》是为诗人赢得非凡光荣的诗篇，随愁绪的被稀释到最低限度，文学象征主义的精神特征也淡化到最低限度，象征的手法固然还发挥着光彩熠熠的魅力，然而戴望舒氏再也不是一个象征主义的诗人了。我们虽然不赞许某些评论家不适当地用诗来索隐诗人的革命精神，比如艾青始作俑，将《我用残损的手掌》中“只有那辽远的一角”确认为“解放区（我想他是指延安）”。诗人至此还是诗人，是一个爱国的诗人，一个向往民主的诗人，一个渴望正义的诗人，而不是习惯上所谓的战士。如果死神不是过早地向他垂下黑幕，他是不是重新在灵魂深处拣回象征主义，还是无法断定的，不过他在《偶成》中唱道：

如果生命的春天重到，
古旧的凝冰都哗哗地解冻，
那时我会再看见灿烂的微笑，
再听见明朗的呼唤——这些迢遥的梦。
这些好东西都决不会消失，
因为一切好东西都永远存在，
它们只是像冰一样凝结，
而有一天会像花一样重天。

这是一个曾经有过海派经历的诗人生命顶点，对生活的如许坚执的信仰，或许正是这种精神倾向才最终推助他成为一名战士，一位真正的反对非正义、争取民主的人民战士。

戴望舒的命运对理解现代中国知识分子有足够的启示，他在抗日战争爆发之前的诗艺活动丰富了海派创作的内容，并且标志了这一文学流派诗歌成就的制高点。而他在整个20世纪40年代的创作，反映了时代对于一个海派现代派诗人的改造和召唤。他顶着时代的罡风，沿着历史前进的青藤攀援，纵然望着他钟情的缪斯的背景远去。现在我们得讨论他的朋友路易士，那个已被世情模糊了的诗人。

1933年毕业于苏州美术专科学校的路易士也算得是海派现代诗的代表诗人，他直到晚年或在台湾地区或在美国，还难以忘怀自己和戴望舒的友情，当然也包括杜衡、施蛰存。在他的记忆中，他们那些相互往还的日子充满了青春的灿烂，在一袭青年艺术家的潇洒外表之下几乎全是梦幻和激动。十年后的《看云篇》有着太多的感伤，他一边愁苦地体味着上海孤岛的阴郁，一边回想着30年代初年轻时节的浪漫："给我的记忆在青空的画布上，多么像我以前在画室里拿画笔蘸油彩给了的啊，那么多姿的云，自在的云，夕烧的云。我的长头发大领结的美术学生时代是沉没了啊。那些光和阴影、线条、装饰趣味和抒情的笔致流逝着，在青空的画布上。那些黄金的记忆流逝着，在青空的画布上。"孤岛上海依然星火点点，诗坛却沉寂得令人窒息，任便诗人们飚发何等样的才情，都无法催动和激活黄浦江的诗流，旧诗词的读本覆盖了几乎全部的诗歌创作和出版，新诗集在市场上一无销路。尽管如此，石在，火种难以销息，路易士心灵深处自信还不时承受着缪斯女神的眷顾，1943年岁杪，他与上海的董纯瑜、田尾，北京的南星、方滋，天津的穆不已，南京的叶帆、秦家洪、徐宁摩、穆穆、遇圭，镇江的石夫、太仓的陈孝耕等呼应联络，发起成立"诗领土社"，并且严正有加地宣布他们的共同信条，一为"在格律反对自由诗拥护的大前提下之各异的个性尊重风格尊重全新的旋律与节奏之不断追求不断创造"；二为"草叶之微宇宙之大经验表现之多样性题材选择之无限制"，三为"同人的道义精神严守目标一致步伐一致同憎同爱同进退共成败决不媚俗谀众妥协时流背弃同人共同一致的立场"。[22]

这一社团并不相类于其他的海派社团，它标榜着浓厚的现代意义，同人间态度甚为自觉。实际主持人路易士（1913—　），即台湾著名现代派诗人纪弦。原名路逾，另有笔名章客、苇西、青空律等。祖籍陕西秦县，出生于河北清苑县。幼时家居北京，父亲是同盟会员，参与过反袁的云南起义，追随孙中山反击陈炯明叛军，一世声名，悲歌慷慨。1921年后因父亲革命工作，全家南迁，南京、武汉、广州、香港、上海，最后定居扬州，1930年婚后进苏州美术专科学校研习西洋画。1929年他在扬州开始写诗，起步像多半青年诗人，1934年3月自费刊印第一部诗集《易士诗集》，是很能为他作证的。同年为《现代》杂志写稿，结识杜衡和施蛰存，年底还在上海创办《火山》诗刊，虽仅出两期，也算彰显了一番抱负。1935年与自法国归来的戴望舒订交，并与杜衡合作出版《今代》文艺，组织星火文艺社。是年以未名书屋名义自费出版诗集《行过之生命》，收1931年至1935年诗歌162首。1936年4月东渡日本，结识覃子豪等，不到三月因病返国，由扬州迁居至苏州，并与友人常白、沈洛、韩北屏组建“菜花社”，出版《菜花诗刊》和《诗志》。自此，他的交游范围得以扩大，鸥外鸥、史卫斯、吴奔星、李伯章、李心若、侯汝华、金克木、李白凤、南星、禾金、陈时、陈江帆、周熙良等时常有现代诗发表的作家，在这一时期都与路易士都有密切往来。几乎同时，即是年10月与徐迟、戴望舒合办著名的《新诗》月刊，这一年所作57首诗歌于次年由新诗社结集《火灾的城》出版。1938年携家辗转长沙、贵州、昆明到香港，在昆明重逢施蛰存，又与戴望舒、杜衡、穆时英、徐迟、金克木一帮旧知相聚香港。由杜衡介绍识得胡兰成，这难说是一件幸事，但毕竟对他产生过无法轻忽的影响。在香港不足一年，路易士又只身返沪，整理旧作，推出三本诗集《爱云的奇人》《烦哀的日子》《不朽的肖像》。1940年，再度离沪赴港，曾编辑《国民日报》副刊《新垒》，后进国际通讯社任日文翻译。也正在这一时期，他的某些诗作偏离了民族意志，政治意识相当模糊，至今为人诟病。太平洋战争爆发，香港沦陷，他又举家回到上海。组织"诗领土社"，创办《诗领土》诗刊，继之出版诗集《出发》《夏天》《三十前集》和《上海飘流记》，即为他在这一时期主要的工作。1948年参与组织异端社，出版《异端》诗刊，同年去台湾，自此才与大陆睽隔。他仍保持着弥满的创作精力，在台创办《现代诗》季刊，发起组织"现代派"，对推动台湾诗歌运动作出了突出的贡献，遂被一般人称为台湾现代诗主将，几乎少有人再去谈及他早年在大陆本土的行迹。

《易士诗集》收的均为诗人1934年以前的草创作品，那时正值在自己所谓的"银灰色的生活"的时期，青春与爱情，自然与艺术，坦诚、挚烈的胸襟，还有忧郁的节拍，多半掩映着当时的流行色，很难辨索出属于他的声音。"南风——我底恋人，/落日——是她樱唇。/我拥抱着南风，/以与落日接吻。/黄昏劫去了美梦，/失恋似地/我叹了一声。"(《恋南风》)《夜旅》抒情主人面影几乎也是共通于当时一般的时代青年，没有练历也得造出一番苦恼："是夜，/是归途中的夜啊——/寂寞地，凄清地！/我提着沉重的行囊，/卜着遭遇的幸否，/望着灯光，/听着犬吠，/践着泥泞，匆匆地前行着。"20世纪20年代革命性的时代刺动也仿佛改变过路易士的双瞳，差不多像《现代》杂志上的诗人一样，也回应着时代的脉律，呼叫着愤懑。"一·二八"的炮声惊醒了他"翡翠的梦"，贫富对立的现实让他看取了上海滩头一边是"华丽的高层建筑"，一边却是“不见天日的幽牢”。他的“象牙之塔”终于摇晃了，在《从象牙之塔到十字街头》中唱道“女人底红唇变成了苍白，古希腊的凡阿铃剩下一付尸骸”，他呐喊“醒醒吧，艺术家和诗人们，无情的时代要将你们踢开了”！

1933年年底写下的《从前我真傻》[23]显现了他一生认真的思考：

从前我真傻，
没得玩耍，
在黑暗里期待着火把。

现在我明白，
不再期待，
在幽牢里划几根火柴。

于是，那些转辗于社会底层，呻吟着、哭喊着的形象改变了他往昔的纤细，拉车的、栽秧的，都进入了他的视境中，甚至还讴歌“农民放火队”，请听他在《拉锯》中的呼声：“我把锯来拉，高唱伏尔加，你伏尔加的船夫呀，我们是一家！”这些被诗人后来羞于言说的“普罗”诗歌，表明了诗人追索时代迅猛潮头的青春底色。当然他毕竟是日后杜衡和戴望舒的朋友，他的最早的一批诗作，大抵居多的还是一般小布尔乔亚的叹息——“巴天亮，天还不亮，只好再翻一个身。间壁是个失意者，听他幽叹一声声”（《巴天亮》）；“巷尾的每一声叫卖，那是太凄凉！”（《八月的诗》）路易士的早期诗作几乎全是短制，那些四行至六行的诗歌，在诗人自选的诗集中一再难以割舍，满贮着某种怀恋的情绪。短制对于他完全不是意味着草创的限制，而预示了他一生诗歌创作最有光彩的部分，它们显示了我国古代近体诗和小令词，乃至一般民谣对他的启示。“的的，沙沙拉，/的的沙沙拉，/炒白果的担子过去了。/于是深狭的巷中，/路灯眣？着惺忪的眼了。”（《炒白果的担子》）“一个破衣的中年男子，横着笛站在路旁；他吹了一段行街四合，诉说起落魄之凄凉。”（《苏州行》）它们都彰显了古代的诗歌传统对于路易士的影响不仅局限在体式方面，晚唐诗歌的轻曼幽深的意境被这位青年诗人视作自觉的趋赴。自然作为一位向着都市诗歌逼进的诗人，类似《苏州公园之夜》，“只有那树后的灯火，闪动着的，活像一群女人底媚眼”，设色活跃风流；而不少诗作对清直的苏北方言的采用，为那些短诗平添了节奏上的优长，明脆，清朗。

路易士自称，1934年5月发表在《现代》五卷一期上的《给音乐家》是他首次将自己的诗作公诸于世，而真正引起诗坛注意的却是同年9月《现代》五卷五期上的《时候》。[24]诗人是坦白的，因为正是这首诗才真正标志了他脱去了稚嫩，然而也步入了一个复杂的成熟期——

我将饮烦忧之泉
以持续这个生命吗
没有光辉和暖气的

把血来施舍吧
留着给谁呢
花底命运难说了

其与魔鬼搏斗

或是凿地穴而居

该是取择的时候了

《时候》被诗人收进《行过之生命》，这部诗集的序跋分别由杜衡和施蛰存所作，他们对诗人30年代的作品有着相当平实的观感。杜衡说，路易士的诗作大部表明了“诗人是怎样地从‘期待着火把’的热情里变到了这个‘划几根火柴’的心境”，诗人所歌咏的是“20世纪的烦扰”，“他不是光明的歌颂者，但他是丑恶的诅咒者”。《啜泣》《忧郁》《病中》《病后》《寂寞的日子》《烦忧》《我底悲哀》，甚至是《幽灵之生涯》《死之讴赞》等，光从这些诗题看，我们已经不难想象诗人的形色。他应是热情的歌者，却生活在“没有诗的日子里”(《没有诗的日子里》)；他梦想着虹霓般的未来，而现实向他昭告“生活如一条索/系在两悬崖之间”(《竞技者》)；他原本是人间的骄子，却唯有歌哭“人间是寂寞的/将何处去听/一个生命的音阶呢”(《人间》)；诗人是悲观的，幻灭不时向他袭来：“而我是渴想着/毁灭与末日之降临/我烦厌于二十世纪的/毫无意义的人生”(《二十世纪之烦歌》)。

他无数次幽婉地向我们诉说：“光明从我眼前溜走/我亦不再恋她了/她只不过是个荡妇/诱得年轻人一味追求”(《光明》)，然而当他的巨幅油画《光明的追求》在战火中毁弃，他所表现出来的恼恨生发于灵魂的深处，这大概可以用来看取他对现实的虚无情感的真实来源了，甚至也多少可以证明他的“虚无”的实际性征。路易士的诗表明了他是一个继徐志摩之后的个人主义的诗人，茅盾《徐志摩论》称徐志摩为资产阶级的末代诗人的结论似乎过于乐观了。

他和杜衡，以及当时的戴望舒怀有同样的理想，愿意做既区别于国民党御用文人又区别于左翼诗人的第三种诗人。个人主义者虽离开了时代的壮潮，自然也短缺“与魔鬼搏斗”的勇气，大都取择着“凿地穴而居”，但并没有妨碍他们对现实作出自己的还不失价值的判断，这正是多数海派作家的精神特征。有所追求才最终的有所鞭挞，因此，类似《有一天》中“叫丑恶都变为美好/暗夜里散放光明/地球上全是温带了/不再有四季之分”，不时会从他的阴暗的齿唇间吐出；他是沉郁的，即使在苦痛之中，还从心底呼叫着：“我幻想我是一朵/雪白的高高的云/我倘能自在地行走于/一片青色的沙漠上/则我将低低地唱一首歌/（那不是你们爱听的）/而我底歌是唱给/一片青色的沙漠听的”（《爱云的奇人》）。终于我们也听清了他庄严的誓言：“天又昏暗了，风有袭来了/这回，激怒了我的心”（《这回》），它来自诗人虽脆弱然而从未消失的理想——“终有一天/这个世界是属于我的”（《终有一天》）！

施蛰存在《行过之生命》的跋文中说路易士的作品“每一首都是很好的断片，但把全集的许多诗合起来看，却是一篇很完整的诗”，表现出“一个温厚的诗人”“对宇宙的幻灭感”。需要补充的是，路易士唯“温厚”才无法逼入虚无，也唯“温厚”才不甘心一味的颓废，难以从灵根处把对于未来的向往消灭殆尽。他的幻灭感，表现了他放弃与现实调和的立场；当然也同时反映了他和前卫思想的距离。他的温厚依持着他正直的心魄，也受掣于他软弱的意志，然而它们都来自他对生活的执着。戴望舒早期诗歌的舒缓蕴借，30年代圆熟老练的风色，在路易士的《行过之生命》中很难找出，但是施蛰存氏称路易士早期的诗作多有“生涩的辞句和拗促的音节”，颇不确。相反，路易士的诗一般地显现着单纯的技巧，类似《如果你问我》，还有《脱袜吟》等，杜衡称许其“简直率直得令人想起海涅的最朴素的诗”，并说路易士的诗与“晦”和“神秘”相去甚远，是相当平实的意见。不过施蛰存指出路易士的诗作本源于“心有所感，意有所触，情有所激”，这则意见倒相当出色。正是这种放逐了任何洗练温雅，直接记录生活感觉的态度和即时遣兴的作风，以及向往现代诗追求文字深层的生命，使诗人的多数篇什带有生活的生糙感，辞句、音节如此，毛茸茸的，某些章法的崎岖大抵也为着表达某种生动的感情。当然像《蓝色之衣》那样的诗篇，是有些接近戴望舒的味道的。《蓝色之衣》写的是一则真实的感觉：诗人在家门口期盼妻子归家——

（引起如烟的忧思的
屋脊上淡淡的残阳
淡淡的残阳是伤情的
如爱人苍白的颊）
归来呀，待你多时了
想看你蓝色之衣
你也许发现我的苍老
那是江风吹黑了的
我便告诉你几个江上的故事
而你是默默地倾听着
然后，我们各自流泪了
而这体会又是多么甜蜜的
归来呀，待你多时了
想看你蓝色之衣。

这是平凡与家常的世界，但诗人简捷地捉住物象的焦点，在想象的飞腾中，在情感的叩打下，真实地表现了一个充满特色的世界。这是一首献给妻子的情诗，这也是一首诗人的理想之歌，说是情诗并没有浓得化不开的缠绵，说在呼唤理想也没有拥抱世界的豪气，稍稍有些苍凉，却一概依持庸常的生活，因为诗人相信唯庸常，才持久，才能像日出日落周流不息。诗歌所描述的全是可感的情绪，泄露的则全是“渴望”的意念，有所迂回，也有所旋转。诗人后来在《蓝色之歌》承认自己对蓝色的偏爱，歌咏“蓝色是圣洁的，崇高的，值得赞美的。使我的心宁静了的是远方的恋人的朴素的衫的蓝色，不是荡妇们的绸睡衣的蓝色，不是乏味的一律的制服的蓝色”。由此，我们也可能将《蓝色之衣》视为一种经验，物质乃至精神，生活的径直是生命的，大可以从更宽阔的意义中给予索解。

他为自己的30岁写下的《三十自述》显示了他拥有出奇的坦诚，其间全是过往的反顾，差不多是一则散行的《行过之生命》：

> 在日本，我很孤独。那些思想左倾的留学生中，找不出一个可以做做朋友的。我憎恶他们，甚至仇恨他们。他们正在很起劲地讨论着所谓“国防文学”的大问题。可是在我看来，那些全是一派胡言。什么叫做“国防文学”？文学就是文学罢了。他们热心，这是好的。但是他们路走错了，而且执迷不悟。

这里，路易士表明了与国内戴望舒等友人相同的看法，由“纯诗”立场发展并加剧了早岁对于生命价值的迷惘。他相当看重

1936年至抗战爆发这一时期的新诗坛，而他自己尽管依旧咀嚼着无边的虚空，不啻从傍晚的家中品尝出辨不明的“凄凉”，并且还甘愿居高为“听风者”，“欣然地听着没有方向的风”。但他气质中多少有些矫健率直的成分，让他终于发现了适宜的意象：“海”，他神往“微笑的白金的齿，墨绿的蜷曲的发”，吟唱“小小的波涛的峰峦呀，起伏又起伏”。自此，他俨然“海之子”，《舷边吟》《海行断句》《海行》《常绿的海，恋的海》等毫无例外的支持着他日后关于“海”的自白：“只有海，给我以繁多的梦幻的喜悦，海捏塑了我的性格，海启发了我的智慧。海是我襁褓时代的保姆，海是我的幼年时代的先生。我懂得海，海和我有夙缘。我常在沙滩上掘沙泥，拾贝壳，眺望绿色的海和它的魅人的地平线。我留恋它的明丽，寂寞和神秘。”[25]从海的“明丽，寂寞和神秘”，从路易士的恋海爱海，人们是可以把捉到他的诗歌的某些根本性的素质和风格的。作为一个都市生活的青年歌手，他敏感于海，从情感上与海相值相生，浮现了他徜徉于出世与入世之间的苦闷，为了诗，为了诗的“纯粹”，也为了超越社会之上的立场，他在《航海去吧》中，不无执着也不无迷惘地吁呼：“忘了干戈，忘了正义，/亦无所恋于人间之一切愚昧；/航海去吧，航海去吧，/到一个辽远辽远的地方去！”

作于1934年前后的《都市的幽灵》和《亭子间之夜》，是路易士与《现代》同人有了相当交往后对上海这个现代都市最初的感悟，“疲惫”而“烦忧”。都市生活的声色律动，以及五光十色的无奈，更集中地出现在路易士1936年之后的诗歌中，上海的《初到舞场》《在都市里》《黑色赞美》《失业者》《圣诞前夜》《弄堂里》，香港的《末趟巴士》《春天，紫罗兰色》《都市的魔术》即是著例。

它们是一些同大海相对立的意象群，从色彩的归属论，它们拥有着同蓝色殊异的黑色。当年《都市的幽灵》已是黑天墨地，在《黑色赞美》中，诗人相当饱满地礼赞黑色给人带来的全方位的迫压："我们死去了的日月和群星，/都是一致的黑色的；/它们静止着，/被嵌在至圣至洁的黑色的天空，/永不沉没。"语言的反讽色泽和潜在的概括力，彰明着诗人对都市的现代性感受。

骚音和速率。

骚音和速率。

立体。立体。立体。恐怖的立体。

蛆样的人群。蛆样的人群。

炭气和传染病的制造所。

《都市的魔术》

而在没有阳光的人行道上，

我亦遗失了自己的影子。

唉，给我以如许忧郁的，

原来是那尘沙般众多的东西哪。

《在都市里》

我眩晕于惨绿的太阳，

与涂血之魔柱，

爵士音乐之无休的嚎哭，

亦使我头儿昏沉。

而在妖窟之一隅，

我独坐着如一北极熊。

《初到舞场》

从这些诗行中，我们几乎非常容易读出穆时英小说人的横遭现代文明“压扁”的命题。现代人性在都市生活的烟雾中空前地蜕变着，与自然对立，与社会对立，并且最终难以避免与自身对立。人的被物化作为焦点出现在都市风景线中，这一事实是以对人的价值的掠夺为底色的。路易士用惊异的眼光审视着他生活的这座城市，并用浓重的笔触描画着它的全部病态，他表现了由城市生活节奏带来的人的“疲惫”，表现了由城市享乐所产生的人的“嫌恶”，表现了由城市空间所造成的人的“孤独”和“忧郁”，也表现了由城市文化病态导致的人的“自我失落”。他或许还远不是杰出的，但他的诗业已证明他作为一个现代都市青年诗人，他的敏感，他的现代观念的获取，拥有海派文学的一般特征，虽还不能称他是都市诗人，他对都市生活的描绘，已经为现代都市诗歌的创作提供了某种经验，关乎城市本身的，也有关乎文学对于人的现代关怀的。

路易士编制《三十前集》时写下的《三十自述》，半为倾诉，半也为应对险恶的孤岛情势，借重“纯粹”的文学主张，彻底亮出了他宝爱一己的立场。它们显示了诗人新的发展，发展了以往的薄弱面，而最终作出了与挚友戴望舒全然相悖的选择——

> 五四以来，举凡一切视文学为政治奴仆，不问形式，不问风格，也不注意技巧，只是斤斤于内容意识之“正确”与否的时流文学，例如“普罗文学”、“大众文学”等种种名目悉皆引起我的反感。因为那些根本都不是当“文学”之称而无愧的真正的文学，它们是“伪文学”，或称之为“非文学”亦无不可。而他们的“正确”一语，实际上等于“歪曲”加“诡

辩”，一点也不正确，全是自欺欺人之谈。他们全不理解什么是文学的本质，压根儿他们也不想下点功夫去理解它，只是人云亦云，随声附和，凑凑一时的热闹，帮帮一时的场子而已。他们自初即已上了共产作家的当，中毒深而不自觉……他们所吵着闹着的文学其物，连说它是属于某一特定的时空间的文学都远不够资格，更谈不上什么超越了时空限制的具有恒久性与广域性的纯粹文学了。

作为创作的例证，《poetereaus》《文化的雨季》和《失眠的世纪》所传递的讯息毕竟是可惜的，思想的混乱和判断上的偏狭，使这位向往“纯诗”并标榜“第三种人”的诗人，似乎也严重地经历着纯粹艺术家的考验。1939年的《触礁船》颇有意味，已经隐约地吹来了诗人命运的声音：

在你的灵魂里飘海，
我是一艘倒霉的触礁船。
你残酷地熄灭了所有的灯塔，
月亮和众星的光辉，
使我迷失在雾的夜暗里。

在你的灵魂里飘海，
为的是：我的爱情无限，
而你有秘藏的珊瑚岛。
但我已丢失了罗盘针，
复少一聪明的舵手。

因此，自20世纪40年代中期起，类乎“凝看着生命的地平线，这30岁的寂寞呀”（《三十岁》），“SOS！ SOS！我搁浅在垂死的太阳系之第三号行星上，这里晦暗而又寒冷”（《我之遭难信号》）等，算得是路易士诗歌创作的基调，然而，在这一基调的核心部分出现的不确定性，或者称之为“迷乱”，较以往任何时期都突出。我们不能同意某些论者说他与时代的关系开始疏离，需要指出的是他回应时代招邀的方式显得复杂多了。同在上海，蒋锡金算得是路易士的同代诗人，是时也即在他去淮南新四军根据地前写下的一组系列寓言诗，雄迈的政治意识不时以其沉厚的蓄力挣破着俳谐的诗形，更启示着日后马凡陀的山歌。比路易士年轻的一代，《睫》的作者郎雪羽以其“人事的云烟”和“恋情别意”追寻着希望，向往着光明，由稚嫩而至温凉兼备，却一派本色，全是青春的歌唱。丁景唐氏以“歌青春”笔名出版的诗集《星底梦》更用一种青年人特有的清新的调子倾吐着那个时代前进青年的感情追索。他诅咒“连天的涨风，使劲推生命的船只，横向死亡的港”；他执拗地相信“星光下的梦，会在未来的日子中开花”；尤其关乎民族存亡和尊严的主题，那些企盼黎明的呐喊给人们以庄严的激动。

路易士走着别样的路，情绪飘忽，诗风斑驳，依然沿着现代诗的方向挣扎。

《出发》是诗人作为“诗领土社”盟主贡献给上海诗坛最早的礼物。它给人的印象是复杂的，既表明作者难以漠视现实的刺激，一如既往地用他的敏感，用他日渐晦涩的调子吐露着自己的哀愁，在情感的范围和表达的性质上都明显留存着30年代初期的痕迹，但是他同时又比以往任何时期都更懂得情绪“沥滤”的技巧。第二年即1945年出版的《夏天》，虽没有像朱湘那样直率地宣告它是“与自己的过去告别”的象征，但他从诗艺的层面上算是发现了“诗人必须学着/置其情操之熔金属于一冷藏室中，/俟其冷凝，/然后歌唱”(《太阳与诗人》)。这原本为诗学上的ABC，在当时相对沉寂和枯燥的诗坛却显得特别严重，也特别有意味。于是刻意的锤炼，以对视觉感的强化和诗境暗示性的强调为丰富、激活意象的策略，都为着进一步重视诗的内在美质的寻求，这些便成了路易士这一阶段主动的追求。大波大涌的时代生养了大批旗帜和战鼓般的诗行，历史曾经欣赏诗人们的这份自觉，然而以往的多数历史学者却习惯鄙视那些踯躅于缪斯周遭的诗人，嘲讽着诗神的独立传统。任何的轻视并不能改变历史的事实，五四新文学留下的遗产，启蒙和理性仍旧葆有着别一样的魅力。著例恐怕当推晚于路易士的“九叶诗人”。他们在人民共和国建立前夜的天幕上依然用“现代化”的字样表达了“严肃的星辰”的立场，坚持文学的本身价值并以张扬诗人的风格抵御“情绪感伤和政治感伤”的漶漫——“我们应该有一份浑然的人的时代的风格与历史的超越的目光。也应该允许有各自贴切的个人的突出与沉潜的深切的个人的投掷。我们首先要求在历史的河流里形成自己的人的风格，也即在艺术的创造里形成诗的风格。”[26]

凡此，是值得人们重视的。路易士在20世纪40年代的诗歌创作，意识和判断上的混乱，已经反映了现实对于诗人的某种规定和限制，也从特定的角度说明了中国的纯诗实践者是一种何等样的存在。然而它作为一种客观存在，也彰显了中国的现代派新诗即使在最为酷严的时代条件下，依然维卫着自己生存的畛域并且尽其可能地寻找着自己进击的策略。与路易士同期的卞之琳和冯至，有着相类的努力，《十年诗草》的新奇以及《十四行》的尖巧，并非出于偶然。倘若能够再耐心些联系稍晚一些的“九叶诗人”，大概更可以启发人们理解现代派诗歌及其技巧是如何借重上海这一十里洋场为新中国成立前夕的新诗坛绘制了一幅奇异的图景。如果允许我们进一步凝视作为个例的路易士，似乎会有更多的话头生出。诗人在40年代的创作趣味直接影响着他未来创作前程的方向，并且从一个特殊的角度表现了大陆新文学和日后台湾文学的历史联系。

注　释

1《新文艺的使命》,《沸羹集》。

2《中国现代小说史》第二卷，人民文学出版社，1988 年，第 664—665 页。

3《我的创作生活之历》,《灯下集》，开明书店，1937 年。

4《将军底头·自序》，新中国书局，1932 年。

5 关于《〈将军底头〉的评论》，参见《现代》一卷五期。

6《精神分析引论》，商务印书馆，1930 年，第 244 页。

7 整个 20 世纪 40 年代，施蛰存出版的外国文学译本基本上是显尼志勒的：1941 年《倍尔达·迦兰夫人》易名《妇心三部曲》之一《孤零》由文化出版社出版；《毗亚特丽思》易名《妇心三部曲》之二《私恋》由上海言行社出版；《爱尔赛小姐》易名《妇心三部曲》之三《女难》由上海言行社出版。1945 年福建永安十日谈社出版施氏翻译的显尼志勒的短篇小说集《自杀以前》。另，1940 年施氏在《国文月刊》创刊号上发表《鲁迅的〈明天〉》，该文在总结部分称：“在这篇小说里，作者描写了单四嫂子的两种欲望：母爱和性爱。一个女人的生活力，就维系在这两种欲望或任何一种上。母爱是浮在单四嫂子的上意识上的，所以作者描写得明白，性爱是伏在单四嫂子的下意识里的，所以作者描写得隐约。”

8《最后一个老朋友——冯雪峰》。

9《新进作家的新倾向解说》，转引自严家炎：《中国现代小说流派史》，第 126 页。

10 一说因汉奸罪受惩治，一说是受国民党中统特工嵇康裔派遣去任伪职，却死于国民党军统特务之手。

11《白金的女体塑像·自序》，上海复兴书局，1934 年。

12《关于穆时英的创作》,《现代出版界》第 9 期。

13《关于小说的话》,《文艺创作讲座》第一卷，光华书局，1931 年。

14《当代中国小说戏剧一千五百种提要》，北京怀仁学会，1948 年。

15《望舒的诗》,《诗论》，人民文学出版社，1980 年。
16《扬鞭集·序》,《语丝》第 82 期。
17《我的诗的躯壳》,《渡河》，亚东图书公司，1923 年。
18《望舒草·序》，上海现代书局，1933 年。
19《望舒草·序》。
20《谈国防诗歌》,《新中华》第五卷第七期。
21《顶点》编后杂记。
22《诗领土》第 3 号，1944 年 6 月。
23《三十前集》改为八行，词句也略有变动，并易题为《八行小唱》。
24《三十自述》,《三十前集》。
25《三十自述》。
26《我们的呼唤——代序》,《中国新诗》创刊号。

第七章　海派文学风景线（三）

五　章衣萍—林语堂

《语丝》和《现代评论》，在1927年后的发展，是现代中国文学流派史的一项大节目。是时这两家刊物几乎都无法依旧例布阵，各自的震荡，彼此的吸引，使滞留在北中国的作家在胡适、周作人的旗帜下集结，渐次发育成“京派”；而南下作家中的大半选择了两种方向，关注革命文学论争的赢得了20世纪30年代左翼的光荣，章衣萍则朝着另一个方向，向“海派”中心频递秋波，像模像样贡献出自己的殷勤。

“不亦乐斋”兼“看月楼”主人章衣萍算是比较复杂的人，他本是“京派”中人，而日后又是“京海合流”的先锋派。他算得是一个各式货色齐备的作家，穿着由乔其纱做成的马褂长衫，终隐不住那副“海”得可以的心魄。与胡适和鲁迅都有相当的交谊，但从严重的方面看去，他并没有秉承胡、鲁两位现代大师的理想，走着异路，虽曾经热闹过一阵，终究却是背负着寂寞，差不多已被后世遗忘。

章衣萍（1902—1946），原名鸿熙，又名洪熙，常用笔名衣萍、衣，安徽绩溪人。他的传记材料表明他的童年太过平常，穷困不必说，山乡屏障一般的峰峦给他留下的印象非常特殊，它们作为一层束缚催发着这位未来的作家对“解放”始终葆有浓厚的兴趣，而他在“九姑山”所经历过的“女难”，几乎像一笔重要精神遗产影响着他日后的创作。其实绩溪在近代虽仍为弹丸小邑，但并不相像于沈从文的湘西凤凰，还算不得是典型的穷乡僻壤，它已深受以屯溪为中心并联系上海的徽州商业的辐射，而胡适的盛名更为这块原本普通的乡土抹上了一道神秘的色彩。在现代中国凡绩溪出来的人都是以有胡适之这位贵同乡而自豪的，1919年章衣萍由南京去北京大学听课，便有胡适的背景。章铁民，还有稍有声名的青年诗人汪静之，都是章衣萍氏早年往还最勤的小同乡，他们也得到过胡适相当的关照。不过章衣萍似乎更特别些，胡适深喜这位穷困并好学的小同乡。这让章衣萍乐意接受经济上的救助，当起胡适的私人秘书。于是“我的朋友胡适之”之类也便时常挂在章衣萍氏的嘴边，一如当今的广告词。

在章衣萍头上还梳着小辫子时，屯溪镇失火，一晚便卷走几百家，闻讯他惨然不已，而当时父亲却毫不在意地对他说：“那有什么呢？屯溪镇是愈烧愈发达的。”这一疑问在他心中盘桓了相当时日，直至他的小辫剪去后，才懂得为了改造，为了进步，破坏和牺牲是必要的。他后来在《古庙杂谈》中说得明白——“我希望狂风和大火毁坏了眼前之一切的污秽而狭隘的房屋，在荒凉的大地上，再建筑起美丽而高大的宫殿来。我希望彻底的破坏，因为有彻底的破坏，才有彻底的建设。”在北京的那些暗淡日子里，他们一帮在东城斗鸡坑中打滚的穷哥们顾不得胡适“你们这一班小名士，饿也会把你们饿死”的讽劝，依然狂放和骄傲，在月光的地上，喝着酒，拍着桌，骂世界，骂社会，骂人类，骂家庭，骂一切的无聊道德和法律，虚无的“大破坏主义”成了他们的宗教，并一味以“新英雄”相标榜。这类民粹色彩浓烈的想头构成了章衣萍早期的思想风格，借着新文学运动最初的风气，以及某些肩着黑暗闸门的前驱者的理想，开始了他活跃的文学生涯。

1922年8月，汪静之的诗集《蕙的风》由上海亚东图书馆出版发行，朱自清、胡适、刘延陵三人不因《蕙的风》幼稚，分别为之作序，确认汪诗是“孩子们洁白的心声，坦率的少年风度”，周作人还以《情诗》为题，力陈它们是“诗坛解放的一种呼声”。同为安徽同乡的东南大学学生胡梦华却在《时事新报》副刊《学灯》上发表《读了〈蕙的风〉以后》，以封建卫道的立场抨击汪诗的“不道德”。于是就演出了新文学史上继郁达夫小说《沉沦》后又一场“文学与道德”的论辩。历来研究者无不注重这一史实，却少有人关注章衣萍在这场笔战中的矫健身影。在胡文发表后的第二天章衣萍便在《民国日报》上载文《〈蕙的风〉与道德问题》最早揭旗反驳。汪诗中“一步一回头瞟我意中人”之类的写实诗行，在章衣萍看来写的是“青年们所难免的事”，“是很道德的”，并且还援引周作人的观点，直陈艺术与道德不能混作一气，“一切艺术，一切文学，都是不能用道德来批评的”。一周后，胡梦华在同一《民国日报》以副题《答章鸿熙君》刊载《悲哀的青年》辩护，由此，才引出鲁迅以“风声”署名在《晨报副刊》上发表的《反对“含泪”的批评家》，写下了如下的议论：“我看了很觉得不以为然的是胡梦华君对于汪静之君《蕙的风》的批评，尤其觉得非常不以为然的是胡君答复章鸿熙君的信。”这是那个时代不名文学青年的幸福，这也算得是章衣萍和鲁迅神交的开端。

章衣萍与鲁迅的真正相识经孙伏园介绍始于1924年。是年9月上旬，章衣萍因肺疾在北京南山病院疗养，写下长文《感叹符号与新诗》，运用归谬法驳斥张耀翔《新诗人的情绪》以新诗多用感叹号实为亡国之音的怪论。此文极为鲁迅欣赏，并署名“某生者”作《又是“古已有之”》相呼应，以现实中存在而又是“古已有之”的事例来揭露、讽刺社会的黑暗与停滞。文章写道:“衣萍先生大概是不甚治史学的，所以将多用惊叹符号应该治罪的话，当作一个‘幽默’。其意盖若曰，如此责罚，当为世间之所以无有者也。而不知‘古已有之’矣。”并且还幽默有加地声援章文说:“衣萍先生所拟的区区打几百关几年，未免过于从轻发落，有姑容之嫌，但我知道他如果去做官，一定是一个很宽大的‘民之父母’，只是想学心理学是不很相宜的。”此文发表于1924年9月28日的《晨报副刊》，就在当天的日记中，鲁迅写下:“晴。星期休息。午后吴冕藻、章洪熙、孙伏园来。”之后两人便开始频繁的交往，可以鲁迅日记为证的已有150次之多。当然更值得注意的还在章衣萍参与了《语丝》周刊的筹备，并与女友吴曙天（冕藻）一起成为该刊重要撰稿人。

在《语丝》的前期，也即在1924年11月至1927年7月间，章衣萍以“衣萍”笔名发表的文章近三十篇，大抵都是些文艺短论和随笔性散文，注重社会批评和文化批评，一概本着刊物的固有宗旨，“提倡自由思想，独立判断，和美的生活”，“想冲破一点中国的生活和思想界的昏浊停滞的空气”。创刊号上的《月老与爱神》依旧带着前些年头“文艺与道德”论争时的锐气，而之后像《东城旧侣》这类文字则半为感叹生存的困窘，半在发抒对于美与自由的向往。当然在这家刊物中，章衣萍与中坚作家的意见有所凑泊而终究缺乏一般的坚致，个人主义化的芜杂和芜杂化的个人主义是其基本的性征。其实在这一时期，以文学创作家的实绩论，章衣萍氏的《语丝》文字还谈不上太大的影响，留给文坛印象最为深巨的还在他的散文式的小说《情书一束》。

《语丝》第36期，刊有章衣萍的《〈深誓〉自序》，是作者为自己的一部诗集，也即其第一部作品集所写下的说明文字。当章衣萍披沐在汪静之骀荡的《蕙的风》之中，并生气郁勃地为青年自身的权利和憧憬作着坚毅斗争的当儿，他自己却也被经受着深重的恋爱折磨，《深誓》中的诗行便是他在历练了第一度恋爱之后的歌哭。如果在他的童年记事《我的伤痕》中多少还有过爱的缱绻和温暖，以及山野斑斓的色彩，一如心田深处浮起的叹息，那么《深誓》则是他干燥生命的记录，是他在沙漠般的北京所留下的无奈身影，苍白而凄哀。诗人自己说过："1923年我爱了一个北京大学的女学生，但是后来那个可爱的女郎终于爱了旁的有钱的朋友去了，我于是十分悲哀，做了很多的情诗，在北京的报纸上发表。后来把这些诗搜集起来，刊行一本诗集，叫做《深誓》。"[1]这部诗集所显示的生命忧患主题，对于个性不容自由表现和人生至美境界难求的感叹，标志了新文学最初的传统给予章衣萍的泽溉，就性爱题材在五四文学中的普遍性而言，章衣萍的应和已经表现为不是一般性的兴趣，而成为他的突出的精神倾向。

《情书一束》终于造成了章衣萍的声名，它的问世显然不是偶然的。它对于章衣萍来说，是继积极参与"文艺与道德"论争后的一份创作实践，也是作者对于自身才情的确信，或许还得算上包括胡适、周作人、鲁迅等前驱的友谊和支持，当然他的同乡朋友汪静之的成功也有着不可轻忽的刺激。这部作品名曰小说，其实是吴曙天与章衣萍、叶天底（谢启瑞）三人间的一捆情书结集。吴曙天与当时许多知识女性一样，是为着冲破家庭的包办婚姻才背井离乡，独自在南京求学，先后识得叶天底和章衣萍，并不久与叶氏坠入爱河。1923年吴曙天北上，正值章衣萍浸沉在同北京大学女生蒋圭贞恋爱失败的痛苦中，两人的你来我往和对于文艺的共同爱好，很快燃起了相恋的烈焰。在这奇特的三角中，赤热不已的真情也洋溢在他们往还的书信中，吴曙天在两位男友的夹击中，感叹说："我现在只希望上帝把我这个孤苦柔弱的身体，分配得均匀些，分给我的两个情人，你们两人各各管领我的一半罢。"于是她把所有一切，包括书籍、文稿、信件及日用杂品，平分为两份，一份赠章，一份遗叶。给章衣萍的一份间，恰好含有许多叶天底写予吴曙天的情书，这些便成就了《情书一束》的材料。

《情书一束》可算得是新文学有史以来最早的畅销书之一，然而内中尚有些许曲折。章衣萍因钟爱吴曙天那袭雅致的粉红衣裳，故初版《情书一束》曾以《桃色的衣裳》的题名于1925年6月由北新书局出版。最初并无像样的影响，从生意眼出发，一年后易名《情书一束》，才迎来了轰轰烈烈的局面。这一经验对于20世纪30年代的章衣萍说来，是弥足珍贵的，并养成了他将文学转化为商品的心眼，也彰显了他日后转入海派的因由。

1926年6月10日出刊的《莽原》半月刊封底的广告文字紧挨鲁迅《华盖集》的便是《情书一束》：

> 一本书共八万字，计二百六十余页，分上下两卷。上卷为《松萝山下》《从你走后》《阿莲》《桃色的衣裳》四篇。共含情书约二十余封。有的写同性恋爱的悲惨，有的写三角恋爱

的纠缠，有的写离别后的相思，怨哀惋转，可泣可歌。下卷为《红迹》《爱丽》《你教我怎么办呢》《第一个恋人》四篇。《红迹》为少女的日记体裁，写恋爱心理，分析入微。内附插图两幅。封面为曙天女士所绘，用有色版精印。每册实价七角。

坊间长期流布有不少关于鲁迅鄙薄《情书一束》的回忆材料，实在不能确信。以上的广告虽未得见一定出诸鲁迅亲笔，但差不多也可以说明当时他对于这本书的基本态度。

1927年夏章衣萍和吴曙天正式结婚，婚后便南下沪上，任暨南大学校长郑洪年的秘书，并教授国学概论、修辞学等课。尽管继续为《语丝》写作，但沪上的社会风气和读者的口味，最终极大地激发了他的潜在趣味，他极为欣赏清代龚自珍的“可能十万珍珠字，买尽千秋儿女心”。借着《情书一束》的蜂噪，连同上海文化中色情倾向的日滋，他终于一头栽进海派的怀抱，像模像样地“呜呼”了起来——“我这永远为了女人而抛弃家人的荡子！”当然，将自己的文字耽迷于男女之类未见得是“海派”的专利，不过，故以俗谑为尖新，尤其开始消弭男女性爱的社会角色而注重它的孤立的生命意义，倒是不少海派文人的特殊喜好。

长篇小说《友情》和短篇集《小娇娘》记载的便是章衣萍作为海派作家的创作实绩。《友情》是一部十分罗曼蒂克的作品。汪建明在法国住了三年，在比国又住了七年，去国十载算是既得博士学位，又体验过比国女郎如火的热情。小说用了相当的篇幅描画了他在回国后的最初的印象，旅馆服务的敷衍马虎，中国漂亮女人的难得，甚至禁止在街上接吻，再到作为留学生代表的他被外交总长拒之门外，大学校长顽强地拒绝他对学生的演讲，他在偌大的中国得不到一个学生团体支持，甚至找不到一个群众团体。死气沉沉的北京一如坟墓，西直门外一天冻死了几十个贫民，天桥天天杀人，说什么都是共产党。这是他的发现，但他唯有发现，余下便仅有骂人的份儿。在厌恶和害怕的笼罩下，他和他的那些往日的友朋左推右拥演出了他们的故事：他们结伴逛妓院，汪博士耐不得那份虚空和恶俗，逃了出来，然而并没有使妓女采苹免去第二天因“留客住夜，未得客欢”被鸨母毒打，愤而自杀；黄诗人倾慕女子大学校花汪权花，未得垂青，汪权花却被督办强行抢走。我们的汪博士在孤独和恐怖的夹击下，同时又被比国姑娘、采苹和汪权花三位女子的命运纠缠着，或相思，或同情，或愤怒，就像三条恶毒的蛇。旅馆老板的催债逐客终于淹没在汪建明“南下革命去”的义愤之中。作为漂亮的尾巴，小说又写出了颓废腐败的张广余最终顶在革命者女友的枪口下。小说飞扬在一种特殊的个人情绪之中，它已经成为作品特异节奏和氛围的根源，主人公面对的是无边无涯的扰攘，那个时代的全部病态作为一种精神磨难挤压着他。生活和理想在作者的叙述下形同一块块碎片，飞舞在人物的眼前，又犹如一枚枚钢针刺激着人物的心脉。

《友情》是粗疏的，现象的铺排，稍稍带着正义的吁呼，差不多是其全部的价值。自然也有些精美的细节，语言相对是简劲的，然而毕竟不能称之为成熟。很难判断作者有过一定的生活积累和体验，作者凭借其对于文坛走向的观察和某种学理上的准备，至于他对身处现实的生存投入、感悟能力和对变化多端的现实图景巨细无遗的熟悉程度，都是难作乐观估计的。唯从整体看去，除了章衣萍笔触下还缺乏穆时英早期小说中的粗暴外，他的人物像叶灵凤20世纪30年代小说中的人物那样的苍白，却又没有叶氏人物的肆意颓放，《友情》放在30年代前后上海海派小说的坐标内，最易见出它的特征。这或许正是章衣萍由京派转向海派的标志，在整个京派小说的世界中，人们是很难找到一部与《友情》相像的作品的。

1933年3月上海黎明书局推出章衣萍的短篇小说集《小娇娘》，除作者序文外，属于章衣萍名下的小说有四篇：《小娇娘》《花小姐》《阿顺》和《初恋》，另有一则短剧《过年》。这些篇什实在比《友情》好得多，题材仍循旧法多为个人的身边琐事，表现上也依然稍稍含茹微薄的感慨。“我生来有一种下流也许特别的脾气，对于女人的事十分热心，虽然碰的钉子也不少”，《小娇娘》开首的那段话，说得坦诚，也颇有深意存焉。《小娇娘》婚外情的发生和两难，以及最终的无奈；《花小姐》主角的奇异的观念和作为，那种以自己的肉体从达官贵人处争夺金钱，用来真实地献爱于下层民众和儿童；《阿顺》主角令人感动的坚毅，由挚爱自然而变态地营建情感寄托，以至于酒醉后死于弟媳床上的命运；这些篇什毫无例外地与女人有关，同时也毫无例外地作为锐利的“钉子”出现在男女性爱理想的额前。《初恋》颇具诗意。一个12岁的男孩，内向而敏感，不甘心在母亲的督促下以读小说排遣日子，“内心的热力却终于向一个17岁的处女身上去消磨”。这是一个忧伤的故事，诗意也正是从忧伤中泄出。男女当事人最后的归趋早在他们彼此逼近爱恋的最初一刻已被我们识得，然而发生在他们之间的圣洁而无邪的情爱依然朦胧而委婉地在我们面前波动漶漫，富于诗意的忧伤大半是如许地使我们感动。作者在小说结尾写道：“社会上一般的情形，更贫困了。盗匪也就风起云涌，姨母家里经过打劫之后，便举家迁移到城里去了。第二年我曾到姨母家里住了两个月，她在这一年的冬天出嫁了。这一年我的消沉苦闷的生活，正如一所没有主人的庞大的宅院一样，寂寞无聊。”作者是托出了他的心思，而他诉说的那则“美被毁灭”故事，使我们低回，使我们反省。

对于人物心理世界的细腻展示算来是新文学作家传统地深感兴趣的领域,《小娇娘》集中的小说几乎都显示着作者剖析人物内心激情的旨向。人物的内心和情绪被他尽兴地暴露着，也被他细致地评议着，换言之，西方小说经典性的也即相当古老的心理小说的经验得到章衣萍足够的尊重。不过他的这份尊重仍旧带着一望便知的中国作派，他仍旧采摭了中国传统小说的人物心理描绘技巧，以“言语和行动”出之，但他同时又借重西方小说精细深入的铺张手段，表现出新文学对人的价值的执着。请看《初恋》:

> 她，每当我从她视线之前经过的时候，她的绣花针儿也动作得慢了；于是，我可以从她低垂着的额际，透过她那美丽的睫毛，看到一双乌黑的眼珠儿正钉视在我的身上。在我们笑谈或是争论什么的时候，她那个高高的鼻头里面时常有意的哼几声，表示她对我的讥刺与抗议；那尖锐的声调，配合着她伶俐的口齿，也老在争辩中成为我的劲敌；她那双最可爱的眼睛，却于笑语声中异常多情地在我的面前闪来闪去。最使我不解的还是这双可爱的黑眼珠儿。它们在人众的面前是那样愉快而亲切地注视着我，可是每当我和她被剩留在一个地方的时候，它们却深深地被掩盖在睫毛之下，把一腔心事都紧紧地锁住。我的心有点儿灰了！我不敢向那对紧贴在乌云般头发底下，玲珑可爱的耳朵，诉说我的爱情。然而第三者一来，消灭了这一个暂时的沉寂，她那雄辩的嘴又在不断地笑语；曲线异常匀称的肩背，就在她的笑声中很动人的

振荡起伏不定；而可爱的眼珠儿，便又那样有力地撩动了我的热情！

然而，从这篇小说的底里看去，现代西方精神分析的心理类型技巧对作者显然也有着不小的影响，人物的焦虑和失意，他们的爱恨交织，自然并不短少环境的迫力和铸塑，同时更是以一种潜藏在他们无意识范围内的精神冲突的角度被作者着力地暴露出来，带有某种原始行为心理学的气息。此外，我们不能否认章衣萍不少叙事内容沾着的“艳情声色”，它们在我们看来，已是作者一贯的态度和愿望，甚至还是他极为心仪的一种用来表现现代生活的神话。类似《花小姐》中女主角呼请“你到床上来，帮我脱袜子”，而男主角旋即答道“我不会替女子脱袜子，只会替女子脱裤子”，颇见章衣萍一贯的精神，俳谐而至于戏谑，也最是迎合一般市民读者趣味的地方。《小娇娘》集的语言依然是简劲的，也直接规范了叙述的洗练，虽有情节可言，却一概被净化得清澈见底，散文简练和悠长的神韵依然是这些小说的一般特点。

章衣萍毕竟是道地的小品作家，竟至称他为小说作家或许还有些勉强。他是以写作小品散文踏上文坛的，直到抗战爆发后西去四川以卖书为业还没有完全停止小品散文的写作。主要文字多收入《樱花集》（北新书局，1928年）、《古庙集》（北新书局，1929年）、《青年集》（光华书局，1931年）、《随笔三种》（上海神州国光社，1933年）、《秋风集》（合成书局，1933年），另有《衣萍文存》（上海乐华图书公司，1933年）和《衣萍文存二集》（上海乐华图书公司，1935年）。小品散文之于章衣萍并不只是一种数量概念，更重要的还在这位作家差不多始终抱着小品散文的心态从事文学创作的。到上海后，他施展的主要还是由《语丝》练就的那支笔，自然大幅度地多了些风流名士的作派，他在1932年参与创办《文艺茶话》月刊就丝毫不带任意为之的意思。这家杂志打着“艺术至上”的门面，为世人注目处就在它的休闲性，早于《论语》半月刊，不同于基本为左翼性质的《文学》，当然也不同于受国民党宣传部影响甚大的《矛盾》，甚至还不同于海派浩荡的《现代》，几乎是20世纪30年代休闲文艺杂志的嚆矢。它原本仿照法国的文艺沙龙，实际上也像中国文人的雅集，多数不是正襟危坐的抵掌谈艺，而是随心所欲，纵意而谈，领域时空无限，触角巨细不捐，倒特别有着融融泄泄，无拘无束的风姿。这些或许正合调节相对紧张的上海生活节奏，自然也深合消解日益激烈的社会冲突，呈示出一派非尖锐性的话题，浓郁不已的世俗气息。它来自海派作家对于社会和人生的基本见解，体现了某种生活的趣味，甚至是智慧，一如日本作家鹤见佑辅所说，“不知闲谈之可贵的社会，是局促的社会”。

章衣萍南下上海后的生活本是局促的，虽供职大学，依然贫病交加，他在来沪后的第一本随笔集《枕上随笔》的序文中有过说明，因肺病卧床治疗，头疼频仍，“什么书也不能看，什么事也不能做。整天躺在床上无聊极了，就拿起Note-Book来随便写几句”。以往的著译文字也随之不经意地泛滥起来，《友情》中的敬业大学诗人黄深思的身影也在他的眼前晃动，他是一个“街上看女人，三步看一次”的风流种，于是章衣萍写下了如下的一段文字——

他（即黄诗人）说，《呐喊》上说阿Q为了摸女人的大腿而飘飘然，这是不对的，阿Q摸的应该是女人的屁股，他曾有两句妙语：

“懒人的春天呀，

我连女人的屁股也懒得摸了。”

这诗，后来是被某君收入“随笔”的。

以“摸屁股”之类表白于文坛，对于章衣萍来说并没有显得特别。有人问过他为什么不以《情书一束》里猥亵的文字而害羞，他则坦然地说：“我觉得没有什么事情可以害羞的，因为我是文人。”（《枕上随笔》）对现代都市男女性爱的病态化陈述，并且故意追求性爱的某种原始意味，或许正是他最终迎合海派而“背叛”“京派”的标志。这类文字一经公开，舆论哗然，于是引出了鲁迅的著名打油诗：“世界有文学，少女多丰臀。鸡汤代猪肉，北新遂掩门。”（《教授杂咏其三》）近期已有不少研究者指出自30年代以来，鲁迅因他不满于胡适、周作人等人对于现实的和解态度，以及后期《语丝》的转向，当然部分也包括结集在鲁迅周围的复杂人事，他虽与章衣萍同在上海，关系上已有相当的变化。这是无须为贤者讳的，而章衣萍却为此承受了半个多世纪的诟病。考索这句话究竟原本出于谁的手笔，意义实在不大，还是曹聚仁晚年在回忆录《我与我的世界》中说得客观，他说：“只有让上天来断定了！”

其实，章衣萍氏的《随笔三种》——《枕上随笔》《窗下随笔》《风中随笔》是风格意味浓厚的作品，鲁迅的《文人无文》在鞭扑海派文人张若谷之前却提前讥之为“拾些琐事”，毕竟过于刻薄，真可谓道不合志不同。从章衣萍现存的书信中，有人检索出：“胡适赞扬章衣萍的随笔‘颇有味’，林语堂誉为‘此项著作在中国尚为第一次’，周作人更是推崇鼓舞。”[2]当时的市民读书界对这部著作还是投以不错的眼光的，这才是历史的本相。比如《现代》杂志便有大异其趣的介绍：“他的随笔尤能使读者在微笑中觉到好像受了苦的矛盾味。年来因卧病遂使他的随笔益增丰富精彩。《枕上随笔》《窗下随笔》《风中随笔》等风行一时，几乎爱好文学的青年，都有人手一编之概。”

章衣萍本人对《随笔三种》也颇具自信。大抵是病中的寂寞，迫使作者更多地咀嚼着世间的寂寞，唯有昔日师友的风采议论才给他带去了慰借，感觉到人生之可恋。晋人裴启的《语林》、郭澄之的《郭子》，特别是刘义庆的《世说》，显然成了他既成的借镜。品藻人物借着清淡的衣饰，对于师友或记其言语，或述其行为，残丛小语却把人的才情、气质、格调、风貌、性情、能力鲜明地浮托出来，给人非常深刻的印象，多处风趣横生，富有机智与幽默，而语言又清奇流丽。对作者来说，西方小品是又一重经验，蒙田、培根的“格言体”不时成为他的衣袖和光环。这也是当时的风气，对哲理的追求和对人生的喟叹，不知耗去过多少新文学家的心血呵！

> 壁虎有毒，俗称五毒之一。但我们的鲁迅先生，却说壁虎无毒。有一天，他对我说：“壁虎确无毒，有毒是人们冤枉它的。”后来，我把这话告诉孙伏园。伏园说：“鲁迅岂但替壁虎辩护而已，他住在绍兴会馆的时候，并且养过壁虎的。据说，将壁虎养在一个小盒里，天天拿东西去喂。”

> 十年前，胡适之先生的《哲学史大纲》上卷出版，寄了一册送给章太炎先生。封面上面写着“太炎先生教之”等字，因为用新式句读符号，所以“太炎”两字的边上打了一根黑线——人名符号。章先生拿书一看，大生其气，说：“胡适之是什么东西！敢在我的名字旁边打黑线线。”后来，看到下面

写着“胡适敬赠”，胡适两字的旁边也打了一根黑线，于是说：“罢了！这也算是抵消了！”

冰心女士的早年作品（我说是她现在没有作品），内容只有母亲和小弟弟。她早年生活是“哑铃式”的。这哑铃的一端是学校，一端是家庭，中间是一条路。

茅盾未出国时，寓于上海某处三楼，与鲁迅所居之三楼相对，时茅盾正草《动摇》《追求》等小说，常深夜失眠，遥望鲁迅之居，仍灯光辉煌，于是喟然叹曰：“亦有失眠似鲁迅，不独失眠是茅盾！”

就此打住，三种随笔多为如许篇什，简练雅致并有趣生动，是其一般特色，略带夸张的手法，神情兼备，肉骨俱佳。可作鸟瞰，呼吸些五四时代个性文学的芳烈空气；也宜凝睇，体味些一个侧身于前驱的青年作家“少年老成”的表达技巧。三种随笔凡记述品评的多为大家名彦，而没有丝毫矜持，更无当今习见的谀辞，一概质朴，寓隽永于平淡，也许特别值得称道。至于品文叙史，时常含蕴些许高贵气，大抵意到笔随，不拘一格，影影绰绰间闪现着作者的锦绣肝肠。

《随笔三种》尽管相当杂芜，包含有一定分量的平庸，但它多少还守持着《语丝》的传统，“任意而谈，无所顾忌”，多少还有社会批评和文明批评的气息。它的平庸也正体现了后期《语丝》的作风，战斗精神日益稀薄，而代之而起的倒是对“商品”的膜拜。正如章衣萍在《枕上随笔》的序文中就公开认同他的作品是“商品”。

对文学作品含有的商品属性的发现，是一种进步，而将文学作家推向商品拜物教却是一种极大的误解。

《随笔三种》以外的小品文字，也表现出相当的水准，不少篇什是很值得细读的。相对于一般的海派小品，它们缺乏都市生活的开阔气象，但在亲切与坦率等方面则远过之，用语也较自然与通脱。周作人、鲁迅、林语堂等人的影响是很容易从中见出的。《东城旧侣》是给好友章铁民的一则书信，弥漫其间的失望和失望后的挣扎，算得是他那时节真实的面影和心灵深处的悸动；《怀烧饼店中的小朋友》记载了他在那一阶段对于平民世界的诚挚热情；《悲哀的回忆》《吊品青》虽是悼亡文字，却浮托着现实的扰攘、诡谲和黑暗；《小别赠言》《春愁》中的怅怅然，差不多满贮着放逐干燥生命的冲动。对现实的怨怼、诅咒，表明他的清醒，不时显露出来的倦怠和散漫，稍稍还带着颓废的气息，自然这一些都不为海派文学所专擅，但毕竟在普遍性上是迎合了上海滩头市民审美的趣味的。

也有相当京派背景，与章衣萍同年奔赴海上文坛而在名声和影响上却大得多的是“论语派”主将林语堂。鲁迅在给曹聚仁的信中谈过林氏，颇有些情绪，不过大抵都是些直白的忠告良言，——

> 语堂是我的老朋友，我应以朋友待之，当《人间世》还未出世，《论语》已很无聊时，曾经竭了我的诚意，写一封信，劝他放弃这玩艺儿，我并不主张他去革命，拚死，只劝他译些英国文学名作，以他的英文程度，不但译本于今有用，在将来恐怕也有用的。他回我的信是说，这些事等他老了再说。

这时我才悟到我的意见，在语堂看来是暮气，但我至今还自信是良言，要他于中国有益，要他在中国存留，并非要他消灭。他能更急进，那当然很好，但我看来是决不会的，我决不出难题给别人做。不过另外也无话可说了。

林语堂（1895—1976），原名林和乐，又名林玉堂，常用笔名“毛驴”“宰我”“萨天师”“宰予”等。出生于福建龙溪的一个乡村基督牧师的家庭。自然山水和农家男儿这两重优越，直至晚年还颇为林语堂氏得意。他在自己的传记中写过不少童年时代与自然亲近的经验，并且还明白地指出这些经验对于他一生的意义——“令我建树一种立身处世的超然观点”，“令我看见文明生活、文艺生活和学院生活中的种种骗子而发笑”。父亲的职业，使林语堂的基本教育蒙受着宗教的光色，从孩提岁月的厦门寻源书院以至于青年时代的上海圣约翰大学，西方文化作为底色感染着他的精神结构。他算是坦白的，《吾国与吾民》是他对西方人介绍中国的一部著作，于是他便有可能极度夸张地说：“当我在廿岁之前我知道古犹太国约书亚将军吹倒耶利哥城的故事，可是直至卅余岁才知孟姜女哭夫以至泪冲长城的传说。我早知道耶和华令太阳停住以使约书亚杀完迦南人，可是向不知后羿射日十落其九，而其妻嫦娥奔月遂为月神，与乎女娲氏炼石——以三百六十五块石补天，其后她所余的那三百六十六块石便成为《红楼梦》中的主人宝玉等等故事。”直到大学毕业后，他先后供职于清华大学和北京大学，《红楼梦》和琉璃厂给他留下的印象特别温暖，而类似辜鸿铭那样的人物曾经震撼过他，他的晚年一有机会便唠叨这位怪老头并非偶然；而在清华与北大之间，又负笈美国和德国，尤其哈佛白璧德教授对东方的迷恋以至竭力鼓吹的新人文主义，都强烈地鞭策他补课，许多传统的学问都是借异邦的图书馆修习的。“两脚踏东西文化，一心评宇宙文章”最得他的心意，其实，我们更愿意相信他仍旧在《吾国与吾民》中说的那句话：他有着欣赏“米老鼠”漫画或是中国神仙故事的能力。驳杂而清浅，尤好矜才炫学，是他的基本形象，他的一位朋友所说，林语堂“最长处是对外国人讲中国文化，而对中国人讲外国文化”，差不多是真实的。

1924年11月在北京创刊的《语丝》周刊是林语堂与鲁迅结交的开始。当时周作人在《发刊词》中所说的——“我们所想的只是冲破一点中国的和思想界的昏浊停滞的空气，我们各人的思想尽管不同，但对于一切专断与卑劣之反抗则没有差异。”——应该说是林语堂终身服膺的原则。连同周作人在内，在这个周刊的最初几年里，林语堂和鲁迅都是显过一番身手的。在支持青年学生的爱国运动，反对段祺瑞北洋军阀政府，反对章士钊和杨荫榆迫害青年学生，反对蒋介石“四一二”血腥大屠杀等重大问题上，他们都处同一阵营。发刊晚于《语丝》一个月的《现代评论》周刊表现出另一类的意味，较《语丝》多些绅士的作派，讨论的范围散漫而多书生气。在提倡“自由思想，独立判断”上，这两大著名周刊倒并没有太大的差别，但它们的相继出台终究是新文化阵营内部分化的标志，表面看来似乎因教育部和女师大风潮，才扎下了对立的根。章衣萍虽然也是《语丝》的重要撰稿人，但他和胡适的特殊关系，于言论的意气上终究也短少些，而林语堂悍泼放恣得多。虽说他曾取言如周作人的《答孙伏园论〈语丝〉的文体》一样，1925年岁杪写下《插论语丝的文体——稳健、骂人及费厄泼赖》，倡言著名的“费厄泼赖”，但经由鲁迅《论“费厄泼赖”应该缓行》“打落水狗”

的提出，他又和周作人一样，很快在事实的教训之后从斗争实践中纠正抛弃了错误主张。在“三一八”群众运动和“首都革命”中，他不仅以笔为武器，甚至加入学生示威队伍，用旗杆和砖石与警察格斗。《〈发微〉与〈告密〉》《祝土匪》《读书救国谬论一束》《劝文豪歌》《咏名流》《文妓说》《讨狗檄文》《〈“公理”的把戏〉后记》《闲话与谣言》《悼刘和珍和杨德群女士》《苦矣，左拉》等，都铁板钉钉地记载着他的战斗身影。因此，他1928年在结集《剪拂集》时写下的序文还难以忘怀当时的情景：“回想到两年前‘革命政府’时代的北京，真使我们追忆往日青年勇气的壮毅及政府演出惨剧的热闹。天安门前大会，五光十色旗帜飘扬，眉宇扬扬的男女学生面目，两长安街揭竿抛瓦的巷战，哈大门街赤足冒雨的游行，这是何等悲壮！”

和章衣萍一样，林语堂是在1927年国民党新军阀背叛后才投身海派的事业的，当然人们除了记得他在厦门和鲁迅的友谊外，也看到过他一生中的一出滑稽戏——1927年春自厦门去了汉口，供职国民政府任外交部秘书，凡六个月，住在鲍罗庭的对门，却没有见过鲍罗庭或汪精卫一次。这里多少显露出林语堂内心的躁动，对社会变动的某种呼应。不过，日后他为了标榜整一的自身，表明一生与政治并无关涉，因而耻于谈论这一关节。那是大可不必的，其实他的投身国民政府半是欣羡陈友仁的外语，半是在《语丝》和《剪拂集》时期吁呼“正义”和“清明”的延长。

告别汉口，林语堂和鲁迅同年在上海定居，同为专业写家。最初的《萨天师语录》等表明林语堂依然操持着已经相当娴熟的社会批评和文明批评，多少也含茹有对于国民党黑暗统治的抗议。1932年《论语》半月刊的问世是林语堂来到沪上以后最重要的事业，像众所周知的那样，也是为他找来最多麻烦的事业。1933年年初，林语堂在中央研究院任上参加著名的中国民权保障同盟，或许这是他在上海期间最为激烈的举动了，表现了当时他与一般进步文化人士同步的社会立场。同盟总干事杨铨的被暗杀，给林语堂带来的刺激恐怕是最重大的了。虽说他并不像鲁迅多次所说的那样，是出席了杨铨的入殓仪式的，然而鲁迅“林语堂太胆小”的意见倒是异常确切的。差不多在与杨铨死别不到两周，林语堂便发表了《谈女人》，文中说道：

> 近来觉得已钻入牛角尖之政治，不如谈社会与人生。学汉朝太学生的清议，不如学魏晋人的清谈，只不要有人又来将亡国责任挂在清谈者身上。由是决心从此脱离清议派，走入清谈派，并书：“只求许我扫门前雪，不管他妈瓦上霜”之句，于案上玻璃片以下以自戒。书完奋身而起曰：“好！我们要谈女人了！”

在我们看来，并非是如一般所说的是《论语》的发刊，而是这则文章才是林语堂认真“转向”的关节，捉握住它才有可能贴近实际地观察和判断他精神深处的“自由主义”根底是以怎样的方式彻底漶漫起来的。从某一特定的角度看去，也正是《谈女人》才像宣言书宣告了林语堂正儿八经地开始了他与“海派”合流的写作生涯。

一般论者将林语堂这一走向看成是向反动势力的投降，其实并不确切。对于林语堂来说，好像从未存在过投降不投降的问题，前后有所变幻，在他都是非常自然的，只要不轻忽他的“一团矛盾”

的自我剖析，我们是不难猜测个中消息的。

杨铨之死，连同上一年代“三一八”惨案，对于林语堂的教训毕竟是严重的，面对日甚一日的专制凶焰，现代中国知识分子通常思索着的“人格和生存”问题，不再是留连于脑膜上的波澜，更不是纸上谈兵，而是相当严峻近乎残酷的现实抉择。像鲁迅那样彻底超越生死的执着的“特立独行”，或像某些自甘堕落的行尸走肉之徒，如许极端的两极终究罕见，而在两极之间广泛流动着的将是不可计数的大群。应该说在这一中间地带的“大多数”普遍并不拥有鲜明的人格个性，相对说来，现代中国的京派和海派倒多有特异处，它们注意并善于在正义与生存之间保持一种适度的张力，寻得某种微妙的平衡，除却他们个人的特殊条件，从一般文化学的角度看，京派中人大半以其对于中国传统文化的严肃尊重，或固执地服膺于西方经典的文化规则而铸塑着自己的风格。胡适和梁实秋即是著例，人们无法怀疑他们对于专制的憎恶，但他们身上的那层贵族气和绅士气，逼迫他们喜好活跃在观念的世界中，喜好谈论“规则”和“纪律”，他们对于理想主义的信奉，往往使人望之俨然，梁实秋氏开口闭口“雅言”“雅行”和“雅舍”便是生动的注脚。他们多为“矜而不争”传统的崇拜者，极力避免凄厉崇高的命运冲突，避免冷峻悲壮的灵魂搏斗。然而，他们极力标榜文艺本体的价值，并善于借重文艺复写“苦闷的象征”，让一切既在或潜在的对立因素在文艺的天地中得以消融，肯定文艺消解现实纷扰并能获取审美愉悦的价值，甚至于从文艺一隅寻求自我超越和人格升华的现实可能。中国传统文化和西方经典规范对于广大海派作家也有着不可轻忽的影响，但是沪上市民的生存方式和文化要求使他们中的大多数拥有更为宽阔的眼界，任何既成文化的承传在他们少有自觉的心态，兼容并蓄在他们身上得到了最大限度的实现。他们中的文艺家自然也倚重文艺，但文艺在他们多半是一种操作的态度；他们笔下多数散发着“和为贵”的气息，仔细辨索往往令人发现他们短少的是矜持的执着和高贵的坚定，面目模模糊糊。如果京派中人多为理想主义者，那么海派多半是一些经验主义者。他们也有些许名士气，但多数学不像贵族和绅士的作派。“一团矛盾”的林语堂便是杰出的代表。

在《言志篇》里，林语堂把自己的人生的理想表述为“此处果有可乐，我即别无所思”。若干个“我要”和“我愿”，联翩至广泛的“衣食住行”，甚至于“交友”“言谈”和“女人”，实在无微不至，“我要有自由能流露本色自然，无须乎做伪”——放任和散淡是其共通的底色。北方的周作人躲在“苦雨斋”中谈天说地，这一时节的林语堂也以说地谈天相标榜，他将书斋题名为“有不为斋”。从议题需要出发，我们似乎更看重他的那篇《有不为斋解》。他在这篇文章中有过多则解释。比如：

> 我憎恶强力，永远不骑墙而坐；我不翻跟头，体能上的也罢，精神上的也罢，政治上的也罢。我甚至不知道怎样趋时尚，看风头。
>
> 我从来没有写过一行讨当局喜欢或是求取当局爱慕的文章。我从来没说过讨哪个人喜欢的话；连那个想法压根儿就没有。
>
> 我从未向中国航空基金会捐过一文钱，也从未向由中国正统道德会主办的救灾会捐过一文钱。但是我却给过可爱的贫苦老农几块大洋。

我一向喜爱革命，但一直不喜爱革命的人。

我从来没有成功过，也没有舒服过，也没有自满过；我从来没有照照镜子而不感觉到惭愧得浑身发麻。

我极厌恶小政客，不论在什么机构，我都不屑于与他们相争斗。我都是避之惟恐不及。因为我不喜欢他们的那副嘴脸。

在讨论本国的政治时，我永远不能冷静超然而不动情感，或是圆通机智而八面玲珑。我从来不能摆出一副学者气，永远不能两膝发软，永远不能装做伪善状。

我从来没救少女出风尘，也没有劝异教徒归向主耶稣。我从来没感觉到犯罪这件事。

我以为我像别人同样有道德，我还以为上帝若爱我能如我母亲爱我的一半，他也不会把我送进地狱去。我这样的人若是不上天堂，这个地球不遭殃才怪。

我们不避文抄公之嫌，用意无非由展示林语堂的"一团矛盾"进而体认他的思想特征，那种极富个人立场的精神趣味和同样极富个人色彩的立命标准。这里所蒸发出来的浓厚世俗气息，是很难在京派作家中得到呼应的，甚至在他们的某些狷介者还不屑为呢。不过我们也很难简单地指认林语堂正走着和现实和解的道路，相反，他是以其特有的方式表达着对于现实和专制的抗议。自然他没有鲁迅那般雄强，也没有一般左翼作家那样激烈；他和京派作家同属那个时代的"苟全性命于乱世"者，同取弱者的立场，但他没有京派作家的那份雅正。这正是多数海派作家服膺的路子，同时也保证了林语堂最终没有陷入昏聩，不止于《谈女人》，也有《论政治》

的严肃，一边写着玩玩笑笑的文字，一边还向国民党当局吐出“自古未闻粪有税，而今只有屁无捐”的激愤。

反专制争自由，毕竟还没有在林语堂的世界中消失，他并没有忘怀自己过来的道路。是“五四”的个性主义飚发了他的那份以平民意识为基础的激情，推促他作出了顺应时代的选择。时序进入20世纪30年代，软弱的自由主义市民立场无论在政治意义上还是在文化层次上，他早年的“费厄泼赖”重又萌蘖，甚至还转换成“闲适”，从某种恕道精神和批评态度演化为某种彻底自我维卫的策略。没有必要回避《我不再游杭》之类的文章，他有太多的文字不满于左翼作家对他的批评，或抗辩，或反击，或怨声载道，当如今已有可能将当时左翼文艺运动中某些偏激以至于漠视理性约束的情状推进我们的视野时，我们宁愿对林语堂宽容些，宁愿多看取他的文字有别于“民族主义文学”和“三民主义文学”，包括他从未主动向左翼发过难。

现在我们有可能议论林语堂在30年代上海的文事了，《论语》半月刊，《人间世》半月刊，当然还有《宇宙风》半月刊（旬刊）。三种刊物，一种风格，即是“闲适”。当京派作家确认文艺作为“苦闷的象征”可能显示某种超越文化的价值，那么在林语堂的心眼中则是另一回事，在学理上他并不短少相应的常识，但他宁肯继续停留在非超越型的文化立场，宁肯相信文艺是一种可供操作的手段，一如他的创办《论语》，旨在“消消闲，发发牢骚，解解闷气”[3]。

如果章衣萍南下后算是一头栽进了海派的怀抱，那么《论语》之于林语堂，则有着更深长的挟持，调整京海，便是其突出主题。它或许出于海派文学原有的兼容性质，然而为我们更其看重的则在这种兼容因应着社会，因应着时代。对英雄主义的放逐，和对自我表现的执着，在林语堂的心眼中有着超越策略的意义，充分发展文学中的个人主义，深刻改变了他的初衷，于是便给30年代的上海文学提供了间离现实斗争，吸引了大批自由主义作家，无论是传统型的还是现代型的。五四留下的个性主义渐次消失了精英文化的品质，或抽象为凝固不变的，或具象为解脱自我，而共通的则在同时代和社会割裂开来，尤其在大石如磐的30年代，京海两派中的不少头面人物差不多都以追求“槛外人”的优越和悠闲来运作个性主义。作为一个极有意味的象征，便是在《论语》之后创刊的《人间世》，它的创刊号以显著的地位刊登周作人的大幅照片和五十自寿诗两首，并接连数期登载许多人的唱和之作。以此始作俑，嗣后辜鸿铭、严复、林琴南等连篇累牍地揭载，吹捧文字犹如雪片。于是在北方的某些资深京派作家也开始借重《论语》谈天说地，自慰并娱人。林语堂本人用心揭发过周作人的“寄沉痛于悠闲”的作诗法，他自称是“我行我素”的“孤游”者，然而也像多数京派文人那样申言彻底信奉克罗齐的“自我表现”与明代公安派的“独抒性灵”的“言志”文学。他对自己的小品文有过估计：

> 信手拈来，政治病亦谈，西装亦谈，再启亦谈，甚至牙刷亦谈，颇有走入牛角尖之势，直是微乎其微，去经世文章甚远矣。所自奇者，心头因此轻松许多，想至少这牛角尖是我自己的世界，未必有人要来统制，遂亦安之，孔子曰：汝安则为之，我既安之，故欲据牛角尖负隅以终身。[4]

京海之合流是鲁迅最不愿意看到的，在左翼的《太白》问世并与《论语》“较真”的你来我往中，他差不多同为小品文作家，倾向是鲜明的，因无法认同林语堂的规则，沉痛而至于发怒。《从帮忙到扯谈》已是名文，鲁迅认为，林语堂式的小品文连“帮闲文学”还不及，“帮闲”还得兼有“帮闲之志”和“帮闲之才”，《论语》作者有的不过是“乱点古书，重抄笑话，吹拍名士，拉扯趣闻，而居然不顾脸皮，大摆架子，反自以为得意——自然也还有人以为有趣，——但按其实，却不过‘扯谈’而已”。《杂谈小品文》说得更为尖刻，他说，《论语》派的作品，“自以为高一点，已经满纸空言，甚而至于胡说八道，下流的却成插科打诨，和猥亵的丑角，并无不同，主意只在挖公子哥儿们的跳舞之资，和舞女们争生意，可怜之状，已经下于五四前后的鸳鸯蝴蝶派数等了”。话是说得尖刻了，但其间洋溢着的精神表征了战士和隐士的区别，从一个重要侧面说明了海派文学终究难以企及左翼文学的崇高。

1948年出版的《我的话》集中了林语堂在《论语》时期的言论，其间大半都带“消闲”“发牢骚”和“解闷气”的性状，但是我们更应该看到它们极其驳杂的底蕴。他在上海最初的文学活动因面对上海这一特殊的地域便出奇地活化了他原本已经相当芜杂的精神世界，《萨天师语录》中的《上海之歌》所传递的消息就颇有意思。“你这伟大玄妙的大城，东西浊流的总汇”，这是他对上海的体认，至于“我想到这中西陋俗的总汇——想到这猪油做的西洋点心，与穿洋服的剃头师父”这类腔调，似乎更能见出他那发展着的海派趣味。这里除了显示了林语堂习惯的矜才炫学外，更多展示着他向上海世俗市民的倾斜。都市“两栖人”所持有的双重价值观，那种特有的不中不西、亦中亦西，在林语堂看来含茹有最合他的口味的文化价值，也是最能激发他的创造能力的审美方式。《论语》的文化立场的基点就在于斯。作为新派人物，林语堂曾出奇地主张废止农历除夕，然而他在《过除夕》一文中相当生动地记述了自己在大年夜的感受："立刻我被邻居的爆竹声从心理冲突中惊醒了来"——"这些声音一个连一个的深入我的意识中，它们是有一种欧洲人所不能体会的撼动中国人心的力量。东邻的挑战引起了西邻，终于一发不可收拾"——于是他赶忙掏钱招呼孩子"阿经，拿去给我买些高升鞭炮，拣最响最大的。记住，越大越好，越响越好"。这些也具体而微地体现了林语堂对一般市民读者世俗趣味的迎合。往昔社会批评和文明批评的锋芒被减少到最低限度，即使有，也被深隐于相当生活化的衣食住行、柴米油盐、人际关系的闲谈中，排斥政治说教，务使字里行间洋溢生活的原汁原味，或幽默潇洒，或畅达聪慧，但一概轻松，一概具备可读性，在解放了读者的趣味的同时，创造了某种可用"轻文学"概括的新文体。《论语》《人间世》，以至于后起的《宇宙风》，它们当时所拥有的广大受众面，重要原因盖出于此。

林语堂的《论语》小品文多为文白相杂，并不刻意讲究文词，但就整体看能给人以意态生动的印象，而他所标举的幽默观似乎更应得到重视。

《论语》的闲适调儿便以幽默为中心，林语堂再三强调"本刊主旨是幽默，不是讽刺，至少也不要以讽刺为主"。据说林语堂是将西方的"humour"译为"幽默"的第一人。他在中国是少数几个对幽默抱有宗教般感情的人物。

——绅士的演讲，应当是像女人的裙子，越短越好。

——世界大同的理想生活，就是住在英国的乡村，屋子安装有美国的水电煤气等管子，有个中国厨子，有个日本太太，再有个法国的情妇。

这两段话目下特别风行，范围兼及东西，晚年林语堂对此颇为得意，并自诩这是他贡献给世界的“第一流的笑话”。几乎是同样的风色，他又特别欣赏美国《读者文摘》上的一个笑话——“女人服装式样的变化，是不外乎她们的两个愿望之间：一个是口头说明的愿望——要穿衣裳；一个是口头上不肯说明的愿望——要在男人面前或自己面前脱衣裳。”这些足以使我们细心揣摩，要懂得“幽默大师”林语堂的风格，明白了这些，也便懂得了大半。

其实，早在1924年，林语堂对所谓的“幽默”，已情有独钟，他在是年5月就发表了《征译散文并提倡“幽默”》，而至《论语》出台，便很难忘情旧相知。平实说来，中国原本是一个匮乏幽默的民族，中国的城市的本性如上海，更去幽默远甚。就《论语》半月刊，鲁迅便不无幽默地调侃过：“每月要挤出两本幽默来，本身便是件很不幽默的事。”对于这一份窘羞，林语堂是有所自觉的，他尽管装着“大师”的派头，但内心是明白幽默之于他相类的一群仅是某一种表现的技术，还不是一种发乎心性之深层的“灵性”，他因着对幽默极高的陈义，所以多次申言，并颇不情愿地对同好李青崖说，幽默之于“吾辈非长此道，资格相差尚远”。不过，幽默终究是他的情结，他在“有不为斋”中有所为的还在“幽默”。

“我们应该提倡，在高谈学理的书中或是大主笔的社论中，不妨夹些不关紧要的玩意儿的话，以免生活太干燥无聊。”这是林语堂在《征译散文并提倡“幽默”》中的说明，也即是他最早的“论幽默”。这里，他借重西方小品中的幽默流派，针砭的依然是中国社会，仍然不失为社会和文明批评家的立场。问题在于，他的30年代以《论语》为阵地所张扬的幽默，不只是倡导一种风格，而有深意存焉。他非常欣赏他的同调陶亢德，因为后者说出了中国人的不懂“幽默”与“爱伦尼（irony，暗讽）”的区别，至于侍桁在《谈幽默》中所言，“新文艺作品中的幽默，不是流为极端的滑稽，便是变成了冷嘲”，更深得其心。他自己说得更明白：

> 其实幽默与讽刺极近，却不定以讽刺为目的。讽刺每趋于酸腐，去其酸辣而达到冲淡心境，便成了幽默。欲求幽默，必先有深远之心境，而带一点我佛慈悲之念头，然后文章火气不太盛，读者得淡然之味。幽默只是一位冷静超远的旁观者，常于笑中带泪，泪中带笑。其文清淡自然，不似滑稽之炫奇斗胜，亦不似郁剔之出于机警巧辩。幽默的文章在婉约豪放之间得其自然，不加矫饰，使你于一段之中，指不出那一句使你发笑，只是读下去心灵启悟，胸怀舒适而已。其缘由乃因幽默是出于自然，机警是出于人工。幽默是客观的，机警是主观的。幽默是冲淡的，郁剔讽刺是尖利的。世事看穿，心有所喜悦，用轻快笔调写出，无所挂碍，不作烂调，不忸怩作道学丑态，不求士大夫之喜誉，不博庸人之欢心，自然幽默。[5]

中国的匮乏幽默，不在于中国人的天性不富于幽默，而是中国人不敢运用幽默，喜好板面孔，摆架势。《郑风》“子不思我，岂无他人”的女子所以幽默，庄生观鱼之乐和蝴蝶之梦所以幽默，尤其以为世人为五斗米折腰实乃愚鲁可怜的陶潜所以幽默，连恂恂如也的孔子所以也幽默，林语堂《关于幽默》的结论是他们漠视或暂时顾不得廊庙文学、经世文学的拘牵，正统文学是容不得幽默的，新旧道德成例也不以幽默为正道。幽默须有一种真实的氛围气，它赖以宽容和同情才生发，所以“中国真正幽默文章，应当由戏曲、传奇、小说、小调中去找，犹如中国最好的诗文，亦应当由戏曲、传奇、小说、小调中去找”。这也是《关于幽默》的一则看法。《关于幽默》差不多还有些文学史的意味，林语堂推崇战国，推崇魏晋，心眼则在向往文学的自由；他对陶潜与屈原有过比较，认定愤与嫉，幽默便失，幽默需有些悲天悯人的温厚，并无高下的说明，大抵以风格分殊，也并不勉强。至于指认韩愈的送穷文、李渔的逐猫文，仅为滑稽游戏文字，“只有在性灵派文人的著作中不时可发见很幽默的议论文，如定庵之论私，中郎之论痴，子才之论色等”，似乎也多少有些学理上的根柢。

因此，林语堂服膺英国小说家麦烈蒂斯对于幽默的界说，并且在《关于幽默》中坦陈了自己的用心——

> 有相当的人生观，参透道理，说话近情的人，才会写出幽默作品。无论哪一国的文化、生活、文学、思想，是用得着近情的幽默的滋润的。没有幽默滋润的国民，其文化必日趋虚伪，生活必日趋欺诈，思想必日趋迂腐，文学必日趋干枯，而人心必日趋顽固。其结果必有天下相率而为伪的生活与文章，也必多表面上激昂慷慨，内心上老朽霉腐，五分热诚，半世麻木，喜怒无常，多愁善病，神经过敏，歇斯的利，夸大狂，忧郁狂等心理变态。《论语》若能叫武人政客少打欺伪的通电宣言，为功就不小了。

林语堂的提倡幽默相间于左翼文学与国民党御用文学，也即相间于当时流行的新旧道德，所以特别触目。御用文学并无像样的攻讦，而以鲁迅为代表的文学阵营倒是发表过许多峻急的意见的。鲁迅鉴于当时的社会情状说，“幽默”只是开圆桌会议的国民闹出来的玩意，在目前的中国是不会有的，“还能希望那些炸弹满空，河水漫野之处的人们来说‘幽默’么”？[6]他的《从讽刺到幽默》一针见血，认为幽默的流行多半是讽刺家出于明哲保身，说说笑话，吐吐闷气的，“然而这情形恐怕是过不长久的，‘幽默’既非国产，中国人也不是长于‘幽默’的人民，而现在又实在是难以幽默的时候。于是虽然幽默也就免不了改变样子了，非倾于社会的讽刺，即堕入传统的‘说笑话’和‘讨便宜’”。

意识形态的分野，是半个以上世纪的文学史家所取的角度，并没有错。我们似乎还得理会林语堂当时的“有所为有所不为”，以及写作与编辑所显示出来的海派性征。仅仅从人性与社会性的关联的眼界内看取出现在林语堂身上的驳杂，还不很够，在十里洋场的文化环境的制约下，现代的消费观念、行为与老中国顽固的传统习惯和传统记忆的杂然纷陈，完全有可能激发出一般作家的文学活动体现出他们在物质与精神选择上的深刻矛盾性。这些本属于都市市民生存本质的因素，借流行的多重的价值观念进一步推促他们容忍自身的分裂，宽容地面对多重人格的价值。林语堂强悍地维卫《论语》文字，对于左翼文学和国民党御用文学，几乎也是某种叛逆性的表示，但上海同时教会他不取极端的形态，他笔下的所有一切也拥有着相当的兼容性，这便是《论语》幽默文字复杂性所在。这里所有的是唯海派才有的游戏规则，用商业文化来说明也颇合适，它的散逸、精巧和实用享乐性，部分来自地域的原因，更重要的原因则在它对海派特色的尊重和适应，是一种参与创造唯海派才有的现代娱乐文学。对它的过高陈义，过苛的责备，都不太相宜，而它所拥有的异趣独到的视角，其意义远不在它本身，甚至也不仅仅在说明某种文学流派的实际存在，更重要得多的还在它表明了现代中国文学历史包括现代都市读者审美走向自有其丰富性，对它任何的化约式的描述，都无法真实地反映历史的本来状貌，凡此，必须并且也可以得到今天的学术研究者的悉心关注。比较有意思的还在，林语堂在今天所享用的荣誉，有它为历史证明的严肃性，而对他成就的过分夸张，倒散发着某种幽默味。

六　刘大杰—赵景深

在京派作家中多有以大学教授为正业者，海派好像有些不一样，自然也有人曾在大学讲坛上说说话的，但让人深刻地记住他们教授身份的并不多。为聊备一格，这一节我们得谈谈刘大杰和赵景深。

林语堂对袁中郎频送秋波，是20世纪30年代上海文坛的一则故事，他的著名同好便是刘大杰。和看不得诗哲徐志摩当年大捧印度泰戈尔一样，鲁迅对刘大杰吹捧袁中郎也大不以为然。《骂杀与捧杀》有过铁板钉钉的记载：

> 这一班明末的作家，在文学史上，是自有他们的价值和地位的。不幸被一群学者们捧了出来，颂扬，标点，印刷，“色借，日月借，烛借，青黄借，眼色无常。声借，钟鼓借，枯

竹窍借……”借得他一塌胡涂，正如在中郎脸上，画上花脸，却指给大家看，啧啧赞叹道："看哪，这多么‘性灵’呀！”对于中郎的本质，自然是并无关系的，但在未经别人将花脸洗清之前，这“中郎”总不免招人好笑，大触其霉头。

“不诚恳”和“学识不够”算是鲁迅对刘大杰的忠告，在尔后的《关于新文字》等文中，他还一点不健忘，一再施展着他的调侃才能。它们在鲁迅是与生俱来的劲头，而对刘大杰却是终身受用的大事。在文革之初，复旦大学的革命师生表现出卓越的记忆力，在号称“南京路”的大字报长廊内，送给刘大杰先生的几顶帽子中便以上述这件事最怕人。等到工人宣传队一进校，刘先生不算惨，然而连声不迭检讨自己“不学无术，该死，该死”，著者当时正“住”在复旦，印象并不模糊。

其实，早在20世纪20年代末革命文学作家“围剿”鲁迅的时候，鲁迅已知道这个世间有个刘大杰了。常燕生在《长夜》半月刊上的文字，当然不是革命文学家的手笔，倒使鲁迅想起了宿敌陈源教授，有过一阵“气闷的滑稽”的感叹。20岁出头的刘大杰刚从日本回来，竟然也步常燕生后尘，仍在《长夜》上发表《〈呐喊〉与〈彷徨〉与〈野草〉》。他在文章中说，从《呐喊》到《彷徨》，是“由失望而走到绝望之途”，而由《彷徨》至于《野草》，则表示了由“绝望”走进了“坟墓”。从深处看，这般判断并不大错，相反大有深意存焉，反映了鲁迅对现实的决绝态度，并且紧张地热烈地瞩望于超越现实的未来，显示了一种颇具深度的现代性的人文关怀。当时的刘大杰到底没有如此的说明，他虽深谙易卜生和托尔斯泰，却多少粗疏地援引着一般的文学史结论，糊涂地用人的生理变化指陈鲁迅已入晚境，继而伸展其貌似聪明却很不得体的议论：

> 鲁迅的发表《野草》，看去似乎是到了创作的老年了。作者若不想法变换变换生活，以后恐怕再难有较大的作品罢。我诚恳地希望作者，放下呆板的生活（不要开书店，也不要作教授），提起皮包，走上国外的旅途去，好在自己的生活史上，留下几页空白的地方。不要满足过去，也不要追怀过去。

于是鲁迅以惯常的风格捅出了《做古文和做好人的秘诀》，实现了他同刘大杰的第一次交手，虽然这是大师与小把戏的较量。所以，后来刘大杰的自甘于林语堂、施蛰存之流，鲁迅的印象也特别深。

认识刘大杰的人，无人不说他的浪漫根性的，他并非是实在的"不学无术"，像那些在上海滩上混饭吃的教授。但他毕竟过于聪明了，对于变换不居的风色有极度的敏感。因此，在鲁迅逝世以至于建国后，他调转花枪，不再计较鲁迅的创作，《鲁迅谈古典文学》《鲁迅与中国文学遗产》《鲁迅的旧诗》等，除却显示了作者宏富学养外，大半表示了某种风气使然。当我们有些耐心翻检出他一生最有影响的《中国文学发展史》，在看清了新中国成立前的本子到1962年的修订，就会发现一个学步法国朗松的环境决定论者是如何服膺马克思的基础决定论的；如果再能不惮烦地品味1973年问世而完竣于1976年的本子，所谓的"文革修订本"，更会明白"风气"之于刘大杰的意义。

刘大杰（1904—1977），曾用笔名大杰、雪容女士、绿蕉、夏绿蕉、修士、湘君、刘山等，室名"春波楼"。湖南岳阳人。少时家贫，凄苦是留给他最深的经验，生前他对著者亲口说过，人们所言的“世态炎凉”，在这个世界上“我是最有发言权的”。他的自传体小说《三儿苦学记》为我们展示了他那凄风苦雨般的童年。刚满一岁父亲即撒手人寰，遗下的孤儿寡母五人少得世间的同情，相反蒙领着日深一日的家族内的家产争夺，可叹的还在那份被叔伯们争来夺去的家产实在已“微末而不足观的”。他的童年几乎被所有农人的活儿充塞着，唯独寄居外婆家的那些日子，虽有寄人篱下的辛酸，但他能在母亲慈爱的呵护下，接受了他最初的文学教育。随母亲识字诵诗，还从外婆和大舅母那里听得“武松杀嫂”“李逵打虎”“白帝城托孤”“黛玉葬花”“红娘传书”等有趣的故事。然而12岁丧母，继之在北京师范学堂读书的哥哥的夭逝，对他无疑更是雪上加霜，往昔族人的欺凌便越发嚣张。他怀着鞭打不掉的“翻身”信仰当过贫民工厂的学徒，终于全凭自身的苦斗才于14岁那年正式入学读书，从贫困的乡间一直飘泊到繁华的武昌，考入免费的武昌湖南旅鄂中学。

1925年对刘大杰来说是一个重要的年头，这年他在武昌师范大学识得了当时在该校执掌文科教席的郁达夫，于是他潜在的文学天分在这位新文学前驱的指导下神奇般地开了花。他与同学胡云翼等人能够组织“艺林社”，并创办《艺林旬刊》，差不多全仰仗郁达夫的关爱。老师不仅用他的创作小说《小春天气》和《秋柳》为学生编辑的团体小说集《长湖堤畔》增色添彩，并且从处世风格和创作气质上给后起者以巨大的激动。刘大杰的早期小说，比如《黄鹤楼头》，还有名噪一时的《渺茫的西南风》，这两个集子中的多数篇什，都取自叙传式的抒情格调，并不时借重古代诗词的意境和情调，娴熟地点缀着自己的小说叙事，至于以“零余人”自况，倾心于世纪末的颓废，都明显带有郁达夫的气味。《黄鹤楼头》的题词即为："这是我的生命途中的创伤，/——留在人间的痕迹；/这是我的过去的二十年的生涯，/——苦闷的象征！/我愿纪念我死去的妈妈。/我愿献给我意中的爱人。"幼稚而真挚，除去属于刘大杰特殊的经历标志外，活脱像其师郁达夫！

大学毕业后，刘大杰一度留学日本早稻田大学，攻读西欧文学。从法国和德国的新潮文学中他惊奇地发现了表现主义，主张审美主体的自我表现，强调由内而外的艺术创造倒是与高扬主观精神的五四精神相联系的，这大抵也和他去国之前的文学趣味相凑泊。于是才有了他在1928年出版的《表现主义的文学》。他同时又心折于托尔斯泰和易卜生这两位原本借"五四"在中国发生巨大震荡的洋作家。他的兴趣无疑集中在19世纪末叶的那些作家身上，他思索并记录了自己对他们的全部认识，正是梓行于1928年的《托尔斯泰研究》和《易卜生研究》算开启了某种唯学者才能适应的训练。回国后在正式供奉大学讲坛之前，也许是出诸自己创作能力的自信，他选择了以上海大东书局编辑岗位作过渡。对于与浪漫主义有着亲姻的表现主义借着他过往的经验和心智中的"表现自我"的倾向，依然得到他的尊重和喜好，不过从他回国后的创作中，我们会惊奇的发现托尔斯泰和易卜生已经成了他的表现主义的深重底色，也即托尔斯泰和易卜生对于社会问题的热衷开始制约他的"表现主义"。他对鲁迅小说和《野草》的议论，曾以莎士比亚作援手，但实际上给他以更大帮助的还是托尔斯泰和易卜生。这些或许提醒我们还得多少注意当时席卷上海文坛的革命文学论争风云，他虽不是革命文学论者，他的不愿甘居人后的风头主义，他那份对于批评才能的确信，颇类似那个时节坐在"无轨列车"里体验流线型感觉的新感觉派作家。他算是向国人显示了自己的成长，用他的敏感，用他的难耐寂寞，连同他的著述和创作，应和了方兴未艾的革命文学。首先亮出了自己的主张，已是他能够实现的任务，甚至继而还呼应批评界对郁达夫《迷羊》的指责，他学着主流批评家的腔调向他的那位文学引路人奉献了自己的“忠告”:“《迷羊》不是新生命的表现，乃是旧情感的遗留”，期望老师“接收时代的思潮，把死了的感情，深深地葬往过去的青春里，再转过方向来写写罢”。[7]当然刘大杰也不得不连带说说自己，初版于1926年的《渺茫的西南风》算是当时的畅销书了，在20世纪30年代第一年，他却写下了《六版新序》，表示了悔其少作的愧恧，称这部书为自己的“未成形的拙劣的孩子”。不过有意味的是他一面做着痛心疾首的批评，一面却继续放任书商重版，著者手边便有着1932年7月的第九版。

1928年后，刘大杰仍然勤勉地操持着那支抒写生活的笔，先后出版小说集《支那女儿》《昨日之花》《她病了》[8]和各体杂集《盲诗人》（收短篇小说6篇，散文1篇，剧本1个），另有戏剧集《白蔷薇》《死的胜利》两部。这些作品虽依然保留着作者原先的风格因子，涉及的内容却远较前期宽泛，反映了刘大杰渐次摆脱郁达夫影响的主动追求。艺术家的刘大杰差不多不甚情愿地摒弃习惯的浪漫主义，唯托尔斯泰和易卜生帮助他找到了发挥潜在理性才具的突破口。这两位西欧大师针砭社会问题的执着热情曾经激动过五四前后的新文学家，让他们从书斋走向十字街头，尽管他们像茅盾指出的那样仍在十字街头徘徊，尚无能力全般地再现社会。托尔斯泰和易卜生的“问题主义”对于30年代的刘大杰，已不囿于暴露性的再现，而增加了突出的干预意义，显示了当时的某一部分青年作家被时代潮流裹挟的精神特征，他们企图用他们愿意接受的方式，正像当时的多数海派青年作家的作为一样，都立志充当“时代作家”。托尔斯泰和易卜生在提出问题中的说教方式，同样为当时中国进步文学界普遍认同，这类倾向几乎使刘大杰处于深巨的亢奋之中。我们所以把他看成是海派中人，不完全着眼于他的趋新的调整，甚至也不主要在于反映在他的小说中的市民情调，而在于他根植在心眼深处的那种虚幻与现实兼容的上海市民理想。托尔斯泰和易卜生被刘大杰视为“作家中的作家”，是“不变的真的纯洁的灵魂，是超越时间与空间的灵魂”，这类认识显然有别于左翼作家，表现在他的作品中的某些可以归属于怅惘的成分大抵来源于他对先验精神力量的膜拜，部分正体现了他对现实的妥协。

《支那女儿》集中的篇什多为作者在日本的创作，已经显示了作者新的选择。刘大杰在序文中声称，它们虽然仍旧是自己“失望”情绪的产物，但已“脱离了恋的苦闷的环境，也没有昔日悲伤身世的情怀”，所以里面除了《樱花时节》以外，“其余的眼光似乎又放开了一点”。这些交代大抵是真实的，他以往以个人为本位的抒情，渐次转到较宽泛的人生感触的方向去了。表现的尽管依然多是些青年人的苦闷与纠纷，缠绵凄清，纤细而并不华丽，然而在作者已多了些“野心”，他打算为社会说些话，他也有志于为玉成形象的思想高点而放纵某些说教的因子。一般平民甚至底层民众的命运成为作者关注的重心，灾荒和战乱，以及普遍的贫困，是《姐姐的儿子》《夜》等传达的主要问题，而《支那女儿》虽以东洋为背景，让人感觉更深的还是一些国内的实情。比较特别的是《“妹妹！你瞎了。”》和《残花》，前者是“革命者暴动问题”，后者是一则惨烈的“革命加恋爱”的故事。这些大体可以说明刘大杰当时的思考，和他因着应和国内创作风气的转换而实现了自己与过去的告别。当然，它们毕竟不相同于时行的革命文学作品，同为争取读者的同情，革命文学家认同崇高，而刘大杰力争在营建自己的亲切。上海滩头通俗作家的技巧似乎招引他重新看待自己的表达，于是他不愿意与自己的过去作出完全的告别，多数年轻人惯常的意识和兴味不啻为他尊重，他甚至还学着多半海派作家追赶风头的动人风格，对于虚空和带着诱惑性的字面，那些直逼都市青年荒凉心境的波动，他甘心作出奢侈的向往。名士才情，曾装扮过刘大杰的早期小说，而至此他已有相当的不满足了，不过，凝重的才子情结是颇可建立起我们的观察的。

收于《昨日之花》中的文字依然是作者回国之前的作品，大半仍然是关于社会问题的揭发。《新生》来自易卜生的启发，写了一个类似娜拉的角色，一个过渡时代的知识女性的觉悟；《昨日之花》是新旧爱情观点对于女性命运的意义，描写过了婚嫁年龄的约莉所做出的牺牲，以及这类结局的价值；《戒指》的主角遇人不淑，单身将自己全部的爱倾注于她的子和孙，最终还是落入悲惨的深渊；《饿》写出了农村雇工王麻子微末的悲哀，然而这种悲哀同时还是普遍的悲哀；《春草》是小学女教员汪碧如的情爱选择，曲折的故事表达了物质化的生存观念对于真实的男女之爱的重创。作者的文学导师郁达夫对这些小说曾有过及时的反应——

> 我看了刘先生的作品之后，觉得风气在转换了，转向新时代去的作品以后会渐渐产生出来了，而刘先生的尤其是适合于写这一种小说的原因：就是在他的能在小说里把他所想提出的问题不放松而陈述出来的素质上面。我希望刘先生以后能善用其所长，把中国目下的社会问题斗争问题男女问题

都一一的在小说里具体描写出来。[9]

郁达夫同时又指出刘大杰氏不擅长“描写细腻的心理”，算得是的评；要求作者像陀斯妥也夫斯基那样“造出几个具体的有血肉感情的人出来”，也是合情合理；这些正是刘大杰问题小说的薄弱处。郁达夫依据的前提是20世纪小说中“心理小说与问题小说的分殊”，陀斯妥也夫斯基的成功在于两者的相融，而托尔斯泰和易卜生的主要艺术成就差不多也在“问题小说与心理技术”的对应。《昨日之花》并不或缺心理描写，唯“细腻”不足，作者仍旧沿用初期的办法，也即从郁达夫那儿学来的营建意境，景语与情语的错综，而没有重视并发展郁达夫曲曲弯弯披露人物内心隐秘的耐心。然而《昨日之花》毕竟标志了《支那女儿》开始的转变在刘大杰创作中出现了某种相对稳定的趋势，对问题小说的钟爱，有新文学传统的提示，更多体现为作者在意识上的趋新，以及方法上写实因素的增强。原因可以从主流文学的影响上找出，自然也可以从一般海派作家的趣味中找出。

20世纪30年代初期的刘大杰，正式的大学教席占去了他的主要精力，创作日渐稀少,《她病了》集，是他最后的一部小说集。内中的文字表明作者记取了郁达夫的教示，也忘记了郁达夫的教示，他记住了攻坚心理描写，而忘记或正确地说淡化了“问题小说”的热情。

《昨日之花》中的《花美子》和《蜘蛛的死》，相当特别，前者关于不自量力的寓意，后者以客观的态度烘写了残疾少女的悲哀，郁达夫都有过相当不错的观感。《她病了》集中的《歌鸟》和《五月之夜》，在全书中也算得是特别的，大概唯有文艺学者才有兴会。《歌鸟》差不多也是一则寓言，歌鸟无视世界的恶俗，无视庸众的隔膜，寂寞地歌唱着，她终于寂寞地死了，然而“她的声音，她的美丽的歌，她的有生命有血肉的艺术，永远存在这些众的回忆里”。这是一首文艺的天鹅之歌，诠释了文艺的本质，也表达了文艺家正当的立场。《五月之夜》叙述的是法国世纪儿米塞（今通译缪塞）忧郁不已的故事。看来圣伯甫的传记学派的方法已经对作者有所影响了，我们更愿意相信这则故事叙说的是文艺的起源问题：苦闷的象征。写得是比《花美子》《蜘蛛的死》华美多了，但它们几乎与《花美子》《蜘蛛的死》一样，还不是刘大杰的特色。能够反映这位小说家的自己的声音的是《秋》《她需要一个男人》《女人的好处》和《两朋友》。这些小说多半是作者开始熟稔上海的生活后对上海都市众生相的勾画，较往昔的文字零散得多，一段情绪，一片风景，一则故事，一声叹息，却每每带有鲜明具体的人间性的特征，刘大杰氏在已经难以疏忽社会问题的前提下显示出了对海派风格的倾心。

《秋》是哲学家海云几乎抛开主务在上海对初恋情人的追索的故事，刻骨的伤悼之情，充满了驱散不去的凄苦秋意。《她需要一个男人》的主角是极有地位，经济优越的知识女性，渐将老去，终于发现了自己所需要的。几经筹谋，几经奔突，只得逃入“将就”的处所。《女人的好处》是一出市民的戏剧，作者似乎在告诉我们，女人的妒忌自然算不得好处，但女人轻信，女人易骗，毕竟是她们的好处。《两朋友》中的两个中年教授，借朋友之托，乘机共同觊觎朋友之妹，差不多使人想起沈从文的《八骏图》。然而沈从文好像羞涩多了，刘大杰不仅竭尽全力捅出了他俩的心计，还从容不迫声色俱厉地描述了他俩的互为利用互为欺蒙的勾当，甚至最终都享受了事实狠狠地嘲弄。这些作品几乎都是上海新式市民的人格写真，在我们看来，更值得注意的是作者在这些作品中所表现出来的趣味。刘大杰生前曾对著者声言，他的小说“都是从跳舞场里跳出来的”。他为自己的人物编制的情事几乎是在上海滩头日日出演着的，然而他同时又将这些大半设计成大学教授、文艺作家，总之都是些有头有脸的人物。表面看来，他打算多少用人物的身份之“雅”来删削些故事的“俗气”，到头来却活显这类人物的俗。海派小说多有用参差的方法来表现人物的，刘大杰的处理人物就有如许的况味。他的世俗的倾向，同时还让人估计到他的夸张。早岁的浪漫风格、表现主义的激情，以及潜隐于他人格深处并不时显示出来的风头主义作风，终究没有经由“问题小说”的淘洗而有所减色。他始终保有海派才有的那种乐此不疲的劲头，像大部海派小说家一样，将平淡之极的东西添加得无比绚烂，加之他一贯善于表现古典情结与现代氛围之间的冲突，直逼凄美而令人揪心。

《她病了》中的《疼》写的是有关人力车夫，这类题材早在五四时期已经非常热闹了，在30年代能够弄出新意来的是老舍，不过在《骆驼祥子》问世之前，刘大杰的《疼》还是值得一提的。他反映了刘大杰道德勇气最终有相当部分是属于社会底层的，他的小说人物坐在一个年仅15岁的小孩拉着的黄包车里，“在仲衡这时候的心里，感到一种坐他的车是不人道的残酷，不坐他的车也是不人道也是残酷的矛盾的苦痛了”，这类感受虽没有前卫作家那样的意识，难免肤浅，甚至还兼有隔膜之感，但终究是真实的，也是诚恳的。所以他在1935年由北新书局出版了唯一的长篇小说《三儿苦学记》。

《三儿苦学记》取自传体式，犹如郁达夫的多数作品，然而郁达夫惯常的颓废味毕竟已稀薄多了。新中国成立后是书还经修改易名《童年》成为新中国少年儿童的读物，可见其中含蕴的内质和那年代“忆苦思甜”的教育运作大有通连的意味。大规模地追寻过往的生活篇叶，刻意抒写怀旧的内容，通常被视为人在晚年的所为。而刘大杰写作这部小说那年刚过30岁，正值创作的盛期，多半缘于职业所驱，或许可资诉诸笔端的创作内容随生活的单调已不很多，也未可知。纵然如此，对自己童年生活的记忆在他是无法淡忘的，这里满贮着太多人间性的感叹，它们所提供的丰富的并且同当时主流创作界迎合的特征，催发了他对时代风尚的自觉追索。他是由郁达夫培育鼓励而成长起来的文学新手，他一生最后的一部小说还包含有他对自己的这位文学导师的敬意，但他写出的是一部迥异于导师风格的自叙传，自然也很难从庞大的左翼作家阵线中找得切实的响应者。它标志了刘大杰的创作已由囿于为个人性支配的浪漫时代进入扩展人间性范围的问题小说时代，其间晃动的身影是色彩斑驳的，从市民社会中寻求着可能的安慰，寻求青春热情的港湾。然而，也正是这部小说的写作和出版，包括同年出版的由他和张梦麟合译的美国杰克·伦敦《野性的呼唤》，提前实现了他向创作生活的告别。我们需要补充的是，当他以教授的身份转辗于安徽大学、暨南大学、四川大学、上海临时大学，以至于新中国成立后的复旦大学期间，他优异的禀赋，包括他那的机灵的心性和敏锐的调适才具得到了相当杰出的发展。以生活与文学的对应关系这一最具支配性的观念，终于驱使刘大杰氏选择了法国朗松，并作为参照潜心于中国文学发展历史的研究，赢得了卓尔的成就，并自许“侧重思潮和变迁大势，与一般的点鬼簿不同”[10]。《中国文学发展史》作为个人单独的著述，直到今天大概还是最优秀的，给数代学人带去深刻的印象。但究刘大杰整个不算短的学者生涯，得失参半是不争的结论，他那习惯性地随风飘荡，不断地改变自己以适应时代的需要，甚至不惜侮慢传统，这些，同样很容易令人依然记起“海派”来。

章克标新近的文坛忆旧《傅彦长有江上风》一文有一段记载赵景深的文字，说得很有趣：“赵景深讲课，像表演艺术家登台献艺，调动面孔的表情，全身的动态，手舞足蹈的动作，高低曲折的声调，有说有唱有科有白，变化无穷。他是像评弹艺人那样，在讲台上伸手弯腰，再加南腔北调，做尽做绝，尽表演艺术之能事，使听讲的人，目不暇接，耳不胜用，心花大放，十分愉悦，而他自己则一身大汗，下得课来，还是吃力。”余生也晚，著者在20世纪60年代文革前夕有幸聆听过赵先生讲课，生动发噱处依然不少，不过讲的是《红灯记》，终究有些矜持，好像已经没有章先生所说的那般身手了，唯从年长的老师处可以知晓章先生所说并非诓话。大学教授在讲坛上传诵高头讲章本为正宗，一如民初京戏中的京朝派，像赵先生的作派颇有些“野狐禅”，相类民初上海滩头的新式京戏，海派得紧。

当然，在那些以阶级斗争为纲的年头，复旦大学的资深老师们总忘不了告诫我们这帮后生小子，“赵景深和刘大杰一样，也是被鲁迅批判过的”。后来读了一些书，才知道鲁迅不满赵景深的翻译，自然还有其他的许多不满。打油《教授杂咏》其二：“可怜织女星，化为马郎妇。乌鹊疑不来，迢迢牛奶路。”相当辛辣，不愧鲁迅风格。某部《鲁迅年谱》“1932年12月29日”条注曰：此系“讽刺赵景深。赵景深按照他关于翻译‘与其信而不顺，不如顺而不信'的谬论，随便乱译，曾把milky way（英语：银河）译为牛奶路"。与事实相去大抵不远，可惜没有指出将milky way弄成"牛奶路"倒是一则"信而不顺"的好例。其实在此一年前，鲁迅已有《几条"顺"的翻译》和《风马牛》两文，对他心目中的"赵老爷"的翻译，早就无情讽刺过了。30年代最初的几年，上海有过关于翻译的论争，鲁迅难以忘怀六朝佛典翻译的支节并以其《毁灭》译本明确标榜"直译"，招引了一批译事专攻人士的怀疑。他们大都识不得鲁迅很高的挟持，道不明包括那些主张含茹从观念乃至表达的未来意义，梁实秋称其为"硬译以至死译"算是典型的反对派。赵景深好姑妄言之，在1931年《读书月刊》一卷六期上发表《论翻译》，竟然提出"与其信而不顺，不如顺而不信"。当我们从鲁迅的《关于翻译的通信》中读出他将翻译作品的受众规限在"很受了教育的"，那么多少可以明白赵景深宁愿面对广大得多的读者，为此他牺牲了必要的谨严，也顾不得鲁迅过高的陈义，顶着"胡译与乱译"的罪名，因为他毕竟是海派中人。

如果没有偏见的话，建国前赵景深对于安徒生和契诃夫作品的翻译介绍是贡献过弥坚精力的，就契诃夫而言，他的成绩仅稍逊耿济之，而在数量上却为耿济之氏无以望其项背。赵景深早在1927年便由上海文学周报社印行出版过契诃夫短篇小说集《悒郁》，影响已不错，1930年3月上海开明书店一口气推出了他的八卷本《柴霍甫夫杰作集》，算来是他的翻译生命中的一个大节日。自然赵景深的译作可议之处不会少，"牛奶路""直"而"硬"，"乱"和"胡"的笑话确实不少。不过，对于像他那样并不是"很受了教育的"，没有享用过官费，连日本也没有到过，几乎自学成才的人来说，苛责大可不必，我们倒愿意向他表示特别的敬意。

赵景深（1902—1985），字旭初，曾用笔名繁多，以卜朦胧、冷眼、陶明志、博董、露明女士、爱丝女士、鲍芹村、邹萧、邹啸等为著。祖籍四川宜宾，生于浙江丽水。《琐忆集》留下了赵景深不少孩提时代的回忆，是时他随父住在安徽芜湖，父亲钟情杂学，对新式学问有不错的眼光和胸襟。在芜湖的六七年间，赵景深留下的差不多全是些好出风头的故事，“童子军”“提灯会”“高台演讲”等记载了他在民国初年的快慰和荣耀，活跃的心性和埋头苦干的劲头，会给我们几许感动的。他并没有忘记“演戏”之类给他带去的骄傲，一个时期他是芜湖知名的童角，外来的剧团延请他，本地的剧团将他当“活宝”，很有些当今明星的味道。《演戏》一文写他初次扮演女角，“许多女学生都围在关闭的窗外看，也有垫起脚来看的，也有跳起来看的。于是替我化装的邵师母以退为进，故意把窗子打开，女学生便都尖叫起来，一哄而散”。这番得意的神态，半是天真，半是认真。新时代天幕曙色给早年赵景深以求知的激动，但并不得意的家境到底没有给他带去规范的教育。1919年即“五四”运动发生那年他进了天津南开中学，广泛的新派常识使他留连未已，从一位叫洪北平的教师处又获得了来自北京的新思潮，自此结合他那郁勃的青春活力，培养了他一生重视杂学的趣味。已经是30年代了，他还记起自己在南开的那次请愿活动，细节大多淡化，给我们以深刻印象的倒是：省公署和警察厅拒绝了学生的要求，“于是群情大愤，一面吹号，一面用校旗来捣大门，吹一下，捣一下，节奏井然，幼小的我又感到趣味了”。紧接而来的是政府方面的弹压，让我们明白清楚看到的是作者留下的那行话：“保安兵用枪托子向我们乱捣，我也挨了一枪托子，连忙从人群里逃了出来；幸亏还好，没有跌到省署旁的白河里去，总算是叨天之幸了。”(《南开中学的一年》)1920年迫于生活，赵景深考进了天津棉业专门学校。这是一所几乎全免费的学校。日后他不无凄楚地说:“我不曾进过大学，只进过天津棉业专门学校，勉强就算作大学罢。”(《我的大学生活》)

这类学校的枯燥对于活跃的赵景深显然过于残酷了，他的所谓的大学生活留给他的唯有交游范围的扩大，当然还有不务正业地读闲书，比如他的关于童话的知识就是在那段时间学得的。两年后算是毕业了，被安置在卫辉华新纱厂，工程师的梦是全然破灭了，“每月大洋八元，每日工作十小时，还要做夜班”。于是只得改弦更张，进了新民意报社，任一月大洋二十的文学副刊编辑。这倒应着了否极泰来，命运自此向他露出了明媚笑容。公务之外他发挥着广结广交的才能，从与焦菊隐、于赓虞等组织“绿波社”，编辑《微波》《虹纹》《绿波周报》，到参加名重一时的文学研究会，展开了他文学家的早期活动。1923年徐志摩在南开暑期学校的《近代英文文学》讲演和同期在天津的公开论学《未来派的诗》，给赵景深留下的印象特别深，此后他算结识了这位大诗人。因此，他后来在《志摩师哀辞》中声称:“我对于文学发生兴趣，是由于两位师长的鼓励，一位是洪北平先生，一位便是徐志摩先生。”生存毕竟迫使他不久南下湖南，于是开始了他一生的“教书匠”生活。1927年定居上海前，转辗南北，先后相继在湖南的长沙岳云中学和附设美专科、一师、上海大学和景贤女中、绍兴五中和师范、广东海丰中学等处任教。1927年任上海开明书店编辑，1930年起任复旦大学教授和北新书店编辑。于是，不足20岁起，赵景深为自己设计了教师、作家、编辑、学者四栖的生活，数十年来，他的勤勉是著称于世的，他的身影“乐而淫”地在文坛上驰驱。

自新中国成立至于今，赵景深主要是以古代曲剧学者的身份称世的，已经少有人谈及他曾经有过的繁多的创作成绩。生计和兴趣，是观察赵景深文学生涯的基本出发点，尤其后者，也是描述他作为文学杂家的最重要的角度。他自己就坦诚地说过："我对于文学，只觉得好玩，日久就成为嗜好，如同吸烟喝酒的人喜欢烟酒一样。烟酒也与我无缘，我是拿文学来代替烟酒的。至今我仍觉得文学好玩，所以我对于我所做的工作只感到趣味盎然，不大会感到疲倦。"[11]《出了中学校以后》和《暗中摸索》两文辛酸与得意参半，详尽地记载了他最早的行脚。述学和翻译之外，他写诗做散文，自然也有小说、戏剧，乃至说唱文学闻世。编纂读物列于他的名下的颇丰，孙席珍曾对他说："你著一本二十万字的《歌德论》不及编一本五万字的《欧洲文学史大纲》好销。"赵景深答曰："是的，社会上一般人只要一个大概，本不要精益求精！"所以他在《自己的工作》中大为感叹——"你想用心费力去写的，不一定是文艺市场上所需要的。生活每每逼迫你去做你所不十分愿意的工作。"凡此种种，是很可以使人理解这位多产文学杂家和海派作风的联系的。

《出了中学校以后》叙述过他的最初的创作生活，为我们印象最深的是"我不会创作，只会写自己"这句话，它表达了作者创作的一般特色，也最为基本的特色。《荷花》是赵景深最早出版的创作集子，收新诗38首，抒写的多半是关于自己的感受。《栀子花球》（北新书局，1928年）差不多是他唯一的一部短篇小说集，1934年易名《为了爱》同由北新出版。这部小说在作者原本打算题名《真实的故事》，内中13篇小说，辟为三辑：《漂泊》《失恋》和《人间》，都带鲜明的自叙传色彩。

《人间》辑的《红肿的手》《枪声》和《婶婶的儿子》大抵是最早的，都“写我所经历及目见悲苦之事”。贫苦儿童的悲哀和倔强，战乱投向世间的波澜，以及对无子妇人的愚昧所寄予的哀怜，在20年代的小说题材中是习见不鲜的。因此人道的观念和写实的方法，是可以概括其全体的，况且它们最初多刊载在《小说月报》上，差不多明显地显示了作者迎合“文学研究会”倾向的努力。

《失恋》辑的作品就多了，均“写我与友人失恋之事”。[12]按作者的话来说，这是一些“不如称作‘不得恋’的故事”，除《静穆》中的女主人公似乎还得过恋爱外，“其余所描写的差不多都是不曾尝过葡萄酒的味道，而竟越级升班，先尝了酸梅的味道”[13]。《蜃气里的婚礼》是穷编辑思慕美少女的窘迫；《梨花与海棠》也算是一种值得艳羡的境界，对穷极无聊的老头医生来说，却是一种讽刺。于是作者借得补偿，《轻云》画出了性饥渴者的自我消遣，而《铜壶玉漏》出现了写假情书，虽说调侃着他人，底里似乎更是调侃了自己。《失恋的故事》中的《情书》写的是两个同性青年之间的纠缠，然而它决不在叙述同性恋，而是为了渴望爱，为了内心深处的爱，才有了两人之间假想式的关系。《苍蝇》大抵是最好的篇什。作者从法国纪德的《小物件》（沪语“小末事”，即通常所说的“小东西”），站在普通百姓细民的立场上揭发了他们的人生——像一只小小的苍蝇，“在玻璃窗上绕来绕去的飞，嗡的一声，东撞了一头；嗡的一声，西又撞了一头。它向光明跑，却不能飞到光明的窗外，飞了一会，飞倦了，便晕到在窗上”。情节上失业与失恋的错综，节奏上失恋与失业的凑泊，主人公蒙领的全是些微末的悲哀，却几乎是当时上海滩头日日出演着的戏剧。

这些关于小市民灰色人生的速写，依然以写实为根本，作者极写一个“穷”字，概括了失恋者所以失恋的原委，多少是有些社会意义的。尤其对于这些失恋众相底里满含的无奈的描写，颇多生活实感。多少人说过“弱者，你的名字是女人”，然而这些失恋的同道说出了现代社会最深刻的经验：精神物质化过程的急剧推进，对经济的依赖使现代性爱被浸淫于冰冷的“物质计较”之中。大概我们更应该注意的是，赵景深用他的小说在批判性爱的非常态的同时，几乎还用自我消遣的方式鼓吹着“调和”的意思。《轻云》是书信体，一切如“这般淡淡的轻云般的浮动，任他飘来飘去，聚合离散，都可以不必烦忧，不必欢喜，免得有了喜悦，又要去忍受那过分喜悦以后的悲愁，那从高高的山崖上突然跌下来的悲愁”。这俨然是作者的失恋独白，恰恰彰显了上海一般市民知识者既深刻又肤浅的生存哲学。说它深刻，是指它对现实的希望采取否定的观点，而它的肤浅，则在它将这种否定的观点作出了闹剧式的运作。

这类哲学在《栀子花球》的第三辑《漂泊》中更有了发展。这一辑是“写我与我妻之事”的。小说中的晏达善就是赵景深，《失散》《烧饼》《行路难》《栀子花球》等，正是赵景深的家庭戏剧，女主人是作者的前妻马芝宝。《行路难》写的是穷兵黩武的战乱生活，《栀子花球》差不多即是当时都会普通市民生活水准日渐下降的写照，就形象表层已显现出一定的社会意义。《失散》记叙的是作者新婚伊始的一次旅游，《烧饼》披示了主人公沉迷于麻将难以自拔的心态，从深层看这也是一种社会人生，或悲或喜，甚至无可无不可，正是海派作家相当熟稔又相当热衷的题材。这组系列的主人晏达善，其实早在《苍蝇》和《铜壶玉漏》中出现。那时的晏达善被失业与失恋夹击着，还与同事策划着嘲弄失恋同事的活剧，此时他继续发挥着他“调和”冲突的技巧，害怕大悲，又迷醉于小喜。作者曾自许在他的所有小说中，《梨花与海棠》《铜壶玉漏》《烧饼》等三则“文笔较为轻松活泼”[14]，决非偶然。晏达善对付生活的原则大半是化沉痛为轻松的，他虽是契诃夫小说的翻译家，但并没有学得俄罗斯现实主义小说中惯常有的“含着眼泪的微笑”。他虽在方法上基本服膺写实，但又不敢逼视现实中的痛苦。一如他不欣赏徐悲鸿的绘画，直认徐悲鸿的画“与照相所差无几”[15]，他的趣味毕竟从属于市民，因此，他敏感灰色生活中的笑料，如果没有，也得制造出一些快意来。

从赵景深的传记材料看，他对小说自叙传的客观性征的体认还相当特殊。他的小说似乎远不能说“带有自叙传色彩”，像我们已经说过的那样。应该说那是一些“自传小说”。他的写小说说来也颇偶然，大抵先有摹本后起酝酿。他在《栀子花球》的序文中有过交代：

> 写小说最苦的是取材，我常因别人的作品引起我写小说的灵感。我在看过郭沫若的《橄榄》以后，便接连的写了《漂泊》部分四个连续而又各可独立的短篇（《失散》、《烧饼》、《行路难》、《栀子花球》）；又在看过周作人的《西山小品》以后，便哀怜到迷信的远房的婶婶，写了一篇《婶婶的儿子》。

这则供状说明自传材料在作者是最基本的，它为作者赢得了亲切，显然对他也产生着限制。这种限制从文体角度看，妨碍了小说的建构，而大利于散文的自由。严格地说来，小说还不是赵景深氏的当行，他实在是一位本色的散文家，尤其是笔记散文家。

他的数量不少的记述自身生活鳞爪的篇什，不借文字的精约，却一概的生动，活龙活现，还别一番亲切的味道。而《文人剪影》《文坛忆旧》等是他长年身居编辑岗位的结果，有些猎奇，有些关怀，留下的都是些作家的踪影，反映了他广泛的交游范围，表现了他那兼备史家和小说家的身手。我们的论者至今还不惮烦地感叹着巴金在文化生活出版社时对于广大文学作者的关怀，人们也喜好谈论郑振铎以其商务印书馆的特殊背景广结善缘，似乎不大有人也以同样的热情为赵景深摆摆龙门阵。学界向有怀疑赵景深学问的根柢的，然而他却远较他人（包括已故周谷城副委员长）幸运，成为20世纪80年代我国第一批博士生导师之一。看来这个世界多少还是有些温暖的。朱湘是新诗坛的公认怪才，许多人都指陈其难以言说的孤僻，赵景深的宽容和友爱在诗人生前已传为佳话，而他的《永言集》是在谢世后由赵景深代为整理出版的。请看赵景深是如何议论朱湘的：

> 作者理想的生活要求并不高，“一间房，不嫌它小，只要好安居；四时有洁净的衣服，被褥要暖；下雨的时候，一双套鞋，一把伞；一顿饱餐，带水果，菜不要盐须；旧书铺里买的，由诗歌到戏剧——文学以外的书籍，兴到时也看；最重要了，写诗作文的笔一管；……旁的我并不企求，也没有需要，除了中等的烟卷，够抽一整天。”然而社会却不能容许他；连这一点生活都不让他享受。他带着一瓶酒、一本《德国诗选》凄凉的上了旅途，还有他那心爱的改订过的《草莽集》，也许在朗诵着海涅诸家的诗句，喝着醇醪，就此往江心一跃；他的心里或许有最后的一闪，想到他所写的诗句：“屈原，挟着枯荷叶的衣衫，涌身投入汨罗江的波澜；李白，身

披锦袍，跨在鲸背，乘风破浪，漂去了那三山。”

（《朱湘的石门集》）

新诗人白采给世间留下了《羸疾者的爱》，“但我有透骨髓的奇哀至痛，却不在我所说的言语里”，被朱自清认定，“那无可奈何的光景，是很值得我们低回留恋的”。然而，诗人也是不幸的早夭者，关于他的生平行事，所知甚少。赵景深的《白采之死》有着惊心动魄的记述：

> 他的书桌上放了一口小红木棺材，这是一个盛物的盒子做成的棺材的形状，大约只有七寸长，四寸宽，四寸高；盒子里盛的是人形的参，权当做死人。还有一块断碑，是他从当涂太白墓上取下来的。最引起人骇异的，是一个死人的骷髅头，端端正正的放在桌上的正中处。他把骷髅头洗得干干净净的，并且很细心的把落下的牙齿刊剔，再一颗颗的安在牙颚上。他时时对着骷髅端详许久，对人说：“你看，这个死人，一定死得不久。他生时一定很美的，只有二十几岁，你看，他的牙齿多么白！”

目下有人将讨论记述学问和思想的散文称为学术散文或学者散文，很不错，继之又将其标榜为“另一种散文”，并以此自许，常带着开风气之先的神情，那就有些怪怪了。其实，赵景深氏的大半散文文字早就具备如许性质，他没有骄傲，因为他懂得沈括、赵翼他们留下的传统，他更清明自己在当时拥有着颇为不少的同好，海派中人的谢六逸和周黎庵便不短少这一方面的实绩。

赵景深借“散文小品”的形式议论过许多古代文学的知识，尤以小说和戏曲为著，也显示着对于民间文学的特殊兴味。当然，我们还理应重视他的大量对于新文学的意见，有宣扬和普及意味，却又不啻以此为指归，许多出现在30年代前后的文字虽无有特别的新见，但都自觉应和了当时文坛旨在总结新文学得失的历史兴趣。

北新书局出版的并为今天研究者广泛使用的《郁达夫论》和《周作人论》，它们的编者便是赵景深，前者署名“邹啸”，后者则用“陶明志”。早于此，赵景深已经相当尊重鲁迅对新文学的杰出贡献，1927年起在《文学周报》发表的《鲁迅的〈祝福〉》《鲁迅的〈弟兄〉》《鲁迅与柴霍甫》就是著例。至于1928年年初由光华书局出版的《中国文学小史》，以“最近十年来的中国文学”为专章，其间自然有相当的篇幅仍属于鲁迅。此外，他还开始从历史联系的角度评述其他的五四新文学作家及其对于文体发展的成绩，表明了他已是我国新文学史学科最早的奠基者之一，差不多仅晚于胡适一人。《文人剪影》《文人印象》《文坛忆旧》等记述了近百位新文学作家的行事史迹，其间不少史料对目下的研究者有弥足珍贵的价值，尤其之于那些有志“重写文学史”的学人。

> 他对于小说的翻译重信而不十分重达，我则重达而不十分重信，可是现在他的译文也重起达来，而我也觉得不十分重信是不大对的了，虽然我已经很早就搁下了翻译的笔。
>
> （《文人剪影·鲁迅》）
>
> 《创造周报》第45期上有露明女士与沫若的《乌鸦译诗的讨论》，所谓露明女士，就是我的化名。我的字很像女人写的，我的信上说，看到张伯符的爱伦坡《乌鸦》译诗的讨论，

也想插几句嘴。但我的英文不行，请郭先生不要见笑，信上只写寄自长沙，不曾写地名，沫若信以为真，便复信给我，连我的信一同刊出：其中说起张先生人很好，还要替我介绍，要我把通信处告诉他，也许是想替我做媒呢！

（《文人印象·郭沫若》）

不曾见过茅盾的，会以为他是一个高大的汉子，否则不会写出《幻灭》《动摇》和《追求》这伟大的三部曲。你见了他，会以为看错了人。我已经是个矮子，他比我还要矮，并且小。为了历年执笔的辛劳，背忆略驼，近视眼镜的程度比我也深得多。

（《文人剪影·茅盾》）

记得我编《青年界》的时候，曾经向他索稿，仿前人遗意，大书一个"赵"字，用红笔圈了起来，旁注云："老赵被困，请发救兵（小说也）。"他的回信极妙：

"元帅发来紧急令，内无粮草外无兵！小将提枪上了马，《青年界》上走一程。的，马来！参见元帅。"

"带来多少人马？"

"两千来个字，还都是老弱残兵！"

"后帐休息！"

"得令！正是：旌旗明日月，杀气满山头！"

（《文人印象·老舍》）

这类生动的陈叙，在赵景深的著述中联翩而至，虽说多半是些琐屑，却于今珍贵异常。正是那些作家的这类不经意的细行颜色，对研究界的估衡颇多启发，况且，当今流行于学界的有关传闻，认真考究审察，多半出诸赵景深的记述。至于何家槐、罗洪、CF、王文显、顾一樵、袁俊、向培良、舒湮、谢六逸、崔万秋（以上见《文坛忆旧》）、黎锦明、叶鼎洛、曾虚白、于赓虞、焦菊隐、徐霞村、徐蔚南、徐祖正、傅东华、汪馥泉（以上见《文人剪影》）、孙席珍、倪贻德、朱雯、索非、白采、白曙、宋春舫、姚克、石灵、胡山源（以上见《文人印象》）等，为研究界长期缺乏关注，赵景深的有关文字已不可多得。

1929年AL社同人选编的《现代中国小说选》，是年9月由上海亚细亚书局出版，凡778页，收入自新文学发生以来45名家的代表作，大概是我国最早的一部大规模的现代短篇小说选集。该集序言便出自赵景深手笔，署“吴伯兰”笔名。文章多为勾稽，也包含有作者诸多出色的议论，虽及不得后起编选《中国新文学大系》的茅盾、鲁迅和郑伯奇，但从一般作家作品论言，已有不错的气氛。内中对于作家风格的分殊，至今读来还颇见神韵：

> 在作风上也各有不同，我们看见这本小说选，就好像到了庄严的大千世界，显现出一切的形相，使我们目眩心喜。鲁迅又幽默，又讽刺，又辛又辣，说的话多么痛快。叶绍钧不慌不忙，细琢细磨，文笔又是多么的细腻，他比罗黑芷要畅达一些，但比汪静之却又要深远一些，他的文笔是介乎罗汪二氏之间的，既不十分晦涩，也不十分流畅，在流利中总带一点凝重。许地山是以环境著名的，充满了异国情调，和佛家香花的气息。许杰的文字很有魔力，在结构方面很注意，常有出其不意的结束。徐霞村善写人物，客观而带肉感，类似莫泊桑。彭家煌的小说总是那么大刀阔斧的，他毫无顾忌，

要说什么就说什么，他的小说很真实，有时在雄壮的男性美中，略带一点妩媚，是愈加令人感到可爱的。叶灵凤的小说美丽而且飘逸，杜衡的则着墨不多，已能给人愉快的印象。冰心的小说多含哲理，在题材上，谁都知道，是小孩，是母亲，是海。李健吾的《私情》特别在北平的方言上用工夫，《一个兵士和他的妻》也是用北平方言写的，朱自清的序也来那么一套，得呀得的，说得怪别致，怪流丽，怪好听得——不好，我也给染上啦。冯文炳（尤其是《桃园》里的一些篇以及别署废名的著作）和沈从文的小说故意把文法弄得不完全，但他们的好处，即在于此，他们特创了一种作风，使人知道这是他们的，不是别人的。陶晶孙好像不是故意的，大约中国话不大会说，所以写来的小说，也极别致，颇多日本风味。白采常以小说来阐明艺术与吃饭的冲突。许志行的小说很沉郁。万曼的小说有时颇刻画，有时则极轻倩。庐隐多写恋爱，恰与冰心相反。胡云翼的小说写得很明净。总之，各人的作风都是不大相同的，各人有各人的趣味。

我们之所以不惮烦地征引，无非打算说明赵景深的散文小品所具有的新文学文献学的性质，他在这一方面的努力，在历史地位上不让阿英和唐弢，足以引人注意。文献学素被治学者视作学问的门径，我们已经存有相当辉煌的传统，但它们多半以古代文献学为胜场，由西汉刘向、刘歆父子开创而为历代学者不断发展扩充，研究古代文献的分类、编目、版本、校勘、辨伪、辑佚、注释、编纂、校点、翻译和流通等所形成的古代文献学学科不啻本身的意义，凡治旧学的几无一人不以此为“工具”。现代文献学尚在形成之中，按一般的共识，现代文献学运用图书馆学和情报学等学科的理论和方法，以知识的组织和检索利用为主务，它着眼于文献本身。新文学研究最为薄弱的环节可以将之描述为基础文献缺乏认真的董理，以及以新论点新发挥自许却罔于研究历史和现状的真相。这些和新文学文献学的或阙有切深的关系。从这个意义上看，赵景深数量甚巨的学术散文具有明确的文献意义，是一笔研究新文学和建设新文学文献学的丰赡资源。

注　释

1《我的自叙传略》，《樱花集》，北新书局，1928年。
2 龚明德：《“懒人的春天”和〈枕上随笔〉》，《新文学散札》，天地出版社，1996年，第126页。
3 章克标：《闲话〈论语〉半月刊》。
4《我的话·行素集·序》，上海时代书局，1948年。
5《关于幽默》。
6《“论语一年”》。
7《寒鸦集·郁达夫与迷羊》，上海启智书局，1932年。
8 上海辞书版《中国现代文学辞典》注录刘大杰创作集称《她病了》为剧本，继之江苏文艺版《新中国文学词典》以讹传讹，两辞书均有相当影响，竟同为复旦大学同仁编纂，多少是遗憾的。其实《她病了》是一部杂集，以短篇小说为主，上海青光书局1933年8月初版，229页，36开，系“青光文学丛书”之一。作者序文一则，收短篇小说《秋》《歌鸟》《她需要一个男人》《疼》《女人的好处》《两朋友》《五月之夜》和独幕短剧《她病了》8篇。
9《读刘大杰著的〈昨日之花〉》，《青年界》创刊号。
10 赵景深：《刘大杰》，《文人印象》北新书局，1946年。
11《我要做一个勤恳的园丁》，《琐忆集》北新书局，1925年。
12《失恋》辑收6篇小说，除《苍蝇》外，余5篇另添《情书》一则曾在新文化书社题名《失恋的故事》出过单行本。
13《失恋的故事·序》。
14《栀子花球·序》。
15《门外汉的梦呓》，《小妹》，北新书局，1933年。

第八章　海派文学风景线（四）

七　予且—谭惟翰

予且是位老作家，平心而论就目下的新文学研究界能够稍稍知晓其人其事的，并不很多，著者也是在参与整理《二十世纪中国文学大典》以及编选《海派小品集丛》时才偶然发现20世纪三四十年代的沪上文坛有过这样一位产量多而又兼备众体的文学写手。他最初是以小品随笔文字被读者接受的，之后又为文学史留下了一张篇幅不短的小说成绩单。人们长期对他采取冷待的态度，是可以理解的，民族感情所推出的道义法则，使我们咀嚼过周作人、钱稻孙这类人物的苦味。周作人曾是我们民族杰出的子孙，钱稻孙学养富赡，而他俩都背叛过生养他们的这块土地。予且也确有失跌，日伪时期，他曾三度参加所谓的大东亚文学家大会，他的《日本印象记》和小说集还在第三次大东亚文学家大会上获奖，这是很令人惋惜的。不过，将他完全剔出文学研究的范围，终究不妥。

予且（1902—1989），原名潘序祖，字子端，安徽芜湖泾县人。有圣约翰大学的学业背景，至1925年“五卅”惨案后才转入上海光华大学，在附中任教。笔名甚多，除予且外用得较多的尚有“子端”“吹云”，基本以“予且”行世。他自署馆名为“水绕花堤馆”，他在写作一般文学作品时，间有探索神秘文化的浓厚兴趣，某些刊行的属于“星相占卜”的著作，通常署“水绕花堤馆主”，颇有些旧文人的气息。20年代末已有作品问世，至30年代，从他写作产量看去，差不多可视为专业作家了，实际上他依然供职于光华大学。从教育背景看去，予且理应是一个新派知识者，实际上他也并不短少新学问，只是他那一半来自自身一半来自上海的务实的心智驱逼他不仅容忍并且不时回过头去打量旧世界，甚至于努力追求着新旧调和的境界。他是新派大学生，据说享用的却是旧式婚姻，身后拖着七个子女。像所有海派作家一样，他讲究趣味，差不多是凭趣味写作的，小品《说写做》便记载着他的供词：“人生出来只有哭、笑、睡觉，更无所谓庄严”，“我们的文章也要用笑脸写出来，方才有趣味，趣味便是文章的灵魂”。他的学生谭惟翰在《天地》杂志创刊号上曾刊出《记予且》，文章说起他的那位老师对廉价手表情有独钟，主张聪明人“一年换两次，结果总是戴新的”，在气息上和上海的女性购物的智慧相仿佛。有人说这是一种“俗气”，而在我们看，看清了这份“俗气”，也即明白了市民作家予且的大半。

他是勤奋的写家，正式步入文坛的随笔文字多由同有光华大学背景的赵家璧刊载在《中国学生》杂志上，40年代初协助陈蝶衣曾任前期《万象》月刊编委。主要散文小品著作有《予且随笔》《饭后谈话》《鸡冠集》《吹云随笔》《霜华集》等。读予且的小品，仿佛劈面迎上了一个书生。闭户读书涵养了他对知识广泛的兴趣，他懂得那样多，但又那样的杂。或谈天说地，或讲史论学，或叙轶闻掌故，他都付诸同样的热情。他的那些最自然而不假思索的篇什，犹如苦旅者在茫无边际的沙漠里发现了一片绿洲，有一种无法抑制的愉悦；他的那些最富智慧而又相当简练的篇什，犹如一个被放逐的哲人面对滚滚尘世所发出的半醒半昏的呓语。当然，他更多的时候是任意放谈，活现出神聊的风采，虽摆脱不了玄学，不时也显得相当凡庸。不过无论怎样，“趣味”还是他的中心，他的那条风景线是属于市民读者的。市民惯常的兴趣，街头巷尾的情调和茶楼酒肆间的意兴，养就了他的作风。消遣性，对于予且的读者来说是一种向往，而对他本人来说，则为思想和行为的方式，甚至还是他的事业。

予且是沪上知识者的某一种代表，属于本位的个人主义者流。他虽及不得周作人的清峻冲淡，但周作人倒为他说出了他那类人的心态——“‘忙里偷闲，苦中作乐’，在不完全的现世享乐一点美与和谐，在刹那间体会永久……”(《雨天的书·喝茶》)当他披上平实的装束时，他确实是个艺术化的生活者，而当他失却自制时，他已拜倒在“媚俗”和“自娱”的裙裾之下。予且的散文小品有可读性，也值得读，因为它们具有海派小品某种范式的意义。

抒情对于予且似乎并不见得是胜场，他擅长说理，一如他在讲坛上面对青年学子时的作派。收于《霜华集》的某几篇相类于议论青年修养的文字，一半来自职业的暗示，一半是为着标能擅美。从抽象的层面看，并不是全无道理的，而那种执着于从实际生活中寻觅小视角的苦心，也是值得称道的。差不多同一时期，他的安徽大同乡朱光潜也在写谈青年修养的篇章，不过朱光潜氏却是“京派”的中坚。于是在我们面前出现了京海两派的某种分殊。他们同样讲究理趣，同样追求亲切，但是朱光潜骨子里还是不脱教训味，他雅驯得多，有执着于范畴和系统的乐趣；而予且更随意些，想到什么说什么，范畴、系统这类劳什子在他是无可无不可的。朱光潜是严肃的，予且是洒脱的；朱光潜忘不了他的学者身份，而予且甘愿在市民堆里闭目养神。朱光潜是痛苦的、沉重的，而予且倒有足够的快乐和轻松。

关于中西文化的比较，朱光潜贡献过《诗论》这样的高头讲章，而予且在他的《予且随笔》中则用中西住宅和宅内装饰设喻，清浅直白地说“西洋文化和中国的文化根本不同是：西洋文化是向外的，中国文化是向里的”。由此竟还举一反三地申说：

> 西洋重户外生活，中国人重户内生活。西洋社会上的纠纷多，中国人则家庭内纠纷多。再从生理方面看，则西洋以体育为健身之源，中国则以服补品，养神练气为健身之源。即以衣食住而论，西洋着重衣住，中国则重食，此又中国人看重内部之证据也。以病理论，则西洋重外治，中国重内治，西洋人不惧外症，中国人不惧伤寒痘疹。再翻开历史一看，则西洋人近百年来，尽是向外膨胀，对外作战，而中国近百年来，则尽是割地偿兵赔款，内争不已耳。

或许有失严谨，却不乏机警，足可供人深长思之。大概是中学教师的经验所致，他善于将某类学理题目作通俗的讲解，虽不是文字学家，却饶有兴味地分殊着“吃”与“喫”的不同：

> 世间得饭之方法，不外两种。一是求而食之，如子食父，妻食夫，贫人食富人，故宜用“吃”字。一是因作工而得食，即一切精神及肉体之劳动家是，宜用“喫”字。盖作工必先

有契约，因契约而得钱购食，故喫字，从“契”不从“乞”。[1]

现代女性的命运，海派作家多有涉及，予且留给我们的文字多半也属这一类型。他那现实和实际的上海市民经验，让他既精细地看取上海女子正朝着解放的道路进击，同时他并不认同所谓的女权主义，而从性心理学的角度确信妇女寻求解放的限度。他有思辨的兴趣，却又不愿将他的意见以清明的方式表达出来。《予且随笔》有很不错的议论，腔调活脱海派样，恕我再作一次文抄公——

> 女子在中国终究是要受束缚的。从前裹小足，打算是男子的过恶。但是裹小足的时代，女子是用兜肚的。自从提倡放足之后，女子便由兜肚改为小马甲了。小马甲之束胸，较缠足尤为厉害，盖一则有害肢体，一则有伤心脏也。现在进步了，小马甲又都提倡解放。所以我们在街市上，常看见许多“乳峰突起”的女人。假设我对于这些“乳峰突起”的女人一观察，我们便又有一个新发现。就是也不知道是谁发明出一种又高又硬又小的领，把她们的颈项完全束缚起来了。她们实在觉得太难过了，常常的不扣领扣，但是要请她解除这种束缚，她们却是不大情愿的。此外头发剪去，还要留上一段用夹子夹起来。手上和臂上空空的，又要用戒指、手表、手镯束起来。一切种种，都表示女子是不肯解放的。

自然，予且在上海读书界的影响毕竟系于小说一脔，早在中学时代，他沉耽于习作小说，因此小说创作才是他实际上的锋芒初试。虽然我们现在无法识得那些作品的真面目，然而由他的回忆文字可以发现他曾有一个比较长的时期钟情于通俗型的作品，并且这种兴趣倾向支配了他一生的创作。据他自诉，长篇章回体武侠小说和短篇侦探小说是他20世纪20年代充当文学学徒时最为喜好的，他从坊间各式拥有大批下层市民读者的作品中获得了自己的激情。当然，他并不排拒一般的纯文学，对五四以降激进的新文学人士对于以鸳鸯蝴蝶派为代表的市井文学的讨伐毕竟也已成为他的基本经验。因而，与小品散文创作同期，他留给读者的，比如《小菊》《如意珠》《妻的艺术》《两间房》等，在趣味上倒对当时的主流派有相当的应和。他的小说创作高峰，他的市民小说家的声誉基本上是在进入40年代后才渐次获得的。

新文学历史上的通俗化潮流在抗日战争爆发后萌生，大半是和高涨的民族感情相关联，差不多也可以视为争取读者的策略。当时文学阵线上苛严的意识形态斗争明显被全民抗战意识的发扬所压倒，作为前奏，《文艺界同人为团结御侮与言论自由宣言》中标榜不论“文学之见解，趣味与作风，新派与旧派，左派与右派”。而鲁迅在《答徐懋庸并关于抗日民族统一战线问题》中也申言“文艺家在抗日问题上的联合是无条件的，只要他不是汉奸，愿意或赞成抗日，则不论叫哥哥妹妹，之乎者也，或鸳鸯蝴蝶都无妨”。现代海派文学时至40年代，即它在孤岛时期和沦陷时期的发展首先依赖于类似30年代的文化专制空气的相对弱化，其次依赖于上海滩头新旧创作势力的变化，大批新文学作家的深入或流散内地为滞留沪上的旧派作家客观提供了生存的优越空间，最后则依赖于现代读书界尤其上海市民读者从未怠倦的对于通俗文化的兴趣，从而带来了写作与出版的可观商业效应。于是大批昔日属于旧派的或通俗的文学作家便迎来了新的生长期，并且还为一些新生的市民生活写家开辟了一显身手的条件。1940年由顾冷观主编的《小说月报》也许是最好的例子了。由文学研究会作家于1921年改革的《小说月报》早已于30年代初随商务毁于“一·二八”战火，旧派文人顾冷观则借重这一刊名，适度向改革前的《小说月报》“复辟”，适度向王钝根时代“还魂”。《万象》杂志的早期主编陈蝶衣也是旧派人物，他不失时机地倡言掀起一个“通俗文学运动”，并且还在自己的这份刊物上辟专栏大举讨论“通俗文学”问题，而多数参与者表示新旧文学的最好中介便是通俗文学。实际情况又向我们昭告，40年代凡在上海滩头比较畅销的期刊，十有八九是兼容新旧，调和雅俗的，《万象》《小说月报》《春秋》是这样，《天地》《风雨谈》《小说》也复如此。1941年复刊的《杂志》先后由吕怀成、吴诚之主持，几乎就是以通俗文学作号召，公开推助鸳鸯蝴蝶派与新市民派合流。

予且正是在这一特定的背景下，即顾全众广读者趣味、提倡所谓“兼烧京广川闽宁徽名色名菜的厨子手段”的当儿，也即在新文学模式向通俗文学层面倾斜的当儿，才迎来他的丰收季节。周楞伽、丁谛、谭惟翰、李君维，还有一些红遍上海的女明星，苏青、施济美、汪丽玲、潘黛柳，甚至包括张爱玲，都应时而生，应时而成为海派文学新发展的标志。时序进入40年代，予且身处领衔地位，他的短篇集一本又一本地招引着读者，当时《万象》《小说月报》《小说》《风雨谈》等名牌刊物还先后连载了他的六部长篇小说《浅水姑娘》《凤》《女校长》《乳娘曲》《金凤影》和《心底曲》，可谓哄动一时。钱须弥执掌的《大众》月刊更是优厚予且，1942年年底至1945年年初，几乎在这家杂志的全部生存期内，差不多每期首篇都刊登予且的连载作品，风光骀荡，令人欣羡。予且描绘市民众生图“百记”的宏大计划也酝酿于这家刊物，并借助它作出第一期的实施。诸如《寻燕记》《试婿记》《埋情记》《拒婚记》《别居记》《觅宝记》《离魂记》《怀春记》《争爱记》《一昔记》《寒窗七记》等，便为予且赢得了《大众》头牌明星的殊荣。

在海派小说的世界中，予且在30年代一出手便露出了和当时最有影响的“新感觉派”不同的特征，这个特征一般可围绕“下层市民”来概括，表现上的以下层市民生活理想为中心，以及在上海读书界争夺下层市民读者为动机。对现实界的执着，恐怕是上海下层市民最为紧要的节目，那种天生的对于物质文化的偏爱，那种对于狭小生存空间的极度敏感，那种时常浮现在生活表面的自我满足或自我沮丧，以及那种通常以宽容或迁就为外衣的生活智慧，都明白无误并准确未已地出现在予且的视界中。灵魂与物质的冲突，是现代都市生活的重要景观，予且决不会放弃这一课题，但他用他那“实际主义”的立场处理这一课题，甚至还用其近乎达观的态度结实地拥抱着这一课题提供的全部内容。灵魂迁就现实的节奏复沓在他的《七女书》中，出现在这部小说中的女性大半夸张地发挥着女性素有的现实精神，作为都市女性，她们更以打发实有的生活、消弭生活的窘困为最高任务，尽管往往会付出惨痛的代价。予且在他的写作谈《我怎样写七女书》中有一段不错的告白：“人时因为物质上的需要，我们无暇顾及我们的灵魂了。而灵魂却又忘不了我们，他轻轻地向我们说：‘就堕落一点吧！’”有意味的还在于，这一类小市民理想，在小市民本身看来竟是一种优越和聪明，它缺乏某种现代性的生命精神，没有终极性的关怀，没有对于现实绝望的体验，没有坚执有力的异端向往，把注意力和热情始终集中于现世生活的应对，容忍惰性，安于现状。

我们难以在予且的作品中读到类似穆时英那种因着猜测到生活的空虚而拥有的时不待我的峻急活力。《两间房》虽是纯文学，却很有些张资平的气息。当现代男女性爱被张资平处心积虑地笼罩在极度疲惫的氛围里，予且则用拥有“两间房”的现代夫妻分别占有一间，以“妻子躲在内室里不肯出来，丈夫坐在外室里不肯进去”的方式讽刺了现代性爱的病态。作家原本可以由此发现有些现代意味的思想，然而他用其“宽容或迁就”消解了批判性的激情。性爱是海派作家最喜饶舌的题目了，虽说予且较之张资平“羞涩”多多，他的矜持却远不如大胆的张资平，一如我们已经说过，张资平的性爱小说中的那种对于社会条件的放逐是一种极有意义的尝试，闪烁着指向未来的火花。遗憾的是他最终信奉“浅尝辄止”，当他在《飞絮》《苔莉》之后又将他的尝试朝着千部一面的方向推进，甚至沉溺于恶俗的趣味的时候，读者终于普遍厌倦了。但是，予且和张资平毕竟还有某种难以割舍的因缘，如果张资平在他的作品中展览着性爱中的奇僻细节，那么予且多少也颇有兴味地发掘着性爱中情调的传奇性。都市男女性爱领域中的光怪陆离，虽说同为海派小说家兴趣弥漫的课题，然而，予且和张资平都没有追求“发现”的热情，一如“新感觉派”作家那样，而有的仅在有滋有味地“品味”。他在《我怎样写七女书》中径直说，恋爱是一种神秘的东西，就像供人欣赏的“画”，踢来踢去的“球”，赠与他人而不思回报的“礼物”，杀人不染血的“利剑”，也可以像至死无悔的作茧“春蚕”，燃烧得血泪一滩的“蜡烛”……如许的援譬设喻，毫无原则的守持，离五四时期新文学作家的追求远得紧，一副才子杂家相，活现出予且在恋爱问题上既机灵又浅俗的体认。

予且对都市男女性爱有足够的兴趣，婚恋题材占去了他的小说清单的大半，然而还不能将他看成是性爱小说家。都市的人情世态，对于海派作家有永不疲倦的吸引力，它们几乎集中了所有海派作家的目光，为此耗费着巨大的心力。予且的小说为我们保留了丰富的认识材料，它们都是些半个世纪以前沪上的特殊生活画卷，许多方面具备风俗学和地方志的性质，从这个意义看去，他是地道的都市人情世态的写家。区别于其他海派作家，尤其不同于“新感觉派”作家的地方，他的婚恋小说无意流连于爱情的神秘和浪漫，当然也不取张资平性过程和性感受细节的暴露，从他较少涉及未婚男女情感狩猎的取向看，他似乎更愿意表现成年男女在家庭中的情感纠缠。当他拥有了这一角度，便理所当然地掀开了由性爱漶漫至上海市民百姓一般生存状态的帷幕。

从穆时英的作品中，我们很容易看到那些身处物质文化前沿阵地的摩登青年，他们大多拥抱和体验现代新锐的文明，一般出现在他们身上的那股峻急和浮躁，来源于“旧我”急速分裂而“新我”尚未确立，几乎来不及调整自己便淹没于新旧冲突的湍流中，甚至猛浪地硬将自己攀上某一类高耸云端的摩天大楼的塔尖上。这些对于予且的人物来说，并不相宜，他的人物差不多都带着被夹缠于新旧两世界的性征，他笔下的人物多半是一些隔着纱幕体验新锐都市文明的属类。他们甘愿厕身于那些时代青年的阴影下，部分地感受着新锐文明的纷扰却还是安坦地审视着，严格充当被裹挟的角色，并且还相当自然地从老大传统中过滤出可能的价值资源，从事于永不疲惫的新旧兼容的整合。这应该说是一种并不肤浅的审视，因为它才实在地看透了上海的真相。在一般市民的人性中，对所有新锐的事物仿佛永远保存一份异常的矛盾性，由实际生活作前提，不乏仰慕之情，又不时会发出鄙夷的眼光。予且的《换鼻记》不只有趣，还算得是一个杰出的隐喻。其中的郁先生常年伤风塞鼻，然而他讳疾忌医，宁愿换上一个新鼻子，痛快地求得永远的解决。然而这个新鼻子不久便给他带来了一大串的烦扰：吃饭嫌筷子有味，闻到床上被子的异味便要呕吐，唯有将自己关进没有任何特殊气味的房间内才能太平。结果换了新鼻子的郁先生只有一种人们无法及得的好处，即被人雇去用嗅觉寻找失物，一如满地走满地嗅的猎狗。这则寓言文本相当辛辣，显示了某种深刻。《七女书》中的《过彩贞》已被有的论者视为鲁迅《娜拉走后怎样》的“补充”，颇有见地。“堕落”或“回来”是鲁迅给走后的娜拉说出的预言，予且说出了另一种可能的前途：打算经由经济自立，选择一个短少经济能力的良善男子同居，女主人公这一微末的理想却两度遭到来自男子的拒绝，最终只得以自裁了结。上海确有一类所谓“吃软饭”的男子，但即便在今天，他们所蒙领的传统文化的压力足以反衬出现代女性独立的真实。

《过彩贞》反映了予且对于市民女性生存状况的关注热情，《如意珠》或许是更好的例。作家精细地从稀松平常竟至习焉不察的都市面相中揭发了物质主义流泻的无处不在，它养育了一般市民女性，并对她们拥有着超常的支配力。据说当时的上海大亨杜玉笙说过打算在上海滩上混日子的人必须学会吃“体面、场面、情面”三碗面，这一“训示”对于虚荣的市民女性亚赛天籁。朱如意让丢了饭碗的丈夫装饰一新，陪伴他钻进汽车，飞也般地奔向学校，威风凛凛，以“体面和场面”震撼师生，于是丈夫的饭碗重又从天而降。这里作为受众的师生也是物质主义者，自不待言，但物质主义对于这场喜剧性兴奋的设计者朱如意来说，与其说是智慧，无宁说是需要，与生俱来的需要。当我们读懂了《钟含秀》中的讽刺时，不禁发现物质对于广大市民女性的实际亲昵有着一个无所不在的范围和无所不能的威权，以至于她们本身都毫无例外地都被男性社会当作物质“肉体”的象征。男人们指责钟含秀同时与几个老年男子交往，是失去了灵魂的“轻骨头”，而正是那些似乎最有灵魂甚至径直与灵魂同名的男人却没完没了地和“失了灵魂的”钟含秀泡在一块。这差不多已是一种宿命，市民女性在抛售物质主义的同时，自身却也被社会看成“物质”本体。这种对自身的掠夺，日以历演着，这便是海派作家笔下的女性世界。

予且对沪上小市民的生活也不乏感慨，《某某记》大半是这样的作品，与早期的《雪茄》《酒》《父亲的烟斗》所传递出的温馨气息大不一样，它们都是作家有所阅历后的感叹。外面世界所充斥的“残缺的秘密和剩余的爱”日甚一日地进入他的视域，然而他因着足够的现实感而显示出足够的从容，拒斥激情和想象力，宁肯信服以不变应万变的方针。这也是予且的市民小说区别于穆时英的地方，它们不属于快节奏的上海，而属于都市的村庄——石库门，几乎全是些石库门传奇。发生在这片土地上的故事没有左翼作家茅盾的《子夜》和穆时英“上海故事”中对西方作家的模仿，诚然是浅薄的，然而它们特富真挚的气息。予且对那片土地太熟悉了，有股天生的亲和气。不能说他有怎么样的野心，不能说他业已完成的小说文本有多大的价值，他向人们倾诉的故事却一概不缺乏根性，那里的人情世态平易而又机灵，兼容着上海生活中的方方面面，新旧调和当然仍是它们突出的主题。确信人的欲望的全部合理性，执着于表现人们对于物质世界的膜拜热情，这是予且不同于旧派沪上作家的努力，也是他服膺“现代”的标志。不过，他似乎更多地告诉我们，旧的世界、因袭的人情世故又是怎样以其顽强的超能力拖住现代生活的。那里的多数家庭既无个性的光芒，也无特别的波澜，差不多时时演出着唯有市民才能承受的小悲小喜，一面是求生急切，一面是得过且过。说它们是一种传奇，是极有限度的，而予且却能出奇沉着而平和地描叙着。《两间房》是一则与《围城》差不离的寓言，“关系至为亲密的莫如夫妻，关系至为迷惘的亦莫如夫妻”，作者在小说序言中坦白过。吴福辉氏注意到予且的这一特点，并且认为，作家的那种情义观“最为实际”，是予且的纲领。论者在咀嚼一番之后，洋洋洒洒地发挥道：“女人与男人究竟谁更受婚姻的束缚？普通的回答自然是女人。予且《辞职》一篇写丈夫为了能时刻陪伴妻子而真的辞去社会职务，这陪伴的第一天便觉‘丈夫角色’的严重失落。还有，丈夫有了情妇该谁来弥和家庭的裂痕？本来当然应是男人。予且的《妻的艺术》里，女人相机沉默不语，丈夫内疚，反而言归于好。为了保持都市易碎的婚姻躯壳，一向与新式文明有距离的市民家庭，男人研究驭妻术，妻子精于驭夫术，深悟欲擒故纵的法门。婚姻把女人关入囚笼，也给男人套上枷锁，这就是市民作家予且探索夫妇之谜得出的结论，这即是‘迷惘’。”流动于夫妇间的这层迷惘，往往被予且直接归结为情理问题，而石库门间情与理的冲突是被他表现得最为充分的内容了，但他所拥有的理性并不允许他对它们作出夸张性的描述，相反实际生活暗示他注重调适，情与义的调适在他的《某某记》的小说世界中几乎成为一种仪式：

> 他的《寻夫记》、《一吻记》简直等于在告诫所有受丈夫冷落的妻子，你不妨也去兼做情人，必能争回失去的权利。他当然并不违背市民普遍遵守的道德规范，妻子型的“情人”往

往是假设的。他描写了许多不稳定的家庭一旦情义各安其位，是如何稳定的。[2]

这位论者同时还把予且放诸张资平与张爱玲之间，显得相当有意思，部分指题材的兴趣，更着意于对于题材处理的作风。他至周地体悟并揭示了予且小说情节表达与修辞风格同它们背后隐藏的新派小市民人生况味和文化内涵互为表里，互为发明的特征，指出读予且的《某某记》所能获得的审美快感是“没有阻滞，有吸引力，略想一想就能有所悟，有所得，全然不想也能轻轻款款看完”。予且的小说短篇简单明净，相类于古代的笔记，而他的长篇适应连载的需要，依然是笔记的铺张，散漫简略，结构松散，不依赖主题的表面统一性。吴福辉指陈其为“实事小说”，在风格原型上可以追索到遥远的古代，张爱玲在《谈看书》中供出了她的体贴，说这类小说“里面有深度阔度，觉得实在”，充满着“西谚所谓the ring of truth——‘事实的金石声’”。一如傅雷在评论张爱玲小说时所说，海派靠了这份技巧，创造出奇异的“文学遗产记忆”。这也正是予且小说的形式层面依赖传统的特色。说他的小说属于通俗一路，可以从他与20世纪某些通俗写家的联系中说明，也可以从他的文本所涵容的民间与旧文学话语精气获取印象。

予且的小说语言“明白如话，掺杂书面词汇含而不露”，这是吴福辉的看法。但当他将之一般性地纽结为“口语”，并指陈其为海派小说语言的通常特色时，我们稍稍感到不够。在我们看来予且的小说语言最不像海派，他所用的是一种现代知识分子的口语，诚然像日常生活的具体形态，但同时必须指出它们是经由唯有相当修养的知识分子“模仿乃至提炼”的口语，京派小说家中更不乏其人。吴福辉所引的予且《金凤影》中赵母对来客的一段察言观色，就是著例。我们赞赏这位论者对予且民族化的人物心理描写技巧的揭示，更叹服他指出《寻燕记》直如一个话剧片断，但是我们不同意他笼统地认为这是对语言暗示性的借重。而他在另外一处所说的，即"轻松的谐趣《七女书》、《相见欢》、《试婿记》、《求婚》等有喜剧结构纵横交错，人物关系充满着张力，比较复杂，不是普通市民所能领会，作者是懂得话剧艺术的"，倒颇有启发。正是从这一角度，生动地体现了予且从怎样的程度上兼容了中西语言艺术的。他的人物心理是用人物原本的行动和语言来表现的，这是中国式的作派，他的语言有话剧对话的意味，就因为来自西方的话剧，即"drama"，它在语源学上就有"动作"的意思。中国现代戏剧最为薄弱的地方，就出在多数作者没有用心关注对话的动作性，而予且的小说语言恰在懂得话剧对话精义的前提下，并用这一方式实现了中西两大地域沟通的可能性。

由予且会叫人记起他的门生谭惟翰，他出过短篇小说集《海市吟》，长篇小说《夜莺曲》和《乌夜啼》。其实早在20世纪30年代中期，他还只是二十毛头小伙时，所发表的创作小说已令人刮目，比如1934年6月梁得所主编的《小说》月刊第二期便刊载过谭惟翰氏的短篇《长命百岁》；1936年问世的《文学丛报》算得高手如林，创刊号竟也刊载了他的《狗的粮食》。这些早期作品几乎毫无例外地从平淡无序的市民生活中见出他们非常有序的现实感，为激发读者轻松的想象和同样轻松的审美能力，对题材往往倾向于通俗性处理，凡此，昭示着这位青年作家相当稳定的特征。1943年对谭惟翰来说无疑是一个重要的年头。是年4月柳雨生主持的《风雨谈》自创刊号连载他的长篇《夜阑人静》，同期还有两部触目的连载长篇，一是苏青的《结婚十年》，另一系予且的《迷离》。也在这年上海杂志社隆重推出小说集《碧云天外》，切入检阅了一番抗战开始以来海派新市民小说作家的实绩。凡22篇，由予且领衔，计有南容、漱石、谭雯、苏青、丁谛、骁夫、朱慕松、王玉、康民，谭惟翰也跻身其间。入选小说《鬼》《饿的故事》《舞台以外的戏》《人间相》，数量与乃师并列榜首。

谭惟翰（1913—1994），笔名沙骆、高普等。安徽太平人，生于汉口。在上海光华附中读书时得到过予且的耳提面命，1932年在《光华附中半月刊》开始发表习作，痴迷文学创作。1937年毕业于光华大学文学院教育系，先后做过小学校长、中学教员。1942年曾在上海中国艺术学院教"小说研究"课程。他和予且一样，并无意于当专业作家，至20世纪40年代，他却已是相当活跃的小说家了，并且兼写诗歌、散文和剧本。短篇《秋之歌》、长篇《夜莺曲》还曾被改编拍摄成电影，另有电影剧本《笑笑笑》《草木皆兵》等也得到不错的时评。1949年后，从事通俗文学创作，至谢世前一直任华东师范大学教育系教授。

几乎与予且一样，谭惟翰也写得一手好散文，1945年上海杂志社出版的《灯前小语》淳朴蕴借，彰显着他优于小说的小品才能。乡情、亲情和友情，范围了作者的情绪，而他那随处可辨的动情笔致，令人很难疏忽。谭惟翰氏在《自序》中有所表白——

> 在这小册子里所存留的一些短文，十之八九，可以说，都藏有作者的欢愉和泪痕。假如文学确是属于个性的表现读者定不难在这里找到我自己的身影。正为这个缘故，与其说我

高兴在大庭广众之中朗诵我的小说，或者从衣袋里掏出钱钞，买了戏票，夹在人丛里看我自编的剧作上演，还不如说我更高兴在冷清的黑夜里，借着一支烛光，静静地、偷偷地读我这些散文和小品。我私心地喜悦它们，因为我交付了它们真实的热情；我也为它们流过泪，因为它们唤起了我一些可爱的回忆和梦境。

谈得如许的质直，兼带着小布尔乔亚的那种淡淡的忧郁，自然不是当时第一流青年的作派，然而质直、坦诚，大概也会使同样质直坦诚的人感动。这部集子中的多数短章还颇多现实写真的意味，虽没有外滩的车水马龙，没有舞厅酒吧的目迷五色，大部记录了上海的平常，然而多半不乏时代的认识价值。诸如《戏》《爱》《黑》《画》《路》《荒》《姻缘》《夜景》《尸车》等，从题名也多少可以捉握到纷披未已的世态人生毕竟在作者的胸廓中难以排释。一如他在多数小说中所表现的那样，他用年轻的心眼捕捉着周遭的灰色的百景，自然也有所愤激，但多半还带着同样年轻的情感诉说着他的怅惘。乱世催长着人们思乡恋土、魂系亲人的情绪，乱世也成就着作家们主情的作风，《纪念》为着奠祭已在另一世界的母亲，《胡桃》差不多是一首童年的歌谣，《衣》则是童真、母爱乃至人生的象征。它们都是些性情文字，实感的丰富使它们一概与空灵无缘，特别严重的表情披露了作者一腔的柔和心肠。

为着给生活平添些许硬朗的气概，谭惟翰同样以年轻人特有的固执，写下了《雨》《等》《园》《门》《老者》一类的篇什。《门》写了作者年长后对母校的一度偶然踏勘。它最初给读者展示的是一片惆怅，“门内只是一片荒野，败草杂乱地长留着，如一群幽魂在旷原中飘曳”，它见证了世事沧桑：慷慨激昂者，如今却在偷生着；出过大风头的，尸骨早已腐化，名字恐被人遗忘了；为男生追逐的“女皇”，阻不住无情时光的摧残；多愁女子，索性和笑完全绝了缘！教授老的老了，死的死了；林林总总的校产，曾在一般热心人手中辛辛苦苦地添置起来，如今却又被另一般下浊的贪污者暗自变卖了，充肥了自家的私产……然而，也正是这荒颓的校门记载了作者和他的同伴们曾经有过的青春和理想，养育了至今尚未泯灭的良知和同情。这是些关于意志和信念的抒写，通达和坚毅构成了它们的底色，其明显的优越大体都表现在作者所拥有的清明，因此虽然无有深邃的发现，却有着某种可以归属于雄强的气度。这对谭惟翰来说是相当珍贵的。

如果我们打算了解当时蛰居上海沦陷区知识青年的心境，那么《灯前小语》会告诉我们许多真实的消息。这里呈示着作者在那个年代的心路历程，也浓缩着作者对于那个生存世界的复杂情感。《路》和《猴》极富风标的意义，几乎和开篇那则描写庸常灯光的文字相映成辉，记载了作者对现实的艺术化回应。新近已有人记起这位尘封已久的作家，议论者一说到《灯前小语》，往往都喜欢援引作者的那段精彩的想象。陪伴作者的那盏灯“光不够明亮，灯罩的色彩也近于凄阴”，它使作者想起黎明时海上的薄雾——“迷茫、细柔，如一片乳白的、飘在微风之中的纱网，轻拂着你的面颊，似有似无地，令你感到清逸，仿佛有谁散布给你一种莫名的慰借。蒙着这些网膜，你可以听见缥缈的汽船声，船上的唱喝声、桨声、涛声……但你并看不见什么。为什么一定要看见呢，假若你心里已经有它！有时，你的确瞧见有人朝你身边移过，且听出是你所熟悉的脚步声，你的心起了一阵急速的跳跃，可是，不等你上前招呼，一层迷雾又立刻吞隐了他！你望着那渐渐消逝的身影，从迷离而变为虚无，遗留给你的只是一片惆怅，然而绝对不是严重的悲伤。这时节，你的心境中起了种种的变幻，你没方法去剖析它的神秘。因此，你反觉得这雾的可爱了！”在作者看来，这盏灯与雾一样的微妙，几乎“抵得过华厦的厅堂中千万支耀目的光芒的”！因此，他执拗地表示“我宁可看不见那辉煌的灯火，但我不愿失去这小小的一点光，一颗伴着我的星星。”在我们看，这盏灯的现实品格被作者删削至最低的限度，相反赋予了它以浓郁的象征，直然是作者理想深处的写照，也即是他的心灵的灯光。它虽说没有巴金的那股向着光明、自由的热力，一如那位作家在《爱尔克的灯光》所表现的。谭惟翰与巴金同样对时代说着自己的话，不过他似乎并不像巴金那样凭借信念，他倾心于实感，哪怕不够伟岸，不够激越，因为他宁愿一味的真实，不愿停留在一般的呼号上，为着他自己，也为着那个时代更多追索在迷惘中的青年。

谭惟翰的散文，除了部分具有素描品格的文字外，更多的一概带着某种诗化的思想，忧郁而美丽，凄迷而执着，所有语境多半显现了一个正直与软弱的知识青年的时代思考。一般所谓的形散而神聚的结构，在作者并无特别的喜好，几乎所有篇什都看得出经营的精心和周全，叙事用知识分子的现代口语，却放逐意旨高远的谈话风，态度的诚恳和渴求理解的激情，往往最使人生发出感动。注重设色与抒情的谐和，注重语调的轻倩幽婉，和海派散文中的大部倒不太相合，自然也不同于予且的杂家滋味，虽不够大气，精致却是其根本，它们是一些艺术化的散文，显露出某些女性才有的提升性，颇有些直追何其芳《画梦录》的意味，然而绝无何其芳的雕琢，朴质使其摒弃了任何的野心。

作为小说作家的谭惟翰，短篇集《海市吟》记录了他的实绩，并且还坚定地让人相信他走着予且相同的路，新文学与通俗文学的兼容，现代与古典的并陈，显示着他把捉新市民生活的出色身手。《海市吟》是关于新中国成立前夕上海社会的写真，尤其是中下层市民命运的写真，中国文人哀民生之多艰的传统与五四新文学凝聚的人道的精神，在这部小说集中得到了集中的体现。作者自然还年轻，阅历难称淹博，然而他已经相当自觉地向读者拉开了他身居的这座城市的真相，倾诉着这座城市的悲情。《顽童》和《大厦》里的苦学生和那个行将步入老年的建筑工人的命运，在以往许多小说出现过了，但谭惟翰着眼于将他们的命运和世间的冷漠和偏见，以及同情心的被嘲弄联系在一起，和轰毁人们对于十里洋场的迷信联系在一起。《荣归》勾画了某些留洋学生的灵魂，多少与上个年代张天翼《包氏父子》有着仿佛的色彩。老去的勤勉的父母的期盼，原本是刻骨铭心的，等待他们的却是一出令人啼笑皆非的闹剧。当我们看到这对父母至小说结束依然没有了结自己的“期盼”，甚至将其推入更是麻木的境地时，多少是可以辨别出作者声音的性质的。《秋之歌》和《无法投递》表现平民女性的牺牲，算得是十里洋场日日出演着的戏剧，前者是女学生打胎夭亡，最终没有等到爱人的归来；后者那位蒙领丈夫婚外情折磨的主人公终于愤怒了，但迎接她的却是她的痛苦的“无法投递”。作者有兴趣的似乎还在说明人们面对妇女的这类悲剧所表现出来的无奈，说明了市民社会道德水准的真实内容。《雨后的山冈》和《舞台以外的戏》，是两则通俗的故事，传递着反抗人世间不平的呼声，作者的同情几乎主要还在女性方面。雨后的山冈作证，村女凤英死不瞑目！先被强人抢掠和践踏，继之进一步领受爱人的利欲熏心。弥漫在《舞台以外的戏》中人与人之间的情义最终无法掩饰如下的事实：伶人在舞台上诉说着人间的苦难，在舞台下亲自味索着人间的苦酒，而女伶林芝草又是这杯苦酒的灵魂。

社会不公平地将女人沦为一切黑暗的最深重的承担者，显然是谭惟翰小说世界的主要内容。这类思考当然不是谭惟翰的专利，其他的作家，包括非海派作家也或多或少地表现着相同的兴趣。作为海派作家的谭惟翰，他的那些反映上海中层以上市民生活的作品，在都市特有的情境之中差不多也表现了女性世界的不幸。《镜》是一出东方奥赛罗的悲剧，然而因为其中无有雅戈一样的恶人，随崇高感的消失却生发了某种难以言说的悲怆。《失音的唱片》和《非非》回响着天长地久的声音，它们负载了女性对于希望和幸福的最为单纯也最为深刻的理解——“女人最大的心愿是有人爱她”。小说女主角孟浪的举措，她们的攻击性，她们为这个世界导演的不安宁，颇有些英雄感，却都出诸她们的绝望，无边无际的绝望！在我们看来，《失音的唱片》更有深意，读者无法识得女主角的名字，仿佛作者是在叙述一则英雄传奇的无时不有，无处不在。就这些人物的根本性征看，同传统的距离还不很远，一般研究者都称她们为“男人文学”的常客，要说与传统小说有些区别，主要指她们已拥有了传统男人文学从未有过的活动空间，因此她们对迫压自己的男性世界的对应有了某种为传统文学无有的方式：倾心于个人本位的表达，至于她们最终的归宿，她们身上所流泻出来的无穷尽的哀感，大体反映了上海这座城市的实际特征。《鬼》和《交流》，或许可以看成城市轻喜剧的，尤其《交流》，最像上一时期新感觉派作品，那里的男人是污秽恶浊的，而那里的女人，更是一道道易感善变的风景。某小姐是小说《鬼》的标志性的人物，《交流》中萝兰和曼莉彼此贪婪的“性交流”，散发出来的全是浓重的寄生性，包括《顽童》中的那位女教师，她那阴鸷，漠然。作者提供了一定生理上的原因，更多地赋予她们以社会的和心理的原因。作者辛辣地嘲讽着她们，同时也始终注意揭示包围她们、浸淫她们的以男人为中心的都市，她们被男人消遣的命运。她们的变态，她们对游戏人生的选择，在谭惟翰的笔下多半来自男性社会的掣肘，同样彰显了某种无可选择的选择。

在谭惟翰生活的时代，多有解决社会问题的作品，社会的主流也以空前的力量推助着它们的诞生，张扬着它们的意义。然而，它们毕竟不属于文学，它们是一批对社会有着特殊意义的非文学的读物。中外文学历史向我们昭示，“解决”问题绝不是文学能够和必须负载的任务，尽管异常的光荣，异常的崇高。文学在过去，在今天，以至于将来，它的任务应该而且必须是“提出”问题，而提出问题的正确程度即为判断作品成就高下的基本标准。像对待所有海派作品一样，我们并无意考究它们从前卫的立场上开出解决社会问题的药方（其实不只是海派作品，应该包括全部现代文学作品），而着眼于它们面对“问题”，提出了什么，又是怎样提出的。从这一意义看，谭惟翰的《海上吟》对沪上市民的扫描，通过他笔下人物的命运和内心生活，他们与周遭的冲突和相互作用，他们迎合或排斥了哪些观念和方式，从而使40年代中期的上海都市社会的某些画面的内容得以反映。也仅仅从这个意义上，我们能够说，《海上吟》自有其作为文学作品的价值。

当然，我们还不能认为，谭惟翰提供给我们的画面是深刻的，相反倒可列数某些作品还缺乏某种真实性品格。扫描还是他的基本手段，通俗文学影响并启示他对生活的表现，以及对沪上市民心态的刻画，有某种偶然的性质。比如习见于通俗文学中的暴露法，合理地使作家敏感于上海滩头的林林总总，倾力于各色众生相的记录和速写。我们固然不能说作家为着猎奇，因为猎奇与正义感无缘，猎奇与朴实的人道精神无关，因此，我们不同意许多论者指陈类似谭惟翰的作派是暴露文学。然而，我们不得不指出，也正是作家所拥有的正义感和人道精神，因为缺乏坚执的思想支持，缺乏人类理想的烛照，更多地显示了某种观念的气息，显示了某种传统对于他的影响，而无法看清现实对于他的富有力度的激发。《秋之歌》《镜》《雨后的山冈》，乃至《顽童》，向我们表明"误会法"对于作者的深重限制。将误会法局限在结构的范围内讨论是没有意义的，就谭惟翰来说，"误会法"的意义首先是观察他的思想的重要角度，或许还可以说明某一类海派作家的基本特色。当误会法进入表现生活中的悲情时，往往改变了人们对于悲情生活的真实把握，程度不等地消弭了作品的批判功能。这种方法在新文学作品中比较少见，突出地表现在大量的通俗作品中。由此我们可以进一步体认通俗文学对于谭惟翰的启示，同时，我们还应该看到，与其说通俗文学影响了作家的表现，还不如说是作家的思想局限使他服膺或不得不服膺通俗文学。因此，误会法之于海派作品，带有某种根本的性质，轻描淡写地将之归属于技巧一般，是不妥当的。

真正属于谭惟翰小说技巧特征的是作者对抒情性的刻意追求。讨论这一问题，可以与谭惟翰作切实比较的恐怕巴金最合适。巴金小说中的抒情性是现代中国小说的突出范例，就《激流三部曲》而言，它的"控诉"，它的"颂扬"，一概真挚，大半是一种来自已经固定的生活经验的抒情，作家在宣泄，也为净化。谭惟翰的《海上吟》，它也有"控诉"，也有"颂扬"，在基本性征上与《激流》相差无多，也不乏真挚，但它却表明作者否定或没有形成固定的生活经验，而是倾向于捕捉瞬间的激情，为着张扬感觉，也在营造情调。所以，《海上吟》尽管与《激流》一样，书信体，独白氛围，日记、诗歌等等一大堆，小说中所包含的冲突却往往没有后者剧烈、深广。

以某种情绪为基调，使谭惟翰较之巴金还单纯，巴金在许多小说中毕竟也展示过自己态度的变化。《海上吟》短小的体式，往往始终存在着一个固定的抒情主人公，作者喜欢第一人称，因追求情境的鲜明而喜好鲜明的意象，热衷于周遭环境的映衬，或者移情于周遭环境。

> 深夜——幽灵活动的世界。
>
> 一群人影在黑暗的空场上出现。他们没有休息，缺少睡眠，从早到晚，辛苦着，忙碌着；汗水在他们阔大的肩膀上画着悲痛的印记，可是谁也没有工夫去揩干它，两手需要扣住粗壮的绳索；绳索连结在笨重的木夯上，随着沉闷的打椿声，这一群人有气无力的吐出了含怨的，凄惨的音调：
>
> “哼唷！……哼唷！……哼唷！……”

展开《大厦》，上述的画面劈面向我们推来，这里境语的核心是“境”，更是情。小说的基调便如打夯一样被落下了础石，它的全部抒情性，几乎都由此生发，由此展开。

> 这天是个好日子。
>
> 刘三爹起来得特别早。昨晚的好梦，使他乐得合不了眼。

> 鸡一叫，他就从稻草铺上爬下来，披了件青灰布的脱了领的短腰袄，踱到泥土砌成的小窗口，瞧着外面。
>
> 户外是广阔的荒郊，农田的稻禾在秋风里卷成一片金黄，加上远远的小山冈背后刚露脸的朝阳给它们一些渲染，越发地显得可爱了。
>
> 他凝神地对着那小山冈，小山冈的边沿上是两条雪亮的铁轨，一直划到老远老远雾似的地带，使人分不出它究竟隐没在什么所在。

《荣归》的这段开头文字，设色和动作的兼和，闪动着喜悦和焦灼，为小说的结局平添了一种结实的反照，凝炼就反讽的结构，自然地散发出作者浩茫的同情。

如果不嫌惮烦的话，我们可以非常容易地在《海上吟》集内找寻出许多例证，比较让我们更有兴趣的是《雨巷》和《默念》。这两篇小说会叫人记得诗体小说，或则不分行的叙事诗来。作者在那里所抒发的情感，相对复杂些，却始终有着某种回环往复的味道，缠绵的节奏和浓丽的意象，是故事，同时也是画，也是乐。表现在这两篇小说中的古典意味与现代情绪的结合，颇令人感动，如果小资产阶级也能够成为文学对象的话，如果我们允许作家执着于自己的声音的话。

我们说过，《交流》最像新感觉派，从叙事方式看，一般新感觉派将文体适应上海交际社会性征的努力对谭惟翰有足够的影响。《海上吟》首篇《秋之歌》有一个别致的结尾：

> 老妇拖着眼泪，掏出火柴，把一串锡箔燃着了。

昏暗的旷野里冒起了一些火星，秋风驾着纸灰很快地转上了天庭。

年轻人痴对着远处出神。

远处：响起一阵缥缈的寺院的钟声——火将隐了。

年轻人这时候在口袋里摸出那张盖有四颗红印的纸头，赶紧投到余烬里去。

于是，火再亮起来，我仿佛听见他在说：

“蓉芬，相信我……”

一阵火焰过去，夜色更浓了！

这里离经典的叙述范式相去甚远，颇有些不伦不类。一如谭惟翰说上海滩头的京戏是拼贴式的，罔极无已，比如林芝草的《新纺棉花》，既是时装上台，同时“学梅兰芳的《霸王别姬》，学程砚秋的《女儿心》，学言菊朋的《上天台》，学金少山的《刺王僚》，学白玉霜的《马寡妇开店》，学黎明晖的《妹妹我爱你》，学电影皇后的内心表演，学——”（见《舞台以外的戏》）。不过当我们耐心好生味索是不难感受到《秋之歌》的结尾差不多已经显示了电影剧作的特长了，仿佛采用着电影的某种技术手段，造成了声画对立的逼真性，将复杂的记述通俗化，立体化，居然使小说变得可见可闻。

大概用作集名的《海上吟》最是显例。这是一篇表现上海百景的作品，含有“渡头”“学府”“文化人”“弱者”“仁术”“美容院”“火星”“桨”“清平乐”“火柴”“弦”“祷”等十二组小品组成，全篇没有贯穿的情节，仿佛也像电影一样，用组接的镜头展示了上海的码头、学府、美容院、戏场、妓院、赌场、教堂等等。说作者用蒙太奇的语法构成了若干互不相干的故事，联系了若干彼此没有关联的人物，组结了若干零散的情节片断，好像是不错的看法。接龙式的联结，说是一种接字游戏也不为过，即上一个场面的末尾和下一个场面的开首同一。比如用“天亮了”联结“渡头”和“学府”；用“文化——一个多好听的名字”联结“学府”和“文化人”；再用“碧蓝的天空”联结“文化人”和弱者……节奏相当活泼，并且富于内在的动感，表现了某种平行蒙太奇的技巧。小说中的十二组景观，是作者把上海滩整体现实分切并又重新组合。所以从事分列，与不能一味理解成是作者的一种纯粹技术的炫耀，而更得将之视为生活对作者的暗示，那种上海市民因对个体的极度宝爱而长期形成的疏离感。这类叙述方式无疑是相当现代的。十二组镜头原本有其相对独立的意义，而经过对它们组合后所表现出来的意义已有超越的性征。谭惟翰对上海的体验和理解，他那凝视上海的忧戚眼光，他对上海所要说的话，差不多就是这种超越意义的内容。这些几乎也能够具体而微地说明谭惟翰的特征，他作为一个海派小说家富于文体尝试的郁勃兴味，从观念到技法，向往着现代，并且勇于走近现代。

八　徐讦—无名氏

作为现代主义的一个支派，未来主义以其对于“速度和力度”的膜拜，在“五四”后不久，也随着西学东渐的大背景长驱直入中国国门，前驱们看取未来主义的态度和方式大抵和对待现代主义的其他支派一样，多是建立在世界近代文艺的立场上的，排斥现代主义中的“现代”意味，喜好将现代主义改写为近代版，并且还尽量挤入一些东方文明的灵气，完全不顾不伦不类之嫌。戏剧和诗，在西欧是最得未来主义青睐的部门，因此在郭沫若和洪深的文艺论札里是很容易寻得关于未来主义的吉光片羽的。从戏剧文学领域看，在20世纪30年代初，青年大学生徐訏的处女作《荒场》《自杀》等都带明显的未来派色彩，这种趣味还保持过一个时期，后面的两部剧作《女性史》和《人类史》，他居然公开以“拟未来派戏剧”标举。即便如此，徐訏还只是守持在亚未来主义的立场上，一个“拟”字，大体已吐露了他的心思，未来主义崇尚“速力”和表现“奥秘体悟”的美学原则，对他有相当的吸引，所以他的剧作在表达对于社会历史和一般人生的感悟时，动用了未来主义的某些常见技巧，节奏异常简速，空气浓厚，象征手法得到极度尊重。至于这一派别以非理性为中心的反传统的“合成性”形式意蕴，倒是很难见出的，剧作者的运思还沿着通常的认知路线，而所谓的象征手法，所指也是极为明晰，几乎清澈见底。当时的文坛似乎并没有多少注意徐訏的剧作，就作家本人来说，文学还只是专业以外的事情，哲学，尤其是心理学依然是他的兴趣的中心。客观地看，在整个30年代，他的散文小品，是颇有市场的。他的散文家的声誉远远盖过了他的剧作家和诗人身份。至新中国成立前，他有六部散文集问世，《春韭集》（上海夜窗书店，1939）是他第一本集子；第二年仍以夜窗书店的名义出版了四本集子，计《西流集》《成人的童话》《海外的情调》《海外的鳞爪》；第六部是《蛇衣集》，收的是旧作，1948年出版。

徐訏（1908—1980），本名伯于，亦署徐于，曾用笔名东方既白。浙江慈溪人。1931年北京大学哲学系毕业，后又进心理学系修业两年。1933年离平赴沪，先后参与编辑林语堂主持的《论语》半月刊、《人间世》半月刊。1936年与孙成创办《天地人》半月刊。同年赴法研究哲学，经两年获巴黎大学哲学博士学位，于是返回已成孤岛的上海。太平洋战争后去重庆，1944年后的两年在华盛顿任《扫荡报》驻美记者。抗战至新中国成立前，银行职员、大学教授、作家、新闻记者、文艺编辑等五种身份差不多在他身上演历了一番，不过，在他最为倾心的还是文学创作。

我，我是一个农夫的儿子，
不知道抬头望天，
只会在秧水的田中，
看月亮的影子！

那么，请你安静地听我的故事，
在受伤的床上或失眠的夜里。
那里面也许有糊涂的真理，
但决不是可靠的实事。

这是徐訏散文小品集《海外情调》的“献辞”。这里有关“农人的倔强”和“书生的卑微”，是一则难得的消息，它可以导引人们味索作者小品世界的质地的。小品的创作之于徐訏，当然包括着经济的原因，更多确乎如同“月亮的影子”，如同劳作一天后对故事的企盼。他的作品大都是从大千世界采摘的花絮，大都是一声从心田升起的叹息。农家的背景养就了他对生活抱着平实的看法，有是非感，也有同情心。即便他后来西装革履混迹于十里洋场，也总以卑微的眼光打量着周遭，总以执着而朴素的观念升华着他的敏感。他会与人吵架，一如《文学家的脸孔》，犟头倔脑似乎已是他的本色；他珍爱人的童年，那份清澄的心境，所以有《成人的童话》。他毕竟是个洋学生，毫无例外地应和着骀荡的西风，《海外情调》《海外鳞爪》和《西流集》中的多数篇什，大抵是“渴望”的表征。营建情调和空气是他的任务，而张扬“平等”则是他的野心。当然，有时他是肤浅的，但自有其坦直的好处。他研究过柏格森，懂得弗洛伊德，所以他相信人在少时的经验往往会影响他一生的精神倾向。

对哲理的趋赴，对一般小品作家来说，是有难以抗拒的诱惑的。徐讦的哲学学养，使他的小品文字有天成的哲学气息，同时又借着对人的心理基础及其衍化的敏感，形成了他的小品的基本魅力。它们大都闪耀着作者的智慧、诗情和人格光芒，那种对于理趣美的一往情深，凸显着徐讦永不疲倦的追求。自然、社会、历史、人生等不同侧面，在徐讦都是别有会心的，都可有微言大义的发挥，或单纯或丰富，或新锐或醇朗，言近而旨远。犹如歌德所说：“他有足够的智慧，能从惯见的平凡事物中见出引人入胜的一个侧面。”

《成人的童话》是讽世之作，寓言体貌的网络中显示了作者描述的才能和结构故事的技巧。它们得益于作者想象的功力，奇谲灵动，时常出人意表。世间虚伪的热情和作家无缘，他借助想象召唤着内心的声音，即使他自己已到萧瑟的中年，然而，为他心折的还是青春的痕迹，那片清新的世界。时代和民众的召唤还不足以抵御他对自己青春的伤悼。这或许是徐讦小品的局限，同时也正是他的风格之所在。

徐讦是一位兼胜各体的作家，我们已经大体知道戏剧、诗和散文曾装扮过他的最初文学生涯，然而对于他来说，最主要的节目还在小说，20世纪30年代初他已有作品问世，发表在《现代》杂志上的短篇《本质》和《禁果》已经可以看看了。不过，这些作品大抵还带有明显的习作性质，无有特别的色彩，人们对它们的存而不论，也不缺乏合理的理由。1936年夏，徐訏在《论语》第91期上发表独幕剧《鬼戏》，同时在留学法国的最初的日子里还写下了短篇小说《鬼恋》，于次年元月揭载于《宇宙风》第32、33期。自此，他的满贮着“鬼气”的小说才具终于得到了评论界的注目。这是一则人与“鬼”的恋情，颇有《聊斋》色彩。在一个冬天的夜晚，“我”在南京路上邂逅一位向我问路的、穿一袭黑衣裙的漂亮女子。她叫“我”为“人”，却自称是“鬼”。是夜之后，我们两人三天约会一次，从无间断。但是她却始终不让“我”去她的住所。一次遇雨，她破例将我引入她的家，告辞时，“我”在那幢房子的门上做了记号，次日白天造访，房子主人竟是一对老夫妇，并声称以前曾住过一位小姐，但已死去两三年了。不久，“我”在龙华寺突然发现了尼姑装扮的“鬼”，最终知晓“鬼”原本是一位热血的革命青年，后来看多了同志间卖友的卖友，做官的做官，而所爱的人却被捕而死，于是热血冷却，既然无心以“人”苟活于世间，便决意以“鬼”示人。

以往多数论者指认徐訏小说“既无特征性的时代事件，也无社会风情”，实在大谬。在我们看来，时代的特征和社会风情两者，恰恰正是徐訏小说最显著的关目。海内外论者普遍认为《江湖行》是徐訏一生最重要的小说，这部长篇恰恰沉厚地拉出了中国抗战期间都市的风景线。从他引起读书界注目的《鬼恋》来说，也多少浮动着时代的云絮。《鬼恋》的作者诚然是肤浅的，但他对30年代的时代生活有其独特的体认，他不是革命者，却看重那些从战线上退下的革命者的灵魂深处的落寞和苍凉，并且以他可能有的关爱凝视着他们的命运变迁。那位退出战线的女革命者，既以“鬼”自许，却并没有忘却这个世界，夜走繁华的南京路，日间扮作尼姑出入于滚滚红尘，以及浓烈的品海牌香烟，当然最着实的莫过于她与“我”之间的感情交手了。她有足够的软弱，足够的颓废，然而她绝不甘心于“大隐于市”，绝不甘心于浇灭依稀留存着的青春热焰。当“我”有点急躁地要她承认她的欺骗太过的时候，她突然用“半感伤半愤激的口吻”说："为什么你不能原谅我呢？一定要说我是人，一定把埋在坟墓里的我拉到人世上去，一定要我在这鬼怪奇离的人间做凡人呢？”这类沉痛不已的话语，不正是一个眷顾人世而又不敢的人的心灵写照吗？《鬼恋》恰恰在这一点上，为人们提供了时代生活中某一种知识青年的范型。作为海派小说家，徐訏在《鬼恋》中还昭示了支配他日后创作的某些最基本的艺术倾向，借一些时代的兴味，用低调的方式宣叙时代青年的精神世界，自然是其根本，对于浪漫爱情故事的执着似乎也已伸出了头，在结构上热衷悬念的设置，营造扑朔迷离的气氛，以及钟情于开掘人物的内心世界等，更是严重地影响了他往后的创作。他的哲学学养给予他的也并不少，他总喜好在平凡的生活故事中抽绎某些哲理的意蕴，一如在《鬼恋》中，他企图说明的是“花开花落两由之”的人生大道理。这篇小说在1943年被作者扩充为中篇，由成都东方书社付梓，添加了一位周小姐，实际上是添加了小说的爱情线索，添加了缠绵悱恻的气氛，内容上无有特别的意味，作者的风格也无有任何的改变。

20世纪40年代前几年，徐訏迎来了小说创作的丰收季节，依旧循着既成的路子，主要节目是长篇。《吉布赛的诱惑》《荒谬的英法海峡》《精神病患者的悲歌》《一家》等四部中长篇小说，都是40年代头三年问世的。刺激性，依然是徐讦小说创作最基本的趋赴，写情爱却没有恶俗的官能刺激，云诡波谲的情节和相当摩登的心理描叙和哲理说明，另外则借助一些时代生活的花絮，兼容了志怪小说、言情小说、侦探小说、现代心理小说，甚至革命小说多种成分，强烈刺激着广大市民读者的阅读期待。因此，这些作品适逢其时地激荡了孤岛上海沉闷不已的阅读空气，它们特别风行，读书界径直将1943年说成是“徐讦年”。有位论者认为，徐讦的这些作品，“充满着异国情调、浪漫柔情和空幻的憧憬，在光润婉丽的抒写中，如烟似雾地渗进一个哲学家和心理学家对东方与西方、现实与未来、爱情与家庭的诗意的咀嚼，最终拥抱着那种原始时代的现代意识，那种与海天打成一片的皈依自然的灵魂”[3]。这是颇为平实的看法，差不多也托出了徐讦小说畅销的真实原委。

《吉布赛的诱惑》卷首有一则“献辞”:“请允许我先告诉你故事，/再告诉你梦，/此后，拣一个清幽的月夜，/我要告诉你诗。”作者清婉缠绵的文笔终究没有可能摆脱神秘气息的诱惑，他讲了一则梦幻般的“故事”，“我”和潘蕊这一对身在异国他乡的中国男女尽管相爱着，然而执着于东方礼义秩序的“我”无法适应西方残缺混乱的生活，而久已习惯西方商品文化的潘蕊却又竭力排拒着东方生活的呆滞和虚伪，情感蒸腾出的烟雾与南欧的浪漫风情笼罩着他们，但是他们并没有享受到片刻的安宁。吉布赛少女罗拉操纵着这个两人故事的变迁，如同先知一样地排演着他俩的命运。最后还是靠了罗拉的牵引，才将这一对男女推上了充满诗意的前途。——“我”随着罗拉去美洲漫游以排遣愁怀。在航行中，“我”很快就习惯了吉布赛人无忧无虑的生活。罗拉告诉“我”:“吉布赛的灵魂是属于上帝的，我们最知道爱。我们不借助虚荣，不会用金钱物质去征服别人的灵肉。我们爱用激越的琴声，无目的地宣布自己的韵律，一朝双方触到了相同的哀律，就相爱……”罗拉还开导潘蕊："牺牲你们生活上的理想，事业上的欲望，在大自然的空气中听凭上帝的意志，享受你们的爱情，这样你们都会年轻、快乐！”于是悠悠十年悄悄过去，小说的两位主人公，需要钱的时候，“我”同潘蕊会用自己所喜欢的歌唱和舞蹈，向纷纭的人世乞食，夫妻俩也学会了小偷的本领，用玩世的态度，窃取人世的财帛。两人同罗拉一样，在各处看相算命，潘蕊扮作贵夫人坐在我的对面，依着我的话表演人世间的喜怒哀乐，他们不靠社会偶像的意志而全凭上帝的理想四处漂流着。吉布赛的自然宗教显然是他们全部“清幽月夜”诗意的发祥地。作者所表现出来的艺术趣味不能算是前卫的，甚至像他写所谓“未来派戏剧”时一样，躬奉的是近代的艺术原则，所以，外衣闪亮着梅里美的色泽，而反观的像是一颗夏多勃里昂的灵魂：爱情与宗教，超越了人的世俗企盼，也超越了东西方文化；唯有爱情与宗教，才能够解脱人世的各色纷扰，实现社会的和谐。

爱情与宗教的力量同样玉成了《精神病患者的悲歌》，不过已经脱下了吉布赛芳烈的外衣，处处显现着作者沉着精细的心理解剖努力。出现在“我”、自称“白蒂”皮鞋厂老板之女、白蒂侍女海兰三人之间的情感风波，已经足以惹起读者的兴味了，而作者对于两位女子不同的心理世界和人格精神的描述，更有相当的成绩。精神病患者“白蒂”是作者寄予最多笔墨的人物，她的生命活力在陈腐现实的压制下被表现得相当惊心动魄，当她的变态几乎全部呈现为现实的注释时，人们是不难捉握到作者的理想的。海兰即是作者的理想，她是爱情与宗教的化身，代表了圣洁而优雅的女性对于人性荒凉和庸俗的鞭扑。她实际上是精神病患者的最有资格的医生，是她的存在终于使白蒂有可能处于理性与愚昧的夹击之中，她用她对于沉溺者的关爱，她的人格的魅力，她的献身精神，以至于青春的生命抗议着这个利欲熏心的世间，抚慰着在这个世间挣扎着的人们。她的死在黎明前夕，喷涌着神圣的曙光，牵引着所有企图拯救自己的人们，用她悲剧性的命运奏响了生命的欢乐颂：白蒂因之进了修道院，把灵魂奉献给上帝，“我”也最终到了奢拉美的精神病院，将灵魂献给了那些迷途中的羔羊。

某种抽象的社会思想观念渗透于具有异国情调的爱情故事，是徐訏小说的一般体貌，《吉布赛的诱惑》《精神病患者的悲歌》是这样，《荒谬的英法海峡》也复如此。这是一则近乎我国古代小说中的“南柯一梦”，由于晕眩，“我”在自法去英的渡轮上进入了奇异的梦幻之中，“我”在平时生活中体味到的是“荒谬”，而在海盗中间生活的那段日子，自然全是浪漫的情感纠葛，感受到的却是生活的本真。小说结尾——梦幻消失了，“我”终于逃离了海盗的世界，来到了英国码头。在拥挤的人群中，听到了到来之前已在渡轮上听到的牢骚，“世界进步到现在这样，短短的海峡中间还不架一座铁桥，或打通海底通火车，每天叫成千上万的人来受罪，真是荒谬！”——“真是荒谬的英法海峡！”这里的海峡显然是荒谬的现实生活象征，小说明显地表述了作家对自己身居的充满了荒谬的现实世界的看法，他对于乌托邦理想的憧憬，是一种对于精神慰借的寻找，生动反映了时代小资产阶级知识者迷惘而脆弱的心理。

从创作心理看，《鬼恋》的成功，对徐訏是一重特别的经验，抗战第一线的生活在他是隔膜的，他又不习惯让他的文字流于一般性的现实写真，在法国生活的两年，远离乡土的情绪发育了他原本极其浪漫的趣味，心理学养方面的自信，以及畅销书的诱惑，一股脑儿地影响着他，使他一时难以摆脱“套板反应”，循着走惯了的路线。他虽然不是时代生活的忠实写家，但是像所有具有民族感情和良知的作家一样，时代生活对他的刺激也严重地规定了他的思考和表达。《一家》即是著例。小说并不成功，杭州林姓家族在抗战期间的全部遭遇，它的颠沛流离，它的分崩离析，它的所有成员的各不相同的归宿，都翻卷在抗战的风云中，都有一定的认识价值。作家虽没有以一个战士的心态写这部小说，但他对离乱生活的感受，具有普遍的性质，有太多的凄苦，视线还是相当清明的。

> 假如作品是作者本人的反应，那么这篇小说与去年三思楼月书中几篇小说的写作态度上不同之处，正是我灵魂的两个方面。我是一个最热诚的人，也是一个最冷酷的人，我有时很兴奋，有时很消沉，我会在狂热中忘去自己，但也有最多的寂寞袭我心头。我爱生活，在凄苦的生活中我消磨我残缺的生命；我还爱梦想，在空幻的梦想中，我填补我生命的残缺。在这两种激撞之时，我会感到空虚。那末请莫怪在这篇小说中，把人们表示这样平凡可怜庸俗与微小，因为在我空虚时看到的，家庭实在是最能使人陷于平凡可怜庸俗微小的境界，它不但会将人们的视线缩短变狭，有时候似乎会使人只有一点动物的本能，——保自己的后代，留积一点过冬的粮食罢了。

这是徐訏在《一家》的后记中写下的文字，我们无法怀疑其中的真实性，一个挣扎在民族苦难之中的知识分子的真实的时代感觉和心理矛盾。如果承认文学史不是战士的心灵史，如果逼视文学史的丰富性，那么，对于像徐订那样的作家是应该进入研究者的视野之中的，他那样的作家的劳动是理应得到必要的尊重的。

徐订毕竟是一个不乏民族意识的知识者，抗战胜利后虽然他继续推出类似《旧神》那样的长篇小说。《旧神》是一则兼有法国梅里美《嘉尔曼》和俄国托尔斯泰《复活》的作品，女主人公微珠原初寻着绿色的梦，二十年间，“曾使三个男子身败名裂，同四个男子同居而犯敲诈罪，同两个男子正式结婚而离婚，现在又谋杀了丈夫”，终于把绿色的鱼烧成红色。离奇的经历一如吉普赛女子嘉尔曼，作家主要还着意于探索她的犯罪原因，企图说明是男子的罪恶竟使原本女神一样的女子堕落成罪犯。小说写微珠带有浓重的心理气息，同时又借男主人公刘伯群倾吐着道德自我完善的忏悔情绪。1946年由上海怀正文化社出版的《风萧萧》最终将作家推上了他在建国前小说创作的巅峰。这部小说分上下两部，长达42万言。就国统区而言，同年出版的有影响的中长篇尚有老舍的《四世同堂》、艾芜的《丰饶的原野》、林语堂《京华烟云》之一《道家的女儿》、姚雪垠《戎马恋》、王西彦的《古屋》、萧军的《第三代》、张天翼的《清明时节》等，它们自有其价值，但都不能说是畅销书，《风萧萧》所以能畅销，除了包含有时代生活的内容外，恐怕主要还在于它满足了沪上读者某种特殊的趣味：爱情故事，并且新奇而怪谲。而这一些，也正是徐订最像徐订的地方。

《风萧萧》是一个男子与三个风姿各异的女子的爱情故事。哲学研究者“徐”在马路边因救助了受伤的美国军官史蒂芬而有机会出入酒吧、舞场和咖啡馆，在“百乐门”识得常露百合初放笑容的舞女白苹，并一见钟情。某日，两人应邀出席史蒂芬太太的生日宴会，在那里又认识了带有中国血统的美国交际花梅瀛子和爱好音乐的美国姑娘海伦。原本躬行独身主义的徐，在“像太阳一样”的梅瀛子和“似灯光一样”的海伦面前终于又神摇目眩了。从此他缠绕在三个女子的衣香鬓影中，四人情意荡漾，来往频繁，翩舞于灯红酒绿之中，狂欢于湖光山色之间，他们“一方面有很强的民族意识，一方面似乎对战争漠不关心；一方面很厌憎繁荣的都市，另一方面又醉溺于都市的繁华”。太平洋战争爆发后，史蒂芬被捕进了日寇的集中营，史蒂芬太太向徐公开了自己的身份，他们夫妇和梅瀛子都系美国驻远东海军抗日间谍人员。他们相信徐有民族正气，便晓以大义，吸收徐参加同盟国对日作战的行列。其实白苹也是周旋于日军中间的重庆抗日特工，在梅瀛子的影响下，海伦不久也参与了间谍工作，于是恋爱中的四角，扑朔迷离，却同为着抗日的神圣事业。梅瀛子指派徐利用和白苹的亲密关系，窃取日本海军的秘密文件。第一次成功了，第二次被白苹发觉，并伤于白苹的枪口下，但又因白苹的告急而化险为夷。梅瀛子在一次夜闯白苹寓所时终于明白了彼此的身份，她们于是开始通力合作。由于日本女间谍宫间美子的毒计，白苹毙死街头，梅瀛子旋即为之报仇，设计毒杀了宫间美子。徐因白苹身份的暴露只得转移后方。他虽难以舍弃对于海伦的爱情，最终为民族大义在一个秋风萧萧的黄昏，“在苍茫的天色下，踏上了征途”，回眸上海的方向，他“看见白云与灰云在东方飘扬”。

白苹、梅瀛子、海伦这三位乱世佳人，在这个特殊的年代所表现出来的精神风貌是小说留给人们最为深刻的印象，大抵也是小说最为成功的地方。白苹是作者着墨最多的人物，她带着内外生活的殊异，向我们走来，满身的风尘，却包裹着一颗圣洁无已的心。从抗日事业的需要，她被迫夹缠在舞场与战场之间，作者处处细微关照着她在行为方式上的矛盾性。比如有一深夜，在长夜与黎明交替的时分，她从赌场出来进入了教堂，在很短的时间内，赌场中的放纵和教堂中的虔敬在同一个她的身上却形成了强烈的反差。她是坚贞的，同时也是痛苦的。作者以银色比喻白苹，一如闪烁的月光。梅瀛子在作者笔下却是一团烈火，全身散发着悲歌慷慨的侠骨豪气。她像魔影一样牵引着她的同伴，徐只感到她的精神既高大又残酷："她利用了人，操纵了人，支配着人的感情，还使人觉得她美丽与可爱，她了解每一个人的性格与修养，摆布得像画家摆布他的颜色，是这样的调和和这样的自然。"香港文学史家司马长风对海伦这个人物的认识颇有意思，他说："梅瀛子像母狮，白苹如母豹，她们都是杀气腾腾的人物，海伦则是雪白柔驯的小羊。她爱音乐，她的音乐才能是母亲的梦。可是她为青年哲学家所惑，说'哲学也是艺术'，立志弃音乐、学哲学，当她的希望受了挫折，又转向梅、白的方向，想在男人的争逐里寻求自己的存在，梅瀛子一度把她拖入谍海惊涛，终被白苹救出。她于是回归音乐，可是对青年哲学家那份情，依然是剪不断，理还乱。"[4]

从《鬼恋》到《风萧萧》，徐訏似乎对小说中的女性形象有着特别深浓的感情，《鬼恋》中的黑衣女郎的神秘风色便是开头的角色。之后短篇《赌窟里的花魂》里的女赌家、《吉布赛的诱惑》中的吉布赛少女罗拉、《精神病患者的悲歌》中侍女海兰、《荒谬的英法海峡》中海盗妹妹培因斯、《风萧萧》中的三女性尤其海伦，乃至《旧神》中的微珠……她们不仅相当有性格，不仅都有清明的理性和足以慰借男性苦痛的深永情感，不仅差不多都具各色名目的人生轨迹，最惹人注意的地方还在于，她们几乎人人都充当着激发和导引男性向上的精神酵母。《风萧萧》借男主人公说出的"也许我需要的是神，是一个宗教，可以让我崇拜，可以让我信仰。她美，她真，她善，她慈爱，她安详，她聪敏，她……”这是世界近代浪漫主义文学的主题，像但丁《神曲》中的倍雅特丽齐娜，也如歌德《浮士德》中的死后的甘泪卿把浮士德迷失的灵魂引向圣母。徐訏在女人这个课题上是很花费了一番心力的，他有不少散文作品是专谈女人的方方面面的，甚至于女人的照相和她们的衣领。也是在这部《风萧萧》中，他揣摩过世间男人之于女人的不同态度——“女人给我的想象是可笑的，有的像一块奶油蛋糕，只是觉得饥饿时需要点罢了；有的像是口香糖，在空闲无味，随口嚼嚼就是；还有的像是一朵鲜花，我只想看她一眼，留恋片刻而已。”言辞间多有无奈之意。

同男人的专注于外界不一样，西方的不少谚言都说到过女人的天性倾向于性爱和母爱。徐訏小说执着于爱情故事，并不一定来自女性的启发，但多少体现了他的作品所潜在的女性气质。无论是现实的题材还是超现实的题材，徐訏基本上是通过“爱”的描写来探索实际存在着的人性脉律的，爱情与人性在他的小说世界中是双头魔神，互相交织，互为因果，互为发明。我们似乎可以同意这样的观点：在徐訏笔下所指认的“爱”是宽泛的，大致可分为两种形态：其一为超越型的，他终其一生是一个理想的爱情追求者，他把真、善、美、爱统一在爱情理想模式中的男女主人公身上，并且还带有强烈的宗教和神秘色彩；其二为现实型的，在现实的病态的爱情面前，徐訏给人一种绝望的姿态，用哲学家的眼光透析着种种爱情的病例。“由一个浪漫的歌手变成一个理智而悲观的老人也正是上述两种爱情表现形态中创作主体的演变轨迹。没有对前者的讴歌，不会有对后者剖析的沉重，没有对后者的厌恶，也显示不出前者的美好。在对后者的批判和哀惋中，作者心底仍流淌着对前者的渴望。”[5]需要补充的是，这类倾向在徐讦的创作中一般表现为观念对想象的推动，虚构的基本部分也主要来自主旨的先期确立。对于一个对描写对象已有精细的把握，对于艺术构成已有相当体认的作家，我们似乎没有过多的理由反对一般意义上的“主题先行”。徐讦原则上就是一个在“主题先行”的轨道上运行的作家，在他的多数作品中，并不存在所谓的主题歧义，相反，关于人性的单纯性的诗化观念，在在都有显明的支配力。于是乎，类似浪漫的、神秘的、异国情调的运思方式，也突出地形成了徐讦小说的一般特色。

作为当时的畅销读物，徐讦小说自觉地满足了市民读者的习惯，从现代作家的立场上看，作家并没有提供故事结局的圆满性，然而对于故事本身的执着，陶醉于小说情节的因果链，大体已经成为研究者们的普遍共识。叙述者和故事人物的兼容也即小说中第一人称的广泛采用，已被人们确证为“五四”小说浪漫性征的标志，徐讦对于这一技巧确乎长期乐此不疲。这种多少有些封闭性的由“我”出发的叙述方式，也明显带有女性表达的滋味，一如实际生活中女性普遍喜好唠唠叨叨谈论自己一样。不过，这些在徐讦，未见得是为着向小说的女性化叙述归赴，他的单纯的生活经验而哲学和心理学学养的富赡，潜在地制约着他的选择。他不欣赏将自己装扮成全知者，他甘心情愿地告诉读者“我所知晓”的；他自觉乏力于对于人物外面生活的全方位拓展，于是下功夫向人物内面生活开掘。这些在徐讦的创作中是一种根本性的特点，也是作家对自己的一种扬长避短的限制。现代小说中的心理内容曾经在不少作家的创作中成就了人物个性的鲜明度，从徐讦的实际状况看，他和现代一般浪漫派作家一样，相对轻视人物典型性，人物即使在《风萧萧》那样的作品中也可归属于类型的调弄。属于徐訏个人最有特色的地方则在于，他小说中的心理内容多半是从属于情节和空气的，心理描写不再是作用于人物的树立，而成为情节的主要推动力，同时也是为着营造为他十分钟爱的那种扑朔迷离的故事空间和人物心灵空间的气氛的。

我们无法梳理出20世纪30年代新感觉派小说是在何种程度上对徐訏产生作用的，但徐訏的小说本身告诉人们，重视感觉，使他写下了《气氛艺术的天才》《烟圈》那样的作品，尤其《烟圈》，稀薄的情节在徐訏的小说世界中已经相当特异，而晃动着的正是穆时英的影子。在情节严正的作品中，敏锐的感觉以及对于它们的表现同样对徐訏有着异乎寻常的兴味。司马长风和杨义等都从《风萧萧》的三个女性身上揭示了视觉所蕴含的象征意义，其实这种倾向，在《鬼恋》中早已生成。这篇小说一开头，就向我们推出了一位一袭黑衣裙的美丽绝伦的女子，下面的一段叙述颇有意思："她一回身的时候，嘴里正吸纸烟，一口喷出来的时候，我是正闻到了那种烟味……我一闻到这口烟，我就辨别她吸的是品海牌。品海牌对于这个女人我总觉得太强烈些，我立刻想到她一定是个老枪，老枪的牙齿一定黑的，这样一副美貌配一副黑牙齿，这不是太可惜而太不舒服吗？"作者决不忘却对于这个女人声音的交代："'我不是神，可是我是鬼。'她的脸艳冷得像是冰山中心掘出的白玉，声音我可想不出一句什么话来形容了，如果用静极的深谷中山岩上的冰坠子溶化时候，一滴一滴滴到最平静的池面的那种声音来形容，则虽够清越，可决不够敏利的。"纤细而丰富的视觉、嗅觉和听觉，它们在形象世界中的联翩贯通，在新感觉派作家的作品中有其独立的意义，而在徐訏的作品中，大体还是为着心理波动的需要才配置的，它们或成为心理波动的触媒，或径直是心理内容的外化。凡此往往又是和人物环境的渲染相胶着，当然，就具体的《鬼恋》而言，在规定了情调走向的同时还服务于悬念的设置，差不多又是落到了情节的需要上。

总的说来，徐讦在中国大陆创作的作品，特别是其中的小说和散文，集中体现了市民知识分子的艺术趣味，没有深刻的主题含蕴，不过，他对现代心理小说的发展还是有自己的贡献的，他对于小说故事的浪漫编织，降低了文学的本体纯度，推动了一种特殊的都市读物，既不同于张资平，不同于叶灵凤，也不同于穆时英，他是新派传奇的代表，满足了文学读物相对匮乏的时代，也满足了相对软弱的都市市民读者的阅读期待。同一时期，和他相像的作家，最著名的是无名氏。

无名氏在新中国成立后的行状是神秘的，没有正式的工作，长期蛰居杭州，装病而最终的得病；在他所制造的烟雾的笼盖下，拼命写作，至1960年春，终于写完《无名书》的最后一卷《创世纪大菩提》，还为他的青春情感经历留下了一部《绿色的回声》；他也被遣下乡从事思想改造，也下过狱，既成的书稿也没有逃脱抄检的命运。然而，随文化革命的结束，他也逢临过雨过天晴的日子：浙江省文史馆向他发出过邀请，尽管他并未到任；被抄检的书稿竟奇迹般地全部无损地被发还。他个人所遭逢的待遇是不公正的，在无名氏当然是不应该模糊的，但他却将它们上升至相对极端的层面上，终于在1982年底借赴港省亲，于次年春飞往台湾。比他年少39岁的钢琴女教师马福美小姐对他的倾慕，最终使他结束64年的大陆生活而在台湾定居。在台湾，他先后担任美国旧金山中山文化学院名誉教授、新中国研究所研究员、成功大学文学讲座、《青年日报》专栏作家、《台湾日报》顾问、《中华日报》特约主笔等职。由于他的文学和教育劳绩，自然也由于他的反共立场，在西方反共文学批评界称无名氏为“中国的索尔仁尼琴”。他在台除获取过中山文艺奖、“国家文艺奖”和社会教育有功人员奖外，还得到过“中华民族世纪巨龙奖”。这一奖项颁于1995年，专为褒扬20世纪中华民族杰出精英，包括孙中山、蒋氏父子等。

不过如今不少健在的老年知识分子还记得《北极风情画》和《塔里的女人》这两部小说在20世纪40年代的风行一时；某些年轻一些的读者在文化革命的“十年浩劫”中也有幸读到过它们在地下流传的残本或手抄本。它们的作者就是无名氏。他的巨大的创作计划《无名书》的前三部《野兽·野兽·野兽》《海艳》和《金色的蛇夜》所具有的特异面目，或许也存留在许多人的记忆中。当然，不能排斥它们在思想上的混乱，但是确乎还远不能指陈它们带着什么反共的色彩，况且作为一种都市一般知识分子的读物，甚至就文学层面上看，它们的流行，它们的影响都是客观的事实。重庆《新华日报》采访部主任何家宁在1946年《萌芽》一卷四期上发表的《略评无名氏的小说》恐怕是当时最严厉的文字了，他竭力数落了严肃读者对于无名氏小说的“冷淡”，然而终究不得不承认《北极风情画》之类实际上的“流行”。当然论者负载着时代的使命，着力在宣扬那个特殊时代所需要的崇高感，原因不啻简单，而且容易理解。何家宁即邵子南，他差不多是以《李大勇大摆地雷阵》为参照来看待无名氏的小说的。《地雷阵》无疑获得了当时的光荣，但它之于特殊的时代、社会、政治的依赖，却无法深长地比列于无名氏小说所含茹的传统积淀的内力。因此发展着的历史作出了如下为何家宁氏不愿看到的指示：对于疏离于《地雷阵》年代的新一辈读者来说，无名氏小说中的风暴远比《地雷阵》的轰鸣惊心动魄。我们还打算指出，作为一个中国知识者，无名氏在抗战烽火腾起的当儿还是很有些清明的态度的，民族的感情和尊严，在他那个时期的文字中有过相当的表现。1947年由上海真美善图书公司出版的《火烧的都门》多有如许篇什——

> 哟，你火烧的城！你用火焰与黑烟装璜你的身子。你用创伤与血斑装璜你的身子。我愿意你如此。
>
> 哟，你火烧的城！你奴隶！你囚徒！你的命运是要炼狱的毒火锻炼。现在，你英勇的屹立着，接受这锻炼了。我愿意你如此。
>
> 我巡视你的子民：在火光中，到处都装饰着他们伟大的尸身！我愿意如此。
>
> 我巡视你的子女：街，他们都勇敢的躺在血泊中，像一条条赤鳞巨蟒。我愿意如此。
>
> 城哟！你火烧的城哟！你应该有毁灭的大欢喜！你是阿拉伯沙漠中的Phoenix（不死凤鸟）！你在火焰中化为灰烬！又从灰烬中再生！

这是散文《火烧的都门》中的首节，系无名氏在1940年一个夏日遭遇日寇轰炸之后发出的呐喊。作者恣肆汪洋的笔调和重叠反复的句式，喷发着郁勃无已的激情，它们来自对现实的谴责，也来自他郁积于心头的民族悲愤，一如郭沫若“火中凤凰”的思致，形成了一种震撼人心的沉痛和壮美。

无名氏，原名卜宝南，改名卜乃夫，又名卜宁，笔名除无名氏外，尚有宁士、百万岁人等。原籍扬州，1917年元旦生于江苏南京。南京三民中学和北京俄文专科学校毕业，在北平曾旁听于北京大学。抗战爆发后，流亡武汉、重庆等地，曾任中央图书杂志审查委员会干事、香港《立报》和《星报》驻重庆记者、印度尼西亚《新报》驻重庆特派员、重庆《扫荡报》记者等职。自1941年至1944年随韩国临时政府所属韩国光复军参谋长、第二支队长李范奭将军，转辗西北和西南地区，做过相当的宣传和秘书工作。抗战胜利后到上海，不久隐居杭州专事创作至大陆解放。

无名氏自诉他是在北平期间开始卖文为生的，新闻记者的经验同时也给他的"卖文"提供了素材上的准备和技巧上的锻炼。最早的散文作品，如《烽火篇》《薤露》《月下风景》等，多是一些民族情感的表达；而《梦北平》《林达与希绿断片》，尤其像《天真》《水之恋》那样的文字，似乎更能见出作者的个性。作家异常看重自身的经验，对人在青春期通常有的男女恋情的体验又特别的执着，特别的悲观。他的旧时朋友依凤露1944年在西安拜访过无名氏，发现他的居室摆设中特多人身的道具和令人发毛的骷髅。无名氏解释道："这些头骨是我们一面镜子，你我只要一死，脑袋就是这副样子"，任何美丽的女人，不管生前多漂亮，多迷人，"脑袋里是空的，迷人的眼睛是两个大窟窿，丰满的脸蛋像这样的峭壁，诱人的嘴唇是一个吓死人的黑洞"。在趣味上有些与初期新诗人白采相类，或许白采书桌上多了一口红木小棺材，一过20岁就临近死期，而无名氏幸运得多，目下还有滋有味地天假以年。由此，我们是不难感受到无名氏的气质的。他的怪异反映了他精神世界的基本性状，它们多是同某种内心的伤痛和悲凉的意绪相联系的。无名氏多数散文作品是用语词的方式来排遣情怀，以期解除内心压力的威胁，是一种个人未满足的欲望在想象中的实现。不过，他的情感较一般海派作家炽烈得多，他对骷髅的种种解说并没有最终将他提升到达观的境界。冲动和激情是他文字的标饰，甚至径直是其全部文字的主干。他对个人经验的反复重现确乎提供着同一种信息：对生活的厌倦。

在散文小品创作中追求叙事格调的营建，已明显昭示了无名氏所具有的小说才具。他有数量并不算少的散文作品，几乎就像未完成的小说，或像是小说的一个片断，不再是为着情感的描述，更不是去肯定这种情感被感觉到了。他的炽烈的情感确乎也需要耐心的熔铸和冷却，于是他接受了小说技巧的启发，故意造成表达的距离，凡此，都可以归诸作家对灼热的情感的处理方式。无名氏胞兄卜少夫曾在《无名氏的生死下落》一文中说起乃弟的为人性格："无名氏这个人，在我们兄弟中，天资最聪慧而又长得最英俊的，可是他性格却极其突异、冷静、坚定，加上执着"；"在多人场合，他大都沉默无言，听别人讲话，绝少激动冲动、大怒大笑、大声大跃的举动。是属于敏感型、神经质、沉思派的一种典型"。几乎也是为着对于情感的提炼，无名氏一如他的生平行事，他的作品也喜好哲理，散文集《火烧的都门》中专辑"沉思录"，中国佛家的语录体和英美随笔体是其外衣，却含有相当的思辨性质。1948年同由上海真美善图书公司印行的《沉思试验》，则整部记载了他自1943年至1946年间的沉思默想。

怪异的想象，炽烈的情感，以及对于哲理的自觉趋赴，这是无名氏散文小品的一般特征，它们也规定了他的小说创作的基本走向。《北极风情画》和《塔里的女人》这两部中篇小说在1944年由无名书屋梓行，对于香艳风流的爱情故事的编造是直步徐讦后尘的，正是这两部作品才将无名氏推上了可与徐讦匹比的畅销书作家的台阶，尽管在作者看来，它们还只是他的习作。

追随韩国光复军的生活使无名氏长期以韩国人民的亲密战友自居。1996年他应韩国文化界邀请访问韩国，他在申报材料中称：

> 从1941年到1944年，我为重庆的韩国临时政府、韩国光复军、独立党做了不少工作。我写了《韩国的愤怒》、《中韩外交史话》，对中国朝野发生巨大影响。我又写了《韩国光复军小史》。我写了长篇、短篇以韩国为题材的小说。以《北极风情画》最轰动，几十年内印了五百多版，一百多万册，千千万万中国青年对主角韩国英雄极为崇拜，使韩国民族在中国人心里产生崇高的形象。至于这四年我为韩国临时政府及光复军做了不少秘书工作，写了不少宣传韩国革命的文字，更是书不胜书。特别是：我与李范奭兄共同工作三年半，形如兄弟。有四个月，我们同居重庆吴师爷巷一号（临时政府宿舍楼上的一个小房间），每夜有三四小时记录他谈革命事迹。我敢说，这四年中，我是重庆韩国革命政府最亲密的中国民间友人。[6]

这种特殊经历从相当深重的程度上影响了无名氏小说创作最初的题材兴趣。“在世界大战以前，世界上有两个最富有悲剧性的民族：一个是东方的韩国，一个是西方的波兰。”这是《北极风情画》男主人公感叹的一句话，而这部小说所陈叙的也正是一则韩国人林上校和波兰姑娘奥蕾利亚两个来自悲剧性民族的青年的悲剧性的情感传奇——韩国人林上校原属“九一八”后东北抗日名将苏炳文部下，他自视甚高，声称千古军人而兼为诗人者唯有两人，“一个是拿破仑，另一个是我。拿破仑一生太走运，太有办法了，所以非兼为诗人不可。我吧，一生太不走运，太没办法了，所以也非兼做诗人不可”。由于1932年年底中东路札兰屯的一次决战，在主力损失殆尽的情况下，林上校随残部退避到几乎与世隔绝的苏联西伯利亚的托木斯克。除夕的夜晚，林上校深夜独自看完歌剧《茶花女》归来，途中被绝世佳人奥蕾利亚误认为自己的情人，在凛冽的寒风中突然相拥长吻。误会在两人之间显然很快消弭了，青春期的热情和彼此吸引却在他们之间与日俱增。他们俩会面频仍，在家里，在学校里，在咖啡馆里，上至天文，下至地理，大事小事，人生与恋爱，艺术与哲学，无所不谈。姑娘逐渐对青年健壮的体魄，机智的辞锋，战场上建立的奇功，以及东方人的彬彬有礼发生好感。青年也进一步了解了姑娘的智慧，她的感情，以及她写下的诗和弹得的一手好吉他。她是波兰人，是随父来到苏联的，父亲死后，她与母亲俩滞留在临近北极的托木斯克。他俩同是没有祖国的孩子，他们由相同的命运和痛苦而致彼此的灵魂拥抱在一起，并且“像喷泉样的尽量喷射出自己的生命”，激动在“人间幸福和情感享受的顶点”。生活最终没有给这一对热恋着的青年以完美的果实，据中苏有关协定，奥蕾利亚必须在一周之内撤离回国。他俩拼命抓住了最后几天的幸福，同时也体验着人世间最苦的悲情，在情意难尽的氛围中，青年为姑娘唱着韩国最流行的《别离曲》。四个星期后，林上校在意大利海港热那亚收到奥蕾利亚母亲寄来的信，告知女儿的凶讯。附在灰色信封内的却是奥蕾利亚的绝命书，里面有一束白发，满纸涂着“黑暗”两个俄文词，在一个角落上有几行依稀可辨的字:“不要问我为什么这样做!不要问我为什么这样惨!……生命不过是一把火，火烧完了，剩下来的，当是黑暗!这里是四十七根白头发。在你走后的十天中，它们像花样的开在我的头上。我就要永久投入你的怀抱了!……短刀举起来了，正对着我的心膛。我含着笑对你作最后的请求：在我们相识第十年的除夕，爬上一座高山，在午夜同一时候，你必须站在峰顶向极北方瞭望，同时唱那首韩国《别离曲》。”

《塔里的女人》更是一则凄哀的恋情传奇。青年卫生检验专家罗圣提还是一个风闻南京的小提琴演奏家。他穿着旧蓝布衫徒步应邀一所女子大学的音乐会，非凡的演奏和奇诡的作派，却赢得了校花黎薇的垂青。传统的互相刺探，频通情愫，于是也出现在他们之间。大约已有三载时日，他俩青春的恋爱就像阴晴不居的四月天气。罗圣提面对南京社交界的当红明星，却不落俗套，清逸矜持，处处显示着男性的尊严:“世间男子未见得个个是拜倒在石榴裙底下的。”骄矜无已的美女，情感一旦激起，犹如狂涛难以关拦，她将记录自己内心隐秘的四厚册日记奉献给了白马王子。两人泛舟玄武湖，情意芳烈，当黎薇无以自持的当儿，罗圣提却劝说心爱的姑娘服用镇静剂，原因全在他早已是一个有妻有儿的人了。然而黎薇依然一意孤行，居然在胳膊上刺上罗圣提名字的英文缩写“R.S.T”。一个偶然的机会，罗圣提识得风流倜傥的青年方某，方自称系某军事机关的上校军官，曾留学法国，其父是前清状元，出任过巡护和民国副部长。罗圣提为着他的道德自我完善，悉心成全方某与黎薇的婚姻；黎薇则为爱的极致，也无奈地应允了婚事。谁知她遇人不淑，方某实为不折不扣的骗子，所有的身世行状全属编造，婚后行为荒唐，最终遗弃了怀孕的妻子。黎薇万念俱灰，曾投江自杀未遂，后因战事而流落到川藏边界的西康，隐姓埋名以小学教师打发余生。浪迹天涯的罗圣提，十年后在西康寻得了昔日的情人，情人却已面目全非，神情颓丧，两鬓如霜。她终于认出了罗圣提，可是她已经失去了对于生活的全部眷恋，对跪在她面前的曾经寄托了她所有生的欲望和幸福的旧相知说："迟了！过去的已经过去了！"而罗圣提在经历了这场惨烈的变故后，以"觉空"法名，毅然遁入佛门。

两则摧人肺腑的哀情故事，是很能迎合市民读者群软弱而好奇的阅读心理的，尤其对于困于频仍战乱的中国读书界来说，它们在诸如上海和陪都重庆的轰动也是可以理解的。这两个中篇，严格地说是偏侧于通俗的运作的，作为能够赚得读者眼泪的读物而言，已经显示了作者对于浪漫传奇的偏好。故事的开首都发生在奇崛嶙峋的西北华山，无论是韩国人林上校还是已为僧人的罗圣提，他们都是以怪诞不已的面目进入读者的视野的：

——林上校：除夕夜半时分，从壁上轻轻取下一架木古琴，走出了白帝庙。他在落雁峰杨公亭畔驻足，不断向极北方向瞭望，惨不忍闻地唱着《别离曲》。唱着唱着，忽然离开亭子，直奔悬崖峭壁。"我"用尽全身力气向他冲去，再三请求，这位饱经忧患的韩国人从心灵的矿藏里，挖掘出一段奇艳的故事。

——罗圣提：华山峰巅，松涛滚滚，山脚下玉泉院，流泉淙淙。意态萧散，一如闲云野鹤的觉空道长，夜间时常在松林间神秘地拉小提琴，琴声如泣如诉，催人泪下。在"我"的反复探问下，他以一个大纸包示"我"，其间包藏着两颗挚爱的心，又是一则哀情弥满的故事。

读者的阅读心理，显然被作者首先关注着。为着说故事，甚至是为着诉说奇诡哀怨的传奇故事，叙述者先以冷峻的旁观者对主人公的揣测切入，并用尽心思营造出奇险怪异的空气，以醒目和深重的方式设置着悬念。这种结构特色大体和徐讦写作的路子相像，虽较之徐讦单调一些，缺乏徐讦风生的变化。其实，这一类特征，多半来自通俗读物的启发，似乎与新文学传统少有基本的联系。继之，《北极风情画》对悬念的消解，几乎全然依凭林上校绵绵不绝的陈述，就《塔里的女人》而言，自然稍稍复杂些：为了加强女主角内心世界的展示出现了觉空自述与黎薇日记的交切，并且还在结尾写到觉空见“我”打算将他的稿子付印出版，愤然挥拳向“我”打去，因为这一打，才使“我”猛然觉醒，原来无所谓觉空，更遑言觉空的情事，仅是“南柯一梦”。不管怎样，作者的基本手法还不能说是新进的，或许还可以说有些平庸。文学史研究长期对无名氏的冷淡，当有欠公正，然而将他的某些畅销读物作出不恰当的誉扬，也是颇成问题的。在我们看来，对于故事的深挚关注，对于浪漫香艳故事的神往，应该是无名氏这两部小说的基本，也即是它们博得市民读者群垂青的大半秘密，因为它们正是适应了当时市民读书界的普遍素质的。尽管《北极风情画》和《塔里的女人》差不多同时出版，也差不多都向着“忏悔录”的体式趋归，甚至在情调上都同取沉郁的气味，然而从前者到后者，已经相当清晰地显示了作者在表现对象的开掘上走上了由“外”向“内”的方向。韩国光复军的生活对作者的影响集中在如何理解弱小和苦难民族的万劫不衰精神，从小说的两位主角的韩国和波兰的民族背景看，也反映了作者对处于抗日烽火中的中华民族所具有的深浓的感情。小说所以获得当时读者的欢迎，部分原因也在于包容于其中的民族意识，它实际上用了普遍性的人性的叙事外壳，表现了某种特殊的精神灼伤，流溢着那些深受长久压迫而富于幻想和敏感的民族心坎里的那股沉忧隐痛。和民族压迫不一样，《塔里的女人》表现的是一般的人生问题，循着由特殊向一般的转换，这部小说淡化了故事的背景而激发了作者已经有所准备的对人的关怀。作者对于想象力的守持或推崇，是一眼可见的，至于他对人的生存状况的感叹，似乎开始出现了形而上的趣味。故事中渗入的挪威作家汉姆生《牧羊神》那段话——“女人永远在塔里，这塔或许由别人造成，或塔由她自己造成，或塔由人所不知的力量造成！”这是完全可以归属于作者的叙述风格的，那种追求哲理的风格，然而更严重的好像还在于作者借此表达了一种对于人生基本性征的观点，即那种相当悲观的生活观点。小说结尾对于“梦幻”的说明，超越了结构的意义，一如主人公的法名“觉空”，实际现实生活的全部虚无性，人世间的爱情和幸福的虚妄，被作者作出了相当极端的表现。中国传统小说的突出主题“色即空”，似乎从十分浓重的程度上启发乃至支配了作者对现实生活的看法。这里明显表示了作者与既成文化精神的某种联系，摭拾多于原创，不过，我们还必须指出，作为对于人类前史时代荒谬性的概括，小说有其深刻的地方，因为作者打算和已经告诉人们的是那个时代的一则普遍法则：善的被毁灭，而美是忧伤的。

《北极风情画》和《塔里的女人》的出版，它们在小资产阶级读书界中间的不胫而走，作为突出的信号，昭示了作者多少媚俗的文化态度：不能用雅俗共赏誉之，大抵可以归属于半雅半俗之流。然而，它似乎也是一种运作策略，无名氏正是以这两部小说才获得知名度，正是赢得了广大读者的同情和体认，才最终有余裕告别“习作”阶段而向“创新”阶段飞跃。

对于一个正在形成自我“风格”的创作家来说，这两部小说以其基础性的特征支配着无名氏抗战胜利后的走向，它们包含了无名氏日后艺术个性的几乎所有重要特征或其萌芽：比如对于小说诗意和哲理的自觉追求，以及执着于生活的寂寞和无奈的体验。无名氏直到晚年还颇为他的《无名书》骄人不已，它的前三部《野兽！野兽！野兽》《海艳》和《金色的蛇夜》写成并出版于新中国成立前，无名氏是打算实现时代巨制的，借着它们能够深刻审视着自己的内心和梦想。司马长风是最早看重这部小说的评论家之一，他在自己的文学史著述的有关章节中有如许的议论，他认为《无名书》“在广大和趣旨上，都踏破前所未见之境”，并且还特别强调：“托尔斯泰的《战争与和平》，雨果的《九三年》，福楼拜的《情感教育》、茅盾的《蚀》，李劼人的《死水微澜》和《大波》，都写时代，一族一国的一个大时代；迭更斯的《双城记》，写一个大时代的两个民族，已算别开生面了，可是《无名书》，则写东方和西方会合（已经过西方文化洗炼的新东方）的大时代。”[7]这是相当夸张的说法，新文学历史上，包括《蚀》《死水微澜》《大波》等作品都具有一般意义上的东西方文化精神会合的意味，属于无名氏的大体在于，《无名书》不只因其时间上的漫长跨度而获得时代作品的称誉，主要的是他营造了一个心灵空间，小说凝聚着他的紧张的思索，似乎就是他的心灵之旅，故事依然是怪诞的，但它们已不再具有特殊的价值，它们已经呈示了作者自身表达自身的可能性。从表面看，他写出了大革命失败后某类青年知识者讽刺性的变化，和新文学史上的不少作品一样，表现着关注并研究大革命精神后果的兴趣，而实际上，他的故事却含隐着深重的现代派意味，往往会令人联想到生命的过程，它的生长、燃烧、毁灭和再生，显现了他对人的存在的发现和悲情，以及他对于个体生命的理解，甚至于在想象和梦想之间出现的融和。

《无名书》前三卷记载了主人公印蒂自20年代初至30年代中期前后十余年的生命历程。《野兽！野兽！野兽！》写印蒂为着“探究生命，找寻生命”，给父亲留下“我要走遍海角天涯去找——找一个东西，甚至是比生命还要重要的东西”的字条离家出走，在北方漂泊五年后，在大革命风潮的鼓动下，他算是寻得了那个存在于光明的“实在”。他同时也认为自己已经找到了生命的信仰：生命只是一种改造，即永久地改造社会和人类。他听到了广州严厉的召唤声，以全部的激情和忘我的工作扑进这火热的年代。在血的洗礼之后，尤其在牢狱的铁窗下，在历经了酷刑的折磨和美色的诱惑夹击，以及战友的诬指之后，十年的信仰终于轰毁。怀疑主义最终使印蒂失却了心灵的平衡，他是作为一颗不安定的灵魂出现在《海艳》的故事中。在从南洋归来的途中，“菩提树型的透明”的少女瞿萦给他以“光风霁月的欢乐、沉醉、诗与透明”，他们奇迹般的相恋，泛舟于九溪十八涧，双双出入于歌场舞榭，随之又到T岛欢度蜜月。世俗的声色似乎提供了主人公新的生命意义了，然而，“九一八”的炮火又一次地让他失去了平衡。《金色的蛇夜》中的印蒂是带着东北义勇军溃散的风尘在S地和读者见面的。他和他的同伙开始玩起“魔鬼的纸牌”，金钱和女人成了他们最后的生命风标，作者在小说人物身上追求所谓“一种隋炀帝或莎乐美的深度”，倾尽精力表现“中古传奇加世纪末的病态刺激”。疯狂地走私，野兽般地追逐女色，最后在舞场皇后莎卡罗，这个有“地狱之花，最典型的世纪末，时代最深谜底”的母兽般的女人的石榴裙下挣扎，并最后的倒入她的怀抱。对生命意义的追寻最终演成了对生命意义的彻底放逐。

印蒂在《无名书》的前三部，是一个时代的迷惘者，相当深刻地表现了现代知识者心路历程的某一种特征，颇有些茅盾《蚀》三部曲的况味，然而又有着《蚀》所没有具备的现代主义的浓烟。大革命的失败对于一代青年的精神刺激，无名氏和茅盾一样用大写的“迷惘”宣叙着，印蒂和《蚀》中的人物，毫无例外地从先前的憧憬跌入了颓废。他们都因着突然发现某种久被崇仰的神圣事物已经破损，因而精神王国出现了刹那的空白，生命一时失去了依托，找不到惯有的平衡，甚至还发生了某种“受了骗”的感觉。“恋爱”的情节占据了《海艳》的全部，但印蒂和瞿萦缠绵悱恻的“恋爱”，直然是一种象征。他所追求的，实在很难说是恋爱本身，并非那个作为“实体”的有着透明性格的白衣少女，而是另一种属于生命意义的东西。人物的全部悲欢离合，在小说中突出地呈示了某种抽象的意义，同时也表达了作者自己深刻的迷惘。

无论是对光明理想的向往，还是对异性的渴求，印蒂所有的追求都失败了，作者从人物接二连三的失跌中演示了一则很不相同于《蚀》的哲理法则：“和谐即幻灭。”有论者在扫描了大量表现知识者在大革命失败后精神危机的作品后认为，那个时代的小资产阶级知识分子的精神迷惘“不同于第一次世界大战后西方青年的迷惘，不同于海明威等小说家表达的‘迷惘的一代’的迷惘。贫穷的东方不同于富裕的西方。东方青年不那么容易堕入彻底的虚无，因为他们有他们的生存条件、社会使命。他们生存着的世界充满了缺陷，社会改革的任务紧迫而又具体。他们的迷惘多半是一时失去了估价的尺度，而不大可能是对于一切尺度的否定”[8]。它用以概括《蚀》这类作品非常合适，但三部《无名书》流露出的却是另一种情调，一种只有用“世纪末”可以归类的现代派的情调。第一部《野兽！野兽！野兽！》已显端倪，而之后的《海艳》和《金色的蛇夜》则得到了更强烈的表现。杨义在他的著述中征引了作者的自述：“瞿萦代表人间（人性），莎卡罗代表地狱（魔性）……我把莎写成一个高级妓女型的哲学家（我所谓高级妓女，与一般高级妓女性质不同）。她有一套魔鬼主义加炼狱精神的哲学，也可说，人类精神历史上‘负的哲学’（程度上的）某种结晶。”之后议论道：小说“在生命意识的探究中，终于发现了‘负的哲学’或‘黑暗哲学’的支柱。作家在艺术的反传统中，走到了一种奇僻拗执的极致：野兽主义，或魔鬼主义；因而他在观念上，也从生命哲学走到了反生命哲学，即生命在黑暗中把堕落当作完成，把崩溃当作深刻”[9]。这是不错的见解。悲观主义的云烟显然笼罩在作家的心头，它们来自作家自身的思想与感情的逻辑，也来自生活的逻辑，而早在30年代出现在穆时英等新感觉派作家身上的世界现代主义作派，更得到了作家极端的发挥。

强烈的主观性对于人物的直接干预，是无名氏的小说风格，不过还远不是他独有的，几乎同时，另一位南京籍的青年小说家路翎，他给文坛推出了《财主底儿女们》。这也是一部以强烈的主观性为基本特征的大书，而所涉及的生活内容，大半又是和《无名书》相重的。它的主要人物蒋纯祖，几乎也和印蒂差不多，饱和着混乱而荒诞的激情，甚至也展示着关于生命意义之类的追求。这两位小说家同样借着年轻的心魄和飞扬的生命力，写得乐而淫，很少懂得艺术的节制，也同样严重地注意小说的心理内容，然而，他俩有根本性的区别，对于路翎来说，他由人物的命运打算讨论时代青年的性格史，即个性主义同集体主义的冲突；而对于无名氏，他关心的似乎只是个人的命运意义，那种人间性和魔鬼性相胶著的世纪末情绪。历史图景在路翎那里还有具体的影像（尽管相当琐碎），而在无名氏那里则全然是抽象的点缀；他俩都心仪于陀斯妥也夫斯基，就路翎说，多半为着加重人物的灵魂拷问和自虐倾向的深度，与写作《约翰·克利斯朵夫》的罗曼·罗兰颇有些相通，而就无名氏，他所看重的是陀斯妥也夫斯基小说中悲观乃至绝望色调的本身。蒋纯祖和印蒂同是一派贵族式的孤独，现实主义精神支配路翎将它和抽象的个性主义相联系，而支配无名氏的是和历史怀疑主义，甚至和哲学怀疑主义联系起来的则是文学的现代主义精神。比较特别一些的地方在于，《财主底儿女们》为着巨大的心理内容多少牺牲了情节的完整，虽说打着家族史的旗幡；《无名书》就情节而言，并没有显示作者改弦更张，依然对故事保持相当的兴趣，尽管他企图写出一部人类史。原因大抵就在，无名氏无法摆脱海派小说的氛围气，同一般海派小说执着于迷离曲折情节不一样的地方，只是无名氏追求着他的阔大，追求着他对诗和哲理的信仰，读他的小说，没有精妙纤细的感觉，仿佛面对一片汪洋，仿佛一股浓重的烟火恣意地向我们袭来，而它们的性征一概是阴凄的，没有徐訏的神秘，却多了些震撼力。

九　张爱玲—苏青

1995年中秋节前一周间，张爱玲悄然逝世于美国加州洛杉矶西区靠加州大学的公寓中，走完了传奇而孤独的一生，享年74岁。她的撒手人寰，带给全球华人社会是有些激动的，台港地区和海外华人作家同声哀悼，对她在文学上的得失有许多坦率的评论；中国大陆的“张迷”们，清醒也罢，盲目也罢，似乎都将张爱玲氏在世纪华丽中的悄然逝去，仍然看作是一个“美丽而苍凉的手势”。

年轻的中国大陆读者群，是通过夏志清的《中国现代小说史》认识张爱玲的，有的则主要是借柯灵的《遥寄张爱玲》才发现现代中国文学创作家中还有这样一位“好汉”。说来也是非常可悲的，张爱玲和另一位稍长的沈从文，一海一京，都是在近十余年间被中国大陆“炒作”得热火朝天，而因缘却都还得益于非大陆世界。

乱世男女的悲欢，是张爱玲的小说世界，对于张爱玲来说，她是身于乱世的乱世文学写家。我们说到过郑振铎的善意，也说到过柯灵回眸时的凝重，但是张爱玲还是张爱玲。她是一个极有主见的女性，人要出名就得趁早，便是她的人生设计；她是一个极其清高的女性，“沾了人就沾了脏”是时常挂在她嘴边的话；她还是一个矛盾不已的女性，选择了“大隐于市”，却有时还得由“露露脸”来排解自己。她那个人性极强的性格气质，曾经给她赢来了今天“永远的张爱玲”的文学记录，当然也给她带去了为人诟病的命运。文学，对于她来说是一份显得并不轻松的事业，她是过于聪明了，在闲谈与叩瓜子之间，一双眼睛还直盯着文坛的流向风色，揣摩着读者的心思口味。庆幸的是她作为本书对象的那段日子，是她文学生涯最有光彩的时期。踏上文坛，她像一把烈火一样地燃烧着，虽没有燃尽她的才情，却已将她一二十年的蓄积烧了个精光。她是任性率真的，当然也并没有什么像样的使命感和责任感，比较有意思的是，她恰好和对付日常生活不一样，无意刻意地包装自己，甚至愿意让自己摆脱高雅和酸腐气。为《西风》月刊三周年纪念所作的征文《我的天才梦》，是直白的自我倾诉，却获得了第三名，写作的信心于是也驻在了她的心底。她自诉喜欢过穆时英的小说，其实她读得极杂，自小跟从父亲习诵旧诗古文，还沉耽过《红楼梦》等古典小说和《歇浦潮》等晚清小说，张恨水和英国的毛姆这两个风马牛不相及的作家却奇异地被她同时钟爱。她在《写什么》一文中还回顾自己以往走过的路，说："初学写文章，我自以为历史小说也会写，普洛文学，新感觉派，以至于较通俗的'家庭伦理'，社会武侠，言情艳情，海阔天空，要怎样就怎样。越到后来越觉得拘束。"所有这些，大致在作家的个性质素和学养爱好两个方面，是可以给我们提供一些确切信息的。

张爱玲（1921—1995），原名张煐，笔名梁京，祖籍河北丰润，生于上海。1939年考取英国伦敦大学，因欧洲战事，改入香港大学。又因香港沦陷辍学回到上海，1942年正式开始职业写作生涯。1952年去香港，供职于美国驻香港新闻处。1955年秋离港赴美，曾任柏克莱加州大学研究中心研究员。53岁后，在洛杉矶过着深居简出的著译生活，几乎放弃全部外界活动，直至寿终正寝。离开大陆前，张爱玲的作品多在苏青主编的《天地》、周瘦鹃主编的《紫罗兰》、柯灵主编的《万象》、吴诚之主编的《杂志》等刊物上发表。1944年是她写作丰收的年度，八月由上海杂志公司推出她的第一部小说集《传奇》，收《金锁记》《倾城之恋》《封锁》等短篇十则；年底合拢三十则的第一部散文集《流言》也由中国科学公司和五洲书报社印刷发行。

张爱玲出身的家族无法使人忽视。祖父张佩纶系清同治进士，官至都察院左副都御史，祖母是权倾朝野的李鸿章的女儿，传统世家与近代买办奇妙地山水相连。到张爱玲父辈一代，父亲染上官宦子弟一切的寄生恶习，而母亲是一位优雅敏感的女性，早年留学英法等国，也曾试图将她的女儿教养成为一个"洋式淑女"，"雅片的云雾”渗和着洋装丽服，又是我们这位作家的一层经验。她血管里流淌着北方人的豪迈的血液，而又是在上海的市声和车声中长大，南北两种文化气质同时涵养了这位作家的身手。另外还有一个方面的奇特，她的第一任丈夫是胡兰成，汪伪政府的宣传部政务次长和法制局局长；第二次的婚姻发生在美国，她嫁给了一位比她年岁长得多的美国左翼作家，传统与现代、中国与西洋、南方与北方、左派与右派，这一些特异的经验，在张爱玲身上远不是一般的生活故事，而是作为生命的渲染存在着的，而一个作家的一生充满如此多的矛盾而又安详地融合在一起，实在也是奇特而罕见的。

张爱玲的散文小品有相当部分是有自白性质的，它们大都是可以与她的小说对读的，深究了她的散文，无疑给我们多有了一份透析她的小说世界的真切角度。张爱玲的作品在性状上体现了近代都市特别是上海华洋杂处文化的色彩，是传统农耕文化和近代商业文化的结合。这类话头，早有共识，无庸赘言。我们打算说明的是张爱玲对这类文化所持有的态度。说她敏感于上海的华洋杂处，等于废话，所有京派作家的文字几乎也异乎寻常地关注着上海式的华洋杂处。沈从文优雅率真的湘西散文，隐藏在对象背后的恰恰是作家对城市文化不以为然的心态，以及那份特殊的价值感情。透底地说，没有对于城市文化的敏感，也便没有沈从文小品文字中的那种沉郁的美。

张爱玲请印度女友炎樱为她的《传奇》修订本设计过封面，封面“借用了晚清的一张时装仕女图，画着个女人幽幽地在那里弄骨牌，旁边坐着奶妈，抱着孩子，仿佛是晚饭后家常的一幕。可是栏杆外，很突兀地，有个比例不对的人形，像鬼魂出现似的，那是现代人，非常好奇地孜孜往里窥视”（《有几句话同读者说》）。她曾坦白，这正是她希望造成的气氛，其实这也正是她的大部作品的底色，是她对上海华洋杂处世界的心理反应。她容忍着都市风景线上的不和谐，传统始终提醒她逃不脱中国人的身份，于是她往往用中国人最见精神的尚实际重关怀的立场看待西方对老中国的改造。不像京派作家，她相当现实地宽待着市俗习气，因而她喜欢张恨水小说中的市民情趣，甚至供认“喜欢上海人”，赞许“上海人是传统的中国人加上近代高压生活的磨炼。新旧文化种种畸形产物的交流，结果也许不甚健康的，但是这里有一种奇异的智慧”。(《到底是上海人》)她的那些对都市声色竭尽的描绘，差不多全有欣赏的分子，表现了与传统价值相悖的气息。她安天乐命于都市文化的矛盾性，但现代人的终极关怀的立场又使她全面感受着嘈杂繁华空间下都市人出奇的孤独。人们谈张爱玲作品中的“苍凉”感，谈她的家园意识时不时会浮现到读者的面前，其源盖出于斯。她的散文小品多有某种温柔的悲情，某些细节满贮着一个现代知识女性对自身生存状态的迷惘。她有时也喜欢自嘲，但大不同于京派作家刻骨的讥刺。无论从哪一个角度看，张爱玲对“五四”以来的新文艺坚持着并不宽容的立场，但在关于“人的文学”的中心观念上，她并不离新文艺传统太远。

如果张爱玲的小说是一种体验型的产物，那么，她的散文多取升华型的方式，有某种超然的味道。同她的好友苏青不一样，她不是热情的，即使那些谈女人自身的文字也复如此。对那些貌似不相干的人事，她有特别的兴趣，好发一些貌似与主旨无关的闲言碎语。散文的“散”，到她手中算是发展到了极致，因为她有自信，她拥有着发现那些不相干的人事中而相干得紧的意蕴的才能。这里自然有她的天分，也有着生活之于她的恩惠。

对于张爱玲的小说，人们已经谈得不少了，不独在文化学术界，坊间竟然也多有流长飞短。不鸣则已，一鸣惊人，《传奇》的作者本身就带有不少传奇的色彩，从风格论，机敏诡异，大抵是她小说的总格调，她不取越轨的笔致，也不乏女性作家特有的细腻温敦，然而比起多数女性作家，又更多些清醒冷峻。

> 三十年前的上海一个有月亮的晚上……年轻的人想着三十年前，该是铜钱大的一个红黄的湿晕，像朵云轩信笺上落了一滴泪珠，陈旧而迷糊。老年人回忆中的三十年前的月亮是欢愉的，比眼前的月亮大，圆，白，然而隔着三十年的辛苦路望回看，再好的月亮也不免带点凄凉。

这是《金锁记》的开首，也是首先引起读者注意和赞美的，对此，傅雷说出了一则常识："外表的美永远比内在的美容易发现。"在张爱玲写作的时代，她的作品在上海风行，新闻传媒也时常揭载她的消息，但人们的议论还是相当谨慎的。《紫罗兰》的主编、通俗文学作家周瘦鹃，文史学家谭正璧有过一些零星的文字，最有分量的大概可算傅雷（迅雨）的《论张爱玲的小说》了。鉴赏家推崇着女作家别有新裁的作风，以他对于新文学传统的理解，以及对于法国巴尔扎克艺术世界的熟谙，十分明确地强调：《金锁记》是张爱玲"最完满之作，颇有《狂人日记》中某些故事的风味，至少也该列为我们文坛最美的收获之一"[10]。

家庭的不睦和畸形，之于少年时代的张爱玲，恐怕是最初窥探人世和经历人生的窗口，从而渐次也形成了一种观察理解人生真谛，描摹世态和表达内在感受的先验模式，并且还严重影响乃至规定了她日后作为作家生命的路向。随着年龄的增长和阅世的增进，对于人生，对于社会，尤其对于自己身处的萧散没落的旧贵族世态，也有了更为深刻的洞察和感受。在新文学对上海生活作出了广泛展示的情况下，她选择了相对薄弱的一角：半新不旧的中产阶级的灵魂和太息，并且从各个不同层面和侧面，描绘了名门世家的生活情景，它们的病态和萎靡的命运。和大多新文学作品一样，她也热衷于那个角落中的亲情、友情和爱情，稍微不同的是她笔下的这类情感内容，没有触及家长制和旧礼教、旧道德，而是更多地注意梳理为温情脉脉所装饰着的亲情、友情和爱情所具有的赤裸裸的金钱与利害关系，从而揭示隐伏在人世间假面背后的是一场残忍的人肉宴席。

《金锁记》是最典型的例子。这出悲剧的主角虽是麻油铺店老板女儿出身的曹七巧，而导演这出悲剧的英雄却是"金钱"！"三十年来她戴着黄金的枷，她用那沉重的枷角劈杀了几个人，没死的也送了半条命。"——在这出悲剧中，金钱毁灭了她的青春，泯灭了她作为母亲的情感，更令人战栗的是蚀空了她自身的灵魂。她是这个充满着腐烂气息的环境的受害者，同时又不由自主地成为这个充满腐烂气息的环境的施害者。《倾城之恋》是一对男女在乱世中出演的一场爱情狩猎，同其他相类的作品不尽相同的地方在于这对青年身上背负的多少还是世家子的因袭，他俩对于婚姻的见解和作为，透亮着这一城市群体特有的观点和方式。那段著名的段落——"他还把她往镜子上推，他们似乎是跌到镜子里面，另一个昏昏的世界里去，凉的凉，烫的烫，野火花直烧上身来。"相当熨帖地道出了他俩各自怀抱的算计。《琉璃瓦》中有七个风姿绰约女孩，而她们的所有关于青春的想头，在父亲姚先生的心目中只不过是交易的财富；《花凋》川嫦的病以至于走上自杀的死途，出现在母亲的私房钱和父亲“你有钱你给她买去”的叫嚷之间，算是烛照出了天底下还有着别样的父母之爱；《封锁》一旦解除，一对有情人重又审视起自身来，忽然发觉“整个的上海打了个盹，做了个不近人情的梦”……它们所显示的基本轨迹都被某个叫做“利害”的家伙牵扯着，调弄着。

张爱玲笔下的那些乱世故事，它们多半记载着世间的荒诞、精巧和滑稽，人物在时代潮流中浮沉，畸形变态已经可怕地成为他们最普通的心理特征，这些都是和时代的驳杂与含混相对应的。他们无法摆脱时代带给他们的悲凉，也无法从时代的梦魇里醒来，他们正是用他们的自私、软弱、怯懦、无情，掀开了近代都市文明的阴暗角落，弥散于其间的是荒凉和颓败。许多论者都对张爱玲小说透溢着的苍凉美深感兴味，这不是偶然的。作家笔下的人物无一不是“失落者”，即便青春年少如《花凋》中的女孩差不多也剪刈了理想的翅膀，她们毫无能力驾驭自己的环境和命运，虽说为了逃避或改变她们的生存处境作出过搏斗和挣扎，然而最终还是像碎石一样被生活的磨盘碾成齑粉。《倾城之恋》是作者为上海人写下的一则香港传奇，然而它是一则灰色阴冷的传奇，表达了作者对于社会动荡留给人们的所有一切是有着特殊的锐痛的。正如她在《传奇·再版的话》中说：“个人即使等得及，时代是仓促的，已经在破坏中，还有更大的破坏要来。有一天我们的文明，不论是升华还是浮华，都要成为过去。如果我最常用的字是‘荒凉’，那是因为思想背景里有这惘惘的威胁。”作者似乎压根儿不愿给她的人物以太多的如意，因此就张爱玲小说中的少女群像来看，她们的精神基调大多是忧郁的。怀旧的情绪在张爱玲的作品中被表现得相当精致，回忆多半是她的那些人物赖以喘息和消解的手段，“落花流水春去也”，旧时王谢人家的华美和排场时不时会在我们眼前闪过，留下的却是缕缕凄楚。从这个意义上看，张爱玲小说为近代都市生活作了一个忠实的记录，实现了一种社会风俗和时代历史的文学重构。

当然就张爱玲本人来说，她的小说对于畸形人生和畸形人性所作出的表现和批判，都是通过作家个人条件才实现的。这一主题倾向源自作者整个创作活动的某种深层动因，或者说源自作者由自身感性体验所积淀生成的人格心理。正是这种人格心理支配着她，面对茫茫尘世，使她具备了一副挑剔的心眼，坚执地深怀着绝不妥协的情感，从而在揭露批判人性阴暗主题倾向上，表现出某种偏执得近乎单纯的性征，特别的集中，特别的顽强，也特别的强烈。

张爱玲的人物多半是一些带有世家子心态的小人物，他们同在颓败线上颤动，小奸小坏则又是他们共同拥有的道德风标。作家始终相信“小人物更能代表时代的总量”，对于出现在他们身上的“小奸小坏”，比如《沉香屑·第一炉香》梁太太的苟且，《花凋》中郑先生的虚伪，《红玫瑰和白玫瑰》中佟振保的自私，《倾城之恋》中白流苏的寄生性，甚至包括《金锁记》中曹七巧的残忍，作家的感情是非常复杂的。她从未有过激烈的指责，冷冷地打量着他们，在愿意看到生活对他们捉弄的同时，多少还流露出某种只能用“宽宥”来概括的情绪。问题在于，虽然她还年轻，然而她已经看多了她自居的那个环境的荒谬，与其说她写了众多不好不坏，亦好亦坏的都市人物，还不如说她是一个专写人性恶的作家，她致力于挖掘人的灵魂的阴暗面。所以，为人世间所颂扬的高尚的情操，善良的心胸，憨厚质朴的性格，都无法寄植到她的小说人物身上，而他们在实际生活中打滚，在宽阔无垠的理与欲、物与欲、情与欲的冲突中养就了他们特有的病态或变态。她放眼于对她的人物的整个生命状态的审视和内心情感体验的传达，从而“给予周围的现实一个启示”，一个审美的启示。不仅如此，作家还确认她的人物都是受制于环境，径直启发读者确认这些人物都是洋场资本主义生活方式影响下的必然产物。当我们看到作家将她的人物无情地投入新旧文化冲撞所生成的漩涡之中，让人物既追恋着洋场旧梦，又回顾着老中国的遗存，从而因思想和心理时刻被震荡在超负荷的重压下面，而恶性地膨胀，极度地变形，我们是多少应该指认张爱玲有其过人之处的。正基于此，我们就不能简单地听信张爱玲对新文学的不宽容，相反从她身上却惊奇地发现了和新文学传统的深刻联系。傅雷所以将《金锁记》和鲁迅的《狂人日记》对照，就在于张爱玲所从事的工作也可归属于对国民性的挖掘。正如有些研究者指出的那样，张爱玲主要是通过人性扭曲和心理变态给人造成的悲剧来实现自己这一方面的开挖的，她的笔触不只停留在意象的表层，而是深入到人性中最隐秘的部分中，甚至还拓展了新文学前驱们的范围，表现了过去未曾触及的内容。有人认为，张爱玲从那些中国传统文化与现代物质文明结合的怪胎身上，不遗余力地表现了中国现代都市社会的“新惰性、新病态、新国民性”，因而具有非常重要的审美价值。[11]

张爱玲是以一个“失落者”的心态来观照生活的，处处穿透着她作为一个现代人的人生感悟，对于时代，对于婚姻和家庭，她是全无信心的，这些大体是和她对于历史文明发展的某种根深蒂固的悲观认识联系在一起的。她不是哲学家，不习惯以理性观念方式进入她的作品内部结构中，于是她从直观出发，用类似精神分裂症或妄想症患者的眼光冷峻地打量着她的世界，用苛酷的笔触描写着她所理解的现实和人生。曹七巧作为一个杰出的存在，有关于金钱世界的说明，还有相当部分是带着作者对于女性命运的思考的。作家不止于镂刻人的失落于时代的心理，甚至已明确地接触到某些超乎时代历史的人类内在的心理范型。曹七巧的从孤寂到疯狂，从畸形的好奇到病态的窥淫和施虐，也即她的从性压抑到性变态的历程，有不少是属于女性世界本身的，显示了作家对自身性别世界的终极关怀。作家虽无什么能够称道的哲学修养，却毫不缺乏睿智的哲学敏悟。“如果说鲁迅毕生致力于国民性的批判，是对民族文化心理建构的一个贡献，那么张爱玲女性意识里‘女性原罪’意识的展露和批判，则是她对民族文化心理建构的一个补充，是对女性意识的进化和发展的一个贡献。”[12]这话说得很实在。张爱玲是现实主义者，一般浅薄而张狂的、充满着虚妄的女权主义和她彻底无缘，在《有女同车》一文中她的感叹非常悲怆却又非常透辟:“女人……女人一辈子讲的是男人，念的是男人，怨的是男人，永远永远。”从第一篇小说《沉香屑·第一炉香》的薇龙始到《倾城之恋》的白流苏，作家用尽心力在写着那些貌似新派的女性骨子里还是那副对于男性的依赖，她们毫无例外地向着她们的最大心愿——“有人爱自己”——进击，即使在战火弥漫的当儿，除了一己性命之外，她们视婚姻为最大的慰安，最根本的人生保证，甚至还是自我价值的表征。被作家称为她的作品中唯一的英雄曹七巧，大抵也被限制在如此的规定性之中，黄金的枷和女人对爱的追求在她的经验世界中得到了非常态的配置，于是当黄金开始“锁住”她的人性的时候，她作出了反抗，这里驱逼她反抗的原动力不是别的，正是人性中的“性爱”。她的最终的人性的畸形和扭曲，兽性的郁勃滋长，满贮着宿命的悲情，这也正是作家的深刻处。

张爱玲的小说世界在许多层次上是关联着沪上中产阶级的理想的，包括她对这一阶级临对没落时的惶恐的描写，也印烙着那一阶级的纹章。她对那个阶级命运的刻画，甚至也包括对于国民性的发微，因其艺术情趣中心只牵系在自己生活过的那个空间，于是随着某种深刻的历史主动精神的缺乏，她的小说不只是对她那个阶级的谤文，还径直是她那个阶级的挽歌。毋庸讳言，她对世态的描绘，对爱情和婚姻实质的理解，对整个时代本质的把握有肤浅的地方，然而她对女人在这个世界中某些领域的绝望的悲剧，在理解上有独到之处，她的小说的某些华彩乐章，那种只有她才有的一无所依的孤独，差不多都和此有关。

张爱玲是现代都市小说家，她的兴趣集中在对于沪港社会风尚、文化情境和人际关系的寻踪上面，然而人的，尤其是女人的本能和原欲所构筑起的精神层面，始终十分突出地成为作家艺术的焦点。她的小说中所有关于现代都市人对于生存困境的痛苦感受和寻求突破的焦灼，以及作家自身艺术态度所浸染着的主观色彩，多半可以借着这一焦点去窥探；她的对于国民性问题的思考，对于女性问题的悲观立场，也可以从中见出。这类审美趣味是非常现代的，有来自毛姆等西方作家的灵感，比较直接的是她接受了20世纪30年代施蛰存、穆时英等新感觉派作家的启示。严家炎在其《中国现代小说流派史》中将张爱玲归于“新感觉派和心理分析”一流，并且还认为，张爱玲小说的实际成就高出以往所有的新感觉派作家，“她做到了新感觉派作家们想做而没有做到的事情，达到了新感觉派作家们想要攀登而未能达到的高度”。

《金锁记》的故事框架相去《春阳》不远，都是为着金钱而牺牲了爱。我们从婵阿姨自昆山到上海银行，又自上海折回昆山途中所看到的一切，差不多已经明白人性是如何惨遭金钱斫伤的，这位为着钱而抱着丈夫牌位成亲的年轻的老处女是如何遭致精神沦丧的悲剧情状的。春阳融融，上海一切的“轻”“薄”“小玲玲”以及周遭年轻异性的刺激，足够的潜意识流动，足够的细枝末节，但是小说的全部也不过如此而已。曹七巧历经的性压抑无胜于婵阿姨，然而她的所有作为将婵阿姨的被动变移深化为主动。她也有过回忆和想象的时期，主动向小叔子季泽乞求爱情来补偿现实的缺憾，是她较之婵阿姨“英雄”得多的地方。为着报复这个给予她苦痛的环境，她拒绝春阳，在幽幽的月光下，将自己紧锁在足以使人发疯的家中，那种加重加浓生活压力以至于甘心在苦难中修炼的主动性，实在更可以被人视为英雄本色的。随后，她以“一个疯子的审慎和机智”，行施着家庭专制的淫威，甚至将目标对准她原本一心引以为精神支撑点的一对儿女，到此才演完了她的全部英雄史。其实她是一个没有历史的女人，作家深刻地写出了她由金钱斫伤以后惊心动魄的性变态。虽说她已明白自己干了些什么，作家在小说的结尾还忘不了补上一段：“她知道她儿子女儿恨毒了她，她婆家的人恨她，她娘家的人恨她。她摸索着腕上的翠玉镯子，徐徐将那镯子顺着骨瘦如柴的手臂往上推，一直推到腋下。她自己也不能相信她年轻的时候有过滚圆的胳膊。……”这些出诸一个20多岁的女作家之手，真是叫人难以置信的，从深处说，张爱玲的小说人物多半显示了这种饮食男女与人生真相既同一又对立的文化内涵。作家的家世和她对那个圈子的实际情状的观察，西方现代派艺术开掘人物的表现特征，都是造就张爱玲获致如许成功的原因，从生活这一角度看，她更有施蛰存、穆时英等无法比拟的条件，她是那个鱼龙变幻的中产阶级世界的成员，她还是这个世界中天分极高的女人。

都市人的心理世界在张爱玲的笔下同时又是用说故事的方式展示的，最早的两篇《沉香屑》的开头，作家就正儿八经地宣布“开始讲故事”了。传统故事性的全知全能的权威叙事模式，最为张爱玲所钟情，这正是她这位新派作家相当古典的地方，也是她和传统文学最深的联系之处。作家将自己的第一部小说集定名为《传奇》，在卷首题言中声称：“书名叫传奇，目的是在传奇里面寻找普通人，在普通人里寻找传奇”，此间透露的消息再清晰不过了，作为现代都市传奇的写家，她一方面沉醉在由古典的传奇性氛围所筑造的形象世界中，一方面又潜心于对人性作出非常“现代”的感悟和破译。对于“五四”以来社会上流行的通俗小说，新文学作家的绝大多数是取轻慢态度的，严厉讨伐的也大有人在，可是在张爱玲，她却有着“难言的爱好”，这类趣味又是相当世俗的，用一般所谓的“宽容”还不足以解释清楚。问题也许在通俗小说恰好满足了张爱玲对于文学故事的挚爱，或许也多少涉及通俗文学在某种层面上沟通了新旧两种形态的文学。当两篇《沉香屑》在《紫罗兰》上发表时，周瘦鹃大加称颂：“当夜我就在灯下读起她的《沉香屑》来，一壁读，一壁击节，觉得它的风格很像英国名作家Somerset Maugham（毛姆）的作品，而又受一些《红楼梦》的影响，不管别人读了以为如何，而我却是‘深喜之’了。”[13]因此，从雅与俗的兼容方面，甚至从现代主题与通俗言情的相和方面，我们也能指陈张爱玲的种种过人的好处。当然，就实际情况看，张爱玲氏是更多地倾向于通俗的，从抗战胜利后她由电影文学剧本《不了情》改编的小说《多少恨》来看，对故事的执着使她离新文学越来越远，差不多向一般社会言情小说靠拢了。

说起来，张爱玲实在是一个非常本分的作家，对于文学她当然有其野心，然而从未有非分之想，她明白一个作家的限制。她说过：

> 我认为文人该是园里的一棵树，天生在那里的，根深蒂固，越往上长，眼界越宽，看得更远，要往别处发展，也未尝不可以，风吹了种子，播送到远方，另生出一棵树，可是那到底是艰难的事。[14]

“根深蒂固”，“天生在那里的”，——用以解释作家的生活固然不错，用来说明作家对文学的形式传统的信赖，也决不勉强。张爱玲关于取材范围、人物塑造和结构图式等方面得益于民族既成的养分良多。人物描写善用参差对照法而不取“斩钉截铁的对照”。人与人的对照，更有人物自身的对照，对于描绘那些“不彻底的人物”，他们的那种“不明不白，猥琐、难堪、失面子的屈服”，摭拾传统小说章法处是很不少的，无论其文化意义还是艺术技巧，都为中国现代文学提供了成功的经验。古代诗词和《红楼梦》之类的小说陶冶了作家的小说情调和笔法，《金锁记》即是著例。下面是一场分家的龙争虎斗：

> 九老太爷睁了眼望着她（七巧）道：“怎么？你连他娘丢下的几件首饰也舍不得给他？”七巧道：“亲兄弟明算账，大哥大嫂不言语，我可不能不老着脸开口说几句话。我须比不得大哥大嫂——我们死掉的那个若是有能耐出去做两任官，手头活便些，我也乐得大方些，哪怕把从前的旧账一笔勾销呢？可怜我们那一个病病哼哼一辈子，何尝有过一文半文进账，

丢下我们孤儿寡妇，就指着这两个死钱过活。我是个没脚蟹，长白还不满十四岁，往后苦日子有得过呢！”说着，流下泪来。九老太爷道：“依你便怎样？”七巧呜咽道：“哪儿由得我出主意呢？只求九老太爷替我们做主！”……九老太爷按捺不住一肚子的火，哼了一声道：“我倒想替你出主意呢，只怕你不爱听！二房里有田地没人照管，三房时有人没有地，我待要叫三爷替你照管，你多少贴他些，又怕你不要他！”七巧冷笑道：“我倒想依你呢，只怕死掉的那个不依！来人哪！祥云你把白哥儿给我找来！长白，你爹好苦呀！一下地就是一身病，为人一场，一天舒坦日子也没过着，临了丢下你这点骨血。人家还看不得你，千方百计图谋你东西！……我还不打紧，我还能活个几十年么？至多我到老太太灵前把话说明白了，把这条命跟人拼了。长白你可是年纪小着呢，就是喝西北风你也得活下去呀！”……

场面是戏剧性的，如此的刀光剑影，龙拿虎跳，人物性格借着动态的语言和表情脱颖而出，表现得如此阴鸷和悍泼，着实有着《红楼梦》的神韵！用古典的故事外壳和形式技巧，来表现关于现代人的主题，表现生命在强大的环境力量的挤逼下的挣扎和扭曲，是相当有意味的，显示了小说在两种文化夹缝中的质地。一如张爱玲态度上的近乎无情的客观冷静，展示着原生世界的林林总总，却处处呈现着自己的奔涌的感情色彩；这里冷静之于情调与气氛，大半是为着趋赴社会冷酷与生命荒凉这一象征效果的。

张爱玲小说中所出现的高密度的意象描写，也是人们相当关注的方面，尤其其中“镜”和“月”的象征意象，更是为人们反复激赏。这里牵涉到张爱玲的语言技巧，在我们看来意象的营造在张爱玲是隶属于她的人物心理世界刻画的，即所谓意象搭台，心理刻画唱戏是也。这是张爱玲相像于新感觉派的地方，因此意象在她的小说中的意义，仅止于某种美学意境的表达，缺乏本身的独立自主性。一般地说，语言在张爱玲手中被表现了突出的机智品格，这种机智的语言首先为她陈设布置了人物心理演化的氛围和节奏。她对于外部世界的切入，大量地借用联觉、知觉、超感觉的表现手法来化为艺术感觉，通感的修辞手段，意识流的采用，以及对于冷峻情调的追求，用意大抵都为着发挥心理表现的巨大可能性。

人们普遍激赏《金锁记》中七巧赶走季泽的一段：慌乱中七巧用团扇打翻了玻璃杯。这时，“酸梅汤沿着桌子一滴一滴朝下滴，像迟迟的夜漏—— 一滴，一滴……一更，二更……一年，一百年。真长，这寂寂的一刹那”。真所谓此地无声胜有声，这类意象精确地拉开了人物酸酸的、悔恨交加的心理状态。于是就有了联翩的一节：七巧直上楼去，从窗户里看到“季泽正在弄堂里往外走，长衫搭在臂上，晴天的风像一群白鸽子钻进他的纺绸裤褂里去，哪儿都钻到了，飘飘拍着翅子”。意象的潇洒正好衬托着七巧莫名的惆怅。

比较更有些意思的倒恰恰在“镜”和“月”的意象，它们在张爱玲小说中的多次出现，也体现了作家中西合璧的艺术理想。“不知明镜里，何处得秋霜?”（李白《秋浦歌》）“晓镜但愁云鬓改，夜吟应觉月光寒。”（李商隐《无题》）“不信楼头杨柳月，玉人歌舞未曾归。”（谢枋德《蚕妇吟》）“人生代代无穷已，江月年年只相似。”（张若虚《春江花月夜》）……关于“镜月”，中国古代诗词留下的画面多若恒河沙数。张爱玲小说中的这一类意象明显接受过深浓的启迪，“镜中花水中月”，那种感叹人生无常、一无依傍的诗思恰好表达了她对生活不确定性的理解。作为补充，我们还可以发现电车的意象也有如许的功能，作家是特别喜欢上海的电车的，她的小说人物的许多命运纠葛也发生在电车上。《封锁》劈面来的就是电车——“开电车的人开电车。在大太阳底下，电车轨道像两条光莹莹的，水里钻出来的曲鳝，抽长了，又缩短了；抽长了，又缩短了，就这么样往前移——柔滑的，老长老长的曲鳝，没有完，没有完……”作家用俗白而精巧的语言所要表达的依然是一种和苍凉的美学意境相对应的人生悲情。

张爱玲并不是属于时代的作家，她所写的大都是现代都市中的神话和寓言，她老练深沉而又真诚无伪地扫描着现代人灵魂的疲惫，试图发现和发掘一些生命的真谛，她无意表现个人与集体、个人与时代的冲突，始终将她的眼光凝视于人的本性在外界力量的冲击下所形成的种种反应。她在自己的范围内所作出的努力，为现代中国文学建树了一块碑石，是她将张资平到予且的市民风格和穆时英到徐讦的现代性追求渗透一气，结出了智慧之果。“张爱玲的文体，高可以与世界文学、与中国文人文学的高峰相连，深可以同民间文学、传统的市民文学相通，真正兼有现代化与中国化的双重品质。”[15]因此，对于她的实际地位的认识，用单一的社会历史批评的方法是不相宜的，尽管她本身以及她的整个文学世界也正是社会历史的产儿。

张爱玲在1945年春上写过一篇《我看苏青》，洋洋洒洒由她的那位女友说开去，借着对照，说自己的内容似乎更多些。文章有几个段落干净得紧，颇有不错的气氛——

> 低估了苏青的文章的价值，就是低估了现地的文化水准。如果必须把女人作者特别分作一档来评论的话，那么，把我同冰心、白薇她们来比较，我实在不能引以为荣，只有和苏青相提并论我是甘心情愿的。
>
> 普通认为她的个性是非常明朗的，她的话既多，又都是直说，可是她并不是清浅到一览无余的人。人可以不懂她好在哪里而仍旧喜欢同她做朋友，正如她的书可以有许多不大懂它的好处的读者。
>
> 我认为《结婚十年》比《浣锦集》要差一点。苏青最好的时候能够做到一种“天涯若比邻”的广大亲切，唤醒了往古来今无所不在的妻性母性的回忆，个个人都熟悉，而容易忽略的，实在是伟大的。她就是“女人”，“女人”就是她。

苏青与张爱玲堪称上海孤岛时期齐名的两位女作家，虽说风格上有些距离，与其说苏青像张爱玲，还不如说她更相像予且，笔下那股上海市民的浓郁气息以及作家对它们的态度，我们是很难将她同张爱玲比列。苏青（1917—1982），原名冯允庄，最早于1935年为《论语》和《宇宙风》写作时署名冯和仪，浙江宁波人。祖父是前清举人，父亲倒是新派的庚子赔款的留美学生，她的家世自然及不得张爱玲显赫，也算得是地道的书香门第。传统中国的礼法和老中国人的心影，大抵是她的最初教育，而现代教育，尤其高等教育给她又带去了一片新的天地。中学教育是在故乡完成的，浙江籍的社会名流陈布雷、张其昀、陈果夫轮番到学校演讲，以及因尝试在校刊上发表文艺作品曾获“天才的文艺女神”，这两宗或许是她在日后谈得最多的中学经历。大学进的是南京国立中央大学英语系，在校期间与由家长作成的法律系学生李钦后结婚，坦然地辍下学业，也坦然地随夫君定居上海。相夫教子、贤妻良母之类，在她虽有所不甘但也不乏有所准备，如若没有因经济主因造成的夫妻失和，恐怕苏青未见得会有这个名字，也难以招致日后始料不及的众多误解，惟相夫教子、贤妻良母耳，尽管颇有教养，还兼具出众的写作才华。按胡兰成的说法，苏青的理想充其量是："有一个体贴的，负得起经济责任的丈夫，有几个干净的聪明的儿女，再加有公婆妯娌小姑也好，只要能合得来，此外还有朋友，她可以自己动手做点心请他们吃，于料理家务之外可以写写文章。"[16]也许正是在家境颓唐后又遭遇丈夫的"你也是知识分子，可以自己去赚钱啊"这句话，她终于伤透了心，还有丈夫赏给她的那记响亮耳光，最终把她逼入卖文为生的僻径上。关于她的离婚，胡兰成仍然有出色的看法："她的离婚，很容易使人把她看做浪漫的，其实不是，她的离婚具有几种心理成分，一种是女孩子式的负气，对于人生负气，不是背叛人生；另一种是成年人的明达，觉得事情非如此安排不可，她就如此安排了。她不同于娜拉的地方是，娜拉的出走是没有造反的，苏青的出走却是安详的。所以她的离婚也是冒险，但是一种正常的冒险。"[17]

抗日战争爆发后曾一度在伪上海市政府任过职员，这是很为世人诟病的经历，不过她毕竟是一个浅直的职业女性，对政治的理解和热情与一般家庭妇女并无多大区别。她算是敌伪时期在上海红透半边天的作家了，至于为日寇凶焰张目的文字在她倒是不屑为的。在她的著作里，虽说无有抗争的民族意识，但也不乏呻吟于侵略者铁蹄下的民众的苦楚。在《续结婚十年》的代序中，她声称："我在上海沦陷期间卖过文，但那时我'适逢其时'，盖亦'不得已'

耳，不是故意选定这个黄道吉日才动笔的。我没有高喊打倒什么帝国主义，那是我怕进宪兵队受刑”，“我的问题不在卖文不卖文，而在于所卖的文是否危害民国的。”“假使国家不否认我们在沦陷区的人民也尚有苟延残喘的权利的话，我就是如此苟延残喘下来，心中并不觉得愧怍。”在我们看来，值得人们关注的倒在她对于文学的兴趣，它一如梦幻凝集了她的青春激情，并将她引入了一个新境界，竟至在遇人不淑之后，还借文学守持了自己作为一个现代知识女性的尊严。《生男与育女》《我的女友们》《科学育儿经验谈》《现代母性》《女生宿舍》《科学育儿经验谈之性质及命题》之类，是她的文学试笔，然而它们所特有的性征，几乎支配了她一生的文学走向，她具有一切女性作家的特征，在题材趣味上更有着一般女性作家所无的专一性质。

散文集《浣锦集》后记中有作者的一段自白："我相信一个人的欲望，若在最基本的饮食男女方面尚不能得到满足，则其精神之亟需向外发展是必然的。向外之道有多端，音乐美术文学等等都是所谓艺术之途，其他当然还有战争，还有别的。我的技能很少，会的只是动动笔头，因此在感情郁结得不能不发泄时，就只好开始写些文章。”对于文学功能的这类自觉和张扬，提供了我们理解苏青的锁匙。同驱遣于政治理想的作家不一样，现代中国多有为稻粱生计的作家，直至今日遗风犹存。或许因为是执着于生命的余裕，使苏青的文字多带着些“嘤嘤其鸣，求其友声”的况味。她是一个职业妇女，但终究是一个地道的女人，切身的人事为她所关注，相对狭窄的生活幅员，又进一步强化了这一层倾向。感触特多而无像样的时代刺动，几乎是她的一般文学特色。

《生男育女》是目下我们能够检索到的苏青最早的公开文字，

刊于1935年《论语》第67期。是年苏青不足20岁，作为女性写家，她是早熟的，处女作即以社会和传统的重男轻女发微，关心女性的实际生存地位，已经预示了这位日后尚有发展的作家的题材兴趣。“生产的是女人，被生的是女人，轻视产女的也是女人”，此外还有“男人要老婆，而不要老婆替人塑老婆”,《生男育女》中如许愤激的语调，在苏青的整个文学生涯中仅为锋芒初试。至于“性交”“精”“卵”之类生理学科字眼已经在文章中的毫无禁忌，为一般女性作家罕见而确实算得是苏青的风色。“我常写这类男男女女的事情，因为我所熟悉的也只有这一部分”(《自己的文章》)——苏青由此在获得了男男女女的读者的同时，却也蒙领着“大胆女作家”这顶不三不四的桂冕。一部《结婚十年》所引发的风波，在今天的读者是无法想象的。写女人的恋爱、结婚、养孩子，一条正常的人生道路，既没有变态行为，严格地说也看不到任何猥亵的描写，却招来了四方八面的詈骂。这与当时的风气有关，与传统似乎更有关联。直白地说，因为苏青是女作家，据说女作家有着她们特定的规范，似乎女人当作家本已是颇勉强的事，至于像《结婚十年》中隐微的性描写，以及作家小品篇什中时有关于性的讨论，更是很失脸面的丑事。

庸常的生活方式和狭窄的活动范围，造成了苏青结实的单纯，张爱玲在称道苏青时所说的“伟大的单纯”，在我们看多少有些溢美。还是胡兰成说得体贴些，他说:“她离开了家庭，可是非常之需要家庭。她虽然做事做得好，可以无求于人，但是她感觉寂寞。她要事业，要朋友，也要家庭。她要求的人生是热闹的，着实的。”他又说:“人们虽然了解她的不多，但是愿意和她做朋友，从她那里分得一些人生的热闹。她不甚了解别人，她只是在极现实的观点上去看别人。”甚至他还说：“她喜欢说话，和她在一起她滔滔不绝的说下去，说下去。但她并不唠叨。听她说话，往往没有得到什么启示，却从她那里感染了现实生活的活力与热意，觉得人生是可以安排的，没有威胁，不阴暗，也不特别明亮，就是平平实实的。”[18]就这层看去，说苏青的单纯带着深重的世俗色彩也是妥帖的，然而她的世俗不太会招引人们的厌恶，有一份特殊的亲切味，她不像张爱玲习惯站在高高的窗口，用优雅的俯瞰的姿势向人世间投去冷淡的一瞥，倒喜好投身于人世间，甘心在扰攘不宁之中显示她的倔强。这两位友朋女作家，同持现实的心眼，苏青却没有张爱玲的冷言冷语，她对上海市井的闹猛似乎始终劲道十足，即使在她备受磨难的当儿，还尽力装点欢容。

张爱玲不怎么喜欢严正的大报，以为它们为着立场的关系，需要顾到每一方面，所以造成了一种没什么色彩的、灰灰的、特殊的语言，与实际生活离得很远。她倒是喜欢上海滩头流行的小报的，用明白的话说出了它们的诸多好处——“它有非常浓厚的生活情趣，可以代表我们这里的都市文明。还有一个特点：不论它写什么，写出来都是一样的，因为写的是它自己。总可以很清楚地看见作者的面目，而小报的作者绝对不是一些孤僻的、做梦的人，却是最普通的上海市民，所以我看小报同时也是觉得有研究价值。”[19]在这一方面苏青和张爱玲不相伯仲，或许苏青更甚也未可知。她直白地向人说起，她是一个非常注意消遣的女人，“第一是看戏，第二是同很熟的朋友聊天，第三则独自逛旧货店，摩挲着小摆设以及盆碟碗茶壶茶杯之类，推想其以前主人境况，觉得很好玩”[20]。如此盘桓于狭小而琐细的市井女人天地，一派小报心态，浮现出她的突出趣味。从20世纪30年代《论语》《宇宙风》《逸经》始直至40

年代的《文艺》《古今》《风雨谈》《杂志》等，苏青投稿的阵地，几乎无一不是那些特富小报性征的刊物。1943年10月创刊的《天地》杂志便是她的办刊尝试，这家刊物提倡“女子写作”已属不同凡响，趣味上的随意更值得注意。除正儿八经的“小说”栏外，举凡“随感录”“书评”“人物志”“地方志”“风俗志”“掌故”“杂考”等，都是些提供散文创作的阵地。“杂”是其一般的特色，清浅轻松亦即是它们最像小报文字的地方。《发刊词》有一段可供实录思索：

> 散文可以叙述，可以议论，可以夹叙夹议；文体严肃亦可，活泼亦可，但希望严肃勿失之呆板，活泼勿流于油腔滑调而已。编者原是不学无术的人，初不知高深哲理为何物，亦不知圣贤性情为何如也，故只求大家以常人地位说常人的话，举凡生活之甘苦，名利之得失，爱情之变迁，事业之成败等等，均无不可谈，且谈之不厌。我的太太比你的生得漂亮，固不妨挥一下得意之笔；即他的官儿忽然掉了，或囤货竟被查封，也不妨借此地位来诉说苦闷。我以为在天地之间做一个人，人事或有不同，人情总该是差不多的：大总统喜欢好看的女人，挑粪夫也喜欢好看的女人，因此在讨论好看的女人这点上头，他们两个应该可以谈得津津有味。……我希望在我们的“天地”之中，能够把达官显宦，贵妇名媛，文人学士，下而至于引车卖浆者流都打成一片，消除身份地位观念，以人对人的资格来畅谈社会人生，则必可多得几篇好文章也。

如许的修养，如许的标榜，凡此，一分耕耘，一分收获，倒成就了苏青小品散文的创作。

苏青堪称是相当本色的小品作家，离开了她的小品文字，很难对她作出准确的概括，说得再尖刻些，离开了小品，人们似乎没有特别必要地看重她。张爱玲《我看苏青》中的那句“她就是‘女人’，‘女人’就是她”，是可以换成“她就是‘小品’，‘小品’就是她”的。中外文学无数史实业已向我们表明，上乘小品需要作者既富经验又得深怀亲切的心态，于“女人”这一专门的课题，恰恰给苏青带去了作成出色小品作家的便利。胡兰成还是在那篇《谈谈苏青》中竟操着亚赛通人的腔调说：《浣锦集》“是五四以来写妇女生活最好也最完整的散文，那么理性，而又那么真实”。从苏青散文整个风格而言，这类说法并不勉强。《吃与睡》《夏天的吃》《厨下》，以及《谈宁波人的吃》都有相当不错的气氛，以至于埋怨自己的父亲放过洋却“不该太讲究卫生而不注重趣味”。但值得人们大加注意的还是这样一大批文章：《谈婚姻及其他》《谈性》《谈男人》《谈女人》《第十一等人》《恋爱经》《生男与育女》《真情善意和美容》《妇人之道》《做媳妇的经验》《谏夫》《教子》《未亡人》《小姐辨》《论夫妻吵架》《论离婚》《论女子交友》《女人与老》《论红颜薄命》《我们在忙些什么》《恋爱结婚养孩子职业化》《女性的将来》《女作家与美貌》《交际花》《写字间里的女性》《看护小姐》《家庭教师面面观》等。这些篇什内容相当驳杂，感慨的成分特别深重，相夫教子、某些婆婆媳妇小姑的行事，展示了现代中国所谓的家庭形象，有它们生动的地方，但实在没有太多的新意，大半离流行的理论不太远。比如“不要在公婆面前表示同丈夫亲热过分的样子，也不要表示待儿子爱惜过分的样子”（《做媳妇的经验》）；又比如“争取丈夫的必需的工具有三，即：真情、善意，最后才是美容”（《真情善意和美容》）等便是著例。唯独那些关于女性在现代的实际生存状况的描述和议论，作为她最有兴味的话头，似乎值得所有读者必须花出心力去理解和体贴。执拗的女性意识，郁勃的自救意识，使她不是从社会已经多次提供的范围内讨论妇女解放的精义，而以极大的热情以至于用类似宗教般的信仰关心着女人切身而难言的问题，特别是性欲问题。当说到女人的地位低于传统自“王”至“台”十等，而成为“第十一等人”时，她是异常愤激的，然而她清明而实际的生活态度，让她在讨论男女平等时却说出了下面的那些意见：

> 我敢说一个女子需要选举权，罢免权的程度，决不会比她需要月经期内的休息权更切；一个女人喜欢美术音乐和程度，也决不会比她喜欢孩子的笑容声音更深；……我并不是说女子一世便只好做生理的奴隶，我是希望她们能够先满足自己合理的迫切的生理需要以后，再来享受其他所谓与男人平等的权利吧！
>
> （《第十一等人》）

强烈不已的女性感觉，那份自察和清高，竟然使她对那些不言性别区别而坚持一般的男女平等表示极大的反感：

> 所以我对于一个女作家写什么男女平等呀！一齐上疆场呀！就没有好感，要是她们肯老实谈谈月经期内行军的苦处，听来倒是入情入理的。
>
> （《我国的女子教育》）

最令人扼腕叹息的或许是苏青那些议论“性”的文字了。倘若没有偏见的话，我们从那些文章的字里行间，能够读出的不是诱惑，没有挑逗，直然是浓得化不开的苦涩：

> 女子不能向男人直接求爱，这是女子的最大吃亏处：从此女人须费更多的心计去引诱男人，这种心计若用在别的攒谋上，便可升官；用在别的盘算上，便可发财；用在别的侦探上，便可做特务工作；用在别的设计上，便可成美术专家……可惜是这些心计都浪费了，因为聪明的男人逃避，而愚笨的男人不懂。有些聪明的女子真是聪明得令人可畏，她们知道男人多是懦怯的，下流的，没有更多欲望的，于是她们不愿多花心血去取得他们庸俗的身心，她们寂寞了。懂得寂寞的女人，便是懂得艺术；但是艺术不能填塞她们的空虚，到了后来，她们要想复原还俗也不可能。
>
> 我知道上流女人是痛苦的，因为男子只对她们尊敬，尊敬有什么用？要是卖淫而能够自由取舍对象的话，这在上流女人的心目中，也许倒认为是一种最能胜任而且愉快的职业。
>
> （《谈女人》）

这些议论已经大幅度地删削讨论男女性爱的习惯观点，通常所有的那些属于社会的、经济的支撑显得相当软弱，现代文学的历史中性爱观点就其主流看，似乎是沿着反礼教（胡适《终身大事》）—经济自主（鲁迅《伤逝》）—政治解放（赵树理《小二黑结婚》）路线走去，苏青的角度显然大异其趣，然而它们几乎具备了某种“终极”的意义。它们只有存在于现代社会，或许只能出现在现代都市，似乎是不成问题的；它们有前卫的理想特征，同时又具有明显的世俗色彩所凝集的现实品格，因而与通常所谓的女权主义相去甚远；然而当我们进一步追索男性作家的相关意见时，不禁会大失所望，他们断然拒绝作出相同的结论。身处男子中心社会的男性作家多半自以为女性生存问题的最后发言者，其实他们难以寻索到女性的真实况味，以至于对自身角色也停留在五里雾中的窘困之间，相反某些女性作家含茹丰厚性别角色的片言只语，类似苏青，倒是能够反衬出他们的昏蒙和肤浅。这些观点的出自具有认识能力的女性作家，才给苏青带来了便利，让她拥有了某种程度的深刻性。从市民读者的一般趣味看，尤其是其中的男性，他们读多了男性作家笔下的女性世界，他们极有兴味从女性作家的文字中获得一些她们谈论自身的知识，她们所讨论爱与性，自然会得到异乎寻常的欢迎，如若这位女作家像苏青那样“口无遮拦”，更能激发起特殊的想象力。而对于相当数量的女性市民读者，尤其是其中那些属于知识型的，她们从苏青的意见中或发现了一个沉睡的天地，或确信了自身的需求，或借着苏青发泄了自己原本已有而难以表述的苦闷，体验和获取某些羞涩的愉快。这些多少也是苏青成功的原委。

苏青并不丰富的传记材料告诉我们，她读书不勤，但读过不少哲学书，她喜好关心女人周遭的琐事，为那些微末的话题会引发起郁勃无已的辩论热情。这些似乎帮助我们体察出苏青小品散文所具有的真人真事的范围和理性的风格。20世纪90年代以来当代文坛上有所谓“小女人”散文的说法，那是一种“轻文学”，除了气概程度的稍有异样外，在根本的性征上，它们最相像于苏青的文字。消费型的功能，占去了它们大半的意义，在相对狭小然而又极其亲切的范围内闪烁着女性的聪慧和狡黠，连带她们特有的虚荣和雅致。我们说苏青的小品散文并不缺乏理性的神韵，主要是就其在闲聊之间往往跳跃着争辩说的，她的理性没有精英的气息，大半来自自身的经验，来自她年轻时代养就的逻辑训练。因此她的表述不同于著名的《人生五大问题》的作者莫罗阿，也不同于西蒙·波娃，《第二性——女人》的第二集所讨论的问题似乎曾为苏青涉及，除了她们在态度上同样诚恳，同样大胆，除了她们都表明了自己对妇女自由命运的深切关注，除了她们同样拥有理智、健全的心态外，苏青与波娃有太多的不同，目的姑且不论，就方法而言，波娃偏于学术理论研究的兴趣，特别在其著作的第一部分将自己的意见自觉烛照于渊博的生物学、心理分析学、经济哲学与文化历史学之间，苏青于此既无修养也无喜好，许多原本属于专门学理的成分被她切身的经验覆盖着，高头讲章于她并不相宜，她明确自己的对象，同时也明确自己的受众，她固然在追求与众不同，但她本质上认同通俗。如果波娃面对的是文化水准高得多的西方读者，如果波娃为着成就学者和女权运动领袖地位而写下了《第二性》，那么，苏青也有其清醒的打算，她指望掀动上海那些中国都市市民读者的激动，她对自己周围饮食男女的描述，差不多主要是为着打发生计，为着浅直的“稻粱谋”，部分包括情绪的宣泄和心理的平衡。

然而，给苏青在读书市场上带来巨大声誉的似乎并不是小品散文，而是她的小说。她的小说依然可以称之为妇女问题小说，实在与坦率是其一般的作风。对都市男女性爱内容的描写，她差不多仍是行家里手。面对都市男女之间泛滥着的病态关系，她的全部义勇精神大抵都簇拥在对于理想化的性爱的呼吁上，尽管依然流泻着世俗的光芒。吴福辉欣赏苏青的《蛾》，虽然目前已少有人读过这则短制。他颇有激情地说：

> 苏青在《蛾》这篇她的重要作品中所表白的，与张资平绝然不同。明珠明明知道男人心里只有一件叫“女”的东西，没有“人”的成分，但她觉得“我要……”便飞蛾一样地扑入两性关系。堕胎之后迅即后悔，她勇敢地说：“我是还想做扑火的飞蛾，只要有目的，便不算胡闹。”这个小女子说出石破天惊的话来，她宣告，要抖落掉历史给女性的“性”蒙上的那块罪恶遮羞布，要给人的欲望平反，欲望如火，火中包含光明，应当理直气壮地对待。[21]

直至新中国成立前夕，苏青还没有停止小说的创作，《鱼水欢》和《歧途佳人》大抵是她留给文学史的最后的作品，其实，人们最愿意谈的还是她的那部自传体的小说《结婚十年》，也许还得连及《续结婚十年》。关于这部小说，张爱玲在《我看苏青》的长文中明确谈到它是远不如《浣锦集》的，但是她同时又不得不说：“许多人，对于文艺本来不感到兴趣，也要买一本《结婚十年》看看里面可有大段的性生活描写。我想他们多少有点失望，但仍然也可以找到一些笑骂的资料。大众用这样的态度来接受《结婚十年》，其实也无损于《结婚十年》的价值。”

苏青的这部小说实在称不起伟大，甚至可以说还相当琐碎浅直，在技术上并没有提供新东西，就这个角度看去，严肃的文学史家将她忘却自有其合理的动机。然而当我们稍稍联系苏青的创作时代，不得不叫人重新校正自己的焦点，由此而增生些人的尊严和诚恳来。苏青的小说不是一般意义上的文学作品，《结婚十年》，当然与张爱玲的《传奇》一样，有着某种“流金岁月”的意味，类乎中西合璧的结婚仪式、小巷深处女子清素的螺髻，一路走去飘散在空气中的幽香，凡此都像至今里弄庭院里残存的红门灰瓦，大可不断唤起我们对于前尘旧事的缅想。不过就我们的心眼看去，苏青的小说作为一种浮世绘却把我们轻易地拉进她的普通而又奇异的天地间，同时也把我们引入她的心灵疆域中，她的叹息，她的悸动。这里有属于女人的一切，所有稍稍重要的题目都曾出现在她的小品文字中，换一种说法，也许正有了“结婚十年”的经验才渐次形成苏青小品所能涉及的范围。我们将会看到女人的生命力是如何被压抑，她们原本并不匮乏的活力如何被消解于琐细的日常生活之中。小说的女主人公似乎努力纵容自己陶醉在忧郁而罗曼蒂克的梦幻中，但到头来她还是难以摆脱四周的掣肘。女人教育中的传统惰性，习俗对女人主动精神的束缚，一阵紧一阵，也是点点滴滴地使她与丈夫崇贤的婚后生活维持十年之久，她有过附和，寻求过退路，选择过逃避，甚至还耽溺过补偿，但最终依然走上了死途。《续结婚十年》写的是现代社会知识女性另一种处境，女主人公在社会上奔波，求职的眼光放射于四方八面，结果是到处受挫，因为她的所谓的独立性，也即存在于生理与心理之间的女性在现今社会所标榜的独立性，充其量只是一次又一次的依赖的表面化。“崇贤重新结婚，把两个孩子交还我收留。我要用尽自己的力量去教育菱菱与元元，使他们将来成为聪明的妻子与良好的丈夫。虽然我自己从来没有得到过真正的爱情，但是我相信我的儿女们一定会有的。”——这是小说的结局，似乎有所安慰，其实犹如呓语。

尽管苏青的小说主题谈不上深刻，叙事没有丝毫宏大的气味，几乎全是些日常生活中普通人平淡的行为和杂乱的思绪，由于她能素朴地形容自己的内在生活，也由于她对于事情隐蔽成分的感觉表现出特有的经验，我们不难从阅读中感受到她跳动着的苦闷的灵魂。她是属于这样的作家，是某一类极易让人同情并不再由性左顾右盼而迅速走进自己作品限定领地的作家。这大抵秉承着她的那份特有的质朴，以及她的作品天生的在情感上的丰盈。苏青在才情上略逊张爱玲，但她到底比张爱玲亲切单纯，连及她的天真也带着可爱的性征。作家在自叙传中能坦率的告白自己的一切，即便闪烁的部分也能让人读出“以白计黑”，那是需要某种唯以“心力”才能概括的好处。《结婚十年》以及它的续篇，当它们的创造者能够将她的真实的现象世界与动人的心灵世界交织一体时，它们便拥有了人们可能的喜爱，乃至尊重。临末，让我们再一次听听她的朋友张爱玲在“女作家聚谈会”上的声音：

> 古代的女作家中最喜欢李清照，李清照的优点，早有定评，用不着我来分析介绍了。近代的最喜欢苏青，苏青之前，冰心的清婉往往流于做作，丁玲的初期作品是好的，后来略有点力不从心。踏实地把握住生活的情趣的，苏青是第一个。她的特点是“伟大的单纯”。经过她那俊洁的表现方法，最普通的话成为最动人的，因为人类的共同性，她比谁都懂得。

注　释

1《予且随笔》，上海良友图书印刷公司，1931年。
2《都市漩流中的海派小说》，第232页。
3 杨义：《中国现代小说史》第三卷，人民文学出版社，1991年，第438页。
4《中国新文学史》下卷，香港昭明出版社，1978年，第96页。
5 参见吴义勤：《论徐讦小说的母题》，《徐州师院学报》1992年第4期。
6 著者1996年上半年正在汉城任韩国外国语大学校客座教授，无名氏的申报材料系用中文手写，字迹相当潦草，韩方特邀著者逐字辨认以供翻译。这份材料的原件现存韩国法务部，复印件则由著者保存。

7《中国新文学史》下卷，第106页。

8 赵园:《艰难的选择》，上海文艺出版社，1986年，第60页。

9《中国现代小说史》第三卷，第509—510页。

10 载《万象》第三卷第11期。

11 参见张景华:《沪港洋场的“病丑狂孽”：张爱玲〈传奇〉中人物的劣根性》，《河南大学学报》(社会科学版)1990年第5期。

12 于青:《论〈传奇〉》,《当代作家评论》1994年第3期。

13《写在紫罗兰前头》，载1943年《紫罗兰》月刊。

14《写什么》,《流言》。

15 吴福辉:《都市漩流中的海派小说》，第225页。

16《谈谈苏青》。

17《谈谈苏青》。

18《谈谈苏青》。

19《纳凉会记》,《新中国报社》1944年7月21日。

20《女作家聚谈会》,《新中国报社》1944年3月16日。

21《都市漩流中的海派小说》，第186页。

第九章　余　　论

新中国文学可数的成绩并不少，但可数的偏向也不少。题材有所拓展已是不争的事实，文学生产力的某种程度的解放也是不可抹杀的。然而，正在题材和创作力问题上，偏向也是相当显著的，拓展与扼杀并举，解放与禁锢共存。凡二者，几乎都关涉流派。平实地说来，建国以后的一个不算短的时期内，文学流派的生展并不尽如人意。对于意识形态的过度敏感，在那些以阶级斗争为纲的日子里，即使某些准文学流派，类似“山药蛋派”和“荷花淀派”都没有合适的气候得到充分的发展，而在现代文学历史上曾经有些地位的“海派”文学，则连同它的对手“京派”一起随风飘失，尽管有些当代文学研究者还在挖空心思编排流派。或许我们的意见过于消极，或许在文学观念上又过于保守，在我们看来，倘若议论新中国成立最初的十七年间文学的发展和成就，从流派这一角度去摸索，大概难以获得令人振奋的发现。对一体化风气的神化和机械性推行，形成过这一历史阶段的某些高点，同时也造成了它在某些领域中的薄弱。在文学艺术领域内，按马克思主义经典作家称，在这个“最不能机械地平均，标准化，少数服从多数”“绝对必须保证个人创造性、个人爱好的广大的空间，思想和幻想、形式和内容的广大空间”，也即在这个“不能和无产阶级党的事业的其他部分刻板地等同起来”的天地里，对一体化理论的片面理解和粗暴张扬，曾经阉割过毛泽东所提倡的“百花齐放，百家争鸣”伟大方针的灵魂。

在中国大陆全面解放的前夕，中国共产党从理论上及时地提出中国无产阶级领导的民主革命自1949年后必须将其工作重心由农村转移至城市，而由于众所周知的原因，实际上并没有很好落实和努力实行这种转移，文艺运动既然被确认为是整个革命事业的一个组成部分，它在指导思想和运作方式上当然地也没有相应地实现从农村向城市的伟大转移。新时代丰富的生活内容，那些连接旧时代与新时代的历史性课题，以及理应在新时代转型或深化的都市文学创作，都没有得到合历史合逻辑的表现和发展。

长期以来，“城市”在我们作家的心眼里显得不是那么重要。他们中的大多数愿意选择在城市中而非农村过日子，但是他们表现在创作中的题材兴趣上，情况差不多正好颠倒过来。身居城市的作家们怀着特别深切和神圣的感情不断写出一部又一部农村题材小说，却对他们身边的城市无动于衷，这几乎成了几十年来文学创作的一个固定模式。就题材方面看，民主革命历史和社会主义农村两大板块占有压倒一切的优势，而在对于这些题材的表现上同时又强化了“阶级斗争和无产阶级专政”的现实需要，代表新中国文学最高成就的“三红一创”，即《红旗谱》《红日》《红岩》和《创业史》，都带有如许气氛。这种情形不单单在五六十年代广泛存在着，实际上，20世纪70年代末80年代初的“知青作家”也未脱窠臼，几乎很少就城市写点什么，尽管他们在插队那几年之前一直生活在城市里。《上海的早晨》恐怕是最集中再现上海都市生活的作品了，但都市在小说中仅仅是人物事件的一个背景，并没有提供有关“都市生活”的独立审美地位，似乎还及不得建国前的《子夜》，内质上与《创业史》相去不甚远。换句话，从作家以阶级斗争为纲的心眼中，陕西的蛤蟆滩与东海沿岸的上海滩在生活的本质意义上可以相互置换，徐义德差不多可以视为活在城市中的地主老财或顽固的富裕农民。

作家的顽强习惯和创作界的实际态势，说到底是被客观的现实发展掣肘着，姑且不论民主革命历史和农村社会主义改造在我们的文学中还缺乏丰富性的表现，都市生活的具体个性，更被淹没在特定的、简单化了的，甚至是被错误表达的时代旋律中。经济发展和社会进步的特殊规格作为一种君临方方面面的现实力量放弃了对于都市的切实关注，于是也就没有可能向文学提出“关于都市”的要求。“十年浩劫”的结束，正本清源的历史反思空气的生成，实事求是的思想路线的重见天日，以及随之而来全国工作重心的真正向经济发展的“转移”，新中国文学才迎来了一个崭新的历史时期。

新时期以来，上海这座能够给予作家带来激情品格的城市在他们的笔底下终于苏醒了。比较有意味的是那些已有些年岁，甚至那些在建国前笔耕不辍而至今健在的海派作家，他们中的大多数似乎甘愿充当“旧妇”，偶尔说起往事，已经没有年轻时那种双瞳闪亮，而在布满皱褶的面庞流泻着难以言说的沧桑感。倒是那些年轻得多多、生在红旗下的子孙辈作家们颇有兴致写着他们对于上海的新锐感受。“一张白纸可画最新最美的图画”，尽管他们多数还写得相当稚拙，尽管他们还无法得益于经验的召唤，大体是一种知识性和想象性的表述。

上海，属于年轻人的上海呵！

陈丹燕近期曾赴西欧游历，就业已刊出的文字看，有人说“杂乱无章”，也许不无理由，不过我们倒愿意相信她是实在地体验了一番现代都市的滋味的。她在《文汇报》上写过《几乎是最后的温柔乡》，写的是她的身居地，题名就有些海派味。复兴公园边上一栋西班牙式样的小楼，1934年张学良将军曾经居住过的地方。作家将复兴公园直然称呼为“法国公园”，这是从叶灵凤、章克标、林微音到新感觉派作家都写过的胜地。陈丹燕在文章开首便写道：张学良住在这栋小楼里，“从他楼上卧室的窗子看出去，是一片法国公园的草地和梧桐树”；之后更是兴致盎然地叙说了这栋小楼的前后左右——

> 在张宅四周什么人都有，经历了浩大的工人运动，也经历了四一二大屠杀。向前走不远，是孙中山故居，再走，是周恩来公馆，共产党的许多领袖都在这里工作过。再向前，一栋带花园的大宅子里，梅兰芳已经住了两年了。就在张宅的同一条路上，有莲花般的东正教堂，一到礼拜天，路上常常能看到白俄，那些落魄的彼得堡将军身上留着俄国菜馆厨房里的洋葱气味。而这时，也许犹太人的复国主义党派团体正在开会。往前去，可以看到一栋美不胜收的南欧式房子，带着意大利黄色的墙壁，那是袁世凯家族里的住宅，里面的人带着破灭了的皇帝梦。再向前走，在街口处，有一个从德国逃难到上海的德国犹太人开的小店，而就在边上的俄国咖啡馆里，日本特务和汉奸坐在一张桌子上，没有人知道他们在谈什么。法国公园的另一边门，是上海进步文艺界青年聚会的场所，上海地下党出入的地方。那时的上海，能听到各种各样的声音。

这则叙说颇富文化意义，甚至还闪亮着某种象征色彩。上海文化的边缘性质，它在成分上的杂然纷呈，借着随风飘去的岁月和色彩斑驳的遗存物，活现出特有的魅力。而上海这类都市性征，落到了好作“杂乱无章”的西欧游记的青年女作家手中，更显出了独到的精神。不过，上海之于这位年轻的女作家，毕竟没有提供新的内容，在老派上海人看来，除了关注的激动之外，只留下些许复述的意义。

程乃珊《蓝屋》的发表，引起了人们的极大兴趣，作者以往满足于抽象观念富裕的创作路数算是开始转向了依靠生活的富裕。久违了的现代都市的面影终于在作家并不老到的笔触下得以重新显现。这是旧底片在新时代的显影，带有温故知新的意义，它作为一种风格，推助了作家渐次趋向成熟。《望尽天涯路》展示给读者的景观宽阔多了，她不只为我们镂刻了一个民族金融家家族及有关人物的真实生活和血肉丰满的性格，更属意于将丰富的生活素材，和对于历史总体氛围的把握连成一体，比较出色地将“性格与环境”作出个性化的描绘。已经出现的评论文字多半欣赏小说对祝家年轻的第三代的表现，原因便在作者对描写的对象更多些真知，无论感性的层面还是理性的层面，于是也就更有可能发挥“温故知新”的感染力。

俞天白长篇系列《大上海人》，已经完成的《大上海的沉没》和《大上海的漂浮》，显示了他走的是同程乃珊不太相同的路子。如果容许我们继续使用“温故知新”的概括，那么俞天白并不像程乃珊那样由“由新而至故”，他站在今日上海的前沿，差不多是“由故而至新”。上海的灵魂在现在的戏剧中悸动，他在小说中归结的“衰弱巨人综合症”，尤其具有惊心动魄的震慑力。虽说作者在材料的组织能力上显得相当乏力，但他生动而真实地透视着当今上海市民的普遍心态。“吉庆里”十多户人家几乎就是上海市民的缩影，他们的观念和方式，从全方位的意义上体现了新时期上海对于他们的现实性的考验。市场经济的权威生活规则驱使上海人已经没有可能以老大自居，必须从历史提供的全部滋养中激越出新的活力，挥发出新的“光荣与梦想”。

更有些意思的是王安忆。她是上海目前最不愿意重复自己的作家，从最初的为知青雯雯塑像到如今为上海这座城市塑像，曲曲折折走过了二十年，这里已经显示了善变趋新的上海文化对于这位极有才华的作家的支配力量。她的《流逝》有过不错的反响，不过我们需要指出的是她在写这篇小说的时候，似乎还没有展示上海的自觉，与其说她生动地向人们浮托出了上海的真实，还不如说作者实际所具备的生活蕴藏本真地让她作出了如此的选择。直到她由美国归来，她的许多令人眼花缭乱的文学实验才将她推入了为上海写作的道路，抒写着那座城市的人情世态。《流逝》中的石库门空间依旧，然而近期的《长恨歌》表明作家对石库门已有了精深得多的感觉——

> 上海的弄堂总有着一种小女儿情态，这情态的名字叫王琦瑶。这情态是有一些优美的，它不那么高不可攀，而是平易近人，可亲可爱的。它比较谦虚，比较温和，虽有些造作，也是努力讨好的用心，可以接受的。它是不够大方和高尚，但本也不打算写史诗，是过日子的情态。它是可以你来我往，但也不可随便轻薄的。它有点缺少见识，却是通情达理的，它有点小心眼儿……

历史已经告诉我们，张爱玲也许是最为懂得上海的浮世悲欢的。她告诉我们“生在这世上，没有一样感情不是千创百孔的”，城市也复如此。它对于人们既是熟悉的，又是陌生的，而主要是陌生的，这里的一切都带有临时性，像一对戒严时刻在电车上相遇的男女，封锁期一过，他们再难重逢。正是她的那篇《封锁》告诉我们，“整个的上海打了个盹”，生命“像圣经，从希伯来文译成希腊文，从希腊文译成拉丁文，从拉丁文译成英文，从英文译成国语”，再从“国语……译成上海话。那未免有点隔膜”。有人非常看重张爱玲的这类感性化的归纳，并随手拉出了王安忆，他激赏这位女作家在1993年第8期《上海文学》上发表的《香港的情与爱》。王安忆说“香港是一个大邂逅，是一个奇迹性的大相遇”，“这是正在进行与发展的故事，前景是一个悬念，模糊在我们视线的尽头”。[1]

据传，王安忆对人们将她和张爱玲相提并论颇不以为然，这只是作家本人的某种态度。在我们看来，王安忆这位没有多少年岁的上海作家和她的前辈张爱玲一样，特注重历史的感觉，她是懂得上海这座城市之于当今香港的意义的，或许她的上海的故事多少正是以香港作为某种潜在比照的，或许这些正是人们在她的文字中容易发现的某种理性追索的秘密，或许也可以说是她对上海审视的一种方式。

作为补充，某些试图总结新时期上海文学成就的研究者习惯上还会铺排一批上海作家的行脚。对历史上的海派稍有感觉的一般会发现这批作家的热情大半表现在：男性作家迷恋于形式的创新，沈善增、格非、李晓、孙甘露，以及陈村，都有不俗的记录；而多数女性作家则凝视着自身世界的纷披，除已经说过的王安忆、程乃珊、陈丹燕之外，还有王小鹰、陆星儿、唐颖、王晓玉、王周生等。对于表现形式的转换，评论界见仁见智，但这一现象往往很容易诱导人们想到历史海派的作为，海派对于西方现代主义的痴迷，尤其其中最为先锋的新感觉派，曾经创造过不错的业绩。我们无意指认当今上海的一些技巧小说家直接乞灵于前辈海派，不过当他们中间的某些人倾心于表现现代人复杂多变的内心世界和历史的深邃体味，刻意张扬方法与手段上的反叛欲望和创造激情，并且执意让自己的价值由形式话语来确证时，他们的立场自觉不自觉地体现了他们创作的某些层面和历史海派的血缘联系。上海女性作家对于自身生存状况的思考，原本也是历史海派作家最为热衷的课题，40年代以张爱玲为代表的一个具有相当数量的女作家阵营所从事的最有成绩的工作也正在这一方面，她们力图探索女性在现代社会的重压之下如何实现自己的精神突围，给人们的印象应该是深刻的。对于当今的这批女作家，她们走得虽未见比她们的前辈更远，然而她们业已成就的事业向人们昭示，她们所拥有的视野更宽阔些，她们审视的眼光显得更焦灼些，也许较之她们的前辈会更有希望。

对上海这座城市的兴趣在某些文学的姐妹部门似乎被表现得更为热闹，作为标志当今社会和经济真实方式和水准的电视大概最有说服力。《上海一家人》《孽债》《儿女情长》《何须再回首》等电视剧的命运，反映了经济发展和社会进步之中的上海向艺术的巨大召唤。这些电视剧的成功，在我们看来，它们提供了一种“轻文艺”理想，宣泄上海市民小悲小喜的通俗模式，深谙并满足了他们饭后茶余的休闲趣味。它们在全国荧屏市场上所赢得的光荣，标志了人们随社会主义市场经济的出现开始对上海这座现代都市重新给予关注和审视。上海作家的某些创作趣味，在这些电视剧中得到了合理的发挥，甚至它们的某些特征开始成为人们探讨“复兴海派文化”的话题。

然而，就我们的思考，这些作家及其作品的出现，连同已经生成的影响，仅仅意味着新时代的海派文学露出了发展的端倪。一批文艺作家对石库门故事的兴味，对于城市职业女性生存条件的感叹，值得珍视，它们既回响着历史的声音，又闪烁着现实的光色；出现在俞天白作品中的苦涩，我们理应更应给予足够的尊重，循着作家已经开拓的思路，或许真能够激发起人们对新时期海派文学的期许。现实终究是严峻的，随商品经济大潮的风起云涌，现代城市将得到普遍性的青睐，绝非为上海一隅独享。昔日海派文化中的那股郁勃的对于传统的反叛激情，借着市场经济的聚焦，向全国范围内辐射。保守的北京也许是最出色的例子。发源于这块土地的相声，被北京老少爷们得意过好几个年代，侯宝林、郭启儒这些大师级的艺术家差不多具备北京大学语言学者的资格。有报道称，熟悉相声的人们，无论南北也无论城乡，对马季的《打电话》记忆犹新，一个“啰唆”，一曲“山歌”，将幽默和浪漫、美好的爱情编织得天衣无缝，格调温馨优雅。然而到了80年代中期，马文亮、魏文瑞的相声《如此条件》，爱情开始变成世俗，喧哗、吵闹代替了温馨和优雅。也许还嫌相声的“笑闹”缺乏力度，于是《超生游击队》《过河》之类的小品应运而生，进而又从小品扩展到电视剧，《编辑部的故事》《我爱我家》《临时家庭》等挥发的功能多半也以笑闹为主。当代政治话语与世俗的语境相交杂，消解枯燥的崇高感，也许正是它们的基本趋赴。包括《红太阳》系列声带，它那令人惊异的市场份额，也走着庶几仿佛的路子。属于“红太阳”的那些歌曲，三十年前在北京人唱来最得神韵，而三十年后，赋予它们以"新节奏"，也正是在红太阳曾经居住过的地方率先被甜妹子和小帅哥唱得轻飘飘。

更典型的是那里出现的王朔现象，以这位青年作家为标志的所谓的"新京味"，本质上也是一种对传统精神的解构，它的原动力却为老北京们始料所不及，即商品文化对这个原本高贵华严故都的制衡。《空中小姐》《顽主》《一点正经也没有》《玩的就是心跳》《千万别把我当人》《我是你爸爸》《过把瘾就死》《谁比谁傻多少》《爱你没商量》……光从王朔小说的这些题目看，我们就能掂量出身居于传统京城的青年一代的现代选择。已经有人将王朔和《在路上的》的西方"垮掉的一代"作家凯鲁亚克作比较，颇为精警地指出他们共有的精神漂泊，不过我们更愿意相信，凯鲁亚克所具有的精神和情感的强度，那种在大麻和女人中体验迷乱激情的方式，在王朔的作品中还相当罕见。王朔作为新北京的代表作家，他区别于柯云路、徐星、张辛欣、刘索拉等人的地方，主要在于他彻底告别了传统北京人的矜持，商人心态和文学的商业效应，被他平实而堂皇地推上了北京文坛。虽说他的大俗的方式并不相同于海派，但对于文化中商业因子的敏感，以及对商业文化的合理性的张扬，也是一种贡献。从某种意义上看，他在特定的时代作出了较之当今所有上海作家更为前卫的表达。

如果我们进一步看取王朔参与影视制作的踪迹的话，不难发现北京城对商品经济的回应，较上海坦荡得多。我们惊异于那里的艺术家的创作方式多取越轨走向，甚至拥有着某种蔑视经典的高度。1998年春节期间北京紫禁城向低迷的电影市场推出的《甲方乙方》也可归属于王朔式的制作。《文汇报》记者金涛用《"京味大菜"火爆，"冰糖葫芦"流行》为题的报道，有深意存焉。这位上海记者还逼视同《甲方乙方》相类的另一部由西安厂出品的《爱情麻辣烫》，认为这两部电影反映了1998年影坛一个重要现象：强调群星聚集，推崇拼盘合成。这些电影在制作上，采用“冰糖葫芦”式有结构，没有完整的故事，全片各由五六个相对独立的故事片断组成，给人以不同感受。这种全新的叙事结构，反映了电影界新的创作走势。他进而所做的描叙对上海的同行更有某种“不是滋味”的滋味——

> “拼盘”电影的产生并非横空出世。有专家认为，目前电影创作受到了电视的影响，影视合流趋势越来越突出。严格来说，《甲方乙方》和《爱情麻辣烫》实际上是电视电影，分析文本不难看出，《甲方乙方》的故事毛胚本是部多集电视剧的素材，而《爱情麻辣烫》，则类同于电视小品的大集成。这种电视化创作决定了影片不同于一般喜剧片，追求大明星效应，高密度的喜剧容量，捕捉流行时尚和轰动效应，审美品位上体现了典型的“电视快餐式”的特征。
>
> 领先一步的策划和整体营销意识，是“拼盘”电影留给影坛的重要启示。两部电影除了展示浓郁的京味特色外，还按商业片规范进行了一系列的市场营销，在发行、宣传和包装上令人耳目一新。如发行档期、剧本前期策划都经周密安排。《甲方乙方》首创演员参与影片发行的模式，《爱情麻辣烫》则集结影视歌星，巧用滚石明星的号召力，配合首映联手出版同名电影原声带，将对国内影市产生影响。
>
> 发行公司的行销商认为，“拼盘”电影的兴起反映了创作者面对风云变幻市场的茫然心态，实际上也是创作者一种无

奈的选择。现在搞电影，就像唱片公司出唱片，制作者对流行趋势的把握越来越吃力，把电影拍成各阶层口味都包容的“大杂烩”，无疑是一种讨巧的办法。于是，小制作、大明星，追求晚会效应，便成了时尚。[2]

如此盛大的气魄，大概用得上那句老话，“八世之后，莫之与京”。在全国上下普遍感受着改革的阵痛，似乎也感受着社会转型期特有的价值失落的当儿，北京继续扮演着“领袖”角色。那里的作家、文化批评家和其他社会研究者，尤其是其中的青年一代，在陌生化现实向他们涌来的时候，他们不愿拘守在被动的等待状态，而借助于由当代北京庞大的文化事业基础、密集的人才和文化资源所形成的内驱力，首先力图从观念上冲破陌生感。王朔坦诚供认：“过去我是自私猥琐、心中充满阴暗念头的人，以讥笑人类所有美好的情感为乐事”，现在“我开始怀疑愤世嫉俗究竟是一种深刻还是一种浅薄？经历苦难当然可以使人成熟，享受幸福是不是就一定导致庸俗？那些郁郁不得舒展者的恶毒咒骂，已使我感到刺耳，这其中到底有多少是确实受了委屈，而不是更大的贪婪得不到满足？但愿受虐心理不要成为我们时代的一个时髦”。[3]正是由于拥有了这样的解放的感觉，他才最终获取了“掌握方式”上的自由，尽管人们连声不迭地埋怨他的小说对社会道德、成人权威、知识价值等文明社会赖以维系的正面价值采取了随心所欲的嘲讽，表现了某种反文化、非道德化的倾向。追求魏晋放浪于形骸之外的人生境界和西方现代派反讽的高度，并用以实现叛逆欲望和悲怆感的释放，或许就是他的艺术世界。他的自信，他的对于稿酬以及所有应属于他的物质利益的计较，连带他的文化个体户的身份，似乎更耐人寻味。

他与他的同好，在保守的、传统的北京愿意借社会转型的时刻对以往发生在北京的文化作出崭新的审视，愿意以商品经济为动力全面扫荡以往的文化影响和思想负载，表达了对于时代全新文化机制的强烈渴望。凡此，未见得表明他们的选择和活力来自对于历史海派传统的自觉借鉴，而似乎主要来自他们对于支持历史上的“海派”的商品文化的体认，来自他们对80年代中后期中国文化潮流的改观，来自对消费文化、视听文化、享乐主义、行动主义、感觉主义等全线登陆的逼视。

这些现象当然同样不为北京一地独享，说它们业已成为神州大地的大趋势也不为太过，唯北京有其独到的广度和深度。它是发展着的文化现象，潜在因素尚未充分显现，带有相当的不确定性。然而，似乎已经无法怀疑，商品经济对于文化发展的全面制衡将是它的第一等主题。北方和南方，唯独不在上海，目下推行着所谓的“生产型小说”，也颇有意思。这类“生产型小说”从创作到出版都有一整套计划，编辑介入创作、高额稿酬、大力炒作是它们的特点，作家在这个过程中，往往只是充当“写家”的角色。迎合市场需要，出版社或出版商摸透了市场需求和产品的销售前景。社会意义相对受到削弱，难免产生偏差，甚至出现媚俗的倾向。如果一味用道德化批判的眼光注视它，无济于事，当然对它所生发的现象种种给予必要的估计，并进而作出有益于经济发展和社会进步的导引，在一个相当长的阶段内将是全社会的严重任务。

上海浦东的全面开放始于1990年，恐怕有某种象征的意义。当北京这类经典文化城市改弦更张，充满了时代激动的时候，上海也算是醒了过来。但凭借历史上和商品文化的天然亲和力的经验，上海固然显示着它的某种程度的成熟，但也不乏依然沉醉于傲视天下的自足中。老大自居是一种贴切的概括，俞天白笔下的上海人是颇有代表意义的，然而说得更深入一些的还是《城市季风》。上海人似乎没有轻视目下这股商品经济大潮已经激活着大江南北和白山黑水之间，但似乎没有仔细打量自己在20世纪二三十年代所拥有的优势已青春不再，似乎更没有审视自己在新中国成立以后的一个不短的时期内所面对的文化生态和制度环境及其对于今天的掣肘。杨东平说得有些惊心动魄，但并不太过离谱：

> 除了多年来“左”派政治实行文化专制、打击压制知识分子，造成中国知识分子和文化整体性的生存危机以外，上海具体的文化环境变异包括：城市户口制度造成的人才流动停滞，知识分子阵容的狭小化和本地化。上海在张春桥、姚文元治下“左”倾文化小传统；知识分子人格的柔弱化；在新旧体制转换和当代社会变革的背景下，上海并未生长发育出如北京、广州等地的新的文化机制和文化空间，对文化实行严格的“规划”、“管理”和控制，仍习惯于计划体制之下，“抓”文艺，而不是靠调动发挥艺术家的个性和活力的办法出作品、搞创作。[4]

于是，上海在进入新时期后，同样在一个不短的时期内，以其特有的“被动”姿态出现在全国面前，北京的风风火火与它基本无缘，展示着多半是被“拖”着走的景观。当大上海失去了独享的条件，被投掷于全国范围的竞争洪流之中，它表现出了特别的无奈。几年前，梅塔率以色列交响乐团来上海演出，小提琴家帕尔曼那天拉得特别投入，音乐会的气氛极为动人，致使演出结束时，梅塔和帕尔曼连连伸出大拇指："上海的听众是第一流的。"不过，为他们不知底细的是这一次的票价相对便宜，得到普遍的认可和接受。而近期德国萨尔州交响乐团在上海只卖出两成票，其余均以享受免费的音乐学院学生充斥剧场；阿姆斯特丹交响乐团380元一张的高档票，几乎全以免费票送予音乐学院的师生。相同的情况在北京恐怕不会多见，这里上海人的现实感继续朝向相当肤浅的方向发展，差不多又是"精明不聪明"的小家子气。上海电视剧制作长期滞后，1997年咬紧牙关推出的电视剧《儿女情长》算有了些水准，与其他地方同期生产的作品有明显的竞争优势，但它最终还是痛失参与全国电视"飞天奖"的评选。原因很简单，上海人过于计较该剧在中央台播放的价位，按"飞天奖"评选的固有规则，它从未在中央台播出，于是只得接受出局的命运。

《儿女情长》的赢得市场，多半还靠它在题材上的地域魅力，况且它也正是上海艺术家们的专长所在。但是，在市场面前人人平等的规则并没有消弭外地艺术家的野心，也意味着上海题材已随"计划"的废弛成为各地都可染指的了。北京和山东已有人采摘了第一批果实，更值得一提的是湖南光前影视制作中心。那里的艺术家热衷于上海题材，《蝴蝶兰》《梦幻天使》《无花的夹竹桃》之后还有《风雨梅家楼》，一部接一部，都是些多集连续剧，组成系统"闯荡"上海滩，大获成功。据统计，平均收视率在30%以上，公司三年前以两万元起家，迄今已经每年上缴税利50万元以上。这家制作中心的老总张光前系"全国首届十佳制片人"之一，他的思路为：市场竞争讲究"实打实"，在行业内竞争激烈的情势下，电视剧除了要有通俗好看的故事，较高的艺术品位，还要寻找最有效率的投资方式，打开全国各地电视台的大门。他在拍摄《蝴蝶兰》时，已看好上海题材，有了以系列剧运作方式降低制作成本的构想，在获得成功后便全面铺开。这种以规模降低成本的作法有可操作性，加之在全国范围内罗致并启用新生主创人员。上海的编剧程蔷和男主角施大生的加盟，意味着成本的低廉，也多少预示着本真化演绎题材的可能。对此已有人著文称赞湖南人的眼光，更向上海同行呼吁“莫要身在宝山不识宝”[5]。近日又有消息传出，上海作家李伦新的《银楼》、王晓玉的《上海女性》、叶辛的《华尔街来客》和王周生的《陪读夫人》等四部小说一下被北京中北电视艺术中心买下，又算得是一则“墙内开花墙外香”的经验。

上海的轻工产品历来引导全国新潮流，内地人会说上海没有可玩的，但在一个相当的历史时期他们都异口同声称誉上海特多可买的。进入20世纪80年代后期，广东和南方的产品抬起了头，很快把上海压得喘不过气来，上海人的往昔风光随风飘荡。上海再也不是最富想象力的城市了，相对萎缩和滞后的现实，将上海逼入了一条至今还有许多争议的路上。君不见在商厦中放置三角钢琴，并演奏施特劳斯园舞曲；在超市中出售图书并播放CD，不嫌“书”和“输”在语音上的相近，已是上海的一道新的风景线。近期新招更是迭出：淮海路上新开张的百盛商厦免费举办余纯顺探险摄影展；南京路新世纪商厦，出资为摄影家举办个人影展；铁路上海站不夜城商厦，让出一个楼层，提供给上海收藏家们开展活动。或为塑造形象，或为争取客流，或为标榜较高的文化品位。凡此种种，传媒称之为“文化搭台，经济唱戏”，算是公正的事实概括，商家的话语更是便捷得多：“以文促商”。商业单位本为扩大影响，谋求自身经济利益，却多少还能兼顾社会效益，而对于具体的文化操作者来说，恐怕别有一番滋味在心头。在现实的锤击下，他们不得不领受商家的直接参与文化活动，容忍商家君临其上，煞有介事地充当起了文化活动的组织者和策划者。更有甚者，他们习惯地眼看一些应以文化为本位的文化馆、图书馆一批又一批地被歌舞厅、服装店蚕食得面目全非，几无文化可言。

新近全本《牡丹亭》的舞台演出，更是一个恶劣的例子，尽管在演出之前也有过令人神往的鼓噪。它差不多也说明我们当前面对的是怎样一种文化状态。台面确乎是大了，历来只有《游园惊梦》《思凡》《拾画叫画》等折子戏，鲜有演出全本的。即使为小至纪念汤显祖《牡丹亭》问世四百周年，大至弘扬民族优秀文化遗产，实在需要放出眼力，演出全本《牡丹亭》似乎大可不必。精约的《牡丹亭》折子戏标志了这出戏的精华所在。目下出现在我们面前的这部足本戏，精华糟粕杂陈一气，有许多处理更是匪夷所思。《闹殇》的有了“大出殡”，举招魂幡，大哭小叫，丧服纸人，冥钱飞舞；《冥判》把观众拖进了十八层地狱，牛头马面自不待言，判官的口中喷火，无常的血红长舌，受罚者惨烈的呼叫，一派阴森恐怖；石道姑的淫词艳调，台前的马桶刷洗，不一而足。还原足本面目，并以写实手法丰富写意的民族戏曲，或许是演出者的考虑，但如许的作派，无论就思想角度还是艺术角度，都有相当多的可议。我们可以从演出者缺乏遗产继承理论寻找原因，可以从再创造能力的虚空寻找原因，自然也可以从旧时恶性海派的影响寻找原因，我们更可以从演出者将艺术视为招徕观众的商品这一角度寻找原因。

上海从来没有像现在那样按常规走路，也从来没有像现在那样局促不安。陌生化的生活在中国的其他地方表现为由于文化准备不足，苦于目睹了空间巨变的现实不知如何解释它；而对于上海来说，实际上的陌生生活却在它心造的幻影中依然被作出非陌生化的演绎，普遍地放弃观念上的更新，甚至客观上容忍某种变形的认识和思想上的陌生化。外国电影制作人为寻求对象的真实气氛来上海选择旧日景观，《太阳帝国》的导演斯皮尔伯格便是著例。如此平常的事儿，对于上海人仿佛是一种特殊的安慰，于是他们又像鲁迅笔下的阿Q，终于发现并陶醉于数十年前上海“东方巴黎”的辉煌之中。当然也有少数人在接受这一启发之后开始进入资源的整理以期引起反省的注意，但对于习惯于“大上海主义”的人们来说，他们关起门来可以怨天尤人，面对全国其他地方的同胞则多数还自以为是。怀旧的情绪，虽说是一个世界性的世纪末主题，甚至是对现代文明的一种批判态度，然而对上海人的主流来讲，它起码至今多被消极地演化为“老子曾经也阔过”。灰蒙蒙的，软绵绵的，轻飘飘的，旗袍，黄包车，留声唱片，旧建筑等，或许还可一说，连某些殖民文化的遗存也被羼杂于其间，怀旧到了如许份上，真有些“不三不四”，良莠不分，然而这正是目前流行于上海通衢和里弄之间的现实！怀旧，在上海是作为精神负累和心理阴影出现的，它不是作为对于文化传统的扬弃而实现着上海人对自己这座城市的思考，而多半是作为伤悼传统文化的失落而自慰着上海人对自己这座城市的依恋。

坦率地说，“上海的落后与落后的上海”虽不太符合上海的实际，许多人会轻松的援引浦东之类的实例予以诘难。从物质文化的角度看，上海这几年的日新月异对全国依然具有正面的意义。但作为一个物质文明高度发展的城市，对于一个拥有丰富现代都市文化资源的城市，上海的精神文化的现状显得非常的不相称。毫不夸张地说，就这一特殊角度而言，我们愿意相信并更愿意正视“上海的落后与落后的上海”。文化的上海缺乏历史上海的主动精神，已不是危言耸听，它的实际姿态差不多是：站在一个向商品经济倾斜的塔顶上继续瞭望着世纪末的风云。现代城市对今天的所有人来说同样是一片陌生的风景，世纪末的上海已不完全相同于20世纪二三十年代的上海，独占风光直然已是明日黄花，不少新生的重量级对手正在全国范围内崛起，城市养育出来的智慧也正在被中国人普遍地接受和运用。现实已把这样的挑战摆在我们面前，并正在无可商量地对我们的生存认识施加巨大压力。一方面，放任商业精神对文化建设的颠覆，侈谈“文化搭桥，经济唱戏”，割裂了文化与经济的关系，消弭了文化的独立自足性，洵为文化工具论的翻版；另一方面，则轻慢新的生活因素对于传统人文精神的改造，盲目地在人文精神与商业精神之间坚壁清野，实乃故步自封的文化停止论。目下正是这两种偏向，非常遗憾地吸引着众多论者的注意力。对于今天的上海，重要的在于尽早建立起一套现代城市文化理论和文化分析语言，绝不能满足笼统地高嚷建设发展社会主义海派文化，应该从历史与现状的结合上厘清上海文化的本质，并也在这种结合上选择上海文化新的进击点。我们愿意再次援引境外城市学者的意见，李永炽的《从江户到东京》以东京为例讨论了都市空间的结构转换。他认为，都市空间是可以分解为中心——周边、公——私、明——暗等，进而他的分疏非常有启发。他说：“中心属于制度化、有秩序、日常性的；反之，周边则是暧昧、无秩序、不净、非日常性的，因而也常为日常性社会所隔离。”这类城市空间理论，揭示了城市文化生态特征，多元共生将是它的基本形态，它可以得到世界一般现代城市文化事实的支持，从上海的过去与现在，也不难找出佐证。美国诗人哈特·柯瑞恩对纽约这座都市所表现的可贵的文化背景与传统的说明，提供了理解城市多元文化的另一种角度。这位论者借“桥”为象征，目的是想要联系过去与现在，联系古典的过去与眼前的生存空间。他心目中的纽约“集传统之大成才有今天的文化荟萃，而诗人生存于其中，正好也为自己的生命找到实质内涵”，因而，他“强调人与城市之间，应谋求的不是疏离感，而是一种神交——精神上的认同沟通；能够体会出这层道理，才会明白自己生存的空间及历史是如何地影响了个人的生命”。[6]在这里，香港文学家的经验是珍贵的，他们对现代城市的体验与思考比中国其他任何地方都彰显着平实的意义。他们有可能更无偏见地看取城市空间的基本性征，更全面地面对商业社会对文学的巨大冲击，即使在传统相对单薄的基础上，他们中的某些有识之士有着比我们剀切得多的体认：

> 我们目前需要的不是划清界线，而是理解本质；不是需要狭隘的排他或虚假的包容，而是需要更多更好的方法，帮助我们分析文化，评论文学。对于流行文化出现的背景、生产的方法、与社会的关系等等，都需要进一步的了解，每一范围有它的专业性和独特性，也需要专门方法探讨、比较优劣，若随便归类为文学徒然忽略了其主要特色。但另一个极端，即泾渭分明地先设了精致文化和通俗文化的截然二分，也有危险，这样也把问题简单化了，漠视我们生存环境中两者互相渗透互相影响的实况。而且光作划分，并不能令我们更好地了解文学，也不能更透彻地了解文化，目前要做的事，恐怕还是细察现象、剖析本质吧。[7]

那种对于探索和理解城市文化本质的呼吁，颇有实在的气息。

现代都市既是一个不断变化的空间，又是一个能够包容异同的空间，由这类空间制约的文化在基本性征上必然是多元的。历史的上海曾经向我们证明过，现实的上海依然向我们证明着。活动在上海这块特殊的土地的作家需要省察这种多元化文化对自己的丰富和限制，这恐怕是我们探讨城市文化本质的首要课题。现代海派文学表现了都市社会的资讯流通、选择丰富，它的出现本就源于对多元文化空间的回应。历史上的海派作家的某种“离经叛道”，有持自觉态度的，而大多还处在自发的状态，并且正借着这类“自觉”与“自发”，警惕以邻为壑，并且清明现代文坛上此起彼伏的争论，除了营建某种时代气氛之外无多实际的文学意义。上海人的“各管各”别有意味，在文学上被表现为某种积极竞争的机制。从发展社会主义海派文学的任务看，在上海搞文学的人们在养就多角度立体化看待事物、比较分析能力之前，首先得养育与大上海相称的恢宏胸襟。“百川归海，有容乃大”，本已是上海历史的经验，生活在商业文化蓬勃发展的今天，不能以与外界隔绝的立场谈论传统，排斥一切的“俗”，自然也不能以盲目追随外界的立场无条件接受一切，排挤一切的“雅”。这里，张爱玲在她的时代对上海香港这类都会从情感到理智上的交错参伍，对我们无疑仍然有着一定的启发，反映了多数海派作家对由多元化文化构筑的都市的颇富现实感的回应。当今上海的作家必然需要更多参照、更多思辨，需要不断选择、不断思考，也需要在充分尊重都市文化多元发展的前提下实现自己的理解和选择。

还是举个例吧，自20世纪90年代以来，有人称小说低迷，诗歌贫血，戏剧沉寂，批评缺席，唯散文风景独好。这类概括当然未必准确，不过散文的风风火火毕竟已是不争的事实。不少作者热衷于风花雪月柴米油盐，钟情于个人周遭的细碎感触，竟然还有一种“小女人散文”的说法，这无疑是一种进步，显示了对某种唯意识形态文学的反拨。近期又有人倡言写“关心风声雨声读书声、家事国事天下事”的学者散文，当然也是值得欢迎的。然而当它着眼颉颃琐事散文以傲世时，用心并不平正圆融，竟有人以此发挥，俨乎其然地标榜那是“另外一种散文”，这就有些滑稽了。所谓文化散文、学者散文，古已有之，现代海派散文中也有相当部分属于这一类，新中国成立以后十七年间这类散文更是屡见不鲜，当然其中不乏“矫情版”和“伪善版”。小女人散文、身边琐事散文诚然不是散文的正宗，似乎也没有必要特别标举文化散文、学者散文是“另外一种散文”，它们同属散文天地。何况有些琐事散文所涵蕴的“风声雨声”和“家事国事”，比较某些摆开大架势头角峥嵘的学者散文近情理有滋味。还是相安无事好，“各写各的”，“各随其便”，千万不可以一己之喜好跌失于学者本应涵养的通达，更不宜一手遮住传统，划地为牢。说到底，散文这类文体无所谓“另外”不“另外”，它实在能包容一切，海阔天空。学者与非学者，或许在掌握散文的方式上有所差别，但他们中的优秀者都既为表达自己与众不同的发现，却同时又为能够诉诸读者的心灵。犹如不同的时间不同的地方，不一样的声音，呼喊的往往是同样的愿望。从实际的生活看去，大学者未必清一色的高尚，小女人未必都属渺小之列。学院式的清高，按老例走路，还有程度不同的自以为是，都不利于我们贴近市场经济制约下的文化空间。自中国社会关注重点转到经济建设方面以后所出现的新情况、新问题，都必须成为我们聚精会神审视自身的现实参照，承认现实，调整心态，将目光移向平常，推助传统的精英文化向大众文化回归，最起码得容忍精英文化与大众文化并存，才有希望探索出现代都市文化的真滋味。我们已经欣喜地看到有过《大上海的沉没》和《儿女情长》的上海艺术家正在议论“扬长避短”，表现现实的上海生活，提升上海文学固有的细腻柔美风格等等，然而在我们看，上海不啻是“扬长避短”，真正的上海性格是“扬长补短”，需要有吸纳全国乃至世界的宏大气魄。过去是这样，现在尤其应该这样。关于城市文化的本质内涵，或许在我们的认识上还不够清晰，我们可以借重80年代美学界讨论“美”的本质一样，不必直接切入，可以用一些时间，耐心地暂时避开“元”层面，先作一些次要层面的分析讨论，形成一种包围的态势以期最终的“水落石出”。

海派文化的基本经验表明，无论在过去还是现在，它是一种必须享有高度民主和自由的文学，它的活力来自对传统文化的单调的一元化格局的不满，甚至也是对一元化专制压抑的逆反，它所依凭的是新的对于渴求文化多元化生展的表达。我们不排斥，相反渴望得到切实的指导，但是我们所需要的是建立在尊重多元发展基础上的指导。这种指导将以表达文学艺术自身规律为前提，这种指导是关注文化边缘性条件的优越和最大限度扩展文化空间的指导，因而也是充分注意政治与商业对于文学艺术的影响而同时又抑制文学艺术盲目接受它们驱动的指导。它将是一种充满现实感和生命力的宏观调控，而不是僵死的计划配置和随意的规定。这对于我们这个习惯定于一尊的老大民族，对于以一体化思维建功立业的中国现代文学和标榜“舆论一律”的中国当代文学来说，具有特别的警策意义。同时，从文学历史的角度看，文学艺术的指导思想及其运作者也完全应该好生地研究近现代文化历史发展中所存在的多元共生的客观事实，进而能够清明地认识文学艺术固有的并不时会顽强显示出来的调适能力。坦白地说，就这些方面，我们是缺乏坚实丰富的经验的，一如我们长期轻视商品经济规律。我们需要对自己业已拥有的资源作出必要的清理，从古代的市井文学到近现代的海派文艺，再到社会主义新时期的城市文学来一番历史性的总结，从正面和反面的经验中揭橥若干带规律性的东西。文艺的管理部门和领导者恐怕比所有的具体创作人员更需要研究现代都市文化的丰富性和限制性，从尊重发展当今都市文学题中应有之义的前提出发，鼓励文艺创作中勇于探索的精神，最大限度地扫除因循守旧的惰性，敢于创新，锐意进取。意识形态过敏症和侮慢艺术规则的瞎指挥所留给我们的灰色印象，实在令人丧气，上海艺术家应该从自己活动的这片土地上呼唤出超越的精神，同样要求我们的指导者遵循人类的理性精神，从经济发展和社会进步的需要出发，解放思想，逼视上海现实的全部生动性和丰富性，体验上海这座城市在重塑过程中所焕发出来的神韵。

1997年全国第八届运动会开幕式和场馆装饰艺术提供了正面的经验，具有实际的示范意义，它从策划到运作，从构思到表现，开放，华丽，新颖，和煦，既有现实的结实感又散发着梦幻般的浪漫气息，凝聚了海派艺术的精华，体现了海派艺术采摭众长的消化能力，显示了海派艺术在新时代的巨大生命力。自然它也显明地呈示着一眼可见的实验性、探索性，但它同时也朗然表明告别了某种困惑，显示了某种日渐成熟的心理准备。它呼应了产生它的城市的新变化，敏感于这座城市突现出的生长空间和不断增长着的文化资源。当然它不代表了唯一的上海方式，但前卫性与市民性的结合，亲和商业文化的坦诚，连系着上海的固有传统，也主动地接受着别一样的挑战，表现出敢于叩响新的世纪之门的激动和魄力。我们似乎还得注意，它不只表明艺术政策的制定者和执行者，是地位特殊的一群人，他们也完全有可能是这样的一些人：他们能在一方萦青绕白，同时也能通接八面四方；他们注重价值观念，同时也注意业务技能；研究社会问题，同时也懂得美学规律；他们是社会的代理人，又是从事艺术改革的推动力量。

注　释

1 吴福辉:《都市漩流中的海派小说》，第 149 页。
2 参见《文汇报》1998 年 3 月 24 日。
3《我是王朔》，国际文化出版公司，1992 年，第 25 页。
4《城市季风：北京和上海的文化精神》，第 560 页。
5 参见《莫要身在宝山不识宝》，《文汇报》1998 年 4 月 11 日。
6 蔡源煌:《西方现代文学中的城市》，载台湾《联合文学》第 21 期。
7 梁秉钧:《都市文化与香港文学》，载《当代》1989 年 6 月第 38 期，台湾合志文化事业股份有限公司。

图书在版编目(CIP)数据

海派文学论/许道明著. —上海:复旦大学出版社,2021.9
(海派文学研究丛书/陈思和主编)
ISBN 978-7-309-15779-6

Ⅰ.①海… Ⅱ.①许… Ⅲ.①海派-文学流派研究-上海 Ⅳ.①I209.951

中国版本图书馆 CIP 数据核字(2021)第 119598 号

海派文学论
许道明 著
责任编辑/方尚芩 郑越文

复旦大学出版社有限公司出版发行
上海市国权路 579 号 邮编:200433
网址:fupnet@fudanpress.com http://www.fudanpress.com
门市零售:86-21-65102580 团体订购:86-21-65104505
出版部电话:86-21-65642845
上海盛通时代印刷有限公司

开本 890×1240 1/32 印张 15.125 字数 351 千
2021 年 9 月第 1 版第 1 次印刷

ISBN 978-7-309-15779-6/I · 1283
定价:75.00 元